BESTSELLER

Javier Reverte (Madrid, 1944) es un escritor de dilatada experiencia y autor de una obra singular que incluye novelas, libros de viaje y dos poemarios. Formado en el periodismo, oficio que desempeñó durante casi treinta años tanto en medios escritos como audiovisuales, en la actualidad se dedica plenamente a la literatura y ha logrado en pocos años ser uno de los escritores más leídos de España. Entre sus libros de viaje, que han tenido un eco enorme entre los lectores, destacan los títulos: *El sueño de África* (1996), *Vagabundo en África* (1998) y *Los caminos perdidos de África* (2002), que son fruto de la fascinación de Reverte por ese continente, así como *Corazón de Ulises* (1999), *El río de la desolación* (2004), *La aventura de viajar* (2006), *El río de la luz* (2009), *En mares salvajes* (2011) y *Colinas que arden, lagos de fuego* (2012). Ha escrito, además, la biografía de Pedro Páez, el primer europeo que alcanzó las fuentes del Nilo Azul en Etiopía, bajo el título de *Dios, el diablo y la aventura* (2001) y el libro de poesía *Trazas de polizón* (2005), que reúne todos sus poemarios. En el terreno de la ficción ha publicado, entre otras novelas, *Lord Paco* (1985), *Campos de fresa para siempre* (1986), la *Trilogía de Centroamérica* –formada por *Los dioses debajo de la lluvia* (1986), *El aroma del copal* (1989) y *El hombre de la guerra* (1992)–, *Todos los sueños del mundo* (1999), *La noche detenida* (I Premio de Novela Ciudad de Torrevieja, 2002), *El médico de Ifni* (2005), *Venga a nosotros tu reino* (2008), *Barrio Cero* (2010), *La canción de Mbama* (2011) y *El tiempo de los héroes* (2013).

Biblioteca
JAVIER REVERTE

El tiempo de los héroes

DEBOLS!LLO

Primera edición en Debolsillo: abril, 2014

© 2013, Javier Reverte
© 2013, Penguin Random House Grupo Editorial, S. A.
  Travessera de Gràcia, 47-49. 08021 Barcelona

Printed in Spain – Impreso en España

ISBN: 978-84-9032-754-8 (vol. 523/16)
Depósito legal: B-3198-2014

Compuesto en Fotocomposición 2000, S. A.

Impreso en Black Print CPI Ibérica
Sant Andreu de la Barca (Barcelona)

P 327548

A Chelo

Los dioses tejen desgracias y matanzas para que a las generaciones de los hombres no les falte qué cantar.

El rey Alcinoo, en el canto VIII de la
Odisea, HOMERO

Canto al héroe y a sus hechos de armas…

Comienzo de la *Eneida*, VIRGILIO

Muéstrame un héroe y te escribiré una tragedia.

FRANCIS SCOTT FITZGERALD

1

En los muelles del dolor

Los hombres han estado siempre perdidos y lo estarán siempre; sobre todo a propósito de lo que consideran que es justo y lo que es injusto.

LEÓN TOLSTOI, *Guerra y paz*

Aquel mediodía de comienzos de marzo de 1939, bajo un cielo de fango, el mar escupía un oleaje furioso y el viento golpeaba con saña las palmeras del paseo del puerto de Alicante, obligando a sus largas hojas a simular aplausos, como si se burlaran del dolor de la multitud que, herida por el miedo, se agolpaba en los muelles.

Nunca, desde muchos años atrás, el Mediterráneo había mostrado una apariencia tan huraña y lúgubre como la de aquella jornada en la bahía levantina. Casi siempre resplandeciente, el mar latino parecía ahora anunciar el fin de una edad armoniosa y la alborada de un tiempo de pesadumbre. ¿Sucedió así cuando cayó Troya ante los aqueos o cuando Roma se rindió a los bárbaros? En las explanadas cercanas a la mar en donde acampaban miles de soldados y civiles huérfanos de casi toda esperanza, cualquier presagio maligno se convertía en certeza dentro del abatido corazón de las gentes. El paisaje y la multitud componían el amargo lienzo de la derrota. Sobre los espigones, bramaban las olas al romperse, y los hombres y mujeres temblaban de frío, abrazados por el aire húmedo del invierno.

Un joven soldado, recién salido de la adolescencia, miraba alrededor, perplejo y temeroso. Le habían movilizado apenas dos semanas atrás y salió de su casa de Elda con la poca ropa de abrigo que su madre pudo reunir hurgando en los armarios en donde se guardaban las vestiduras de sus hermanos mayores. Se integró en una compañía de algo más de cien hombres jóvenes, junto a unos pocos veteranos de varias batallas. Aprendió en dos días a desfilar con paso torpe y a disparar con poco tino. A él le hubiera gustado vestir un uniforme, pero todo el equipo militar que recibió fueron el ajado morral de un soldado caído en combate, una manta de áspero paño oscuro, un correaje con cartuchera, un tahalí con bayoneta y un gorro cuartelero con borla negra. Su arma era un «mauser» de cinco balas con el alza algo averiada y al que le faltaba el portafusil. El joven soldado lo había sustituido por una cuerda de esparto que comenzaba a deshilacharse y le arañaba el hombro.

También había empezado a fumar en esos días el recio tabaco de picadura que recibía a diario de intendencia y que, al principio, le provocaba tos y leves mareos. Pero pensaba que fumar le haría parecer más hombre ante los otros. No obstante, al mismo tiempo, se sentía algo ridículo por el hecho de calzar alpargatas. ¿Cómo se puede ser soldado y no llevar botas?

El muchacho descansaba sentado en un banco de piedra, cerca de la estación, de espaldas al mar, y aspiraba el humo del cigarrillo con cierta ansiedad. Era un chico flaco, de estatura media y aspecto desgarbado, un hombre aún por hacer. El pelo castaño claro le caía lacio sobre las orejas dejadas al aire desde el borde del gorro cuartelero, y en su rostro casi lampiño punteaban algunas espinillas adolescentes. Tenía la nariz larga y ganchuda y los ojos teñidos de un azul desvaído. Pese a su frágil apariencia, había en el chico un aire difuso de virilidad, lo que presagiaba que, en cuatro o cinco años, podría convertirse en un hombre apuesto.

Su batallón lo formaban dos menguadas compañías de infantería, algo más de doscientos hombres. También se habían desplegado en la zona portuaria otros dos batallones llegados de Alcoy. La misión de todos ellos era la protección del puerto, adonde iban llegando desde semanas atrás caravanas de refugiados civiles, restos de regimientos vencidos en los combates de Andalucía, La Mancha y Levante, y funcionarios y políticos de la República. El joven soldado se preguntaba si él mismo y sus compañeros no eran también refugiados. Sin airosos uniformes y provistos de viejos fusiles y escopetas, no ofrecían el aspecto de ser capaces de proteger a nadie, ni siquiera a ellos mismos, y más bien parecían una rufianesca armada que trataba de escapar de la justicia que un cuerpo de ejército formado por hombres disciplinados. Casi no recibían órdenes de los mandos y, en definitiva, constituían una tropa fatigada y sin ánimo de lucha. ¿Qué harían si llegaban las avanzadillas de Franco antes que los barcos prometidos para la evacuación? Decían que desde el norte bajaba la división italiana del general Gambara y que los nacionales avanzaban desde Castellón, con varios regimientos de los temidos moros regulares y batallones de voluntarios requetés y falangistas bien armados. El soldado se preguntaba si sería capaz de combatir cuando llegaran. Miraba a los veteranos y sus rostros entristecidos no le infundían valor.

Tiró el cigarrillo, lo aplastó con la suela de la alpargata y miró hacia la ciudad, que trepaba hasta las murallas rojizas del viejo castillo musulmán, alzado sobre el roquedal de Benacantil. A los pies de la loma, en la lejanía, algunos altos edificios de la zona del mercado mostraban sus techos desmochados por los bombardeos de los aviones italianos de los últimos meses. Más cerca, próximas al mar, en el paseo azotado por el viento, decenas de palmeras aparecían cortadas a medio tronco, acuchilladas por la metralla, y otras yacían en tierra, con las raíces al aire, arrancadas de cuajo por las bombas, sus largas hojas moribundas desparramadas por el suelo. Muchas de las casas que se alineaban junto al paseo, dando frente al puerto, no eran más que montones de escombros, mientras que otras mostraban hondos agujeros en sus fachadas. Y a pesar de ello, cientos de personas llegadas desde los pueblos de Andalucía, Levante y el sur de Castilla buscaban refugio y montaban sus guaridas entre las ruinas. Los soldados derrotados y los civiles sin esperanza se mezclaban en aquellos espacios en donde, hasta pocos meses antes, hubo alegres cafetines que ocupaban hombres y mujeres embarcados en el disfrute de la sensual brisa mediterránea.

En las explanadas del puerto, surgían por todas partes tiendas de campaña y chabolas construidas con cartones y lonas, que formaban un decrépito decorado extendidas al pie de los suntuosos edificios de la Aduana portuaria y de la Comandancia de Marina. Ardían hogueras aquí y allá, y al soldado le llegaba el olor de las fritangas de aceite rancio. Y también el tufo de gasoil quemado de los camiones atestados de soldados harapientos y de los coches con funcionarios y políticos. Venía con ellos una turbamulta de carros tirados por burros y mulas, atiborrados de viejos de miradas vacías, de mujeres agotadas y niños cansados. El Mediterráneo era la única puerta con un resquicio abierto a la esperanza, a la huida, para aquella multitud entristecida.

Más cerca, la pequeña estación de Benalúa había sido acotada por el ejército, si es que podía llamarse de tal modo a los tres batallones de soldados mal vestidos y peor armados que protegían las vías y el edificio central, formando una suerte de cinturón a su alrededor. Era un caserón rectangular de dos pisos, de aire modernista, con una marquesina metálica extendida a lo largo del único andén. La línea ferroviaria, que llegaba desde Murcia, moría en un sólido bloque de cemento con dos topes ante los que frenaban las locomotoras.

Los ojos del soldado buscaron la orilla del mar. Allí, junto a los muelles, las arboladuras de una docena de mercantes naufragados surgían del agua como los troncos de árboles podridos tras la inundación de un bosque. Eran los buques de provisiones y armamento hundidos por las lanchas torpederas y submarinos de Franco que vigilaban los alrededores del puerto y a los que las baterías republicanas de tierra no eran capaces de alcanzar con sus obuses.

Y más allá, se tendía el mar gris, vacío y alborotado. ¿Cuándo asomarían los prometidos barcos de evacuación?, ¿llegarían antes que las tropas enemigas para sacarlos a todos de allí, rumbo a nuevas patrias en donde rehacer la vida? En el puerto de Alicante, más de diez mil hombres, mujeres y niños miraban, en esos días de comienzos de marzo, hacia el mismo mar sin navíos que contemplaba el joven soldado llegado de Elda, una ciudad del interior.

Era la primera vez en su vida que miraba de esa manera el mar. Y le asustaba verlo así, a la vez tan salvaje y tan desierto.

Oyó el silbido del tren, se volvió y distinguió la columna de humo que se alzaba sobre la chimenea de la locomotora que marchaba despacio hacia la estación. Casi al instante, escuchó la vibrante llamada del silbato del oficial, asió con fuerza su fusil y recorrió los cincuenta metros que le separaban de la terminal ferroviaria de Benalúa. Llegó justo en el momento en que comenzaban a formar en hilera los miembros de su compañía, la destinada a organizar la guardia de recepción del general, junto a una orquesta compuesta por dos tambores, tres trompetas, un clarinete y un par de platillos. El comandante del batallón, nervioso, daba las órdenes reglamentarias al capitán de la compañía, mientras la locomotora se acercaba renqueante, tirando de tres vagones, quejosa, carraspeando y esparciendo a sus costados un manto de vapor y carbonilla.

Una voz repetida, como un susurro rimado, corrió entre las filas de hombres que alzaban sus fusiles ante el pecho en las hileras de la formación. El joven soldado oyó a su alrededor voces de tonos leves:

—Es Modesto, es Modesto… —surgían murmullos en la tropa.

Chirriaron los ejes de las ruedas y los topes delanteros de la máquina al detenerse contra los del bloque de cemento del final del trayecto. El tren se movió en un desgarbado vaivén, antes de parar. El muchacho escuchó las órdenes de firmes y presenten armas y las ejecutó lo mejor que supo. La orquesta acometió un son desafinado con pretensiones de pasodoble. Y un hombre ataviado con un capote oscuro que ocultaba su uniforme, tocado con una gorra de plato en donde lucían las estrellas y barras del grado de general, asomó en la plataforma.

El chico notó que el corazón aceleraba su bombeo. El general se había detenido sobre la plataforma y paseaba la mirada por los rostros de los soldados que le ofrecían sus armas. Era una mirada aguda y penetrante y el joven la sintió como la de alguien que pertenecía a otro mundo distinto al suyo, a un ser superior que caminaba por senderos diferentes a los que él solía transitar. No se parecía a su padre, ni a sus tíos, ni al panadero, ni al cartero, ni siquiera al alcalde, ni a cualquier otro ciudadano de Elda, ni a la gente con la que se había encontrado a lo largo de su vida. Aquel hombre, quieto allí arriba del vagón, era distinto a todos los otros que había conocido. Miraba con un orgullo sereno y rezumaba una recia virilidad.

El comandante se llevó con energía la mano a la sien y clamó:

—¡A tus órdenes, general Modesto!

El general respondió al comandante con un saludo de aire desmadejado y contestó:

—Gracias, camarada comandante. ¿Podría callarse la orquesta?

El jefe del batallón, desconcertado, tardó unos segundos en reaccionar.

—A la orden, camarada —dijo al poco.

Se volvió hacia la orquesta y ordenó:

—¡Silencio!

Un golpe de platillo puso fin a la pieza. El general descendió por la escalerilla hasta el andén y tendió la mano al comandante. El soldado pudo escuchar sus palabras:

—No están los tiempos para músicas ni para recepciones solemnes, comandante. Y además, a mí sólo me gusta el pasodoble para bailar *apretao*. Lo mío es la bulería.

Sus labios se ensancharon en una larga sonrisa de repente aniñada que iluminó su rostro. El tamaño de sus ojos pareció reducirse, brillando como dos pequeñas brasas de carbón. Se dirigió hacia los soldados que formaban en el andén.

—Gracias, muchachos. Descansad armas y romped filas.

Los hombres obedecieron, pero se quedaron en la cercanía del general. Modesto se volvió al comandante.

—¿Han llegado los camiones de Elda?

—Están al caer, mi general.

—Dales de comer algo a mis hombres, comandante: lo que tengas. Venimos con hambre.

—Como tú ordenes, mi general.

En ese instante, uno de los soldados veteranos de la compañía alzó la voz:

—Hemos perdido la guerra, ¿no es verdad, camarada Modesto?

El general se volvió hacia él, sorprendido y levemente irritado.

—Dinos qué ocurre, camarada general —agregó el soldado antes de que Modesto pudiera responder—. Muchos te seguiremos hasta la muerte si es preciso. Pero merecemos la verdad.

Modesto pareció confundido. Sin embargo, en pocos segundos se repuso.

—Aún no hemos perdido, soldados. Y yo no hago una guerra para perderla.

—¿Nos rendiremos, Modesto? —dijo el veterano.

—Yo no me he rendido, camarada —respondió el general.

De nuevo su rostro se llenó de sonrisa y sus ojos otra vez se empequeñecieron. Preguntó al veterano antes de que éste hablara de nuevo:

—Si te rindes y te pillo, lo mismo te fusilo. ¿Piensas hacerlo, camarada?

Dudó el soldado antes de responder:

—No me entregaría de ninguna manera.

El general rió.

—Lo harás, seguro. El miedo te atrapa cuando menos lo esperas. Pero puedes quedarte tranquilo: quizás yo no esté aquí ese día para fusilarte.

Y comenzó a dirigirse a varios de los soldados de la guardia que había formado para recibirle. «¿Y tú y tú y tú, vas a rendirte?», preguntaba a uno tras de otro. Y todos respondían: «No, camarada general».

Se detuvo al fin frente al joven soldado.

—Yo tampoco, mi general —dijo éste antes de que le preguntara.

Modesto le miró a los ojos con fijeza.

—¿Cuántos años tienes?

—Veinte.

—La verdad, soldado…

El chico vaciló.

—Diecisiete —rectificó al fin.

—Eres muy joven para matar y morir. ¿Cómo te llamas?

—Lázaro Sánchez. Y no quiero morir.

—Nadie en su sano juicio quiere morir. Seguro que ni siquiera querrían seguir muertos los que ya lo están.

—Tampoco he pensado en matar.

—Eso no se piensa nunca; se mata cuando no hay más remedio.

—Pero mataría por la República.

—Eso no se dice a los diecisiete años.

—¿Usted ha matado, mi general?

—Menos de lo que debería y más de lo que hubiera deseado. Y acostúmbrate a no preguntar tanto cuando te habla un superior... ¿De dónde eres, chaval?

—De Elda: me han movilizado hace dos semanas.

Modesto miró sus pies.

—No me dieron botas —dijo el chico sonrojándose.

Sonrió de nuevo el general y se volvió hacia el comandante.

—Incorpora a este soldado a mi tropa. Y búscale unas botas.

—No hay botas, general.

—Puta intendencia... El chaval se viene conmigo a Elda.

—A tus órdenes, camarada general.

—Vamos, Lázaro —concluyó Modesto mirando al chico, al tiempo que componía media sonrisa—: levántate y anda.

Dio la espalda al muchacho y se alejó de la fila. Sus hombres descendían de los vagones y entraban en el edificio de la estación. Iban armados de modernos subfusiles y provistos de uniformes recién estrenados. La escolta del general la formaban cinco pelotones de diez hombres cada uno, mandados por los correspondientes sargentos. Al frente de todos ellos viajaba un teniente. A Modesto le acompañaban también su inseparable comisario político, el madrileño Luis Delage, y su guardaespaldas, un gigantón gaditano de enorme cabeza llamado José, a quien se conocía por el apodo de Cachalote.

—Volved a vuestros puestos —ordenó el comandante a los soldados de la compañía que habían formado la guardia de recepción.

El joven Lázaro se quedó en pie en donde estaba, sin saber muy bien qué hacer. El comandante le dio un golpe en el hombro.

—Y tú…, coge tus cosas, entra ahí con la tropa del general Modesto y te vas con los camiones de Elda cuando lleguen. ¿Te ha enchufado alguien?

—Es la primera vez que veo al general, mi comandante…

Fue a buscar su morral a uno de los galpones de la explanada y regresó a la estación. En el interior, los recién llegados daban cuenta de latas de sardinas y rebanadas de pan de maíz. Con sus refulgentes fusiles, sus cuidados uniformes y sus botas de caña alta, al joven soldado le parecieron guerreros indestructibles.

Un sargento se acercó a él.

—Lázaro, ¿no?

—¿Cómo lo sabe, sargento?

—Preguntas mucho, pero tienes suerte: te acaba de adoptar el militar más importante de España. Y eso significa que te ha salvado la vida. Cuando lleguen los camiones, te subes al de mi pelotón, el B. Vas con los de la escuadra que manda ese cabo, él ya lo sabe. —Señaló a un hombre alto y escuálido que comía un bocadillo apoyado en una columna, con el fusil en bandolera—. Y anda, cómete una de esas latas de sardinas.

Modesto despachó con premura un bocadillo de mortadela en la pequeña oficina de la estación, arrimado a la estufa y sentado junto al comandante, su asistente Cachalote y el comisario político Luis Delage.

—Los camiones ya deberían haber llegado —dijo mientras señalaba el reloj de pared: las manecillas pasaban unos minutos de las cuatro de la tarde.

—Hay partidas armadas de falangistas en la carretera que viene de Elda a Alicante, camarada general —informó el comandante—, y es mejor dar un rodeo por Monóvar. Se tarda más, pero es lo prudente.

—Creíamos que toda la zona era segura —intervino Delage.

El comandante se encogió de hombros.

—Las cosas están mal y cambian de un día para otro.

—¿Cuánta gente hay en el puerto? —preguntó Modesto.

—Tal vez doce mil, la mayor parte refugiados —respondió el comandante—. Los soldados son alrededor de dos mil, casi todos restos de batallones andaluces y manchegos: andan despistados, pero obedecen las órdenes. Y hay grupos de políticos. Desde hace una semana van llegando barcos y se los llevan a Orán y a Francia. Pero cada día que pasa alcanzan el puerto más huidos y cada vez hay menos barcos.

—¿No les ayudáis?

El comandante movió la cabeza hacia los lados, con gesto de fatiga.

—Se hace lo que se puede. Pero faltan comida y medicinas… Si esto no se arregla, dentro de unas semanas será un escenario terrible, un desastre, camarada general. Tienen que venir más barcos, muchos más barcos, para poder salvarlos a todos. La gente aguanta, pero tiene mucho miedo a Franco y a sus moros… Franco es un hombre pequeño y, sin embargo, su figura se nos hace terrible. Si el Diablo existiera, sería como él.

—No hagas caso —respondió Modesto—, Franco sólo es un hombre: frágil y mortal, como cualquiera. Aunque un poco más hijo de puta que la media.

Se levantó y se dirigió a Delage:

—Voy a airearme un poco mientras llegan los camiones. Avisadme cuando aparezcan.

—¿Te acompaño? —preguntó el comisario.

—Prefiero estar solo.

—No pienses demasiado, Juan: en estos tiempos no es buena cosa.

Modesto se quitó la gorra y se la arrojó a su chófer como si echara al aire un platillo volador. Tenía una cabeza grande, de pelo fosco, vigoroso y negro, que formaba un pequeño triángulo en el centro de la parte superior de su frente.

El chófer atrapó la gorra al vuelo.

—Guárdamela, *pisha**—dijo Modesto.

—Sopla una rasca del demonio, jefe. Y puede llover.

—No quiero que los soldados vean las insignias y me frían a preguntas para las que no tengo respuestas. Y me gusta sentir el viento en la cabeza: espanta mis demonios.

Se ajustó el capote y alzó su cuello hasta cubrir parte de la barbilla. Después, atravesó el vestíbulo en donde descansaban sus hombres y se dirigió a la puerta de salida.

El viento había amainado un poco, pero seguía soplando con fuerza y le golpeó el cabello, que se agitó en ondas desordenadas. Modesto atravesó las líneas de soldados y se dirigió a paso lento hacia la escollera. Sus ojos guiñados se movían de un lado a otro, fijando en su retina y en su memoria los detalles de aquel paisaje desolador. Escuadras de soldados de aire fatigado se apostaban con fusiles y ametralladoras tras los sacos terreros y los parapetos de las entradas a los muelles. Y confusa, sin orden, mezclándose con los soldados, una masa de ancianos, mujeres, niños y anima-

---

** *Pisha* es un vulgarismo muy común en varias zonas de Andalucía que los hombres usan para llamarse entre ellos. Viene de la palabra «picha»; pero su uso la ha desprovisto de algo de su tosquedad.

les de tiro se movía de un lado a otro como las hormigas que se han extraviado de la ruta que conduce de regreso al hormiguero.

Por todas partes ardían fogatas y hasta el olfato del general llegaban olores mezclados que se le hacían difíciles de reconocer: ¿mugre y comida?, ¿aceites y mierda?, ¿orines y maíz cocido?, ¿guisos de col y sudor de axilas?

«Como náufragos que han escapado milagrosamente del mar y vagan por una isla desconocida», se dijo Modesto.

En las explanadas cercanas a los muelles, se extendían decenas de tiendas de campaña y toldos colocados sobre bidones y contenedores que servían de refugio a los menesterosos. De súbito, le cortó el paso un camión del Socorro Rojo cargado de paquetes y con dos hombres a bordo, arriba de la caja. Frenó el vehículo y una gran cantidad de gente comenzó a aparecer de pronto, viniendo desde todas las direcciones, arremolinándose alrededor del coche y tratando de hacerse con algunos de los paquetes de legumbres que los dos hombres arrojaban desde lo alto a la marea de manos anhelantes.

Modesto se escurrió como pudo entre la multitud desesperada y continuó su camino hacia una de las dársenas que defendía un espigón. Distinguía ya los mástiles de los barcos hundidos que surgían del agua, semejantes a los brazos desnudos de gigantes ahogados. Más allá, el mar se revolcaba sobre sí mismo como un animal salvaje y loco.

Buscó una zona protegida del viento y de los embates del temporal, se sentó sobre un bloque de hormigón y sacó un cigarrillo del bolsillo de la guerrera oculta bajo el capote. Los espumarajos de las ondas rotas al chocar con el dique saltaban al aire y parecían bramar; y el bronco quejido del océano cegaba cualquier otro sonido que pudiera llegarle de tierra.

Desde el lugar en donde se encontraba, Modesto veía el mar oscuro y sucio revolverse bajo sus pies; y a su derecha, los muelles atestados de seres humanos y de vehículos, el brillo de las fogatas, el baile dislocado y cimbreante de las palmeras más jóvenes, los tejados rojizos de la ciudad y los muros ciegos del castillo en las alturas.

Presentía que se acercaba a su vida algo terrible y grande, algo que le superaba y con lo que nunca había querido contar: la derrota. Y sabía también que el hecho de perder una guerra como la que estaba librando se transformaría en una realidad demasiado abrumadora como para poder digerirla con facilidad, porque sin duda habría de cambiar el destino de millones de personas y el suyo propio.

Y ahí tenía, no muy lejos, a la vera del mar, en las explanadas de los muelles, la fatídica visión del desastre retratada en los gestos de las gentes y en el abatimiento de los soldados.

Pensó que quizás era un peso excesivo para sus hombros. Pero no tenía otro remedio que soportarlo.

Porque él mismo había escogido para sí esa senda.

Y toda elección de un destino exige un precio.

Su existencia había corrido muy deprisa en los últimos tiempos. Tenía treinta y dos años y sentía que, en los casi tres que ya duraba la guerra, hubiera vivido cien vidas. Era marzo de 1939 y en sus oídos resonaban aún los primeros gritos de victoria de julio de 1936, aullidos que golpeaban los tímpanos y levantaban ecos entre el galopar de los caballos y el rugido de la artillería, mientras las banderas tricolores se alzaban airosas sobre el polvo. Y ahora también, batalla tras batalla, escuchaba los lamentos de dolor, el griterío de los hombres heridos y vencidos bajo el trueno de las bombas lanzadas por los aviones enemigos, mientras las banderas humilladas se desvanecían entre el humo negro de las explosiones, el olor de la pólvora quemada y la niebla de la claudicación..., y veía la pena en los rostros de sus soldados camino de la frontera francesa, desde la Cataluña rendida, a comienzos del pasado febrero. Durante esos tres años, su existencia había transcurrido rodeada por millares de hombres. Puede que fuera eso lo que llamaban Historia, vivir entre una multitud que lucha, que mata y muere, que alza al aire vítores por sus victorias y llora sus humillaciones.

Los primeros disparos de la guerra tronaron para Modesto en el cuartel sublevado de Getafe, la noche del 19 de julio de 1936, apenas veinticuatro horas después de anunciarse el levantamiento militar. Fue una escaramuza, no una batalla: los propios soldados se ocuparon de rendir a los oficiales rebeldes antes de la alborada del día 20 y tan sólo hubo dos sediciosos muertos. Cuando Modesto, entonces jefe nacional de las Milicias Antifascistas organizadas por el Partido Comunista, entró en el cuartel, junto a sus camaradas Pasionaria y Líster, el griterío de los soldados celebrando el triunfo sonaba como el torrente de un brioso río de montaña. Más tarde, fatigado por la noche en vela, partió con una veintena de hombres armados bajo sus órdenes hacia el Cuartel de la Montaña, en donde la resistencia de los alzados era mucho más fuerte que en los acantonamientos de los alrededores de Madrid. Allí comprendió, horas después, en el patio teñido de sangre de la caserna asaltada, lo que significaba en realidad la guerra.

Cuando llegaron, próximo ya el mediodía, centenares de guardias de asalto, milicianos y civiles armados rodeaban la imponente fortaleza, cuyos muros oscuros se levantaban sobre el cerro de Príncipe Pío. Algunos oficiales leales a la República intentaban organizar a la turba y el propio Modesto trató de abrirse paso con su gente hasta los primeros asaltantes, que se escondían entre los árboles del jardín que rodeaba el cerro. Pero era difícil atravesar aquel muro vehemente de la multitud apretada. Allí no había jefes ni mandos; la única autoridad surgía de un estado de ánimo colectivo crecido desde la furia y el temor.

Sonaron de pronto los disparos de las ametralladoras, viniendo desde el cuartel, y la gente gritó y muchos se tendieron en el suelo o buscaron parapetarse en cualquier lugar que ofreciese alguna protección. Retrocedieron los asaltantes y grupos de hombres huyeron a la carrera dominados por el pánico.

Pero una ola formada por miles de personas armadas con viejos rifles y pistolas, cuchillos e incluso palos, gentes con cascos, gorros cuarteleros y gorras de plato, boinas y sombreros campesinos de paja, hombres y mujeres, ancianos e incluso niños, atendiendo la llamada de las emisoras de radio fieles al gobierno, descendía desde la Gran Vía, inundaba la plaza de España y empujaba a los asaltantes, quisieran o no, hacia el cuartel bajo el sol ardoroso del verano. Y otra ola, viniendo desde el norte, desde la calle de Ferraz y el parque del Oeste, avanzaba implacable hacia el oscuro edificio del que brotaban las balas.

Las ametralladoras no podían detener a la multitud enfebrecida porque no existía la posibilidad de recular ante la presión de la gigantesca masa humana que llegaba desde todas las calles hasta el parque en donde se alzaba el cuartel. Modesto y los suyos fueron también empujados por el oleaje enardecido. E impelido hacia delante por el vigoroso impulso de la marea, Modesto pasó sobre el cadáver de una joven miliciana, abatida por los disparos rebeldes, cuyos ojos sorprendidos miraban al vacío del aire.

Gritaba la multitud y las voces se confundían con el tronar de las ametralladoras. Disparaba un cañón contra la caserna. Era un anticuado Puteaux francés, de calibre 37, y sus livianos proyectiles parecían rebotar contra los sólidos muros sin producirles apenas daño. Un decrépito Ni-52 sobrevoló el cuartel, arrojó octavillas y luego una bomba que levantó ecos y humaredas en el interior. Los hombres de las primeras líneas de atacantes caían derribados por el fuego enemigo, pero los que venían detrás corrían y saltaban sobre sus cuerpos, tratando de ascender por la escalinata de dos brazos y luego por la rampa que llevaba hasta la explanada de entrada del fuerte.

Al fin, un hombre logró adelantarse a todos y lanzar un cartucho de dinamita contra el parapeto que protegía la puerta del recinto rebelde. Al instante, cayó alcanzado por el fuego de la ametralladora. Pero unos segundos después, la dinamita hizo explosión y el parapeto saltó por los aires, la ametralladora enmudeció y en el portalón del cuartel se abrió un boquete capaz de dejar paso a una pareja de caballerías. Por allí se precipitaron los primeros asaltantes al interior de la caserna.

A Modesto le aturdía el sonido de los disparos y las explosiones, el griterío de la gente, mientras trataba inútilmente de abrirse paso hacia la entrada. Vio a un oficial rebelde aparecer en uno de los balcones del segundo piso: desarmado, sin gorra, con los brazos alzados en señal de rendición. Y de pronto el hombre cayó al vacío haciendo una ridícula pirueta en el aire. Detrás asomó un joven que gritó algo ininteligible mientras comenzaba a arrojar armas a la multitud que se agrupaba bajo los muros. De otros balcones surgieron nuevos civiles que lanzaban carabinas y pistolas a quienes esperaban abajo.

Modesto procuraba que sus hombres no se desperdigaran. Antes de poder entrar en el cuartel, a gritos, les dio las órdenes precisas.

—Dividíos ahora mismo en grupos de cuatro. Vosotros —se dirigió a Luis Delage y a Cachalote—, venid conmigo. Sólo hay una orden: luchar hasta vencer; pero a los que se rindan, tomadlos prisioneros. No quiero ejecuciones sumarias. ¡Somos revolucionarios, no criminales!

Los tres hombres ascendieron la rampa. La luz del mediodía de julio se abría sobre el parque y los jardines. Sudaban, pero la excitación les impedía percibir su propio calor. Luis Delage y Cachalote flanqueaban a Modesto, casi pegados a su cuerpo. Delage portaba una vieja Beretta, Cachalote un subfusil naranjero medio averiado y Modesto una pistola Astra. Delage protegía su incipiente calva del sol con una gorra de plato. Cachalote se cubría con un casco militar francés, una reliquia de la Gran Guerra que encajaba a duras penas, ridículamente, en su granítico cráneo. En cuanto a Modesto, el aire revolvía sus cabellos como las crines negras de un corcel.

Los otros grupos, también mal armados, se habían quedado atrás. De pronto, Modesto distinguió cerca de él a una muchacha que subía la cuesta. Era casi una adolescente, una chica pequeña y delgada, pero de formas redondas y atrayentes. Tenía el pelo claro recogido en un moño y ojos verdosos. Llevaba un sencillo vestido de verano color caramelo estampado con flores blancas y zapatos de tacón bajo. De inmediato le gustaron su figura y su mirada.

Se acercó hacia ella y sujetó su hombro.

—¡Vete de aquí, criatura!, ¡éste no es un sitio para chiquillas!

La joven se zafó y retrocedió un paso.

—¿Y quién eres tú para darme órdenes? ¡Voy con el pueblo!

Llegaba uno de los grupos de Modesto.

—¡Fermín y Ángel! —ordenó el miliciano a dos de sus hombres—. Llevaos a la niña de aquí.

—¡A mí no me toca nadie! —gritó la muchacha.

—¡Lleváosla de una vez! —ordenó Modesto irritado.

Luego añadió sonriente:

—Pero con clase, Fermín, con clase…, llévatela como si fueras un poeta.

—¡Maldito seas! —gritó la chica.

Modesto se giró y continuó subiendo la rampa. El ruido de los balazos y las explosiones aumentaba y ya apenas podían escucharse los gritos de los asaltantes. Y un fuerte olor a pólvora y ceniza inundaba el aire, espesándolo.

Siempre arropado por Delage y Cachalote, cruzó al fin el portalón. A duras penas se abrieron paso entre los cascotes, los restos de herrajes y de maderas que habían formado la pieza de la enorme hoja, saltando sobre los cadáveres confundidos de civiles y militares que se amontonaban junto al parapeto destruido. Cuando entraron en el patio, vieron algunos cuerpos tendidos en la explanada y una ametralladora Vickers, instalada en los soportales por los guardias de asalto, que disparaba hacia las galerías superiores. Desde allí brotaban los balazos del enemigo y, ocasionalmente, bombas de mano. Modesto, Delage y Cachalote se refugiaron tras las columnas de los soportales que rodeaban la explanada. Dos grupos de sus hombres se les unieron al poco. Dispararon sus armas, sin precisión ni tino, hacia las figuras oscuras que se movían en los pisos superiores.

—¡No hay que darles respiro! —gritó Modesto.

—¡Tenemos poca munición, Juan! —respondió Delage.

—¡Disparad hasta agotarla!

Durante varios minutos, nada cambió. Cruzaban los tiros de un lado al otro del patio, sobre los cadáveres tendidos, y la batalla se hacía eterna para todos. Modesto vació dos cargadores, apuntando a las sombras que se movían en las galerías de arriba. Tuvo la sensación de que una de ellas caía derribada. Quizás era el primer hombre que mataba en su vida. Pero no quiso pensar sobre ello y cargó un nuevo peine en su pistola. Tan sólo le quedaba otro más.

Y de súbito se oyó un sonoro relincho. Un airoso y ligero caballo, de pelaje blanco y crines tocadas por una luz dorada, entró al galope en la explanada, escapado de las cuadras del fondo del cuartel. Iba sin silla, tan sólo guarnecido con la cabezada y las bridas, que pendían desde el freno azotando su garganta y pecho. El tiroteo cesó en uno y otro lado. Y el silencio se posó sobre el cuartel. El corcel recogió el paso, trotó entre los muertos, dio breves galopes a un lado y a otro del patio, como si bailara, lanzó coces a su espalda, se detuvo y miró con sus ojos negros a los hombres, cagó luego tres boñigas oscuras alzando la cola, relinchó dos veces con brío y corrió al fin hacia el portalón, para perderse al otro lado del boquete.

Modesto se puso en pie y miró admirado hacia el lugar por donde había escapado el caballo. Oyó la voz de Cachalote.

—¿Qué ha sido eso, jefe, una aparición?

—Es un caballo cartujano, *pisha*, no tengo duda. Ahí dentro tiene que haber algún militar señorito, un señorito de Jerez. Los conozco y sé que morirán sin miedo, ya lo verás. Son tan hijos de puta como bravos.

El tiroteo recomenzó con ímpetu renovado. La multitud entraba a la explanada con una algarabía de gritos y disparos. Nadie podía detenerla, ni siquiera las dos ametralladoras que disparaban desde las galerías superiores. Caían algunos hombres y otros corrían y se protegían bajo los soportales, ascendían por las escaleras, llegaban a los anchos pasillos, alcanzaban las dependencias interiores del cuartel… Parecía claro que la victoria no iba a caer del lado de los alzados.

—Vamos —ordenó Modesto a los suyos—, tenemos que contener a la gente, tenemos que impedir la masacre.

Era una tarea imposible. Del interior del cuartel salían soldados y oficiales con los brazos en alto, lanzando vivas a la República y mueras al fascismo. Algunos mostraban sus carnets de miembros de los partidos obreros o de los sindicatos. La gente apartaba a los oficiales y registraba sus bolsillos. Eran hombres desarmados, con los rostros desencajados por el terror, casi todos calzados con botas altas y uniformados con camisas caquis y calzones de montar. Sólo unos pocos se cubrían con la gorra de plato.

Modesto entró al frente de los suyos por la primera puerta que encontró. Se cruzaba con hombres que salían abrazando tres o cuatro fusiles. En las oscuras galerías tronaban las cerradas descargas de los «mauser». Modesto comprendió de inmediato que se estaban produciendo fusilamientos.

En la primera sala de oficiales, quizás la de Banderas, había una decena de cadáveres caídos en el extremo de la estancia. Sobre ellos, en la pared, la sangre se escurría hacia el suelo. Modesto tocó uno de los cuerpos. Estaba caliente.

—¡Adelante! —gritó—. ¡Acabemos con esta matanza!

Pudo interceptar en la galería a un grupo de asaltantes que, armados con «mauser» arrebatados a los rebeldes, empujaban a seis oficiales hacia una salida que daba al patio. Los detuvo.

—¡Milicias Antifascistas, Milicias Antifascistas! —clamó—. ¡Entregadme a esos hombres!

—¡Hay que fusilarlos! —contestó un joven.

—¿Quién ha dado esa orden?

—¡El pueblo, lo pide el pueblo! —respondió el muchacho.

—¡Muerte al fascismo! —exclamó otro chico de la partida.

Modesto apuntó a los jóvenes con su arma.

—¡Quitaos de en medio! —ordenó terminante—. ¡Yo soy el pueblo!

Se volvió hacia sus hombres.

—¡Llevadlos a la trasera del cuartel!…, ¡con vida!

Y ordenó a los muchachos:

—¡Y vosotros, a tomar por culo! ¡Volved al puto patio! ¿Queréis ser asesinos desde tan jóvenes?

Siguió recorriendo galerías, haciéndose cargo de los vencidos, topando con cadáveres de sediciosos recién fusilados. Otros grupos organizados de las Milicias Antifascistas procedían a una tarea semejante a la de Modesto y habían acotado una zona del cuartel, junto a las caballerizas, en donde se conducía a los prisioneros rescatados de la turba. Entre ellos estaba el jefe de la rebelión de Madrid, el general Fanjul, detenido por un grupo de milicianos socialistas. Modesto contempló un instante la figura del hombre derrotado: era casi un anciano y rehuía mirar de frente a sus captores, sentado en una vieja silla de madera descolorida, con el cuerpo levemente inclinado hacia delante.

Pese a los esfuerzos de algunos sectores de las Milicias, era imposible contener aquella marea de violencia. Al grito de «¡Armas para el pueblo!», hombres y mujeres salían de los cuartos del interior llevando fusiles y pistolas que amontonaban en un extremo de la explanada.

Llegaban nuevas descargas desde el patio principal y Modesto corrió hacia allí seguido por los suyos. Se estremeció ante el escenario que se mostraba bajo la fogosa luz del mediodía. Decenas de hombres yacían en el suelo, cadáveres en posiciones grotescas, muchos boca abajo, otros con las miradas vueltas hacia el cielo: en su mayor parte, reposaban sus cabezas sobre los charcos de su propia sangre.

Modesto oyó disparos de pistola viniendo desde el otro lado del patio. Corrió hacia allí, jadeando, abriéndose paso entre la gente armada y sorteando los cuerpos de los ejecutados. Un grupo de asaltantes había puesto en fila a varios oficiales y el que mandaba el grupo, un hombre recio vestido con mono azul y correajes militares, más ancho que alto, con la barbilla adornada por una perilla leninista, recorría la hilera de prisioneros disparándoles de uno en uno en la sien. Modesto le reconoció: era un dirigente de las Milicias Antifascistas, un comunista llamado Valentín González que se mostraba ufano de su apodo: el Campesino.

Cuando Modesto llegó al lugar, había media docena de hombres caídos y quedaban en pie otros tantos. La sangre brotaba a borbotones de las cabezas de los ejecutados. Uno de los cuerpos se movía como si sufriera un ataque de epilepsia.

—¡Quieto, González! —gritó mientras trataba de desarmarle.

Forcejearon unos segundos antes de que Modesto le arrebatara la pistola.

—¿Qué haces? —clamó el Campesino.

—El Partido Comunista no asesina.

—Han empezado ellos…

—A un muerto no lo tapa otro muerto.

—Nuestro deber es matar hasta cansarnos y luego hacer la revolución.

—¿Quién ha dicho que sea nuestro deber?

—Devuélveme mi pistola o te pegamos un tiro aquí mismo.

Dos de los hombres del Campesino apuntaron sus carabinas hacia él. Pero Cachalote y los suyos llegaban ya al lugar. Les doblaban en número.

—¡Bajad las armas si no queréis que os friamos a tiros en nombre del Partido! —ordenó Delage.

—¿Y quién es el Partido? —preguntó el Campesino.

—Ahora mismo, yo —respondió Modesto.

—Devuélveme la pistola.

—Búscate otra. ¡Y lárgate de aquí, asqueroso criminal, si no quieres que te dé una patada en los cojones, suponiendo que los tengas!

—Algún día nos veremos las caras, Modesto.

—Pues fíjate bien en la mía antes de que te deje medio ciego a puñetazos, cobarde.

—Tendríamos que verlo.

El Campesino retrocedió dos pasos. Sus hombres le contemplaban expectantes.

—Algún día, algún día… —comenzó a decir.

Finalmente dio la espalda a Modesto.

—Vámonos —ordenó a su gente—. Hoy no debemos luchar entre nosotros.

—¡Corre, gallina! —le gritó Cachalote mientras se alejaba.

Sólo tres de los suyos siguieron al Campesino camino de la puerta.

—Estamos contigo, Modesto —dijo otro de los del grupo—, a nosotros tampoco nos gusta hacer esto.

Sin responderles, desdeñoso, Modesto se volvió y ordenó a Cachalote:

—Toma un par de hombres y ve con ellos para asegurarte de que no hay una sola ejecución más.

—Tú mandas, jefe… —respondió con orgullo Cachalote.

Uno de los oficiales se dirigió a Modesto. Bajo la guerrera militar desabotonada vestía una camisa azul de Falange.

—Tú eres de la bahía gaditana —dijo el rebelde.

Modesto reconoció en su voz el acento de los Puertos.

—Y tú también, por cómo hablas.

—Te pareces a un hombre que conocí en Jerez. Trabajaba para mi abuelo, de tonelero.

—¿Cómo se llamaba?

—Guilloto…, creo que Luis.

—Es mi tío.

—Entonces tú eres ese famoso Guilloto, el comunista del Puerto de Santa María…

—Ya nadie me llama así, sino Modesto.

—Estoy en deuda contigo, paisano.

—No me trates de paisano. Si mi tío fue tonelero en tus bodegas, tú eres un Osborne, uno de los señoritos que explotan a los míos. Y no me gusta tu camisa.

—Soy Osborne y a mucha honra. Y también falangista, con orgullo de serlo. De todos modos, me has salvado la vida.

—No lo he hecho por ti, sino por mí. Y no estés tan seguro de haber salvado la vida. Te juzgarán por rebelión y es probable que te fusilen. Y acepta un consejo gratis: procura no ir de chulo jerezano ante el tribunal, te irá peor.

—Prefiero tener delante a un piquete de hombres que a un cobarde detrás dispuesto a dispararme a traición.

—Ya te veo…

Modesto se dirigió a Cachalote.

—Vamos, llévatelos.

Pero al instante dudó.

—Espera.

Se volvió de nuevo hacia el oficial.

—¿Era tuyo el caballo blanco que escapó de las cuadras?

—Pura raza cartujana. Se llama Capitán. Guárdatelo si das con él: te lo regalo.

Modesto esbozó una sonrisa desdeñosa y, con un movimiento de cabeza, indicó a Cachalote que se llevara a los prisioneros.

Poco a poco cesaron los disparos. Pasadas las dos de la tarde ya no se escuchaba ninguno. Numerosos civiles llegaban a la explanada del cuartel, curioseando entre las decenas de oficiales ajusticiados en el asalto. Bajo el sol agobiante, Modesto creyó soñar. ¿Cómo era posible tanto horror?

Batallones de moscas zumbaban sobre los cadáveres. El fuego del sol quemaba la tierra alisada del patio. Hervía la sangre bajo los cráneos de los ejecutados y se encogía luego en sólidos cuajarones.

Cuando regresó a la calle, la multitud ascendía hacia la Gran Vía. Marchaban hombres y mujeres con las pistolas, fusiles y bayonetas capturados en el cuartel, con cascos y gorras militares arrebatados a los rebeldes, enarbolando las banderas rescatadas de las manos de la tropa sediciosa, confundidos los guardias de asalto y los guardias civiles con los milicianos, mezclando vítores a la República, consignas de lucha y ocasionales disparos al aire, con cantos jubilosos: el *Himno de Riego, A las Barricadas, Joven Guardia...* La heterogénea multitud componía un desfile que, a un espectador casual, podría parecerle algo ridículo y extravagante si no hubiera contemplado antes el escenario atroz que quedaba a sus espaldas, en la explanada ensangrentada del cuartel, adonde pronto se acercarían gentes temblorosas y acobardadas en busca de los cadáveres de los suyos. La abigarrada multitud desfilaba ocupando toda la calzada de la Gran Vía bajo una hilera de altos edificios en cuyas alturas señoreaban figuras de atlantes, águilas barnizadas de oro, cuadrigas romanas guiadas por guerreros de bronce, estatuas de mujeres con los pechos marmóreos al aire, osos y leones, ángeles de piedra, guerreros aztecas, Minervas, Auroras, Pegasos y Aves Fénix. Algunos niños que aireaban trapos rojos se habían unido al festejo. La batahola de aquella tarde de estío del 36 celebraba el primer acto de la gran tragedia que se cernía sobre España.

Modesto no tenía ganas de marchar con la muchedumbre enardecida. Más bien sentía rechazo y un leve regusto acre en la boca. Una inmensa fatiga le invadía el ánimo y tenía la sensación de que, de pronto, su juventud se alejaba de su lado, que una parte de su ser se diluía de forma irremediable, como si esa mañana le hubiesen amputado un pedazo de alma. Pero percibía también que aquel oleaje le arrastraba hacia un destino incierto y que él formaba parte de todo ello, quisiera o no. Y que no podía oponerse ni volver la espalda a ese mandato. Por un momento, se sintió perdido, prendido en los brazos de algo que le superaba.

Ordenó a sus hombres ayudar a conducir a los prisioneros rebeldes a la cercana cárcel Modelo. Cachalote se empeñó en llevarle en coche hasta su alojamiento, un piso del Partido que compartía con varios camaradas en la barriada obrera de Carabanchel.

—Era un tipo valiente, de nuestra tierra, jefe, hay que reconocerlo —dijo Cachalote—. Y qué curioso: tiene nombre de coñac.

—Claro, *pisha*: su familia es la que hace el coñac Osborne. Tienen grandes fincas en el Puerto, en Jerez…, son muy ricos. Latifundistas y explotadores a más no poder.

—Les odias…

—No por eso. No me importa que posean tantas tierras, que acumulen tanta riqueza. Lo que detesto es que se han apropiado de nuestra voz, de nuestra manera de ver el mundo, de nuestros cantos, de nuestra elegancia, de la dignidad de las gentes gaditanas… Presumen de andaluces y sólo son extraños entre nosotros.

—No te entiendo, jefe.

—Da lo mismo, *pisha*… Ni que hubieras nacido en Arizona.

—¿En dónde queda eso, jefe?

Modesto rió con ganas.

—¿Es que nunca has ido al cine? En América, hombre, en donde las películas del Oeste.

—Ah, ya decía yo que me sonaba.

—Los camiones de Elda ya están aquí, jefe.

Le sobresaltó la voz de Cachalote. Con el ruido del oleaje, no le había oído llegar.

Se puso en pie.

—¿Cuántos son? —preguntó.

—Tres. Muy viejos, pero bastante grandes: hay sitio de sobra para todos los hombres.

Modesto miró su reloj. Las manecillas marcaban las cuatro y media. Echó a andar al lado de su amigo y guardaespaldas.

—¿Qué meditabas, jefe?

—Recordaba aquel día del Cuartel de la Montaña.

—Yo tampoco lo he olvidado.

—Nos ayudó a madurar, José.

—Lo que más me impresionó mientras corrías a enfrentarte

con el Campesino, fue ver a una mujer arrodillada ante el cadáver de un rebelde, asesinado de un tiro en la cabeza, al que apuñalaba una y otra vez con un cuchillo de cocina. La sangre saltaba y le manchaba el vestido. Y a pesar de todo, ella seguía apuñalando. Me habría parado a quitarle el cuchillo, pero debía de alcanzarte antes de que te disparasen los hombres del Campesino.

—Tenía que haberle matado aquel día. Pero entonces no era capaz.

—¿Por qué haría aquello la mujer? Te aseguro que era terrible de ver, jefe.

—La sangre llama a la sangre, como el fuego al fuego y el sexo al sexo.

Siguieron caminando en silencio. Lloviznaba y las nubes corrían oscuras sobre el afligido escenario del puerto alicantino. Pasaron junto a una camioneta del ejército que repartía huevos frescos entre los civiles, a razón de tres por cabeza. Decenas de personas anhelantes formaban una nutrida cola y esperaban su turno tras la caja del vehículo. A pocos metros, un viejo se había escurrido y caído al suelo y, ahora, arrodillado, contemplaba con los ojos llenos de lágrimas, atónito, las cáscaras rotas y las babosas manchas amarillas de las yemas de sus tres huevos.

Modesto se adelantó, le tomó por los hombros y le ayudó a levantarse. Luego, llevándole del brazo, se abrió paso entre la cola de gente y ordenó al cabo que repartía el alimento:

—¡Dale tres huevos a este hombre!

El soldado le miró con cierta altanería.

—Hay una cola.

Modesto abrió su capote, descubrió el hombro derecho y mostró las barras de su rango.

—¡Estás hablando con un general! —gritó—. ¿Quieres que te haga fusilar?

El otro obedeció.

—Cuídate, abuelo —dijo al viejo antes de alejarse.

Sobre los muelles se proyectaba, invisible todavía, pero viva en los corazones empavorecidos de los refugiados, la sombra del general Franco. Era la misma sombra impía que había perseguido a Modesto durante toda la contienda.

Modesto se sentó junto al chófer del segundo camión. En el primero viajaba Cachalote y en el último Luis Delage. Los hombres de la escolta se distribuían en las cajas de los tres vehículos. Eran casi las seis de la tarde cuando partieron de la estación de Benalúa.

—¿Cuánto tardaremos hasta Elda? —preguntó al conductor.

—Si no hay averías ni contratiempos, algo más de dos horas, camarada general. Resulta poco aconsejable ir por la carretera principal: podríamos topar con alguna partida armada de fascistas. Así que mejor damos un rodeo por Aspe y Monóvar.

—Llegaremos de noche, ¿no?

—Me temo que sí. El sol se pone a eso de las ocho.

Las varillas de goma, melladas y quejumbrosas, limpiaban a duras penas el parabrisas de la lluvia sucia que caía sobre el vehículo. Modesto ofreció un cigarrillo al conductor y colocó otro en la larga boquilla que siempre llevaba consigo. Abrió una rendija de la ventana, girando la manivela adosada a la portezuela, y sintió el frío del invierno y el olor de la tierra mojada. Se sentía algo cansado.

Habían transcurrido tres días desde que salió de Madrid. Y se preguntaba si volvería alguna vez a la ciudad que tanto había llegado a amar, casi tanto como a su pueblo natal. ¡Qué distinto era ese Madrid de aquel de los últimos meses de 1936 y los primeros de 1937! La ciudad parecía ahora un territorio poblado de fantasmas: oscura, entristecida, fatigada y hambrienta, herida por los bombardeos, con gentes que deambulaban desorientadas en busca de cobijo y alimento, como espectros venidos de un lugar incierto. Nada que recordara a aquel Madrid pleno de euforia y cachondeo bajo las bombas, de vida a manos llenas, de heroísmo y pasión cabalgando a la vera de la muerte.

Tan sólo una semana antes de que llegase a Elda, Juan Modesto, oficial surgido de las milicias populares, y Segismundo Casado, un militar de carrera, habían sido ascendidos a generales por el gobierno. Modesto sintió orgullo y perplejidad al mismo tiempo: en menos de seis años, había pasado de ser un humilde aserrador del puerto de Cádiz a convertirse en uno de los jefes principales de un ejército que contaba todavía con casi medio millón de hombres.

El gobierno en pleno había buscado refugio en Elda unos días antes y el nuevo general recibió la orden de viajar al encuentro del presidente Negrín. Se estaba rehaciendo la estrategia de la guerra, tras el desastre de Cataluña, y Modesto fue elegido para la jefatura de los ejércitos del Sur y de Levante, mientras que Casado quedó encargado del mando de las fuerzas de Madrid. Modesto hubiera preferido permanecer defendiendo la capital. No se fiaba de Casado, al que los rumores señalaban como partidario de negociar el fin de la guerra con Franco. Pero Negrín parecía confiar plenamente en él.

Modesto partió de Madrid con los hombres de su escolta, mal armados y vestidos, desde la estación de Atocha, en uno de los pocos trenes que todavía circulaban camino del sur. Tardaron casi siete horas en llegar a Albacete, una ciudad batida por el frío de la estepa y, como Madrid, atribulada por la tristeza y el desánimo. Se alojaron en el antiguo cuartel de las Brigadas Internacionales y, por alguna extraña razón que nadie supo explicarle a Modesto, encontraron en los almacenes gran cantidad de uniformes nuevos, mochilas, correajes, botas de caña alta y mantas de campaña, y un centenar de subfusiles Thompson M28 sin estrenar, además de numerosos peines de munición. Con no poca euforia por el hallazgo, los hombres cambiaron su indumentaria y se rearmaron.

Salieron temprano, al amanecer del siguiente día, hacia Chinchilla, donde habría de recogerles un tren para llevarlos a Alicante por la ruta de Murcia. Era un pueblo de casas bajas y humildes, de aspecto un poco siniestro, casi sin gente, rácano de luces y guarecido del viento helado al arrimo de un gran roquedal que dominaba la llanada manchega. El alcalde, un anciano militante socialista, acudió a recibirles. Vestía un extraño abrigo de cuadros de colores pardo y amarillo, y su mirada inquieta y sus repentinas risotadas le resultaban a Modesto desconcertantes. El viejo edil invitó a todos a un almuerzo de embutidos y frutos secos en un gélido galpón.

A eso de las cuatro, el telegrafista de la estación acudió a comunicarles que el tren no llegaría hasta la mañana siguiente.

—Traeremos leña para hacer unos fuegos y libraros del frío —dijo el alcalde a Modesto—. Tus hombres tendrán que dormir aquí, en el suelo: no hay otro sitio, general. Tú puedes venir a mi casa, tengo una cama libre.

—Dormiré con los míos. ¿Y qué se puede hacer aquí esta tarde?, ¿no hay ningún bar?

—Hubo, pero cerró por falta de hombres. Todos los jóvenes están muertos o en la guerra… Pero tenemos cine y creo que hay algunas películas por ahí.

—¿Un cine en este despoblado? —interrumpió Luis Delage.

El alcalde lanzó una carcajada.

—Todo tiene su explicación —respondió—. Hasta hace poco, muchos de los enlaces de Valencia con Madrid se realizaban en esta estación, sin pasar por Albacete. Y del puerto de Valencia venían las películas que los barcos traían de América, casi directamente desde Hollywood. De manera que aquí, en Chinchilla, teníamos los estrenos antes que en la Gran Vía de la capital. Eso sí, no venían traducidas, pero nos las imaginábamos.

Rió de nuevo el viejo, con ganas.

—Cuando vimos la película *Marruecos*, todas las mujeres del pueblo, empezando por la mía, que por cierto ya está felizmente muerta, se enamoraron de Gary Cooper. Y todos los hombres, yo incluido, de Marlene Dietrich. El día que termine la guerra, gane quien gane, les haremos un monumento a Gary Cooper y a Marlene Dietrich. Aquí no tenemos otros héroes. Y perdona que te lo diga crudamente, general, pero es la verdad: en Chinchilla, los héroes los pone el cine. ¿Tú crees que hay algún soldado tan valiente como Gary Cooper en nuestra guerra? El que lo crea que venga a ver en Chinchilla *El sargento York*. Ése sí que era un tío con dos pelotas, con todos mis perdones, camarada general. Y sanote como hay pocos.

Lanzó otra sonora risa.

—Tienes toda la razón, compañero alcalde: no hay nadie en esta guerra como Gary Cooper —respondió Modesto—. De momento, busca una película para que nos entretengamos un poco esta tarde.

—No sé qué habrán dejado los dueños del cine…, se fueron a la guerra hace diez meses. Y quizás están muertos. Pero tengo las llaves.

—Todos vamos a ir al cine, compañero: pongas lo que pongas.

Medio centenar de hombres, atenazados por el frío, en una vieja sala poblada de bancos de madera, lamentaron esa tarde la traición de un delator irlandés, feo y grandullón, interpretado por Victor McLaglen, con John Ford dirigiendo la trama. A Cachalote le cayeron grandes lágrimas por las mejillas al terminar la película. Y Delage comentó:

—Nunca sentí tanta pena por un traidor.

La mañana siguiente, muy temprano, el tren llegó a Chinchilla y, una hora después, la partida de hombres armados reanudó su viaje hacia el puerto de Alicante.

Un sol enfermizo les acompañó casi todo el recorrido. Desde su compartimento, sentado junto a Luis Delage, Modesto contempló en silencio los campos sin labrantía, los sembrados abandonados, las llanuras invadidas por matorrales silvestres, los frutales de ramas secas y las praderas desnudas del verdor tempranero del trigo. Le pareció el retrato de una España arrojada a un destino incierto, en la que los hombres consagraban todos sus esfuerzos y afanes a matarse los unos a los otros.

La voz del chófer le sacó de sus pensamientos.

—Eso es Aspe. —Señaló hacia el grupo de casas que anunciaban la presencia de un pueblo—. Luego llegaremos a Novelda y nos desviaremos a la izquierda, hacia Monóvar, para entrar en Elda por la parte de atrás.

Modesto miró su reloj.

—¿Cuánto tardaremos todavía? —preguntó.

—Algo más de una hora, quizás hora y media.

La lluvia arreciaba y la tarde desfallecía. El camión botaba y se abría camino entre los baches bajo la pesadumbre del cielo. Redondas colinas blanquecinas, moteadas de olivos chicos y viñedos abandonados, flanqueaban la desierta carretera.

La ciudad parecía dormir cuando los camiones entraron en las primeras barriadas de las afueras. Se había cerrado la noche y las luces del alumbrado público eran muy escasas, de modo que los vehículos parecían ruidosos y lentos animales que marcharan abriéndose paso entre las sombras.

—¿Adónde nos llevas? —preguntó Modesto al chófer.

—A las escuelas Emilio Castelar. Allí se ha instalado la subsecretaría del Ejército de Tierra. Los cuarteles para tus hombres están cerca.

—¿Y el gobierno?

—En las afueras: en un lugar secreto, por precaución. Yo no tengo ni idea de dónde está.

—¿Quién me espera?

—Supongo que algún alto mando militar.

Cruzaron junto a una espaciosa plaza que se tendía a su izquierda y, poco más adelante, tomaron una calle ancha y empinada. Los viejos camiones trepaban con esfuerzo sobre el duro adoquinado, elevando desde sus ejes y ballestas un desafinado lamento que producía dentera. La mayor parte de las farolas de gas del alumbrado no funcionaban y la vía discurría en penumbra hacia las alturas de la ciudad. Modesto distinguió a la derecha un alto caserón a cuyo alrededor deambulaba gente armada.

—¿Las escuelas? —preguntó al conductor.

—Hemos llegado, general —confirmó el otro.

Había cesado la lluvia, pero el adoquinado relucía bajo las trémulas luces de dos farolas. Los hombres descendieron de las cajas de los camiones; Delage, Cachalote y el oficial que mandaba la tropa se unieron a Modesto.

—Que formen los hombres —ordenó Modesto al teniente.

—¿En dónde estamos, Juan? —preguntó Delage.

—Sé lo mismo que tú, Luis, o sea: nada de nada. Supongo que alguien vendrá a buscarnos.

En ese instante, una voz clamó desde la puerta de las escuelas:

—¡General, general Modesto!

Una figura fornida, tocada con una gorra de plato en la que lucían los distintivos de coronel, echó a andar hacia ellos.

—Mira quién está ahí —murmuró irónico Delage—: nuestro querido camarada Enrique Líster.

El coronel se cuadró y saludó alzando el puño derecho hasta la visera de la gorra.

—A tus órdenes, camarada general.

Modesto respondió con desgana al saludo. Líster era cejijunto y tenía una mirada encendida y dura. No resultaba en absoluto un tipo vulgar.

—Descansa, camarada coronel.

Líster le tendió la mano.

—Enhorabuena por el ascenso. Me he alegrado mucho.

Modesto la estrechó sin fuerza.

—No te cachondees, Líster. No te has alegrado nada: ese nombramiento lo querías tú.

—Pero quien manda es Negrín. Y os escogió a ti y a Casado.

—Puedes creerme o no: hubiera preferido que te nombraran general a ti en lugar de a Casado.

—No te fías de él…

—Ni un pelo. ¿Y tú?

—Yo tampoco. Pero insisto: quien manda es Negrín.

Líster miró a Delage.

—Hola, canijo.

—¿Qué tal, acémila? —respondió el comisario.

Modesto sonrió de lado y se volvió hacia la tropa que formaba junto a los camiones.

—Que descansen armas, teniente.

Se dirigió de nuevo a Líster:

—¿Dónde vas a meter a mi gente?

—En unos minutos llegará un capitán para acomodarlos en un cuartel cercano. Tú y Delage os vendréis luego conmigo a los alojamientos dispuestos para la gente del Partido. Estamos bien instalados. Vamos adentro mientras llega el coche.

—Cachalote viene siempre conmigo…

—Sí, sí, tu fiel cetáceo… Me parece que ha engordado.

—Déjate de chuflas, está fuerte como un toro y te puede soltar una cornada. ¿Tenéis algo de comer por ahí?

—Hemos improvisado una cantina para oficiales. Pero sólo hay cerveza y vino. Cenaréis más tarde, en los alojamientos del Partido.

—¿Y los hombres que vienen conmigo?

—En el cuartel hay rancho caliente.

Los dos soldados de guardia se cuadraron y saludaron cuando el grupo de Modesto cruzó el amplio vestíbulo. Siguieron a Líster a través de una larga galería flanqueada por las antiguas aulas, atravesaron un patio rectangular y entraron en la parte trasera del edificio. La sala la ocupaban viejas sillas y mesas de madera y, en varias de ellas, se acomodaban grupos de oficiales. Algunos de ellos se levantaron y alzaron los puños para recibir a los dos jefes.

—Seguid, seguid sentados —dijo Modesto.

Buscaron mesa en el fondo de la estancia. El soldado que ejercía funciones de camarero trajo jarros de cerveza para Modesto, Delage y Cachalote, además de una frasca de vino tinto para Líster.

—Cuéntame —Modesto se dirigió a Líster—, ¿cómo andan las cosas por aquí?

—Todo improvisado, pero más o menos bien. El gobierno, casi al completo y con Negrín al frente, se ha instalado en una finca del término de Petrel, unos diez o doce kilómetros al norte de Elda, es un sitio discreto y seguro. La llamamos Posición Yuste.

Los del Partido estamos distribuidos en varias casas, a cosa de seis o siete kilómetros hacia el sur. También es un lugar seguro. Lo llamamos Posición Dakar. Dormiréis allí.

—¿Quiénes han venido del Partido?

—Varios del comité central: Claudín, Checa, Pasionaria, Antón, yo…, y ahora tú. Del ejecutivo, Pasionaria. Tu paisano el poeta Alberti y su compañera también están con nosotros. Y hace un par de días ha llegado el camarada Palmiro Togliatti, el nuevo delegado de la Internacional Comunista, el que manda, para ser claros. Yo estoy encargado de la tropa y seguiré a su cargo si no tienes inconveniente, general.

—Ninguno, coronel. ¿Hay movimientos del enemigo por la zona?

—Se habla de grupos de falangistas organizados en algunos pueblos. Pero yo no me lo creo. Más peligroso me parece ahora Casado. Si da un golpe de Estado para pactar la paz con Franco, como se rumorea, las tropas de Valencia y Alicante pueden ponerse de su lado. Y vendrían a por nosotros.

—Ha sido un error no entregarme la jefatura militar de Madrid.

—Y no ascenderme a mí a general, ¡manda carallo!

—¿Cuántos hombres tienes?

—Un grupo de guerrilleros. Los soldados de Elda son todos unos nenines, tienen pelusilla en lugar de bigote.

Modesto recordó al joven soldado de la estación de Alicante.

—Toma el mando de los soldados que vienen conmigo.

—¿Cuántos son?

—Cincuenta.

—¿Están curtidos, son fieles?

—Hasta ahora ninguno ha intentado pegarme un tiro por la espalda. Pero no los he visto pelear, me los asignaron en Madrid. El teniente y los sargentos son leales…, del Partido.

Líster apuró el vino de su vaso y se levantó.

—Voy a ver cómo sigue lo de tus hombres.

Miró su reloj.

—En media hora podremos salir para la Posición Dakar. Mañana iremos a la de Yuste: Negrín quiere verte cuanto antes.

—Acompaña al coronel, Cachalote… Y te traes al pibe* que recluté en la estación del puerto de Alicante, ese que se llama Lázaro, igual que el resucitado.

—Como digas, jefe —respondió su lugarteniente.

Líster se quedó en pie un instante, frente a Modesto.

—¿Crees que es el fin, camarada general? Es curioso: comenzamos juntos y puede que terminemos juntos.

—Nos hemos pasado la vida cerca del precipicio, camarada coronel, unidos siempre en todas las grandes batallas de esta guerra y nunca amigos. ¿Qué prefieres: caer hombro con hombro o por separado? Elige, gallego.

—Escoge tú, andaluz.

—Me sospecho que todavía tendremos que aguantarnos un buen rato el uno al otro.

—Sí…, somos como dos esposos: revolcándose todo el tiempo en el mismo lecho y detestándose sin descanso.

—Anda y lárgate de aquí, coronel: yo nunca he dormido con hombres.

—¿Y has dormido con mujeres que te odian?

—Nunca me ha odiado una mujer, Líster, ni dormida ni despierta. Y vete de una puta vez.

Bufó Líster como un buey viejo. Se sirvió los restos de vino de la frasca y apuró el vaso de un trago. Eructó con ruido antes de dar la espalda a Modesto y dirigirse a la salida.

* Expresión muy común en la época en Cádiz, adoptada en Argentina.

—Está que se lo llevan los demonios por lo de tu ascenso —dijo Delage cuando se quedaron solos—. Cada vez que le llamas coronel se le enrojecen las narices.

—Me gusta encenderle la sangre. La gente del norte carece de sentido del humor...

—Líster siempre te ha tenido envidia, Juan.

—No sé si llamarlo envidia o desacuerdo o qué cosa. No hemos dejado de ser rivales desde que nos conocimos, en el 33, cuando el Partido me envió a Moscú durante un año para estudiar en la Escuela Leninista de la guerra. Bueno, ya te lo he contado... Él llevaba dos años allí y, desde entonces, no hemos dejado de vernos. Pero creo que no te he hablado de nuestro regreso de Moscú.

—¿Volvisteis juntos?

—Tuvo su guasa. De camino a España, a finales de agosto de 1934, estuvimos unos días en París, en el congreso de la Internacional Comunista. Desde allí nos fuimos a San Juan de Luz, con pasaportes falsos. ¡No sé quién había sido el encargado de prepararlos!: o era tonto o estaba de chufla. El documento de Líster podía pasar, porque figuraba como portugués y él es gallego. ¡Pero el mío...!: era vasco, nacido en Portugalete. ¡Imagina!: mi acento de los Puertos en boca de un vasco. Cuando nos paró la policía francesa, yo me callé y Líster habló en gallego al agente. Y mientras cruzábamos al lado español, él estaba pálido y yo me jartaba de reír. Y ya en España, cuando nos preguntó el guardia civil adónde íbamos, yo ya no pude contenerme y le dije: «Soy vasco..., de la mismísima bahía de Cádiz». Al guardia, que resultó ser de Málaga, le entró la risa y nos dejó pasar. Líster casi se cae al suelo.

Modesto movió la cabeza hacia los lados.

—No me gusta Líster, no me gusta su afición a fusilar. Y mira que las hemos pasado juntos. Es un buen soldado, sobre todo en las maniobras rápidas, en los movimientos de choque utilizando la sorpresa. Es valiente, pero una vez que ha dado el golpe de audacia, ya no sabe qué hacer: se detiene y entrega la iniciativa al enemigo, perdiendo en un par de días todo cuanto ganó en unas horas. Y las cosas empeoran si le da por beber…

—Está alcoholizado, todo el mundo lo sabe —señaló Delage.

Modesto encogió los hombros.

—De todos modos, en el campo de batalla se puede confiar en él…

—Yo no me fiaría de él como político.

—A mí la política me importa sólo como ideología, no como carrera. Ya lo sabes, camarada.

—Nunca podrás quedarte al margen de la política. Ni cuando termine esta guerra, la ganemos o la perdamos.

—Procuraré no acercarme tanto como para quemarme. Y no pienso perder esta guerra, que te quede claro. Si tengo una gran pasión en la vida, es la de vencer.

Los dos hombres dejaron de hablar durante unos minutos. Su amistad era tan larga y honda que no les resultaba embarazoso el silencio. Modesto se quitó la gorra de plato y se rascó con vigor la cabeza entre la alborotada cabellera. Luego, buscó un cigarrillo en su guerrera y lo colocó en la boquilla. Aspiró con deleite el humo de la primera bocanada y lo arrojó contra la llama de la cerilla que aún ardía entre sus dedos, apagándola. Y dejó la mirada colgada en ninguna parte.

Delage era un castizo madrileño de ingenio vivo y rápido, un par de años más joven que Modesto. Delgado, de apariencia frágil, bajo de estatura y pelo escaso, lucía dos grandes entradas en la frente. Antiguo empleado de banca, poseía una enorme formación intelectual autodidacta, sobre todo en literatura antigua y clásica, y gracias a sus conocimientos de marxismo había logrado alcanzar el grado de comisario político. Desde la toma del Cuartel de la Montaña tan sólo se había separado de Modesto cuando fue herido de gravedad en Teruel. Eran buenos amigos: la ironía a veces mordaz del soldado encajaba con el gusto por el sarcasmo del comisario.

—Te noto entristecido, Juan —dijo Delage al rato.

—Fatigado solamente.

—Te conozco; estás amurriado, como se decía en mi barrio.

—Esta tarde, mientras veníamos hacia aquí en los camiones, recordaba el Madrid de los días que siguieron a la rebelión de Franco. ¡Qué distinto era todo de ahora, Luis!

—No hace aún tres años…

—Cuando pienso en aquellos días, la primera palabra que me viene a los labios es juventud.

—Inconsciencia y alegría, Juan.

—Después de vencer en los combates de la sierra de Guadarrama… ¡Qué duros y qué crueles fueron aquellos días! Luego…, todo pareció volverse alegre en el Madrid en lucha. Habíamos detenido a los rebeldes en la sierra y pensábamos que la guerra estaba ganada.

—Parece muy lejano ahora.

—Madrid… ¡Qué días luminosos, Luis! Vivíamos en el centro de una enorme epopeya y encima éramos conscientes de ello. Nadie daba una perra gorda por nosotros, pero estábamos por completo seguros de que íbamos a aguantar. Y esa alegría la sentíamos todos.

—No me apetece recordarlo. La verdad es que, ahora, me siento algo fatigado de tanta epopeya.

—Pensábamos que nadie podía vencernos porque no se puede vencer a la fe.

—La fe se derrite en ocasiones como un helado al sol.

—Pero había otra cosa aquellos días… Una especie de hambre por gozar del presente. Ya sabíamos lo que eran la crueldad y el horror, ya habíamos perdido una parte de nuestra inocencia… Pero yo creo que queríamos vivir una vida irreal. O dicho de otro modo: vivir la aventura plena. Por eso el Madrid de aquellos meses fue una ciudad irrepetible.

Delage le miraba con tristeza, en tanto que Modesto parecía más animado a cada momento.

—De pronto éramos dueños de una ciudad entera. El gobierno se había ido y todo nos pertenecía. ¡Los amos de Madrid! ¡Y tan jóvenes!

Delage volvió los ojos hacia la puerta.

—Ahí viene Cachalote con el chico —dijo—. ¿Para qué querías verle?

—Para librarle de la guerra. Es un crío sin cuajo, todavía un proyecto de hombre. No vamos a jugar con su vida.

Lázaro se cuadró ante Modesto y saludó con el puño en alto mientras sujetaba el fusil con la mano izquierda.

—A sus órdenes, camarada general.

—Vete ahora mismo a tu casa con los tuyos.

—Pero si me reclutaron hace sólo unos días…

—Deja el «mauser» aquí.

—Un soldado nunca debe separarse de su arma…

—Obedece cuando te lo ordena un general.

Cachalote le arrebató el fusil de un tirón.

—Ya has oído, chaval —dijo—. Y vete a tu casa.

—A sus órdenes, camarada general —añadió Lázaro, sonrojado y con voz temblorosa. Y se alejó hacia la puerta con gesto abatido.

—Se va humillado, Juan —dijo Delage—. Podías haber estado más fino.

—Se va vivo, que es lo que importa.

Líster llegó unos minutos después acompañado de un solda-do. Miró a Modesto con gesto torvo: sus ojos brillaban bajo las cejas unidas en un solo trazo de pelo recio y negro.

—Vienes con mala leche, coronel —comentó Modesto—. ¿Te ha mirado un tuerto?

—No me toques los cojones…, general. El coche está listo, nos vamos cuando tú quieras.

—Se te juntan más las cejas cuando bufas, camarada coronel —replicó Delage.

—¡Tú, calladito! ¡Que no aguantas ni un sopapo, medio metro!

—No lo intentes, coronel —dijo Modesto riendo—, que le he visto torear a toda clase de búfalos.

Salieron. Modesto se adelantó a los otros con paso rápido y subió, sin preguntar, al asiento delantero del vehículo, junto al chófer. Tenía la certeza de que eso cabrearía aún más a Líster. Y disfrutaba sabiéndolo. Sentía frío. Se arrebujó en el capote, ce-rró los ojos y fingió dormir.

Delage ocupó la plaza de la izquierda del asiento trasero, junto a la puerta, y Líster, la del lado contrario. En medio, el corpachón grande y fuerte de Cachalote les comía parte de sus territorios.

Desde donde se encontraba, el comisario veía la gorra de Mo-desto sobresalir entre las solapas alzadas del capote, que cubrían casi por completo su rostro. Las luces de las farolas iluminaban a ráfagas el interior del vehículo, para quedar al instante oscureci-do bajo la noche. A pesar del escepticismo que había mostrado, a Delage le había calentado el alma la conversación mantenida mi-nutos antes con Modesto. Pero una leve sensación de nostalgia o acaso de amargura palpitaba en el recuerdo.

Pensó que quizás no hay amistad tan fuerte como la que se forja bajo las balas, la que crece frente al horror de la guerra.

Podía recuperar con nitidez, en su memoria, la imagen del patio del antiguo colegio de los salesianos de Francos Rodríguez, cerca de Cuatro Caminos, la mañana que siguió a la conquista del Cuartel de la Montaña. Allí se había improvisado el principal centro de reclutamiento del recién creado Quinto Regimiento, una tropa de voluntarios impulsada por los partidos políticos fieles a la República para oponerse a la rebelión militar en la capital. Decenas de hombres sudorosos se refugiaban del calor de julio en los soportales, haciéndose hueco entre las ametralladoras y los cañones de calibre ligero, mientras iban llegando camiones, carros y reatas de caballerías cargados con el armamento requisado a los rebeldes en los combates de los dos días anteriores. El arsenal se había instalado en la capilla, un espacioso templo situado bajo la cúpula de tejas azuladas que coronaba el edificio principal del colegio. Una talla en madera de Cristo crucificado, malherido y en taparrabos, pendía sobre el altar vacío y parecía cerrar a propósito los ojos, para no tener que contemplar cuanto se apilaba bajo sus pies: cajas de fusiles, pistolas, bayonetas, machetes y municiones.

En el patio del antiguo colegio, a pleno sol, otros grupos de hombres y mujeres aprendían a marcar el paso y a formar posiciones de tiro. Así iban naciendo con rapidez e improvisación las secciones y batallones de las milicias populares, dirigidos por jefes que apenas sabían algo del arte de la guerra, mientras las columnas enemigas del general Mola* avanzaban hacia los puertos de la sierra madrileña: Guadarrama, Navacerrada y Somosierra. Mola

* El general Emilio Mola fue el planificador del alzamiento militar de julio de 1936 que llevaría a la Guerra Civil. Organizó también la cruenta política de represión de los primeros meses de la guerra y fue el primer jefe del Ejército del Norte de los sublevados. Murió en accidente aéreo en junio de 1937, lo que dejó a Franco el camino libre para convertirse en el principal dirigente de los rebeldes.

había anunciado con jactancia que el 15 de agosto tomaría una taza de café en el Madrid conquistado. Pero en la balconada que dominaba el patio del colegio salesiano una pancarta proclamaba: «¡No pasarán!». Y aquella gente que recibía a toda prisa instrucción bajo el calor de julio era la encargada de recoger el guante lanzado por el general sublevado.

Delage recordaba con claridad la figura de Modesto en el patio del antiguo colegio. Del grupo de nuevos jefes, él y Líster eran los únicos con formación bélica, después de haber pasado algo más de un año en una academia militar de Moscú enviados por el Partido. Todos los otros eran más jóvenes y bisoños.

Le veía en mangas de camisa, el pelo rebelde bajo el cielo sin nubes, un correaje de cuero cruzándole el pecho, la camisa caqui abierta y la pistola al cinto. Su actividad era febril: daba órdenes a otros instructores, iba de un lado a otro de la explanada, ayudaba a una muchacha a encajar el fusil en el hombro o corregía el paso de un miliciano. Juraba en explosiones de furor o se reía de pronto ante la torpeza de algún voluntario. Parecía que él solo pretendiera ganar una guerra que estaba ahora a punto de perderse.

Un día después, el 22 de julio, casi todas las unidades de milicias y los regimientos de militares leales fueron enviados a la sierra. Delage había sido nombrado comisario político, una figura recién creada por los partidos de izquierda para mantener la moral y el compromiso de los combatientes, y asignado como adjunto a Modesto, quien había bautizado su tropa como «Batallón Thaelmann», en honor de un destacado dirigente comunista alemán. Eran cuatrocientos hombres y mujeres, voluntarios del Quinto Regimiento, que viajaban en desvencijados vehículos hacia el puerto de Navacerrada, mal armados y apenas sin entrenar.

Delage podía verlos ahora mismo, casi como entonces, si cerraba los ojos: camiones que gemían en las empinadas cuestas, lentos como orugas, con las cajas atestadas de hombres y mujeres vestidos con monos azules o pardos, algunos con cascos, otros con boinas o gorros cuarteleros, los fusiles erizados sobre sus cabezas como las lanzas de un ejército medieval. Marchaban invadidos por la insensata excitación que acompaña a los hombres al inicio de una guerra. Y sin conocer aún lo que significa morir en combate, cantaban sin descanso himnos de exaltación de la batalla:

> *Anda jaleo, jaleo,*
> *suena una ametralladora*
> *y ya empieza el tiroteo…*

Delage recordaba también con viveza el fuerte olor que destilaban los pinos golpeados por la vehemencia del sol estival. Y el sabor del agua de una fuente de montaña que brotaba cerca de la cumbre en donde se detuvieron a refrescarse antes de entrar en combate. El miedo a la próxima batalla y la sed provocada por el calor le habían secado la boca. Al beber, pensó que durante toda su vida recordaría el placer que le produjo tomar el agua del manantial serrano.

Aquella misma jornada desalojaron sin gran esfuerzo a los contingentes rebeldes que habían alcanzado las alturas de Navacerrada y, en su persecución, descendieron la falda segoviana de la sierra hasta tomar Valsaín. Delage recordaba los esfuerzos de Modesto por impedir el pillaje al que en un principio se dieron, en aquel pueblo rodeado de inmensos bosques, varias unidades de su batallón.

Dos días después, marcharon hacia el puerto de Guadarrama, hacia el oeste, en donde el enemigo se había concentrado ocupando la explanada del alto del León. No pudieron echarles de allí, pero el frente se estabilizó en el lugar durante meses. Las rampas más cercanas a la cima de la montaña se llenaron de cadáveres y el adoquinado brillaba empapado de sangre. En el tercero de los puertos, el de Somosierra, las milicias lograron rechazar a la columna de Mola.

La tropa de Modesto fue relevada el 25 de julio. Sus bajas ascendían a cerca del centenar. Entrenados también a toda prisa en el cuartel del Quinto Regimiento, nuevos milicianos ocuparon el puesto de los caídos en la sierra. Hubo homenajes a los muertos con salvas de fusilería. Antes, Modesto dio una orden precisa:

—Usad balas de fogueo para honrar a nuestros camaradas caídos. Las de verdad son para los enemigos. Esto es una guerra y no un desfile, que nadie lo olvide.

Volvieron a pelear en todos los frentes serranos desde los primeros días de agosto. Y volvió el miedo y volvieron las muertes. Delage aprendió que el miedo en el combate nunca se pierde, por mucho que uno se acostumbre a pelear, y que en la lucha crece un desquiciado amor a la vida. Aprendió también que un veterano nunca será más valiente que un novato; simplemente será más cauto y reconocerá mejor el significado del silbido de las balas y de los obuses.

En las cumbres pedregosas de los calvos cerros, entre los altos pinos de las faldas de la sierra, la lucha era feroz, a menudo cuerpo a cuerpo. Muchas mujeres, la mayoría esposas, novias, hermanas o amigas de los combatientes, se habían desplazado hasta los frentes para cocinar y atender a los que peleaban. También llegaban prostitutas camufladas de milicianas, pese a que los mandos intentaban controlar su acceso por temor a las enfermedades venéreas, que diezmaban a las brigadas. Un día corrieron rumores que luego resultaron infundados sobre un fusilamiento masivo de rameras, supuestamente ordenado por un afamado militar de carrera, el coronel Mangada.

El calor del verano apretaba en las sierras. Las chicharras aserraban el aire durante las horas del mediodía y sólo callaban cuando crecía el tiroteo. Las mujeres, jugándose la vida, subían garrafas de agua a los sudorosos combatientes, desde la retaguardia hasta la primera línea de combate, para calmar su sed.

Y el horror de la guerra se extendía como un fuego de estío animado por el viento. Cuando uno de los bandos tomaba un pueblo, procedía a fusilar a todos los habitantes sospechosos de simpatizar con el bando contrario. Los jefes rebeldes a veces entregaban a sus legionarios y marroquíes a las mujeres milicianas apresadas.

En el puerto de Navafría, las tropas leales lograron detener el ataque de una fuerza de requetés navarros que, mandada por un sacerdote, trató de conquistar la cumbre. Los republicanos fusilaron a casi todos los hombres y los enterraron de mala manera, hasta el punto que, durante días, pudo verse el pie del cura asomar de una de las fosas: los milicianos lo mostraban ufanos a los periodistas extranjeros que informaban sobre las batallas serranas.

La lucha era desordenada y anárquica en el lado republicano. Y ello generaba situaciones desconcertantes y enloquecidas. Una de las columnas de voluntarios que llegó a las faldas del puerto de Somosierra se lanzó a conquistarlo a campo abierto. Los morteros y las ametralladoras de los guardias civiles rebeldes acabaron con la vida de la mayoría. Los supervivientes, aterrados y llenos de ira, acusaron al coronel que los mandaba de ser el responsable de la matanza. Y lo ejecutaron de un tiro en la cabeza.

Mientras tanto, en un Madrid en donde reinaba el caos político, los comités de la izquierda ejecutaban cada día a decenas de sospechosos de colaborar con los alzados y el gobierno de Largo Caballero miraba hacia otro lado. El presidente Manuel Azaña, un intelectual de talante liberal, intentaba sin éxito y sin poner demasiado empeño en ello frenar la barbarie. Dueñas de la situación, estas partidas detenían en sus casas a las gentes dudosas de su lealtad a la República, las juzgaban sumariamente sin testigos y, condenadas, las «paseaban» hasta la Pradera de San Isidro, el Campo del Moro, o a la Ciudad Universitaria, en donde eran fusiladas. También, en ocasiones, las partidas armadas procedían a las «sacas», llevándose presos políticos de cárceles como la Modelo o Porlier, para asesinarlos en las afueras de la ciudad sin que mediara proceso alguno. Cada madrugada, durante aquellos primeros meses de la guerra, los servicios funerarios municipales recogieron entre cuarenta y cincuenta cadáveres en los descampados de Madrid, para enterrarlos en fosas sin nombre después de rociarlos con gasolina y quemarlos.

Madrid olía a muerto y sus serranías rezumaban sangre. España entera, en el bando de los alzados y en el lealista, se cubría de pelotones de ejecución y todos los hombres supuestamente civilizados parecían admitir con su silencio la necesidad de los verdugos.

Modesto no parecía temer a nada en aquellos días. En uno de los combates, cerca de la cumbre del alto del León, una bala le hirió dos dedos en la mano derecha, el índice y el corazón. Delage le recordaba maldiciendo, mientras se apretaba la herida con un pañuelo para contener la sangre.

—Tiene guasa la cosa —dijo a Delage mientras viajaban en la ambulancia al hospital de campaña del pueblo de Torrelodones—: que vayan a darte precisamente en los dedos de apretar el gatillo y de santiguarte.

—¿No eras ateo, Juan? —ironizó el comisario.

—Por ahora. Pero ¿y si me da por convertirme?

La herida era leve y Modesto no perdió ninguno de los dedos. Tras la primera cura, volvió a la batalla.

Delage podía dibujar con claridad en su memoria aquel día de finales de agosto, en Peguerinos, un pequeño pueblo cercano a El Escorial que habían logrado conquistar los rebeldes con unidades formadas por tropas marroquíes del Ejército de África.

A Modesto le encargaron la liberación del pueblo y hacia allí partió pasado el mediodía, llevando con él a dos compañías del Batallón Thaelmann, armadas tan sólo con carabinas y bombas de mano. Fue una lucha feroz. Los rebeldes contaban con dos ametralladoras que, desde un grupo de casas del oeste del pueblo, barrían las calles y la plaza principal, en cuyo centro el caño de cobre de una fuente arrojaba un vigoroso chorro de agua. Modesto organizó con presteza un ataque de diversión por el flanco izquierdo de los rebeldes. Y cuando las compañías marroquíes concentraron su fuego de ametralladoras y fusilería en aquella dirección, lanzó una ofensiva vigorosa por la derecha. Cuarenta y cinco moros y dos oficiales españoles se rindieron en cuestión de media hora. Otro medio centenar de soldados marroquíes habían muerto en ese tiempo, en tanto que los milicianos de la Thaelmann solamente habían perdido cinco hombres.

Y de súbito, mientras la tropa de Modesto desarmaba a los marroquíes y a sus oficiales españoles, un grupo de mujeres salió de un caserón. Eran una veintena: un par de ancianas, tres o cuatro niñas y el resto muchachas de entre veinte y treinta años. Varias de ellas lloraban. Algunas mostraban sus ropas desgarradas.

Modesto se adelantó, seguido por Delage, y se detuvo ante una mujer morena, despeinada y vestida pobremente, que parecía la más entera del grupo.

—Los moros nos han violado —dijo ella sin esperar que el hombre preguntara—. Y a algunas, como a mí, varias veces. Mátalos, camarada. Había niñas…

—¿Y los oficiales?

—Han hecho como si no vieran.

Delage vio encenderse la mirada de Modesto. Conocía ese furor desde el día en que se enfrentó al Campesino en el Cuartel de la Montaña.

—Hay algo más —añadió la mujer—. Mira en las mochilas de los moros.

Modesto hizo un gesto a uno de los suboficiales de su compañía. Y un grupo de cabos y sargentos comenzaron a abrir los macutos marroquíes y a arrojar al suelo, con asco y pavor, ristras de orejas humanas cortadas, enhebradas en cordeles.

—¿Qué es esto? —clamó Modesto.

—Se las cortaron a los milicianos que defendían el pueblo, después de matarlos con tiros en la nuca cuando ya se habían rendido. —La mujer señaló a su espalda—. Los cadáveres están detrás de las últimas casas. Si te acercas allí, verás que a varios de los muertos les han cortado sus partes con las bayonetas y se las han metido en la boca.

Modesto avanzó hacia los prisioneros. Agarró a un oficial por la guerrera y, frenético, lo zarandeó.

—¿Y tú?, ¿qué coño hacías mientras ejecutaban y mutilaban a nuestros hombres, faccioso cabrón?

—La guerra no tiene tregua…, no da tiempo para pensar —respondió el otro tembloroso—. Ten piedad de los prisioneros…, hay una convención internacional… Yo no hubiera querido que eso sucediera.

Modesto se volvió hacia el sargento de una de sus escuadras.

—Formad pelotones y fusiladlos a todos, oficiales y moros. Y si hacéis más prisioneros en la zona, los fusiláis sin esperar órdenes.

Modesto volvió los ojos hacia Delage. Hubo entre los dos un intercambio de miradas dudosas.

Un joven marroquí dio entonces dos pasos hacia delante y se detuvo ante Modesto.

—Yo no, jefe, yo no toqué a ellas…, ni corté orejas de muertos…

Modesto se dirigió a la mujer.

—¿Es cierto?

—Yo no distingo un moro de otro —respondió.

Modesto se encaró a la mujer.

—¿Cómo puedes decir eso?

Bajó la cabeza y ordenó a uno de los tenientes milicianos:

—Vamos, llévatelos de una vez y cumple mis órdenes.

Dio la espalda al oficial y caminó unos pasos seguido por Delage.

—¿Estás seguro? —dijo el comisario.

Modesto le miró y volvió sobre sus pasos. Cerró los ojos y, con un movimiento vigoroso, movió la cabeza hacia los lados.

Luego, alzó la barbilla, abrió de nuevo los ojos y gritó:

—¡Eh, teniente!

El oficial regresó.

—A la orden.

—No hay fusilamiento. Llévalos a retaguardia y que los juzguen allí. Si los fusilan, que lo ordene otro.

—A tus órdenes, Modesto.

—Otra cosa: lleva a la retaguardia las ristras de orejas. Y enterrad a los muertos. A todos: los de ellos y los nuestros.

—Como digas.

La mujer había escuchado el diálogo sin separarse de Modesto.

—¿Cómo te llamas? —le preguntó—. Quiero conocer el nombre de un cobarde.

—Déjame en paz.

Se dio la vuelta para alejarse. La mujer trató de agarrarle del brazo, pero Delage la apartó.

—No le molestes.

—¡Nunca me olvidaré de ti! —gritó ella.

—Mejor harías en no acordarte de lo que te ha pasado —respondió Modesto sin volver el rostro.

Media hora después, bajo la sombra de unas moreras, Delage y Modesto descansaban rodeados por hombres que, en su mayoría, fumaban cigarros de picadura. Una patrulla había encontrado una tinaja de vino recio y los jarros corrían de mano en mano.

—Ha sido un día muy cabrón, Juan —dijo Delage.

—Todavía no soy capaz de matar en frío.

—Has obrado con buen juicio.

—¿Hay buen juicio en la guerra, Luis?

Modesto extrajo el cargador vacío de la pistola, lo arrojó a un lado y lo reemplazó por uno nuevo. Metió el arma en su cartuchera y comenzó a liar un cigarro.

—Me pregunto si el chico marroquí será inocente —dijo—: por él los he dejado a todos con vida. Que los juzguen otros.

—Los fusilarán, Juan, puedes estar seguro. En cuanto vean las orejas no quedará uno solo vivo.

—No sé si te lo he contado alguna vez, pero yo pasé dieciocho meses en África, cuando me llamaron para el servicio militar. Aunque, eso sí, más de la mitad de ese tiempo estuve arrestado o en el calabozo. Tenía veintidós años y era la primera vez que salía de Cádiz.

—No sabía.

—Fui destinado como cabo a los regulares de Larache. Me llevaba bien con los moros y aprendí algunas palabras de su lengua. E incluso tuve amores con una morita que se llamaba Mina. Era fuego puro, te quemaba al besarte. Por cierto, que también me enredé unas semanas con una judía…, Omega se llamaba: un nombre raro…

Sonrió con gesto de fatiga y movió la cabeza hacia los lados.

—Muchos de los moros eran mis amigos porque yo no era racista y sigo sin serlo, al contrario que la mayoría de los españoles y, sobre todo, de los oficiales… Y ya has visto también cómo la gente pobre puede ser racista, igual que esa mujer a la que han violado… Sirviendo en regulares, me degradaron de cabo por proclamar un día a gritos, en el zoco de Alcazarquivir, cerca de Larache, la igualdad entre moros y españoles. Tenía alguna copita de más, la verdad. Pero no me arrepentí de ello. Y ya no fui cabo nunca. Corta carrera fue la mía de militar en África… Allí sólo lograban galones y estrellas los criminales como Franco.

Encendió el cigarro, aspiró y arrojó con fuerza el humo del tabaco.

—Lo que son las cosas. Ahora, unos moros tratados como perros por oficiales españoles se dedican a violar, matar y mutilar a quienes son iguales que ellos. Y yo, por mi parte, casi fusilo a algunos que hubiera considerado amigos en otro tiempo… La guerra lo pone todo patas arriba.

—No le des más vueltas.

Modesto miró a su alrededor antes de volver a hablar.

—Peguerinos… —dijo al fin—. Feo lugar.

—Puedes estar contento: les has dado sopas con honda a los profesionales rebeldes, con armas peores y pocos hombres.

—Fue una jugada sencilla: amagar por un costado, provocar la defensa del contrario y atacar por otro lado. Una batalla es como una partida de ajedrez.

Regresaron aquella misma tarde a Navacerrada. Unos días después, Modesto era nombrado comandante de milicias.

La bronca voz de Líster rompió el silencio del interior del vehículo.

—Ya llegamos —dijo—. Es la Posición Dakar.

Los faros del coche alumbraban un grupo de árboles y la fachada blanca de un caserón de aire rústico. Modesto estiró el cuerpo y sacó la cabeza de los pliegues del capote.

—¡Te habías dormido, jefe! —dijo Cachalote.

—Sólo estaba reflexionando.

—¿Sobre qué?

—¿Qué crees tú?

—En la causa, en la guerra…, supongo…, en todo lo que pensáis los jefes…

Rió Modesto con ganas.

—No, *pisha*. Pensaba en lo que todo hombre en su sano juicio piensa siempre: en su juventud y en mujeres.

—¿En todas las mujeres?

—Sólo en las que se me fueron «vivas», José, que por cierto fueron demasiadas.

La puerta de la casa de abrió al tiempo que los hombres descendían del automóvil. Y en el vano luminoso aparecieron las siluetas de un hombre y una mujer.

2

El cielo de Cádiz

Sentaos a mi lado y que ruede el mundo. Nunca seremos tan jóvenes.

WILLIAM SHAKESPEARE, *La doma de la bravía*

No les reconoció al principio. Pero al acercarse a la puerta, sus rostros se dibujaron nítidos bajo la luz del porche. El general apretó el paso, llegó hasta ellos y abrazó al hombre.

—¡Modesto, paisano, amigo…! —exclamó el otro con el reconocible acento de los Puertos gaditanos y su tendencia natural a lo ampuloso—, ¡qué alegría! Sabíamos que venías.

—Y yo que estabais aquí, querido Rafael.

Se separó del hombre y abrazó a la mujer.

—Tan guapa…, María Teresa —dijo.

—Y tú tan apuesto como siempre, Juan. Nos han contado que te han nombrado general…, serás el general más atractivo del ejército de la República.

—Cuidado —respondió Modesto sonriendo—, que igual se mosquea el gran poeta…

—Los artistas nunca sentimos celos —intervino Rafael con chufla—; porque somos siderales.

Alberti se volvió hacia los otros.

—Bienvenido, comisario Delage —dijo el poeta—. Y tú también. —Impostó la voz al dirigirse a Cachalote—: ¡Temible Leviatán, Moby Dick surgido del Averno, señor de los Siete Mares!

—Usted siempre de coña, don Rafael —replicó Cachalote con voz trémula.

—Cuánto me alegro de verte, mi admirado Alberti —respondió Delage.

El poeta, les invitaba a entrar. Líster se quedó rezagado, oculto entre las sombras del porche.

—Vamos, tenéis listas un par de habitaciones. La casa es tan grande como desbaratada.

—Tenemos gazuza, paisano —dijo Modesto.

—Os he preparado unos bocadillos de queso y chorizo y abunda el vino recio de esta tierra —respondió María Teresa—. Mañana será distinto: un cazador nos ha traído perdices y prepararemos una cena por todo lo alto en vuestro honor. Haremos fiesta, querido Juan…, mi general, amigo de la mar, mi hermano de nuestra airosa bahía gaditana.

—Me gritan de hambre las tripas —dijo Cachalote.

—Lo entiendo —dijo Alberti—: sin manduca, los cerebros se vacían. «Chorizo ergo sum.»

—Pues sí, don Rafael, ahora mismo no tengo más remedio que llenar el cerebro con algunas rodajas de chorizo.

Modesto se sintió atacado por un súbito ataque de risa. Y acertó a decir entre carcajadas:

—Cómo me suena todo lo que dices a nuestro Puerto, querido Rafael…

—Nunca mientras yo viva olvidaré nuestra tierra, amigo Juan Guilloto…, admirado general Modesto…, y no lo quieran ni Dios ni el Diablo. Nadie se va jamás de nuestra bahía, nuestras almas están ancladas en el mar gaditano. Y volveremos un día: que el injusto Dios me oiga o que el buen Diablo me escuche.

Calló un instante, tomó del hombro a Modesto y lo condujo a través de un lóbrego pasillo hacia la sala del fondo. Pero el homenaje estaba en camino y, mientras caminaban unidos, el poeta declamó, con voz de gruta, un verso compuesto por él meses atrás en honor del soldado:

> *Recibe mi alabanza, coronel, viejo amigo,*
> *mientras el Ebro justo con su mojada mano*
> *te asciende y de ola en ola, cara al viento y conmigo…*

La enorme chimenea, bien alimentada con troncos de olivo viejo, calentaba la espaciosa sala y los hombres pudieron desprenderse de sus capotes. Comieron con avidez los bocadillos y empaparon sus gargantas con el áspero vino de una bota. Líster se mantenía algo apartado y bebía con ansiedad indisimulada.

—¿Estáis solos en este caserón? —preguntó Modesto.

—Pasionaria y Antón duermen también aquí —respondió Alberti—. Y en las casas de alrededor se alojan otros: Claudín, Togliatti, Checa…, varios más.

—¿Y en dónde andan ahora?

—Los ha mandado llamar Negrín para que acudan a la Posición Yuste…, a la sede del consejo de ministros. Parece que soplan malos vientos desde Madrid, hay rumores de golpe de Estado contra el gobierno. ¿Cuándo saliste de allí?

—Mañana hará tres días. Y ya corrían esos rumores.

—El presidente Negrín duda sobre qué hacer.

—Debería haberme dado el mando militar del Ejército del Centro, en lugar de nombrar a Casado. Yo no me fío de él.

—Parece que Negrín sí se fía.

—Espero que no se equivoque.

—¿Y cómo estaba nuestra amada capital de la gloria?

—Triste, pobre, bombardeada, hambrienta... —respondió Modesto con aire de agobio.

El poeta inclinó la cabeza con gesto compungido. Suspiró y añadió:

—¿Cuánto hace que no nos veíamos, querido Guilloto?

—Creo que desde aquel día en que acudisteis tú y Miguel Hernández al frente del Ebro, durante la batalla, para recitar vuestros poemas a los soldados. Posiblemente fue a mediados de septiembre, hace unos cinco meses. Me dedicaste entonces ese verso tan hermoso que has citado cuando llegué; aunque ahora tendrías que rehacerlo, porque ya no soy coronel.

—Es fácil, tiene las mismas sílabas... «Recibe mi alabanza, general, viejo amigo...»

—Cada vez que pienso que has compuesto un verso en mi honor, en honor de un humilde proletario del Puerto..., me ataca una enorme vergüenza.

—¿Humilde tú? Los héroes precisan versos que los pueblos deben aprender de memoria.

Alberti, de nuevo con voz acompasada y alzando el brazo derecho para seguir el ritmo de los versos, recitó enfático:

> *Que desde el Manzanares, ya general de ríos,*
> *quien como tú, hace tiempo, miliciano se viera,*
> *también te condecoren con estos versos míos*
> *Madrid, que no te olvida, y Cádiz que te espera...*

Alberti compuso un gesto torero, como si diera un capotazo al aire, y exclamó:

—Ole.

María Teresa y Delage aplaudieron con timidez mientras Cachalote lo hacía con calor. Modesto agradeció la penumbra de la sala: las orejas y las mejillas le ardían.

—No sé si lo sabéis todos —continuó el poeta—, pero Modesto y yo estudiamos juntos en el colegio jesuita del Puerto de Santa María, nuestro querido pueblo marinero… «aquella rota infancia juntamente vivida»… ¿verdad, Guilloto?

—Pero yo no fui mucho tiempo, apenas año y medio —respondió el general, todavía dominado por el pudor—: mi familia era muy pobre.

La voz ebria de Líster se alzó desde el fondo:

—¡Bravo, sí, bravo!…, pero también hay un famoso verso sobre mí: me lo hizo don Antonio…

—¿Don Antonio qué? —preguntó Delage con aire de chufla.

—Don Antonio Machado… ¿Quién si no? Era un soneto.

Alberti le buscó con la mirada.

—¿De qué te escondes, Líster? ¡Sal de las sombras, Belcebú!

—Voy, voy…

Se levantó con torpeza y avanzó hasta situarse junto a Alberti.

—Dinos tu verso, coronel…

Trabucándose en la pronunciación, Líster recitó:

> *…oh, noble corazón en vela,*
> *español indomable, puño fuerte…*

Dudó:

> *… heroico Líster…*

Se detuvo otra vez un instante antes de añadir:

—Y lo más famoso de todo:

Si mi pluma valiera tu pistola
de capitán, contento moriría…

Cachalote soltó una sonora carcajada.

—¡No he entendido nada!

Líster balbuceó su respuesta:

—¿Qué vas a entender tú, cetáceo? ¡Es un soneto!

—¿Un soneto? —intervino Delage—. Pues no lo parecía, coronel.

—Porque no lo he dicho entero: no lo recuerdo completo. Pero es de don Antonio.

—En tu boca parecía una cencerrada.

—¿Qué quieres decir con eso, Delage?, ¿insinúas que Machado no es un gran poeta? ¡Maldito bribón! ¡Te voy a cortar la lengua un día de estos!

Bufó, miró a su alrededor con ojos turbios y clamó:

—¡Me voy a dormir! ¡No soporto a los intelectuales!

Abandonó la estancia. Delage le gritó:

—¡Cuidado con los escalones, no te empiece a sonar el cencerro!

Pero el otro ya no pudo escucharle mientras caminaba por el pasillo zigzagueando y con pasos imprecisos.

Se quedaron solos al arrimo del fuego. Alberti tomaba, a sorbos pequeños y espaciados, una copa de jerez. Modesto fumaba cigarrillos casi sin descanso. De afuera les llegaba el golpeteo sonoro de una contraventana empujada por el ventarrón.

El poeta levantó la copa, la colocó entre sus ojos y el fuego del hogar y contempló durante un rato su contenido.

—Es hermoso el color de un fino: como de ámbar, de albero viejo…, ¡ay!, el vino de nuestro Puerto.

—De los señoritos del Puerto, Rafael…

—Del Puerto al fin y al cabo, qué más nos da quién lo preparó. En el vino, como en las mujeres, la clase social pasa a un segundo plano. ¿No quieres servirte un poco, querido general?

—Ahora no tengo ganas, amigo poeta.

Alberti pensó que le gustaba el rostro de aquel soldado. Los días de batallas al aire libre habían curtido su piel y moldeado una faz estatuaria, como tallada en cobre. Por sus ojos llenos de vivacidad, pensó el poeta, desfilaba un buen tramo de Historia. Y se dijo que aquel hombre pertenecía al destino, no a la vida.

—Al recitar el verso que te compuse durante la batalla del Ebro, han regresado a mi memoria los perfumes de la infancia.

—Yo también he sentido una punzada de nostalgia cuando has aludido a la infancia rota.

—Te recuerdo muy bien: eras un criajo *salao*, te gustaba venir con nosotros, los mayores.

—Es que aprendía… Desde niño, andaba siempre con mis tíos Luis y Joaquín, que me llevaban ocho y seis años, y con mi tío Isidoro, que me llevaba tres. Ellos me enseñaron las primeras lecciones de hombría. Y en verano, me llevaban sobre sus hombros hasta la playa de la Puntilla, en donde di mis primeras brazadas. Y me enseñaron a pelear, a hacer llaves en la lucha, a no acobardarme cuando algún chaval me ponía los puños en la cara… Les debo mucho de lo que soy y de lo que sé. Me enseñaron también a montar a caballo, en jacos que pedían prestados a sus amigos los gitanos. ¡Qué hermosura galopar por la playa! Nunca me he sentido tan libre como montando a pelo un caballo cartujano…, mis tíos…, toda una escuela de la vida. Además, no dejándose nunca humillar, despertaron en mí una conciencia social que luego ha ido creciendo. Les debo a ellos lo que soy, si es que soy algo.

—Ya eras un león…

Modesto había cerrado los ojos y, por un instante, las palabras de Alberti parecieron alejarse. Se veía de pronto, con unos siete años de edad, un mediodía en una de las pinadas de arriba de la ciudad que pertenecía a los Osborne. Él, sus tíos y otros amigos, todavía unos muchachos, estaban desgranando piñas para tostar los piñones al fuego cuando apareció un guarda con escopeta en ristre.

—¡Qué hacéis, cuadrilla de golfos! —exclamó con gesto resuelto, apuntándoles con el arma.

Pero nadie se amilanó. Los seis adolescentes tiraron de navaja y el pequeño Juan se arrimó a la espalda de su tío Isidoro. Y poco a poco, refugiándose tras los pinos, fueron rodeando al guarda, que intentaba retroceder, moviendo la escopeta de un lado a otro, sin atreverse a apretar el gatillo.

—¡Quietos, que disparo! —gritó con voz temerosa.

Pero la pandilla siguió su acoso con lentitud, como si se tratara de una partida de lobos que rodean a la presa hasta cansarla.

Y de pronto, el hombre cayó de rodillas y se puso a llorar.

Su tío Joaquín le quitó la escopeta, la vació de cartuchos y se la devolvió. El Noni, uno de los amigos de la cuadrilla, le dijo aireando la navaja ante sus narices:

—Y que sea la última vez que vienes a molestarnos cuando nos veas recoger piñones. Si vuelves a hacerlo, te rajaré aquí mismo la cara.

El otro no cesaba de temblar y asentía sin pronunciar palabra.

—Y piensa, piensa un poco, pedazo de borrico —terminó el Noni—. Estos piñones se pudren porque nadie los come. Y a nosotros nos alimentan. ¿Por qué quieres impedir que los cojamos, para agradar a tus amos? Piensa, borrico. Tú no eres de su clase, eres de la nuestra.

Aquel guarda no volvió a molestarlos. Y el niño Guilloto se dijo que nunca consentiría ser objeto de injusticia por alguien que se cree más fuerte.

La voz de Alberti le hizo abrir los ojos. Insistía:

—Un león, sí…

Modesto sonrió.

—Ése es mi segundo apellido. Por mi madre, Milagros León.

—Te gustaba la pelea.

—A veces los mayorales son peores que sus señores.

—¿Por qué dices eso?

—Por nada; me acordaba de cosas pasadas.

Alberti señaló la oreja izquierda de Modesto.

—Ese pedazo que te falta, Guilloto…

Modesto se llevó la mano al lugar mutilado.

—La infancia es un mundo duro y hay que aprender a defenderse. La calle es la mejor escuela para luchar y a mí me preparó para la guerra sin que me diera entonces cuenta: porque nunca dudé que vencería a quien se enfrentaba conmigo, aunque fuera más fuerte que yo. ¿Sabes cómo se peleaba en mi barrio? Cuando había bronca entre dos chavales, a los chicos se les ataba una de sus manos con la de su adversario, cruzadas a ser posible: izquierda con izquierda, o derecha con derecha. La mano libre quedaba para los puñetazos. Aprendías a esquivar, a encajar golpes y a darlos con toda tu fuerza. Así se me quitó el miedo. No le temo a los puños de nadie. Y había otras formas incluso más duras de pelear. A patadas, a mordiscos… Por eso lo de la oreja, un *bocao*.

—Yo rehuía la pelea.

—Que no te agobie eso: los poetas sólo tenéis la obligación de cantar; para luchar estamos otros.

—Yo soy valiente en las distancias largas, Guilloto…, en las cortas, me estremezco de miedo.

—Ya ves…, yo nací para las distancias cortas: por eso me encuentro cómodo en la guerra, porque la guerra es una sucesión de batallas de corta distancia, aunque dure años. Y en el Puerto aprendí cómo lucharlas. A mi padre, a Benito Guilloto, también le debo la mejor lección de hombría: de otros aprendí cómo comportarme, cómo hablar, cómo moverme en la vida; pero de él aprendí lo que es el valor y la firmeza.

Una tarde, cuando tenía ocho años, Juan Guilloto se coló en el Teatro Municipal a ver películas de Tom Mix y Hopalong Cassidy, dos personajes que actuaban como vaqueros en el cine mudo. No era el único crío que se metía de rondón en las sesiones del cinematógrafo y había que estar atento a los paseos del guarda en busca de chavales que no habían pagado. Pero en una carga de los indios contra la caravana de blancos, Juan descuidó la vigilancia. Y una recia mano se posó en su hombro.

—A ver la entrada.

Juan trató de escapar, pero el hombre le agarró por el pelo.

—Te vas a enterar, golfillo.

Le bajó a palos desde la platea a la calle. Ya al aire libre, el chiquillo le plantó cara.

—Sin esa vara no se atrevería a hacer lo que hace… —le dijo.

El hombre rió.

—Pues vas a ver la que te espera sin el palo.

Arrojó a un lado el bastoncillo y sacó el sable de su funda. Y propinó al chaval dos cintarazos en la espalda.

—Para que te vayas caliente a tu cochiquera.

Cuando llegó a casa, contó a su padre lo sucedido.

—Lávate, cámbiate de ropa y vente conmigo —dijo muy serio Benito Guilloto.

Se quedaron delante del cuartel, medio escondidos en un portal, esperando la hora en que tenía que llegar el guarda al finalizar su turno del cine. Poco después, a eso de las diez de la noche, Juan lo vio avanzar por la calle desierta.

—¿Ése es? —preguntó su padre.

—Sí, ése…

—Quédate aquí quieto.

Benito se levantó y avanzó tranquilo hacia el hombre. Se plantó ante él y hubo un intercambio de palabras que el niño no alcanzó a escuchar. Y de pronto, su padre comenzó a pegar puñetazos al otro, sin tregua, sin darle opción apenas a responderle. Lo tiró al suelo y le arrebató la pistola y la espada. Y a renglón seguido, arrojó el arma de fuego a un lado y sacudió un par de cintarazos de sable en las posaderas del guarda, que gemía tendido en el suelo.

Esta vez sí que oyó con claridad lo que decía su padre:

—¡Jura, *hi* de puta, que nunca más vas a tocar a uno de mis hijos o te clavo ahora mismo la espada en los riñones!

—¡Lo juro, lo juro! —clamó el otro.

Y allí mismo, aquella noche, el niño Juan Guilloto se hizo a sí mismo otro juramento: jamás consentiría a nadie abusar de otro que no puede defenderse en iguales condiciones ni se doblegaría ante la injusticia.

Otra vez escuchó la voz de Alberti imponiéndose a sus recuerdos.

—Yo eludía la lucha, pero quería ser torero.

—¿Y qué niño del Puerto no ha soñado alguna vez con serlo, Rafael?

—Me acuerdo de que, a veces, te sumabas a mi pandilla cuando íbamos a los cerrados en busca de becerros. ¿Recuerdas a mis compañeros de capea?

—Sólo al gitano, ese al que llamaban «la Negrita».

—Una vez se tiró a la plaza de espontáneo, durante una novillada, y acabó durmiendo en la cárcel.

—A mí me curó la espalda con un emplasto que fabricó con cebollas y tomates. Me había pataleado un becerro *colorao* y la Negrita me dio unas friegas. El animal estaba más que resabiado. Después de vapulearme y tirarme al suelo, se colocó encima de mí y me meó. Y es curioso, nunca lo he contado; pero aquel día no sentí miedo, como si no me importara que el bicho pudiera matarme. La vida es rara…, lo mismo tenía ganas de morir.

—Algunos becerros incluso te cagaban. El toro enseña valor.

—Natural… Porque hay que tener mucho temple para aguantar con un trapo o una chaqueta delante de esa mirada que parece ciega.

La Negrita… El gitano le apartó de aquel becerro que le había pataleado y meado y que era una furia viva detrás de una mirada negra. Y con garbo, le echó delante la muleta y le dio varios pases, sin que el resabiado animal fuese capaz de engancharle el cuerpo que una y otra vez le burlaba con agilidad y gracia.

Después, con fintas cortas de castigo, le fue domeñando, cansándolo a trincherazos que le obligaban a torcer el cuello, a quebrar casi el espinazo. Rendido al fin, el torito sacó la lengua, jadeó y se quedó quieto, incapaz de hacer siquiera caso del engaño con el que el gitano parecía abanicarle los ollares. Y entonces la Negrita, dejando la muleta a un lado, giró el cuerpo con un paso casi de baile, chulo delante del torete rendido, mirando al cielo, como hacen los toreros cuando buscan el aplauso tras vencer con su pericia a la brava fiera. Y el becerro inclinó el cuerpo y arrodilló sus patas delanteras ante el joven.

La Negrita miró a Juan con un mohín de coquetería con los labios.

—Esto se llama la importancia del gesto, niño Guilloto.

Y repitió el paso de baile ante el muchacho.

Luego le curó con el emplasto.

—¿Nunca tienes miedo, Juan? —dijo Alberti.

—Paso tanto como cualquier soldado. Pero aprendí a aguantármelo en aquellas peleas y en las tientas de becerros... Me acordaba ahora de la Negrita. ¿Por qué tendría un apodo femenino?

—Era muy maricón, casi tanto como bravo.

—Bailaba bien, a mí me enseñó a dar algunas *pataitas* por bulerías.

—Me hace gracia recordarte entonces..., tan distinto del famoso general que eres ahora. Cuando íbamos al ejido en donde pastaba el ganado bravo, tú venías detrás de los mayores colocando montones de pedruscos entre las retamas. Nos gustaba más la calle que el pupitre, Guilloto. No éramos buenos estudiantes.

—¡Yo sí lo fui al principio, Rafael! Y bien que porfiaba. Mi padre quería hacer alguien de mí y me tomaba la lección todas las noches. Pero en casa no había para comer y yo era el mayor de ocho hermanos. Tuve que dejar el colegio después de un año y medio de estudios. Y eso que era un externo, un gratuito, y los curas jesuitas me apreciaban. Muchas tardes me iba solo a pasear, si el cielo estaba claro, hasta llegar a la punta del espigón que separa la playa de la Puntilla de la boca del Guadalete. Allí me sentaba a ver los barcos partir desde la bahía, rumbo a América. ¡Cómo es nuestra Andalucía, Rafael!, ese rincón del mundo en donde incluso la pobreza parece de oro. Yo imaginaba, viendo el mar y los barcos, que era el piloto de todos y cada uno de ellos y que viajaba lejos, muy lejos de mi pueblo. Si hubiera podido estudiar y si no tuviera este sentido de la justicia que tengo, tal vez las cosas me hubieran ido algo mejor y no estaría aquí ahora.

—¿Y lo lamentas?

—¿De qué serviría? Nadie hace la guerra por gusto, aunque procure fama.

—¡Si los curas te vieran ahora, convertido en un jefe del ejército rojo!

—Creo que no hay mucha gente en nuestro pueblo que sepa que el general Modesto es el mismo que el aserrador Juan Guilloto... Yo era bastante conocido en el Puerto los últimos años por mi militancia comunista: por el jaleo que armaba. Pero no tengo muchas noticias de qué sucede allí desde que los fascistas lo tomaron al principio de la sedición.

—¿Ni siquiera has sabido de tus padres?

—Muy poco.

Sus ojos se achicaron.

—Ni de otras personas a quienes amé —añadió.

Alberti percibió la leve sombra de amargura que cruzaba la mirada de Modesto.

—Me parece que ahora sí que voy a tomarme esa copita de fino —dijo el general—. Para olvidar las penas y para celebrar que estoy vivo.

—Eso es tener buen juicio, amigo Juan.

Modesto quedó unos instantes pensativo mientras Alberti le servía la copa. Ahora sonaba con fuerza la lluvia al otro lado de la ventana.

—Dime una cosa —habló al poco el militar—: tú que eres un hombre de mundo, mucho más viajado y leído que yo, además de poeta...: ¿crees en el amor «de primeras», como decíamos en el Puerto? ¿El amor de pronto, a primera vista?

—Supongo que hay muchas formas de enamorarse. Pero la de

primeras, como tú dices, puede que sea la más emocionante. ¿Por qué me lo preguntas?

Modesto señaló a la ventana.

—Está cayendo una buena ahí afuera.

Alberti apuró con lentitud el resto de su copa.

—¿Ganaremos la guerra, general? —preguntó.

—Quizás no la perdamos.

—¿Y por qué sigues?

—Primero, porque es justa nuestra lucha. Y nada puede apartarme de ello. He cambiado mucho en estos años, Rafael, me he hecho un hombre distinto, tal vez más frío, más descreído, más insensible a la crueldad: pero, en el fondo, sigo siendo el de siempre. Creo en mi causa. Y lucho para ganar, mi íntima pasión es la victoria.

—¿Morirías por esa razón?

—Yo soy un soldado, Rafael.

—Y un héroe…

Modesto sonrió levemente y movió la cabeza hacia los lados.

—Eso es lo que quería ser de niño, un héroe. Y quizás lo he sido. Pero eso ya no significa nada para mí.

Más tarde, tumbado en la cama, su cuerpo desnudo entre las sábanas, relajado bajo el abrazo de una gruesa manta de lana y rodeado por la oscuridad del cuarto, cerraba los ojos y veía el rostro y la figura de Antonia. Y los de las pequeñas Milagros y Dolores.

Modesto siempre había pensado que uno se enamora de primeras de una mujer o no se enamora nunca de ella. Por lo menos así le había sucedido a lo largo de toda su vida. Y así le sucedió con Antonia.

Era un sábado de la primavera de 1927, en plena feria del Puerto, un atardecer henchido por el perfume del azahar. Juan

Guilloto bajaba con dos de sus tíos y un grupo de amigos hacia la explanada que rodeaba la plaza de toros, para tomar unas manzanillas y bailar, si se terciaba, con las muchachas. La anochecida traía de los pinares de lo alto del pueblo una brisa que hacía mecerse las hojas de las moreras y templaba el aire. De las casetas feriales surgían sones de bulerías y sevillanas, cantadas a coro y acompañadas por el rasgueo de las guitarras. Ahora, al rememorar aquel lejano día, su olfato casi percibía el aroma de las flores del naranjo y por su cabeza cruzaba el remate de una bulería que escuchó aquella tarde:

> A la «alamea»,
> que viene el guarda
> con la correa.

La vio bailando sevillanas haciendo pareja con otra muchacha. Era morena, de talle fino, mediana estatura y ojos oscuros, y su melena larga se derramaba en bucles azabaches sobre los hombros de curva suave, que asomaban al aire desde los bordes del tafetán. Vestía un ajustado traje de flamenca de vibrante rojo sangre con vistosos faralaes, traje de flamenca punteado de lunares blancos, bajo el que se marcaban las formas de un espléndido cuerpo de joven mujer.

Juan Gilloto no tuvo dudas. Se plantó cerca de ella y fue siguiendo sus movimientos hasta que logró que los ojos de la chica repararan en él. Cuando las dos muchachas se detuvieron al concluir la segunda estrofa, Antonia se situó dándole cara mientras batía palmas. Y antes de arrancar con el baile de la tercera, clavó su mirada en la del hombre. Juan sintió en sus entrañas algo parecido a un ardoroso latigazo. Se había enamorado de primeras.

El coro y las guitarras cerraron la cuarta estrofa y las dos chicas se quedaron en pie en el mismo lugar en donde habían danzado. Sonó al poco el arranque de unas bulerías y las muchachas se incorporaron al coro de voces y de palmas, formando corro. Salieron dos bailarines, uno detrás de otro. Y justo cuando el segundo dio sus últimos pasos, Juan se ajustó la gorra campera, tiró hacia abajo de los bordes de su chaquetilla, caminó hacia el centro del corro y comenzó a bailar dando frente a la muchacha, con paso viril, la barbilla alzada, clavando sus ojos en los de la hermosa joven. Ella le correspondía con miradas huidizas que enardecían el pecho de Juan. Las voces cantaban:

Bonito el ruiseñor,
va publicando en su cante
que nos queremos tú y yo.

Como un limón limonero
vete poniendo amarilla
de tanto como te quiero.

Paseó después con las dos chicas y tomó unas cuantas manzanillas que le alegraron la lengua mientras ellas bebían vasos de gaseosa. A las once las acompañó a sus casas. Primero a la amiga, Juana, que vivía en la calle Misericordia, muy cerca del aserradero en donde trabajaba Juan. Después, a Antonia, hasta una humilde vivienda cercana a la plaza de los Jazmines.

Acordaron verse la tarde siguiente. Solos. Cuando Juan regresaba a su casa, envuelto por el aroma empalagoso de los jazmines, el corazón le bailaba.

Por bulerías.

Salieron esa tarde y muchas otras cuando la feria terminó. Mediada la primavera, ya eran novios. Antonia trabajaba como costurera en casas de ricos por las mañanas para ayudar a su madre viuda y, cuando Juan terminaba su turno en el aserradero de la calle Misericordia, entrada la tarde, ella le estaba ya esperando, siempre en el mismo banco de la explanada de la plaza de toros, a la sombra de una morera anciana.

Allí comenzaba su paseo. Juan le tomaba la mano al internarse entre los pinos del Camino de los Enamorados y, al poco, se apartaban de la vereda para besarse, primero con dulzura, y conforme pasaban las semanas, con furor joven, con bocas que ardían al encontrarse. Seguían luego hasta la playa de la Puntilla para alcanzar la orilla en donde iba a morir el Guadalete. De regreso, de nuevo se entregaban a los besos, las caricias y los abrazos, mientras la tarde desfallecía. Cuando finalizaba septiembre, Juan cumplió los veintiún años. Ella tenía diecisiete. Aquel día, escondidos entre los pinos, Antonia le permitió acariciarle los senos. Y siguió permitiéndolo todos los días siguientes.

La mañana de un domingo de primeros de octubre, tomaron el vapor de la bahía para cruzar a Cádiz. Juan había hecho unos trabajos de carpintero para un señorito de Rota y logrado un dinero extra. Era un día templado y el Atlántico parecía quieto como un estanque bajo la lumbre poderosa del sol, mientras en tierra firme se dibujaban las líneas de las casas de Cádiz, el Puerto, Rota... El espacio crecía alto y la tierra se empequeñecía ante la orgullosa anchura del cielo. Acodados en la baranda de estribor del barco, con los cabellos flameando por la brisa lozana de la mañana, los jóvenes novios contemplaban las dunas y los pinares que dominaban la playa de la Puntilla, al otro lado del espigón construido con oscuras rocas ostreras.

Más tarde, al salir de la bocana donde moría el Guadalete, cambiaron de banda para mirar a Cádiz, tejida de blanco y plata y coronada por el dorado fulgor de la cúpula catedralicia. Juan sentía que la hermosa ciudad no pertenecía a la tierra, sino que vivía a lomos de los aires, como si la hubiesen arrancado de la faz del planeta y echado a volar por las estancias eternas del universo.

Tomaron manzanilla en el barrio de la Viña y comieron cucuruchos de *pescaíto* en una freiduría de la plaza de las Flores. Después, entraron en una discreta pensión del barrio del Mentidero. Ya lo tenían hablado. Y allí, en la penumbra tibia de la habitación, ella se desprendió del vestido amarillo y de las blancas prendas que cubrían sus pechos luminosos y su vientre azabache. Se amaron a llamaradas.

Aquel día no fue el primero que Juan hizo el amor con una mujer. Antes de ello, en varias ocasiones desde que cumplió los dieciséis años, había ido con sus tíos al Pay Pay, un cabaret de Cádiz del barrio del Pópulo, y pagado prostitutas para apagar su fogosidad adolescente. Pero el amor con Antonia fue cosa muy distinta: sintió que el sexo no era un fin en sí mismo, sino una prolongación del amor que sentía por la muchacha, un amor que se expandió más todavía cuando salieron a la calle y sintió en la piel la caricia del aire del mar.

Después de aquello, cada vez que Juan lograba algún trabajo extraordinario, volvían a la misma pensión del Mentidero. En otras ocasiones, si no había dinero, se ocultaban en los pinares del Camino de los Enamorados para dar respuesta a los requerimientos de un sexo que los urgía y los quemaba.

El año siguiente, Juan fue llamado a filas. Tras unas semanas en Cádiz y tras propinarle un culatazo a un sargento que intentó abusar de su condición de soldado raso, cruzó el Estrecho para servir en los regulares de Marruecos, en Larache, y durante dieciocho meses sólo supo de Antonia por sus cartas. Más de la mitad del tiempo lo pasó en calabozos, arrestado por desobediencia e, incluso, por emprenderla a puñetazos con un comandante que le abofeteó una tarde de domingo en la calle. Se salvó del fusilamiento porque ambos iban de paisano. En Marruecos tuvo amoríos con Mina, una ardiente muchacha marroquí, y con una joven judía de nombre Omega.

Terminado el servicio militar, regresó al Puerto y encontró un trabajo mejor remunerado que el del aserradero. También renovó con brío sus encuentros con Antonia en el hotel de Cádiz. Juan tenía veintitrés años y Antonia diecinueve cuando ella se quedó embarazada.

Buscaron vivienda en el barrio alto, cerca de la casa de la calle de las Cruces en donde Juan había pasado parte de su infancia. Allí nació Milagros y, un año y medio más tarde, Dolores, dos chiquillas morenas, guapas como su madre. Para entonces Juan Guilloto ya había ingresado en el Partido Comunista del Puerto de Santa María y se había convertido en uno de sus líderes indiscutibles.

Le costaba dormirse. Encendió la luz y prendió un cigarrillo. Recuperar la memoria de aquellos días le ensombrecía el ánimo. Y recordar a Antonia y a las niñas era como sentir de pronto que le faltara un poco la respiración. ¿Dónde estarían ahora? Las abandonó para instalarse en Madrid en 1933, adonde se trasladó por decisión del Partido. Luego, pese a las cartas suplicantes de Antonia para que volviera al Puerto, Juan viajó a Moscú para instruirse militar y políticamente en la Escuela Leninista. Tuvo allí una amante alta y fogosa que se llamaba Karina.

Al año y medio de su regreso, la sublevación militar estalló en España y los rebeldes triunfaron en Cádiz y en el Puerto. Ya no pudo volver a su pueblo ni supo de Antonia y de sus hijas durante varios meses.

Se levantó y paseó desnudo por la estancia. Le hubiera gustado abandonar la casa y perderse bajo la noche entre los olivares. Pero la tormenta resoplaba como un toro furioso al otro lado de la ventana. Salió del dormitorio, fue al baño, regresó a su cuarto y encendió un nuevo cigarrillo. Antonia y las niñas no se apartaban de su cabeza.

Cualquiera podría considerarle un canalla por aquello. Pero él había puesto por encima de todo su lealtad al Partido. Y, además, su amor hacia Antonia se diluyó y esfumó durante los meses de su estancia en la Unión Soviética. En los tres años anteriores a la guerra, le envió dinero regularmente. Después, cuando cayeron Cádiz y los Puertos en manos facciosas, ya no le fue posible hacerlo.

En los últimos tres años, el joven militante comunista Juan Guilloto se había desvanecido mientras crecía, entre las trincheras y la pólvora, la leyenda del jefe miliciano Juan Modesto.

Al siguiente día, un sol de rostro polvoriento, receloso de las lluvias que presagiaban nubes lejanas, trepó desde la tierra humedecida hasta las alturas del cielo. Con el alba, un coche fue a buscar al general Modesto, quien partió en compañía de Cachalote desde el caserón de la Posición Dakar al encuentro del presidente del Gobierno. El doctor Juan Negrín residía con varios miembros de su gabinete ministerial en una escondida finca del término municipal de Petrel, al norte de Elda, el lugar bautizado como Posición Yuste.

Era un paisaje agreste y duro el que se tendía a los dos lados de la desierta carretera. Montañas calvas de desvaído color ocre, junto a cerros de piedra gris, cerraban el horizonte. Olivares y bosquecillos de pinos piñoneros crecían a los lados de una torrentera, que era como una cicatriz en la tierra encharcada por la lluvia de la noche.

Veinte minutos después de salir de la Posición Dakar, el vehículo en donde viajaba Modesto abandonó la carretera general y tomó una estrecha vía de asfalto malherido que surgía a la izquierda. El coche trepó una loma, entre eucaliptos de revuelta pelambrera, y al coronarla y comenzar el descenso, delante se abrió un espacioso valle en donde se agazapaban ralos viñedos y olivos temblorosos bajo el aire del invierno. Unos doscientos metros a la derecha del camino, tras un vallado de piedra clara, una cerrada arboleda de coníferas centenarias ocultaba el enorme edificio de la finca del Poblet, la Posición Yuste, rodeado de cuadras y almacenes. En la portalada montaban guardia dos soldados armados con fusiles.

El chófer arrimó el coche y el general y su guardaespaldas descendieron. Desde la explanada que se abría al otro lado de la entrada, un comandante, uniformado pero desprovisto de la gorra, se acercó hasta ellos, se cuadró y saludó a Modesto llevándose el puño derecho a la altura de la sien.

—A sus órdenes, mi general.

Modesto respondió al saludo.

—Descanse.

Modesto le tendió la mano.

—Soy el comandante Velasco —dijo el otro mientras se la estrechaba—, asistente militar del presidente. El doctor Negrín le aguarda.

Señaló a Cachalote:

—Su escolta puede esperarle en la cantina de la tropa.

—Me quedo en el coche —respondió el aludido.

Modesto y el comandante doblaron la esquina de un primer edificio y entraron en un cuidado jardín ornado con pérgolas, arriates y cipreses, en el que un laberinto cercado por setos de un vibrante color verde conducía al edificio principal de la finca, discretamente oculto tras un palmeral. El sonido del agua de un surtidor quebraba el silencio del cuidado recinto del jardín.

Modesto entró en la casa siguiendo al comandante, ascendió

la escalinata de mármol, atravesó una galería trenzada de sombras y se detuvo ante una alta puerta de madera oscura. El comandante golpeó con los nudillos, luego tiró hacia abajo del picaporte, abrió la puerta y le cedió el paso.

La mayestática figura del presidente Juan Negrín aguardaba en pie, junto a la mesa de su despacho, al general Juan Modesto.

Siempre había admirado a aquel hombre inteligente, decidido, seguro de sí mismo, altanero y, sobre todo, sabio. Modesto pensó que a él se le había negado ese tramo de vida, el de la sabiduría. Porque él se habría comido los libros si le hubieran dado la ocasión de abrirlos.

Negrín permaneció quieto en donde estaba, mirándole de frente. Modesto se cuadró y saludó con el puño de la mano derecha pegado a la sien. El presidente hizo un gesto indicándole que se acercara. Y el general obedeció. Sabía que Negrín siempre jugaba en su terreno, como los toreros sabios. Y a él no le importaba rendir obediencia a quien consideraba superior a todos los otros por méritos intelectuales.

Avanzó hacia el mandatario. Negrín vestía un traje oscuro, chaleco de picos, camisa blanca y corbata rayada de colores difusos. Llevaba unas gafas de montura redonda y se había afeitado el bigote que solía lucir años atrás. Era de la misma estatura que el general, aunque algo más grueso. La amplitud de su frente, despejada por la parquedad de una cabellera corta y negra, mostraba una cabeza grande y sólida. Su nariz era recta, ancha y dura, con amplias fosas nasales. Y sus labios se tendían largos, esponjosos, tocados por una leve sensualidad canalla que sin duda los hacía atractivos. Negrín tenía fama de mujeriego y ese rasgo de su personalidad también le agradaba al general.

Tendió la mano hacia Modesto cuando éste llegaba ya a su altura.

—A sus órdenes, señor presidente —dijo el militar.

—Es un placer volver a verle, general.

—Antes de nada, gracias por el ascenso, señor presidente.

—Lo merecía —dijo Negrín.

Y añadió de sopetón:

—¿Hemos perdido la guerra?

Dudó un instante Modesto. Pero respondió al punto:

—Yo aprendí desde chico a no rendirme nunca.

—¿Basta con eso, general?

Modesto encogió los hombros.

—Al fin y al cabo, una guerra no es más que una guerra y los hombres la han hecho siempre. Y alguien tiene que ganarla.

Miró a Negrín a los ojos antes de concluir:

—Y si la perdemos ahora, será por un error suyo, señor presidente.

Un brillo colérico cruzó los ojos de Negrín. Pareció que el furor de su mirada iba a descender directo a sus palabras. Pero se contuvo.

—¿Ha desayunado, general?

—No he tenido tiempo.

—Se dicen muchas tonterías con el estómago vacío.

Negrín señaló hacia la mesa que había al fondo de la estancia, junto a una ventana que daba al jardín.

—Le estaba esperando para que desayunáramos juntos. Hay café, queso y manzanas. Y si quiere, vino en cantidad: casi para emborrachar a todo un ejército durante un año de guerra. Yo no bebo en el desayuno, ¿pero le apetece a usted una copa de jerez?

—Tampoco tomo vino a estas horas. El vino atonta por las mañanas y aviva el ingenio por las noches. Y las batallas se planean por las noches, pero se ganan por las mañanas.

—Es una idea ingeniosa, aunque sea incierta... Vamos a la mesa: tendrá hambre, general.

Negrín no solía apreciar mucho a los hombres de su entorno. Era demasiado inteligente como para sentir respeto hacia la mayor parte de los individuos de la especie a la que pertenecía. Pero aquel soldado le complacía y despertaba en él, incluso, una cierta admiración. Era valiente, discreto, serio y poseedor de una sencilla altanería. Caminaba muy derecho, erguido, con la cabeza alzada, y su forma de andar escondía una rara gracilidad. Hablaba despacio escogiendo las palabras. Era respetuoso, pero su actitud comunicaba una mezcla de dignidad y rebeldía. No era un hombre a quien se pudiera humillar, eso resultaba fácil de ver.

Le había conocido en Madrid, en septiembre del 36, apenas unos días después de ser nombrado ministro de Hacienda en el gabinete de Largo Caballero. Una tarde, en pleno combate del Guadarrama, Negrín se encontraba en el despacho del presidente del Banco de España cuando Modesto, al mando de un grupo de milicianos, entró en el vestíbulo, se dirigió a la caja central y exigió dinero para sus tropas.

—¡Nuestras familias no tienen para comer mientras los hombres combatimos en el frente! —gritó.

Los funcionarios llamaron a los guardias de asalto y el vestíbulo se convirtió durante unos minutos en un guirigay de gritos y amenazas. Negrín oyó la batahola en el momento en que abandonaba el despacho del presidente del banco y no dudó en acelerar el paso para ver qué sucedía. Se plantó frente a Modesto y le exigió respeto. El joven comandante miliciano vestía una camisa color caqui, cruzada del hombro a la cintura por un correaje de cuero negro; de su cinturón colgaba una cartuchera con pistola.

—Respeto, señor, tenemos todo el del mundo a un ministro de nuestra República. Pero en una guerra, el dinero debe ser para la guerra, no para guardarlo en cajas de caudales. ¿Para qué quieren ustedes el dinero si Mola entra en Madrid? Los que combatimos en la sierra lo necesitamos para nuestras familias.

Negrín no dudó. Se volvió hacia los cajeros.

—Den a estos hombres cuanto pidan. Y que firmen los correspondientes recibos.

Después se dirigió de nuevo al jefe miliciano.

—¿Quién es usted?

—Comandante Juan Modesto, señor ministro.

—Me acordaré de su nombre. ¿Tiene inconveniente en venir un momento conmigo?

—Estoy a sus órdenes, señor.

Subieron las escaleras y entraron en un despacho. Negrín invitó al militar a sentarse.

—No tengo mucho tiempo, señor ministro —rehusó Modesto—. Debemos volver al frente cuanto antes: los rebeldes achuchan.

—¿Qué hubiera hecho si no le doy el dinero, Modesto?

El miliciano de encogió de hombros.

—Nunca sé muy bien lo que voy a hacer si no consigo lo que creo que es de justicia… Por lo general, lo consigo. De modo que hoy no puedo contestarle, señor ministro.

Negrín miró el rostro sereno y recio de aquel hombre y pensó que exhibía un cierto salvajismo atrayente. Reparó también en que le faltaba un pedazo de la oreja izquierda.

—¿Qué le pasó en la oreja?

Modesto se llevó la mano al apéndice y lo acarició.

—Un mordisco de una pelea de la juventud, en mi tierra natal. El trozo se lo llevó un chico que no creía en las peleas limpias.

—¿Y qué hizo usted?

—Le dejé las narices torcidas para siempre. ¿Puedo irme ya, señor ministro?

—Firme usted antes el recibo que le han preparado. Y procure volver con vida del Guadarrama, comandante. Nos va a hacer falta en esta guerra.

Modesto tomó una manzana y un café sin leche ni azúcar. Después encendió un cigarrillo, el primero del día. Solía fumar entre cuarenta y cincuenta cada jornada.

—¿Cuánto hace que no nos veíamos, general? —preguntó Negrín.

—Desde el 29 de octubre, presidente, cuando despedimos a las Brigadas Internacionales. Podríamos habernos encontrado en la retirada de Cataluña, pero nos cruzamos: usted salió por la frontera de Portbou unas horas antes que yo.

—Ya veo que tiene buena memoria…

—Aquella despedida de los internacionales fue inolvidable. Lo tengo clavado en el alma…, tanto habían hecho por nosotros.

—Un día único para todos —dijo el presidente—. Recuerdo su discurso y el de Pasionaria. Yo también hablé. Pero dejemos ahora esos recuerdos emotivos: dígame cuál es el error que he cometido y que según usted puede costarnos la guerra.

—Nombrar a Casado responsable de las fuerzas de Madrid y no haberme dejado a mí el mando.

—¿Tan ambicioso es usted?

—Soy leal.

—Casado es un buen militar.

—Desconozco sus méritos de guerra.

—Y es fiel al gobierno.

—De eso estoy menos seguro todavía que de sus dotes militares. Dicen que está en contacto con Franco para preparar la rendición.

—¿Quién lo dice?

—Gente que le conoce.

—Escuche, Modesto: aunque soy socialista, comparto con ustedes los comunistas el punto de vista de continuar esta guerra. Pero en mi partido pensamos que Casado es leal y yo no quiero poner a un comunista al mando de las tropas de Madrid.

—No veo por qué no.

—No deseo reforzar el argumento de mis enemigos cuando afirman que ustedes me tienen atado de pies y manos. ¿Está claro? A mí no hay quien me ate ni un solo dedo.

—Casado puede ser leal, pero ¿y si no lo fuera…? Piénselo, señor: hay que controlarlo, nos jugamos mucho.

—¿Y qué haría usted si se rebela?

—Entraría a su despacho y le detendría. Y si se resistiese, le pegaría un tiro allí mismo.

Negrín respondió irónico:

—¿Sería capaz de asesinar en frío, general Modesto?

—¿Y por qué no lo llama ejecutar? Al comienzo de la guerra, quizás no hubiera podido hacer algo así. Ahora no hay tiempo. Y la indecisión hace perder muchas batallas, lo que significa miles de vidas de hombres y mujeres. Si Casado traiciona y Franco gana la guerra, habrá una verdadera carnicería. Envíeme a Madrid.

—A otra cosa, Modesto…

—Espero que no se arrepienta, señor presidente.

—Le digo que pasemos a otra cosa, general. Entre los derechos de los presidentes está el de equivocarse.

—No me gustaría estar en su piel, señor, porque los errores de los poderosos cuestan muchas vidas…

—No se propase, general. Puedo cesarle ahora mismo de todos sus cargos.

—Yo sólo estoy a sus órdenes, señor presidente.

—Pues deje de hablarme así, general, y deme su opinión sobre el curso de la guerra.

—Ya le he dicho que yo no me rindo nunca. Pero seré sincero: está perdida…

—¿Irremediablemente perdida?

—No de forma inmediata.

—¿Cuánto podremos resistir?

—Medio año tal vez. Aún tenemos más de una cuarta parte del país en nuestras manos y casi medio millón de soldados en los frentes del centro y del sur. Pero no hay suficiente aviación, ni artillería pesada, ni blindados…

Negrín se levantó y paseó alrededor de la mesa.

—¿Y la moral del soldado?

—Moral sobra; pero faltan aviones, tanques, que ganan más batallas que los héroes. Además, el heroísmo resulta muy fatigoso después de casi tres años de lucha.

—Si contenemos a Franco durante medio año, ganaremos la guerra. Ya sabe que resistir es vencer.

—No había oído eso, pero me gusta.

—Lo ha dicho un gran escritor americano, William Faulkner. Aunque no estoy seguro de que fuera el primero. Quizás lo tomó de algún general romano y luego la frase ha ido cabalgando en la Historia corriendo de boca en boca. Si aguantamos otro medio año, para esas fechas toda Europa estará en guerra porque, tarde o temprano, Inglaterra y Francia tendrán que pararle los pies a Hitler. Y España será un frente más dentro de una gran contienda y recibiremos la ayuda necesaria de las democracias.

—Suponiendo que Hitler no se coma antes de un bocado a todos los europeos —señaló Modesto—. Una guerra es como una pelea callejera: el que muestra su miedo pierde siempre, porque el contrario se crece. Y Francia e Inglaterra muestran miedo.

—De ustedes depende todo…, de ustedes los militares. Y sobre todos, de usted, Modesto.

Negrín apoyó la mano en el hombro del general.

—El jefe del Estado, el presidente Azaña, ya ha tirado la toalla: dimitió el día 27 y no volverá nunca de Francia. Y tampoco el general Rojo.

—En mí puede confiar, señor presidente. En mí y en los míos. Rojo nos hace mucha falta, más que nunca, es el mejor; pero si no quiere regresar de Francia… Deme el mando de todo el ejército, señor, y resistiremos el tiempo que necesita.

Negrín reanudó su paseo. Tardó en responder.

—Confío plenamente en ustedes los comunistas, pero no puedo darles todo el poder, políticamente hablando.

—Ahora no importa la política, importa la guerra. Y hay que continuarla.

—Sin política, no hay guerra que pueda ganarse, general Modesto.

—Pero hay políticas que arruinan la victoria, señor presidente.

—Usted y yo somos muy diferentes, razonamos de forma distinta…

—Lo sé, señor, usted es un hombre sabio y yo sólo un soldado sin más formación que la del campo de batalla. Usted se crió apoyándose en los codos, en las aulas en donde se estudia; yo me he educado a mordiscos en los muelles gaditanos. —Se tocó la oreja—. Pero a veces llega la hora en que el instinto manda.

—A Shakespeare le hubiera interesado conocerle, general.

—He oído nombrar a ese escritor. Cuando llegue la paz, lo leeré.

Negrín gruñó antes de añadir:

—Mañana he convocado un consejo de ministros. Le ruego que venga a la hora de comer y almuerce conmigo y los miembros del gobierno. Y traiga al coronel Líster…, a ser posible sobrio. Tras el consejo, quiero hablar con ustedes los militares.

Modesto entendió que Negrín le despedía. Se levantó.

—Aquí estaré, señor presidente.

Negrín le tendió la mano.

—Todavía me acuerdo del día que le conocí, general. ¿Lo recuerda?

—No es fácil olvidarle, señor. Fue en el Banco de España y entonces era usted ministro de Hacienda.

—Recién nombrado… No contestó a una pregunta que le hice entonces.

—Eso sí que no lo recuerdo.

—Ese día le pregunté qué hubiera hecho si me niego a darle el dinero para sus hombres. ¿Qué hubiera hecho?

Modesto movió la cabeza y sonrió.

—Supongo que habría ordenado volar las cajas fuertes. Pero usted me dio el dinero. Y desde entonces le respeto, señor presidente.

—Era de justicia, general.

—En todo caso, cuando hago algo, nunca pienso en lo que pudo haber sucedido de ir las cosas de otra manera. No tiene sentido darle vueltas a lo que pudo ser y no ha sido. Eso lleva únicamente al desvarío.

—Es usted audaz.

—Tanto como cauto. Por eso no he fracasado.

Negrín alzó la barbilla con un movimiento brusco.

—¿Y a mí?, ¿me considera fracasado, general?

—La inteligencia suele dudar cuando todo exige acción. Y usted es demasiado inteligente, señor.

—Váyase, Modesto: es muy temprano para que le hinchen a uno las pelotas. Le espero mañana.

—¿Nos envían de regreso a Madrid, jefe? —preguntó Cachalote cuando Modesto subió al coche.

—No por ahora, José.

—Te veo cabreado.

Cachalote adoraba al general como un can a su amo. Y adivinaba sus estados de ánimo con sólo escuchar su tono de voz. Sabía entonces lo que debía hacer. De reojo, escrutó su perfil recio, la barbilla determinada, los cabellos oscuros y brillantes que caían desde el borde inferior de la gorra de plato sobre la oreja. Modesto entornaba los ojos, pero Cachalote sabía que no estaba dormido. Cuando el general permanecía así, sin mover apenas la cabeza y con la mirada escondida, el guardaespaldas sabía que tocaba callarse.

Aquel primer encuentro en el Banco de España, al que Negrín se había referido, traía a su memoria los días previos a la batalla de Madrid. Las columnas del rebelde general Mola habían sido detenidas en la sierra de Guadarrama por las milicias populares, pero el peligro se cernía ahora desde el sudoeste. Ya no eran voluntarios falangistas, requetés y algunas tropas moras las que avanzaban desde Andalucía y Extremadura, sino un ejército profesional, compuesto en su mayoría por legionarios y marroquíes regulares, armado con artillería pesada y modernos carros de combate alemanes e italianos y mandado por militares de carrera tan aguerridos como crueles: su paisano el general Varela y el también general Yagüe. Tras ellos, iba quedando un reguero de muerte: cientos de fusilados en los pueblos andaluces y cuatro mil ejecutados en la plaza de toros de Badajoz, una sangría que dejaba claro que las intenciones de Franco no eran sólo vencer en el campo de batalla, sino también sembrar el terror en la retaguardia.

Las columnas anarquistas desplegadas al oeste de Madrid comenzaron a huir ante el avance enemigo. Modesto llegó a la zona con el Batallón Thaelmann mediado el mes de septiembre, pocos días después de su encuentro con el ministro Negrín. Los campos rezumaban un fuerte olor a tierra húmeda, mojados por las primeras lluvias del otoño. La intención de Modesto era alcanzar Talavera de la Reina y ofrecer allí una dura resistencia al enemigo. Pero Talavera ya había caído y las tropas rebeldes continuaron su avance y, la mañana de un domingo, tomaron El Casar de Escalona, una población de cierta importancia estratégica en la ruta hacia Madrid. Modesto decidió plantar batalla y recuperar el pueblo.

Era un día de sol furioso, un precioso día del verano tardío que la guerra convirtió en una pintura del infierno. Esa misma tarde, los hombres de Modesto lograron su objetivo después de dos horas de intensos combates y a costa de casi medio centenar de bajas. Pero la victoria les supo a derrota cuando, al entrar en las calles de la localidad, se toparon con decenas de civiles asesinados.

Entre los cadáveres había numerosas muchachas. Modesto recordaba a una de ellas, casi una niña. Tenía un bonito vestido rosa, un vestido de domingo, y yacía tendida boca arriba, con sus cabellos rizados de color trigueño bañándose en el charco de su propia sangre. Su mejilla izquierda brillaba pálida bajo el sol. Del orificio de una bala disparada a quemarropa en la sien derecha, brotaba todavía un hilillo de sangre. Las moscas venían a beberla.

Muchos hombres curtidos en las recientes luchas de la sierra lloraron ese día y el siguiente. No hubo prisioneros. La mañana del lunes las chicharras rasgaban sus acres guitarras, ocultas en los olivos de la plaza, muy cerca de los muertos.

Al recordar el cadáver de la chiquilla, Modesto pensaba en su vestido: ¿se lo habría puesto para enamorar a un muchacho?

Finalizando septiembre, Toledo cayó en manos franquistas y las tropas sediciosas continuaron su avance por el valle del Tajo y las serranías de Ávila. Las noticias de las matanzas eran estremecedoras. Tras entrar en Toledo, una compañía mora se dirigió al hospital donde se recobraban de sus heridas cuatrocientos milicianos. Un médico intentó detenerlos. Le dispararon un tiro en la cabeza y recorrieron de sala en sala el edificio, arrojando bombas de mano a los heridos que ocupaban las camas. No hubo supervivientes. En los pueblos ocupados por los rebeldes eran fusilados todos aquellos que se consideraban sospechosos de simpatizar con la República, viejos y jóvenes, mujeres y hombres.

A primeros de octubre, las fuerzas de Mola enlazaron con las de Varela. Madrid quedaba rodeado por el norte y el sudoeste, mientras el bisoño y mal armado ejército republicano flojeaba. También llegaban a la capital noticias de movimientos enemigos por la carretera de Guadalajara, con el objetivo de cerrar el cerco por el nordeste. Tan sólo la zona del sudeste parecía por el momento libre de amenazas.

Modesto acababa de ser nombrado jefe del Quinto Regimiento, dirigido en su mayoría por cuadros del Partido Comunista. A mediados de octubre, mientras acudía al frente para intentar detener a las tropas rebeldes a la altura del pueblo de Santa Cruz de Retamar, en la carretera de Extremadura, se topó con una columna anarquista catalana que abandonaba el combate, una fuerza bien armada que se llamaba a sí misma «Tierra y Libertad».

Consiguió que algunos vehículos se detuvieran y mantuvo una fuerte discusión con los jefes del grupo que no concluyó a tiros por milagro. Pero los anarquistas no cedieron y siguieron su retirada hacia Madrid. Modesto continuó con los hombres del Quinto en dirección al frente, hacia donde se escuchaba el hondo clamor de la cañonería y el humo negro de las explosiones cegaba el horizonte.

Pero conforme proseguía su avance, iba creciendo el número de tropas en desbandada llegando desde las líneas de combate.

Era la primera vez que Modesto presenciaba la amarga imagen de la derrota: hombres que huían presas del pánico, muchos abandonando sus armas, algunos de ellos gritando: «¡Los moros, vienen los moros!».

Junto con Delage y un par de oficiales, Modesto trataba de hacerlos regresar a la batalla. Era una empresa inútil. Lograban parar a unos cuantos, obligándoles a volver al combate, mientras que eran muchos más los que conseguían esquivarles, buscando la invisible puerta de la salvación.

Hubo de renunciar a detenerlos cuando su vista distinguió a las tropas rebeldes que se movían ya muy cerca. Ordenó el despliegue de sus hombres para organizar la línea de defensa. Y a duras penas logró contener el avance enemigo.

No obstante, unas horas después, el intenso bombardeo de las baterías rebeldes le obligó a replegarse. El 21 de octubre, la caballería franquista del coronel Monasterio ocupaba Navalcarnero, treinta kilómetros al oeste del centro de Madrid. Y en ese mismo día, Modesto era enviado al frente de su tropa con la misión de recuperar el pueblo toledano de Illescas, caído en manos franquistas, cincuenta kilómetros al sur de la capital. Casi todos sus hombres eran muy jóvenes, chicos barbilampiños recién llegados a filas, miembros en su mayoría de las Juventudes Comunistas. Y él mismo acababa de cumplir los treinta años.

El contraataque republicano no tuvo éxito después de enfrentamientos muy duros. El día 25, Modesto se vio forzado a retroceder hasta Griñón, tratando de resistir las embestidas de los blindados alemanes y la caballería marroquí. Lo consiguió durante una semana. Ese día el coronel Puigdendolas fue asesinado por sus propios milicianos cuando intentaba contener su desbandada ante el avance rebelde.

Durante los combates de Illescas y Griñón, Modesto peleó hombro con hombro con el teniente coronel Vicente Rojo, un militar leal formado en la Academia de Infantería. Los dos simpatizaron de inmediato.

La mañana del día 1 de noviembre, poco después de salir el sol, un batallón de tropas moras regulares, apoyado por tanques, avanzó hacia las posiciones que ocupaban los hombres de Modesto, desplegados a lo largo de una estrecha carretera junto al curso seco de un arroyo. El comandante miliciano subió a un altozano y, desde la altura, vislumbró con sus prismáticos a los soldados enemigos mientras se movían con seguridad sobre la llanura despoblada de árboles. Resultaba casi irreal verlos así: acercándose a paso lento hacia un lugar en donde podía sorprenderles la muerte.

Nunca había contemplado tan de cerca a los enemigos, a aquellos hombres que buscaban matarle y a los que él debía matar. Durante unos segundos, detuvo los prismáticos en la figura de un oficial que avanzaba confiado, con una pistola en la mano, el casco cubriendo su cabeza y abrigado por un chaquetón de cuero pardo en cuyas hombreras brillaban las estrellas de capitán. Era joven y su forma de caminar resultaba elegante. El sol brillaba acerado y, bajo el aire frío, olía a tomillo.

Modesto descendió al llano y ordenó ocultar las tres ametralladoras con que contaba y dispuso que un grupo de muchachos se escondiese en el regato con ristras de bombas de mano, en espera de que pasaran los blindados para arrojarlas debajo. Se sentía extraño, dominado por una especie de desconocida euforia. Por primera vez, no alentaba una simple sensación de miedo ante la inminencia de la batalla. Y no le importaba la suerte que pudiera correr…, como si no le preocupase en exceso terminar allí su vida.

El enemigo estaba casi encima de ellos cuando Modesto se levantó, tomó un fusil ametrallador y descargó una ráfaga de balas sobre el oficial al que había contemplado minutos antes. Las tres ametralladoras se unieron de inmediato al fuego y las barrigas de dos tanques se incendiaron por la fuerte explosión de las ristras de granadas. Los moros y los blindados retrocedieron en pocos minutos.

Modesto saltó hacia delante, cruzó junto al cadáver del oficial al que acababa de matar y, en ese momento, sintió una intensa quemazón, como si le hincaran una barra al rojo vivo en el costado derecho, a la altura de la cintura. Su pierna izquierda se contrajo y cayó al suelo.

No perdió el sentido de inmediato. Escuchaba el silbido de las balas que pasaban sobre su cabeza y sentía clavarse en el suelo las que caían cerca. De pronto, una mano se posó sobre su hombro.

—¿Estás bien, Juan?

Era Delage.

—Duele…

—Vamos a sacarte de aquí, amigo.

Sentía un leve mareo.

—Cúbrete, Luis…, disparan.

—¡Camillero, camillero! —gritaba el comisario.

Sintió una cuchillada honda en el vientre y perdió la conciencia.

Recordaba el dolor al despertar. Le evacuaron al hospital de sangre del pueblo de Fuenlabrada, pero allí no podían operarle. Y una ambulancia lo llevó a Madrid, al centro quirúrgico en que se había convertido el pinturero hotel Palace. Luis Delage no se había separado de él desde que cayó herido.

Cuando llegaron, era ya noche cerrada y la pequeña explanada abierta frente al portal del edificio bullía de ambulancias con heridos, rodeados por decenas de civiles que trataban de saber sobre el estado de sus familiares y de milicianos que intentaban poner orden entre la multitud. Delage saltó del coche y se abrió paso a codazos entre la gente. Al llegar a la escalera, tuvo que dejar paso a una camilla en la que dos hombres trasportaban un cadáver camino de la morgue improvisada en el antiguo garaje, a la espalda del hotel. Mostrando su carnet de comisario político, logró cruzar el control de la guardia armada. Tuvo suerte: en el gran vestíbulo del hotel se topó con un médico miembro del Partido Comunista. Diez minutos después, Modesto entraba en camilla en una antigua suite convertida en quirófano.

La bala había cruzado su cintura antes de incrustarse en el hueso de la cadera izquierda. La operación duró casi dos horas, pero el cirujano logró finalmente extraer el proyectil.

Despertó de la anestesia en una habitación más pequeña y, entre las sombras fugaces que cruzaban ante sus ojos, Modesto distinguió la figura de una muchacha que ordenaba la estancia. Poco a poco, el rostro de la chica fue dejándose ver entre las brumas que cercaban la mirada del oficial miliciano. Ella se había acercado hasta la cama sin prestarle atención. Y de súbito, el miliciano reconoció a la joven a quien, casi cuatro meses antes, había impedido entrar al Cuartel de la Montaña durante el asalto.

—Eh, niña, ¿cómo te llamas? —balbuceó.

Ella se acercó, sorprendida.

—María… —respondió.

—¿No me reconoces?

—He visto tu foto en los periódicos. Todo el mundo te conoce.

—¿No te acuerdas del día del asalto al Cuartel de la Montaña?

—Todavía estoy enfadada por lo que hiciste.

—Eras demasiado joven para meterte en tiroteos —dijo—. Mejor estás aquí.

—¿Y tú qué sabes en dónde estoy mejor?

En ese instante, sintió una punzada de dolor y dejó escapar un leve quejido. Ella le sonrió y posó la mano sobre su frente. Y Modesto volvió a perder el conocimiento.

Delage vino a verle a la mañana siguiente.

—Parece que no han podido contigo esta vez. Fuiste un insensato.

—Y tú te jugaste la vida por mí. Nunca lo olvidaré, Luis.

—Pues olvídalo ahora mismo si no quieres que cambie de unidad.

Lo trasladaron a un hospital del Socorro Rojo Internacional, en Albacete, para terminar su cura. Volvió a Madrid el 20 de noviembre y se instaló en la comandancia del Quinto Regimiento, en un chalet de dos plantas de la calle de Lista, requisado a una familia aristocrática del lujoso barrio de Salamanca.

Eran días terribles. Madrid parecía a punto de caer ante el avance franquista y casi toda la prensa internacional proclamaba la inminente derrota de la República.

Poco después de su regreso, el teniente coronel Rojo encargó a Modesto organizar la XVIII Brigada Mixta, con la misión de ocuparse de la defensa de la ciudad entre el puente de Toledo y el pueblo de Perales del Río, al este de Getafe, ocupado por las tropas rebeldes. Eso suponía la protección de un amplio frente en el sur del curso del Manzanares.

Días antes, el 6 de noviembre, mientras el jefe miliciano convalecía de su herida en Albacete, el gobierno republicano había abandonado Madrid para instalarse en Valencia. Las tropas franquistas estrechaban su cinturón sobre la capital. Empezaba la gran aventura que iba a regalarle a Modesto y a muchos de sus camaradas de lucha los meses más intensos de su vida.

Fueron días salvajes, coléricos, dolorosos y en ocasiones plenos de euforia. Fueron días de ira, en los que se mataba sin cesar, una orgía de sangre en las trincheras y en las retaguardias. Apenas quedaba un sacerdote con vida en Madrid y los milicianos que defendían Getafe pasaron por las armas a todos los curas del colegio de los escolapios. Cuando los sublevados tomaron el pueblo, llevaron al paredón a dos centenares de prisioneros republicanos.

Fueron días de furia en los corazones de los defensores de la ciudad, mientras un general alzado en rebeldía proyectaba su sombra sobre los tejados de Madrid y las almas de sus habitantes.

Cachalote vio de reojo la sonrisa del general Modesto y supo que podía hablarle.

—¿Todo va bien, jefe?

—Bien, bien, José.

—¿En qué pensabas?, ¿en mujeres?

Modesto le miró burlón.

—Algo, pero no sólo…

—¿En la causa?

—En eso casi nunca, *pisha*, las causas son aburridas. Me acordaba de un día en una batalla…

—Yo estaba contigo, supongo…

—Creo que no. Estabas herido en el hospital: de aquel tiro que te rozó el culo cuando reconquistamos El Casar de Escalona.

—Una herida ridícula.

Modesto rió.

—El culo es un lugar importante, *pisha*. Sirve para sentarse, una de las cosas esenciales de la vida.

Llegaban a las casas de la Posición Dakar.

—Me acordaba de la batalla de Griñón —añadió Modesto.

—Casi te funden.

—Nunca en mi vida he tenido menos miedo. Ni siquiera me

importaba la idea de morir, ¿quieres creerlo? La gente suele morir muy mal en el combate. Y aquélla era una buena ocasión para morir bien.

—Eso es una tontería, jefe…, con todos los respetos. Nunca se muere bien.

—Sobre todo cuando no estás preparado o no lo esperas, José. Y yo estaba aquel día en la mejor disposición…

Calló un instante antes de añadir:

—Jamás lo entenderé.

—Yo sí que no te entiendo, jefe —concluyó Cachalote.

Modesto le apretó el brazo, afectuoso.

—Ni falta que te hace, *pisha*.

—Pero me gustaría.

A la atardecida, los Alberti prepararon una farra de bienvenida a Modesto en el gran caserón de la Posición Dakar, con perdices estofadas y vino en abundancia. Como siempre que se veía rodeado por un grupo numeroso de gente, el poeta enfatizaba su verbo y exageraba sus gestos. Allí estaba aquella noche una buena parte de la plana mayor del Partido Comunista: Pasionaria, Irene Falcón, Antón, Checa y Claudín, además de Líster. También, el italiano Palmiro Togliatti, delegado en España de la Tercera Internacional Comunista.*

Hablaron de política y de guerra mientras cenaban en un ambiente de pesimismo. Algunos apenas pronunciaron palabra.

---

* La Tercera Internacional Comunista fue fundada por Lenin en 1919 para reunir a todos los partidos comunistas del mundo y favorecer la implantación del comunismo a nivel planetario. En la práctica, se convirtió en un instrumento político de Moscú para su estrategia internacional, sobre todo en los años de mandato de Stalin en la URSS.

Pasionaria, alta, enlutada como siempre, con actitud entristecida y mística, preguntó a Modesto:

—Cuéntanos qué te ha dicho Negrín, camarada.

—Le propuse volver a Madrid y ocuparme de Casado, pero se ha negado. Si Casado se rebela, habrá que combatir contra él.

—Una guerra civil dentro de la guerra civil… —dijo Togliatti—. Sería demasiado para la República tener que luchar en dos frentes…

Togliatti tenía una cara redonda, un gesto que parecía esconder cierta ternura y una sonrisa dulce. Pero a Modesto no acababa de caerle simpático porque intuía cierta falsedad en su carácter. Era el hombre de confianza de Stalin en España y, en ocasiones, en opinión del general, sobrepasaba los límites de su autoridad.

—Si Casado se rebela, quedaremos malheridos —señaló Claudín.

Claudín era el más joven de la reunión: pequeño de estatura, muy delgado, poseía una amplia cultura y fina inteligencia.

Checa asintió. Era un hombre de cara enfermiza y muy flaco.

—De todas formas, hay gente nuestra vigilante en Madrid —dijo.

—¿Qué más te ha dicho el presidente? —preguntó Antón, el compañero sentimental de Pasionaria, siempre a la sombra de la apabullante personalidad de ella.

—Hemos hablado de la guerra y recordado viejos tiempos: la forma curiosa en que nos conocimos a comienzos de la batalla de Madrid. También evocamos el día de la despedida a las Brigadas Internacionales en Barcelona… ¿Lo recuerdas, Dolores? Hiciste un hermoso discurso.

—¡Cómo voy a olvidarlo, Modesto! Barcelona estaba cubierta de flores y todos conteníamos nuestras lágrimas viendo desfilar a aquellos hombres de tantas patrias que habían derramado su

3

Madrid ensangrentado

> Se produjeron muchos horrores en las ciudades
> durante la guerra civil, horrores que se dan y se
> darán siempre mientras sea la misma la natura-
> leza humana (...) Ni unos ni otros se regían por
> la piedad.
>
> TUCÍDIDES,
> *Historia de la Guerra del Peloponeso*

Las tropas rebeldes que llegaban desde el oeste y el sudoeste
alcanzaron los arrabales de Madrid a principios de noviembre de 1936 y sus generales proclamaron la inminente caída de la
capital española. Venían dejando tras de sí una tierra asolada y
repleta de cadáveres, miles de personas ejecutadas sumariamente.
Cumplían de ese modo, sin escrúpulos, el plan de exterminio del
enemigo diseñado por los generales Franco y Mola.

Después de apoderarse de varios pueblos cercanos a Madrid y penetrar en algunos de los barrios de las afueras de la
ciudad, consiguieron adentrarse en la Casa de Campo y ocupar
algunos edificios de la zona universitaria y el Hospital Clínico.
En los pequeños pueblos de los alrededores, Leganés, Getafe o
Campamento, los hombres considerados leales al gobierno

eran fusilados, a menudo junto con sus familias, por las tropas de Franco.

Al mismo tiempo, en la Pradera de San Isidro y en la Ciudad Universitaria, aparecían cada madrugada los cuerpos sin vida de supuestos colaboradores de los rebeldes, asesinados durante la noche por patrullas izquierdistas incontroladas por la Junta de Defensa. Algunos días, con el alba, grupos de mujeres de los barrios obreros iban a orinar sobre los cadáveres antes de que los recogieran los servicios funerarios municipales.

En esos días y todos los que siguieron durante casi un mes, en el pueblo de Paracuellos del Jarama, no muy lejos del centro de la capital, partidas de comunistas y anarquistas fusilaban sin tregua a centenares de presos que sacaban de las cárceles madrileñas, entre ellos a numerosos oficiales detenidos tras la fracasada intentona de sublevación en Madrid.

Nadie parecía capaz de detener la barbarie desatada en una España que rezumaba sangre ante la mirada atónita del mundo.

La mayoría de los periódicos europeos y norteamericanos anunciaban que la rendición de la urbe asediada era cuestión de horas. Cuando el gobierno de Largo Caballero decidió huir a Valencia el día 6 de noviembre, en Madrid se formó una improvisada Junta de Defensa con un militar de escaso prestigio a la cabeza, el general José Miaja, y un jefe de Estado Mayor de probada solvencia estratégica, el teniente coronel Vicente Rojo. Ellos serían los principales protagonistas de la defensa de la ciudad, junto con miles de anónimos ciudadanos madrileños. Por su parte, el general Mola, uno de los cabecillas de la rebelión, anunció que tenía un caballo blanco en una cuadra del pueblo de Alcorcón para entrar cabalgándolo en la ciudad rendida.

Aquel 6 de noviembre en que los ministerios y todas las dependencias gubernamentales se vaciaron y se convirtieron en edificios muertos, en las calles reinaba el caos. Miles de personas querían también huir de Madrid y el gentío se movía en oleadas hacia las vías principales, en donde la masa humana bullía, se agitaba, rodeaba centenares de vehículos incapaces de avanzar entre aquel río humano. Multitud de hombres, mujeres y niños aguardaban en la estación de Atocha la improbable llegada de algún tren que los llevara hacia el sudeste, mientras la marea de gente descendía por el paseo de la Castellana, Alcalá y Gran Vía hacia la carretera de Valencia. Los coches oficiales se mezclaban con los carros tirados por caballos en los que viajaban familias cargadas con cuantas pertenencias habían podido llevarse con ellas. En un esquinazo de la anchurosa glorieta de Atocha, el caballo negro de una carroza funeraria piafaba y coceaba tratando de librarse de las bridas que lo mantenían amarrado a una farola. En el coche brillaba la caoba del ataúd en donde viajaba el muerto, mientras que al cochero no se le veía por parte alguna.

Desde las azoteas del centro de la ciudad, los madrileños partidarios de los rebeldes, bautizados a sí mismos como la Quinta Columna, escondidos tras la derrota de la rebelión en el Cuartel de la Montaña y crecidos ahora ante la anunciada caída de la capital, disparaban a los atemorizados peatones con fusiles y pequeñas ametralladoras. En ocasiones, incluso, arrojaban a la calle bombas de mano. En los barrios del sudoeste, principalmente en Carabanchel y Usera, obreros y milicianos del Quinto Regimiento peleaban casa por casa con las avanzadillas franquistas. Algunos obuses cayeron sobre el puente de Toledo.

Pero el Madrid republicano no se entregó al día siguiente. Ni al otro. Miles de ciudadanos no huyeron de la ciudad y, por el contrario, salieron de sus casas a cavar trincheras, alzar barricadas con sacos terreros y construir parapetos con los adoquines arrancados de la calle. Entretanto los miembros de la Junta de Defensa se instalaron en los edificios abandonados por el gobierno. Por vez primera, en las avenidas y plazas de la ciudad aparecieron carteles con un lema acuñado por la dirigente comunista Pasionaria en uno de sus discursos: «¡No pasarán!».

El día 8 de noviembre, un desolado domingo, grupos de madrileños contemplaron atónitos el desfile, en la Gran Vía, del primer contingente de Brigadas Internacionales llegados a España en ayuda de la República. Los jóvenes voluntarios venían provistos de modernos fusiles y uniformes nuevos, y marcaban el paso al ritmo de las voces de oficiales armados con viejas pistolas y anticuadas espadas.

Iban los franceses los primeros. Y cantaban:

> *Auprès de ma blonde*
> *Qu'il fait bon, fait bon, fait bon.*
> *Auprès de ma blonde*
> *Qu'il fait bon dormir!**

Seguían los italianos:

> *O partigiano, portami via,*
> *o bella ciao, bella ciao, bella, ciao, ciao, ciao.*
> *O partigiano, portami via,*
> *ché mi sento di morir.***

Más atrás, los ingleses:

---

* «Cerca de mi rubia, qué bien, qué bien se está. Cerca de mi rubia, qué bien se duerme.» Canción popular francesa.

** «Oh guerrillero, llévame contigo, adiós bella, adiós bella, bella, adiós, adiós, adiós. Oh guerrillero, llévame contigo, porque me siento morir.» Himno de los partisanos italianos.

It's a long way to Tipperary
It's a long way to go.
It's a long way to Tipperary,
To the sweetest girl I know!
Goodbye Piccadilly,
Farewell Leicester Square!
It's a long long way to Tipperary,
*But my heart's right there!**

Detrás marchaban algunas compañías de otras nacionalidades, acompañadas por bandas y orquestinas españolas que tocaban pasodobles toreros.

Continuaban el desfile varios camiones cargados de modernas ametralladoras y piezas decimonónicas de artillería ligera, como si dos siglos quisieran unirse en una misma causa.

Y cerraba la marcha un brioso escuadrón de caballería marcando el trote a los acordes del *Himno de Riego*.

Un acordeonista ciego que solía sentarse en un taburete en la esquina de la calle Montera con un platillo a los pies, al oír los pasos de los soldados, el rumor de los vehículos y los cascos de los caballos, acometió con torpeza emocionada los primeros acordes de *La Internacional*.

Eran muy pocos los madrileños que, en esa hora, transitaban por la Gran Vía. Sorprendidos por el desfile, al enterarse de qué se trataba, casi todos prorrumpieron en vítores y voces de júbilo.

El día 14 llegó desde Aragón el anarquista Durruti con tres

---

* «Es un largo camino a Tipperary, es un largo camino para recorrer. Es un largo camino a Tipperary, hasta la chica más dulce que conozco. ¡Adiós Picadilly, hasta la vista plaza de Leicester! Es un largo camino a Tipperary, pero mi corazón ya está allí.» Canción de un *music hall* estrenado en Londres en 1912 que se hizo muy popular entre las tropas británicas durante la Gran Guerra de 1914-1918.

mil voluntarios catalanes bien armados. El 15 entraron en combate en la Casa de Campo y, ante las avanzadillas de las tropas moras, huyeron en desbandada. El orgulloso jefe ácrata, avergonzado, hizo fusilar a varios de sus hombres. Cinco días después, en las refriegas de la Ciudad Universitaria, Durruti fue herido mortalmente y la noche del 20 fallecía en el improvisado hospital del hotel Palace.

Los primeros bombardeos comenzaron el día 19 y provocaron un enorme incendio en el mercado del Carmen, en el centro de la ciudad. Muchos otros edificios ardieron y Madrid se convirtió esa noche en una inmensa luminaria que los bomberos eran incapaces de apagar. Tantos eran los fuegos que no hubo necesidad de encender las farolas del alumbrado público: Madrid se iluminaba a sí misma.

El 25 se combatió en todos los frentes abiertos en la Casa de Campo, las riberas del Manzanares y la Ciudad Universitaria. Para el mes de diciembre, la ofensiva de Franco por el sudoeste quedó detenida y el frente se estabilizó en la zona hasta el fin de la guerra. Una pintada de una calle de Madrid señalaba: «El caballo blanco de Mola, a la venta y en rebajas».

Cuando Modesto regresó del hospital de Albacete, el 21 de noviembre, Madrid se había transformado, a sus ojos, en una ciudad distinta, después de tres semanas de resistir los feroces ataques rebeldes, cercada por el norte y el sudoeste. No acertaba a comprender si era una urbe que había enloquecido o si la cercanía de la muerte provocaba en sus habitantes una oleada de irracional hedonismo. Desde el aeródromo de Getafe, casi siempre a las mismas horas del día e, incluso, algunas noches, llegaban los Junkers alemanes y los Saboyas italianos a bombardear la ciudad. Las tiendas y los cafés cerraban, el tráfico rodado se detenía y la gente buscaba refugio en los bajos de los edificios y en las estaciones del metro, en las que se indicaba el número de personas que podían acoger: cincuenta, cien, ciento cincuenta… Pero en el momento en que asomaban en los cielos los cazas republicanos, los «chatos», para entrar en liza con los aviones enemigos, muchos ciudadanos regresaban a la calle a contemplar los combates, como quien admira un espectáculo de acrobacia aérea. Si un aparato rebelde era alcanzado, los espectadores coreaban con vivas y cánticos la hazaña. A nadie parecía preocuparle que el avión derribado le cayera encima de la cabeza o explotara en las proximidades. Cuando la batalla concluía y los bombarderos enemigos se alejaban, las ambulancias recorrían las calles de los barrios alcanzados por las bombas, recogiendo heridos y muertos, y los bomberos acudían a apagar los incendios. El aire de Madrid se poblaba del ulular de las sirenas.

Y al callar las alarmas, los tranvías volvían a rodar, las tiendas reanudaban su actividad, los bares se llenaban de parroquianos y los cines, si era de mañana, sacaban sus carteleras para anunciar sus sesiones de tres de la tarde a nueve de la noche. En las afueras de Madrid, se combatía durante las horas diurnas y, al anochecer, numerosos milicianos regresaban a sus hogares a dormir durante unas horas o iban a los bares y cafetines a tomar unas copas y jugar al dominó. En Madrid, se luchaba y se moría durante el día y se disfrutaba por la noche.

Si era domingo, hacía bueno y la lucha en los frentes remitía por unas horas, las anchas aceras de la calle de Alcalá y de la Gran Vía se llenaban de paseantes poco apresurados, una variopinta multitud de paisanos, militares de alto rango ataviados con vistosas capas, señoritas endomingadas, y milicianos y milicianas armados de fusiles y tocados con gorros cuarteleros. En la Puerta del Sol, las loteras cantaban sus números anunciando «el Gordo», los limpiabotas ofrecían sus servicios al público al grito de «¡limpia,

limpia!» y las castañeras asaban los pardos frutos invernales en pequeñas cocinas de carbón. Si las sirenas proclamaban de pronto la inminencia de un bombardeo, vendedores y paseantes corrían a los refugios del metro y de los soportales, aguantaban el chaparrón de fuego y, pasado el ataque, volvían los cantos de lotería, los gritos de los limpiabotas, el delicioso olor de las castañas asadas y los calmos paseos de los transeúntes. En la vecina calle del Arenal, las gentes se agolpaban ante el ancho mostrador de una librería de lance en la que abundaban los textos clásicos y los de literatura erótica.

La mezcla de exaltación y miedo, de desdén a la muerte y terror bajo las bombas, hizo que un corresponsal británico escribiera en una de sus crónicas: «Todo el mundo [en Madrid] estaba loco. Quizás fuera esa locura lo que salvó a la capital de España».*

Se habían cumplido nueve años desde que el ayuntamiento madrileño decidió prohibir el paso de caballerías y ganado por las calles del centro de la ciudad, en favor de tranvías y automóviles. Pero al comienzo de la ofensiva rebelde a lo largo del valle del Tajo, los caballos, las mulas y los burros regresaron a poblar el paisaje urbano. La mayoría transportaban a gentes huidas de la guerra. Niños y mujeres viajaban en los carros sobre colchones, mantas, bolsas y cubos, mientras los hombres gobernaban el paso de las caballerías desde el pescante.

Y con el correr de los días, conforme los rebeldes se aproximaban al corazón de la ciudad y tomaban posiciones en los pueblos y barrios del sudoeste madrileño, nuevas riadas de refugiados, esta vez desde Villaverde, Getafe, Moncloa o Argüelles, llegaban con sus pertenencias, arrastrando carros cargados hasta los topes, la mayoría de ellos sin animales de tiro, huyendo hacia los barrios

* Henry Buckley, del periódico londinense *The Daily Telegraph*.

del norte y el noroeste, en busca de cobijo en el hogar de algún pariente o simplemente de un conocido. La Junta de Defensa había dispuesto que, en todas las casas en donde sobraran habitaciones, se alojase a los refugiados que huían de la guerra.

A Modesto, a menudo, cuando venía a la ciudad desde el frente, las gentes le paraban en las calles y le saludaban con fervor. Se le hacía extraño y en cierto modo incómodo sentirse querido y saberse famoso. Siempre había detestado la vanidad y consideraba que, si había algo de valioso en su carácter, era su energía curtida en la dura infancia en el Puerto, ese vigor que no respondía a otro impulso que al de luchar por su dignidad y por todo lo que amaba. Peleaba con la fuerza del amor y del orgullo. Y en el fondo de su corazón, anidaba la certeza de que su lucha por la causa republicana era la misma que le impelía a defender su propia estima.

Su nombre ya estaba en las canciones de los soldados que luchaban en los frentes madrileños, junto al de otros comandantes milicianos:

> *… Con Líster y con Galán,*
> *el Campesino y Modesto,*
> *va toda la flor de España,*
> *la flor más roja del pueblo…*

Pareja a la lucha en Madrid, crecía en su ánimo una desmesurada devoción hacia la ciudad que estaba ayudando a defender, la ciudad hedonista, sufrida y valiente. Le fascinaba participar en aquel ceremonial que, en el fondo, significaba más que nada la exaltación de la existencia, con la mayoría de los ciudadanos unidos en el único objetivo, privado y colectivo, de resistir. Muchas de las gentes que padecían el cerco, sobre las que pendía la amenaza cotidiana de la muerte, vivían muy próximas al límite, al tiempo que trataban de gozar cuanto les era posible. Intuían también que estaban viviendo por encima de sus posibilidades y que la lucha les hacía mejores y más fuertes. En aquella mezcla de alegría y terror que flotaba en el aire del invierno madrileño, Modesto pensaba que jamás en toda su existencia había sentido su corazón tan joven.

En una ocasión, le dijo a Delage:

—Ni siquiera mi Puerto, mi tierra natal, tira tanto de mí como para apartarme de Madrid. Amo a tu ciudad casi como tú, amigo Luis, aunque no haya nacido aquí. Cuando muera, me gustaría que mis restos reposaran para siempre en tierra madrileña.

—Me ocuparé de que así sea, porque pienso sobrevivirte.

—¿Te ha leído la mano una gitana andaluza, *quillo*?*

—Mejor que eso: un mago madrileño ha mirado en su bola.

Modesto había conocido a Mijaíl Koltsov a finales de agosto, mientras luchaba en las sierras, antes de caer herido en Griñón. Koltsov era un periodista soviético, corresponsal del diario moscovita *Pravda*, que llegaba a Madrid precedido de un gran prestigio intelectual y que pasaba por ser hombre de confianza de Stalin. El Partido Comunista encargó a Líster y Modesto, dos de los pocos españoles que conocían Moscú y hablaban algo de ruso, atender durante un par de días al corresponsal y a otros tres colegas suyos, entre ellos el ya famoso Ilia Ehrenburg, un escritor que venía enviado por el periódico *Izvestia*.

Líster propuso llevarlos a los toros y a Modesto no le pareció mala idea. Recogieron a los cuatro periodistas soviéticos en el hotel en donde se alojaban, el Gaylord, frente al Museo del Prado, y

* Expresión muy común gaditana que viene de «chiquillo».

en los dos imponentes coches de los jefes milicianos, un Hispano-Suiza y un Packard incautados semanas antes a una entidad bancaria por el Partido Comunista, se dirigieron calle de Alcalá arriba, en un Madrid vacío de tráfico y bañado por la luz del sol estival.

Modesto viajaba en el primero de los autos, que conducía Cachalote, sentado junto a Koltsov. El periodista era un hombre de mediana edad, pequeño de estatura, cara gruesa y barbilampiña, labios abultados y cortos cabellos lisos. Sus ojos, de suave tono azulado, se movían inquietos detrás de unos lentes de montura redonda. Vestía una camisa clara de verano, cerrada en el cuello, y se cubría con una boina negra. Hablaba un español cuidado y rico en matices, con fuerte acento, y no cesaba de mirar a un lado y a otro de la calle mientras sobre sus rodillas reposaba un cuaderno de notas.

Preguntaba a Modesto sobre cada detalle que le llamaba la atención en las aceras de la calle de Alcalá y tomaba apuntes. Cuando alcanzaron la plaza de toros, Koltsov dejó escapar en ruso una expresión de asombro al ver la gran cantidad de gente, en su mayoría hombres, que se concentraba ante las taquillas y en las puertas de entrada.

—¿Pero no estáis en guerra? —preguntó en español con voz enfática.

Modesto respondió:

—En España no se trabaja los domingos: ni en paz ni en guerra.

El ruso cazó la broma al vuelo. Rió y tomó una nota en su cuadernillo.

—Esto voy a escribirlo, te lo aseguro.

—Añade que la mejor enseñanza que nos ha dejado la Iglesia católica, tanto a los fascistas como a nosotros los hombres justos, es descansar los domingos.

Koltsov movió la cabeza hacia los lados mientras escribía sin abandonar la sonrisa.

—Lo incluiré en mi crónica de mañana.

—Si lo haces, un día te llevaré al frente.

—Te tomo la palabra, comandante.

—Y no creas que llevo a cualquiera: menos aún, a los periodistas. Me gusta leeros cuando escribís bien; pero la guerra no es un asunto de periodistas porque muchos de entre vosotros la convierten en deporte, todo lo contrario de lo que es.

Koltsov simpatizó ese primer día con la actitud de aquel hombre, algo más joven que él, de mirada directa y escrutadora, rostro tostado por el sol de las batallas de la sierra y sonrisa siempre presta a asomar burlona en los finos labios. Eran casi las cuatro de la tarde cuando, conducidos por un pequeño grupo de milicianos armados, se abrieron paso entre la gente y salieron de nuevo al aire libre por un vomitorio. El periodista quedó fascinado en la primera visión de la Plaza Monumental de las Ventas.

En las gradas del coso se apretaban más de veinte mil espectadores. El amarillo vivo de la tierra de albero, el rojo de las barreras y burladeros que cerraban el palenque y las banderas alegres que flameaban al aire vestían de fiesta la tarde de la ciudad en guerra. Los dos españoles y los cuatro soviéticos ocuparon sus localidades de barrera, en primera fila de sombra, justo sobre el callejón. Líster repartió gruesos cigarros entre todos y pasó la bota de vino. Cuando el reloj de la torre marcó las cuatro de la tarde, sonaron los acordes de una banda de música y dos hombres montados a caballo, vestidos con largas capas oscuras y anticuados sombreros ornados de plumas, salieron al ruedo. Los corceles mantenían un trote alegre y danzarín mientras sus jinetes los dirigían hacia el palco presidencial.

—¿Quiénes son? —preguntó Koltsov a Modesto.

—Les llaman alguacilillos, se ocupan de despejar la plaza de gente, si algún espectador salta al ruedo. Y abren la puerta para que salgan los toreros. Ahora mismo lo harán.

—Me recuerdan a los cocheros de los cortejos fúnebres parisinos.

—¿Has estado en París, Mijaíl?

—Hace unos años.

—Yo sólo he salido de España para ir a Moscú. Pero quiero ver mundo antes de morir.

—Dedícate al periodismo.

—Yo no sé escribir con garbo.

—Todo se aprende.

—Depende: a cantar y a torear, por ejemplo, no se aprende nunca; se nace sabiendo o no sabiendo.

Se inició el paseíllo de alguaciles, toreros, cuadrillas, caballos, mulas de arrastre y monosabios. Koltsov no cesaba de preguntar a Modesto sobre los detalles del espectáculo ni de tomar notas en su cuaderno. Los matadores y subalternos vestían trajes de luces, pero a diferencia de la tradición, no se cubrían con monteras, sino con boinas proletarias. Tras los saludos de las cuadrillas a la presidencia y al público, la banda de música entonó los primeros acordes de *La Internacional* y los espectadores se pusieron en pie y, puño en alto, entonaron la estrofa que abría el himno. Al cerrarse con un sonoro golpe de platillo la interpretación de la orquesta, surgieron voces por toda la plaza dando vivas a la República y mueras al fascismo.

El primer diestro toreó bien de capa y colocó lucidos pares de banderillas tras la suerte de varas. Koltsov sintió escalofríos cuando los toros cargaron contra los caballos y los cornearon, mientras el picador intentaba clavarles en los lomos una lanza de gruesa y afilada punta.

—¿Mueren muchos caballos? —preguntó el ruso al español.

—Bastantes…, media docena, diez algunas veces. Si quieres vamos a verlos luego en el patio de atrás: los dejan allí para los carniceros. La carne de caballo es buena para la salud, aunque sea de caballo viejo. ¿No la has probado?

—No sé si sería capaz: veo a los caballos como amigos.

—Eso es porque no sabes lo que es el hambre —añadió Modesto—. Cuando se es pobre, un amigo bien guisado sabe a gloria.

Cuando llegó al tercio de muleta, el torero resultó ser poco habilidoso. Mató al animal clavándole la espada caída hacia el costado y el público gritó enfurecido, llamándole «asesino» y «destripador».

El segundo diestro mejoró sobradamente al primero. A la hora de comenzar la faena de muleta, brindó el toro al palco del Partido Comunista, que presidía Pasionaria, enlutada como siempre. Toreó al animal que le correspondía con lentitud, mando y valor, sin moverse cuando la imponente cornamenta de la fiera pasaba a escasos centímetros de su cintura. Y lo mató de una certera estocada que hizo desplomarse al astado, apenas un minuto después de herirle. La plaza se convirtió en una algarabía de voces y aplausos, los tendidos se llenaron de pañuelos blancos y el presidente concedió una oreja al matador.

Koltsov continuaba preguntando y tomando notas sin cesar, mientras el torero daba la vuelta al coso, mostrando su trofeo. La orquesta volvió a tocar *La Internacional* y, a renglón seguido, el *Himno de Riego*. Y la gente arrojaba a la arena desde los tendidos gorros milicianos y ramos de flores en honor del diestro.

Entre toro y toro, Líster pasaba la bota de vino a los demás. Los soviéticos bebían con ganas. Modesto prefirió comprarle una limonada al chaval que recorría las gradas ofreciendo la bebida al precio de un real por vaso.

Las cuatro siguientes faenas resultaron sosas, exentas de emoción y de garbo. La gente gritó a los diestros, silbó y arrojó una lluvia de almohadillas al ruedo cuando concluía el festejo y los matadores se retiraban uno por uno. Sólo hubo aplausos para el que había actuado en segundo lugar.

Salieron.

—Me ha impresionado el espectáculo... Mi corazón iba más deprisa que mi mente. ¿Cómo dirías que fue la corrida? —preguntó Koltsov a Modesto.

—Una charlotada. Eran payasos en lugar de toreros.

—Al segundo lo aplaudieron.

—No estuvo mal, pero el toro era una ruina: le premiaron por encima de sus méritos.

—Para mí, fue emocionante. ¿Crees que yo podría llegar a torear?

Modesto soltó una carcajada.

—¡Hombre, eso sí que no! Y no por falta de valor, que el valor es cosa particular y no tiene patria. Es que no me imagino un pase natural de alguien que baila a lo cosaco.

—Quiero comprender bien a tu país, comandante.

—Los toros aquí son casi un rito, camarada Mijaíl, una especie de ceremonial religioso y una escuela de valor. En mi tierra, Andalucía, aprendemos a ser valientes ante los toros.

—¿Tú has toreado, Modesto?

—Sólo toritos de un par de años, erales los llamaban. Pero son fieros, te pueden revolcar..., o mearte encima en el mejor de los casos. Los toros dan miedo desde que, casi recién nacidos, se levantan malamente sobre las patas y echan a correr hacia ti.

—¿Y por qué se aprende a ser valiente con los becerros?

—Porque el miedo que da ver a un bravo animal mirándote

con ojos vacíos es mucho peor que el que te produce cualquier ejército enemigo. Si yo hubiese tenido valor suficiente, habría sido torero. Pero me quedé en soldado.

Koltsov se detuvo en la explanada de salida de la plaza y tomó unas notas apresuradas.

—Creo que cada vez entiendo menos lo que dices, camarada Modesto.

—Mira en tu diccionario a ver si viene la palabra «guasa».

Al cruzar la calle en busca de los coches, Koltsov se apartó del grupo y se detuvo a conversar amigablemente con un hombre alto y fornido, de negro y espeso bigote, que se cubría, como él, con una boina negra. Iba acompañado de una hermosa y alta mujer de cabellos rubios.

Desde una distancia de unos cuatro metros, Modesto contempló con desparpajo su figura y ella reparó en el miliciano. Le sonrió un instante, con una leve coquetería, y luego desvió la mirada.

Koltsov se incorporó al grupo unos minutos después. Camino de los coches, Modesto señaló con la barbilla hacia la pareja que se alejaba y comentó al ruso:

—Una buena jaca.

—¿Jaca no es lo mismo que yegua?

—Es una forma de llamar a una buena hembra.

Koltsov escribió una nota.

—Ya entiendo: argot… Y a él, ¿no le conoces?

—No me he fijado.

—Es un escritor y periodista americano muy famoso, se llama Ernest Hemingway. Ha venido a Madrid para escribir de la guerra.

—Y la mujer, ¿quién es?

—Ten cuidado, están liados y Ernest tiene malas pulgas, sobre todo si ha bebido. Coincidimos hace unos años en París y en Berlín. Entonces trabajaba para un periódico canadiense y no era famoso. Le gustan mucho los toros. Y España. Sus crónicas os ayudarán en esta guerra.

Modesto insistió:

—¿Cómo se llama ella?

—Martha. Y también es periodista. Ernest me ha dicho su apellido cuando nos ha presentado, pero no lo recuerdo. Veo que te gustan las mujeres, Modesto...

—Más de lo aconsejable.

—¿No estás casado?

—Mi fidelidad la guardo para la República.

Koltsov rió a carcajadas. Le caía bien aquel hombre apuesto, irónico y alegre.

Todos los del grupo cenaron en el comedor del hotel Gaylord y luego bebieron vino y vodka hasta bien entrada la madrugada en la enorme suite que ocupaba Koltsov, acompañados por algunos oficiales soviéticos que se unieron a la juerga. Líster se embriagó hasta no poder mantenerse en pie y hubieron de buscarle una habitación para que durmiera la borrachera. Koltsov y Ehrenburg bebían sin cesar, pero no parecía que la bebida afectara demasiado a sus cerebros. Modesto aguantó como pudo el chaparrón de alcohol, desdeñando el vodka. Cachalote le llevó en su coche a su residencia de la calle de Lista pasadas las tres de la mañana.

Al día siguiente, muy temprano, Modesto regresó al frente. Lloviznaba y espesos bancos de niebla brotaban como fumarolas de las laderas del puerto de Guadarrama. Los combates de la sierra se habían interrumpido esa mañana por falta de visibilidad. Pero, en ocasiones, súbitamente, la explosión de un obús quebraba el silencio. Y Modesto sentía como si estallara en el interior de su cabeza.

Delage le dijo:

—Tienes mal color, Juan. ¿Estás enfermo?

—La guerra no es compatible con el alcohol, lo aprendí anoche.

—Díselo a Líster: no ha aparecido y sus hombres no saben qué hacer. Estabas con él y los rusos, ¿no?

—Tiene el santo de cara —respondió Modesto señalando hacia el cielo—: la niebla ha venido a proteger su prestigio. Espero, por su bien, que no salga el sol antes de que se le pase la resaca y vuelva al frente a tiempo de luchar.

Desde aquel día de finales de agosto, Modesto se vio a menudo con Koltsov, en Madrid y en el frente. Y trabaron una sólida amistad.

A comienzos de diciembre del 36 las líneas de fuego de la batalla de Madrid se habían estabilizado. Los bombardeos sobre la ciudad eran más duros, pero los frentes se movían poco. Franco parecía cansado de atacar, mientras que la moral de los hombres y mujeres que defendían la capital crecía hasta casi convertirse en euforia. Los mítines políticos de los partidos de izquierda se sucedían en cines y teatros. Y el eslogan «¡No pasarán!» provocaba vítores y canciones entre las multitudes. Pasionaria, una de las heroínas de la resistencia madrileña, se quedó afónica unos días a causa de los constantes discursos para los que era reclamada.

El caos de los primeros días de asedio, a comienzos de noviembre, había dado paso a un control más estricto de la disciplina y a una mayor coordinación de las operaciones por parte de los mandos militares leales, en especial gracias a la capacidad organizadora del teniente coronel Vicente Rojo, jefe del Estado Mayor de la Junta de Defensa de Madrid. Pero todavía, en ocasiones, algún que otro comandante de milicias actuaba por su cuenta.

Rojo llamó una tarde por teléfono al puesto de mando de Modesto, en los aledaños del pueblo de Perales del Río, ordenándole que se reuniera con él en las posiciones avanzadas republicanas de la Casa de Campo. Valentín González, el Campesino, había tomado la iniciativa, sin consultar al mando, de lanzar un ataque frontal para reconquistar el cerro Garabitas, una importante colina en manos de los sublevados. No lo había logrado y sí perdido un buen número de hombres. Y ahora pedía refuerzos para volver a atacar.

—He llamado también a Líster. Quiero su opinión y la de usted, Modesto.

La mayoría de los militares de carrera leales usaban el tratamiento de usted en su relación con los jefes de milicias.

—Voy hacia allí, mi teniente coronel. Pero ya le adelanto que todo lo que decide ese González suele ser una locura, cuando no una salvajada. Quitarle cualquier responsabilidad militar de una vez por todas sería lo mejor.

Había llovido durante la noche y la tierra de la Casa de Campo relucía empapada y cubierta de numerosos charcos. Modesto avanzó desde la estrecha carretera en donde le dejó el coche, la pistola desenfundada, conducido por los dos soldados que habían acudido a esperarle y seguido por Cachalote. Sus botas se hundían en el barro y, al acercarse a los árboles movidos por el viento, el agua acumulada en las ramas le caía sobre el capote y la gorra de plato. Era un día muy frío. Avanzaban con lentitud por una pendiente liviana, entre pinos de tronco liso, muy altos, coronados por una crespa pelambrera. Cuando cruzaban una línea de trincheras republicanas, uno de los soldados daba la consigna y seguían su avance. A sus espaldas, la ciudad se tendía bajo la grisura de la tarde, punteada por las torres esbeltas y las cúpulas oscuras de las iglesias. A la derecha, entre los bosques de pinos y de encinas asomaba, en ocasiones, el canoso frontispicio de cumbres de la sierra de Guadarrama.

Líster ya había llegado y él y Rojo, junto con otros oficiales, permanecían ocultos en una pequeña explanada rodeada de robles, a un par de kilómetros de la base del cerro Garabitas. El lugar era en cierto modo peligroso, ya que las baterías de artillería pesada instaladas a la espalda de la cumbre, destinadas a bombardear Madrid, podían alcanzar con suma facilidad la posición en donde se reunían los mandos republicanos si eran descubiertos.

Rojo era un hombre alto y de barriga prominente, hombros estrechos y ojos miopes. Modesto le conocía desde el intento fallido de recuperar Illescas, pocos días antes de que le hirieran en Griñón. Después de regresar del hospital de Albacete, la relación entre ambos se había estrechado y Modesto era ya uno de los hombres de confianza del principal estratega de la defensa de Madrid. El comandante miliciano le correspondía con una lealtad sin fisuras.

Rojo avanzó un paso hacia Modesto y le tendió la mano, sonriente, sin responder al saludo puño en alto del jefe miliciano.

—Hola, Modesto —oyó decir a Líster a espaldas de Rojo.

—Hola, Líster —respondió sin mirarle—. ¿Y González? —preguntó a Rojo.

El militar señaló hacia la dirección contraria al cerro y dijo con voz desdeñosa:

—Ahora vendrá. Anda por ahí atrás…

—¿Y qué quiere de nosotros, mi teniente coronel? —preguntó Líster.

—Que me acompañen los dos en dirección al Garabitas, hasta nuestras posiciones más adelantadas, para que nos hagamos una idea de la situación. Lo que me cuenta el Campesino no me saca de dudas, tiende a fantasear.

—Eso es arriesgado —dijo Modesto.

—La guerra es riesgo, comandante.

Modesto sonrió.

—Lo digo por usted, mi teniente coronel.

—Opino lo mismo —intervino Líster.

—Quiero tener muy claro si es posible el ataque que pide el Campesino y si le concedo permiso y los refuerzos que demanda.

—Mi teniente coronel, usted es vital en la Junta de Defensa —objetó Modesto—: no podemos arriesgar su vida, no es cuestión de valor. Permita que vayamos Líster y yo. Confíe en nosotros.

Rojo dudó unos instantes.

—De acuerdo, me fiaré de su buen juicio —dijo al fin.

Conducidos por un cabo, los dos comandantes se adentraron en un robledal, una selva de pequeños troncos grises coronados por ramas desnudas y retorcidas, y siguieron abriéndose paso entre matorrales y pequeñas coníferas, sobre un suelo arcilloso empapado por la lluvia. Un pesado barro amarillo se adhería a sus botas y dificultaba su paso.

Caminaron durante quince minutos hasta alcanzar una trinchera que zigzagueaba y en la que había instaladas dos ametralladoras. Un sargento señaló hacia el cerro, en cuyas laderas se distinguían los cadáveres de algunos hombres.

—¿Nuestros? —preguntó Líster.

El sargento asintió.

—Hemos tratado de recogerlos, pero disparan en cuanto la bandera blanca asoma de la trinchera. Están cabreados por el ataque de la mañana.

—¿Cuántos muertos habéis tenido?

—En esta sección de trincheras más de una veintena. En total, no sé. Quizás pasen de los cien.

—¿A qué distancia están las líneas enemigas? —preguntó Modesto.

—Menos de doscientos metros.

—Déjame tus prismáticos.

Modesto acertó a ver, tras una liviana neblina, la línea de una trinchera. Más arriba, en la altura de la loma, parapetos, casamatas y un refugio artillero bien amurallado.

—¿Cuántas ametralladoras tienen?

—Bastantes. Y de grueso calibre.

—¿Cuántas calcularías, camarada?

—Apuntando hacia aquí, creo que media docena. Y mucha fusilería.

Modesto volvió a mirar a través de los prismáticos y siguió la línea de sus propias posiciones. De pronto, sus ojos se fijaron en algo que de inmediato le pareció tenebroso: un miliciano muerto yacía junto a una ametralladora, encadenado al arma.

—¿Quién es ése, sargento?

Dudó el suboficial antes de responder.

—Lo ordenó el Campesino. Temía un contraataque del enemigo y situó varias ametralladoras con hombres que no pudieran huir…, encadenándolos a la máquina. A ése de ahí lo alcanzó una ráfaga desde arriba. A los otros ya les hemos quitado las cadenas… No sé: quizás haya que amarrarlos de nuevo si hoy atacamos otra vez. Los de ametralladoras están encerrados en un refugio, emborrachándose con raciones extra de coñac, por orden del Campesino.

Modesto señaló a los muertos de la falda del monte.

—¿Han caído bajo las balas enemigas?

—No todos… hubo un momento en que la gente huía y el Campesino nos ordenó disparar contra ellos para evitar una desbandada.

—¿Cuántos habéis matado?

—Tres o cuatro. Aquí se muere mucho, comandante. Y los que suben la cuesta tienen casi tantos tiros en el pecho como en la espalda.

Modesto se volvió hacia Líster.

—Yo ya tengo opinión, ¿y tú?

El otro asintió.

Rojo movía la cabeza mientras los dos comandantes le informaban sobre los métodos empleados por el Campesino en el asalto.

—Despídalo del ejército, mi teniente coronel —dijo Modesto.

Rojo le miró con gesto de fatiga.

—O al menos apártelo de cualquier mando de tropa —insistió Modesto—. No es un soldado, es un asesino. Lo mejor que puede decirse en su favor es que está loco.

—No puedo, Modesto. El pueblo de Madrid le venera como a un héroe y su propio partido se opondría rotundamente, lo que podría crear muchas fisuras entre militares y políticos en un momento delicado de la guerra. Y yo necesito de su partido aunque no tenga nada de comunista en la sangre.

—Las guerras no se ganan con chiflados y asesinos.

—Olvídelo, Modesto, o hable con los jerarcas de su partido y convénzales… Díganme, ¿se puede reconquistar el Garabitas?

—Imposible sin artillería pesada o sin aviación suficiente —respondió Modesto—. ¿Y cuántos hombres morirían para tomarlo?

—Su opinión, Líster.

—La misma, mi teniente coronel.

Rojo movió la cabeza con gesto preocupado.

—No contamos con artillería de gran calibre ni tenemos aviones bastantes. Confío en su buen juicio, comandantes: no habrá ataque.

—Mi consejo es que retire nuestras líneas unos doscientos metros, señor —añadió Modesto—, hasta un lugar más alejado de las posiciones enemigas, pero desde el que puedan verse las faldas del cerro por si ellos atacan. En el sitio en donde están ahora nuestras trincheras, los hombres pueden ser alcanzados por las ametralladoras pesadas.

Rojo asintió y ofreció tabaco a los dos jefes milicianos. Mientras prendían fuego a los cigarrillos, Rojo miró por encima del hombro de Modesto.

—Ahí tienen a su heroico compañero.

El Campesino venía montando un bello caballo blanco, seguido por una pequeña escolta de hombres armados que marchaban a pie. Lucía la guerrera de oficial de milicias bajo el capote abierto, se tocaba con una gorra de plato y calzaba altas botas negras. Desde que le desarmó en el Cuartel de la Montaña, Modesto apenas le había visto en un par de ocasiones, en la explanada del centro de reclutas del Quinto Regimiento. Y siempre desde lejos, pues el otro solía mantenerse a prudente distancia cuando distinguía su figura.

Descendió del caballo a unos treinta metros de donde se encontraba el grupo de Rojo y entregó las riendas a uno de sus hombres. Luego, avanzó con aire de seguridad, con la cabeza hacia atrás, como si apuntara con la perilla, de corte leninista, hacia los que aguardaban junto a Rojo.

Se cuadró y saludó con el puño en alto.

—¿Cuento con refuerzos, mi teniente coronel? —preguntó ufano.

—No habrá ataque, González. No quiero más muertos inútiles.

El Campesino enmudeció y volvió los ojos hacia Modesto. Su mirada parecía la de un loco.

—Y quiero un informe preciso sobre sus órdenes de encadenar a los hombres a las ametralladoras —añadió Rojo.

—Supongo que eso son mentiras que le han contado algunos suboficiales, mi teniente coronel.

—Todavía hay un cadáver encadenado a una ametralladora —intervino Modesto.

—Siempre lo mismo…, tú, Modesto…, la conciencia del Partido, ¿no? Algún día…

—Cuando tú quieras.

—No quiero broncas, comandantes —dijo Rojo—. Reorganice sus líneas, González, y retráselas hasta un lugar más alejado. Y nunca más vuelva a decidir un ataque sin consultarme. Mañana por la tarde quiero su informe sobre la batalla de hoy.

—No espere que le cuente la verdad, mi teniente coronel —intervino Modesto.

Rojo le miró con gesto reprobatorio.

—Por cierto, mi teniente coronel —añadió Modesto—, ese caballo blanco es mío.

—¿Qué pasa con mi caballo? —inquirió el Campesino, irritado.

—Simplemente que me lo robaste en el Cuartel de la Montaña.

—Se lo confisqué a un oficial fascista.

—Ese oficial era de mi tierra, de la bahía de Cádiz, y me lo regaló después de que trataras de matarle a sangre fría.

—Eso es mentira.

Rojo intervino:

—Déjense de disputas absurdas, tenemos que irnos.

—Disculpe, mi teniente coronel —dijo Modesto—, ¿podríamos hacer una prueba?

—Hágala, pero rápido: la guerra no espera por una disputa sobre caballerías.

Modesto se dirigió al Campesino. Señaló al corcel.

—Dile al soldado que suelte las riendas y llama al jaco.

—¿Y si no quiero?

—Llámelo de una vez, González —ordenó Rojo—: tenemos prisa.

—¡Deja sueltas las riendas, Cirilo! —gritó el Campesino al soldado ahuecando las manos ante la boca—. ¡Tigre, Tigre…, ven, Tigre! —clamó.

El animal no se movió.

—¡Vamos, estúpido penco, ven aquí! —repitió su llamada sin éxito—. ¡Tigre, Tigre!

Modesto, dando un paso hacia delante, alzó la barbilla, colocó sus brazos en jarras y gritó con fuerza:

—¡Capitán, Capitán!

El corcel alzó las orejas, miró hacia el grupo y, a paso corto, echó a andar en su dirección. Al llegar a la altura de Modesto, se detuvo y resopló dos veces. Modesto sujetó las riendas y le acarició la frente. Luego, se volvió hacia Rojo.

—¿Mi teniente coronel? —dijo.

—Está claro que es suyo, comandante.

Modesto lo montó con premura.

—Esto es un robo —objetó el Campesino.

—Ocúpese del informe y dejemos de una vez el asunto del caballo. En las cuadras del Cuartel de la Remonta hay todos los que quiera, blancos, negros y hasta verdes: elija uno y deje de matar a sus hombres —dijo Rojo mientras saludaba con aire desganado llevándose la mano abierta a la visera de la gorra—. Hasta la vista, comandantes.

El Campesino miraba a Modesto enfurecido.

—Esto vas a pagármelo algún día.

—Te lo pago todo ahora mismo: ya no está Rojo —dijo Modesto haciendo ademán de descender de la montura.

El otro dejó escapar un gruñido y se apartó. Modesto palmeó el cuello del corcel.

—Buen caballito, Capitán, buen caballito…

Descabalgó, liberó de la silla al caballo, la arrojó a los pies del Campesino y se dirigió a Cachalote:

—Llévate el coche. Yo me vuelvo con Capitán hasta el puesto de mando.

—¿Vas a montar sin silla, jefe?

—¿Cómo puedes preguntarle eso a un chaval de los Puertos gaditanos?

Modesto se desprendió del capote y de la gorra de plato, los dejó en manos de Cachalote y ganó de un ágil salto los lomos del corcel.

—Hasta luego —dijo mientras dibujaba en sus labios una sonrisa infantil.

Cabalgó al galope entre los pinos, fundido con el animal. Los cascos ágiles de Capitán chapoteaban sobre el suelo, arrojando salpicaduras de barro sobre su rostro. Al tiempo, sus muslos se mojaban con el sudor caluroso del animal y percibían los latidos de su corazón cuando palpitaban contra sus ijadas.

Le invadía una febril sensación de libertad. Al verse solo, rodeado de bosques empapados de lluvia, retuvo la carrera del caballo y lo puso al trote. Y comenzó a cantar, con voz queda, ufano, siguiendo el paso de su montura, unos tangos que había escuchado no hacía mucho a la Niña de los Peines en un tablao madrileño:

> *Mi marido no está aquí*
> *que está en la guerra de Francia*
> *buscando con un candil*
> *a una gitana,*
> *a una gitana muy alta.*

> *Qué bonita está Triana*
> *cuando le ponen al puente*
> *banderas republicanas:*
> *las banderitas,*
> *las banderitas republicanas.*

> *Y al guruguru, al guruguru,*
> *guruguá…*

—¡Ay, pero qué bien baila mi caballito cartujano! —concluyó alegre mientras acariciaba el cuello de Capitán.

Azuzó de nuevo al corcel y lo lanzó a la carrera, igual que cuando era un muchacho y sus tíos le dejaban un buen jaco para que galopara por las arenas libres de la playa de la Puntilla, sintiéndose un indio de las praderas americanas.

Un sábado de diciembre, por la noche, Koltsov organizó una fiesta y le invitó. Durante la jornada, se habían sucedido fuertes bombardeos sobre Madrid, pero los frentes parecían calmados desde días atrás en los arrabales del sudoeste de la ciudad, como si Franco hubiese renunciado a su conquista y la amenaza de su sombra comenzara a desvanecerse. Modesto organizó los turnos de su tropa, dejó a un capitán y a Luis Delage al mando de su sector y viajó en su Packard negro hasta el hotel Gaylord.

—Puedes regresar al frente, Cachalote, ya me las arreglaré para volver —dijo a su guardaespaldas al descender del vehículo.

—¿No vas a dormir hoy al cuartel general de la calle de Lista, jefe?

El comandante le miró burlón.

—Me recuerdas a mi madre, José, siempre queriendo saber en dónde dormía. No te apures, volveré al frente temprano.

—Te esperaré todo el tiempo que haga falta aquí abajo, jefe.

—Lárgate a descansar o vete de farra a un tablao, *pisha*. Olvídame, yo me *avío*.

Cruzó al portal del hotel. Dos milicianos armados se apartaron y saludaron marciales. Tomó el ascensor hasta el cuarto piso.

La puerta de la habitación de la espaciosa suite de Koltsov estaba abierta y, desde el interior, brotaban la humareda espesa de los cigarros y un coro irregular de risotadas. Al entrar, Modesto calculó que habría allí dentro algo más de cuarenta personas. Bebían vodka y vino, devoraban bandejas de blinis con caviar y charlaban en voz muy alta. Sólo había una mujer.

Koltsov le vio de inmediato y dejó el grupo de gente con el que conversaba, se acercó hasta él y le tomó por el hombro. Desde el centro de la estancia, clamó:

—¡Amigos, camaradas, os presento al comandante Modesto, uno de los héroes de la defensa de Madrid!

Alzó su copa y gritó:

—¡Amigos míos! ¡No pasarán!

—¡No pasarán! —secundó un coro de voces, algunas ya embriagadas.

Modesto alzó la copa que alguien le puso en la mano. Pensó que, salvo Koltsov, no conocía a nadie de entre todos aquellos rostros que ahora le sonreían y brindaban a su salud. Pero enseguida reconoció a Ehrenburg y luego, un poco alejada, la alta figura de aquella hermosa mujer que le sonrió en la plaza de toros, el día de la corrida a la que asistió con Koltsov. Ella levantó su copa mirándole. Y Modesto respondió con igual gesto. Al lado de la mujer, un tipo grande y fortachón bebía a morro de una botella de whisky, sin hacer caso de nadie.

Koltsov tomó del brazo a Modesto y fue recorriendo los grupos, presentándole a los invitados. Casi todos eran periodistas. Charló unos instantes con dos americanos, Louis Fischer y Herbert Matthews.

—Nos gustaría visitar un día el frente con usted —dijo Matthews en un español más que correcto.

—Mijaíl sabe en dónde encontrarme. Que organice una visita cualquier día de tranquilidad en los frentes, mejor si hay lluvia o niebla que si el cielo está despejado.

—Preferiríamos ir durante una acción de guerra —añadió Fischer.

—¿Y quién puede predecir una acción de guerra? —respondió Modesto.

—Usted me entiende —dijo Fischer—. Un día que piensen atacar.

—Los ataques no deben airearse antes de hacerlos.

—Estamos con la República, comandante —agregó Matthews.

—Hablen con Mijaíl…

Koltsov le presentó luego a un inglés del *Daily Telegraph*, un hombre tímido de voz delicada que se llamaba Buckley, y a un reportero polaco, de apellido Pruszynsky.* También le manifestaron su interés por visitar el frente.

—A este paso vamos a llevar un autobús —le dijo a Koltsov.

El ruso se acercó hasta un hombre alto, de cara alargada, pelo revuelto y mirada inteligente.

—Monsieur Malraux —dijo—, le presento a uno de los mejores luchadores republicanos.

Se estrecharon las manos.

—He oído hablar de usted —señaló el escritor francés mientras encendía un cigarrillo—. ¿Puedo hacerle una pregunta, señor?

—Claro.

—¿Ganarán esta guerra?

—¿Puedo hacerle otra?

—*Mais oui*.

—¿Conoce algún soldado que luche pensando en la derrota?

El otro rió y golpeó levemente el hombro del comandante.

—¿Quién es? —preguntó Modesto a Koltsov mientras se alejaban.

—Un escritor francés, André Malraux, quizás el mejor escritor que ha venido a Madrid. Ha publicado hace poco una gran novela sobre la batalla de Shanghai, deberías leerla.**

* Todos los periodistas que aparecen en este libro son personajes reales, corresponsales extranjeros en España durante la Guerra Civil.

** *La condición humana*, publicada en 1933, relata los trágicos episodios de la matanza masiva de comunistas perpetrada por las tropas nacionalistas de Chang Kai Shek, en Shanghai, en el año 1927.

—Ya leeré, para eso hay tiempo. Antes tengo que ganar una guerra: y eso urge.

Modesto no había perdido de vista a la mujer del fondo de la suite ni al gigantón que, a su lado, bebía whisky a morro. Ella vestía pantalones y una blusa ligera, levemente escotada, que mostraba una piel de tono casi dorado. Sus rubios cabellos, recortados en media melena, caían con suavidad sobre sus hombros, cubiertos por un largo pañuelo de seda roja. Sostenía en las manos una copa de vino.

La mujer le miraba también de vez en cuando y sonreía. Y ahora Koltsov, sin soltar el brazo del jefe miliciano, le llevaba hacia ellos.

Martha Gellhorn era una periodista americana que había llegado a España junto con su famoso amante, el novelista Ernest Hemingway. Martha enviaba sus crónicas a un prestigioso semanario neoyorkino, *Collier's Weekly*, mientras que el escritor lo hacía a una agencia de noticias americana, la NANA, y ocasionalmente a la revista *Esquire*. Se alojaban en una suite del hotel Florida, en la plaza del Callao, en donde las juergas nocturnas del escritor se habían hecho célebres.

Al ver acercarse a Modesto, Martha pensó que pocas veces en su vida había percibido en un hombre desconocido un atractivo tan sensual. Se acordaba con exactitud del día en que le vio en la plaza de toros, unos meses antes. Aquel hombre, algo más bajo que ella, emanaba vigor, energía, y al mismo tiempo se movía con delicado garbo. Y su mirada guasona iba más allá de los ojos de Martha, como si rebuscara entre sus ropas.

Koltsov lo presentó a la pareja:

—Mi amigo el comandante Modesto, un bravo luchador. Ernest Hemingway, el famoso escritor americano. Y su compañera, también periodista: Martha…, Martha…

—Gellhorn —dijo ella mientras tendía la mano a Modesto.

—Lo siento, soy muy malo para los apellidos —se excusó el ruso.

Modesto retuvo un par de segundos la mano de Martha, ciñéndola levemente, mientras la miraba con fijeza. Hemingway apretó su mano rudamente.

—Admiro a los hombres valientes —dijo el escritor—, mucho más que a los buenos escritores y que a los santos y que a los eruditos. Me gustan los toros. ¿A usted le gustan los toros?

Se percibía que Hemingway estaba bebido, pero a pesar de ello parecía controlar sus ideas. Su español sonaba algo torpe, quizás por el exceso de alcohol.

—Yo soy andaluz, señor. Y he toreado algo…

—¡Bravo! —exclamó el americano—, yo amo los toros más que ninguna otra cosa en la vida. Y amo su país más que el mío. El gran matador Cayetano Ordóñez es un antiguo amigo, nos conocimos en Pamplona. ¿Lo ha visto torear?

—¿Quién no ha visto al Niño de la Palma gustándole la lidia? Un fino artista de la escuela rondeña, mueve el capote como los ángeles y es un estupendo matador.

—¿Estás seguro de tu amor a España, Ernest? —ironizó Koltsov—. ¿La quieres más que a ti mismo?

—No te burles, maldito ruso. Me gusta decir que si yo no nací en España, desde luego no fue por culpa mía.

Y rió su propia gracia con grandes carcajadas.

Luego, añadió:

—Con permiso.

Y dio un trago de la botella.

Modesto miró a Martha a los ojos. Ella le sostuvo la mirada.

—¿Es usted americana, señora? —preguntó.

—Sí, de Missouri… Mi español —hizo un gesto exculpatorio— todavía poquito…, poquito.

Hemingway la tomó de la cintura con rudeza y la besó en la mejilla. Martha se apartó enseguida, dejando notar cierto fastidio.

—Aprenderá pronto español —dijo el escritor—, nos vamos a quedar mucho tiempo por aquí... —Se volvió con brusquedad hacia el miliciano—. ¿Qué opina de esta guerra, la ganarán?

—Eso espero... Pero nos hace falta mucha ayuda, la de los periodistas entre otras. El mundo tiene que saber que los fascistas cuentan con un enorme apoyo en armamento de Mussolini y Hitler; mientras que nosotros sólo recibimos armas de los rusos, y tardan en llegar.

—Estamos con su causa, no lo dude... Me gustaría visitar el frente algún día con usted.

Modesto sonrió y miró con ironía a Koltsov.

—Hable con Mijaíl, es mi hombre en la retaguardia.

—En serio lo digo, comandante... He oído hablar mucho de usted, sé que ha sido herido en las batallas del valle del Tajo. Yo he hecho la guerra y también fui herido de gravedad en Italia, durante la batalla de Caporetto.

—Escribiste una novela sobre ello —añadió Koltsov—, *Adiós a las armas*.

—¡Bah!, ese libro no me importa nada. A los escritores nos interesan sólo los libros que estamos escribiendo. Los publicados son sólo papel muerto y yo los tengo en mi váter para limpiarme el culo con sus hojas.

Otros periodistas se habían acercado y seguían la conversación de los dos hombres.

—Yo sé lo que es una guerra, Modesto, tengo experiencia —continuó Hemingway—. Y le digo que ustedes están ahora en el instante de mayor pureza, el momento en que la muerte parece insignificante, pues cumplen con un deber de carácter histórico... La consagración al deber es una especie de sentimiento religioso, un sentimiento parecido al de la primera comunión. ¿Usted ha tomado la primera comunión?

—Como todos los niños españoles. Pero dejé pronto de ser creyente.

—Sin embargo, tiene que recordar el sentimiento... Pues así es la guerra al principio. Algo que nos impulsa a hermanarnos con nuestros compañeros de trincheras, cuando todos participamos en una cosa indefinible que es superior a nosotros. ¿Me entiende?

—Desde luego: se explica usted muy bien, señor.

—Pero ese sentimiento se esfuma conforme nos hacemos soldados más eficaces, cuando sobrevivimos a una gran batalla y nos damos cuenta de lo que significa el amor a la vida, de hasta qué punto nos importa seguir vivos. Al comienzo de la guerra eres un ingenuo que vive en una especie de estado de gracia. Después, pierdes la castidad. Cuando ves a tus amigos caer en combate y has matado, comprendes que las ideas políticas desaparecen en los cementerios. Incluso aceptas que fusilar a los enemigos o a los que desertan es algo necesario. La guerra tiene un lado heroico y otro animal. Matas y ya no puedes retroceder, porque los adversarios van a matarte si reculas. La guerra es una locura... Pero aproveche ahora, Modesto, y disfrute de la cara hermosa de las guerras, el momento feliz de la lucha. Y luego, váyase al infierno, como nos hemos ido todos cuando nos convertimos en vulgares hijos de perra que sólo saben matar mejor.

Modesto pensaba que aquel hombre tenía una inteligencia muy viva.

Pero a él le interesaba la mujer.

—En fin, aquí hemos venido a beber, no a sermonear —dijo el americano—. Me apetece vino.

Hemingway dejó la botella de whisky sobre una mesa pequeña y se apartó. El grupo que los rodeaba se disolvió.

Modesto se dirigió a Martha.

—Usted también está invitada a venir al frente.

—Muchas gracias —respondió Martha.

—¿Quién le enseña español? Yo podría buscarle alguien.

Ella se encogió de hombros.

—Entiendo poquito…, poquito.

—Recuerdo haberla visto en agosto, a la salida de la plaza de toros.

—¿No hay corridas ahora?

—Nunca en invierno. Y ahora usamos la plaza como depósito de municiones.

—No comprendo.

—Nada importante. Es usted una mujer muy bella, muy atractiva. ¿Me entiende?

En ese instante regresaba Hemingway con el vino. Oyó las palabras de Modesto.

—¿Qué le ha dicho a mi mujer?

—La verdad: que es muy hermosa y atractiva.

Hemingway comenzó a dar voces:

—¡Malditos españoles! ¡Si tienes una mujer hermosa, siempre quieren acostarse con ella! ¡Malditos!, ¡sois como los lobos! ¡Y usted, Modesto, igual…! ¡Maldito hijo de perra!

Los otros periodistas se acercaron.

Hemingway buscó en el bolsillo de su americana y sacó un pequeño revólver.

—¿Qué haces, Ernest?, ¿estás loco? —intervino el británico Buckley, tratando de sujetarle el brazo.

Hemingway se libró.

—¡No voy a disparar, no voy a dispararle!

Abrió el tambor del revólver y fue sacando las balas y guardándolas en el bolsillo de su americana. Cuando solamente quedaba una, cerró el tambor, lo hizo girar y alzó el arma sobre su cabeza.

—¡Ruleta rusa! ¿Sabes lo que es la ruleta rusa? —gritó a Modesto.

El español sonrió. Se sentía seguro ante aquel hombre borracho.

—Claro…, pero prefiero el tute, un juego de cartas. Es más difícil morir en el tute que en la ruleta rusa. ¿Tiene una baraja en el bolsillo, señor?

—¿Te burlas, maldito hijo de perra?

Hemingway guardó el revólver, se quitó la chaqueta, la arrojó al suelo y se colocó en postura de boxeo. Tenía unos puños grandes, de nudillos huesudos.

—¡Boxeemos entonces! —clamó.

Modesto dio un paso atrás y dejó que sus brazos colgaran sobre las caderas. Pensaba esperarle, si atacaba, para tratar de derribarle con una llave de lucha.

—¡Eso no es limpio, Ernest! —le gritó uno de los periodistas americanos—. Tú eres un buen boxeador y él no sabe boxear.

—Que pelee como sepa.

Dio un paso adelante. Modesto retrocedió otro paso.

—Luchemos como tú quieras —dijo el escritor.

—¿Estás seguro?

Modesto se acercó a Martha y le arrebató el largo pañuelo de seda del cuello. Lo arrojó por uno de los extremos a Hemingway.

—¡Muérdelo! ¡Vamos a pelear al modo de mi bahía!

El otro obedeció.

—Y ahora lucha —dijo Modesto al tiempo que mordía el otro extremo, se alejaba hasta que el pañuelo quedaba tenso en el aire, agachaba el cuerpo, cerraba los puños y se movía con aire de felino.

Los dos hombres comenzaron a dar vueltas con el pañuelo apretado en la boca. Permanecieron así un par de minutos y, al fin, Hemingway se decidió a atacar. Dio un salto hacia delante y lanzó el puño derecho contra el rostro de Modesto. Pero el miliciano lo eludió con facilidad, echándose a un lado, y mientras el escritor perdía levemente el equilibrio y trataba de recuperar su posición, colocó su pie detrás de una pierna de Hemingway y, con las dos manos, le empujó en el pecho. El pesado cuerpo del americano cayó al suelo.

Los otros corrieron a sujetarlo cuando trataba de levantarse.

—*It's enough, Hem, enough!** —gritaba Matthews en inglés.

Se lo llevaron de la sala entre varios. Hemingway gritaba y amenazaba en inglés al miliciano. Antes de salir con su amante, Martha dirigió a Modesto una sonrisa entristecida.

Ehrenburg se acercó y le tomó del brazo.

—Pudiste darle una buena paliza, comandante —dijo.

—No habría sido justo: él estaba borracho y yo no. De estar sobrio, me la habría dado él: es fuerte como una mula.

—Se transforma en un hombre muy violento cuando bebe —comentó Koltsov.

—Ha dicho cosas muy inteligentes antes de sacar el revólver —añadió Modesto—. Sólo un hombre que ha luchado en la guerra puede comprenderlas.

—Nadie duda de que es un gran escritor. ¿Lo llevarás al frente?

—Si se calma, tal vez. Pero procura que no vaya bebido… Y mejor si lleva a su mujer con él.

—Deja a la mujer tranquila, camarada —concluyó el ruso—, ni siquiera sabe hablar español.

—¿Desde cuándo te gustan las mujeres por los idiomas que hablan, Mijaíl?

Madrid continuaba siendo una ciudad de contrastes que podrían parecer absurdos. Había hambre, falta de suministros y se forma-

* «¡Ya es suficiente, Hem, ya basta!»

ban colas en tiendas y almacenes para comprar azúcar, pan y leche. Pero los hoteles de lujo abrían sus comedores para distribuir comida a los combatientes, con menús abundantes en pescado, carne, queso y aceite de oliva. Mujeres de altos tacones y faldas de tubo, pintados los labios de rojo fuego, paseaban los días festivos por las avenidas del centro de la ciudad, en donde abundaban los edificios derribados por los obuses y en cuyas aceras lucían ramos de claveles encarnados recién cortados, en homenaje anónimo a los muertos causados por los bombardeos aéreos.

Ningún coche de matrícula privada, salvo aquellos requisados por los partidos y la Junta de Defensa, rodaba en las calles de Madrid. En su lugar, lo hacían los tranvías y carros tirados por borricos y mulas, ocupados por familias de refugiados que continuaban llegando hacia las barriadas del este y el norte en busca de las viviendas asignadas por los comités cívicos.

En las afueras, partidas de milicianos, ayudados por niños y mujeres, cavaban trincheras y construían refugios. Hombro con hombro, con picos y palas en las manos, se mezclaban albañiles y abogados, profesores y alumnos, pensionistas y amas de casa. Los subterráneos del metro daban cobijo a centenares de personas, pero los trenes seguían funcionando y entraban despacio, silbando sin cesar, en las estaciones, para advertir a la gente que se apartase de las vías.

Los hoteles Florida y Gran Vía rebosaban de periodistas extranjeros, regresados a la ciudad después de su huida masiva a comienzos de noviembre, cuando la caída de la capital española parecía inminente. Muchas tardes, después de enviar su crónica desde la central de la Telefónica, los reporteros se mezclaban con las prostitutas en los cafés de Palos de Moguer y la calle de la Montera. En aquellos días, las rameras abundaban y se ofrecían a precios módicos: y los bien pagados corresponsales, sobre todo los que cobraban en dólares, aprovechaban las rebajas.

A media mañana y a media tarde, casi siempre a la misma hora, asomaban en los cielos de la ciudad los Junkers alemanes y los Saboyas italianos para arrojar sus bombas sobre los barrios obreros y el centro urbano. El día 16 de diciembre, un terrible ataque aéreo arrasó el humilde arrabal de Tetuán. Decenas de casas se derrumbaron, enterrando entre sus cascotes a cientos de niños y mujeres. Durante varios días, bomberos, milicianos y voluntarios trabajaron sin descanso sacando heridos y muertos de entre las ruinas.

Pero a la noche, con la ciudad iluminada por las llamaradas de los incendios, se abrían las salas de fiesta y los tablaos flamencos y Madrid bailaba pasodobles, foxtrots, valses, fandangos, sevillanas y seguidillas.

En una crónica de aquellos días, Hemingway escribió: «Acabo de regresar de Valencia y Barcelona, en donde he entrevistado a mucha gente. De Valencia nadie vuelve optimista. En Madrid, no se admite otra posibilidad que la de ganar. Pero Valencia es algo muy diferente. Los cobardes que huyeron de Madrid siguen gobernando allí. Se han instalado cómodamente, con su abandono inveterado, en la burocracia gubernativa. Únicamente sienten desprecio por Madrid. Y Barcelona sigue siendo una ópera bufa. Primero fue el paraíso de los revolucionarios románticos y violentos. Ahora lo es de los soldados de pega, de esos a los que les gusta llevar uniforme, pavonearse y darse tono con sus distintivos rojinegros: esos a los que les gustan todas las cosas de la guerra menos la lucha. Valencia te pone malo y Barcelona te hace reír».*

Modesto conoció a Jeannette Cohen en el cuartel general de las Brigadas Internacionales, que estaba situado en la calle de Veláz-

* Extraído de la novela *Por quién doblan las campanas.*

quez, apenas a cincuenta metros de su residencia de la calle de Lista. Fue en el curso de una reunión político-militar para planificar la integración de las brigadas en unidades del ejército republicano. Jeannette era una judía neoyorquina que llevaba dos años perfeccionando su español en Madrid y se había alistado para servir como intérprete en el Batallón Británico. Antes de integrarse en su unidad, recibió una corta instrucción militar en el cuartel del Quinto Regimiento.

Jeannette destilaba brío y sensualidad, y hablaba un buen español con recio acento. Pequeña de estatura, poseía una bonita figura y, bajo las camisas caquis que solía vestir, sus senos se marcaban menudos y vigorosos. Sus cabellos rubios y ensortijados se alborotaban en una corta melena y sus ojos brillaban en un color parecido al de la miel. Su piel lucía en un suave brillo marfileño y un lunar negro pintaba un leve toque de picardía en su mejilla derecha. Sonreía a menudo. Tenía veintiséis años.

Al final de la reunión, Modesto la invitó a tomar un café en un hotel cercano.

—¿Y qué hace una americana en un batallón de ingleses?

—No hay batallones americanos por ahora. Creo que el primero se está formando en el cuartel general de las Brigadas Internacionales de Albacete.

El domingo siguiente por la tarde fueron juntos a un cinematógrafo de la calle de Goya en donde proyectaban la película *Terror en Chicago*. Pese a la amenaza de los bombardeos, a la puerta del local se había formado una larga hilera de gente. Modesto pensó en desistir, pero unos milicianos le reconocieron y comenzaron a gritar:

—¡Paso a Modesto, paso a uno de nuestros héroes! ¡Para Modesto no hay cola!

Los hombres y las mujeres le abrían camino, sonriéndole, saludándole puño en alto y alguno que otro estrechando su mano.

Algo abrumado, aceptó acercarse a la ventanilla donde despachaban las entradas sin esperar su turno, mientras conducía del brazo a Jeannette. Trató de pagar, pero el taquillero se negó a cobrarle.

—Tienes derecho a un día de descanso en la lucha, camarada. El pueblo te invita.

Comenzó la película. Era un trepidante filme en el que los coches negros de los delincuentes eran perseguidos por los vehículos también negros de la policía. Las metralletas de redondo tambor salían de las ventanillas arrojando fuego y los cristales de los escaparates de la calle se hacían añicos al recibir los tiros. En uno de los momentos de mayor tensión de la película, sonaron en el exterior del cine las alarmas que anunciaban un bombardeo rebelde. Las luces de la sala se encendieron y la proyección quedó interrumpida. El público comenzó a patalear y abuchear. Salió el director del local, un hombre de pequeña estatura y rostro demudado, se colocó bajo la pantalla y ordenó a la gente, con voz chillona y trémula, que abandonase sus localidades y bajase al sótano.

—¡Te matamos si no sigue la película! —gritó un miliciano.

Y muchos otros se unieron a las voces que amenazaban al hombrecillo.

Continuó la proyección y los hampones siguieron disparando sobre los policías y éstos, a su vez, sobre los bandidos. En la ficción, murió un gánster y, al poco, un agente, mientras que en las calles de la realidad madrileña comenzaban a llover las bombas. Una fortísima explosión hizo temblar las paredes del cine y de nuevo la película se interrumpió.

El silencio invadió la sala. Pero pasado apenas un minuto, el pataleo recomenzó. Los soldados llamaban fascista, cornudo y gusano al director del local, amenazándole de nuevo con matarle. Y el filme echó a rodar otra vez. Y todavía siguió adelante durante una hora, hasta su fin, fundidos los disparos de la película con los de las explosiones del exterior, mientras las paredes vibraban, las bombillitas rojas de la sala guiñaban su luz, la película se salía de cuando en cuando de cuadro y los espectadores jaleaban, unas veces a los agentes de la ley y otras a los ladrones.

Jeannette se apretó contra el brazo de Modesto.

—Están locos, parecen niños al salir de clase —dijo la muchacha.

—¿Comprendes por qué Madrid no caerá, inglesita? —preguntó Modesto.

—Podemos volar por los aires si nos alcanza un obús. Y no soy inglesa; soy americana.

—Los ingleses y los americanos parecéis hermanos.

—En mi país decimos que somos primos, no hermanos.

Estalló cerca otro obús. Jeannette tembló.

—Deberíamos irnos —dijo con voz trémula.

—Yo seré el último en salir. Nadie entendería que me fuese después de saltarme la cola y no haber pagado.

—También tú te has vuelto loco —respondió la brigadista apretándose más contra su brazo.

Modesto se inclinó hacia Jeannette y la besó en la boca. Aquella noche durmieron juntos en su residencia de la calle de Lista. Y continuaron viéndose y haciendo el amor en los días y las semanas que siguieron. La sensualidad de Jeannette envolvía y arrastraba al comandante como un turbión de humedad ardorosa. No sabía decir si estaba o no enamorado, pero se sentía atado a ella con una fuerza muy cálida.

Próxima la Navidad, los aviones alemanes e italianos bombardearon Madrid con el mayor cargamento de explosivos arrojado hasta entonces sobre la ciudad. Cientos de madrileños murieron aquel día en los suburbios y el centro de la urbe y el mercado del

Carmen, muy próximo a la Puerta del Sol, ardió como una antorcha de paja seca. Llameaban chabolas de arrabal, en Carabanchel, Vallecas y Bravo Murillo, y palacios aristocráticos en Princesa y Castellana. Los milicianos y civiles rescataban heridos entre los escombros de las humildes viviendas y piezas de valor artístico de las mansiones palaciegas. Se trataba de salvar vidas entre las vigas derruidas de los modestos hogares proletarios, pero también la riqueza que las gentes de Madrid consideraban como propia.

Esa noche, de nuevo la ciudad no precisaba de alumbrado público, pues los incendios bastaban para iluminarla. Un edificio de la calle de Lista, cercano a la residencia militar de Modesto, ardía devorado por un fuego invencible y, desnudos sobre la cama del dormitorio, con las cortinas descorridas de las ventanas, Jeannette y el comandante miliciano entregaban sus cuerpos a un juego de luces y de sombras, mecidos por el estrépito de los pisos al derrumbarse y el ulular de las sirenas de los bomberos. La bomba había caído sobre el palacete minutos después de que comenzaran el ceremonial del sexo. Pero siguieron en la cama, abrazados, amándose sin respiro. No les detuvieron ni los gritos de la gente en la calle ni las amenazas de las bombas.

Cuando el deseo se cumplió y la fatiga se apropió de sus miembros y de sus bocas jadeantes, fumaron en la penumbra. Jeannette veía el cuerpo desnudo del hombre tendido a su lado, más próximo a la ventana que ella, alumbrado súbitamente por los fogonazos de luz y, al poco, envuelto por la oscuridad del cuarto. Le gustaban su torso velludo, sus firmes muslos, los brazos musculosos, el recio perfil de la nariz romana, los cabellos revueltos sobre la almohada y, sobre todo, aquella oreja mutilada que, para ella, retrataba una naturaleza salvaje.

—Madrid arde como tú y yo —dijo ella cargando la pronunciación en la erre del verbo—. Esta noche podríamos haber muerto. Temo que deje de gustarme hacer el amor si no suenan las bombas.

—¿Existiría una muerte mejor que si nos hubiera alcanzado un obús mientras disfrutábamos del sexo? No escogería otra...

—Eso es una tontería, Juan.

—No escogería otra mejor en este momento..., quiero decir. Pero es preferible que no estemos muertos, porque podemos repetir muchas otras noches.

Contemplaba el rostro de Jeannette cuando lo iluminaban los destellos que llegaban desde la calle y se preguntó si estaría enamorado. No creía estarlo. Pero probablemente jamás había conocido una atracción sexual tan fuerte como la que le provocaba la joven brigadista.

—¿Nunca tienes miedo, Juan?

—Lo tengo siempre. Pero el miedo y yo nos hemos hecho amigos. Ayuda a seguir en la lucha, a vencer... Porque yo ganaré esta guerra.

—No te entiendo muy bien.

—Lo entenderás el día que te roce una bala la cabeza y tengas que decidir entre echar a correr o seguir luchando. Pero yo no querría que una bala rozara nunca tu cabeza..., inglesita.

—No me llames así, no me gusta el gobierno inglés. Como judía detesto su forma de tratar en Palestina a los judíos que emigran allí...*

—Aquí combates junto a los ingleses.

—Los de España son mis camaradas.

—¿Y crees en el Dios de los judíos?

---

* Por esa época, Gran Bretaña administraba el territorio de Palestina, por decisión de la Sociedad de las Naciones, y su política hacia la emigración judía era en ocasiones restrictiva.

—No creo en ningún Dios.

—Eso no lo entiendo: yo no creo en Dios y nunca me llamaría cristiano.

—Creo en el destino de los míos.

—¿Y cuál es ese destino?

—El derecho a una patria.

Acarició con mimo la sien de la muchacha, jugueteando con los dedos entre sus rizos, y la besó con levedad en los labios. Las sirenas aullaban en la calle.

Antes de la Nochebuena, Modesto recibió, a propuesta del teniente coronel Rojo, el mando de la IV División del recién creado Ejército Popular. Su responsabilidad en la defensa de Madrid se extendía ahora entre el puente de Toledo y Perales del Río. El chalet de Lista quedó como sede de su cuartel general, a la vez que residencia. Y el comandante escogió como puesto de mando un edificio del poblado de Vallecas, mucho más cerca del frente, de modo que su vida transcurría entre el lujoso barrio de Salamanca y las casuchas proletarias vallecanas. Modesto pidió integrar en las tropas bajo su mando a dos batallones de las Brigadas Internacionales, uno británico y el recién formado norteamericano, en el primero de los cuales Jeannette ejercía como intérprete. Muchas noches, ella le acompañaba a su residencia de la calle de Lista y dormían juntos.

—Resulta extraño tener a tu jefe como amante —dijo ella una noche, mientras fumaban en la cama tras amarse.

—Deserta y ya no seré tu jefe.

—A los desertores se les fusila. ¿Me fusilarías?

—Sí…, a besos.

Aquella primera Nochebuena de la guerra supuso una tregua no pactada en la batalla de Madrid. Franco se había instalado en Boadilla del Monte, a pocos kilómetros del frente, y por la mañana sus aviones arrojaron octavillas sobre las trincheras leales prometiendo la conquista de la ciudad para el día siguiente, el de Navidad. Como respuesta, los aviones republicanos bombardearon a su vez con octavillas las líneas rebeldes, invitando a cenar a quienes desertaran y ofreciéndoles pagar cien pesetas por cada fusil entregado.

Modesto, acompañado por Cachalote y una pequeña escolta, recorrió durante un par de horas, a la caída de la tarde, la línea de su frente, felicitando las Pascuas a los soldados y alertando sobre la necesidad de extremar la vigilancia, en previsión de un ataque por sorpresa por parte de los sublevados.

En uno de los parapetos, los milicianos habían fabricado un megáfono de hojalata y uno de ellos gritaba a las líneas enemigas:

—¡Venid a cenar, fascistas! ¡Tenemos cordero asado, arroz, besugo, mermelada y tarta! ¡Traeros el cuchillo y el tenedor! ¡Y no olvidéis la cuchara, que hay sopa de marisco!

—¡Mentira, rojo de mierda! —clamaba una voz desde el otro lado—. Y si de verdad tienes sopa, sórbetela con el culo.

En la segunda línea de trincheras, en un refugio a cubierto del frío, los oficiales españoles de la división de Modesto organizaron una cena a la luz de las velas e invitaron a varios mandos de los dos batallones de las Brigadas Internacionales. Jeannette estuvo con ellos. Abundaba la carne y corrió el vino.

A los postres, un grupo de soldados se asomaron al refugio. Traían dos guitarras y se arrancaron por fandangos. Un miliciano comenzó a cantar mientras otro bailaba un zapateado sobre un tablao improvisado con cajas de balas. Los internacionales daban torpes palmas entre las risas de los españoles.

Tú eres pa' mí necesaria
porque te quiero, mujer.
Tú eres pa' mí necesaria
como pa'l árbol la savia,
como pa'l pintó el pincel,
como pa'los peces lagua.

Luego, los guitarristas y el cantaor atacaron un popular villancico:

En la noche de la Nochebuena
bajo las estrellas y por la madrugá
los pastores con sus campanillas
adoran al niño que ha nacido ya.
Y con devoción
van tocando zambombas, panderos,
cantando las coplas del Niño de Dios.

Bob Merriman, un capitán americano llegado de Albacete al
mando del Batallón norteamericano Lincoln, y Tom Wintringham,
jefe del Batallón Británico, se acercaron a Modesto y levantaron su
copa de vino ante la del comandante miliciano, ofreciéndole un
brindis. Merriman era un hombre de aspecto fornido, pelo negro,
mandíbula recia y edad aproximada a la del español. Llevaba gafas
de gruesos cristales. El inglés era menudo, con aire de gorrión
desplumado, pero tenía una mirada inteligente.

—*Cheers*, Modesto —dijeron.

—Salud, capitanes —respondió Modesto.

—Por la República —añadió el americano.

—Y por vosotros, los revolucionarios del mundo.

Bebieron. Continuaba el villancico, coreado por algunos españoles. Modesto se unió a las voces.

Pajarillos que vais por el campo,
seguid a la estrella, volad a Belén,
que os espera un niño chiquito
que el rey de los Cielos y la Tierra es...

—No entiendo muy bien a los españoles —dijo el americano cuando concluyó el villancico—: las iglesias son incendiadas, los sacerdotes ejecutados y vosotros le cantáis a Cristo...

—Yo estoy contra los fusilamientos de curas y la quema de iglesias..., han sido gentes incontroladas quienes lo han hecho.

—Tu país es extraño: uno de los más católicos de la Tierra, según dicen, y nunca se ha matado en ninguna parte tanto cura como aquí.

—Ya te digo que no lo apruebo, pero también es cierto que la Iglesia ha cometido muchos abusos con el pueblo. Ha sido la gran aliada de los explotadores.

El británico Wintringham intervino. Su español era más torpe que el de Merriman.

—La Revolución francesa liquidó a los aristócratas; la rusa, a los terratenientes; y la vuestra, a los sacerdotes...

—Y vosotros, ¿no habéis tenido revolución en Inglaterra?

Wintringham rió sonoramente.

—Sí, pero el pueblo no se dio cuenta: los nobles se mataron entre ellos. Y los que ganaron son todavía los dueños del país. Te escuchan cuando los mandas al infierno y luego siguen haciendo lo que les conviene.

—¿Y los americanos?, ¿a quiénes matabais en vuestra revolución? —preguntó Modesto a Merriman.

—A los ingleses. ¿O no, Wintringham?

—Ninguno de mis ancestros, que yo sepa, murió en vuestra guerra de Independencia. Así que, por mi parte, estáis perdonados.

Rieron y volvieron a brindar.

—¿Tú crees en Dios, comandante? —preguntó Merriman a Modesto.

—Nací en una familia católica, pero dejé de creer de una manera natural, cuando me di cuenta de que Dios no me hacía falta. De todas formas, de algunos curas guardo un buen recuerdo. Tuve casi dos años de estudios gratuitos gracias a ellos.

—¿Y tus hombres, son católicos? —preguntó el inglés.

—No les he preguntado; yo les exijo valor, nada más.

Continuaron los fandangos. Jeannette se divertía. Había bebido bastante vino e, incluso, se animó a dar unos pasos de baile cuando un miliciano la invitó a sumarse a la danza.

—Ole, ole —jaleaba Modesto, riendo ante la torpeza de la muchacha.

Se descorchó champán, corrieron el vino y el whisky. Modesto procuraba mantenerse sereno. Pero Jeannette comenzaba a entrar en un estado avanzado de borrachera.

—Nunca había visto a una americana bailar fandangos —dijo Modesto.

—¿Qué tal lo hago?

—Te vendría bien tomar unas clases en mi tierra.

—Tengo ganas de ti —le dijo Jeannette al oído, apretando su seno contra el brazo del comandante.

—Hoy no podemos ir a mi residencia, debo quedarme en el frente… Y estás muy bebida, inglesita.

—Si vuelves a llamarme inglesita, te rompo la cabeza con una botella de whisky.

—Anda, vamos a dar un paseo y te aireas. Y no bebas más.

Salieron. Protegidos por la oscuridad de la noche se acercaron a las primeras líneas. Los soldados estaban vigilantes.

Retrocedieron hacia la segunda línea de fortificaciones. Ante la angosta entrada de un solitario refugio, Jeannette se detuvo, tomó de la mano a Modesto, le empujó adentro y apoyó la espalda en los sacos terreros.

—Házmelo aquí, Juan: me excita.

—Estás borracha. Y hace un frío endemoniado.

—El frío no me importa —tartamudeó—. El…, el…, el calor lo pongo yo.

Se llevó la mano de Modesto a su seno derecho. Luego, comenzó a desabrocharse el pantalón.

—Apenas unos minutos…, estoy muy excitada.

No mentía.

Los rebeldes habían calculado, al alzarse, que vencerían la resistencia de la República en pocas semanas. Y los leales, que la sublevación sería aplastada en pocos días. Ambos bandos se equivocaron. En aquellos días de finales de 1936, dos enormes ejércitos se enfrentaban con violencia y saña, cientos de miles de hombres salían a los campos dispuestos a matarse en una guerra exenta de piedad, animados por la desapacible sed de la venganza, mientras el mundo fijaba sus ojos asombrados en un país que se devoraba a sí mismo, enredado en una tela de araña tejida por el odio y la cólera.

4

«There's a valley in Spain called Jarama»

> Los cobardes mueren muchas veces antes de
> perder la vida. Los valientes no experimentan la
> muerte más que una vez.
>
> WILLIAM SHAKESPEARE, *Julio César*

—Llevo un rato esperándote. Y no me gusta que me den plantones, sobre todo si el que lo hace es un soldado inferior en rango.

El general Modesto, envuelto en el capote y con la gorra de plato incrustada en la cabeza, miraba al coronel Líster con desdén, apoyado en la portezuela del coche. Eran las doce de la mañana del lunes 2 de marzo de 1939 y el día había amanecido luminoso, aseado por la lluvia de los últimos días, y templado por un viento leve que soplaba desde el sur.

—Sólo son cinco minutos, Modesto —se excusó Líster.

—General Modesto…, coronel —corrigió—. En otras circunstancias, te caería un paquete: me tienes hasta los huevos con tus borracheras y resacas. Vámonos de una vez, el presidente Negrín puede convocarnos en cualquier momento.

Subieron al automóvil que el gobierno había dispuesto para ellos. Atravesaron los campos fatigados por el largo y frío invierno, y pronto alcanzaron Elda. Cruzaron la ciudad, casi vacía de gentes, de sur a norte, y de nuevo tomaron la estrecha carretera desierta que conducía a la Posición Yuste, la discreta finca del Poblet en donde residía el último gobierno de la Segunda República. Modesto y Líster no intercambiaron una sola palabra en el tiempo que duró su viaje.

Llegaban al portalón de la finca cuando el guardia de la entrada hizo un gesto al chófer para que se detuviera. Un gran Packard negro salió haciendo chirriar las ruedas, cruzó a su lado, rozando casi el parachoques delantero de su automóvil, y aceleró rumbo a Elda, levantando tras de sí una vaharada de polvo calizo.

Líster, que se sentaba en el lado izquierdo del asiento trasero, se volvió hacia Modesto.

—¡Me ha parecido ver al general Casado! Sus bigotes y su cara de búho no se despintan. Iba con otro militar, pero a ése no he podido verle.

El soldado de guardia se había apartado a la derecha del coche y les ofrecía paso.

—Espera —ordenó Modesto al chófer mientras bajaba la ventanilla y llamaba al joven soldado—. Soy el general Modesto.

—A tus órdenes, mi general.

—¿Quiénes iban en el coche?

—Dos altos mandos, pero no los conozco.

Siguió el automóvil hasta la explanada. El mismo oficial que le recibió en su visita anterior se acercó al coche. Modesto bajó dando casi un salto.

—¿Quiénes eran los dos militares que acaban de irse? —preguntó al capitán, sin darle tiempo a que le ofreciera el saludo reglamentario.

—Los generales Casado y Matallana, camarada general. Han asistido a la primera parte del consejo de ministros.

—¿Cuándo llegaron?

—Anoche.

—¿Y adónde van?

—Se vuelven a Madrid y Valencia, respectivamente, mi general..., a sus puestos.

—¿Y qué hacían aquí?

—Eso ya no lo sé.

—¿Dónde está el presidente?

—Ha vuelto a reunirse con los ministros después del descanso para tomar un refrigerio... El consejo comenzó muy temprano, antes de las ocho de la mañana. El presidente me ha ordenado que le esperéis en la sala de recepciones. Hay café y algo de embutido.

Los dos jefes milicianos se quedaron solos en la espaciosa estancia.

—Estás de mala leche..., general —dijo Líster.

—Eso es cosa mía, coronel.

—Te ha jodido ver a Casado.

—Se merece un tiro. Ese traidor nos va a arrastrar a la derrota.

—¿Y por qué no se lo has dado?, podíamos haber ido tras él.

—Cállate, Líster. No estoy para bromas.

—¿Qué vas a decirle a Negrín?

—Negrín es un gran hombre. Y tú..., ¿qué tal las putas de Yecla?

—Las mejores de España, sin lugar a dudas. Si quieres te lo cuento con detalle, general.

—Mejor, cállate un ratito, Líster.

Negrín, rodeado por sus ministros, apareció en la sala cerca de las dos del mediodía. Saludó con frialdad a Líster y dedicó una vaga sonrisa a Modesto mientras le estrechaba la mano. No podía disimular su gesto de preocupación. Otros miembros del gobierno, socialistas y anarquistas, saludaron con cordialidad a los dos militares, mientras que los ministros comunistas abrazaron a Modesto y a Líster.

También estaba el jefe de la aviación republicana, el general Hidalgo de Cisneros.* Era un hombre de porte quijotesco: alto y flaco, de rostro alargado al que adornaba un bigote oscuro.

Modesto se acercó a abrazarle.

—¿Qué haces aquí, Ignacio?

—Me he ocupado de reunir los aviones necesarios por si hay que salir de naja.

—¿Tan mal ves las cosas?

—Las veo peor.

Un par de camareros uniformados con monos milicianos repartían refrescos, cervezas y vino entre los ministros y los militares. Negrín se acercó hasta Modesto y le tomó del brazo.

—Vengan también ustedes —ordenó a Hidalgo y a Líster.

Los cuatro hombres se apartaron de los otros.

—Es importante asegurarnos una salida organizada hacia el exilio si la situación empeora —dijo el presidente a Modesto.

Luego se dirigió a Hidalgo:

—Lo ha mencionado antes, durante la reunión del consejo, pero estaba distraído y ahora no lo recuerdo. ¿Exactamente con cuántos aviones contamos para una posible evacuación del

* Ignacio Hidalgo de Cisneros, hijo de una acomodada familia carlista de Vitoria, militar de carrera del arma de aviación, participó en la guerra del Rif y en el desembarco de Alhucemas. En 1930, junto con otros aviadores entre los que se encontraba Ramón Franco, hermano de Francisco Franco, participó en el intento fallido de bombardear el Palacio Real para derrocar a la monarquía de Alfonso XIII. Durante la guerra, afiliado ya al Partido Comunista, fue el jefe de la aviación republicana y alcanzó el grado de general. Estaba casado con una aristrócrata, Constancia de la Mora Maura, nieta de Antonio Maura, también miembro del Partido Comunista. Murió exiliado en Bucarest en 1966.

gobierno y los comunistas que se encuentran en la Posición Dakar?

—Dos biplanos Dragon Rapide, con siete plazas y escasa autonomía de vuelo, pero que pueden llegar sin problemas a Orán. Y también, cuatro bimotores Douglas DC-2, con catorce plazas ampliables en otras tres o cuatro, que alcanzarán Toulouse sin necesidad de repostar. Tenemos las tripulaciones precisas y los depósitos de gasoil de los aparatos llenos, de modo que el gobierno entero y sus familiares pueden viajar en dos Douglas hasta territorio francés. Para el resto..., no sé si habría sitio suficiente porque no sé cuántos comunistas quedan en la Posición Dakar.

—Calculo que unos cincuenta, entre dirigentes, militares, cuadros y unos pocos familiares —dijo Líster.

—No hay plazas para todos —señaló Hidalgo—. Mucha gente se quedará en tierra.

—¿Qué harán? —preguntó Negrín.

—El Partido decidirá quiénes se van y quiénes se quedan —intervino Modesto—. En ningún caso será un problema para usted, señor presidente: los comunistas sabemos bien lo que nos jugamos. Todos estamos en Elda porque queremos.

—¿Los pilotos son de confianza, Hidalgo? —añadió Negrín.

—Creo que sí, señor presidente, aunque no puedo garantizarlo al cien por cien. Pero usted y su gobierno irán protegidos.

—¿Con qué tropas contamos para defender el aeropuerto y cubrir la retirada?

—Yo he traído medio centenar de hombres bien armados —respondió Modesto.

—En Elda hay un par de compañías de niños que acaban de dejar el babero —agregó Líster—. Con ésos no podemos contar demasiado. Pero yo tengo tres escuadras de guerrilleros experimentados, casi veinte hombres.

—¿Contra quién debemos luchar, señor presidente? —preguntó Hidalgo.

—Eso no lo sabemos bien… Si hay golpe de Casado en Madrid y se le une el ejército de Matallana de Valencia, tendremos un buen número de tropas enemigas enfrente que podrían presentarse aquí en muy poco tiempo: Valencia está a un paso.

—Nos hemos cruzado con Casado y Matallana al llegar… —dijo Modesto.

—Han prometido fidelidad, pero insisten una y otra vez en pactar el fin de la guerra con Franco…, y si el enemigo lo exige, rendirse sin condiciones. Eso me hace dudar.

—¿Por qué no los ha retenido aquí?

—Una parte de mi partido apoya a Casado, los mismos socialistas que creen que estoy en manos de ustedes los comunistas, empezando por Besteiro. Y los anarquistas están con Casado en su mayoría. Lo último que debemos hacer, si queremos resistir unos meses, es dividirnos: Franco ganaría la guerra en pocas semanas.

—Nos tiene a nosotros, los comunistas… —dijo Hidalgo—. Y los comunistas estamos dispuestos a continuar la guerra bajo sus órdenes, presidente.

—Ustedes son muy pocos y además… —Negrín dibujó en sus labios una sonrisa—, además…, si bien me puedo fiar de ustedes ciegamente en la guerra, no estoy seguro de que pueda confiar de la misma manera en la posguerra. No me gusta su Papá Stalin, ya lo saben.

—Si hay guerra en Europa, como parece, la posguerra queda muy lejos, señor —dijo Modesto—. Y ahora se trata de resistir a toda costa. Tendría que haber detenido a Casado y Matallana.

—Dejemos eso, general: yo soy quien da las órdenes. ¿Conocen el aeropuerto del Fondó en donde esperan los aviones?

—Yo no, señor —dijo Modesto.

—Yo sí, señor —terció Líster—. Estuve allí hace unos días.

—¿Qué tropas lo guardan?

—Un sargento con unos cuantos reclutas barbilampiños —respondió Líster.

—¿Es fácil de proteger?

—Está en una zona abierta, como corresponde a un aeropuerto. Hay unas pocas casas de labor al lado y pequeñas colinas en los alrededores. Si viene una tropa grande, habría que hostigarla desde puestos avanzados para proteger el despegue de los aviones.

—¿Contamos con artillería?

—Tres cañones de bajo calibre y dos morteros.

—¿Qué tal la pista, Hidalgo?

—No es la mejor que he visto en mi vida de aviador: resulta algo corta para los Douglas. De todos modos, si los aviones han aterrizado, podrán despegar.

—Bien, bien…

Negrín se llevó el puño derecho a la barbilla y paseó con la cabeza inclinada unos instantes frente a los tres militares.

—Bien, bien —repitió—. Vayan pues esta misma tarde a organizar una defensa adecuada que garantice una rápida salida del gobierno si se hace precisa.

—A sus órdenes, presidente —contestaron casi al unísono los tres hombres.

—Y quédense a comer con el gobierno. Hay pollo frito, un lujo.

Viajaban, bajo un cielo luminoso, camino del aeropuerto del Fondó, por la sinuosa carretera de Monóvar, entre calvas colinas calizas y humildes plantaciones de almendros y olivares. El coronel Líster ocupaba el asiento delantero, junto al chófer, mientras que los dos generales se sentaban atrás. Modesto tenía en gran estima a Hidalgo de Cisneros. Y no sólo porque lo considerase un excelente militar, sino por el hecho de que luchara en el lado republicano a pesar de su origen aristocrático, en tanto que varios de sus parientes combatían en las fuerzas rebeldes, entre ellos un hermano con el rango de teniente coronel.

Hidalgo contaba con un aura legendaria, pues formaba parte del grupo de aviadores que, en el año 1932, intentó bombardear el Palacio Real para poner fin a la monarquía. El fracaso del golpe le obligó a exiliarse en París. Él y Modesto se habían hecho amigos durante la defensa de Madrid y habían sido elegidos miembros del Comité Central del Partido Comunista al mismo tiempo, en marzo de 1937. A menudo coincidían en las reuniones del Partido en su sede de la calle de Serrano y con cierta frecuencia en los campos de batalla.

Además, Modesto apreciaba el sentido del humor del aviador. En una ocasión, durante la batalla del Ebro, un grupo de jefes militares planeaban una operación en el puesto de mando de Modesto, un ataque que incluía bombardeos sobre las líneas de reserva rebeldes. Hidalgo compuso un gesto de irónica resignación cuando recibió las órdenes del jefe supremo, el ya general Vicente Rojo.

—Espero que ninguna de mis bombas le caiga en la cabeza a mi hermano.

—¿Se lleva bien con él? —preguntó Rojo.

—Es un jodido reaccionario, mi general. Pero si a un perro se le quiere, ¿cómo no vas a querer a un hermano?

A Hidalgo le divertía mofarse de los militares rusos que habían llegado a asesorar a la República en los primeros días de la guerra.

—Da gusto ir de francachela con los camaradas soviéticos —le dijo a Modesto durante un banquete en la embajada de la URSS a principios del 37—. A los españoles nos encanta su caviar. Pero ellos…, ¡se creen que las angulas son gusanos! Fíjate con qué asco las miran. Y ni las prueban. De manera que aprovecha: con angulas en el menú, te toca ración doble. Mete el tenedor sin reparos, Juan, que rusos hay muchos y angulas pocas.

—Desde el Ebro no nos habíamos visto, ¿no, Juan? —dijo Hidalgo.

—No me recuerdes el Ebro, Ignacio.

—Fue una brillante operación, de todos modos —añadió el aviador—. Y nada se te puede reprochar por aquella derrota. Ellos vencieron por la superioridad artillera y aérea, no por la estrategia ni el valor.

—Como siempre en esta maldita guerra… Derrochamos valor, nos asiste la razón, el mundo nos admira, pero no hemos ganado una batalla desde Guadalajara, tan sólo hemos conseguido algunos empates. Lo que mejor hemos sabido hacer es organizar las retiradas. Y me temo que nos vamos a ir de esta guerra sin ganar ni una batalla más.

—La guerra está perdida, pero todavía no sabemos cuándo terminará —dijo Hidalgo.

—Si Casado nos traiciona, muy pronto… ¿Confías en él, Ignacio?

—Ni un pelo.

—Siempre ha odiado a los comunistas.

—Hay muchos rumores en Madrid. Dicen que está en contacto con Franco. Y que le apoyan la mitad del Partido Socialista y los anarquistas.

—Los he escuchado. Pero Negrín se niega al cese de Casado. Puede que se arrepienta muy pronto.

—Poco podemos hacer tú y yo, Juan.

—Más bien nada, camarada —concluyó Modesto con un gesto de abatimiento.

A Hidalgo le costaba imaginar desánimo en el espíritu de un hombre como Modesto. Nunca, ni siquiera en la derrota, le había visto dudar. Y admiraba su determinación. No era un militar de carrera y, sin embargo, en opinión del aviador, superaba en virtudes castrenses a casi todos los profesionales salidos de las academias que peleaban en el lado republicano.

Resultaba extraño ver ahora en su rostro aquel gesto de amarga fatiga.

El Fondó era un caserío al que se accedía por un estrecho camino de tierra que surgía a la derecha de la carretera, a unos quince kilómetros de Elda. Entre el grupo de casas de labor, se alzaban los muros de una vieja ermita abandonada, y bajo una arboleda de airosos y altos pinos, se había construido recientemente un refugio antiaéreo con dos puertas de acceso y una galería subterránea de unos treinta metros de longitud. Más allá de las casas, se tendía la pista de aterrizaje, abierta sobre tierra alisada, en donde se alineaban los seis aviones. En los alrededores, podían verse algunos viñedos abandonados, campos yermos, canijos cañaverales y cutres pinares. Más lejos, áridas colinas de cabeza redondeada.

Los pilotos fumaban en grupo, sentados junto a los pinos en sillas de enea. Dos soldados guardaban la puerta de una de las casas, la que usaban como cuartel, y otros dos se movían por la pista de aterrizaje.

El coche se detuvo junto a la ermita e Hidalgo se dirigió hacia la arboleda en donde se encontraban los pilotos, que se levantaron para saludarle militarmente. Líster y Modesto fueron hacia el cuartel, al tiempo que un sargento asomaba en la puerta de la casa. Soplaba una brisa templada que despeinaba los penachos de un cercano cañaveral. Un bando de diez o doce palomas zuritas jugaba con el viento sobrevolando el caserío.

Apenas permanecieron media hora en el Fondó. Mientras viajaban de regreso hacia Elda, Modesto ordenó a Líster trasladarse la siguiente mañana con la mitad de los hombres disponibles al aeropuerto.

—Establece varios controles en la carretera de Monóvar y tres o cuatro posiciones en los alrededores del aeropuerto con toda la artillería que tenemos. Y sitúa un observatorio en alguna colina. Haz relevo de tropas cada dos días.

—Lo que ordenes, general.

—No olvides los relevos…, no quiero que trates a los hombres como a bestias.

—Se supone que son soldados duros, general.

—¿Duros? Sólo son soldados que tal vez vayan a librar su última batalla, en la que es posible que algunos mueran. Trátalos como a héroes, coronel, como si fueran nuestros últimos héroes… Que reciban el respeto que merecieron todos nuestros muertos.

El coche dejó a los jefes milicianos en la Posición Dakar y siguió con Hidalgo camino de la residencia gubernamental.

Franco desistió de lanzar ataques frontales sobre Madrid a mediados de enero del 37, tras ser detenido por los republicanos en las trincheras del noroeste de la ciudad y fracasar en un primer intento por cortar, al sudeste, la carretera que unía la capital con Valencia. Mientras, agrupaba fuerzas de refresco y diseñaba una nueva estrategia.

Modesto propuso a Rojo realizar algunas acciones locales que aliviasen a Madrid del sofoco del asedio, en concreto intentar la recuperación del cerro de los Ángeles, una altiva atalaya del sudoeste de la capital desde donde la artillería franquista bombardeaba a menudo las defensas de Madrid. Rojo dio su visto bueno y Modesto organizó cinco batallones, tres de los cuales, con cerca de dos mil hombres bajo el mando de Líster, tenían la misión de atacar y conquistar el cerro, mientras que los otros dos guardarían los flancos. Y el 20 de enero comenzó el asalto republicano.

Eran días de frío y lluvias frecuentes. Durante las dos jornadas anteriores al ataque, Modesto concentró a sus tropas en la cercana aldea de Perales del Río, en un gran monasterio abandonado por sus frailes unos meses después de proclamarse la República. Se decía en el pueblo que muchos de ellos habían sido fusilados por los izquierdistas y enterrados en unos barrancos de las afueras.

El propio Modesto revisó los equipos de sus soldados. Y dio órdenes precisas: nada de capotes ni de armamento pesado, cada hombre llevaría su fusil, su bayoneta, cuatro cartucheras con municiones y media docena de bombas de mano. Había que sorprender al enemigo, no darle tiempo a reaccionar: la rapidez en la acción era un componente esencial en la suerte de la batalla que iba a librarse.

Después de que la primera línea de combatientes se hiciera con las posiciones enemigas, subirían las mulas portando las ametralladoras, las piezas de artillería ligera y raciones de alimentos para los soldados. El general Miaja, jefe militar supremo de la Junta de Defensa de Madrid, había prometido al comandante miliciano, si éste lograba conquistar la posición, el envío inmediato de tropas de refresco y armamento con los que asegurar el dominio de la estratégica colina.

Era noche cerrada y lloviznaba levemente cuando los batallones comenzaron a moverse por las laderas del empinado monte, entre los espesos pinares que poblaban sus faldas. El suelo estaba mojado y resbaladizo. Mal abrigados, los combatientes, muchos de ellos muy jóvenes, tiritaban bajo el frío y la lluvia. Modesto se incorporó a la segunda línea de ataque. Siempre le gustaba situarse muy cerca del frente. Y no sólo para dar ejemplo de valor a los suyos, sino para poder tomar decisiones de urgencia en el curso de la batalla.

Damián y Celso Vera, dos hermanos madrileños del barrio de Usera, de veintidós y dieciocho años, formaban parte de la 2.ª Compañía de la brigada de Líster. Antes del levantamiento militar, Damián trabajaba como oficial carpintero en un taller y Celso de aprendiz en una cristalería. No eran militantes de ningún partido del bando republicano, aunque simpatizaban con los comunistas. Habían sido movilizados en la leva de diciembre y, después de veinte días de instrucción militar en el centro de reclutas del Quinto Regimiento, fueron destinados a la brigada de Líster cuando el ejército se reorganizó. Aquella noche era la primera vez que entraban en fuego.

Durante esas tres semanas, habían desfilado en la explanada del antiguo colegio salesiano y dos veces por el centro de Madrid, con los corazones henchidos de entusiasmo, recibiendo a su paso en las calles ramos de flores y gritos de ánimo de los transeúntes. La guerra les parecía un oficio viril y glorioso, y creían no temer a la muerte. Aprendieron canciones que hablaban de gloria y patria, de revolución y mundo nuevo, de ideales políticos y una muerte heroica.

Pero durante los dos días acuartelados en el monasterio de Perales del Río en espera de la batalla, algunas sombras habían cruzado por sus mentes y sus corazones. Ahora comenzaban a sospechar que morir en el combate por una causa noble y digna no era necesariamente un hecho hermoso. En el cuartel hacía frío, no había mucho que comer y abundaban los piojos.

Al anochecer del segundo día, salieron del monasterio en dirección al cerro, con órdenes de hacer el menor ruido posible para no alertar al enemigo, Celso se había aproximado a su hermano mayor y le había susurrado cerca del oído:

—Queda muy poco para entrar en fuego. ¿No tienes miedo?

—No —respondió Damián con voz temblorosa—. ¿Y tú?

—No debería, lo sé; pero tengo mucho miedo.

—Te he mentido. Tengo tanto como tú o más todavía.

Y mientras ascendían las empinadas cuestas de la loma, escurriéndose sobre el lodo, silenciosos, agarrados al fusil como si fuera el único pedazo de madera que el marinero encuentra en la mar tras el naufragio, el casco calado en la cabeza y sujeto firmemente por el barboquejo, los dientes les castañeteaban y los dos percibían un gusto acerado en la boca.

Pronto se oyeron los primeros disparos a su izquierda. Y enseguida, en el lado derecho. El jefe de su compañía, el capitán Menéndez, un antiguo empleado de Correos larguirucho y fibroso, gritó:

—¡Vamos!, ¡a por ellos! ¡Muerte al fascismo!

Obedecieron. El bosque quedó atrás y arriba de la cuesta apareció un parapeto de sacos terreros iluminado por luces que venían desde atrás. Asomaron cabezas tras el refugio y algunos disparos partieron desde la altura. Damián escuchó un quejido a su izquierda y vio caer a un compañero que marchaba cerca de él. Corrió hacia delante junto con Celso, entre el griterío y el clamor de la fusilería. Disparó hacia el frente, sin apuntar, y luego arrojó una bomba de mano con todas sus fuerzas.

—¡Calad bayonetas! —clamó el sargento Churruca. Era un hombre fornido, chaparro, de ojos pequeños y estrecha frente encajonada entre la espesura de los cabellos, que llegaban casi hasta el entrecejo, y la pelambrera de las cejas.

Apenas diez minutos después, saltaron al interior de la larga trinchera. Damián distinguió la sombra del primer enemigo con que se encontraba. Estaba acurrucado en un rincón de la trinchera y el miliciano, atenazado por el miedo, no se concedió tiempo para preguntarse si el hombre estaba o no armado, si pretendía defenderse o simplemente rendirse. Le clavó la bayoneta en el costado, debajo del sobaco, y escuchó su grito de dolor. La hincó con rabia y esfuerzo en el cuerpo blando del adversario, buscando su corazón. Y percibió sus estertores. Luego, arrancó la cuchilla y el cuerpo se quedó quieto.

Entre el ruido de los disparos y el griterío de los heridos, las linternas de los oficiales y los suboficiales iban de acá para allá y alumbraban numerosos hombres tendidos en el suelo, muertos en su mayoría. Otros soldados permanecían en pie o de rodillas, con los brazos alzados en señal de rendición. El sargento Churruca se acercó a un oficial rebelde arrodillado y le descerrajó un tiro en la cabeza. El capitán Menéndez gritó al instante:

—¡Nada de ejecuciones!, ¡haced prisioneros!

Los colocaron en filas, con los brazos en alto. El capitán organizó dos escuadrones para conducirlos colina abajo. La mayoría de los vencidos eran falangistas y legionarios.

—¡Vosotros, los de la primera sección, id tomando posiciones de defensa! —ordenó Menéndez—. Los demás, ¡adelante conmigo!

Siguieron ocupando trincheras y parapetos, haciendo prisioneros, pisando sobre los cadáveres enemigos. A su izquierda y a su derecha, los hermanos escuchaban vítores, gritos de victoria. En una trinchera, apoyándolos contra unos sacos terreros, vieron a un grupo de milicianos fusilar a una decena de soldados marroquíes. Ahora ya no tenían miedo, sino una enorme turbación de espíritu.

Damián sentía que su conciencia cabalgaba en un cuerpo que no era el suyo y procuraba apartar de su ánimo las confusas sensaciones que le producía el recuerdo de su bayoneta cuando, minutos antes, penetró en la carne de un enemigo.

Celso creía haber matado al menos a un par de hombres. En ese momento le parecía de una naturalidad irrefutable buscar al adversario para ejecutarlo sin el más mínimo reparo. Y encontraba al tiempo la misma naturalidad en el hecho de que el otro pretendiese hacer lo mismo con él.

Al fin, se asignó a su sección una zona de defensa. Había cadáveres en todas las trincheras, a veces amontonados los unos sobre los otros. Los hermanos se miraron atónitos, sin osar hablar entre ellos, tal vez porque no hubieran sabido qué decir. Grupos de soldados recorrían las zanjas con antorchas, buscando heridos republicanos. Cerca de Celso había un joven rebelde muerto y la luz de un hachón iluminó su rostro. Tendría más o menos su misma edad. Una bala le había alcanzado en el pecho y sus ojos, abiertos, miraban a Celso con serenidad, como si concentrara sus emociones en un ensueño feliz. Celso buscó algo con que cubrirle. Encontró un casco tirado en la trinchera y trató de ajustárselo sobre la cara. Al tocar su piel, percibió que aún se mantenía tibia. Y pensó que jamás en su vida olvidaría aquella mirada y aquel calor; y que una inmensa pena le invadiría siempre al recordarlos.

Líster apareció en las alturas de la colina a eso de las cinco. Todavía se escuchaban descargas de fusilería en el sector meridional del cerro. El comandante miliciano recorría las trincheras y los refugios felicitando a sus hombres por la victoria. Se oían los ruidos de los herrajes de los carromatos tirados por mulas que subían a la loma ametralladoras, cañones ligeros y morteros. Los de intendencia iban repartiendo mantas a los soldados para combatir el frío.

Líster les animaba:

—A las ocho tendréis rancho caliente. Y vendrán refuerzos para daros el relevo. Sois unos jabatos, camaradas. Mañana, en Madrid sólo se hablará de vosotros.

Modesto subió algo más tarde. Recorrió las fortificaciones, dio instrucciones sobre cómo colocar las piezas artilleras y las ametralladoras. Y felicitó a los hombres, aunque con menos efusividad que Líster.

Celso, desde su puesto de la trinchera, contempló en silencio a aquel hombre joven que era ya un mito en el Madrid cercado. Y pensó que su vida dependía de la serenidad y el buen tino con que aquel legendario comandante enfrentara la batalla.

—¿Confías en Modesto? —preguntó a su hermano.

—Sin dudarlo —respondió Damián—. ¿Y tú?

Antes de responder, Celso volvió de nuevo los ojos hacia el jefe miliciano. Caminaba de un lado a otro, revisando las defensas, dando más instrucciones a los suboficiales. Parecía muy seguro de lo que hacía y ordenaba.

Y de pronto, volvió la mirada, cruzó sus ojos con los de Celso y caminó hacia ellos. Se agachó al llegar a la trinchera.

—¿Cómo va eso, chavales?

—Bien, camarada —respondió Damián.

—Pronto tendréis relevo, en cuanto lleguen las reservas.

Dirigió la mirada hacia Celso y le apretó el brazo con la mano.

—Es el frío…, mi comandante.

—Ya…

Modesto se irguió de nuevo.

—No te preocupes, muchacho. Hoy no vamos a morir ninguno de los tres.

Modesto se alejó de la trinchera y abandonó las posiciones de la loma, camino de su puesto de mando, en la base del cerro.

—¿Confías en él? —volvió a preguntar Damián a Celso.

—Creo que ahora sí.

Desde las cuatro, cuando se supo con certeza que la colina había caído en manos republicanas, Modesto no cesaba de llamar al Ministerio de la Guerra. ¿Qué sucedía con los refuerzos? Nadie sabía darle razón del lugar en donde se encontraba el general Miaja, el jefe de la Junta de Defensa, que personalmente le había prometido el envío de hombres y material si conquistaba el cerro. Gritaba al telefonista y al asistente de guardia y no lograba más que excusas. Sabía que, con el amanecer, llegaría el contraataque rebelde y que no contarían con fuerzas suficientes para contenerlo.

Al fin, logró hablar con un capitán, quien le anunció que las tropas de refresco y algunas piezas de artillería se estaban organizando para ponerse en marcha desde un cuartel de la zona de Argüelles y alcanzar el cerro a eso de las ocho de la mañana.

Pero pasaron las ocho del día 20 y transcurrieron las horas siguientes y los refuerzos no llegaron. Modesto sabría, al terminar la batalla, que hubo un desacuerdo entre el general Miaja, jefe de la defensa de la ciudad, y el general Pozas, jefe del Ejército del Centro, sobre quién debía enviar tropas y armamento. Los dos contaban con reservas en sus sectores, pero ninguno las despachó.

Intendencia alcanzó a subir a los soldados unas pequeñas raciones de combate antes del mediodía: chocolate, galletas y una lata de sardinas por hombre. Sentados en la trinchera, los hermanos Vera las comieron con ansiedad más propia del miedo que del hambre. El día había amanecido turbio y congelado y los milicianos tiritaban en las trincheras en espera de los refuerzos y del ataque enemigo. A ratos, durante la mañana, lloviznó levemente. Celso sentía un olor extraño a su alrededor, como de ceniza.

Abajo, en el sur y el este de la colina, los rebeldes concentraron nuevas fuerzas, mayoritariamente de marroquíes. La primera oleada del ataque la formarían dos tabores de regulares africanos, casi mil hombres, mandados por oficiales españoles.

El bombardeo comenzó cuando los dos hermanos Vera apenas habían terminado su ración. Ocho baterías disparaban sobre el cerro, en tanto que los marroquíes, divididos en dos flancos, acometían la subida de la loma. Ascendían, como horas antes lo hicieron los soldados republicanos, ligeros de impedimenta, tan sólo con el fusil, munición justa, unas cuantas bombas de mano y arma blanca. Muy pronto, desde la altura, los soldados de Líster escucharon el ulular de algunas gargantas moras, el temible grito de batalla que anunciaba guerra sin cuartel.

Damián y Celso se aferraban a sus fusiles como si las armas les comunicaran vida. A duras penas podían sacar la cabeza del parapeto para intentar disparar, tal era la fuerza del bombardeo. Y el griterío bereber de los asaltantes se sentía cada vez más cercano. Era un aúllo como el de las bandadas de estorninos cuando, a la anochecida, regresan por miles a sus arboledas.

Un soldado, empavorecido, saltó de la trinchera, arrojando el fusil al lado, y trató de correr hacia el borde de la loma y escapar de la batalla. Pero el sargento Churruca se levantó presto, le apuntó con la pistola y le derribó de un certero tiro en la espalda.

—¡A quien huya me lo cargo!

Fue decirlo y, en ese mismo momento, una explosión cercana le incrustó en la sien una esquirla de metralla, matándolo al instante. Otros soldados saltaron del parapeto y emprendieron la fuga.

Celso se asomó y miró al frente. Ya estaban allí. Se acordó de la promesa de Modesto y le maldijo. Entre el humo de las explosiones, se veían avanzar, agachadas, las sombras móviles de los regulares africanos.

—Vámonos —le gritó Damián.

Y tiró el fusil y echó a correr. Celso le siguió arrojando también a un lado su arma.

Pero no se habían alejado más de una veintena de metros de la trinchera cuando Damián abrió los brazos y cayó de bruces al suelo. Celso se agachó a su lado y dio la vuelta al cuerpo de su hermano. Agonizaba.

—Damián, Damián… —musitó.

En ese instante, a sus espaldas, oyó el ruido inconfundible

del cerrojo de un fusil. Se volvió: a menos de tres metros un moro le apuntaba con su «mauser» a la cabeza. Celso alzó los brazos y suplicó:

—¡Me rindo, me rindo!

El marroquí pareció dudar. Bajó el fusil y se acercó con lentitud. Y en ese instante el soldado español vio brillar en la mano derecha de su adversario el acero de una gumía, el cuchillo bereber de hoja curvada.

Un tajo certero del africano bastó para degollar al joven cristalero madrileño. La sangre de su garganta brotó a borbotones sobre el fango mientras todo su cuerpo temblaba, como si sufriera la acometida de una sucesión de fuertes descargas eléctricas.

A las tres de la tarde, los rebeldes habían reconquistado el cerro de los Ángeles. Durante el resto de la guerra, desde allí y desde el Garabitas de la Casa de Campo, bombardearían sin oposición las defensas, los barrios periféricos y el centro de la capital.

Junto a Damián y Celso, más de doscientos republicanos perdieron la vida en los altos de la loma en aquella jornada. No se tuvo noticia de que los facciosos hicieran prisioneros. A la mañana siguiente, cuando la lluvia cesó y el cielo se aclaró de nubes, los rebeldes formaron una gigantesca pira y quemaron los cadáveres de sus enemigos, como en las guerras homéricas. Hasta el olfato de los combatientes republicanos, atrincherados al pie de la colina, llegó durante horas el penetrante y horrible olor de la carne achicharrada de sus camaradas.

Modesto mostraba el rostro abatido sentado junto a Delage.

—Toda esta carnicería para nada, Luis: jóvenes muertos, ejecuciones sumarias, degüellos, fusilamientos, tiros en la espalda a los desertores y todo ha quedado como estaba ayer. ¿Por qué seremos tan estúpidos los hombres, camarada?

—Quizás es lo único que somos, Juan.

Modesto se levantó y miró hacia el cielo. Se acordó de pronto de los dos hermanos a los que había dicho que no morirían. ¿Habrían sobrevivido?

—Prometí a dos muchachos que no permitiría que murieran hoy.

—Búscalos entre los supervivientes y los heridos.

—Me da miedo no encontrarlos.

—Entonces trata de olvidarlo. Me temo que quedan muchas batallas y muchas promesas que hacer y muchos jóvenes a los que ver morir.

Modesto se trasladó aquella tarde al Ministerio de la Guerra y exigió entrevistarse de inmediato con general Miaja. No obstante, el jefe de la Junta de Defensa se negó a recibirle. Modesto se enfureció, pero el teniente coronel Rojo llegó a tiempo de impedir que el comandante miliciano forzara la puerta del despacho del general y creara una situación irreversible.

—¡Más de doscientos muertos por su culpa y la de Pozas, mi teniente coronel! —clamó Modesto, mientras Rojo le conducía a una salita.

—¿Y qué pensaba hacer, matarlos a los dos?

—Lo merecen, por cobardes. Sé que se llevan mal entre ellos, pero la República no tiene por qué pagar sus diferencias al precio de varios cientos de muertos. Déjeme ir, Rojo, y cantarle a Miaja las cuarenta.

—No se vuelva loco. No conviene a los inferiores meterse en medio de las disputas de los más poderosos. Además, si hace algo que vaya contra la disciplina, tendríamos que fusilarle.

—La mayoría de los muertos eran casi unos niños, recién movilizados.

—Combatientes hay muchos: es terrible decirlo, pero es así.

Pero hombres como Miaja, Pozas y usted son pocos. Recuerde que Miaja ha salvado la capital en los peores momentos. Cálmese.

—El cerro es un lugar muy importante para la defensa de Madrid. A las cinco de la mañana era nuestro. Y se ha perdido... Eso debe ser castigado, mi teniente coronel.

—Todos los jefes se equivocan alguna vez, Modesto. Y a usted le sucederá tarde o temprano.

—El cerro era nuestro...

—Sólo es un cerro, Modesto.

—Desde el que cada día se bombardea a los madrileños indefensos.

—Guárdese la rabia para el enemigo.

Durante los días de pausa en los combates, Modesto solía recorrer los sectores del frente madrileño, aunque no estuvieran bajo su mando. Salvo las enseñanzas que recibió en Moscú, antes de la rebelión militar de julio, su formación era escasamente teórica, pero ahora aprendía el arte de la guerra sobre los escenarios reales de los campos de batalla. Y cuando recorría las posiciones republicanas que rodeaban Madrid, en su cabeza iba trazando movimientos de tropas sobre el preciso mapa que tenía clavado en su memoria, imaginando posibles combates y creando sus propias tácticas guerreras.

Cada día se afirmaba más en la idea de que la guerra era, en cierta manera, como el ajedrez: retroceder, amagar, atacar, entregar una posición para conquistar otra, arriesgar con audacia en un movimiento inesperado, buscar el despliegue más favorable para ordenar un avance súbito..., o sea: enrocar sus mejores piezas ante una situación de emergencia, perder los peones justos y hacer gastar al contrario la mayor parte de los suyos, lanzar un golpe de mano para eliminar una torre o tumbar un alfil, matar a la reina y rendir con el jaque final al comandante supremo del adversario... Muchas tardes, en su cuartel general de Lista o en el puesto de mando de Vallecas, jugaba partidas con Luis Delage. El comisario le derrotaba al principio con facilidad, pues había estudiado partidas de ajedrez desde que comenzó a practicarlo en la adolescencia. Pero con el paso de los meses, andaban ya casi a la par: el instinto natural de Modesto se había ido transformando, con rapidez, en una técnica lúcida. Intuía que sólo era cuestión de tiempo sobrepasar el juego de Delage.

El último fin de semana del enero madrileño del 37, lucía sobre el espacio una pizca de sol. Cuando se despertó aquel sábado, a Modesto le apeteció darse una vuelta por los frentes serranos e invitó a Jeannette a acompañarle. Los dos habían dormido juntos esa noche en la residencia de Lista.

Cachalote alistó el coche y salieron de Madrid, por la Cuesta de las Perdices, a eso de las diez de la mañana. El cielo tenía el color del granito, con el sol convertido en una especie de humilde farolillo.

Siguieron por carreteras secundarias, eludiendo la principal de La Coruña, que el enemigo había ocupado o cortado en varios puntos durante el mes de enero. Se detenían en algunas posiciones militares y Modesto conversaba con los oficiales y, a menudo, con los soldados. Reconocía los rostros de muchos combatientes con los que había peleado hombro con hombro durante los meses pasados. Algunos le jaleaban y otros le interrogaban alegremente por el curso de una guerra que daban por ganada. En un pequeño puesto de un cruce cercano a El Escorial, el joven miliciano que hacía la guardia preguntó:

—¿Ganaremos la guerra, camarada comandante?

—Por ahora, vamos empatados, chaval.

—¿Pero ganaremos?

—Para perder una guerra, yo no cojo un fusil. De momento, los hemos parado. Enseguida iremos a por ellos.

—¿Crees que volveremos pronto a casa? Quiero casarme, camarada.

—¿Y para qué te hace falta casarte? Te juntas con tu novia y listo.

—Comandante: yo soy comunista…, y también soy creyente.

Contempló despacio al chico: tenía una tez muy blanca y parecía tímido.

—No sé en dónde vas a encontrar en Madrid un cura que te case. Están escondidos o han sido fusilados por fascistas.

—Sé cómo son la mayoría de los curas… Pero el Dios en el que yo creo está con los pobres.

Modesto movió la cabeza.

—El Dios español ha estado siempre con los ricos… En todo caso, no le cuentes esto ni a tu comisario político ni a tus compañeros de trinchera. Cierra el pico.

Siguieron por la carretera que giraba hacia Cercedilla, abajo de los Siete Picos, eludiendo la vía que llevaba al alto del León, ocupado por los franquistas. Y ascendieron hacia Navacerrada, por una pista que dibujaba sus curvas entre los pinares oscuros y las nieves centelleantes de las lomas serranas. En lo alto, las baterías artilleras apuntaban hacia el norte. Peñalara refulgía como una piedra mercurial y el horizonte de la llanada segoviana se escondía bajo una opaca niebla grisácea que parecía ocultar la superficie de un anchuroso mar.

Descendieron por la misma carretera que les había llevado hasta la cumbre de Navacerrada. A mitad del puerto, se detuvieron ante un gran edificio de arquitectura herreriana, un antiguo hotel para gente adinerada que ahora servía para acuartelamiento de tropas y como arsenal. En el piso superior, había un pequeño comedor al servicio de los oficiales y altos mandos del ejército.

Cachalote no quiso subir y acompañar en el almuerzo a Modesto y Jeannette.

—Yo soy un currante, jefe.

—¿Y qué te crees que soy yo, *pisha?*

José le guiñó el ojo.

—Además, no me gusta molestar.

—Eso es otra cosa —sonrió Modesto.

—Así que me quedo a comer en la cantina de la tropa. Y no tengas prisa, jefe.

Fumaban, después de dar cuenta de una escuálida ensalada y un par de flacos filetes empanados, acompañados por un vino tinto de áspero sabor. Desde su mesa, arrimada a la ventana, podían distinguir la figura piramidal de un monte cubierto de pulida nieve. En aquella hora, no había más comensales que ellos en el local.

—Es hermoso tu país —dijo Jeannette señalando hacia la montaña nevada—. Me cuesta trabajo imaginarlo en paz.

—Nunca ha sido demasiado pacífico. ¿Y el tuyo?

—Sólo tuvimos una guerra civil y luego hicimos las paces entre nosotros para siempre.

—Aquí no hemos parado de matarnos. Pero ésta es una guerra distinta: no es tanto una lucha entre españoles como una guerra de agresión de los militares contra el pueblo.

—Hay españoles en los dos bandos, ¿no?, es una guerra civil.

Modesto la miró en silencio. Dio una calada al cigarrillo y expulsó el humo.

—Si lo ves así, como cosa de españoles, ¿por qué has venido a España?

—Porque soy comunista y no me gustan los fascistas.

—¿No hay fascistas en tu país?

—Desde luego, aunque no son fuertes y los tenemos bien atados.

No había café, pero el camarero les trajo dos tazas de un sucedáneo elaborado con achicoria. Jeannette dio un sorbo, hizo un gesto de asco y apartó la taza a un lado.

—¿Qué hacías antes de la guerra, Juan? —dijo mientras se limpiaba los labios con la servilleta.

—Era obrero.

—Eso ya me lo habías dicho antes. Pero ¿qué tipo de obrero?

—Aserrador al principio; y tonelero luego.

—La guerra te ha hecho progresar…

—Es una fea manera de progresar, la peor.

—¿Qué harás cuando termine?

—Me gustaría viajar, ver mundo, conocer otros países y otras gentes, aprender idiomas si tengo tiempo… y no volver a coger un arma en mi vida. Pero no sé qué ocurrirá. Una guerra es una especie de enorme monstruo que te toma en sus brazos, te zarandea y te lleva adonde quiere. Si la perdemos y tengo la suerte de escapar a un pelotón de fusilamiento o a la cárcel, tendré que irme de España, quiera o no, e imagino que viajaré por el mundo. Y si ganamos, no me quedará más remedio que permanecer aquí para defender la paz…, suponiendo que no tengamos que participar en la próxima guerra europea.

—¿Crees que habrá guerra en Europa?

—Hay que estar ciego para no verlo. Pero ¿y tú?, no me has dicho qué harás cuando esta guerra termine.

—Quedarme contigo aquí, o irme contigo al exilio, o a luchar contigo en la guerra europea. Me gusta esa palabra…, contigo…, contigo: suena bien. Y me gustaría llevarte conmigo a Nueva York, a Brooklyn…, conmigo.

Modesto sonrió.

—¿Te quedarás a dormir conmigo esta noche?…, conmigo —dijo.

—Claro, contigo…, si no hay combates.

—Guerra habrá.

—Entonces tendré que volver con mi batallón.

—Me refiero a otro tipo de pelea.

—No entiendo.

Modesto ensanchó su sonrisa.

—¿Sabes lo que es hablar con segundas, inglesita?

Y tomó la mano de ella sobre la mesa y dejó en su dorso un beso húmedo.

—Comprendo… —respondió ella sonrojándose levemente—, y no me llames más inglesita, ¿cuántas veces debo decírtelo?

Al instante, ella rió. A Modesto le gustaba la risa de Jeannette: era juvenil y alegre. Pero no estaba seguro de querer compartir con la muchacha una vida entera.

Apenas una semana después, el día 6 de febrero, la calma se esfumó de los frentes de combate y un salvaje viento de guerra volvió a soplar, esta vez sobre los valles del Jarama y el Tajuña, al sur de Madrid.

Franco no pretendía ya conquistar la capital por la fuerza, sino asfixiarla. Aislada por el sudoeste, el norte y el noroeste, los rebeldes consideraron que, si cortaban la carretera de Valencia, al sudeste, que era la principal vía de abastecimiento de armas y alimentos para la ciudad, Madrid se vería forzada a rendirse. Y con Madrid vencida, el gobierno republicano, instalado en Valencia, perdería el apoyo de las potencias europeas, que reconocerían a Franco. Eso significaría sencillamente la derrota de la República.

Rojo y Modesto fueron los primeros en advertir el riesgo que corrían los valles del sur de Madrid y pidieron a la Junta de Defensa reforzar las posiciones de protección de la zona. Pero el enemigo lanzó sus primeros ataques nada más comenzar el mes de febrero, sorprendiendo a las unidades leales. Con una ofensiva bien diseñada, nutridas unidades de tropas legionarias y marroquíes, apoyo artillero y numerosos tanques, los rebeldes ocuparon Ciempozuelos el día 6, mataron a más de mil defensores, varios cientos de ellos degollados por los regulares marroquíes, e hicieron dos centenares de prisioneros. También ese mismo día ocuparon sin resistencia las alturas de la Marañosa, un importante puesto de observación sobre los valles.

El 9 y el 10 de febrero violentos temporales de lluvia y viento azotaron los campos y convirtieron los caminos de tierra arcillosa en lodazales sobre los que era imposible mover los batallones de infantería, las piezas de artillería transportadas por mulas y vehículos e, incluso, los blindados. El avance rebelde se detuvo. Y el respiro que las tormentas dieron a las tropas republicanas brindó a éstas la ocasión de reorganizarse y, a la postre, truncar la operación de asfixia de la capital.

Pese a que el mal tiempo continuó, los temporales amainaron y ello permitió a las fuerzas franquistas, las noches del 11 y el 12, cruzar el Jarama y establecer una cabeza de puente en la margen izquierda del río. La primera noche los moros cogieron por sorpresa a los centinelas y los degollaron mientras dormían. También, otras unidades rebeldes conquistaron el cerro del Pingarrón, desde el que se dominaban los valles del Jarama y el Tajuña, y tomaron el pueblo de San Martín de la Vega.

Aunque malamente, el día 15 los republicanos lograron contener el avance general de las tropas franquistas. El frente quedaba más o menos estabilizado y la carretera de Valencia seguía abierta al tráfico. No obstante, aún se siguió combatiendo con extrema virulencia.

Modesto, al frente de su IV División, llegó el día 10 a sus posiciones cercanas al puente de Arganda, en la orilla derecha del río, no muy lejos de donde ya habían cruzado los rebeldes, y fue encargado de proteger una amplia zona del norte del frente. Nuevas unidades se incorporaron a lo que se dio en llamar, durante la batalla, la Agrupación Modesto. Por orden de Miaja, el Campesino pasó a mandar una de las brigadas de choque de Modesto, que había establecido su puesto de mando en cerro Gordo, con el fin de recuperar los altos de la Marañosa y evitar el paso del enemigo hasta la carretera de Valencia. Fracasó en el primer objetivo y cumplió el segundo.

Entre el 6 y el 27 de febrero, los ejércitos excavaron trincheras y alzaron refugios en los pequeños valles de tierra arcillosa cubiertos de vegetación salvaje. Se combatió con saña y dureza, sin apenas tregua, en cerros como el Pingarrón y la colina del Suicidio. Se luchó en las trincheras igual que en la Gran Guerra y miles de hombres pelearon a la bayoneta en los extensos olivares de las llanadas que dominaban el Tajuña. Hubo cargas de caballería a la usanza del siglo XIX. Y se emplearon unidades blindadas, un preludio de las grandes batallas de tanques de la Segunda Guerra Mundial.

En la lid participó mayor número de brigadistas internacionales que en ningún otro combate de la guerra, casi siempre en la primera línea de fuego, y sus unidades, en proporción, sufrieron la más alta cifra de bajas de la batalla. De los aproximadamente cuatro mil brigadistas que intervinieron en la lucha, cerca de mil encontraron la muerte o desaparecieron, mientras que otros dos mil fueron heridos o cayeron prisioneros. Por el lado rebelde, la mayoría de los hombres eran soldados mercenarios, integrados en los tercios de la legión y en los tabores marroquíes.

El día anterior a su partida hacia el frente, el alto mando informó a Modesto de que los batallones británico y norteamericano, asignados durante las semanas anteriores a su IV División, pasaban a formar parte de la XV Brigada Internacional, encargada de cubrir una línea importante de frente del Jarama, en el eje de los ataques rebeldes.

Esa madrugada, mientras el coche le esperaba en la puerta del cuartel general de Lista para dirigirse hacia Vallecas y tomar el mando de sus tropas, Jeannette se despidió de él besándole en los labios bajo el temporal. Modesto pensó esta vez que no le gustaría separarse nunca de aquella muchacha cálida y briosa.

Bajo un cielo zaino, el territorio que rodeaba las soberbias escapaduras de la Marañosa pintaba un paisaje de tierras yermas y montes rácanos, con algunas casuchas pobres diseminadas en los campos sin cultivar. Hacía frío y en ocasiones el cielo largaba sopapos de lluvia sobre las tropas republicanas desplegadas unos kilómetros más al norte.

Modesto llegó un día después de la caída de la loma en manos rebeldes con la orden precisa de disponerse a tomar cuanto antes la estratégica altura, desde donde podía bombardearse la carretera de Valencia y los valles del Jarama y el Tajuña. Viajó en su coche, con Cachalote al volante y Delage sentado a su lado, hasta el lugar más próximo a las posiciones republicanas. Allí esperaban los caballos para llevarlos hasta el puesto de mando, una elevación del terreno que llamaban cerro Gordo.

Hacía tiempo que Modesto no montaba a Capitán. Se calzó las espuelas, trepó sin esfuerzo a la silla y dio varias palmadas en el cuello del corcel.

—Caballito, caballito, ¿cómo está mi Capitán?

El animal relinchó y movió la cabeza, como si le reconociera.

Pusieron las monturas al paso y Delage se colocó a la par de Modesto. Señaló al cielo. Un grupo de cigüeñas volaban a baja altura, en dirección al norte.

—La primavera empieza a presentirse —dijo el comisario.

—¿Con este frío? —añadió Modesto.

—Por San Blas, las cigüeñas verás, dice el refrán madrileño. Y ahí las tienes.

—¿Hoy es San Blas?

—Fue el día 3; pero es que algunas se retrasan, como las personas.

—No te hacía tan religioso, camarada.

—Me interesan más las cigüeñas que los santos. Pero el acervo popular junta a menudo santos con estaciones, climas y cosechas. Y aunque no lo creas, las cigüeñas son el primer anuncio de la primavera, junto con la flor en los almendros.

—Ahora es más oportuno ese otro que dice: cuando el grajo vuela bajo…, pon tú la rima, Luis.

—Se te hiela hasta el badajo.

Modesto rió con ganas.

—Tienes guasa, *jodío* madrileño.

Cuando alcanzaron el puesto, Modesto distinguió la figura del general Pozas, jefe del Ejército del Centro. Bajó del caballo y se cuadró ante su superior. Pozas le saludó con cortés distanciamiento.

En las faldas del altozano que llamaban cerro Gordo y en la llanura que lo rodeaba, varios centenares de hombres se movían en desorden entre los camiones, las caballerías, las pilas de cajas de municiones, varios viejos blindados y las cocinas que preparaban el rancho bajo una larga tienda de campaña. Casi todos los soldados se cubrían con una tosca manta de lana a la que habían abierto un agujero para meter la cabeza y que llamaban «albornoz». Muchos no llevaban botas, sino zapatos viejos y, a menudo, alpargatas. Los cascos de acero de diseño alemán, ruso o francés se mezclaban con los gorros cuarteleros, las gorras de plato e, incluso, las boinas negras campesinas.

—Tiene que organizar a toda esta chusma, comandante Modesto.

—¿Chusma, señor? Han peleado bien en Madrid.

—Llámelos como quiera, pero en cuanto pueda, los envía a conquistar la Marañosa.

—Mire sus calzados, sus armas, sus capotes, mi general… Tienen que mandarnos nuevo armamento y uniformes adecuados para el frío y la lluvia. Y sobre todo, botas.

—Haremos lo que podamos, comandante. Entretanto, organícelos. Convierta en un ejército su…

—Mi chusma.

Modesto reparó en un grupo de hombres, una docena, que se acuclillaban en el suelo mojado, encogidos bajo sus albornoces, a escasos metros del puesto de mando. No llevaban armas.

—¿Quiénes son, mi general?

—Desertores de la Marañosa. Huyeron ayer cuando el ataque fascista.

—¿Qué hacen?

—Esperan el consejo de guerra. Serán fusilados.

Un asistente se acercó al general y Pozas se apartó para charlar con él. Modesto se aproximó, con Delage a su lado, hasta el grupo de desertores. Algunos volvieron hacia él sus ojos temerosos, otros ni siquiera le dirigieron sus miradas.

Uno de ellos, de mirada extraviada, le dijo:

—Comandante, comandante… Oigo las balas y me parecen pájaros que cantan. ¿Es así o es ilusión?

Modesto no respondió. Y al punto reparó en un muchacho de pelo claro que alzó la vista y le miró de frente, con franqueza.

—¿Qué has hecho, chaval?

El joven no hizo intención de levantarse.

—Huir.

—¿Y por qué?

—Eran muchos más que nosotros y mejor armados. Los moros iban delante y gritaban como gaviotas enloquecidas. Nos iban a matar, seguro.

—¿Cuántos años tienes?

—Veinte.

—¿Eres comunista?

—No.

—¿Socialista?

Negó con la cabeza.

—Ni tampoco anarquista. Me han llamado a filas por mi edad, en la última leva.

—¿Sabes quién soy yo?

—El comandante Modesto. He visto sus fotos en los periódicos.

—¿Sabes lo que espera a los desertores?

—Lo sé.

—¿Y tienes algo que decir sobre ello?

—Que prefiero un tiro en el pecho a que un moro me rebane la garganta.

—¿Y te parece justo?

—No soy comunista ni socialista ni fascista ni nada. Y me parece absurdo que tenga que matarme con otros hombres a los que no conozco, sólo porque nuestros jefes o nuestros amos se han peleado entre ellos.

—¿Cómo te llamas?

—Jaime Lavalle.

—¿Y qué hacías antes de la guerra?

—Estudiaba Ciencias Físicas en la universidad.

Dudó un instante Modesto.

—¿Cuándo has visto tú gaviotas?, ¿eres de la mar? —preguntó al fin.

—Soy de Madrid; pero un verano, cuando era niño, mis padres me llevaron a un pueblo del sur.

Modesto dio la espalda al grupo de desertores y se encaminó hacia donde se encontraba el general Pozas.

—El chico no es idiota, ni mucho menos —dijo Delage.

—Ese chico es valiente —añadió Modesto.

—Pero ha huido…

—¿Y tú estás seguro de que no lo harías alguna vez?

Llegaron a la altura de Pozas.

—Mi general, quiero pedirle algo.

Señaló hacia los desertores.

—Necesito a esos hombres. No los fusile. Conocen el terreno y yo no.

—Son desertores, amnistiarlos no sería buen ejemplo para la tropa. Serán fusilados.

—Me importa más la eficacia en la batalla que un mal ejemplo.

Pozas movió la cabeza.

—¿Y la disciplina, Modesto?

—De la disciplina de mis hombres me ocupo yo, mi general. Y si vuelven a desertar, yo mismo les fusilaré.

Gruñó Pozas antes de ceder.

—Lléveselos y dejemos ya el asunto. Y tome la Marañosa…, con toda esa chusma.

Pozas montó su caballo y se alejó hacia los coches. Modesto llamó a un oficial y se acercó de nuevo a los desertores. Miró al chico mientras ordenaba:

—Vamos, soldados, ¡en pie! ¡Tú, teniente!, encuádralos en distintas unidades, no quiero a dos de ellos juntos en la misma escuadra.

Se volvió de nuevo hacia los hombres, que iban levantándose con lentitud, perplejos. Uno le saludó militarmente.

—Y al que vuelva a huir ante el enemigo, le fusilo sin consejo de guerra, ¿entendido?

El joven estudiante, que le miraba con asombro y temor, vio la sonrisa de Modesto y sus ojos se humedecieron.

Modesto se arrimó al chico.

—Eres joven y aprenderás enseguida que la cobardía es, sobre todo, un error, porque te hace sentir que mueres a diario. Y el valor te ahorra toda esa angustia.

Hizo un gesto al teniente, que se llevó con él a los muchachos.

—Aún no has dejado de ser un sentimental —dijo Delage.

—No es inteligente matar a soldados razonables y valientes.

—Te insisto: llamas valiente a un desertor.

—Luis, tú entiendes las cosas de la cultura. Pero yo sé más que tú del corazón y del coraje de los hombres porque me he criado a guantazos. Y ese chico me miraba a los ojos y asumía su muerte. ¿Crees que un cobarde haría algo así?

En los días que siguieron y hasta el fin de la batalla, Modesto intentó en tres ocasiones conquistar la Marañosa. No lo logró. Entre los cientos de bajas que sufrieron sus tropas durante los asaltos a la colina, murieron once de los doce hombres a los que había salvado del fusilamiento, todos en combates de primera línea y sin volver la espalda. Del grupo, sólo sobrevivió a la carnicería del Jarama el estudiante Jaime Lavalle, a quien, por su valor, Modesto ascendió al empleo de cabo al concluir la batalla.

Jeannette llegó aquella misma mañana al pueblo de Morata de Tajuña, en los camiones que transportaban a los seiscientos voluntarios del Batallón Británico, integrado en la XV Brigada Internacional. Había unas pocas mujeres entre aquellos jóvenes en los que se mezclaban obreros de las fábricas de Manchester con antiguos colegiales de Eton, poetas de Cambridge con estibadores de los muelles de Liverpool, pescadores de Brighton con marineros de Belfast, profesores de Oxford con mineros de Gales, varios novelistas irlandeses del sur, unos pocos intelectuales de Edimburgo y algunos oficinistas y funcionarios australianos y neozelandeses. Al mando del batallón marchaba Tom Wintringham, un encendido comunista y antiguo reportero que había estudiado en un refinado colegio de Oxford. Un día después partieron de Morata rumbo al campo de batalla, hacia los altos que dominaban el valle y el pueblo.

El frente se tendía en una línea sinuosa trazada de norte a sur, sobre una meseta de unos seiscientos metros de altura que, por el oeste, dominaba el valle del Jarama, ocupado en su mayor parte por los rebeldes, y por el este, el valle del Tajuña, en manos republicanas. Con el sorpresivo y potente ataque de los primeros días de febrero, los franquistas habían conquistado la parte central de la meseta, incluido el alto del Pingarrón, un cerro que se alzaba sobre ambos valles a más de ochocientos metros de altura. Los rebeldes pretendían lanzar su ofensiva desde esa línea y ocupar los extensos olivares del lado oriental de la altiplanicie, para descender desde allí hacia el Tajuña y seguir su progresión hasta cortar la carretera de Madrid-Valencia. Enfrente tenían un ejército que mezclaba brigadistas internacionales sin apenas experiencia en la lucha con las tropas gubernamentales más bregadas en los combates recientes de Madrid.

Cuando el Batallón Británico alcanzó las alturas de la meseta, las compañías de ingenieros republicanas desarrollaban una intensa labor de fortificación en sus laderas, cavando trincheras, cuevas, refugios, galerías de evacuación y senderos por los que poder llevar hasta el frente provisiones, armas y municiones. La orden del mando republicano era resistir atrincherados en los altos de la planicie el avance rebelde, para lanzar contraataques cuando fuera posible hacerlo y retomar el control del estratégico alto del Pingarrón.

En paralelo a la línea del frente republicano, seguía un camino rural al que los internacionales marcaban en sus mapas como la Carretera Hundida, protegido por un alto repecho que daba a una tierra de nadie y sobre el que se alzaba el Pingarrón. Algo más al norte del Pingarrón, aproximadamente a medio kilómetro, se elevaba un cerrillo en el que se distinguían los muros enyesados de una pequeña casa de labor, que en los mapas señalaban con el nombre de Casa Blanca. Ese punto y la suave falda que se tendía a la derecha era el escogido por el mando para que el Batallón Británico estableciera una posición, como apoyo del ataque que habría de lanzarse en los siguientes días contra el cerro del Pingarrón.

Los camiones transportaron al Batallón Británico por la carretera hasta las cercanías de la Carretera Hundida, a un kilómetro de la posición que les habían encomendado. Subieron cantando, alegres, su himno favorito, *It's a long way to Tipperary*, enardecidos por las consignas de los oficiales y ansiosos de entrar en batalla por primera vez en la contienda española. Jeannette percibía en su ánimo una emoción agridulce: deseaba participar en la lucha, para ello había ingresado como intérprete voluntaria en el batallón; pero ahora que se acercaba la hora del combate, sentía como si sobre sus hombros cayera el peso de una enorme responsabilidad. ¿Era miedo? El trabajo de un intérprete resultaba sencillo en la retaguardia; pero en la batalla, requería un gran valor. Había que estar junto al jefe de la unidad en la que servía, por si se hacía precisa la comunicación con el mando español. Y al capitán Wintringham, que no hablaba demasiado bien el español, le gustaba permanecer casi siempre en la primera línea de fuego. Era fácil morir a su lado.

Cuando cruzaron ante los taludes en donde las tropas cavaban las cuevas y las trincheras, los cantos de los británicos cesaron. El escenario resultaba inhóspito: bajo el cielo turbio, centenares de hombres se afanaban con picos y palas en abrir espacios entre las zarzas, las matas resecas de amapolas reales, los matorrales de esparto, los cardos y los cañaverales silvestres. Lloviznaba, soplaba un viento frío, el suelo mojado brillaba amarillento y el pesado barro de arcilla se agarraba a las botas de los hombres y hacía aún más fatigoso el trabajo. En las laderas que ascendían hacia la meseta y los olivares asomaban las bocas oscuras de las cuevas en donde dormían las tropas, en cubículos que alojaban de seis en seis a los soldados, sin ventilación al exterior y sin otra luz que la de las velas. De aquellos subterráneos salían las galerías de evacuación para conducir a los hombres a las trincheras de primera línea y retirarlos cuando caían heridos o llegaban tropas de refresco. Reatas de mulas cargaban los sacos de tierra para llevarlos ladera abajo. De cuando en cuando, la explosión de una carga de dinamita colocada por los zapadores desgarraba las entrañas de la montaña y retumbaba con ecos roncos en el aire.

Siguiendo la Carretera Hundida, los británicos alcanzaron muy pronto su posición. El capitán Wintringham dio la orden de excavar trincheras, alzar parapetos, montar una línea de refugios con piedras para las ametralladoras y colocar en su retaguardia cinco morteros de bajo calibre, las únicas piezas de artillería con que contaba el batallón. A duras penas, los soldados comenzaron los trabajos defensivos y, al no contar con palas y picos, cavaron zanjas en el suelo ayudándose de machetes y bayonetas, en tanto que retiraban la tierra removida en sus cascos de acero. Era una penosa tarea que, sin embargo, los brigadistas acometían con ímpetu y cierto entusiasmo: estaban convencidos de que ganarían la batalla en pocas horas.

A media tarde, una primera línea defensiva miraba hacia el valle del Jarama. Wintringham distribuyó sus cuatro compañías a lo largo de su frente, dejando una de ellas, al mando del teniente Kit Conway, encargada de defender la Casa Blanca, el punto más elevado de su línea. Organizó la plana mayor en la retaguardia, en la Carretera Hundida. Y dio orden de descanso y reparto de rancho.

Jeannette cenó unas gachas de avena al lado del capitán, bajo la protección de un improvisado toldo de lona junto a un parapeto. Wintringham era un hombre callado, discreto y tímido, pero de viva inteligencia. A Jeannette le complacía su modo de ser.

—Este *porridge* sabe horroroso —comentó lacónico el capitán británico.

—Es mejor que nada —respondió Jeannette—. ¿Sabes lo que dicen los españoles? Que a buen hambre no hay pan duro. Y yo tengo hambre.

No habían terminado de dar cuenta de su cena cuando asomó Harry Fry, el jefe de la sección de ametralladoras. Venía muy agitado.

—¡Capitán, capitán! ¡Es un desastre, un desastre! Acabamos de revisar las cintas de las ametralladoras Maxim y nos han dado la munición confundida. No sirven.

—¡Diablos! —exclamó el capitán poniéndose en pie—. ¿Y las Colt?

—La mayoría están fuera de uso. Sólo podemos utilizar dos y, con suerte, si conseguimos arreglarla, una tercera.

Wintringham llamó a uno de sus oficiales.

—¡Rolland!, llégate cuanto antes a la plana mayor y dile al teniente Gregory que envíe dos hombres a Morata: que regresen antes del amanecer con la munición adecuada para las Maxim y que traigan ametralladoras en buen uso.

El oficial corrió hacia la retaguardia. Wintringham estaba visiblemente nervioso.

—¿Tienen fusiles tus hombres? —preguntó a Fry.

—Tenemos.

—Pues que estén preparados para combatir como fusileros.

Quizás nos ataquen al amanecer. Y reparad las ametralladoras Colt como podáis.

—A la orden, camarada capitán.

—En cuanto a los demás, vámonos a dormir. Mañana tendremos que estar frescos y bien despiertos.

Jeannette se refugió en una zanja, bajo un toldo. Y sin desprenderse de su uniforme, se arrebujó en la manta de tejido tosco y rasposo. Había cesado de llover. Por la pequeña rendija que dejaba la lona distinguió la luz dubitativa de una estrella.

Cuando se despertó, al separar el toldo, vio que la escarcha cubría las trincheras y los parapetos. Por el cielo corrían nubes apresuradas y había anchos claros azulados. En el horizonte, hacia el elevado murallón de la Marañosa, se dibujaba una línea de luz rosácea sobre las redondas colinas.

Era un bello amanecer, fresco y amable. Pero el sonido de una explosión, a sus espaldas, algo más allá de la Carretera Hundida, arrasó de un golpe la paz del mundo. Los rebeldes bombardeaban desde el Pingarrón. Y las municiones para las ametralladoras de Fry no habían llegado. Jeannette tomó su fusil y se apoyó en el parapeto. Wintringham gritaba:

—¡A las armas, todos a las armas!

Jeannette los vio venir, perpleja, como si formaran parte del sueño que había tenido aquella noche, en el que muchos de sus camaradas yacían muertos sobre un inmenso charco de sangre, casi tan grande como una laguna. Los forros rojos de sus capas resplandecían allí abajo, entre las carrascas teñidas de verde oscuro y las pequeñas vaguadas de curso seco. Eran los temidos moros, mercenarios del Ejército de África, bien entrenados, ágiles y fuertes, que sabían saltar y esconderse en cualquier accidente del terreno antes de que los inexpertos voluntarios británicos alcanzaran a acertarlos con los disparos de sus viejos fusiles austríacos, reliquias de la Gran Guerra. Ascendían las faldas de la colina y ya estaban a menos de doscientos metros. Y las ametralladoras de Harry Fry seguían sin funcionar. Jeannette comenzó a disparar muy cerca de donde se encontraba Wintringham. Los nervios no le permitían apuntar. Le dolía el hombro a causa de los golpes del retroceso del arma.

—¡Dónde están esas malditas ametralladoras! —clamaba Wintringham—, ¡las ametralladoras! ¡Harry Fry, maldito hijo de perra!

Con las primeras luces del amanecer, la cañonería enemiga había abierto fuego desde la altura del Pingarrón sobre las líneas del Batallón Británico. Fue un bombardeo en toda regla que duró dos horas. La Casa Blanca ofrecía un buen punto de referencia para el tiro a los cañones rebeldes y no tardó mucho tiempo en quedar convertida en un montón de ruinas. Sin embargo, los hombres de la compañía de Conway resistían entre los cascotes y las vigas.

Cerca de las diez de la mañana, con el cielo casi despejado y sin lluvia, centenares de africanos avanzaban hacia las alturas defendidas por los británicos. Esquivaban bien los disparos que les llegaban desde arriba. Y disparaban mejor. En la trinchera de Jeannette y en los alrededores había ya muchos muertos. Y los camilleros habían retirado hacia la Carretera Hundida un buen número de heridos.

A Wintringham había dejado de funcionarle el teléfono de campaña, un viejo trasto agotado por el uso, y despachaba constantemente enlaces hacia los otros puntos de su frente defensivo. Ya habían caído varios, heridos o muertos a balazos mientras corrían a campo abierto para llevar una orden o un mensaje a los puestos más alejados del mando.

Los moros estaban más cerca y Jeannette casi podía distinguir sus rostros. Su cuerpo temblaba, tenía mucha sed, sudaba y podía sentir en las sienes los poderosos golpes de su corazón. Los moros aullaban, alzaban un clamor que se clavaba en sus oídos como la punta de un cuchillo. Creía que iba a volverse loca de un momento a otro.

—¡Dios! —oyó gritar a Wintringham—, ¡las ametralladoras! ¡Bravo!

Fry y sus tiradores metían a toda prisa las cintas de las balas en los cargadores de una docena de máquinas Maxim, que de inmediato iniciaron sus descargas sobre los asaltantes, cuando algunos de ellos se encontraban ya a menos de cincuenta metros de las trincheras. Y comenzaron a caer cuerpos de marroquíes sobre la tierra, como aceitunas arrancadas por un vigoroso vareo en tiempo de cosecha. Huían hacia sus líneas, dejando tras de sí numerosos compañeros muertos o heridos. En las defensas inglesas los soldados gritaban de júbilo.

Pero continuaron los ataques de la artillería y varios cazas alemanes bajaron en picado arrojando riadas de balas sobre las trincheras de los brigadistas. Y de nuevo vinieron las oleadas de marroquíes que las ametralladoras rechazaban cada vez con mayor dificultad. Cuando cayó la noche y los ataques cesaron, de los seiscientos británicos que habían comenzado la batalla, casi dos tercios estaban fuera de combate, la mayoría muertos.

El capitán Wintringham, herido en el muslo, fue relevado por el teniente Cunningham. Casi todos los oficiales habían muerto y, entre ellos, el pastor protestante del batallón, un irlandés de Londonderry. Acurrucada en la trinchera, bajo las estrellas rutilantes que lucían aquella noche, Jeannette temblaba: no sabía si por el frío o por el miedo. Cunningham le había dicho mientras tomaban unas galletas:

—Vete a un lugar seguro, a la Carretera Hundida, aquí ya no hace ninguna falta un intérprete: las balas y la muerte hablan la misma lengua. Te acompañarán un par de soldados; esto será un infierno mañana.

La muchacha hubiera querido aceptar la oferta. Pero se negó.

—Vine con vosotros, camarada, y volveré con vosotros.

Cunningham tenía razón: con el amanecer, se desató una ofensiva mucho más furiosa que la del día anterior. Tras un recio bombardeo en la alborada desde el Pingarrón y los vuelos rasantes de tres aviones que vaciaron las municiones de sus ametralladoras contra las trincheras, los moros comenzaron a atacar en mayor número desde los flancos y por el centro. Las Maxim de Fry no podían cubrir por entero la amplia línea de ataque del enemigo y los voluntarios británicos iban cayendo sin remedio.

El último enlace que quedaba con vida llegó a la trinchera en donde se encontraba Cunningham. Jeannette le oyó decir:

—Los africanos han tomado la Casa Blanca. Casi todos los hombres han muerto. Pudieron retirar herido a Conway, pero ahora agoniza en el puesto de socorro de la Carretera Hundida.

Jeannette y Cunnningham miraron hacia la altura, a su izquierda. A quinientos o seiscientos metros, vieron a los primeros moros que comenzaban a descender del cerrillo hacia sus posiciones. Otros venían desde el frente, eran cientos. El flanco derecho estaba desierto; pero allá lejos, en el llano, un escuadrón de caballería parecía moverse en esa dirección.

—Hay que irse de aquí —dijo Cunningham—. ¡Vámonos! —gritó a los puestos más cercanos—. ¡Pasen la orden! ¡Retirada! ¡Y vayan cubriéndose unos a otros, ordenadamente, que no haya desbandada! ¡Corre, Jeannette, corre con toda tu alma hacia la Carretera Hundida!

Era imposible contener la huida y el pánico de los soldados que huían. Los moros entraban ya a los parapetos y otros más bajaban desde las alturas de la Casa Blanca. Muchos perseguían a los que escapaban en desorden y, si lograban atrapar a uno, lo degollaban al instante. Jeannette corría sujetando con fuerza su fusil, como si fuera su único asidero a la vida.

Y de pronto vio al marroquí. Estaba rodilla en tierra, a unos treinta metros de donde ella se encontraba, dándole la espalda, y apuntaba a los hombres que escapaban empavorecidos hacia la Carretera Hundida. Jeannette se detuvo. Y le pareció de pronto que todo se detenía alrededor de ella. Se arrodilló, apoyó el fusil en su hombro, disparó y el moro se derrumbó como si no fuera un ser vivo y ya estuviese muerto antes de que ella apretase el gatillo.

Se puso en pie de nuevo, arrojó el fusil a un lado y siguió corriendo. Jadeante, sintiendo que sus pulmones podían reventar y que las piernas ya no la sostendrían mucho más tiempo, alcanzó los parapetos que sobresalían sobre el talud de la Carretera Hundida.

—Salta, chiquilla —oyó decir en español.

Obedeció. Entre dos pares de brazos la tomaron al vuelo.

—Pero ¿qué hace aquí una mujer?

Grupos de milicianos españoles desarrapados se mezclaban con los ingleses, alineados tras los parapetos, y todos disparaban sus fusiles hacia la explanada que bajaba desde los cerros. De cuando en cuando, nuevos hombres saltaban el parapeto y se unían a los que disparaban. Jeannette reconoció a Cunningham, también a Fry y a otros voluntarios de la compañía. Se asomó y pudo ver, más al sur, camilleros que corrían portando heridos en andas, protegidos por grupos de soldados. Un miliciano le golpeó con la palma de la mano en el cráneo y la obligó a ocultarse.

—¡Baja la cabeza, criatura! ¿Quieres que te maten?

Una hora después, habían logrado contener el ataque a la Carretera Hundida. Durante un rato cesaron los disparos en las proximidades del camino. Pero en la lejanía, en los cerros que acababan de perder, se escuchaban tiros espaciados.

—Están rematando a los heridos —dijo el soldado que la había golpeado en la cabeza—. ¡Malditos sarracenos!, ¡infieles del demonio!

Un par de oficiales británicos, quizás los últimos que quedaban en pie, recorrían la línea del parapeto, contando a los hombres. Uno de ellos se detuvo junto al soldado que hablaba con Jeannette.

—Sois españoles, ¿de dónde venís?

—De los olivares —respondió señalando hacia atrás—. Nuestros jefes han enviado cuatro escuadras para cubriros. Veníamos bajo el mando de un teniente, pero lo han matado de un balazo antes de que viniéramos hasta aquí. Ahí detrás, antes de llegar a los primeros olivos, hay un buen tramo de campo abierto expuesto a las balas y a los morteros enemigos.

—¿Habrá contraataque para recuperar el terreno perdido?

—¡Y yo qué sé…! Mira, ahí viene uno de nuestros sargentos. Quizás él sepa algo.

El suboficial se acercó al inglés. Se saludaron con un leve movimiento de la mano hacia el casco.

—Soy el sargento Méndez…

—Teniente Briskey. ¿Habrá contraataque?

—Nuestras órdenes son ayudaros a salir de aquí… Hay que llegar a los olivares, son más seguros. Y es mejor hacerlo de inmediato, antes de que vuelvan a atacar. No tenemos ametralladoras.

—Bien…, pasaré la orden.

Diez minutos después, todos los hombres estaban listos para la nueva retirada. Jeannette vio acercarse a Cunningham.

—Hola, camarada…, me alegro de verte viva.

—¿Y Wintringham, no estaba aquí?

—Lo han trasladado hace una hora a un lugar más seguro. Lo curarán y saldrá con vida. Ahora tengo que ordenarte de nuevo que corras. Y olvídate de llevar fusil, pesan mucho.

—Lo tiré.

Primero salieron los camilleros con los heridos. Nadie disparó contra ellos desde el otro lado, quizás porque algún oficial rebelde misericordioso dio la orden de no hacerlo.

Pero cuando todos los demás salieron a campo abierto, sonaron descargas cerradas de fusil. Por fortuna, estaban lejos y las balas caían muertas a los pies de los que huían.

Sin embargo, un poco después, oyeron el sonido inconfundible de las ametralladoras al disparar sus ráfagas. Y ahora, sí: las balas zumbaban a su alrededor y sobre sus cabezas. Jeannette veía la línea verde de los árboles allí delante y sombras amigas que se movían detrás de los olivos y les animaban a correr más deprisa. Las explosiones provocadas por los tiros de cañones ligeros republicanos enviaban metralla por encima de sus cabezas hacia las líneas enemigas, mas el fuego de las ametralladoras no cesaba.

Jeannette jadeaba, las piernas le temblaban; pero el olivar estaba más cerca. Era una línea moviente, algo difusa, como si se tratara de un espejismo de agua verdosa.

Y de pronto sintió un fuerte impacto en la espalda, como si la golpearan con una piedra, y su cuerpo saltó proyectado hacia delante y cayó de bruces sobre los terrones secos de barro. No tuvo tiempo de pensar ni de sentir mucho más. Nadie pudo oírla cuando musitó, como un suspiro y mientras moría, una sola palabra:

—Juan…

Su cuerpo quedó tendido a veinte metros de los primeros olivos.

Aquel día, la línea de fuego de la Casa Blanca, en donde perecieron doscientos veinticinco de los seiscientos británicos que la defendían, quedó bautizada como la colina del Suicidio. Cuando los soldados rebeldes recorrieron las trincheras y parapetos británicos, repletos de cadáveres y de miembros humanos desgajados de sus cuerpos por los bombardeos, encontraron abundancia de libros entre las armas y los equipos abandonados. No eran breviarios religiosos, ni biblias, ni coranes. Los firmaban gentes que casi ningún soldado ni oficial franquista podían reconocer: Shakespeare, Dickens, Darwin…

Hacinados en los camiones, los supervivientes del Batallón Británico, los heridos mezclados con los soldados ilesos, fueron conducidos esa misma tarde a Morata. Viajaban en silencio; ninguno de ellos parecía recordar la letra de *It's a long way to Tipperary* y en la memoria de cada uno estaba el recuerdo de un compañero muerto.

Las tropas de Líster fracasaron días después en su intento de conquistar el Pingarrón, tras duros combates que costaron más de mil vidas entre los dos bandos. La cumbre del altozano cambió de manos tres veces en el curso de unos pocos días. En los ataques participó por primera vez la Brigada Lincoln, en la que se integraban cuatrocientos cincuenta americanos, casi todos ellos estudiantes y jóvenes escritores que tomaban un arma por primera vez. De ellos, ciento veinte murieron y ciento setenta y cinco resultaron heridos.

Cuando la batalla del Jarama terminó, veinte días después de su inicio, el resultado no supuso la victoria para ninguno de los dos bandos. Los rebeldes habían ganado unos quince kilómetros de terreno y conservado en su poder las lomas del Pingarrón y las alturas de la Marañosa, pero su objetivo de cortar la carretera de Valencia se había frustrado. Entretanto, las bajas de los dos bandos podían calcularse en unos cuarenta y cinco mil hombres, veinticinco mil de ellos republicanos. Los muertos sobrepasaron probablemente la cifra de veinte mil entre los dos ejércitos contendientes.

A Jeannette la enterraron unos días más tarde en un olivar que se tendía al pie de un pequeño altozano vecino de la carretera de Morata de Tajuña a San Martín de la Vega. Allí se abrieron las fosas para todos los americanos muertos en el Pingarrón y fue Wintringham quien decidió que la muchacha descansara junto a los suyos. Una sencilla placa se colocó sobre uno de los túmulos, en la que se leía simplemente: «A los heroicos voluntarios de la Brigada Lincoln, caídos por la libertad (febrero de 1937)».

Modesto llegó una hora antes de la ceremonia fúnebre a la morgue de Morata de Tajuña. Wintringham, recuperándose de sus heridas en el hospital de la localidad, le había hecho llegar la noticia en un lacónico mensaje: «Jeannette ha muerto en combate. Será enterrada junto con los caídos americanos de la Lincoln».

Decenas de cadáveres, cuidadosamente envueltos en sábanas como si fueran fardos y con el rostro al aire, se alineaban en aquel galpón dominado por un fuerte olor a formol. Un médico llevó a Modesto hasta el lugar en donde se encontraba el cuerpo de la muchacha. Tan sólo el óvalo de su rostro asomaba entre los pliegues del sudario. Era difícil reconocerla. Su piel tenía un color ceniciento y los labios parecían más delgados. Modesto supo con certeza que era ella por el lunar de su mejilla derecha, aquella pequeña mancha que daba a la muchacha un punto de picardía cuando estaba viva y sonreía.

—Murió al instante —dijo el médico.

—Cuesta trabajo reconocerla.

—De todos los que hay aquí es la que lleva más tiempo. Hemos tenido que emplear una buena cantidad de formol para conservarla. ¿Era tu compañera, comandante?

—Era mi novia.

—Lo siento.

Robert Merriman iba al frente del nutrido grupo de combatientes que llegaron al improvisado cementerio, algunos de ellos con el brazo en cabestrillo o la cabeza envuelta en anchos vendajes. Modesto reparó en un grupo de voluntarios que se cubrían la coronilla con sendos kipás, el pequeño gorro hebreo.

Bajo el aire invernal, al pie de los olivos de hojas plateadas, los ingenieros habían abierto esa mañana la veintena de grandes fosas. Uno por uno, con delicadeza, los hombres de Merriman iban apilando los cadáveres dentro de los hoyos. A todos les cubrían el rostro con un lienzo de tela blanca antes de depositarlos en las tumbas.

Cuando llegó el turno de Jeannette, Modesto le pidió el paño al soldado y tapó la faz de la muchacha antes de que la depositaran en la tercera fosa, el último cadáver que iban a colocar sobre otros diez cuerpos. El jefe miliciano se estremeció al pensar que ya no volvería a ver aquel rostro nada más que en su memoria. Y dejó una leve caricia sobre sus párpados fríos antes de cubrirlo. Al levantarse, vio a Merriman saludarle, llevándose el puño derecho a la visera de la gorra.

Un pastor protestante pronunció un breve responso y concluyó con la lectura de un salmo de la Biblia.

—«Aunque camine por el valle de la sombra de la muerte, no temeré mal alguno, porque tú estás conmigo: tu vara y tu cayado me infunden aliento.»

Una escuadra de cinco hombres disparó una salva de fusilería a los aires que desató broncos ecos en los cerros cercanos. Merriman dijo unas palabras en inglés sobre la revolución en el mundo, la necesidad de luchar contra el fascismo y el heroísmo de los muertos americanos en tierra española.

Y dos jóvenes comenzaron a tocar sus guitarras mientras un coro reducido de hombres acometió el canto de un himno nuevo. La mayoría de los presentes, algo menos de un centenar de soldados, no conocía la letra. Pero sí la música, que pertenecía a una vieja balada tradicional.

Y así, mientras el pequeño grupo cantaba, los otros hacían coro con un rítmico ronroneo.

There's a valley in Spain called Jarama
It's a place that we all know so well
It was there that we gave of our childhood
And there that our brave comrades fell.
We are proud of the Lincoln Battalion
And the fight for Madrid that we made
Where we fought like true sons of the people
As a part of the Fifteenth Brigade.
Now we're background this valley of sorrows
And its Madrid we'll never forget
So before we continue this reunion
*Let us stand to our glorious dead.**

Modesto permaneció algo apartado de los otros. No lloró porque, cuando era un crío en las calles y playas del Puerto de Santa María, le habían enseñado a no hacerlo. «Los hombres no lloran», decían siempre sus tíos. Percibía sin embargo una extraña sensación física: como si una mano ruda le aga-

* La canción *Jarama's Valley*, himno de la Brigada Lincoln, utilizó la música de una muy conocida balada del folk americano, *Red River Valley*. La letra que compusieron los soldados dice: «Hay un valle en España llamado Jarama / es un valle que todos conocemos bien / fue allí donde dejamos atrás la infancia / y donde cayeron nuestros bravos camaradas. / Estamos orgullos del Batallón Lincoln / y de cómo luchamos en Madrid. / Allí luchamos como verdaderos hijos del pueblo / como parte de la XV Brigada. / Ahora estamos lejos de aquel valle de dolor / pero nunca olvidaremos Madrid / así que antes de que termine esta reunión / pongámonos en pie por nuestros gloriosos caídos».

rrase el corazón y lo apretara con fuerza, amenazando con rompérselo.

Y también sintió, de pronto, que estaba más solo que nunca, que únicamente había dos realidades vivas en todo cuanto le era cercano y propio: la guerra y su soledad.

Nadie le escuchó mientras murmuraba para sí:

—Ay, inglesita…

Los republicanos no habían ganado ni habían perdido la batalla, pero el gobierno y el Estado Mayor del Ejército decidieron, lo mismo que en el lado rebelde, que había sido una victoria. Después de todo, el cerco de Madrid no se había completado y la capital se salvaba una vez más. En los cines del centro de la ciudad se celebraron varios mítines para exaltar el heroísmo de los combatientes del Jarama y honrar a los mártires. Volvió a los estrados la gran sacerdotisa roja, Pasionaria, a proclamar de nuevo su «¡No pasarán!». Y la Gran Vía se llenó de flores para saludar, en la atardecida del sábado día 6 de marzo, la parada de algunas de las unidades relevadas del frente. Entre ellas marchaban los restos de los maltrechos batallones británico y americano. Sus voces quejumbrosas cantaron el *Jarama's Valley* mientras desfilaban con pasos titubeantes.

A esa misma hora, en Morata del Tajuña, se celebraba un singular festejo para animar y rendir homenaje a los numerosos heridos que llenaban los hospitales del pueblo y los ambulatorios de campaña improvisados durante la batalla. La peculiar fiesta tenía lugar en un gran salón del cuartel general del ejército, instalado en una antigua fábrica de borra, en un paraje junto al río Tajuña conocido como la isla de Taray. Pese a la amplitud del local, eran tantos los heridos que se hizo necesario proceder a una estricta selección: sólo asistirían aquellos que pudieran tenerse en pie o que se movieran en silla de ruedas, nadie que ocupase una camilla podría acudir. Pero era tal la cantidad de heridos y lisiados deseosos de asistir al festejo que, además, debió procederse a un sorteo por unidades para asignar plazas.

Abrió el acto un comisario político español con un encendido discurso en el que proclamó la victoria de la batalla y expresó su agradecimiento a las Brigadas Internacionales: «Llegará un día en que los trabajadores de España devolverán su deuda a la clase obrera internacional, ayudando a cualquier pueblo a luchar contra el monstruo del fascismo», dijo entre otras cosas. Cuando terminó, en pie los que podían sostenerse y sentados en las sillas de ruedas los otros, todo el público coreó *La Internacional*, antes de dar paso a las actuaciones.

Para comenzar el espectáculo, salieron al escenario milicianos españoles a cantar canciones tradicionales, asturianas y gallegas en su mayor parte, y unos cuantos andaluces improvisaron un animado tablao flamenco con palmas, baile y rasgueo de guitarras. Tras ellos, brigadistas franceses entonaron canciones de cabaret parisino e improvisaron un can-can que provocó el jolgorio de los espectadores. Y todo el mundo los acompañó tarareando la música cuando acometieron, para cerrar su número, el canto revolucionario de *La Carmagnole*.

Serbios y rusos aportaron canciones eslavas de honda melancolía. Y toda la sala vibró llena de júbilo cuando un grupo de soviéticos brincó al escenario y danzó a la manera de los cosacos. El único americano sano que quedaba en Morata, un médico, bailó un solo de claqué en el estrado, imitando con donaire a Fred Astaire.

Hubo un concurso de levantamiento de pesas, que ganó un tanquista ruso de la XV Brigada, y otro de lucha grecorromana, en el que venció un italiano del Batallón Garibaldi. Un imitador de sonidos cantó como los gallos, silbó cual ruiseñor, gorjeó con la misma dulzura que un canario, aulló con la melancolía salvaje de un lobo y rugió como un fiero león. Cuando se dirigió al público y se mostró dispuesto a imitar cualquier sonido animal que se le pidiera, una gran carcajada colectiva resonó en la sala al oírse la primera petición:

—¡La sardina en aceite!

Animados por la burla, otros se unieron con insólitas peticiones:

—¡El ictiosaurio!

—¡El gemido del caracol en el orgasmo!

Las actuaciones las cerró un torerillo, que lidió de salón un toro imaginario, girando con la capa y la muleta como si representara una pieza de ballet.

La orquesta comenzó entonces a tocar un conocido vals y los heridos que podían bailar tomaron a las enfermeras y camareras por la cintura y giraron en una improvisada pista de baile, abierta entre las sillas de ruedas, coreados por los aplausos de sus compañeros.

Koltsov, que esa misma tarde llegó de Madrid a Morata con la intención de hacer un reportaje sobre el fin de la batalla, había estado tomando notas sobre la extraña fiesta para completar su crónica. Y concluidas las actuaciones, al comenzar el baile, decidió salir al jardín, un anchuroso espacio entre los edificios en cuyo centro se alzaba un gigantesco plátano, desnudo ahora de hojas. Desde el fondo, desde el lugar en donde se levantaban los almacenes de la antigua fábrica, llegaba a sus oídos el rumor del río.

Vio la luz de un cigarrillo avivarse y luego desfallecer, al pie del plátano. Se acercó. Antes de darse cuenta de quién era el hombre que fumaba en solitario, oyó una voz que reconoció al instante por su marcado acento sureño: era Modesto.

—¿Qué haces aquí, amigo ruso?

Koltsov se acercó.

—Fumar un cigarrillo contigo, si me lo ofreces. ¿No has estado en la fiesta?

—No.

Modesto sacó una cajetilla de la guerrera y se la arrojó. Koltsov la agarró en el aire, tomó un cigarrillo, le prendió fuego y aspiró hondo el humo del tabaco. Luego, le lanzó el paquete al español.

—Y aparte de fumar conmigo, ¿qué haces aquí, Koltsov? —insistió el miliciano.

Modesto se sentaba en una silla de enea. Había otras alrededor. El periodista tomó una y se acomodó dando frente al soldado.

—He venido a escribir sobre el final de la batalla. ¿La hemos ganado?

Modesto arrojó al suelo la colilla y, de inmediato, sacó otro cigarrillo, lo colocó en la boquilla y lo encendió.

—No la hemos ganado…, pero tampoco la hemos perdido. Pongamos que ha sido empate.

—El gobierno habla de victoria.

—Desde Valencia las cosas se ven muy bonitas.

—También lo dice el Estado Mayor.

—Hay que animar a la tropa, encender su moral.

—Pero el cerco de Madrid no se ha consumado.

—Sin embargo, hemos perdido muchos hombres y mucho material. Ellos tienen de sobra y a nosotros van a escasearnos pronto.

—¿Faltarán soldados?

—Sobre todo, material bélico. Y esta guerra va a depender mucho de las armas, más que de la voluntad de los hombres y de su valor.

—No te veo muy optimista, comandante.

—No tengo el mejor de los días. En realidad, detener a Franco, a costa de lo que sea, bien puede decirse que es una victoria. Pero ha muerto mucha gente a la que apreciaba. Sus rostros desfilan delante de mis ojos y oigo sus voces en mi memoria.

—Amigos…

—Y alguien a quien amaba.

—Lo siento…

Koltsov señaló hacia el interior.

—Me extraña una fiesta en jornadas que deberían ser de luto. En Rusia, todos estaríamos llorando durante días por nuestros muertos. Y sólo se escucharían canciones dolorosas, lamentos casi. Nadie bailaría.

—Celebran que están vivos. Y eso no me parece extraño. Quizás porque así el dolor se hace más soportable. En todo caso, no es mala cosa que la gente se tome un respiro para soportar las tragedias. Vendrán muchas, me temo.

Callaron. La juerga, en el interior del cuartel, se reanudaba con brío, una bulla de palmas, guitarras y cantares que llegaba ruidosa hasta el jardín.

Y mientras aquella multitud de supervivientes y heridos cantaban, bailaban y reían en la sala de la antigua fábrica de Morata, más arriba del pueblo, en los olivares solitarios de la meseta, en los cerros ensangrentados, en las faldas del Pingarrón, en las trincheras de la colina del Suicidio y en los cañaverales de las orillas del Jarama, el viento aullaba.

Unos días antes de iniciarse la batalla de Guadalajara, Modesto había visto en el cine Capitol un documental filmado en África por un matrimonio de naturalistas americanos. Con asombro y excitación, había contemplado las escenas en que un viejo búfalo macho se defendía del ataque de una manada de leones. Era torpe, pero no se rendía ante los hambrientos felinos que le asaltaban por un flanco, luego por el otro, después por la espalda… Bufando de rabia, ciego de furia, a veces mugiendo de dolor tras recibir una mordedura o un zarpazo, el búfalo corneaba a sus agresores, lograba herir a uno, matar a otro más joven, sin cesar de girar sobre sí mismo a pesar de sus desgarraduras. Y al fin, cuando el grupo de leones se sentía incapaz de vencerle, el viejo búfalo, fatigado, se quedaba quieto en el lugar de la batalla, alzaba la testuz con orgullo, resoplaba dejando escapar fumarolas de vaho de sus anchas fosas nasales y contemplaba cómo los leones se alejaban humillados, para descansar en una colina cercana y plantearse si atacarían de nuevo o abandonarían definitivamente la batalla contra el viejo macho victorioso.

Pensó que Madrid se parecía a aquel valiente animal, revolviéndose contra los ataques de los mercenarios de la legión y de los tabores marroquíes que llegaban desde el sur y el oeste, contra los falangistas y requetés que acosaban por el norte y el noroeste, contra todo el reciente ejército de levas y de voluntarios sin partido político movilizado por Franco, contra los aviones alemanes que descendían como avispas excitadas desde el cielo. Pero el enemigo se cansaba mientras la ciudad, al ser herida, hería; al sentirse acosada, acosaba; al recibir mordiscos, enfurecía... Dispuesta a morir matando, como el bravo búfalo africano.

Modesto regresó a su puesto de mando de Vallecas. Recorría a diario las posiciones defensivas de la sierra. Pero una mañana, al amanecer, cuando se disponía a dirigirse al frente, un motorista le llevó la orden de que compareciera en el Estado Mayor, en donde le esperaba Rojo, recién ascendido a coronel.

—Los italianos atacan en dirección a Guadalajara desde la carretera de Aragón. Están cerca de Sigüenza y, más al sur, amenazan Brihuega. Vienen cuarenta mil hombres, treinta mil de ellos italianos, casi diez mil legionarios y moros... y unos cuantos cientos de falangistas y requetés bajo el mando del general Moscardó. Y llevan varios centenares de tanques y camiones, además de lanzallamas y piezas de artillería ligera. Tenemos que movilizar todas las reservas.

Modesto retiró, con cuanta rapidez le fue posible, una buena parte de las fatigadas tropas del Jarama y las envió a los campos alcarreños. La lluvia y la nieve contuvieron brevemente a las unidades mussolinianas de la CTV (Corpo Truppe Volontarie) y sus aviones no pudieron salir durante varios días a castigar las líneas republicanas. Sin embargo, las divisiones italianas, bautizadas con nombres como Flechas Negras, Llamas Negras y Camisas Negras, conquistaron Trijueque y Brihuega y se aproximaron a Torija. Su avance parecía incontenible.

No obstante, los republicanos, dirigidos desde el Estado Mayor por Rojo y Modesto, lograron organizar con rapidez un cuerpo de ejército que incluía la división de Líster, la brigada del Campesino, unidades anarquistas y comunistas, y varios batallones de las Brigadas Internacionales, en particular el Batallón Garibaldi de los italianos.

Y el día 12 comenzaron los contraataques lealistas, que permitieron recuperar ese mismo día, a punta de bayoneta, el pueblo de Trijueque, lo que disipaba las amenazas sobre Torija, un punto estratégico muy importante en la carretera que iba a Madrid. Tras varios días de avances y retrocesos de los dos ejércitos y una cierta pausa en la batalla, el día 18 de marzo los republicanos lanzaron todas sus fuerzas contra los italianos.

Brihuega fue recuperada en ataques coordinados de las unidades anarquistas, la división de Líster y la brigada comunista italiana de Garibaldi. Los fascistas italianos huyeron en desbandada, dejando abandonadas enormes cantidades de material bélico. Los comunistas garibaldinos se ensañaron con sus compatriotas fascistas: en una carnicería del pueblo, pendían aquella tarde, clavados por la garganta en los garfios usados para colgar cerdos durante la época de la matanza, una docena de oficiales de los

Camisas Negras. Era su venganza por el fusilamiento de dos escuadras de garibaldinos, sorprendidos días antes por las avanzadillas fascistas en los alrededores de Brihuega.

Aquella noche, con la música del himno mussoliniano *Camisa Nera*, los republicanos cantaban:

> *Guadalajara no es Abisinia,*
> *los rojos tiran*
> *bombas de piña.*

Y comentaban jocosos que, cuando un general italiano gritó a sus hombres «¡a la bayoneta!», los soldados entendieron «¡a las camionetas!», emprendiendo la huida de inmediato.

De regreso en coche desde el frente, camino de Madrid, Delage le comentó a Modesto:

—Al fin ganamos una batalla, mi comandante.

—Espero que no sea la última, camarada.

—Hoy nos merecemos el salario, Juan. Y mira que nos cuesta ganárnoslo a los republicanos…

Fue la primera y la última gran batalla que Franco perdió con claridad y supuso, al mismo tiempo, el descrédito internacional de la Italia de Mussolini. Y fue también el postrer intento por cercar y ahogar la resistencia de la capital española, fracasado por completo el día 19 de marzo. Aquel día, los rebeldes desistieron de seguir atacando la ciudad.

Y los leones, exhaustos, se retiraron a las planicies que rodeaban la sabana; y el belicoso búfalo, herido, pero todavía pleno de vida y de vigor, resopló, movió la cabeza amenazador, lanzó al aire un par de cornadas y, raspando la tierra con las pezuñas, marcó su territorio.

5

«… pues que Dios falta de la tierra»

Si algunos os preguntan por qué hemos muerto,
decidles: porque nuestros padres mintieron.

RUDYARD KIPLING, *Poemas*

Eso sentía: que se habían quedado solos él y la guerra. No quería hurgar demasiado en el recuerdo de Jeannette. Si el amor era vida, sin duda la quiso, porque ella había sido para él, sobre todo, vida. Además, ahora que había muerto, se veía a sí mismo como alguien al que han mutilado un miembro y todavía cree notar su presencia en el lugar que ocupó. Tardamos en aceptar una mutilación, tardamos en comprender y resignarnos a la ausencia de alguien querido. Su voz sigue oyéndose mucho tiempo después, rebotando entre los ecos del vacío que dejó en la vida.

Y tampoco era capaz de eludir un sentimiento que hasta ese instante jamás había percibido tan próximo, ni siquiera cuando fue herido de gravedad: que la muerte estaba cerca de él, que se había aproximado más que nunca…, esa muerte hasta entonces tan terrible como remota, tan eterna como ignorada, tan suya y tan de todos al mismo tiempo. Ahora la muerte respiraba a su lado, podía reconocerla como algo casi privado.

Modesto se concentró en la guerra y en el exceso. Casi a diario visitaba las líneas del frente: las trincheras del Jarama y de Guadalajara, los alrededores de la carretera de La Coruña, las fortificaciones de la sierra… Los combates se habían desplazado al norte del país, en donde las fuerzas sublevadas avanzaban arrebatando cada día más territorio a la República. Pero sobre Madrid no dejaban de volar casi a diario los bombarderos italianos y alemanes para recordar a sus habitantes, con su descarga de explosivos, que la sombra de Franco seguía proyectándose sobre la capital y que tan sólo esperaba el momento oportuno para asaltarla. Consciente de ello, Modesto no se concedía tregua ni descanso en su tarea de asegurar las defensas de la ciudad y mantener elevada la moral de la tropa.

Pero la primavera se echaba sobre Madrid, plena de vigor, y encendía la sangre joven del jefe miliciano. El exceso le convocaba. El cuartel general de las Brigadas Internacionales de la calle de Velázquez, muy próximo al de Modesto de la calle de Lista, le parecía al comandante una suerte de convento, un monasterio laico dominado por una extraña mojigatería. Sin embargo, en muchas de las calles de los aledaños, habían ido abriéndose durante los últimos meses tugurios nocturnos en donde los jóvenes mandos de las brigadas extranjeras gastaban su dinero en juergas que, a menudo, se prolongaban durante horas si no se producía un aviso de bombardeo o una súbita llamada para integrarse al frente.

Algunas tardes, Modesto le decía a Delage:

—¿Vamos de caza, Luis?

Eran garitos que abrían sus puertas, discretamente, a eso de las nueve de la noche y casi ninguno tenía nombre escrito sobre la entrada. No cerraban hasta la proximidad del amanecer y los parroquianos los conocían por extraños apelativos acuñados quién sabe por quién: La Urraca, El Viruelas, Pancho Villa..., casi siempre inspirados en la apariencia de sus dueños.

Entre sombras, bajo las mezquinas luces, secretos cuartuchos cobijaban grupos de hombres y mujeres que fumaban, bebían vino en desmesura, comían pollo al ajillo y conejo frito, se jugaban los cuartos al tute o al póquer y escuchaban mohínos fandangos, tristes peteneras y melancólicas soleares en la voz ronca de cantaores fatigados, con un fondo de guitarras somnolientas. La gran mayoría de la clientela eran brigadistas internacionales, casi todos hombres, pero también muchachas llegadas, para servir a la causa republicana como intérpretes o enfermeras, desde los colegios de Oxford, los talleres de Detroit, los muelles de Hamburgo, los almacenes portuarios de Marsella, los astilleros de Gdansk y los hospitales de Moscú.

Y con los jóvenes internacionales, se mezclaban contrabandistas de tabaco y licor, vendedores de joyas robadas en las mansiones de los ricos y de piezas de arte sacro logradas en el saqueo de las iglesias madrileñas durante las primeras semanas de la guerra, algún que otro carterista camuflado de miliciano, calaveras madrileños y timadores de pronto ingenio. A toda esa morralla carnavalesca y chusca se unía una pequeña legión de muchachas venidas de los arrabales y convertidas por unas horas en rameras, chicas de alquiler al baratillo que buscaban unas pocas monedas con las que lograr alimento para sus míseras familias.

El ambiente vil de aquellos antros de la noche del barrio madrileño de Salamanca, antaño residencia de los más ricos, atraía a Modesto con la fuerza de lo canalla. Le recordaba a los cubiles del barrio gaditano del Pópulo, como el Pay Pay, adonde acudía con sus tíos en procura de putas antes de conocer a Antonia.

Modesto prefería, sobre todos los otros, El Viruelas, que regentaba un hombretón de crespo pelo negro, prominente barriga, rostro plagado de cicatrices de una varicela infantil, y espeso bigote, recio y zaino como el pelaje de un toro. Era también el lugar favorito de las brigadistas y un garito repleto de busconas de arrabal. Pero a él no le interesaban las putas, sino muchachas de cabellos rubios o pelirrojos, de pieles sonrosadas, de piernas largas y pechos firmes, jóvenes brigadistas anhelantes de una fogosa aventura con un romántico soldado español, con alma mitad de bandolero y mitad de torero. Modesto daba bien el tipo.

Cuando acudía al Viruelas, no había noche que no terminase en su lecho de la calle de Lista con una muchacha polaca, rusa o serbia. Las prefería a las americanas y las inglesas. Porque no quería mezclarlas con el recuerdo de Jeannette. Un día durmió con una atractiva napolitana del Batallón Garibaldi que dijo llamarse Benvenuta y servía como enfermera. Le gustaron su quehacer apasionado y la dulzura que siguió al sexo. No obstante, la despidió a la mañana siguiente, tras el desayuno: la muchacha le gustaba, pero consideraba que, tras la muerte de Jeannette, era demasiado pronto para apegarse de nuevo a una mujer.

Luis Delage le acompañó las primeras veces a regañadientes. Permanecía en silencio, bebiendo pequeños sorbos de vino, mientras Modesto escogía pieza entre las jóvenes internacionalistas. Al fin, el madrileño decidió un día no volver a los garitos nocturnos.

—Yo no pinto nada en esos lugares —dijo.

—¿No te gustan las extranjeras? Lo dan todo enseguida y no comprometen.

—Me gustan tanto como a ti, pero yo no sé moverme bien en esos terrenos.

—Todo se aprende. Es como con los toros: no hay que perderles la cara y darles a tiempo el capotazo justo.

—Eso son chuminadas, Juan. Y en todo caso, no es lo mío.

—Si quieres, empiezo yo con una y luego te la paso.

—No seas chulo, comandante. Además…, estoy enamorado.

—¡Y yo sin saberlo! ¿Quién es la afortunada…, o la desdichada?

—Una chica francesa nacida en Argelia. Ha venido voluntaria, como médico. Se llama Marie France y es comunista. Por eso no me apetecen esos tugurios ni buscar mujeres. Sólo me interesa una. ¿Has estado alguna vez enamorado?

—Creo que siempre, salvo ahora mismo.

—Entonces me comprenderás. Y abandona de una vez esa postura chulesca y fanfarrona. A todos nos cuesta trabajo decir lo que sentimos y tú tienes un clavo en el alma, ¿crees que no lo sé?

—Olvídalo.

—Deja de ir a esos lugares, concéntrate en la guerra. Tenemos que ganarla.

—Nuestra inhumana guerra…

—Más bien yo diría que humana, terriblemente humana.

—Poca es la fe que tienes en los hombres, Luis.

—Casi ninguna, Juan. ¿Quieres escuchar un cuento de reyes y princesas?

Modesto dejó escapar una risotada y asintió con un gesto.

—Una vez, en un país lejano, una princesa se acercó a su padre, un cruel y despótico rey que acababa de ordenar la decapitación de veinte de sus súbditos por un simple delito de desobediencia, y le pidió que los perdonara. El monarca se negó rotundamente. Y la princesa le dijo: «Padre, mío: no hay en el mundo un animal tan feroz que no conozca algún toque de piedad». ¿Sabes qué respondió el rey?

Modesto encogió los hombros.

—Dijo: «Pues yo no lo conozco, así que no soy un animal».*

* Diálogo entre Ana y Gloucester, de la obra *Ricardo III*.

—¿De dónde has sacado eso?

—De Shakespeare. Pero tú no perteneces a esa estirpe de reyes, amigo Juan, tú no eres así.

—Venga, juguemos una partida de ajedrez. Presiento que esta noche voy a ganarte…, los hombres siempre perdemos en el juego lo que ganamos en el amor.

Modesto acudió un par de veces más, ya solo, a los tugurios de la noche. Después dejó de ir para siempre.

Durante el invierno del 37, los partidos izquierdistas madrileños desarrollaron una intensa actividad política para intentar mantener vivo el espíritu de la lucha. Modesto continuaba sintiéndose fuera de lugar en aquellas celebraciones, pese a que el Partido Comunista le convocaba una y otra vez a mítines y actos patrióticos y revolucionarios. En cuanto a la ciudad cercada, continuaban sufriendo bombardeos casi a diario y los refugiados de los pueblos del sur y del oeste siguieron llegando a la capital, como un ininterrumpido goteo, en busca de cobijo.

El Quinto Regimiento se había disuelto en el recién creado Ejército Popular de la República. Y el presidente Azaña, aceptando en mayo del 37 la dimisión de Largo Caballero, encargó formar gabinete al doctor Juan Negrín. Los comunistas entendían que los nuevos vientos políticos les eran favorables, pese a la militancia socialista de Negrín, y preparaban a sus bases para acomodarse a la actual situación.

Un domingo de primavera, el Partido Comunista convocó a sus afiliados y simpatizantes en el Teatro Monumental. Juan Modesto rehusó sentarse en la mesa presidencial, junto a los otros miembros del Comité Central del Partido, y ocupó con Luis Delage un discreto asiento de un palco lateral. Habló primero Líster, exaltando con tópica verborrea las gloriosas acciones del Quinto

Regimiento. Entre el chaparrón de los aplausos, Delage se dirigió a su amigo.

—Tenías que haber subido tú y hablar en lugar de él. No le soporto, es un fanfarrón y un fantoche. Tú has hecho mucho más que él por el Quinto.

—No se puede negar que se juega la vida en cada batalla.

—Como tú. Me pone furioso… Debiste hablar en su lugar.

—Mi nombre es Modesto.

Intervino a renglón seguido José Díaz, secretario general del Partido, un hombre pequeño, de recio pelo oscuro y aspecto enfermizo. Habló de los objetivos del Ejército Popular. Fue despedido con un clamor que atronó en la gran sala durante más de cinco minutos.

Pero al subir al estrado Pasionaria, el teatro pareció colapsar, como si el auditorio hubiera enloquecido de pronto, arrebatado por una ardiente fiebre colectiva.

Alta, de soberbio porte, pálida piel, mandíbula de pedernal, enfundada en un vestido de furioso negro que le cubría desde más abajo de la rodilla hasta el cuello, sin otro adorno que unos pequeños pendientes de perlas, sin pintura en los ojos, sin carmín en los labios, un moño campesino pegado a la nuca, las manos desnudas recogidas sobre el regazo, imponente, resuelta, rodeada por una invisible aura de magnificencia…, Pasionaria, la diosa terrenal del pueblo, caminó hacia la tribuna de oradores, con lentitud, solemne y transida, entre los vítores del público enardecido.

Delage se volvió hacia Modesto y susurró en su oído:

> *Todos los que militáis*
> *debajo desta bandera*
> *ya no durmáis, no durmáis,*
> *pues que Dios falta de la tierra.*

—¿Con qué sales ahora, Luis? —preguntó Modesto.

—Es un verso de santa Teresa de Jesús… ¿No te das cuenta? Nuestra Pasionaria es una mística sin Dios.

—Estás chiflado, Delage.

Pasionaria comenzaba a hablar.

—¡Hijos de Madrid, compañeros de la lucha —clamó—, hombres y mujeres, camaradas todos en el combate y en la muerte!

Pasionaria iba desgranando sus ideas con verbo encendido, los ojos arrebatados por una intensa luminosidad, las palabras abrazadas por su lengua de fuego.

—Y si habéis de morir antes de tiempo, tenedlo como un orgullo y afrontadlo con valor. Pues si la vida nos propone un mar de calamidades, ¿no es acaso una liberación la muerte por nuestros ideales? Liberación y gloria, servicio a la patria y a la revolución, sacrificio y valor… ¡Que no os asuste el destino, que no os apene, que no os haga llorar…! Pensad en el Madrid mártir y heroico del que formáis parte indeleble, aceptad la muerte como una liberación si es por una patria justa… Vuestros nombres ya están escritos en el friso de la fama. Ellos… ¡no pasarán!, ¡no pasarán!

El público se puso en pie y, con los puños cerrados sobre las cabezas, coreó el eslogan:

—¡No pasarán, no pasarán, no pasarán!

Modesto secundaba el grito. Delage, en pie a su lado, alzaba el puño, pero no gritaba.

Se cantó *La Internacional*, aunque no estuviera previsto hacerlo en ese momento del mitin. Cuando la multitud volvió a sentarse, tras casi quince minutos de algarabía y cánticos, Delage se volvió de nuevo hacia Modesto.

—Me equivoqué: no es santa Teresa, es Antígona.

—¡Cállate de una vez!

—Bien, bien… A tus órdenes, comandante.

Subió Alberti al estrado entre vivas y aplausos. Llevaba el pelo liso, reluciente y apretado por el fijador, y un mono obrero de color azul.

> *Madrid, corazón de España,*
> *late con pulsos de fiebre.*
> *Si ayer la sangre le hervía*
> *hoy con más calor le hierve...*

Cuando concluyó el romance, la sala fue de nuevo un clamor.

—De éste no se te ocurra decir nada —señaló Modesto, apuntando con el dedo a la nariz de Delage—. Es un paisano mío. Y con mi Puerto de Santa María no hay bromas.

—Dios y el Diablo me libren, camarada... Pero aconséjale que no salga en los mítines con el mono tan replanchado. ¿No te has fijado en que lleva raya en las perneras del pantalón? Parece un obrero de etiqueta.

Modesto no pudo contener la risa.

—Se lo diré, descuida.

Otro poeta, Miguel Hernández, ocupó la plaza dejada por Alberti. Tenía un aspecto frágil y descuidado, algo de orfandad en la actitud con que se situó en pie, tras el atril. Declamó con voz dormida:

> *Si me muero que me muera*
> *con la cabeza muy alta.*
> *Muerto y veinte veces muerto,*
> *la boca contra la grama,*
> *tendré apretados los dientes y decidida la barba...*

Concluyó con otro poema:

Un porvenir de polvo se avecina,
se avecina un suceso
en que no quedará ninguna cosa:
ni piedra sobre piedra ni hueso sobre hueso.

Los hurras ahogaron el final de sus versos.

—No sé por qué le aclaman —susurró Delage—, oído el panorama atroz que nos acaba de pintar. Parecía un heraldo de la muerte. ¿Crees en las profecías, Juan?

—Ganaremos la guerra, Luis. Y deja de hacerte el listo, que me fatigas.

De nuevo, las voces de los hombres y mujeres, bajo la marea de puños alzados, cantaban *La Internacional.*

El lunes siguiente, Modesto recorrió con su coche las posiciones del frente del Jarama. El enemigo estaba allí mismo, al otro lado de la larga línea de las trincheras republicanas, en los altos del Pingarrón y de la Marañosa, pero apenas se movía, y el escenario de estruendo y furor de los meses anteriores se había transformado en un paisaje sereno y dulce. La primavera palpitaba en los olivares de las colinas y en los frutales de los valles y, tras las lluvias invernales, los campos aparecían repletos de flores silvestres y de matorrales jugosos. Olía a jarales y a tomillo. Y los gorjeos de nutridos bandos de jilgueros y verderones alegraban las arboledas y las llanadas.

Modesto recordó a uno de los jóvenes milicianos desertores a los que había salvado del pelotón de fusilamiento pocos días antes de iniciarse los combates de la Marañosa. Aquel hombre, poseído por el miedo, casi enloquecido, le había dicho que el silbido de las balas le recordaba al canto de los pájaros silvestres. Unos días después, había visto su cadáver tendido boca arriba, con los ojos y la boca abiertos, en las faldas de la colina empapadas por la lluvia y la sangre. Le consoló pensar que, a la postre, había caído como un valiente cuando pudo morir como un cobarde. Y se dijo que, en la guerra, una decisión tomada con acierto en escasamente unos segundos de tiempo puede cambiar el corazón de un soldado y agrandar su fama o manchar su nombre para siempre. «¿Qué es el valor, qué es la cobardía?», se había preguntado aquella jornada ante el cadáver del soldado. Tal vez, convino, el miedo y el valor nos escogen de forma gratuita, no somos nosotros quienes decidimos cuándo huir o resistir para vencer.

El gran plátano que señoreaba el patio del cuartel general de Morata de Tajuña, lleno ahora de hojas, ofrecía una tupida sombra y Modesto tomó café a su arrimo con los oficiales responsables de las posiciones del valle. A eso de las doce de la mañana, se despidió y volvió al coche para regresar a Madrid.

El automóvil ascendía la cuesta de la carretera que llevaba a Arganda cuando Modesto ordenó a Cachalote detenerse en lo alto de una loma. Bajó del coche.

—Espérame aquí, José —ordenó a su guardaespaldas.

Comenzó a descender el empinado talud que caía sobre un olivar crecido en una pequeña llanura. Buscó margaritas, dientes de león, siemprevivas, campanillas moradas y, con todas ellas, compuso un delicado ramo de menudas flores silvestres. Y se acercó a la hilera de tumbas que se alineaban entre los olivos. Una familia de mirlos huyó asustada ante la presencia del hombre.

No le fue difícil reconocerlo. Como en todos los otros sepulcros colectivos, en el de Jeannette habían colocado una placa de bronce en donde se leía: «For the glorious comrades of Lincoln Battalion. February, 1937».

Dejó el ramo sobre el túmulo de oscura tierra endurecida. Alzó la vista al cielo, cerró los ojos y trató de imaginar el rostro y la sonrisa de la muchacha. Un mirlo había regresado y desgranaba en el aire su trino alegre y vivaz, como si entonase un breve y hermoso himno en honor de Jeannette.

Modesto abrió los ojos: era un día claro, rutilante, de cielo azul sereno. Miró la tumba y luego volvió los ojos hacia el lugar de donde procedía el silbo del pájaro.

—Gracias, amigo —dijo.

Y regresó al coche, sin volver la espalda, trepando con presteza el escabroso talud.

Iba a entrar en el edificio de Lista, cuando oyó una voz que le llamaba.

—¡Gilloto!, ¡eh!, ¡Juan Guilloto!

Le extrañó aquel grito que proclamaba el apellido con el que había nacido, un nombre ahora casi desconocido para las gentes que le rodeaban. Y de inmediato calibró que, sin duda, la voz procedía de alguien del Puerto de Santa María.

Agarrado a una de las varas de un decrépito carro, un hombre alto y muy delgado, vestido con ropas pobres, alzaba la mano saludándole. Tras él, se ocultaban una mujer y dos niñas ataviadas de negro. De los bordes del carro sobresalían dos colchonetas y varios sacos abultados y, entre los teleros, brillaba el metal de algunas ollas y cacerolas. A todas luces se trataba de una familia de refugiados, como muchas otras que recorrían durante aquellos meses Madrid en busca de cobijo.

Modesto caminó hacia el hombre, tratando de descubrir en su rostro algún rasgo familiar. El otro dio unos torpes pasos hacia él, sonriente y tímido. Era de pelo trigueño, tenía una cara redonda y su aspecto, pese a la delgadez, era fornido, con recios huesos que se marcaban en sus hombros bajo la camisa.

Y de pronto, Modesto le reconoció.

—¡Noni! —gritó.

Cubrió con tres ágiles saltos los metros que le separaban del hombre. Y lo abrazó con fuerza, sin dar tiempo al otro a que dijese nada.

—Noni, Noni —musitó, mientras sentía crecer en su ánimo una intensa emoción.

Noni era uno de los grandes amigos de sus tíos Isidoro y Joaquín, aquel que un día, mientras cogían piñones en una pinada de los Osborne, a las afueras del Puerto, obligó al guarda a llorar de miedo.

Puede que ya hiciera más de seis años que no le veía. Su rostro revelaba una honda fatiga y sus ojos no brillaban como antaño. Parecía un hombre vencido.

—¡Cómo es posible que aún me recuerdes…, tú, el gran Modesto!

—No digas tonterías… ¿De dónde vienes?, dime.

—Huyo de la guerra. Trataba de encontrarte…, eres un hombre famoso. Y yo…, yo… —la piel de su rostro enrojeció—, necesito tu ayuda.

Modesto le apretó con vigor el brazo.

—Me hago cargo… —Señaló a las espaldas del Noni—. ¿Tus hijas, tu esposa?

Y sin esperar respuesta, se acercó, estrechó la mano de la mujer y acarició la cabeza de las niñas. Las pequeñas le miraron con miedo, sin atreverse a evitar su caricia. La mujer le dirigió una sonrisa cansada y apenas apretó con su huesuda mano la del comandante.

—Todo tiene arreglo… —añadió volviéndose hacia el Noni, apretando con mayor fuerza su brazo—. Noni…, viejo amigo. ¿Qué sabes de mi familia?

—Estaban bien después de que los franquistas ocuparan el Puerto…, pero yo escapé pronto de allí. Poco es lo que sé.

Compuso un gesto de desánimo, moviendo las manos en el aire.

—Luego me lo cuentas —dijo Modesto.

Buscó a Cachalote con la mirada y le hizo un gesto para que se acercase.

—Llévatelos a la cantina y que coman hasta que se harten.

Llamó a uno de los milicianos que se sentaba junto a la puerta, guardando la entrada del edificio.

—¡Tú!: búscame una camioneta pequeña.

—Estoy de guardia, camarada… —dijo el otro sin moverse.

—¿De guardia o de siesta? ¡Trae la camioneta, coño!

El hombre se puso en pie con desgana.

—Tendré que decírselo al oficial de guardia, mi comandante…

—¿Pero quién diablos manda aquí?, ¿el oficial de guardia o yo? ¡Busca la camioneta y ocúpate de que esté lleno el depósito de gasolina! ¡Y mañana por la mañana te presentas a mí: te va a caer un puro que te va a curar la gandulería en diez segundos!

El miliciano corrió hacia las cocheras de la parte posterior del edificio.

El comandante volvió a apoyar la mano en el brazo del Noni.

—En menos de una hora lo arreglo todo. No te preocupes.

Serafín, uno de sus asistentes, se levantó y le saludó con el puño cerrado cuando cruzó la puerta de la salita de entrada a su despacho. Era un hombre joven de pequeña estatura, cara mofletuda y lampiña, y un cuerpo tallado en una frágil arquitectura. Pero Modesto admiraba su probada eficiencia y la lealtad que mostraba hacia él.

—Tienes varias llamadas, camarada comandante. La más importante es del general Miaja: quiere verte con urgencia.

—Si no hay ataques de los facciosos, olvídate de Miaja. Si vuelve a llamar, dile que no he regresado. Y búscame una casa, una de esas casas que tenemos fichadas para los refugiados…, la mejor, Serafín.

—¿Quieres decir una de las reservadas para las familias de los jefes?

—Lo has entendido muy bien, Serafín…

—Haré una llamada. Dame unos minutos, jefe.

Modesto entró en su despacho y cerró la puerta a sus espaldas. Se sentó, colocó un cigarrillo en la boquilla plateada, lo encendió y puso los pies sobre la mesa. Cerró los ojos. Y las calles del Puerto se dibujaron en el recuerdo, vivas, bulliciosas, como en días de feria. Por un momento vislumbró algunos rostros de los suyos y escuchó el timbre de sus voces. Sus padres, sus hermanos, sus primos… y también Antonia y las niñas. Y su memoria olfativa le trajo el aroma de los jazmines, el olor penetrante de la sangre seca de los toros, el recio hedor de las marismas. Sentía el corazón encogido, como si un pétreo peso presionara sobre su pecho. Y deseó con toda su alma volver allí, refugiarse para siempre en los rincones de las calles estrechas de su pueblo.

Al poco, unos golpes leves sonaron en la puerta y asomó la cabeza de Serafín.

—Ya he encontrado sitio, jefe —dijo.

Modesto se incorporó con viveza.

—En la Ciudad Lineal, una casa grande, un pequeño palacio parecido a los del paseo de la Castellana. La dueña es una condesa, o marquesa, no sé. Su marido está en la cárcel de Porlier, acusado de colaborar con los fascistas. En el palacete hay al menos tres habitaciones libres.

—Que ni pintada.

—Pero hay un problema, camarada comandante… —dijo Serafín.

—Suéltalo.

—En la casa viven tres refugiadas, las tres hermanas de un capitoste anarquista. Por lo visto hay un trato: la condesa cuida de las mujeres y el capitoste anarquista cuida del conde encarcelado y garantiza que no haya más refugiados en la casa.

—¿Cómo te has enterado de eso?

—Me lo ha dicho un amigo que trabaja en el departamento de refugiados.

Modesto se acercó y le golpeó con afecto en el hombro.

—Eres un lince, Serafín, un verdadero lince.

El asistente enrojeció.

—Hay que tener amigos en todos lados.

—¿Y cómo se llama el capitoste anarquista de marras? —añadió Modesto.

—Eso no me lo ha dicho.

—Dame la dirección de la casa. Y avísales por teléfono que van para allá cuatro refugiados más y que necesitan dos habitaciones. Y que los lleva el comandante Modesto. Lo has hecho muy bien y muy rápido, chaval. Si estuvieras en el frente, te habrías ganado un ascenso a sargento —dijo Modesto mientras le daba unas palmadas afectuosas a la altura de la nuca.

—Ya hace tiempo que te dije que iría con gusto al frente si es a tus órdenes.

—Cada uno en su sitio. Y tú eres demasiado bueno en lo tuyo como para andar cambiándote.

Modesto viajaba en el asiento delantero, al lado de Cachalote, y detrás se acurrucaban las tres mujeres y el Noni, sentado junto a la portezuela de la izquierda, tras el chófer. Les seguía una destartalada camionetilla conducida por un miliciano, con la caja repleta de enseres de los refugiados. Viajaban en un Madrid casi vacío de tráfico, calle de Lista arriba, rodeados de edificios a menudo arañados por las bombas, comercios cerrados y callejuelas cegadas por sacos terreros.

Con el cuerpo girado hacia la izquierda, Modesto charlaba con el Noni. Al otro le costaba hablar, como si fuera incapaz de vencer la timidez que le acometía desde que se encontró con el comandante.

—Me fui del Puerto a mi pueblo, Arcos, quince días después de la entrada de los fascistas —explicaba, requerido por Modesto—. Hubo muchos presos y se fusiló gente en los muros del presidio. Pero a los tuyos no los tocaron, nadie les acusó de nada, fue un milagro. Tus padres, tus hermanos, tus primos..., todos están bien, aunque malviviendo como cada quisque.

—¿Se hablaba de mí?

—No se ha escuchado mucho sobre ti desde hace años, desde que te fuiste..., ¿en el 35?

—Un poco antes.

—Pero mucha gente del Puerto sabe bien quién es Modesto..., sin decirlo.

Guardaron silencio y el Noni se recostó en su asiento, hundiendo la barbilla en el pecho. Cruzaron junto a la plaza de toros de las Ventas. Iban despacio, para no dejar atrás a la camioneta, que marchaba tras ellos con el paso de una vaca cojitranca.

Después de tomar la carretera de Alcalá de Henares, una empinada cuesta por la que la camionetilla parecía trepar en lugar de rodar, alcanzaron el cruce con la vía principal de la Ciudad Lineal y torcieron a la izquierda. Encontraron en su camino numerosos controles militares, en garitos protegidos por sacos terreros y guardados por dos o tres milicianos. A Cachalote le bastaba con mostrar la acreditación del coche, como vehículo asignado a un alto mando, para que le dieran paso sin detenerle. Mientras cruzaba junto a la garita, el chófer asomaba el cabezón por la ventanilla, señalaba con el dedo la camioneta que les seguía y gritaba: «¡Viene conmigo!».

Llegaron casi una hora después de haber salido de la calle de Lista y Cachalote aparcó en la puerta de un palacete de dos pisos, la fachada medio oculta por una valla de piedra de donde se derramaban, hasta rozar casi la acera, verdes melenas de hiedra sin peinar. Todos bajaron. Mientras Cachalote cruzaba una puerta de metal mordida por el óxido, Modesto rodeó el coche y apartó un instante al Noni.

—¿Qué sabes de mi Antonia…, de mi mujer y de mis hijas?

—Te lo iba a decir, sé que estaban bien: Antonia trabaja de costurera en una casa de señores, en Jerez: se ha trasladado allí. Y se arregla con las niñas. Los ricos la protegen, nadie sabe bien por qué, siendo quien es.

—¿Qué señores?

—Creo que son de la familia de los Osborne.

Cachalote llamaba a grandes voces. Modesto avanzó hacia la entrada, adelantándose a los otros, y cruzó la puerta.

Tras un breve espacio ajardinado y cubierto de rosales, dos tramos de escaleras llevaban a la puerta principal de un edificio de corte modernista. Arriba, en el vano de la puerta, una mujer de unos cuarenta años, de piel teñida por un leve tono canela, labios heridos por el rojo del carmín, cabello corto y rizado de color pajizo, y un vestido liviano de gasa rosada que dibujaba las formas de su cuerpo, sonreía con aplomo a Modesto.

El jefe miliciano irguió el cuerpo y, barbilla en alto, ascendió lentamente, con prestancia gitana, por la escalera de la izquierda. Cuando llegó a la altura de la mujer, le tendió la mano. Ella respondió ofreciendo el envés de la suya, esperando un amago de beso galante. Pero Modesto la tomó, la giró y la estrechó como lo haría con un hombre, sin apretar en exceso y sin inclinar el cuerpo, ni siquiera levemente. Por los ojos de la mujer cruzó la sombra de un reproche.

—Comandante Modesto —se presentó.

—Condesa de Valdearce —respondió la mujer.

—¿Y su nombre, señora?

—Inmaculada Montes de Uceda. ¿Y el suyo?

—Juan Modesto.

La condesa compuso un gesto serio, respiró hondo y su pecho se movió suelto bajo el vestido. A Modesto le gustó el vaivén de aquellos senos opulentos. Sabía cómo declarar la guerra a ese tipo de mujer: porque ya la imaginaba desnuda.

—¿Podemos pasar? —preguntó.

Ella forzó una sonrisa y recompuso su actitud, tratando de dominar la situación.

—Claro, señor comandante… Lo he dispuesto casi todo para el acomodo de los nuevos huéspedes. Pase, por favor.

—Después de usted, señora —dijo invitándola con la mano y, ahora sí, inclinando el cuerpo.

La contempló mientras le daba la espalda y caminaba hacia el interior de la casa moviendo las caderas con sensualidad y garbo. Y pensó que la aristocrática hembra tenía salero y un buen culo.

Dos horas después, en la salita del piso superior del palacete, Modesto veía la tarde desfallecer al otro lado de las ventanas, ocultas tras unos visillos transparentes de tono hueso rematados con encajes. De cuando en cuando, un rayo de sol se colaba entre sus pliegues y arrancaba chispazos de viva luz de las dos copas de jerez que reposaban en la mesilla.

Envuelto por la penumbra, bajo una ligera bata de seda, el cuerpo desnudo de la condesa marcaba formas de atrayente imprecisión. Modesto, en calzoncillos, fumaba a su lado, recostados los dos en el mullido sofá de la sala. Desde allí, podía alcanzar a ver la gran cama del dormitorio de la mujer, cubierta por un dosel.

Le hizo gracia pensar que nunca había hecho el amor con una aristócrata y menos en un lecho con dosel. Y le dio también por imaginar sobre cómo sería el marido de aquella fogosa condesa.

Ella también fumaba.

—Por ahora —dijo la mujer rompiendo el silencio— he conseguido que este segundo piso siga siendo mío, tan sólo mío. Pero ya no caben más refugiados en el de abajo y temo que pronto invadan estas habitaciones y violen mi intimidad. No sé si sabría soportarlo.

—Todo se soporta, ni te imaginas cuánto. Y además, me han dicho que tienes un protector.

—Te burlas. Creía tenerlo, pero me has demostrado que no hay protectores que valgan ante hombres como tú. Le llamé cuando me avisaron que venías. Y me dijo que nada podía hacer.

—¿Quién es?

—Un jefe anarquista. Es un militar..., Cipriano Mera. ¿Le conoces?

—Llamarle militar es mucho llamarle. No me extraña que no sepa protegerte. ¿Y qué le entregas a cambio de su..., de su protección?

—Cuidado, Modesto: no te equivoques. Lo que he hecho contigo ha sido porque he querido, yo no me vendo. A él le procuro cobijo para su familia, que no es poco: las hermanas están a pensión completa y esto es casi un palacio. Y Cipriano, por su parte, se encarga de que no fusilen a mi marido: es amigo del jefe de prisiones.

—Sí, a ése le conozco. Se llama Melchor Rodríguez y es un buen tipo: ha salvado más vidas que enviado gentes al paredón. Y eso es raro entre los anarquistas, que son amigos del tiro fácil, sobre todo en retaguardia. En eso son iguales a los falangistas del otro lado.

238

—Cipriano intenta que no vengan más refugiados a la casa. Pero esta vez no ha cumplido.

—¿Y qué trato buscas conmigo?

—Ninguno. Tú…, tú eres otra cosa. Me siento incapaz de explicarlo. Desde que te he visto sabía que me iba a acostar contigo.

—Es curioso, yo también.

—En mi mundo no hay gente como tú.

—¿Cuánto lleva tu marido en la cárcel?

—Cuatro meses.

—Eso explica muchas cosas.

—¿Vas a volver?

—Si no me convocan para la guerra, vendré un día de estos.

—¿Me llamarás?

—Lo haré.

—¿Y procurarás que no vengan más refugiados a mi casa? Sería muy molesto para ti y para mí que se llenara este piso.

Modesto rió con ganas.

—Ya que tienes la promesa de un anarquista, te doy la de un comunista… Pero te falta un socialista.

—¿Qué insinúas?

—No insinúo nada, me apeteces otra vez…

Se inclinó sobre ella, introdujo la mano en su escote y comenzó a acariciarle el pecho al tiempo que hundía la lengua en su boca. Ella dejó escapar de sus labios un leve gemido.

—¿Volvemos a la cama?… —murmuró la mujer.

—Eso quiero… ¿Has dicho que te llamas Inmaculada?

—Calla de una vez.

De regreso a Lista, la noche sin luna cubría la ciudad entristecida, desierta casi de luces.

—Joder, jefe —dijo Cachalote—, buena hembra la condesa. A ver si un día de estos dejas algunas sobras para los pobres.

—Las sobras son para las gallinas y los cochinos, no para ti, José.

—Pues hay casos en los que bien me gustaría ser un cochino.

Una semana después, Modesto consiguió para el Noni un trabajo de sanitario en el hospital de sangre del Palacio Real. Asegurado el techo y un poco de dinero, el viejo amigo del Puerto y su familia salvaron su precaria situación. Con el paso de los días, el Noni acabó por convertirse en una especie de mayordomo de la condesa.

Modesto volvió algunas veces más al chalet de Ciudad Lineal. Se reunía durante un rato con la familia del Noni y concluía la visita en el piso superior, disfrutando de un vino fino y un lecho con dosel.

Serafín le despertó al día siguiente temprano, a eso de las siete y media.

—Miaja ha llamado tres veces: que vayas de inmediato al Estado Mayor o envía una patrulla a detenerte y llevarte a la fuerza.

Se frotó los ojos.

—Tenme un café preparado mientras me aseo.

—Ya está hecho.

—Dile a Cachalote que aliste el coche.

—Te espera abajo.

—Y avisa a Delage.

—Está tomando café.

—Eres como una esposa, Serafín…, igual de previsor y atento.

Amanecía sobre las calles vacías. Delage, a su lado, miraba a través de la ventanilla. La había abierto y dejaba que el aire fresco de la mañana entrase al interior del coche.

—Qué magnífico todo esto, Juan —dijo.

Modesto sentía un leve dolor de cabeza. Recordó la noche anterior: creía percibir el perfume de la condesa.

—¿Qué es magnífico? —preguntó distraído.

—Tú y yo nunca hemos tenido nada, nacimos pobres, y ahora...

—Tú naciste solamente medio pobre, pudiste estudiar —le interrumpió Modesto—. Yo sí que nací pobre de solemnidad.

—¿Y eso tiene algún mérito?

—No lo digo como mérito, sino como desgracia. O como un error de la naturaleza, que no siempre es sabia. Porque yo soy mucho más inteligente que tú, camarada Luis, y merecía estudios.

El otro rió la broma.

—Da lo mismo, ninguno de los dos hemos tenido nada o muy poco. Y sin embargo, ahora toda la ciudad es nuestra, casi todas sus riquezas nos pertenecen. Podemos vagar por ella a nuestras anchas, sentirnos los amos de nobles viviendas como la de Lista, requisar grandes coches como el que nos lleva, comer en los restaurantes de lujo y beber en la barra del bar de los mejores hoteles...

—Ahora todo eso me importa bastante poco, tengo sueño.

—Sospecho que es injusto, de todas formas. ¿O no, Juan?

—No me preguntes nada profundo a estas horas. Además, las dudas son un lujo que un militar no puede permitirse en tiempos de guerra.

—Es una suerte vivir sin dudas.

—Déjalo estar: te encuentro demasiado profundo esta madrugada, Luis. Yo sólo sé que, si no hay militares que luchen por defender tu derecho a pensar, no habrá lugar para tus dudas. Y si Franco gana esta guerra, puedes estar seguro de que sólo habrá sitio para sus mezquinas certezas. Así que encomiéndate a las armas y procura que tus muchas letras no inmovilicen a nuestros soldados.

—Joder, Juan, no hay quien hable contigo algunas mañanas.

—Pues déjalo para la noche.

La papada del general Miaja se movía de arriba abajo mientras intentaba contener su furor. Modesto se mantenía en pie, relajado, delante del jefe de la Junta de Defensa de Madrid, que agitaba las manos mientras hablaba casi a gritos.

—¡Un mando debe acatar las órdenes de un superior sin rechistar y sin demora! ¡La indisciplina puede castigarse con el fusilamiento en tiempos de guerra, comandante!

Modesto se sentía tranquilo. Sabía que las amenazas de Miaja no eran más que una forma de desfogarse y que, tras el temporal, le encargaría alguna misión de importancia. Varios de los miembros de la Junta de Defensa se encontraban en la lujosa sala de reuniones, junto al general. El comisario jefe de Madrid, Francisco Antón, comunista y compañero sentimental de Pasionaria, miraba a Modesto con aire de compinche. Detrás de Miaja, la figura de Rojo, recién ascendido a coronel, recortaba su perfil apoyado en el marco de un ventanal. Sonreía y eso añadía más confianza a Modesto. Luis Delage se mantenía apartado, cerca de la suntuosa puerta de entrada del salón. Una larga mesa ovalada de madera de nogal ocupaba el centro de la estancia, rodeada de sillas altas a juego. Lámparas que arrojaban decenas de cristalinas lágrimas chispeantes colgaban sobre las cabezas de los hombres. Anchos y pesados cortinajes de seda adamascada y terciopelo pendían desde la altura de los ventanales.

—No ha habido indisciplina, mi general…, sólo falta de información —respondió.

—Desobediencia, desobediencia…

—En la guerra todos cometemos errores. No supe que quería verme hasta esta mañana.

—Los errores pueden ser muy graves a veces, Modesto.

Decidió tensar la cuerda.

—Sí, mi general, como lo fue no enviarnos los refuerzos prometidos el día que tomamos el cerro de los Ángeles.

Algo inaprensible pareció recorrer la sala, una suerte de pequeña descarga eléctrica. Se hizo el silencio durante unos instantes, hasta que el propio Miaja lo rompió:

—¿Qué quiere decir, Modesto?

La blanquecina piel de la faz del general había enrojecido, desde la barbilla a la calva. Rojo, al fondo, había separado el cuerpo de la ventana y erguido la figura.

—Hablo de hechos —dijo Modesto.

—Aquello ya quedó aclarado, comandante —respondió el general.

Se dio cuenta de que había tocado un punto flaco de Miaja.

—No lo fue, ni lo será nunca, para los cientos de hombres que murieron allí —añadió.

—Agua pasada, comandante —dijo Miaja tratando de mantener el tipo.

Modesto cedió; ya había ganado la partida.

—Sí, mi general, agua pasada —agregó—. El presente es lo que importa, señor, y yo estoy a sus órdenes.

—De acuerdo, de acuerdo…

Rojo había vuelto a apoyarse en el marco del ventanal.

—Puesto que ya no va a fusilarme, mi general…, ¿qué desea que haga?

Una luz de viva irritación cruzó la mirada de Miaja. Rojo carraspeó y se sujetó la boca. Antón alzó la mirada al techo.

—Vale… —dijo al fin Miaja, impostando la voz—, olvidémoslo. Tengo que hacerle un encargo delicado, Modesto. Hay que relevar al coronel Emilio Alzugaray de su cargo de jefe del II Cuerpo. Sospechamos que está en contacto con la Quinta Columna de los fascistas madrileños. Lo que menos podemos permitirnos ahora son las desafecciones de nuestros jefes militares.

—No veo qué pinto yo en esto. Basta una orden de relevo en el mando firmada por usted y listo… Y no es normal que un inferior detenga a un superior.

—No es tan sencillo. Creemos que tiene a muchos de sus oficiales de su parte. Y no queremos que el asunto trascienda demasiado, que se convierta en un problema político y desemboque en un problema militar. Le recuerdo, además, que Alzugaray no sólo manda el II Cuerpo, sino que también es comandante militar de la plaza de Madrid. Y lo superior e inferiores lo decido yo.

Rojo abandonó la ventana, se adelantó unos pasos y llegó a la altura de Modesto.

—Vamos a situarnos en un escenario supuesto, comandante —dijo Rojo—. Imagine por un momento que el coronel Alzugaray se rebela y se encierra en su cuartel. La Quinta Columna recrudece entonces su actividad, sacando pistoleros a las calles, al tiempo que los bombardeos rebeldes se redoblan. Imagine que nos lanzan súbitos ataques desde las posiciones fascistas del sur y el oeste de la ciudad.

Antón también se había aproximado a Modesto.

—Pese a que, con toda seguridad, atajaríamos el problema —intervino el comisario—, tendríamos serias complicaciones políticas…

—Y militares —agregó Rojo—, justamente en el momento en que estamos en disposición de pasar a la ofensiva en esta guerra.

Modesto cruzó una rápida e intensa mirada con el jefe del Estado Mayor. Rojo movió levemente la cabeza a los lados y Modesto entendió que le sugería no preguntar nada sobre lo que acababa de decir.

—Por eso le buscábamos ayer con urgencia —siguió Miaja—: hay que actuar con discreción, arrojo y rapidez. Y usted es el hombre.

Tosió antes de continuar hablando.

—No queremos levantar alarmas. Tememos una reacción en su favor de sus hombres, porque tampoco tenemos pruebas terminantes contra Alzugaray, aunque estemos prácticamente seguros de sus intenciones. De manera que hemos pensado que, esta misma mañana, se plante usted en su cuartel general, le releve inmediatamente del mando y lo traiga aquí, en calidad de detenido si es preciso. Asignaremos al coronel un puesto sin responsabilidad de mando de tropa en el Estado Mayor para no humillarlo. ¿Lo ha comprendido, Modesto?

—Lo he comprendido: lo quieren cargado de medallas y sin colmillos.

—Se precisa valor para lo que le encomiendo, Modesto.

—Es una operación sencilla.

—¿Cuántos hombres necesita?

Señaló hacia atrás sin volver la espalda.

—Iré con el comisario Luis Delage y con mi chófer.

—¿Está seguro, Modesto? —interrumpió Rojo.

—Llamará menos la atención que si aparezco con una tropa armada. En las pequeñas batallas el factor esencial es la sorpresa.

El general le tendió la mano blandamente. Modesto la estrechó con fuerza indisimulada.

—Suerte, comandante —dijo Miaja, soltándose con brusquedad del apretón—. En unos minutos le entregarán mis órdenes por escrito.

Miaja le dio la espalda con un gesto desdeñoso y vehemente antes de alejarse hacia la puerta del fondo. Rojo le dirigió una sonrisa cómplice y siguió al general camino de su despacho.

Bajaron los tres del coche, frente a una de las puertas laterales del palacete del paseo de la Castellana en donde se encontraba el

mando del II Cuerpo de Ejército. Modesto se caló el gorro cuartelero con el distintivo de comandante, una solitaria estrella roja de
cinco puntas sobre una barra horizontal amarilla. Y sonriente,
con la barbilla erguida, dio con el dedo un golpecillo a la borla
que colgaba de la punta frontal.

—¿Estás de coña? —preguntó Delage.

—Vamos a torear, ¿o no?

—Déjate de guasas; esto es cosa seria. Lo mismo nos reciben a
tiros.

—Se llevarán un buen susto, ya verás —respondió el comandante.

—Por si acaso…

Delage sacó la pistola de su funda y Cachalote le imitó. Modesto abandonó su sonrisa.

—Guardadlas, no van a servirnos de nada. Si nos hiciesen falta, estaríamos muertos en cinco minutos.

Los dos hombres le obedecieron.

—Tú, Luis, camina detrás de mí —siguió—. Y tú, José, a mi
lado. Solamente hablaré yo si no os ordeno otra cosa. ¿Está claro?

Los otros asintieron. Modesto miró un instante a Cachalote
antes de echar a andar.

—*Pisha*, borra ese gesto vacuno que tienes y pon cara de tibu-
rón, como si fueras a comerte a dentelladas a todos los que te en-
cuentres en tu camino.

—Sí, jefe.

Cachalote resopló, frunció el entrecejo y apretó los labios con
fuerza.

—¿Así?

—A mí me da risa, qué quieres: pareces una chirigota. Pero al
que no te conozca se le van a caer los huevos al suelo.

Delage le urgió:

—¡Venga, Juan, vamos de una vez, que esto no es una broma!

Caminaron hacia la puerta. Dos milicianos saludaron militarmente y les abrieron paso. Modesto conocía bien el edificio y tomó un pasillo que se abría a la derecha del vestíbulo. Los pasos decididos de los tres hombres resonaban en las altas bóvedas de la galería.

Fueron a dar a una sala en donde se reunía una docena de oficiales. Varios de ellos consultaban un mapa desplegado sobre una mesa y otros fumaban sentados en unos bancos de madera adosados a la pared del fondo. Dos de ellos se levantaron.

—¿Adónde vais? —dijo uno.

—¿En dónde está el despacho del coronel Alzugaray? —preguntó Modesto con firmeza.

El que había preguntado volvió la cabeza hacia un pequeño pasillo que se abría a su izquierda. El otro gritó:

—¿Quién os ha autorizado?

—El general Miaja —respondió Modesto, aireando ante sus narices el papel con las órdenes escritas por Miaja.

—No se puede pasar sin la autorización del coronel —dijo el que había gritado, cerrando el paso a la galería.

—¿Me conoces?

—Sí, eres Modesto.

—¡Pues me autorizo yo mismo!

Volvió los ojos hacia Cachalote.

—¡Paso! —gritó el chófer al tiempo que apartaba al oficial empujándole en el hombro. Siguieron hacia delante. Nadie pronunció palabra a sus espaldas.

—Te dije que silencio, *pisha* —susurró Modesto a su guardaespaldas.

—Pero ha funcionado, jefe.

El pasillo terminaba en un nuevo vestíbulo. Junto a la única puerta, dos guardias de asalto protegían la entrada. Modesto se adelantó y los dos hombres cruzaron ante él sus bayonetas, al estilo de los antiguos alabarderos. Pero el comandante no se amilanó ni perdió un segundo de tiempo. Separó los dos fusiles con las manos, miró a los guardias a los ojos y gritó:

—¡Paso franco!

Los otros se retiraron a un lado y bajaron las armas. Modesto se volvió hacia Cachalote.

—¡Espera aquí y que no entre nadie!

—A la orden, jefe —dijo el chófer.

—Y tú, Luis, conmigo: a vigilar la puerta desde dentro.

Abrió. Sentado en un sillón, tras la mesa de su despacho, un hombre uniformado, próximo ya a los cincuenta años de edad, le miraba con gesto perplejo. Delante de él, sobre el tablero de la mesa, había una pistola.

Mientras Modesto caminaba hacia el coronel con pasos lentos, el otro apoyó su mano derecha sobre el arma. Delage quedó junto a la entrada.

—A sus órdenes, mi coronel. —Hizo ademán de cuadrarse—. Soy el comandante Modesto y vengo a relevarle del mando. Aquí están mis órdenes.

Arrojó el papel firmado por Miaja sobre la mesa. El coronel ni siquiera dirigió la mirada al documento. Comenzó a jugar con la pistola, haciéndola girar sobre la mesa.

—Sé quién es usted —respondió— y sé que ha entrado aquí sin mi permiso.

Tomó la pistola y la empuñó. Pero no le apuntó.

—Imagínese que le disparo.

—No lo hará.

—También puedo pegarme un tiro.

—Tampoco lo hará.

—¿Por qué está tan seguro?

—Porque es usted un cobarde. Y se lo digo con todos los respetos, mi coronel.

Alzugaray se levantó, sin soltar la pistola.

—¿Trata de provocarme?

—Sólo vengo a relevarle. Miaja me ha ordenado que le lleve conmigo. Por las buenas o detenido…, elija.

—¿Va armado?

—No me hacen falta armas.

Señaló la pistola del coronel. Y sin dejar de mirarle a los ojos, con el cuerpo erguido, alargó la mano y conminó:

—Con la suya tengo bastante, entréguemela.

—Está cargada y montada.

—Ya lo he visto. De otras cosas, no entiendo; pero de armas sé un poquito… Entréguemela.

Alzugaray alzó la pistola, apuntó un instante a Modesto y luego la dirigió hacia su sien.

—No voy a permitir que se me humille.

—No creo que le humillen, mi coronel. Le darán un buen puesto para contentarle y callar un posible escándalo.

Alzugaray bajó la pistola. La miró un instante y, con ayuda de la otra mano, desactivó la carga. Luego, la dejó en la mesa y la empujó en dirección a Modesto.

—Ahí la tiene.

Modesto tomó la pistola y se la colocó cruzada bajo el cinturón.

—¿Es cierto que está en contacto con los fascistas de la Quinta Columna?

—¿Le han pedido que me interrogue?

—Se lo pregunto yo.

—¿Y si le dijera que sí?

Modesto acarició la culata de la pistola.

—Le pegaría un tiro ahora mismo.

—¿Sin permiso de sus superiores?

—Eso ya lo arreglaría después. ¿Es cierto?

—¡Lárguese al infierno! ¡Es mentira, soy un hombre leal a la República! ¡Vámonos de una puta vez, comandante!

Modesto señaló la puerta.

—Siempre después de usted, mi coronel: no es correcto dar la espalda a los superiores.

Dejaron a Alzugaray en el palacio de la Junta de Defensa. Al volver a la calle, Modesto jugó de nuevo con la borla de la gorra.

—Parece que el peligro te hiciera disfrutar —dijo Delage—. Yo los tenía de corbata.

—Hace tiempo que descubrí que se puede contener el miedo echándole guasa a la cosa. Los que no habéis nacido en Andalucía no sabéis la fuerza que te da el humor. ¿No te has fijado en la sonrisa de algunos toreros cuando la fiera les pasa rozando la faja con el pitón?

Delage movió la cabeza.

—¿Y le habrías disparado si llega a reconocer sus contactos con los fascistas? —preguntó a Modesto.

—Seguramente.

—No matarías a un hombre a sangre fría.

—No estés tan seguro. A veces, lo que llaman crimen en tiempo de paz es justicia en tiempo de guerra.

El comisario político mostró su desconcierto.

—No entiendo cómo ese coronel se ha entregado con tanta facilidad. Lo tenía todo a su favor.

—Tenía todo a su favor, sí. Pero no contaba con una cosa.

—¿Con qué?

—Eso no lo sabrás nunca si no eres andaluz.

Modesto sonrió de lado, estiró la figura y añadió mientras miraba a los ojos a Delage:

—La importancia del gesto, *quillo.*

El coronel Rojo le llamó a su despacho unos días después, a la caída de la tarde. Estaban solos y Rojo, sin hablar, desplegó un gran mapa de la región de Madrid sobre la mesa. Apoyó un tintero y un par de ceniceros en los extremos de la carta, para mantenerla abierta, y buscó un puntero.

—¿Sabe para qué le he hecho venir, Modesto? —preguntó el coronel, dirigiendo una mirada irónica al comandante.

—El otro día, cuando Miaja me hizo llamar, usted sugirió que íbamos a pasar a la ofensiva.

Rojo sonreía ahora burlón.

—Y me pareció que me indicaba con la mirada que no preguntase nada en ese momento —añadió el comandante.

—Vaya, Modesto, usted y yo vamos entendiéndonos.

—Me gustaría escucharle decir con claridad que atacaremos, mi coronel. Llevamos casi un año de guerra y, hasta ahora, con mayor o menor fortuna, tan sólo nos hemos defendido.

—Pues óigalo: vamos a atacar.

Modesto inclinó la barbilla y miró al suelo. Sentía de pronto una tersa emoción. E, incluso, una cierta gana de dejar fluir las lágrimas que asaltaban a sus ojos llegando desde el interior de su alma. Pero recordó que los hombres no lloran.

La voz de Rojo le sacó de su breve ensimismamiento.

—¿No quiere saber en dónde?

El coronel le miraba a los ojos mientras trazaba sobre el mapa círculos imaginarios con el puntero, sin detenerse en ningún punto fijo, como si jugara a la ruleta.

Modesto asintió con un movimiento vigoroso de la barbilla.

Rojo bajó la vista sobre la carta. Y golpeó con la punta del palo sobre uno de los numerosos nombres que mostraba el mapa.

—¡Aquí!

Modesto se inclinó y miró el lugar señalado.

—«Brunete» —leyó.

Cuando regresó a la calle, se sentía eufórico. Sin explicarle nada, despidió a Cachalote y caminó por las calles del Madrid adormecido del atardecer. Cruzó junto a la Cibeles, oculta tras paredes de ladrillos y sacos terreros para salvaguardarla de los bombardeos. Ascendió hasta la Puerta de Alcalá y, en lugar de dirigirse hacia la izquierda, para tomar Velázquez en dirección a su cuartel general de la calle de Lista, entró en el parque del Retiro.

La tarde era calurosa, pero entre las arboledas corría una brisa refrescante. Cúmulos esponjosos, como mofletudos muñecos sonrosados, flotaban sobre el azul vigoroso del cielo. El día se rendía agónico ante la noche y nubes de vencejos se empleaban con avidez en el último festín de la jornada, chillando ansiosos mientras cazaban mosquitos invisibles a los ojos humanos. Bandos de gorriones y estorninos revoloteaban entre las ramas de los árboles más espesos preparándose para el sueño. Un mochuelo ululó en la lejanía y una escuadrilla de raudas torcaces segó el aire al contraluz, como negras sombras chinescas transitando sobre un cielo malva y rosa.

Modesto caminaba como un enamorado al que han dado el sí. O como el héroe homérico que ve cumplido su anhelo de fama y gloria. Otra vez sentía la promesa devoradora de la acción y su vértigo le atraía y colmaba de emoción su ánimo. Sentía alivio y contemplaba los últimos meses como un tiempo perdido para la vida.

Había poca gente en aquella hora del atardecer entre las arboledas del Retiro. Si alguien se hubiera cruzado con él, podría haberle oído hablar en voz alta, absorto en su propio monólogo.

—De nuevo la guerra.

6

Las rojas colinas de Brunete

Los que han conocido la tempestad se asquean de la calma.

Proverbio afgano de una belicosa tribu
del valle de Panshir

Soñaba con Jeannette y el sueño resultaba pavoroso. Ella estaba sola y encerrada en una habitación oscura. Y corría hacia la puerta. Apretada contra la hoja, suplicaba que la dejaran salir. Lloraba como un niño, tenía el rostro surcado de lágrimas y los ojos invadidos por el terror. Y comenzaba a aporrear la madera con sus pequeños puños.

Modesto despertó: los mismos golpes sonaban con fuerza en la puerta de su dormitorio. No sabía en dónde se encontraba, si en un frente de combate, o en su habitación del cuartel de Lista junto a Jeannette, o en el chalet de Elda…

Poco a poco fue tomando conciencia de la realidad, mientras la angustia instalada en su ánimo por la pesadilla no acababa de desvanecerse.

—¡Jefe, jefe…! —clamaba una voz uniéndose a los golpes.

Reconoció a Cachalote. Recobró el sentido de la realidad y comprendió que estaba en Elda.

—Voy, voy…

Salió de la cama descalzo y en calzoncillos, echándose una manta sobre los hombros. En el aire del pasillo, temblaba un frío húmedo e hiriente.

—¿Qué hora es, José?

—Pasan unos minutos de las siete. Ha llamado Negrín. Tenéis que ir a toda prisa a la Posición Yuste.

—¿Ha dicho por qué?

—¿Iba a contarle algo un presidente a un pobre chófer? Y yo…, ¡cualquiera le pregunta algo a un hombre así! Da miedo. Ha ordenado que vayas con Líster.

—Pues despiértale.

—Ya lo he hecho… Le va a costar levantarse, por la resaca. Ha vuelto a las tres de la mañana, creo que de Yecla. Y venía fino.

—Y tú…, ¿qué hacías en pie a esas horas, *pisha*?

—Me dijiste que me quedara de guardia.

—Vale, vale…, aún estoy medio dormido. Ve a verle: si sigue en la cama, échale un cubo de agua.

—Échaselo tú; él es coronel y yo un pobre chófer.

—Llama a Delage.

—Se levantó a las seis, siempre madruga. Hay café en una olla en la cocina. Está algo frío, pero es café.

—¿Tenemos cazalla para matar el frío?

—He visto por ahí una botella mediada de chinchón seco.

Modesto se lavó la cara y las axilas en el agua fría de la palangana y se vistió. Fue a la cocina, dio un sorbo al café y bebió un trago de aguardiente. No estaba acostumbrado a beber a esas horas y sintió que el líquido se arrastraba por su garganta como si fuera una lengua de papel de lija.

Líster asomó con el rostro hinchado y enrojecido, el pelo revuelto y a medio vestir.

—¿Hay tiempo para lavarse? —dijo.

—Échate colonia encima. Hueles a puta.

—¡Bah! —dijo el otro, con gesto de fastidio. Y tomó la botella de chinchón y bebió a morro un largo trago.

Delage se apoyaba en el vano de la puerta de la cocina. Se dirigió a Líster:

—Con la peste que echas espantarías a todo el ejército de Franco.

Líster giró hacia él la cabeza con la furia de un toro salido de picas.

—Cualquier día hago que te comas la lengua, puñetero chupatintas.

—¡Vámonos de una vez! —ordenó Modesto dirigiéndose hacia la puerta.

Mientras viajaban en silencio al encuentro de Negrín, el recuerdo de Jeannette palpitaba con amargor en el ánimo de Modesto. Hacía casi dos años que había muerto y él estaba ya con otra mujer, María. Pero ahora pensaba que ningún amor se borra por completo. Y si una muerte súbita y salvaje lo interrumpe, su huella se hace aún más indeleble.

Negrín los recibió en la antesala de su despacho. Al acercarse a Líster, dio un bronco paso atrás, como si tuviera un muelle en los pies.

—¡Apesta usted, coronel! —dijo con gesto agrio.

Humillado, el coronel miliciano retrocedió un par de metros.

—Hacía tiempo que no sentía cerca un olor tan nauseabundo —añadió Negrín dirigiéndose a Modesto—. ¿Dónde ha andado este hombre?

—Creo que de putas, presidente —respondió el comandante conteniendo la risa.

—Nunca he percibido en las putas un olor parecido... —dijo el presidente.

Dudó un momento.

—En realidad, imagino a las putas perfumadas…

Modesto volvió la cabeza.

—Depende de la ramera, señor presidente —dijo Delage—. Quién sabe si, en Yecla, las putas pasan por la pocilga a cuidar los marranos antes de irse a la cama con los clientes…

Modesto no pudo ya contener la risa, que le trepaba desde el estómago a la garganta, y rompió a reír a carcajadas. Líster se apartó más aún.

Negrín sonrió levemente y esperó a que Modesto se calmara. Pasados unos segundos, añadió con pasmosa tranquilidad:

—Cartagena se ha rebelado y nuestra flota ha zarpado mar adentro para no caer en manos sediciosas. Y sospecho que Casado está a punto de alzarse contra mí en Madrid. Le he ordenado tomar un avión y venir a reunirse conmigo. Y por ahora no ha respondido. Si la rebelión vence en Cartagena, la flota no podrá regresar; y si Casado se alza y triunfa en Madrid, la guerra está perdida. Además, cabe la posibilidad de que el general Matallana* se una a la rebelión con las tropas de Valencia.

—Hay que cortar el levantamiento de Cartagena: si perdemos la flota, los refugiados de Alicante no podrán escapar de Franco —dijo Modesto—. ¿Quiere que vuele de inmediato a Madrid y detenga a Casado, señor presidente?

—Me temo que no es posible, Modesto. En Cartagena, de to-

---

* El general Manuel Matallana, hombre de confianza del general Rojo, fue uno de los principales jefes militares de la República en los meses finales de la guerra. Al producirse el golpe de Casado en Madrid, estaba al mando del ejército republicano de Valencia y se entregó sin resistencia a las tropas de Franco. Condenado a muerte en un consejo de guerra, se le conmutó la pena por la de prisión y abandonó finalmente la cárcel en 1941. Murió en Madrid en marzo de 1956. Su actuación al final de la guerra fue ambigua y algunos historiadores le acusan de haber pertenecido a la Quinta Columna franquista.

dos modos, estamos contraatacando con éxito. El coronel Galán, que manda las tropas que nos son leales, dice que puede rendir a los sediciosos esta misma tarde. Y en Madrid, los batallones comunistas están alertados... Pero será una tarea dura, porque los anarquistas apoyan a Casado, en particular la división de Cipriano Mera.

—Ése es un bastardo... —dijo Modesto.

—Pero es un bastardo mejor armado que sus leales, general —respondió Negrín.

El presidente se volvió hacia Líster, ahora con gesto burlón.

—¿No tiene nada que decir, coronel? —preguntó irónico.

Líster movió la cabeza con la actitud de un buey rendido y presto a poner el pescuezo bajo la yunta.

—¿Cuáles son las órdenes, señor? —respondió con voz trémula.

—Hay que asegurar los accesos al pequeño aeropuerto y decidir quiénes partirán en el primer vuelo..., si es que el gobierno tiene que irse finalmente. Primero saldrán los dos Dragon Rapide, rumbo a Argelia: no tienen capacidad de vuelo para llegar a Francia. Después..., ya veremos quiénes van en los cuatro Douglas rumbo a Toulouse. Ya lo sabe, Modesto: los dos aviones pequeños y dos de los grandes están a disposición de su partido. El gobierno se reserva dos Douglas. A ustedes les corresponde decidir qué comunistas se quedan y cuáles se van.

Modesto asintió en silencio.

—Y eso es todo —concluyó el presidente.

Negrín se dio la vuelta y caminó hacia la puerta que daba a su despacho. Pero antes de entrar, se volvió e indicó a Modesto con la mano que se acercara. Cuando el general llegó a su lado, le dijo en voz baja:

—Venga usted mañana, antes del mediodía. Y no traiga con usted a Líster. Tendremos consejo de ministros y todo quedará decidido. Pero quiero hablar con usted. Hemos perdido la guerra, ¿lo sabe, general?

—Lo sé, señor. Y no me ha gustado la forma en que la hemos perdido. Quizás podría hacerse algo todavía…, si yo volase a Madrid de inmediato: detendría a Casado o le pegaría un tiro.

—Sólo los locos luchan contra el viento y las llamas, Modesto; lo dijo un sabio escritor, William Faulkner, no sé si le suena.

—Ya me ha hablado de él antes de ahora…, ese que dijo que resistir es vencer. Pero resistiremos mejor si nos quitamos de en medio a Casado.

—Creo que ya es tarde y, además, usted no está loco. Si aterrizase en Madrid, no llegaría vivo a la terminal del aeropuerto. No intente luchar contra el viento y…

Modesto le interrumpió:

—… y las llamas, sí. Pero, en ciertas situaciones, dicho sea con todos los respetos, me joden las frases literarias, señor presidente.

—A otros nos consuelan un poco. Ya verá como, en el futuro, le hará falta recurrir a ellas. Todavía no ha tenido ocasión de comprender hasta qué punto la poesía ayuda a digerir las derrotas.

—Hoy nos jugamos la suerte de cientos de miles de personas, señor, y eso es muy poco poético.

—Llamémoslo entonces épica del infortunio, amigo general.

Modesto apretó los dientes, cerró los puños y movió la cabeza hacia los lados.

—No tengo más remedio que obedecerle, señor, pero debo decirle que no estoy de acuerdo con usted en nada de lo que ha decidido en los últimos días ni en nada de lo que dice ahora.

Negrín le dirigió una mirada de furor contenido.

—Hace unos meses le hubiera degradado, Modesto. Pero hoy le necesito. —Dudó—. Le espero aquí mañana, general. Y no falte.

—Aquí estaré, señor presidente. Soy un soldado leal incluso cuando no estoy de acuerdo.

—¡Lárguese de una vez, general del demonio! Y quiero que mañana vuelen hacia Argelia los primeros comunistas en los dos Dragon Rapide. Decidan quiénes. Más no puedo hacer por ustedes, Modesto…

—Y nadie ha hecho tanto por usted como los comunistas, señor.

—No es preciso que me lo recuerde, general.

Poco más de un año y medio antes, el 5 de julio de 1937, en la gran explanada de un campo militar de las afueras del oeste de Madrid, varios batallones de un ejército republicano de cincuenta mil hombres, movilizado para la siguiente gran confrontación de la guerra, desfilaron ante los generales Pozas y Miaja, el coronel Rojo, el teniente coronel Jurado y el comandante Juan Modesto. Era la víspera de la batalla de Brunete.

La prensa no había anunciado la parada los días anteriores y, a pesar de ello, numerosos madrileños acudieron a vitorear a los soldados. Casi todo el mundo sabía en la capital que la República se disponía a tomar la iniciativa en la guerra. Y no obstante, por extraño que pudiese parecer, las fuerzas rebeldes fueron tomadas por sorpresa, pese a los centenares de partidarios de Franco que vivían en Madrid y actuaban como espías.

A un lado de la explanada polvorienta por donde marchaban las tropas, Luis Delage presenciaba el paso de las banderas ya enarboladas en los frentes de Madrid, el Jarama y Guadalajara, seguidas por compañías de soldados en las que se mezclaban veteranos curtidos en los primeros enfrentamientos de la guerra y otros bisoños, de miradas fogosas, que entonaban con emoción mal contenida canciones que hablaban de la gloria y de la muerte. ¿Por qué ese empeño en cantar a la muerte?, se decía Delage, ¿qué tenía de noble morir?

Una banda de chavales, casi recién salidos de la adolescencia, acompañaba los himnos con pequeños tambores y cornetas. El comisario miraba uno por uno sus rostros embelesados. Y se preguntaba si quizás no soñarían en ese instante con cumplir dos o tres años más para poder dejar el timbal y la trompeta y empuñar en su lugar un fusil. ¿Por qué tanta prisa en matar y morir?, se dijo. Y se le ocurrió pensar, por un instante, que nadie en su sano juicio cambiaría un instrumento musical por un arma.

La visión de aquella rítmica parada de hombres jóvenes en marcha, camino de la batalla y de una incierta suerte, acompañada por la música de los chicos que aporreaban tambores y soñaban con la guerra, vitoreados por el público enardecido, bajo las banderas desplegadas entre la tolvanera que levantaba el viento estival, le produjo de pronto a Delage un inesperado sentimiento de tristeza.

Cuando la última compañía se alejó, los mandos y los espectadores civiles desaparecieron como arrancados de cuajo por un golpe de viento y en la explanada tan sólo quedó flotando una nube de polvo seco. Poco a poco, el recio sonido de los pasos de la marcha se transformó en un susurro de fatigadas pisadas, mientras que el eco de los tambores y de las trompetas se diluía. Delage, ya solo en aquel lugar, pensaba en los muchachos que acababan de marchar ante él, orgullosos de sentir el peso de los fusiles sobre sus hombros. ¿Cuántos de ellos dejarían de contemplar, para siempre y en apenas unos pocos días, la estremecedora belleza del mundo? ¿Cuántos deberían morir para lograr una España igualitaria y justa? Cerrando los puños con vigor, murmuró para sí antes de alejarse de la explanada:

—Tenemos que ganar la guerra, tenemos que ganarla cuanto antes…

El avance republicano comenzó con la alborada del día siguiente, poco antes de que las últimas estrellas se borraran del cielo. Una luz rosada echó su liviana cortina sobre las lomas y los llanos y, casi al instante, se tornó naranja. Y de pronto, el sol se arrojó insolente sobre la tierra, arrasó las sombras de las cuestas, quemó las planicies, humilló los bosquecillos de pinos y de chopos.

En lo alto de una elevada loma de las afueras del pueblo de Valdemorillo, refugiado en un estrecho parapeto, junto a Luis Delage y otros dos oficiales, Juan Modesto movía sus prismáticos fascinado por el espectáculo que comenzaba a representarse ante sus ojos. Para el comandante, era tal la realidad de cuanto sucedía abajo del cerro que a él, paradójicamente, le parecía que aquel móvil escenario escapaba del ámbito de lo real. Al mismo tiempo, el jefe miliciano notaba crecer en su ánimo una extraña euforia que le hacía sentirse proyectado más allá de sí mismo, como si su conciencia y su cuerpo pertenecieran a dos universos distintos y remotos entre sí.

El inicio de los combates lo anunciaron las primeras volutas de humo que aparecieron súbitamente en el cielo. Surgían en forma casi redonda, de un blanco virginal, y de inmediato brotaba de su interior una viva luz amarilla. Durante apenas un instante, flotaban en el aire y, al momento, se convertían en un penacho deshilachado de tonos cenicientos. Y en escasos segundos, el viento las borraba con un manotazo invisible. Era entonces cuando llegaba la explosión hasta los oídos del comandante que observaba la inmensa llanura desde su puesto de mando.

Cerca de donde se encontraba, a los pies de la colina, asomaron las primeras columnas de tropa. Modesto sabía que era la XI División de Líster. Los hombres parecían figuras de juguete y costaba trabajo pensar que, en poco tiempo, comenzarían a matar y a morir. Tras la infantería, entre una espesa polvareda, marchaban camiones, carretas tiradas por nerviosas mulas y torpes jamelgos, algunos tanques y cureñas con piezas de artillería arrastradas por vehículos motorizados. Desde la altura, bajo la luz de la mañana, Modesto podía escuchar los lejanos crujidos metálicos de los vehículos pesados, el grito de algún jefe, los relinchos y rebuznos de las caballerías. Al alejarse hacia el frente, todos los sonidos se iban diluyendo.

Por la derecha, surgieron después las tropas de la XLVI División del Campesino. Modesto sonrió para sí al reparar en la que sin duda era la figura del jefe de la tropa, un hombre grueso que montaba sin garbo un caballo blanco.

A la izquierda, avanzaban los batallones de la XXXV División Internacional, que se movían cegados por la luz poderosa del sol y las tolvaneras de polvo. Brillaban las bayonetas de la tropa y el acero de los cañones. Su marcha la cerraba un escuadrón de caballería desplegado en filas de a cuatro.

Más al fondo, tras la línea difusa del frente enemigo, podía distinguir las torres de las iglesias de los pueblos y los achaparrados grupos de casas encaladas. Los restos de nieve de los gemelos Galayos, las dos cumbres más altas de la sierra de Gredos, guiñaban vivas luces como si fueran espejuelos.

El sol resplandecía con el mismo fulgor que un diamante tallado. Y a Modesto se le hacía difícil creer que aquel imponente ejército pudiera ser derrotado por nadie.

Bajo las faldas del elevado cerro, las tres divisiones se abrieron como un abanico: Líster marchaba derecho al sur, hacia Brunete; el Campesino giraba hacia el oeste, en dirección a Quijorna; y los brigadistas internacionales se desviaban hacia el este, hacia Boadilla del Monte.

Modesto dirigió después los binoculares hacia las llanuras y las colinas pedregosas de la lejanía. Los movió con lentitud hacia la derecha y la izquierda, luego hacia lo alto… para contemplar las columnas de centenares de soldados que, como hormigas en marcha, seguían avanzando por las vaguadas resecas y entre las hileras formadas por bosquecillos de chopos.

Por un instante se detuvo a reflexionar sobre el enorme peso de su responsabilidad. Una orden suya, sólo una orden que enviara por el teléfono de campaña, y todos aquellos miles de hombres se detendrían, o empezarían a correr hacia delante, o se dividirían en batallones para organizar un ataque… Una orden, únicamente una orden, y comenzarían a matar y a morir. ¿No era increíble?

Delage parecía haber leído sus pensamientos.

—Yo no sería capaz de asumir el peso de algo semejante: me abrumaría y me paralizaría. No entiendo cómo puedes soportar ese vértigo…

—Alguien debe hacerlo —respondió Modesto sin apartar los lentes de sus ojos—. Y prefiero ser yo a que sea otro. Confío en mí mismo. ¿No eres tú quien habla a veces de eso que los filósofos llamáis el destino?

Calló un instante y movió la cabeza antes de añadir:

—No comprendes lo que es la guerra, Luis: porque no estás hecho para ella. Yo miro ese ejército que se mueve ahí abajo, esos miles de hombres avanzando hacia la lucha, y siento que ellos y yo somos un único cuerpo, dos miembros de un mismo organismo. Ellos son el músculo, la fuerza, la gran masa del cuerpo, y yo una parte de su cerebro. Todos, ellos y yo, tenemos una función, somos como pequeñas células. Pero formamos un conjunto que camina y pelea, que se comunica entre sí por señales invisibles. Eso es la guerra, camarada. Y tú no estás hecho para ella, aunque formes parte de ese organismo.

—Me deja pasmado tu súbita capacidad de abstracción, Juan.

—Aunque no te lo creas, no eres el único ser inteligente en este mundo.

Modesto retiró los binoculares de sus ojos y salió del parapeto. Sentado sobre el borde de la trinchera, erguido el cuerpo, los labios apretados y los ojos centelleantes, con los botones de la camisa desabrochados dejando al aire un recio y largo cuello, las mangas recogidas en pliegues hasta la altura de los codos, los prismáticos bailando sobre el pecho, pistola al cinto, sin gorra y los cabellos negros, desordenados, moviéndose como pequeñas olas azabaches impulsadas por el viento, Modesto giraba sobre sí mismo, miraba hacia delante, hacia atrás, como si quisiera apurar de un solo trago la sensación de euforia que le atenazaba el ánimo. No pensaba; tan sólo quería sentir la grandeza desmedida de aquel instante único.

Luis Delage le miraba fascinado, oculto en el parapeto. Y tuvo la impresión de que, de pronto, Juan Modesto dejaba de ser tal y que aquella figura era la de un hombre perteneciente a un tiempo pretérito.

Sintió algo parecido al orgullo por el hecho de contemplar la mutación. Y mientras admiraba la apostura del comandante miliciano, recordó un verso homérico de la *Ilíada* en el que el prepotente Agamenón se dirigía al colérico Aquiles: «Si es grande tu fuerza, un Dios te la dio».

Durante los días siguientes, allí abajo, en los áridos campos de Brunete y Quijorna, en los cursos resecos de las torrenteras, la tierra iba a cubrirse de jóvenes cadáveres en el curso de una feroz e inútil batalla. Como en los días de la Troya homérica, cuando las aguas del río Escamandro bajaban teñidas de rojo por tanta sangre derramada.

Modesto saltó desde el borde de la trinchera y se refugió junto a Delage, hombro con hombro, en el interior del parapeto. Descolgó de su cuello los gemelos y se los pasó al comisario.

—Toma, úsalos…, son más potentes que los tuyos. Y admira el espectáculo. Es algo único. Mira a tu izquierda. ¿Ves a Líster? Es la XI División.

—¿Es el que cabalga sobre un caballo bayo?

—Sí, el del bayo.

—Visto desde aquí casi resulta imponente; pero no me gusta Líster, ya lo sabes. Es desastroso como táctico, petulante cuando habla de sí mismo y fanfarrón como soldado.

—Sin embargo es valiente y el que mejor sabe llevar adelante una fuerza de choque. Ya verás lo que tarda en tomar Brunete. Luego, cuando esté dentro del pueblo, ya nos ocuparemos de reforzarle.

—Espero que sorprenda al enemigo.

—Ya lo hemos sorprendido.

Modesto empujó con el dedo los anteojos que sujetaba Delage contra su rostro.

—¿Ves al Campesino, al mando de la XLVI? Es fácil, lleva un caballo blanco.

—Ya lo veo, sí.

—No tiene ni puta idea de cómo llevar un jaco —dijo Modesto.

—Ni de cómo conducir la guerra. Es un tipo que, de cerca, me produce una enorme intranquilidad. Esos ojos de color plomizo, sin apenas luz y en cuyo fondo parece entreverse la sombra de algo terrible, como si no estuviera vivo sino muerto. ¿Por qué lo llevas contigo?

—Me lo han impuesto el mando militar y el Partido. Con el coronel Rojo hubiera podido discutir, pero con el Partido no puedo negarme a nada, ya lo sabes.

—¿Crees que ese loco será capaz de tomar Quijorna?

—Espero que los defensores se rindan antes de que al Campesino lo paralice el miedo.

—Tiene fama de valiente.

—Es un ser extraño: puede ser valiente hasta la locura, como un león hambriento, y al instante convertirse en conejo que escapa espantado del frente de batalla… ¡Olvídalo!, ensucia la grandeza del paisaje. Y mueve tus prismáticos hacia la izquierda.

—Veo nuevas columnas.

—Déjame…

Modesto tomó los anteojos y contempló en silencio, durante unos minutos, la XXXV División de Walter, una de las internacionales. Luego se los devolvió a Delage.

—No alcanzo a ver a Walter —dijo—. Pero sí a Merriman, el que manda el Batallón Lincoln… Merriman es uno alto, gallardo, que marcha en la segunda columna, algo escorada a la derecha. Va erguido en el asiento trasero de un coche sin capota. Y lleva gorra de plato.

—Sí, creo verle.

—No es mal soldado, pero resulta muy duro con sus hombres, hasta el punto de que le llaman «Murderman», que creo que significa algo así como «hombre asesino». Es demasiado orgulloso, además, y le gusta poco que le den órdenes sus superiores, sobre todo si son españoles. En el Jarama se libró por los pelos del pelotón de fusilamiento, por negarse a aceptar las órdenes de un comandante miliciano. Sin embargo, no se arredra ante el peligro y, en todo caso, yo no tengo la autoridad necesaria para cambiarle por otro.

—Ahí va Law, el que dirige el Batallón Washington —señaló Delage—. ¿Le conoces?

—Muy poco. Sé que es bravo, inexperto y algo imprudente, eso dicen. Pero no tenemos otro mejor.

—Y aquel otro oficial, el que lleva un bastón, ¿puedes verlo? —preguntó Delage.

—Lo reconocería a mil kilómetros. Es Jorge Nathan, el jefe de

Estado Mayor de las brigadas inglesas y americanas: el mejor de todos, sus hombres le adoran. No sé cómo se las arregla, pero siempre anda con el uniforme planchado, bien afeitado y peinado. —Modesto suspiró—. Todo un caballero, como los de antes: si no hay batalla, se toma su té de las cinco cada tarde. Y nunca lleva armas, tan sólo un bastón de empuñadura de oro con el que dirige a sus hombres en el combate. Sale de las trincheras a pecho descubierto y no me preguntes por qué sigue vivo todavía, porque es imposible saberlo. Terminará esta guerra en la tumba. Se dice que es maricón. Pero a mí me da lo mismo, porque en el combate resulta más hombre que la mayoría.

Delage apartó los prismáticos de sus ojos y se los entregó a Modesto, que de nuevo los enfocó hacia el campo de batalla.

Resonaban las explosiones. El humo y el polvo envolvían el paisaje de llanuras resecas, calvas colinas y arboledas sedientas.

Cuando el fuego enemigo comenzó a alcanzar sus líneas, Líster descendió del caballo y se camufló entre los hombres de infantería que formaban la segunda línea de combate en avance hacia Brunete. No resultaba un fuego muy intenso y el coronel miliciano tenía conciencia de que las tropas que defendían el pueblo eran escasas y habían sido tomadas por sorpresa. El sol trepaba con vigor hacia el cielo y arreciaba el calor, diluido ya el frescor del amanecer. Vio caer a uno de sus hombres, unos cincuenta metros a su izquierda, y se dirigió hacia allí para socorrerle. Sabía que eso, ayudar de cuando en cuando a un herido, daba ánimos a los suyos, les hacía sentirse de alguna forma protegidos por el mando. Pero antes de que llegara a la altura del soldado, los camilleros le hicieron señas de que no era necesario: el hombre había muerto.

Sus tropas alcanzaron las casas del pueblo y encontraron las primeras casamatas de ametralladoras abandonadas por los tiradores. Al entrar en la plaza mayor, poco después, Líster fue recibido por los vítores de sus soldados, que lanzaban disparos al aire confundidos con los vivas a la República y la revolución, mientras rodeaban a un par de centenares de prisioneros desarmados y con los brazos en alto.

Sonriente, pistola en mano, fue abriéndose paso entre los hombres que le saludaban eufóricos y palmeaban su espalda, hasta alcanzar la línea de soldados republicanos que cercaba a los prisioneros. Muchos de estos vestían camisas azules de la Falange y, en su mayoría, eran muy jóvenes. En el centro del gran grupo, vigilados por varios milicianos, dos decenas de heridos enemigos permanecían sentados o tendidos en el suelo.

—¡Que vengan los sanitarios y que curen a estos fachosos! —ordenó a uno de los hombres—. Y los otros, si ya les habéis desarmado, que bajen los brazos. Da fatiga verlos...

Volvió sobre sus pasos y buscó a uno de los oficiales de su división.

—¿Bajas propias? —preguntó.

—Un muerto y unos pocos heridos, pero ninguno grave —contestó el joven capitán Antolínez, un socialista de cara alargada y simpática, muy popular entre la tropa, a quien apodaban «Chiflo».

—¿Y del enemigo?

—Algunos muertos y heridos. Se rindieron enseguida. Varios cientos han huido campo a través, hacia Sevilla la Nueva y Navalcarnero. ¿Vamos a continuar el avance, camarada?

—En cuanto nos reagrupemos. Si hay suerte, mañana podremos tomar Navalcarnero. Pero antes de eso iremos apagando todos los focos de resistencia, quiero estos valles limpios de franquistas. ¿Hemos capturado mucho equipo al enemigo?

—Una veintena de camiones, varios coches, tres cañones antitanque, ametralladoras y mucha munición.

—¿Tenían presos republicanos?

—Cinco civiles en la cárcel. Los hemos soltado ya.

—¿Y los fachosos, han ejecutado a gente nuestra?

—A nadie en los últimos meses.

—Me alegro, hoy no tengo ganas de fusilar. Por ahora no habrá represalias entre los prisioneros —ordenó—. Estoy satisfecho: ha sido una maniobra perfecta la que hemos ejecutado, ¿no crees, camarada?

—Les pillamos por sorpresa y eran pocos.

—Bah —bufó Líster con desdén.

Luego señaló hacia el edificio de la iglesia, en lo alto de una pequeña cuesta que salía de la plaza.

—¿Y el cura?, ¿estaba en el pueblo?

—Estaba, pero ya no está —respondió el capitán Chiflo.

—Aclárame eso.

—Que estaba en la sacristía cuando entraron en la iglesia los del Primer Batallón. Y ya no está…, que ya no está vivo, quiero decir.

El oficial señaló hacia su espalda.

—Un tiro en la cabeza…, allí, en la parte de detrás de la iglesia: todavía estará caliente si quieres verlo.

—Que lo entierren: con este calor, los muertos se pudren enseguida. No hay nada tan apestoso como el olor a hombre muerto. Y peor todavía si es olor a cura muerto.

Rió su propia gracia.

—Hay una sorpresa —añadió Chiflo—. Hemos apresado a dos chicas muy jóvenes. Se habían vestido de campesinas, pero no ha colado: nos hemos enterado de que son hijas de un marqués. Lo gracioso es que no sospechan que lo sabemos.

—Tráemelas a la iglesia. Voy para allá, hace calor. ¿Habéis mirado si hay vino de consagrar por ahí dentro?

—Creo que se lo han bebido los del Primer Batallón.

—¡La madre que los parió!

Las dos hermanas eran muy bonitas. Líster las miró con media sonrisa en la boca, mientras jugaba con la gorra de plato, haciéndola girar con las manos. Estaba sentado en un banco que miraba hacia el altar, con la camisa desabrochada hasta el tercer botón, mostrando el pecho velludo y sudoroso. Las dos chicas, en pie ante él, de espaldas a la figura de un Cristo en taparrabos que colgaba sangrante sobre el ara, le miraban sin miedo. La de la izquierda era más alta.

—Así que campesinas… ¿eh? Ya te digo, ya… Es duro para la mujer trabajar la tierra, ¿verdad?

Las dos asintieron al unísono. Llevaban blusas de algodón basto, remangadas por encima del codo, faldas de vuelo que alcanzaban a tapar casi por entero sus pantorrillas y se cubrían con sombreros de paja de ancha ala redonda.

—Hermanas, ¿no?

Volvieron a asentir. Tenían el cutis muy fino, sonrosado, y sus cabellos rubios colgaban trenzados desde la nuca hasta casi media espalda. Parecían cortadas por el mismo patrón.

—¿Y cuántos años tenéis?

—Yo tengo veintiuno y ella diecinueve —respondió la más alta.

—¿Y cómo os llamáis?

—Yo Rufina y ella Casilda —respondió la misma chica.

—Sí…, dos nombres muy campesinos. ¿Y vuestros padres?

—Padre está en el frente…, con la República, no sabemos dónde. Y madre murió: estamos solas en el mundo.

—Ya, pobrecitas…

Líster miró al capitán Chiflo, que a espaldas de las muchachas gesticulaba aguantándose la risa.

—A ver… ¿os importa enseñarme las palmas de las manos?

Las hermanas se miraron un instante antes de obedecer. El comandante miliciano se inclinó a contemplarlas, sin tocarlas.

—Sí que es duro trabajar la tierra, sí...

—Bueno, hemos hecho otras labores... —dijo de nuevo la chica con voz algo desconcertada, al tiempo que retiraba las manos. Su hermana la imitó.

Líster se dirigió a Chiflo, que compuso de inmediato un gesto serio.

—¿Dónde encontrasteis a estas niñas?

—Iban andando por la carretera que va a Sevilla la Nueva y Navalcarnero.

—¿Llevaban equipaje?

El oficial señaló una maleta de mediano tamaño.

—Vacíala, capitán.

Chiflo obedeció. Entre varias prendas de fina ropa interior aparecieron dos camisas de Falange y un misal.

—Vaya, vaya, ¡qué sorpresa! —dijo Líster.

Las dos muchachas no perdían la compostura. Tal vez estaban asustadas, pero no lo parecía.

—¿Sabemos quiénes son, capitán?

—Nos hemos informado, camarada: son las hijas de un marqués.

Líster se levantó, se calzó la gorra y encendió un cigarrillo.

—Así que ibais a dárnoslas con queso, ¿no? ¡*Carallo*, con las marquesitas! ¿Adónde pensabais ir?

—A Navalcarnero, con los nuestros —dijo la pequeña, que hablaba por primera vez.

—¿Quiénes son los vuestros?

—Los nacionales —respondió con aplomo la mayor.

—¡Vaya!, llamáis nacionales a los traidores. ¿Qué pensáis que vamos a hacer con vosotras?

La chica mayor tomó aire y alzó levemente el busto.

—Si nos vais a fusilar, moriremos con honor.

Líster sonrió.

—¿Sabéis qué han hecho los…, los nacionales, esos amigos vuestros…, lo que han hecho con las milicianas que han apresado? Se las han dado a los moros para que las disfruten y luego, cuando se han hartado de ellas, les han dejado que les rebanen el cuello… ¿No creéis que tenemos derecho a hacer lo mismo?

La pequeña habló ahora:

—Con vosotros no hay moros.

Líster rompió a reír y Chiflo le imitó.

—¡Vaya argumento! —dijo al fin el comandante—. Anda, capitán, envíalas a Madrid: estas niñas nos vendrán bien para canjearlas por algunos de nuestros prisioneros en manos rebeldes.

—A la orden, camarada —dijo Chiflo adelantándose hacia las jóvenes.

Líster le quitó el sombrero a la mayor.

—Y deja los disfraces para el carnaval.

—Sí, señor —dijo la chica. Le temblaban los labios.

El cabo Jaime Lavalle se limpió el sudor que brotaba debajo de su casco de acero y se escurría por la frente y las mejillas hasta caer en goterones desde la barbilla. El joven estudiante, a quien Modesto había salvado la vida en los combates de la Marañosa durante la batalla del Jarama, marchaba hacia el pueblo de Quijorna integrado en la XLVI División del Campesino. Los hombres de su compañía, que formaba parte del Primer Batallón, avanzaban en la vanguardia de las fuerzas que se dirigían a tomar la aldea.

Cuando volvía el rostro, el muchacho podía distinguir, en la cabecera del II Batallón, la oronda figura del Campesino montando un caballo de desvaído pelaje blanco. El comandante había comenzado el avance en primera línea, pero conforme se acercaban al frente, iba retrasando más y más su posición.

Lavalle había cumplido unos días antes los veintiún años y llevaba movilizado apenas unos meses, pero los duros combates de la Marañosa, en febrero, le habían convertido en un soldado curtido. La cobardía que le dominó cuando trató de desertar en la batalla del Jarama era un sentimiento que ya no reconocía en su ánimo. En cierto modo, le asustaba pensar que el hecho de saber controlar el miedo le convertía en un ser algo insensible, distinto a los soldados novatos que marchaban a su lado. La guerra y la proximidad de la muerte le habían cambiado y, aunque sus simpatías políticas no estaban del lado de aquellos junto a los que combatía ni de aquellos contra los que peleaba, sentía tal veneración por Modesto, el hombre que le había salvado la vida, que se sabía dispuesto a matar o morir por él sin sombra alguna de duda. Por otra parte, casi había olvidado que era un estudiante de Ciencias Físicas. En su ánimo había crecido un extraño animal cuyo instinto sólo le pedía matar al enemigo antes de que el enemigo le matase a él, fuera cual fuese su bandera. Se veía perdido en una guerra que no sentía como suya.

Llevaban dos horas avanzando y el calor, con el sol ya en lo alto, apretaba de firme. Algunos oficiales habían iniciado canciones que hablaban de la guerra y el valor, pero encontraron poco eco entre la tropa y, al final, todos marchaban en silencio. A sus espaldas, Lavalle oía el ruido de los herrajes de los carros blindados, los rebuznos de los mulos y de los burros, el chirrido de las ruedas de los carros que arrastraban piezas de artillería. A su izquierda, en la lejanía, se escuchaban ocasionales cañonazos y escuadrillas de aviones de caza republicanos cruzaban el cielo. El polvo se metía en sus narices, resecando las mucosidades, y el sudor le bañaba las sienes, el rostro, las axilas y el culo. Portaba un «mauser» de cinco tiros y un macuto con granadas de mano, una ración de comida y dos cantimploras con agua.

Los hombres caminaban sobre trigales y campos de centeno o

avena sin recolectar, pisoteando espigas secas y frágiles amapolas; otras veces, avanzaban sobre campos yermos cubiertos de rastrojos y barbechos trazados en surcos de barro seco que hacían dificultosa la marcha. Durante un trecho, hubieron de sortear grupos de colmenas de madera, destruidas en su mayoría, como si las hubieran arrancado de cuajo para exprimir su jugo. Algunas abejas desorientadas volaban sobre la ciudadela arrasada. Los hombres se movían abrazados por tolvaneras de polvo.

Lavalle se sentía satisfecho por contar con unas livianas botas de cuero bien curtido. El calor le agotaba, como a todos; pero al menos no le dolían los pies. Bajo el cielo azulado y cansino, las llanadas se veían pardas, doradas, o teñidas de un tímido verdor. En las vaguadas crecían líneas de chopos de ramas oscuras y, en las faldas de las lomas, se tendían bajo el sol dormidos olivares y encinas abotargadas. Más allá, las lejanas sierras de Gredos se erguían sobre el paisaje pintadas en un fatigado color azul, con pequeños brochazos de nieve en las alturas.

El terreno se derrumbó tras un altozano en una profunda vaguada cerrada por un espeso bosque de álamos y por grandes matorrales de jara, enebros enanos y retamas. Arriba, al otro lado de la hondonada y, sobre una escarpada colina de faldas cubiertas por apretadas encinas, a unos tres kilómetros de distancia, se alzaba la torre de la iglesia de Quijorna rodeada de casas chaparras. La orden de detener la marcha y guarecerse corrió de batallón en batallón, de compañía en compañía y de escuadra en escuadra. Lavalle se arrimó a un pequeño grupo de rocas que había a su izquierda, mientras la mayoría de los soldados simplemente se agacharon o se sentaron en el suelo del cerro.

Bebió un sorbo de agua de su cantimplora. Mirando hacia la larga línea de la barranca, pensó si el enemigo no estaría allí escondido y esperándoles. Era un lugar espléndido para una emboscada, dada la espesura que lo cubría. ¿Qué haría él si le tocase decidir sobre la mejor estrategia a seguir en el avance? Seguramente, ordenaría a la artillería que lanzase una lluvia de obuses sobre el bosque y enviaría luego a la infantería a limpiarlo de los enemigos que hubieran sobrevivido al bombardeo. Eso sería lo razonable. ¿Pero había algo de razonable en la cabeza del Campesino?

Se quitó el casco y se pasó la mano por la cabellera mojada y luego la secó en la pernera del pantalón. Lió un cigarrillo de picadura y aspiró una honda calada. El recio sabor del tabaco avivó sus sentidos. Muchas ideas y recuerdos le venían de pronto a la cabeza, pero los desdeñó, sintiendo que no tenía ganas de reflexionar sobre sí mismo ni sobre los profundos cambios que su personalidad había sufrido en los últimos meses. Los días de la universidad le parecían hundidos en un pretérito muy remoto. Había interrumpido sus estudios en el tercer año de carrera y sospechaba que ya no podría recordar nada de cuanto había aprendido en los dos cursos anteriores. Desde que fue llamado a filas, intuyó que el mundo de la guerra acabaría por devorarle y privarle de la vida. Y a punto estuvo de suceder así de no haber mediado la intervención de Modesto. Sin embargo, aquella suerte de milagro o de luminosa casualidad no le había devuelto la alegría. Sentía que en su ánimo crecía una especie de ser extraño y diferente a lo que había sido: un ser cargado de cierta irracionalidad…, algo así como si le hubieran vaciado de sentimientos.

Durante los últimos meses, tras librarse de morir en la Marañosa, había combatido en algunas escaramuzas del frente del sudoeste de Madrid. Y había pulido su instrucción militar en un cuartel de la calle de Arturo Soria. Allí, junto a sus camaradas de armas, había dejado de ser el niño remilgado y educado por una familia de principios conservadores, aunque partidaria de la República. Ahora, escuchaba con indiferencia las ventosidades de sus compañeros en los dormitorios de la tropa y lanzaba las suyas sin rubor. Reía con los chistes groseros y cantaba a gritos las canciones cuarteleras que hablaban mucho de putas y muy poco de la patria. Y había participado en aquella especie de orgía dislocada que desató una miliciana llamada Tere, cuando una noche, en un acuartelamiento cercano al frente, decidió «tirarse», uno detrás de otro, a una docena de milicianos. Durante un par de semanas, sintió ardores en los genitales y hubo de tratrarse médicamente.

Ahora era tan sólo un soldado que controlaba el miedo. Y paradójicamente, esa ausencia de temor en la batalla le producía una hueca sensación de vértigo, como si se asomara a un acantilado y no alcanzara a ver el fin del abismo. Pero lo que más le extrañaba de sí mismo es que sentía que no amaba la vida.

La orden llegó cuando apenas llevaban diez minutos sentados. El capitán Gracia se aproximó con el sargento Galíndez y explicó brevemente a Lavalle y a una veintena de soldados de su compañía lo que debían hacer:

—Os vais a meter ahí abajo de descubierta, como vanguardia —dijo Gracia—. A ver si hay enemigos. Vamos, Galíndez, no quiero dudas: adelante. Y llévate un teléfono de campaña para informar en cuanto veas algo.

—Si hay enemigos camuflados —dijo Lavalle—, nos matarán sin remedio.

—¿Y a ti quién te ha pedido la opinión? Es una orden y lo tuyo es obedecer —contestó despectivo el oficial.

Lavalle miró los rostros de sus compañeros y leyó en sus ojos el miedo. Él, por el contrario, pensó que, si le mataban, el hecho no tendría demasiada importancia.

Los veinte hombres dejaron las mochilas, cambiaron los pesados cascos por ligeros gorros cuarteleros y se deslizaron con los fusiles loma abajo, con los bolsillos cargados de balas. Lavalle se sentía calmado, sin miedo ni excitación. Desde los días del Jarama y después de algunos otros pequeños combates, había aprendido a no pensar en el peligro nada más que cuando éste se presentaba de golpe. ¿Para qué temblar antes de tiempo? Era así como se dominaba la cobardía, no de otra manera. ¡Qué distinto a aquel lejano primer día en la Marañosa, cuando no supo controlarse y huyó atenazado por el pavor! Allí abajo, en la cañada, en el ceñudo bosque de espesos árboles y altos matorrales, nada se movía. Quizás la muerte le esperaba quieta y en silencio.

Escuchó de pronto unos gemidos a su izquierda. Volvió la cara. Nicolás, un soldado más joven que él, movilizado apenas unas semanas antes, lloraba mientras descendía la cuesta arrastrándose a su lado. Era pelirrojo y muy corto de estatura. Le temblaba el fusil entre las manos. Musitaba entre sollozos:

—Nos van a matar, nos van a matar... Yo no quiero morir.

—¡Calla, imbécil! —murmuró el sargento Galíndez, que se deslizaba unos pasos más adelante, seguido por un soldado de transmisiones que iba tendiendo la línea del teléfono—. Si hay enemigos, los vas a alertar. Y entonces sí que nos matarán.

—Yo no quiero morir —insistió Nicolás.

—Ni yo tampoco, idiota. Calla de una vez.

Lavalle conocía ese miedo. Él lo había sentido antes. Y sabía que sólo lo curaban el tiempo, el fatalismo y la experiencia.

Llegaban a los primeros árboles, unos olmos chaparros rodeados de maleza. Un bando de tordos huyó asustado. Lavalle se volvió hacia Nicolás.

—Tranquilízate, chico: si hay pájaros, es que no hay hombres.

El otro le miró con asombro.

—¿Es verdad?

—A los pájaros no les gusta la guerra, deja de lamentarte.

La patrulla se internó en el bosque, reptando despacio entre los matorrales. El aire era más fresco que en la llanada batida por el sol estival. Pero Lavalle sentía el sudor agarrado a su piel. Le molestaban las hojas de las jaras, que le dejaban su pringue en las manos y en la cara.

Veinte minutos después, alcanzaron un calvero por cuyo centro discurría el estrecho y arenoso cauce seco de una torrentera. Galíndez hizo señas a los hombres para que se detuvieran y se tendieran en el suelo.

Una perdiz, seguida por su corte de perdigones, salió de un matorral: el pájaro y sus crías corrieron a esconderse al otro lado de la arroyada.

El sargento se volvió hacia Lavalle.

—¿Tú qué crees?

—Que no hay nadie.

—¿Y cómo lo sabes?

—La perdiz, los tordos…

—Pero tú eres estudiante…

—Es de sentido común, mi sargento.

—Pues adelántate y cruza a la arboleda de enfrente. Si hay paso libre, nos haces señas con el pañuelo.

—Deme uno, yo no tengo pañuelo.

—Toma, toma… —Galíndez le tendió el suyo, un arrugado y sucio trapo—. ¿Con qué te limpias los mocos?

—Con los calzoncillos de los sargentos.

Se levantó y, sin dudarlo, echó a andar con urgencia por el espacio abierto. Y se armó de fatalismo: sabía que era el momento en que podía recibir un tiro, que resultaba un blanco perfecto para un enemigo emboscado. Esperaba que, al menos, si disparaban del otro lado, el tirador tuviera buena puntería. Si había que morir, que fuese pronto y sin dolor.

Pero no sucedió nada. Alcanzó el bosque sin escuchar otro ruido que sus pasos. Se alzó y agitó el pañuelo. Pocos minutos después, los otros llegaban a su altura. Lavalle miró a Nicolás: ya no lloraba.

—¿Estás bien? —le preguntó.

El otro trató de sonreír, pero sólo alcanzó a dibujar una mueca algo ridícula en los labios.

—Sí, sí… —respondió—, los pájaros.

Devolvió el pañuelo a Galíndez.

—Espero que tengas limpios los calzoncillos —dijo.

—Te mereces un paquete.

—Me da igual, sargento.

—Y tal vez una medalla.

—Que le den por culo a la hojadelata.

Siguieron avanzando, inclinados, ahora cuesta arriba, por el otro lado del barranco. Galíndez ordenó a la patrulla detenerse cuando la vegetación comenzó a abrirse.

Y en ese instante, Lavalle, escondido entre los jarales, distinguió con claridad la línea de defensa, que comenzaba unos quinientos metros más arriba. En la larga ladera de la loma, entre las encinas y las carrascas, se tendían en hileras varias trincheras y, más arriba, después de un terreno vacío de vegetación, asomaban las estructuras de varias decenas de casamatas de hormigón y nidos de ametralladoras.

Se acercó al sargento y le susurró al oído:

—Es un terreno difícil de tomar por la infantería. Y con la arboleda, será complicado para los aviones hacer blanco. Habrá que emplear la artillería, supongo.

—Volvamos —dijo el suboficial.

Retrocedieron. Tras cruzar la vaguada, Galíndez ordenó de nuevo a los hombres detenerse.

—Descansad un rato a la fresca y echad un pito si queréis —dijo.

Luego, se apartó de los otros y tomó el teléfono que le tendía el soldado de transmisiones. Habló un rato y volvió al poco junto a Lavalle.

—Van a bombardear y de inmediato bajará la infantería. Nosotros esperaremos aquí.

Durante cerca de veinte minutos permanecieron relajados a la sombra de los álamos. Ya no había miedo entre los miembros de la patrulla. Un soldado animó a otro a jugar una partida de damas, trazando las rayas del imaginario tablero en el suelo de arena y usando chinarros como fichas. Nicolás ofreció un cigarrillo a Lavalle.

—Te agradezco lo que has hecho por mí —le dijo.

—Yo no he hecho nada, fueron los pájaros.

Lavalle se levantó, tenía ganas de orinar. Se alejó del grupo una veintena de metros. Y justo en el instante en que terminaba de desabrocharse la bragueta, la furia del infierno pareció desatarse sobre la vaguada.

Una explosión a su espalda casi le arrojó al suelo y Lavalle, tras un momento de duda, se tumbó en un hueco que se abría entre dos grandes rocas. Apenas un segundo después, el bosque ardía, la cañada retumbaba, los silbidos agudos de los obuses cruzaban el aire como un fragor de flechas lanzadas por un titán. Temblaban las rocas, temblaban los árboles, temblaba el suelo bajo su cuerpo. El polvo se alzaba por encima de la cañada y olía a pólvora quemada. Le pitaban los oídos hasta dolerle. Sobre su cuerpo caían paladas de tierra ardiente.

No sabría calcular cuánto duró el bombardeo antes de hacerse el silencio. Permaneció un buen rato tendido, sin moverse. Luego escuchó quejidos y gritos pidiendo ayuda. Al fin, se levantó y se palpó las piernas y el cuerpo. Estaba ileso.

Los lamentos y alaridos venían del lugar en donde se encontraba la patrulla. Caminó hacia allí con temor, sabiendo lo que iba a encontrar. Varios soldados aullaban de dolor. Otros lloraban de impotencia, casi sin ruido. Algunos de ellos tenían miembros mutilados.

El sargento estaba muerto, partido en dos por la cintura, junto al cuerpo sin vida del soldado de transmisiones. Los soldados que jugaban a las damas yacían al lado, ya cadáveres, como muñecos rotos, desprovistos de las piernas y de los brazos. Nicolás reposaba tendido boca arriba, con un gran agujero abierto en el centro del pecho por el que manaba sangre en abundancia. Sus ojos miraban hacia el cielo, como si soñara despierto. Sólo Lavalle y dos soldados estaban ilesos.

Ayudado por los otros, rajó camisas y pantalones y trató de taponar heridas. Cuando, minutos después, oyó el ruido de las tropas que descendían desde el otro lado de la vaguada, se levantó. Distinguió enseguida al capitán Gracia, abriéndose paso entre las retamas al frente de los primeros hombres.

—¡Qué habéis hecho, gilipollas! —gritó Lavalle.

El oficial llegó a su lado.

—¡Cálmate, cabo, cálmate! Un error de la artillería. ¿Hay muertos?

—¡Míralo tú mismo!

El capitán se adelantó.

—¡Madre mía!

Y gritó hacia su espalda:

—¡Camilleros!

Luego se acercó de nuevo a Lavalle.

—Vete a la retaguardia con los camilleros.

—No quiero la retaguardia… ¡Mataría a quien dio la orden a la artillería! —Señaló hacia el grupo de cadáveres y heridos—. Algunos eran casi unos niños.

—Cosas de la guerra, cabo. Ya conoces el dicho: la artillería tiene como misión bombardear…, preferentemente al enemigo.

—Eso no tiene gracia, mi capitán, que hagan la guerra quienes saben, no los idiotas. ¿Quién dio la orden de bombardear la vaguada?

—¡Y yo qué sé! Sería el Campesino… En todo caso eso no es asunto de un cabo.

—¡Ese animal…!

—Vete a la retaguardia antes de que ordene que te fusilen.

—No, no… Voy a la batalla con vosotros.

—Como quieras. Hazte cargo del pelotón de Galíndez. Te asciendo a sargento por unas horas, hasta que lo confirme el mando.

Llegaban los camilleros y se llevaban a los heridos. Los muertos quedaron en el lugar en donde los había despedazado el bombardeo.

La tropa ascendió en dirección a Quijorna, con Lavalle en la primera línea de su compañía. Sentía su espíritu revuelto y no sabría decir, en ese momento, si deseaba matar o deseaba morir. Cuando el capitán Gracia dio la orden de detenerse, en el mismo lugar que antes lo había hecho la desdichada patrulla, Lavalle se volvió hacia el oficial.

—Es un terreno muy desfavorable. Hay que bombardear.

Gracia asintió en silencio y se alejó unos pasos en busca del asistente de transmisiones. Pasados unos minutos, regresó junto a Lavalle.

—El Campesino ordena un ataque del Primer Batallón. Y nuestra compañía, en la vanguardia.

—¿A campo abierto? Va a ser una carnicería.

—Eso le he dicho. Pero me ha respondido que no quiere cobardes entre su gente.

—¿Y por qué no viene él a ponerse en cabeza?

—¡Cállate! Es una orden. Y por ese camino vas a acabar fusilado, cabo.

—Si salgo vivo… Guardaré una última bala para ese loco. ¿Y no quedamos en que ya era sargento?

El capitán se volvió hacia dos tenientes que esperaban sus órdenes.

—Pasen la voz: que la gente cale las bayonetas. Y cuando dispare al aire tres veces seguidas, todo el mundo al ataque.

Transcurrieron diez minutos. Lavalle sentía su corazón bombear con fuerza. Se preguntaba si el miedo de la Marañosa volvería de súbito o sabría dominarlo.

Regresaron los tenientes.

—¡Todo el mundo a sus puestos! —gritó Gracia mientras abandonaba la protección de un alto matorral de retama.

Lavalle oyó los tres disparos y el grito de «¡al ataque!», cortado por vivas a la República que llegaban desde las filas traseras. Saltó hacia delante y echó a correr, sin mucha prisa, con la bayoneta calada y el fusil apuntando al frente. Algunos hombres le adelantaron. Pero él sabía que debía guardar fuerzas y que los primeros en correr serían los primeros en morir. Pronto comenzó el fuego enemigo a llover sobre ellos. Las balas caían a su alrededor o volaban sobre su cabeza con un sonido de piar de pajaritos en primavera.

Se iba retrasando. La cuesta se empinaba y le ardía la frente. No pensaba en los disparos enemigos, sino en sus pulmones, que parecían a punto de estallar, y aspiraba el aire con grandes bocanadas. Podía distinguir borrosamente los cuerpos de varios soldados caídos delante de él. ¿Llegaría vivo a las trincheras enemigas?

De pronto, cayó al suelo tras tropezar con el cuerpo de un hombre. Miró un instante al muerto antes de levantarse. Era el capitán Gracia.

Otros hombres pasaban corriendo a su lado. Oyó la voz de un teniente:

—¡Vamos, adelante!, ¡ya llegamos!

Corrió de nuevo y saltó al interior de la primera trinchera. Un soldado enemigo, con camisa de falangista, alzó los brazos delante de él. Lavalle le clavó la bayoneta en el pecho. El chico le miró con perplejidad antes de derrumbarse atrapado por la muerte.

—¡Viva la República! —oyó gritar a su izquierda.

Decenas de soldados enemigos se sentaban entre los cadáveres de sus compañeros, con los brazos en alto y miradas de terror. Lavalle distinguió a uno, un hombre ya maduro, que hurgaba con la mano en uno de sus bolsillos. Pensó que tal vez buscaba un arma y dirigió la bayoneta hacia su pecho. Pero el hombre sacó entonces la mano y le mostró una fotografía. Lavalle apartó el arma y miró la foto. Era el retrato de una mujer con dos niños pequeños.

—No me mates —dijo el otro.

—Alza los brazos —respondió Lavalle—, nadie va a matarte.

Le arrebató al prisionero la fotografía y se la metió en el bolsillo de la camisa.

Un pelotón de soldados iba recogiendo a los prisioneros y conduciéndolos hacia la retaguardia. El hombre se unió a la fila y dirigió a Lavalle una mirada triste y una leve sonrisa.

Lavalle conocía las costumbres del Campesino, quien a veces, por capricho, ordenaba fusilar a los prisioneros. Nunca llegaría a saber qué sucedió con el hombre de la foto. Pero no cesó de recordarle durante los meses siguientes.

Limpió en la tierra su bayoneta ensangrentada.

Habían tomado las trincheras del encinar, pero detrás se tendía una larga cuesta sin vegetación, y más arriba, en las alturas de la loma, había nuevas líneas de trincheras, parapetos, casamatas y nidos de ametralladoras.

Los oficiales supervivientes reorganizaban el batallón. Los soldados amontonaban los muertos enemigos en los extremos de las trincheras, recogían el armamento de sus adversarios y colocaban los sacos terreros en el lado que daba a los altos de la colina. Lavalle se preguntó por qué no disparaban contra ellos.

Miró hacia su espalda. La cuesta estaba llena de cuerpos caídos y los camilleros buscaban heridos entre los muertos. De la vaguada surgían decenas de hombres que ascendían a reforzar la posición ganada. Pero Lavalle no alcanzaba a distinguir al Campesino.

Un teniente recorrió la trinchera trasmitiendo la orden:

—Atacaremos de nuevo. Descansad un poco, camaradas. Hay que tomar la colina antes de que caiga la noche. Si lo logramos, mañana entraremos en Quijorna.

Pero al comenzar la nueva acometida, desde las alturas de la loma surgió un oleaje de fuego y plomo. Los hombres caían por decenas en aquella pendiente desprovista de árboles y matorrales. Y apenas diez minutos después de iniciarse el ataque, los asaltantes volvieron grupas y huyeron en desbandada en busca de la protección de las trincheras. Lavalle tuvo de nuevo suerte y regresó con vida del asalto.

Esa noche, los regimientos que conformaban la XLVI División pernoctaron en la vaguada y en las posiciones conquistadas al enemigo. Al amanecer del día 7, su jefe, Valentín González, el Campesino, dispuso que se situaran varias ametralladoras en la retaguardia de sus tropas, con la orden de disparar contra sus propios hombres si huían del combate una vez iniciada la batalla. Durante esa jornada y la siguiente, centenares de soldados republicanos murieron en inútiles ataques frontales contra las posiciones rebeldes, en el intento de conquistar Quijorna.

Esa misma mañana del día 7 de julio, a menos de quince kilómetros de Quijorna, en dirección noroeste, el comandante George Nathan, al mando de los batallones Lincoln y Washington, ordenaba a su artillería iniciar el bombardeo de un pequeño pueblo del oeste madrileño en manos de los rebeldes desde el verano anterior. Nathan tenía algo más de cincuenta años y era delgado, de estatura media, sólida nariz hebrea y pelo liso muy rubio. Veterano de la Primera Guerra Mundial, había llegado a España a finales del verano anterior, integrado en el cuerpo de voluntarios irlandeses de las Brigadas Internacionales. Gracias a su valor y al prestigio que cobró enseguida entre sus compañeros de armas, su ascenso hasta la jefatura del Estado Mayor de la XV Brigada había sido fulgurante. Un día antes, mientras Líster conquistaba Brunete, los brigadistas encuadrados en las Brigadas Internacionales habían tomado Villanueva del Pardillo. Ahora, su artillería comenzaba el bombardeo a Villanueva de la Cañada.

Desde una pequeña altura que dominaba el pueblo, en pie, con gesto impasible y aspirando el humo de tabaco de su pipa, Nathan contempló las humaredas de las primeras explosiones. No llevaba armas ni tampoco gorra. De su cuello pendían unos prismáticos y su mano derecha sujetaba la empuñadura de oro de un bastón de madera oscura. Cerca de él, agachado tras un improvisado parapeto de sacos terreros, su oficial asistente, un hombre joven, barbilampiño y de tez rosácea, le miraba con aire embelesado.

Nathan apartó la pipa de su boca con la mano izquierda, apoyó el bastón contra su cadera y tomó los prismáticos.

—Hummm —dijo mientras sus ojos recogían la visión del poblado—. Parece que estamos haciendo daño. Pronto lanzaremos la infantería.

—¿Por qué no te cubres, George? —oyó decir al asistente—. Si alcanzas a ver al enemigo, ellos también te verán a ti. Y pueden enviarte un obús como regalo.

Nathan retiró los anteojos de su rostro, los dejó colgar de nuevo sobre su pecho y miró burlón al oficial.

—No te apures, muchacho. Hoy tengo la sensación de que soy inmortal, como Aquiles.

—Haz el favor, George: no quisiera tener que enterrarte esta tarde.

Nathan tomó el bastón y dio dos pasos hacia el parapeto. Se agachó y acarició la mejilla del joven.

—Esta noche estaré vivo, más vivo que nunca…, ya lo comprobarás, querido Patroclo.

Se alzó y regresó al lugar que ocupaba.

—Prepárate para llevar la orden de ataque a los comandantes Merriman y Law.

Cuatro horas más tarde, tras una encarnizada batalla que incluyó combates a la bayoneta en las calles del pueblo, Villanueva de la Cañada caía en manos republicanas. Nathan entró en la plaza Mayor caminando con lentitud, manejando con parsimonia su bastón de empuñadura dorada, y alcanzó la puerta de la iglesia. Hizo un gesto a uno de los soldados de su *staff*:

—Búscame una banqueta. Y a ver si encuentras a alguien que pueda limpiarme las botas.

Unos minutos después, sentado bajo la sombra de una acacia, encendió la pipa. El joven oficial ayudante se acercó.

—¿Cuáles son las órdenes, comandante?

—Que se organicen unas buenas defensas cuanto antes y que se envíe un correo a Modesto, dándole cuenta de que hemos tomado el pueblo. ¿Sabemos ya el número de nuestras bajas?

—Los comandantes Merriman y Law están procediendo al recuento.

—Envíales un correo. Que les diga que están invitados al té de las cinco.

—¿Algo más, George?

—¿Es que no hay un solo limpiabotas en todo el pueblo?

—Lo están buscando, George.

—Odio llevar sucias las botas… ¡Ah! No quiero fusilamientos entre los prisioneros.

El joven le dirigió una sonrisa irónica.

—¿Ni siquiera al cura?

—Recuerda que soy irlandés. Y aunque no creo en Dios, soy católico.

Al oír relinchos, Jaime Lavalle salió de la trinchera y reconoció enseguida a Modesto. Venía montando un airoso caballo blanco, un magnífico animal, muy distinto a la flaca montura del Campesino. Varios oficiales seguían al comandante jefe del V Cuerpo de Ejército y, más atrás, al otro lado de la vaguada, se alzaba la polvareda que provocaba la marcha de un regimiento de caballería.

Era media tarde del día 8. Desde el mediodía corrían rumores sobre el relevo del Campesino al frente de la XLVI División y, de hecho, los combates se detuvieron. Los heridos y los muertos, muy numerosos, habían sido evacuados. Y los aterrados supervivientes de una tropa extremadamente fatigada miraban a los oficiales con perplejidad. Nadie sabía bien qué hacer.

Modesto descendió del caballo unos metros más allá de donde Lavalle se encontraba y comenzó a recorrer la trinchera, seguido de Luis Delage, deteniéndose a hablar con los soldados. Sin duda trataba de infundirles ánimos. Al llegar a su altura, reconoció a Lavalle de inmediato.

—¡Vaya! —se dirigió al comisario—. Mira quién está aquí: el estudiante de la Marañosa.

Lavalle se cuadró y saludó con el puño en alto al jefe miliciano. Modesto le indicó que descansara con un vago movimiento de la mano.

—Ya veo que no te han matado —dijo sonriendo.

—He tenido suerte, camarada comandante…, ha sido una carnicería.

El rostro de Modesto se ensombreció.

—Te hicieron cabo, ¿no? —añadió señalando su hombrera.

—Hace dos días el capitán me ascendió a sargento…, pero lo han matado. Así que sigo de cabo.

—¿Has combatido bien?

—Lo mejor que he podido.

—Entonces yo te nombro sargento. ¿Tienes alguna queja que darme, chico?

—No quisiera que se me tomase como una crítica al mando, pero…

—Dime, chaval, no te lo calles…

—Creo que las órdenes no fueron las más adecuadas. Se nos mandó atacar a campo abierto, sin bombardeo previo de la artillería. Era como enviarnos de cabeza a la muerte. Y el mando no apareció durante los combates…

—Te aseguro que no va a volver a pasar.

Lavalle tomó aire. Se atrevió a lanzar la pregunta que le rondaba la mente:

—¿Han relevado al Campesino, camarada comandante?

Modesto le miró con seriedad.

—Eso no se pregunta…

—Perdona, camarada comandante.

—No hay relevo de mando… Pero las órdenes tácticas ahora las doy yo. ¿Satisfecho, chaval?

—Gracias, comandante.

Modesto asintió. Dio un golpe en el hombro a Lavalle, se alejó dos pasos y dijo a un teniente:

—Este cabo asciende a sargento. Ocúpate. Y lo envías a mi Estado Mayor: necesito hombres bregados y bragados.

Desde el parapeto, protegido por un cerrado bosquecillo de carrascas, Modesto observaba con cuidado las alturas de la loma y, más lejos, la iglesia y las casas de Quijorna. Le rodeaban varios oficiales y el comisario Luis Delage, que permanecían a su lado en respetuoso silencio. Por fin, se dirigió a ellos:

—Calculo que habrá tres batallones defendiendo el pueblo, unos mil doscientos hombres o quizás algunos más. Y están bien distribuidos y armados.

—¿Qué piensas hacer? —preguntó Delage.

—Bombardear intensamente al amanecer, con fuego de artillería y el apoyo de algunos aviones. Luego…

Señaló con el dedo en dirección a Quijorna.

—Hay que tomar, primero, el cementerio, con una maniobra envolvente, y trasladar a la caballería a un pequeño bosque situado al norte del pueblo. Una vez que el cementerio haya caído, lanzaremos la caballería al ataque. No sé cómo una maniobra tan sencilla no se le ha ocurrido al majadero del Campesino.

Se quitó la gorra de plato y, con un pañuelo, se secó el sudor de la frente.

—Puñetero calor…

Se dirigió de nuevo a los oficiales:

—El Primer Batallón asaltará el cementerio por el flanco izquierdo en cuanto cese el bombardeo artillero. Esta misma noche, la caballería rodeará pueblo y se situará en la posición que he indicado para atacar mañana. ¿Todo claro, camaradas?

Más tarde, mientras regresaban cabalgando al puesto de mando de la carretera que conducía a Valdemorillo, bajo la luz cansina del atardecer, Modesto llevó su montura junto a la de Delage.

—Si me encuentro hoy con el Campesino —le dijo—, soy capaz de pegarle un tiro. ¿Sabes cuántas han sido las bajas de su división?

El comisario negó con la cabeza.

—Casi cuatrocientos muertos y un número mayor de heridos. Y algunos ametrallados por sus propios camaradas cuando huían asustados.

—Como se te ocurra dispararle, te formarán un consejo de guerra.

—Le acusaré de cobardía.

—No ganarás mucho: el Partido le apoya.

—Yo también soy el Partido... Y al menos podré desahogarme.

—Pues escribe un informe. Eso es preferible a darle un tiro.

La mañana del día 9, la táctica diseñada por Modesto se ejecutó con pulcritud. El cielo refulgía como una gema, sin una sola nube, y los aviones realizaron dos bombardeos y las primeras andanadas de los cañones y morteros cayeron sobre Quijorna. Cuando cesaron los ataques aéreos y de la artillería, alrededor de las diez de la mañana, el Primer Batallón de la XLVI División ocupó el cementerio y alcanzó las primeras casas del pueblo. Y mientras la fuerza rebelde se replegaba a sus posiciones de retaguardia, la caballería se lanzó por sorpresa desde el bosque que dominaba el norte del pueblo. A las doce, Quijorna había sido conquistada por los republicanos y doscientos adversarios, entre moros y falangistas, caían prisioneros.

Modesto entró en la localidad montando a Capitán. Los hombres lanzaron vítores a la República y a su jefe. Ahora sí se escucharon canciones que hablaban de heroísmo y guerra. El caballo del comandante pareció querer unirse al alborozo general y, antes de que descabalgara su jinete, dio algunos pasos airosos con sus patas delanteras. Delage, que montaba un alazán a espaldas de Modesto, le gritó:

—¡Pareces un señorito jerezano, comandante!

—¡Y tú, un rufián de Castilla, comisario!

Modesto reunió a los oficiales en los soportales de la Plaza Mayor. Estaba de buen humor: la ofensiva, aunque con algo de retraso sobre las previsiones, progresaba e iba cumpliendo sus objetivos. Con la conquista de Brunete, Quijorna, Villanueva del Pardillo y Villanueva de la Cañada, el avance podía proseguir hasta enlazar con las fuerzas propias de la sierra de Madrid, en el norte, y del Jarama y Guadalajara, al sudeste y el este. Si lo lograban, el cerco franquista quedaría roto y se habría dado un paso importante hacia el fin de la guerra. Sólo le preocupaba una cosa: que Líster se había rezagado en su avance hacia Navalcarnero, entreteniéndose en apagar pequeños focos de resistencia.

Cuando vio entrar en la plaza al Campesino, montando su caballo con aire atribulado y seguido por unos pocos de sus oficiales, pensó en burlarse de él antes que en insultarle. Salió del soportal y se plantó en jarras delante de la entristecida comitiva.

—Llegas tarde a celebrar la victoria, Valentín González; pero puedes estar satisfecho, de todos modos, porque te hemos ahorrado el trabajo.

El otro respondió furioso:

—Tomar el pueblo era misión mía.

—Pues te dabas muy poca prisa.

—Tenía mis planes ya trazados.

—No me digas… ¿Para el mes que viene?

El Campesino descendió de su montura. Miró con ojos turbios a Modesto.

—No me gusta que se pongan en mi camino. No voy a consentir más que…

Modesto dio un paso al frente al tiempo que cortaba la frase de su oponente.

—¿De qué manera no vas a consentir qué cosa? Ya te he dicho alguna vez que, cuando tú quieras, aquí me tienes.

—Informaré al mando.

—Ya le he informado yo sobre las bajas que ha costado tu…, tu…, digamos tu torpeza.

—Hablaremos en el Partido.

—¿Quieres que cuente a quien quiera oírme que, mientras tus hombres morían, tú no aparecías por el frente?

—¿Insinúas algo?

—¿En dónde estabas durante la batalla?

—Dirigiendo la estrategia…

—¿La estrategia de una carnicería…? ¡Quítate de mi vista, loco!

El Campesino temblaba. Pareció, por un momento, que se llevaba la mano a la funda de la pistola. Pero la retiró al punto. Se dio la vuelta, tomó la rienda de su caballo y salió de la plaza con paso presto.

Modesto le siguió con la mirada hasta que el otro se perdió tras el baptisterio de la iglesia. Se volvió y, al hacerlo, vio la figura de Delage, ante los soportales, con la pistola en la mano. Modesto comprendió de inmediato.

—¿Qué hacías ahí, Luis?

—Prefiero que sigas mandando en el ejército a que haya que sustituirte por otro si a alguno se le ocurre pegarte un tiro. Y hay quien tiene ganas desde hace tiempo.

—El tiro habría que dárselo a ese loco.

—O por lo menos vigilar su locura, porque gobierna sobre la vida de muchos hombres.

—Como decimos en Andalucía, es una mula que tira coces para los lados.

Herbert Matthews, el corresponsal del periódico *The New York Times* en la guerra española, se dirigía con un grupo de periodistas hacia Quijorna. Había enviado esa mañana temprano, desde el edificio de la Telefónica, en la Gran Vía de Madrid, su primera crónica de la batalla de Brunete, relatando la lucha de los brigadistas norteamericanos en la conquista de Villanueva del Pardillo dos días antes. Era un hombre de treinta y siete años, alto, seco, algo desgarbado y de apariencia melancólica. Vestía unos pantalones de lona, una chaqueta ligera y, a pesar del calor, se cubría con una boina negra.

Matthews consideraba que un periodista debía ver muy de cerca cuanto sucedía en los combates y en esta ocasión se había aproximado más que nunca a los luchadores. En Villanueva del Pardillo siguió durante casi una hora en plena batalla a un pelotón de brigadistas de su país, con el capitán Oliver Law a la cabeza, un valeroso afroamericano ascendido a oficial tras las luchas del invierno en el valle del Jarama.

Ahora, viajando hacia Quijorna, recordaba las palabras de Law, a quien había entrevistado poco después de la toma del pueblo. El oficial negro, mostrándole con orgullo los galones de sus hombreras, le había dicho: «Cuando combatí con el ejército norteamericano en la Gran Guerra europea, me asignaron a que sirviera en un cañón como artillero, simplemente porque era negro y un negro no podía ser oficial. Pero en España, los galones se obtienen por el valor, no por el color de la piel. Aquí, en esta guerra, es la primera vez en mi vida que, siendo negro, me siento libre».

Matthews había comprendido mejor que nunca lo que significaba la guerra en el curso de aquella batalla. La había sentido casi como una parte de su propia naturaleza mientras veía a los hombres arrojar bombas de mano al interior de las casas y disparar sus fusiles contra las sombras envueltas por una tolvanera que se revolcaba en las calles del pueblo, contemplando desesperados combates a la bayoneta, escuchando el griterío salvaje de los soldados en la lucha. Hubo un momento en que todo pareció confundirse ante sus ojos y en su propia memoria: una oleada de polvo le envolvía y en sus oídos rechinaba un clamor de graznidos de grajillas. Sintió pavor al percibir la muerte tan de cerca y también orgullo de comprender lo que en verdad significaba el heroísmo. Él estaba en la guerra para informar, no como su amigo Hemingway, que la vivía como una aventura. Él no se sentía un héroe de novela, sino un informador al que le gustaba comenzar sus crónicas diciendo «este corresponsal ha visto...». Y aquella mañana en Villanueva había visto la guerra en su más depurada expresión, en su esencia misma: una lucha en la que se olvidaban de pronto todos los ideales y los preceptos épicos, un escenario en el que la crueldad y la irracionalidad de los hombres se convertían en los únicos principios que podían ayudar a salvar la vida. Matar al otro era esencial para sobrevivir; lograr, en definitiva, que su muerte aplazase la tuya. Pero, por encima de todo eso, la guerra significaba coraje.

Viajaba ahora, sentado junto a su chófer español, en el espacioso coche americano que su periódico había alquilado para sus desplazamientos. Detrás, se acomodaban el grandullón Hemingway, una chica menuda, fotógrafa, Gerda Taro, novia de Robert Capa, y el corresponsal americano Louis Fischer. Hemingway iba hablándoles sobre sus experiencias en la Primera Guerra europea, en concreto les relataba el episodio de su herida cuando conducía una ambulancia durante la batalla de Caporetto. A Matthews le caía bien Hemingway, a pesar de su tendencia a la fanfarronería. En su opinión, era un gran escritor, pero no resultaba tan bueno como periodista. Le faltaba la humildad de dejar su propia figura en un segundo plano cuando escribía un reportaje para *Esquire*. Si lo hubiera hecho, sin duda las suyas habrían sido unas excelentes crónicas.

Delante de ellos, marchaba otro coche, un Packard negro, conducido por el ruso Koltsov. Junto a él viajaban su compatriota

Ilia Ehrenburg, y los reporteros ingleses Geoffrey Cox y Henry Buckley. Koltsov había acordado por teléfono una entrevista para el grupo de informadores con el comandante Modesto si finalmente caía Quijorna. Y Quijorna, después de tres días de combates, había caído.

Eran las seis de la tarde y los coches viajaban por la estrecha carretera azotada por el rudo calor del verano. Cruzaban junto a bosquecillos de álamos enfermizos. De cuando en cuando, en la cuneta, distinguían vehículos militares despanzurrados por las bombas.

El sol del verano parecía empeñado en no esfumarse de lo alto aquel día caluroso. Sentados en sillas de madera en el jardín de una casa de Quijorna, bajo un emparrado del que colgaban racimos de uvas todavía verdes, y alrededor de una larga mesa repleta de gruesos melocotones y de frascas de recio vino tinto, los periodistas escuchaban a Modesto mientras tomaban notas. Sólo faltaba Gerda Taro, que andaba por las calles del pueblo haciendo fotos a los soldados y los paisanos. Dentro de la casa, los asistentes del comandante preparaban el cuartel general provisional, desplegando mapas y organizando las transmisiones. De cuando en cuando, Modesto se excusaba y entraba en el edificio para conectar por teléfono con los diversos frentes de la batalla.

A Matthews le gustaba particularmente Modesto. Hablaba despacio, pausado, con un bonito deje andaluz, y parecía controlar muy bien sus ideas y su humor. No era fanfarrón como Líster ni tosco como el Campesino. Además, era un hombre que destilaba lozanía y, sin duda, ese aire de desenfado juvenil, junto a su fama de valiente hombre de acción, eran la causa de su indudable atractivo personal.

Modesto le parecía también mejor militar que algunos relevantes profesionales, como el general Miaja, en su opinión uno de esos hombres que fundan su reputación en hablar poco y que, cuando al fin dicen algo, suele ser una estupidez. Para Matthews, el joven jefe miliciano y el coronel Rojo eran los mandos más capaces de cuantos participaban en la defensa de Madrid.

Al llegar, Modesto exhibía un semblante satisfecho y relajado. Incluso se permitió bromear con Hemingway. El escritor tendió la mano al entrar en el jardín de la casa y Modesto se la estrechó sonriente.

—¿Hoy no tenemos ruleta rusa, amigo Ernesto? —preguntó el jefe miliciano.

El escritor frunció levemente el entrecejo. Matthews sabía que Hemingway podía responder coléricamente a cualquier ironía si estaba algo pasado de copas. Pero esa tarde no había tenido tiempo de beber. Y enseñó su otra cara: la de un hombre amable que sabía mostrarse inteligente y bromista.

—No te preocupes, comandante —respondió—; hoy no hay mujeres hermosas por las que tengamos que enfrentarnos: mi compañera se ha ido por unas semanas a Nueva York.

—Entonces podemos beber juntos, amigo Ernesto. Hay vino en abundancia. Y siento no poder ofreceros otra cosa de comer que melocotones... Pero están buenos.

Después de contestar las primeras preguntas, Modesto desplegó un pequeño mapa a un lado de la mesa y los corresponsales se levantaron y le rodearon. El comandante, agachado sobre la carta, iba señalando con el dedo, lentamente, los lugares que nombraba.

—... y ahora, las fuerzas de la XI División de Líster se dirigen hacia el sur, a Navalcarnero, por la carretera de Sevilla la Nueva, mientras que las de la XLVI División, desde aquí, desde Quijorna, marcharán hacia el norte, hacia Navalagamella. En cuanto a los brigadistas norteamericanos —alzó la vista y la paseó por los rostros de Matthews y Hemingway— progresan ahora mismo hacia el oeste, a tomar el cerro del Mosquito.

Modesto se irguió.

—Es fácil hacerse una idea de lo que está ocurriendo. La operación militar discurre como habíamos previsto y, en buena medida, hemos cogido por sorpresa al enemigo. Si quebramos sus líneas en los tres frentes y podemos establecer contacto con nuestras fuerzas del norte y del este, el cerco de Madrid quedará roto y el fin de la guerra estará más próximo.

—¿Cómo están combatiendo los americanos de las brigadas Lincoln y Washington? —preguntó el americano Fischer, corresponsal de *The Nation*.

—Con tanta bravura que a veces se pasan. Te felicito como compatriotas tuyos que son. Ellos y los brigadistas polacos han tomado las dos Villanuevas y ahora mismo son la principal fuerza que ataca el cerro del Mosquito.

—Se olvida de los ingleses —dijo Buckley, corresponsal de *The Daily Telegraph*.

—Y de los tanquistas rusos —añadió Koltsov, del *Pravda*.

Modesto rió antes de añadir:

—Y de los checos, los irlandeses, los alemanes, los franceses, los italianos… Ésta no es una guerra de patrias, es una lucha de la humanidad por un mundo libre y justo, una guerra como no ha habido otra antes. Tenemos un enemigo común: el fascismo.

—Se dice que tus hombres te admiran, Modesto —comentó Matthews.

El miliciano le miró con gesto de curiosidad.

—No hago la guerra para que mis hombres me admiren, la hago para que mis enemigos me teman.

—Toda guerra precisa de héroes —intervino Hemingway.

—Tal vez al principio. Al final, los héroes no importan: lo que cuenta es ganarla. Si me preguntas qué prefiero ser, si un héroe del pueblo o el vencedor de la guerra, me quedo con lo segundo. De todas formas, para hablar de heroísmo, entrevistad a otros: algunos están encantados de sentirse como tales. Yo sólo pienso en vencer.

Un asistente se acercó el comandante.

—Al teléfono, camarada: llaman de Villanueva de la Cañada.

—Disculpad un momento —dijo al tiempo que entraba en la casa.

Regresó unos minutos después y miró con gesto grave a los periodistas.

—Los fascistas han detenido nuestro ataque del cerro del Mosquito. Y el comandante americano Law ha caído bajo fuego enemigo. Supongo que querréis desplazaros hasta allí.

Morían las últimas luces del día cuando, en las afueras del pueblo de Villanueva de la Cañada, tres brigadistas americanos acercaron hasta la fosa abierta junto a una arboleda el cadáver de Oliver Law, envuelto por completo en una sábana blanca, como si fuera el cuerpo de un marino que va a ser arrojado al mar. Bob Merriman, el comandante de la Lincoln, pronunció unas palabras recordando el valor del oficial caído aquella tarde, bajo el fuego de las ametralladoras enemigas, en el asalto al cerro del Mosquito.

—Será siempre recordado —concluyó— como el primer hombre de color que mandó soldados americanos blancos. ¡Honor al héroe Oliver Law!

A través del valle resonó el eco de una descarga de fusilería.

Matthews y sus compañeros periodistas llegaron justo en el momento en que los brigadistas introducían el cuerpo en la fosa y Merriman echaba sobre el cadáver de Law el primer puñado de tierra. Él, Hemingway y Fischer corearon el himno del batallón, el

Jarama's Valley, mientras Buckley, Ehrenburg y Koltsov permanecían al lado en respetuoso silencio. Gerda Taro no cesaba de hacer fotos.

De regreso a Madrid, los rusos y la fotógrafa siguieron en el coche de Koltsov hacia sus hospedajes, mientras Fischer y Buckley acompañaban a Hemingway a su suite del hotel Florida a tomar unos whiskies en la bien nutrida bodega del escritor. Matthews prefirió subir a su habitación del mismo hotel para escribir una crónica urgente que recogiera con frescura las ideas que le rondaban la cabeza. Sabía que sus historias ganaban fuerza y vigor cuando la emoción latía aún viva en su ánimo. Para retocar, había tiempo, ya que no podría enviar la crónica hasta el día siguiente.

Escribió sobre la victoria de Brunete, sobre la muerte de Law, sobre su figura, sobre el heroísmo de los combatientes norteamericanos y, como casi siempre, sobre la bravura de los ciudadanos anónimos del Madrid cercado por el ejército de Franco.

Y cerró así su despacho: «Lo que asombra de una guerra civil es esa suerte de ferocidad extrema mezclada con un fervor que se aproxima mucho a un sentimiento de misticismo. No hay guerra entre naciones que pueda compararse a una guerra civil, porque en ella se vuelcan al mismo tiempo todos los sentimientos de odio y todos los sentimientos de amor. En España, esa locura de los sentimientos se hace aún más extensa, porque es compartida por hombres de muchas otras nacionalidades: ingleses, polacos, rusos…, americanos. La guerra de España es un crisol de todo cuanto hay de noble y de fiero, de heroico y terrible, en el corazón humano. Nunca hubo en la Historia una guerra como la española. Y quizás nunca la habrá de nuevo».*

* El texto es apócrifo, ideado por el autor del libro a partir de algunas crónicas de Herbert Matthews.

7

Todo es guerra

Tú has hecho un infierno de la tierra feliz, lle-
nándola de maldición y hondos clamores.

WILLIAM SHAKESPEARE, *Ricardo III*

Luis Delage tuvo la idea esa misma noche del viernes.

—Hay que hacer algo para subir la moral de la XLVI —le
había dicho Modesto—, algo que les haga olvidar tanto muerto.

—Organiza un baile el domingo —respondió Delage.

—¿Y de dónde saco las chicas? Desde que no hay milicianas
en el frente, la cosa está difícil.

—Tráelas en camiones desde Madrid. Que el Partido pida vo-
luntarias. O llegado el caso, podemos contratar putas, creo que
en estos días abundan al baratillo en Madrid.

—Déjate de putas, Luis: no quiero un ejército vencido por la
gonorrea.

Aquella calurosa tarde del día 11 de julio, entre los vítores de
los soldados, varios camiones con las cajas cargadas de jóvenes
muchachas entraban en Quijorna. Los árboles de la plaza se llenaron de guirnaldas y, bajo los soportales, se instalaron improvisa-
das tabernas que vendían porrones de vino, cervezas, refrescos y
bocadillos de embutidos. De Madrid llegó también una pequeña

tropa de avispados vendedores callejeros y hubo churrería, venta de barquillos, cucuruchos de almendras garrapiñadas y chocolate caliente. A las siete, la banda musical de la división trepó al quiosco del centro de la plaza y acometió la primera pieza, *El Gato Montés*. Y la explanada se llenó de parejas que seguían con mayor o menor garbo el ritmo del bonito pasodoble. A poco de empezar el baile, un grupo de soldados colgó de lo alto de un árbol un gran cartel con la fotografía del Campesino.

Modesto y Cachalote llegaron al lugar una hora después del inicio de la fiesta, cuando en los aires se escuchaban los acordes de *Suspiros de España*. El guardaespaldas señaló hacia el retrato.

—¿Has visto al caradura del camarada Campesino, jefe? —preguntó.

—Coge una escalera y tráeme ese retrato —ordenó Modesto.

Unos minutos después, Cachalote regresaba con el cartel.

—Llévatelo adonde no lo vea —dijo Modesto.

—¿Y qué hago con él, jefe?

—Échale misto en un desmonte, *pisha*.

—¿Qué significa eso?

—¿Es que se te ha olvidado el habla de los Puertos? ¡Que lo quemes en donde no haya gente, cojones!

Jaime Lavalle había dirigido la vista varias veces hacia la chica y sus mejillas enrojecían cada vez que ella respondía devolviéndole la mirada. Estaba con un grupo de amigas y era pequeña de estatura, de formas redondas, pelo negro y corto y ojos muy oscuros y vivarachos. Vestía una blusa ligera de color canela, falda marrón que caía hasta cubrir las rodillas y zapatos rojos de grueso tacón. Algunos soldados se acercaban a ella, proponiéndole bailar, pero la muchacha rechazaba las invitaciones, una tras otra, con un movimiento firme de la cabeza.

Un cabo que se apellidaba Sánchez le ofreció un cigarrillo a Lavalle. Le dio un codazo mientras señalaba al grupo de muchachas.

—Esas chicas miran para acá. ¿Vamos a por ellas, camarada?

—No sé…

—¿Te da vergüenza?

—¡Qué dices!

—¿Entonces?

—No sé bailar muy bien.

—Eso no importa…, ellas marcan el ritmo. Y el pasodoble es fácil. Mira.

El cabo marcó unos pasos de baile, abrazado al aire, siguiendo el ritmo de la música de la orquesta. Las chicas miraban y se reían.

—¿Qué?, ¿vamos a por ellas? —insistió.

—Espera —respondió Lavalle—, cuando termine esta pieza.

Cerró la orquesta el pasodoble y acometió uno nuevo, *España cañí*. Uno de los músicos tomó el micrófono y se arrancó a cantar:

> *Siempre fue cañí, poesía en flor,*
> *esta España de mujeres bellas*
> *con fuego en los ojos*
> *que encienden pasión.*

El cabo le tiró del brazo. Con las orejas encendidas y el rubor pintando sus mejillas, Lavalle se encontró delante de la muchacha. Ella le miró y sonrió. Y él dijo:

—¿Bailas?

Se encontró abrazado a la chica y girando en la plaza.

—No se me da muy bien —se excusó Jaime.

—Déjate llevar, es fácil —dijo ella—. Sobre todo, procura no pisarme con tus botas guerreras.

—¿Cómo te llamas?

—Amapola; pero todo el mundo me llama Poli. ¿Y tú?

—Jaime...

—¿Has matado a algún fascista?

Jaime la miró desconcertado.

—¿Por qué me preguntas eso?

—Soy de las Juventudes Socialistas y admiro a los hombres que combaten al fascismo.

—¿Cuántos años tienes, Poli?

—Dieciocho. ¿Y tú?

—Veintiséis —mintió—. ¿Y a qué te dedicas?

—Trabajo de peluquera en un salón. Era un sitio muy fino antes de la guerra y ahora es popular. Está en Serrano, pero vivo en Vallecas. ¿Y tú, qué hacías antes de la guerra?

—Era estudiante..., pero de eso hace ya mucho.

—¿Estudiante? Ya, burgués.

—No, no... Mi familia es republicana y mi padre trabaja como encargado en una fábrica de muebles: hacía doble turno para pagarme los estudios... Pero ahora ya he olvidado casi todo lo que aprendí.

—¿Qué eres?: ¿socialista, comunista, anarquista...?

—No me ha dado tiempo a pensarlo.

—Todos le hacemos falta a la revolución, tendrás que decidirte.

—De momento hago la guerra, que no es poca cosa.

—No me has dicho todavía si has matado a alguien.

—De eso no se habla con las mujeres.

Callaron. El cantante acometía la última estrofa del pasodoble:

> *Es, de España, Andalucía*
> *un crisol de oro y un rico vergel*
> *donde palpita la vida*
> *de este pueblo hispano que nos vio nacer.*
> *Ésta es mi España, la tierra más bravía.*
> *¡España cañí!*

La multitud aplaudía con ganas. Lavalle se separó de Poli sin saber qué decir. Pero ella permaneció a su lado, sonriente. Cuando la orquesta inició un nuevo pasodoble, la muchacha se prendió a él y siguió danzando.

Bailaron varias piezas más, perdidos entre la multitud. Antes del anochecer, Lavalle invitó a la chica a churros y chocolate caliente. Ella le anotó en una servilleta la dirección de su casa y la de la peluquería.

—¿Me vas a escribir? —preguntó.

—Claro —respondió Lavalle, al tiempo que se sonrojaba de nuevo.

—Procura que no te maten.

Mientras la acompañaba en busca de sus amigas, hacia la plazoleta en donde aparcaban los camiones, Jaime sintió un golpe en el hombro. Se volvió; la cara de Modesto le sonreía y señalaba sus galones.

—Veo que vas bien acompañado, sargento.

—A tus órdenes, camarada.

—Nada de órdenes, hoy es cosa de divertirse.

Y el comandante siguió su camino.

Poli le miró asombrada.

—¡Uyyy! ¡Era Modesto! ¿Le conoces?

—Él es quien me ha ascendido…

—¿Por algún hecho heroico?

—Más o menos.

—Tienes que contármelo.

—La próxima vez.

El lunes, poco después de mediodía, llegaron al cuartel general de Modesto noticias alarmantes de los tres frentes abiertos en el campo de batalla. Franco había ordenado desplazar aviones, artillería y tropas de caballería e infantería desde sus posiciones del norte de la Península para reforzar sus fuerzas en Brunete, lo que suponía que miles de moros, legionarios, falangistas y requetés se incorporaban al combate, junto con tanquistas y aviadores alemanes. Líster había frenado su marcha hacia Navalcarnero y establecido las líneas de su XI División frente al pueblo de Sevilla la Nueva. Al tiempo, la carretera de Quijorna a Navalagamella había sido ocupada por dos divisiones facciosas y los franquistas contraatacaban en la zona de las dos Villanuevas, mientras nutridos refuerzos rebeldes se concentraban en Boadilla del Monte.

La situación de los republicanos se complicó cuando el XVIII Cuerpo de Ejército, mandado por el coronel Jurado, fracasó en el plan táctico de consolidar con su apoyo las conquistas logradas por el V Cuerpo de Modesto. Lo que el domingo se presumía como una victoria total en la batalla, se transformaba de pronto para los mandos republicanos en una situación de preocupante incertidumbre.

A media mañana, Modesto habló por teléfono con el coronel Rojo y, a primeras horas de la tarde, Jurado era relevado del mando del XVIII Cuerpo por el comandante miliciano Galán. Modesto ordenó a los jefes de sus divisiones cavar trincheras y reforzar las posiciones ganadas en los días anteriores.

De nuevo los leones se desperezaban y descendían de las colinas para tratar de matar y devorar al búfalo.

Esa noche del lunes 12 de julio, Juan Modesto recorrió las líneas del frente acompañado por un grupo de sus exploradores, a los que llamaba «mi chusma» desde los días de la batalla del Jarama. En la partida acababa de integrarse el sargento Jaime Lavalle, ufano de servir a las órdenes directas del comandante miliciano. La tarea asignada por Modesto a su «chusma» consistía en acercarse durante las noches, con sigilo, a las líneas del frente enemigo, para determinar en lo posible el número de efectivos con que contaban y si sus movimientos revelaban las intenciones de un pronto ataque. Modesto había creado aquel grupo de hombres con quienes le despertaban mayor confianza porque detectaba en ellos sangre fría, inteligencia y coraje.

Durante el día, en los períodos de tregua, los de la «chusma» se entrenaban reptando y gateando entre matorrales, alambradas y campos agujereados y cubiertos de latas de conservas vacías. Si había combates, los exploradores luchaban hombro con hombro con los otros soldados. Y muchas noches, a la caída del sol, salían a campo abierto armados con un simple machete para espiar las líneas del adversario.

Modesto viajaba en un vehículo militar junto a Cachalote y Delage, seguido por una camioneta en cuya caja se acomodaban a duras penas media docena de exploradores. Después de inspeccionar las posiciones avanzadas de Quijorna, en la carretera que se dirigía a Navalagamella, los dos coches continuaron hasta las proximidades de Sevilla la Nueva, en donde se había detenido el avance de la XI División de Líster.

Era una noche quieta, con una liviana rodaja de luna menguante pendiendo del cielo, rodeada por un turbión de estrellas. Lavalle cenó con sus compañeros un rancho de chacinas frías al arrimo de una pequeña hoguera en donde hervía una olla de café. Intuía que esa noche iba a ser su primera salida a campo abierto como explorador y, en todo caso, si no era esa noche, sería la siguiente. Modesto había destinado el pequeño grupo a servir a la XI División en las misiones de espionaje durante el tiempo que durase la batalla de Brunete. Y el sargento Lalo Alonso, un asturiano jefe del grupo y veterano del Quinto Regimiento desde los combates del Guadarrama, iba a encargarse de la tarea de instruir al novato Lavalle.

Junto a la entrada de una gran tienda de campaña, en donde se había instalado el puesto de mando provisional de la XI División, Líster y Modesto tomaban dos copas de coñac bajo el aire caliente de la noche. El silencio se interrumpía de cuando en cuando por el canto de los grillos, que por decenas acompasaban el coro de sus monocordes melodías. Parecía que un director de orquesta los pusiera de acuerdo, pues en ocasiones callaban al unísono, para arremeter de nuevo, pasados unos minutos y todos al mismo tiempo, su infatigable clamor de campanillas.

—Si cantan los grillos, es que los facciosos no atacan —dijo solemne Líster.

—¿Y si dejan de cantar? —preguntó Modesto.

—Atacan.

—Me fío más de mis exploradores que de tus grillos: esperemos a que vuelvan.

Líster se levantó con andares fatigados y rellenó su copa.

—¿Quieres? —preguntó mientras alzaba la botella y la apuntaba hacia Modesto.

El comandante negó con un movimiento de la mano.

—No hay que beber en exceso durante la batalla, Líster. Las batallas se ganan estando serenos.

—Un trago no hace mal a nadie.

Volvió a sentarse al lado de Modesto.

—En todo caso, ya hemos vencido —añadió.

—Te equivocas: la batalla no ha hecho más que empezar, y si no la hemos ganado ya es porque, entre otras cosas, tú te has entretenido en conquistar posiciones menores, en lugar de atacar directamente sobre Navalcarnero como te ordenaron.

—Hemos luchado con bravura.

—Pero no has rematado la faena, Líster, cuando podías haberlo hecho.

—¡Pero, joder, si hemos tomado casi todos los pueblos! ¡Y yo he tomado Brunete!

Modesto hizo un gesto con la mano, con aire aburrido.

—Ya importa poco. Lo que me preocupa ahora es su aviación. Si se traen aquí las escuadrillas que han desplegado en el frente del norte, pueden machacarnos.

—En el norte están bastante entretenidos, los nuestros resisten bien en Santander y Bilbao.

—Pero Franco puede decidir que se detenga su ofensiva del norte y desplegar aquí sus mejores tropas.

—¿Crees que se le ocurrirá algo así?

—No lo sé: tú y él sois gallegos. ¿Qué harías tú?

—Gallegos, sí…, pero de distinta madre. Él es un hijo de puta, un fascista de mierda. Y yo, un luchador del pueblo. Nunca podríamos pensar igual.

—En su lugar, yo traería los aviones. Y eso que no soy gallego. Franco no puede permitirse el lujo de perder una batalla como ésta a las puertas de Madrid. No la ha ganado, pero no puede perderla. Su crédito internacional, el que tenga, se iría al traste.

—¿Y qué haremos si viene su aviación?

—Resistir como podamos para conservar el territorio conquistado en estos días.

—Yo sé que hemos ganando la batalla —dijo Líster—. Y que el factor sorpresa ha sido determinante.

Modesto le miró con fijeza a los ojos.

—Cada día me recuerdas más a Napoleón.

Líster movió la cabeza hacia los lados, se llevó la copa a los labios y apuró los restos de coñac. Permaneció un rato en silencio antes de volver a hablar.

—¿Por qué te han hecho jefe del V Cuerpo en lugar de darme a mí el mando?

—Pregúntale al coronel Rojo.

—No me fastidies, Modesto: sin hombres con un par de huevos, sin soldados con dos cojones, no hay victoria posible.

—Huevos hay de sobra en los dos lados, aquí y en las trincheras enemigas. ¿No les has visto atacar? Pero yo prefiero tener más aviones y menos cojones. Porque siempre, según avanza la batalla y crece el número de muertos, los cojones se convierten en huevos pasados por agua.

Modesto se levantó. Le aburría la charla. Y le cargaba Líster. Llevaban muchos años juntos, se jugaban la vida el uno al lado del otro y nunca lograban mantener una conversación amable más allá de un cuarto de hora.

—Voy a ver si regresan los chicos de mi chusma —concluyó Modesto—. Te diré qué hacer cuando tenga su informe. Y no sigas bebiendo.

—¿Es una orden?

—De momento, un consejo. No hagas que lo convierta en una orden.

Lavalle se arrastraba a la derecha del sargento Lalo, alcanzando apenas a distinguirle bajo la frágil luz del gajo de la luna. Los consejos de su compañero le habían parecido prácticos y precisos. Lavalle pensó que Lalo era un soldado sensato, algo muy escaso en la guerra.

—Lo primero de todo, no hay prisa —le había dicho mientras preparaban la salida bajo la luz moribunda de la tarde—. Se trata de llegar y volver; no de llegar pronto y no volver nunca. Una de tus manos debe ir siempre adelantada y palpar al centímetro todo lo que se extiende por el lugar por donde vas a arrastrar luego el cuerpo. Si encuentras latas de conserva vacías, las retiras con cuidado a un lado, sin dejarlas caer, sin prisa, una por una. Si das con una alambrada, espera a que los compañeros más próximos se acerquen y palpas despacio la línea comprobando si hay campanillas o cascabeles colgando. Los pone el enemigo, lo mismo que hacemos nosotros. Luego, corta el alambre por un sitio para abrir paso, pero sosteniendo siempre en alto las tiras de alambrada para ir depositándolas despacio en el suelo. Si encuentras cardos o zarzas en el camino, pues te jodes. Y si nos descubren, a correr y sálvese el que pueda.

Iban muy despacio. La grillada callaba al cruzar en sus cercanías y luego volvía su clamor una vez que los hombres habían pasado. A Lavalle se le ocurrió pensar que habría que buscar el modo de amaestrar grillos como sistema de vigilancia de trincheras.

El suelo estaba duro, reseco por la falta de lluvias, y las piedras se le clavaban en el estómago, los codos y las rodillas. La rama espinosa de un arbusto le hirió en la mejilla y Lavalle calculó que podría ser de un majuelo o de un rosal silvestre.

Primero distinguieron el brillo de las hogueras en la noche y, al acercarse un poco más, oyeron canciones. Eran voces españolas. A Lavalle le pareció reconocer la música y la letra de una jota que había escuchado cantar en algunas ocasiones, cuando aún era un niño. Pero no lograba recordar en dónde la había oído ni quién fue el cantor.

Más adelante, vieron las sombras de los enemigos moviéndose alrededor de las grandes fogatas. Y poco después, sonó el rugido de motores de camiones. Parecía que llegaban muchos hombres y vehículos al lugar, pues iban encendiéndose nuevas hogueras, como si el campamento se ampliara. Durante dos horas, permaneció junto a Lalo, quietos los dos, observando los movimientos del enemigo. Cada vez había más soldados. Pasado ese tiempo, su compañero dio la orden de regresar.

Modesto reunió a los exploradores en el puesto de mando. Líster observaba un poco retirado al grupo de hombres mientras Lalo informaba a su jefe.

—Hay un gran movimiento de tropas, no cesan de llegar camiones con gente y se montan tiendas de campaña a las espaldas de todas las líneas de trincheras. Puede ser que haya allí una división y quizás sean dos antes del amanecer. Pero parecían tranquilos.

—Cantaban... —añadió Lavalle.

Modesto giró hacia él la cabeza con rapidez, con un movimiento de cuello que recordaba al de un halcón.

—¿Qué cantaban? —preguntó.

—No sé —dijo Lalo.

—A mí me sonaba una canción, creo que era una jota —señaló Lavalle.

—Cántala —ordenó Modesto.

—Tengo mal oído, comandante —respondió el muchacho, desconcertado.

—No es por el gusto de oírte, chaval. Vamos, canta.

Lavalle sintió el calor del sonrojo en sus mejillas mientras se arrancaba a cantar con torpeza:

> *He de plantar una parra.*
> *Desde tu puerta a la iglesia*
> *he de plantar una parra,*
> *para cuando vas a misa*
> *no te dé el sol en la cara*
> *desde tu puerta a la iglesia...*

Modesto sonrió.

—Vale, vale, chico… Acabarías con cualquier fiesta con esa oreja.

Se volvió hacia Líster.

—Me parece que es una jota navarra.

—¿Y cómo lo sabes?

—Sólo a los del norte se les ocurre mezclar el amor con la misa. Eso nunca lo haría un andaluz: nosotros preferimos mezclar el amor con el pecado. Lo cual significa que están trayendo a los requetés del norte. Mañana tendrás el infierno encima, comandante Líster. Ese hijo de puta de Franco ha hecho lo que yo me temía. Tienes que retirarte a Brunete ahora mismo.

—¿Esta noche?

Tomó del brazo a Líster y lo apartó del grupo. El gallego olía fuerte a coñac.

—Lávate la cara y el cerebro y retira de inmediato y en silencio a tus tropas. En una hora os quiero en marcha, ¿entendido? Pero deja el campamento tal cual está, con las tiendas montadas, las fogatas encendidas, como si no te hubieses marchado. ¿Lo comprendes? ¡Ay!, si hubieras llegado a tiempo a Navalcarnero…

Líster no parecía escucharle.

—¿Y en dónde meto a mis tropas si me quedo sin tiendas?

—¡En las casas del pueblo, joder! Ya te enviaremos nuevas tiendas desde Madrid. Y da la orden de retirada ahora mismo. Yo me voy a los otros frentes a disponerlo todo para detener la ofensiva. Va a ser duro, muy duro… Te dejo a mis exploradores: ocúpate de cuidar bien a mi chusma, ya ves lo útiles que son. Te serán muy necesarios en los próximos días. Y no bebas un trago más, se te va a poner el cerebro como el corcho.

Con el alba, una nutrida escuadrilla de bombarderos alemanes rompió el silencio de los campos y calló el canto de los grillos más rezagados. Una tempestad de bombas arrasó el campamento sin hombres de la XI División de Líster. Cuando las primeras tropas de requetés cruzaron las trincheras republicanas, sólo encontraron tierra chamuscada, restos de hogueras, latas de conserva vacías y jirones de tiendas de campaña. Colgada entre dos árboles, milagrosamente intacta, una tela blanca exhibía una frase pintada en letras rojas en la que se daba una peculiar bienvenida a los asaltantes: «Que os dé por el culo el Papa, requetés de mierda».

Ese miércoles día 14, los rebeldes lanzaron su ofensiva en todos los frentes, reforzados con divisiones llegadas del norte, en su mayoría compuestas por legionarios y requetés. Durante dos días, los Junkers y Stukas alemanes, junto con los Saboyas italianos, castigaron con dureza las líneas republicanas, con el solo respiro de la noche, y la artillería les dio el relevo enviando un aluvión de obuses sobre las trincheras y reduciendo a escombros la mayoría de las casas de Quijorna y Brunete. Después, comenzaron las cargas de caballería y, en los días siguientes, los ataques en masa de la infantería, apoyados por tanques alemanes y siempre precedidos de devastadoras batidas aéreas a las que malamente podía dar respuesta la aviación republicana, muy inferior en número de aparatos.

Quijorna, situada en una mejor posición estratégica que las otras poblaciones conquistadas en los primeros días de la batalla por los leales, pudo resistir con cierta holgura los asaltos franquistas, aunque no se mantuviera en pie ni un solo edificio alto y la iglesia quedase demolida casi por completo. Pero en Pozuelo y las dos Villanuevas, durante casi diez días se combatió hasta la extenuación y el delirio, en una lucha de incesantes ataques y contraataques.

Desde las alturas de los cerros en donde instalaba sus provisionales puestos de observación, viajando febrilmente de un frente a otro de la extensa batalla, Modesto seguía el curso de los combates, improvisaba decisiones, despachaba órdenes a los responsables de las fuerzas que integraban su V Cuerpo de Ejército y hablaba casi a toda hora con el coronel Rojo.

A veces, contemplando la lucha a través de sus prismáticos, le sobrecogía la magnitud de la guerra, al distinguir las cabalgadas de los escuadrones de caballería cuando salían de entre los bosques para iniciar la carga, los masivos avances de la infantería en la llanura, las humaredas de los cañonazos que parecían fuegos de artificio y en realidad hacían trizas los parapetos. Sentía entonces una suerte de ansiedad por descender del cerro y participar en aquella danza terrible de la vida y de la muerte.

Pero cuando acudía a la primera línea del frente para dar ánimos a los combatientes y calibrar de cerca cuál era el curso de los acontecimientos, la guerra aparecía ante sus ojos con una faz muy distinta: la del miedo incontrolable y el valor insumiso, el lamento de los heridos, los muertos dejados a un lado de la trinchera, el olor a la carne achicharrada, el hedor de los cadáveres que comenzaban a pudrirse.

Entonces, sentía deseos de despertar y comprobar que todo aquello era un mal sueño, que la locura de los hombres no era infinita. Y anhelaba regresar a su Puerto de Santa María, acercarse a la escollera y contemplar cómo los barcos se alejaban lentamente rumbo a América bajo la inmensa campana del cielo de la bahía.

Sergei Belanov era un comunista búlgaro de veintiún años de edad. Trabajaba como tranviario en Sofía cuando, un día de agosto de 1936, leyó en la revista clandestina del Partido una noticia que muchos jóvenes europeos sintieron que llamaba en las puertas de su corazón: se estaban organizando brigadas internacionales para acudir a España en ayuda de los españoles que luchaban contra el fascismo. No lo pensó mucho. Esa misma tarde, habló con sus camaradas Christo y Petrus y decidieron viajar juntos a incorporarse a la guerra. Dos días después, provistos con pasaportes falsos que les facilitó su partido, partieron en un tren en busca del destino y de la gloria.

Atravesaron Yugoslavia, el norte de Italia y alcanzaron Francia. En París, lograron entrar en contacto con el Partido Comunista galo y cruzaron a España por los Pirineos. Un mes y medio después de abandonar Sofía, se encontraban en el centro de entrenamiento de las Brigadas Internacionales, establecido en Albacete. Se sentían orgullosos, ufanos de compartir la lucha con camaradas venidos de todo el mundo. Y muy pronto entraron en combate.

Petrus murió en el Jarama y Christo en Guadalajara. Heroicamente. Y ambos fueron enterrados junto a otros caídos con salvas de fusilería disparadas en su honor. En cierto modo, Sergei les envidió, aunque apreciaba la vida por encima de todas las cosas y se sentía hondamente orgulloso de la condecoración recibida en el Jarama a causa de su valor. Ahora, tendido en la trinchera de aquella llanura batida por el sol, en las cercanías del pueblo de Boadilla del Monte, esperaba con su XIII Brigada, fusil en mano y con la bayoneta ya calada, el ataque de los rebeldes. Durante las horas anteriores, les habían bombardeado sin piedad, causándoles enormes destrozos y numerosas bajas. Se acercaba la hora del ataque frontal por tierra.

Y allí estaban. Mirando por la tronera abierta entre los sacos terreros, Sergei vio las filas de los legionarios, los africanos y los requetés alineadas en perfecto orden de combate, con las banderas y estandartes flameando al viento. En su flanco izquierdo, los sables de los oficiales de caballería brillaban como espejos entre los nutridos escuadrones que esperaban la orden de cargar. Sergei contempló, casi admirado, aquella línea de jinetes dispuestos al combate, al tiempo que detestaba a quienes la formaban y sentía un temor profundo ante la inminencia del ataque. Pero siempre sucedía así: miedo en los momentos de espera, locura en el corazón cuando la batalla rompía, hambre de matar y deseos de que todo acabara. Y luego, heroísmo y victoria, himnos y vítores.

Se oyeron de pronto canciones en la lejanía, durante unos breves instantes, y luego una sonora algarabía apagó los cantos. El ejército contrario avanzaba. Primero la caballería, al trote, y tras ellos, los infantes, a media carrera. «¡Fuego!», oyó gritar al teniente Paulov, un ruso veterano de la Gran Guerra, y Sergei disparó sin precisar su puntería.

En medio del humo, rodeado por el olor de la pólvora, veía cómo los enemigos caían por decenas, pero no cesaban de avanzar. La caballería había roto sus defensas por el flanco derecho y los jinetes, reorganizados, atacaban ahora por todas partes desde la retaguardia de sus líneas. Oía las balas al clavarse en los sacos terreros. Sintió un relincho, se giró y vio al enorme caballo y al jinete viniendo hacia él. Disparó casi a quemarropa y el tiro abrió un enorme boquete en la garganta del enemigo, que cayó de la montura. Después, Sergei giró sobre sí mismo: los requetés entraban en las trincheras. Pudo reaccionar a tiempo cuando se enfrentó al primer soldado y le clavó en el estómago la bayoneta. Aulló de dolor el adversario, un hombre recio de barba muy negra de cuyo cuello colgaba un pesado crucifijo. Trató de arrancar la bayoneta, pero se había incrustado con fuerza entre las costillas del adversario. Iba a intentarlo de nuevo cuando vio nuevos enemigos llegando por todas partes. Un súbito terror le invadió.

Soltó el arma, se dio la vuelta y brincó fuera de la trinchera. Y corrió con toda la velocidad que pudo imprimir a sus piernas. Alcanzó un bosquecillo de carrascas y siguió avanzando a la carrera entre los matorrales. Se cayó dos veces y se arañó el rostro y los brazos. Sus piernas desfallecían, el corazón parecía salírsele por la boca. Pero no se detenía, continuaba huyendo, aterrado, como si sintiera al Diablo respirar a sus espaldas.

Los disparos quedaban atrás y se espaciaban. Al fin, se detuvo, tomó aire un par de minutos y siguió caminado con paso cansino. ¿Hacia dónde? No pensaba. Delante se tendía un pequeño llano y, más allá, bosques de chaparras encinas. Y de pronto percibió que no estaba solo. Diseminados, con el mismo aire de fatiga, desarmados, varias decenas de hombres caminaban como él, en la misma dirección: un ejército vencido, en desbandada... Se dio cuenta de que era un desertor, algo que nunca antes habría podido siquiera imaginar.

Fueron agrupándose, quizás por la vergüenza que les producía sentirse solos y escapados cobardemente de la batalla. Sergei se acordó de su medalla, la del Jarama, y se palpó el bolsillo izquierdo de la camisa. Sí, allí estaba guardada, junto al corazón orgulloso de quien entonces fuera un héroe, ahora transformado de pronto en un desertor. ¿Cuál de los dos hombres era Sergei?, se preguntó.

No sabía con exactitud en dónde estaba. Ahora ya se distinguían, delante, los edificios más altos de Madrid, las cúpulas y las torres de algunas iglesias. Y de pronto, el bosque se llenó con el ruido de los poderosos motores de una docena de camiones.

Muchos hombres armados bajaron de los vehículos. Gritaban en francés:

—*Arrêtez, arrêtez vous!*

Hombres armados les rodeaban apuntándoles. Todos se agruparon, desarmados, indefensos. Hasta que llegó un oficial que, pistola en mano, clamó en español con fuerte acento galo:

—¡Cobardes, desertores!

Los soldados formaron un estrecho círculo a su alrededor y les obligaron a arrodillarse y a enlazar las manos detrás de la nuca. Eran algo más de doscientos hombres. Luego, dos sargentos comenzaron a separar a los oficiales del resto de los desertores. Eran cuatro: un capitán y tres tenientes. El oficial francés les ordenó tumbarse en el suelo, boca abajo. Y sin mediar palabra, uno por uno, los ejecutó de un disparo en la cabeza.

El comandante George Nathan, con medio cuerpo asomado por encima de la trinchera, apoyado en su bastón de puño dorado, sosteniendo con la otra mano unos pequeños binoculares que apretaba contra su faz, contemplaba el frente enemigo situado a menos de un kilómetro, a los pies del cerro del Mosquito.

—George, agáchate —le rogaba su joven asistente.

Pero Nathan no respondía ni hacía caso de su súplica. Seguía como estaba, sin moverse, como si no le oyera. Era la mañana del 16 de julio y, durante los días anteriores, los ataques fascistas habían sido feroces, sobre todo los asaltos de los batallones de moros regulares dirigidos por oficiales españoles. Durante la lucha, ninguno de los dos lados había hecho prisioneros y muchos de los caídos permanecían tendidos al sol entre las dos líneas: ni los jefes rebeldes ni los leales pedían ni concedían tregua para recoger los muertos.

Habían tomado el primer día el cerro y luego lo habían perdido. Ahora se trataba de defender a toda costa los pueblos de Villanueva del Pardillo y Villanueva de la Cañada, conquistados al principio de la ofensiva por la XV División que formaban batallones de las Brigadas Internacionales. Las órdenes del alto mando eran terminantes: no retroceder ni un metro más y conservar las dos localidades en manos republicanas.

Las bajas durante los días anteriores habían sido tan cuantiosas que las brigadas inglesa y americana hubieron de ser unificadas en una sola, bajo el mando conjunto del irlandés George Nathan y el americano Robert Merriman. En el curso de los últimos combates, los dos comandantes consiguieron a duras penas que sus hombres aguantaran los envites del enemigo y no emprendieran una huida en desbandada. Otros jefes, por el contrario, no lo habían logrado, entre ellos los responsables de la XIII Brigada, constituida casi en su totalidad por voluntarios de Europa del Este. Su valor se había desmoronado ante la violencia de los incesantes ataques de requetés y regulares africanos y, en su desordenada huida, habían llegado hasta los montes del Pardo, en las afueras de Madrid, a escasos kilómetros de la Puerta del Sol. Se contaba que por orden de un general internacionalista, el francés Marty, se estaba procediendo a un fusilamiento masivo de desertores.

—Agáchate, George, por favor —insistió el ayudante.

Ahora Nathan volvió el rostro hacia el muchacho.

—¿Sabes, chico? En la Gran Guerra fusilamos a muchos de los nuestros por cobardía ante el enemigo. Creo que ejecutamos a demasiados y que algún día lo lamentaremos. Porque, ¿es justo castigar el miedo? Y ahora me pregunto otra cosa. ¿Tenemos derecho a fusilar a los voluntarios internacionales? Ellos han venido porque quisieron, para combatir por la República. Nadie les obligó y su lucha y su sacrificio ayudaron a salvar Madrid. Y ahora los fusilamos porque huyen. No es justo, no…, no lo es. En este momento, si pudiera echarle mano, le arrancaría las pelotas a ese maldito Marty.

—Baja de ahí, Nathan; por favor, baja…

No se oyó llegar la granada. El cuerpo de Nathan fue proyectado hacia atrás, como si la mano de un gigante le golpeara con un enorme bate en el pecho, y cayó de espaldas en el fondo de la trinchera.

Pasados unos instantes de pavor, los hombres acudieron a atenderle.

—Te lo dije, George, te lo dije… —decía el asistente sollozando—. Siempre jugabas con fuego…, tenía que pasar un día u otro.

Nathan vivía aún. Tenía los ojos abiertos y sonreía levemente, mientras la sangre le brotaba en abundancia del centro del pecho.

—¡Camilleros, camilleros! —gritaba alguien.

—Que no me muevan, muchacho —musitó el comandante, dirigiéndose al ayudante.

Cerró los ojos y sus labios dibujaron un rictus de dolor. Volvió a abrirlos y trató de sonreír.

—Acércate —dijo al muchacho con un hilo de voz.

El chico arrimó su rostro al de Nathan.

—Quiero oír cantar, quiero una canción. Quiero oír cantar mientras me muero… Una canción irlandesa. Llama a esos chicos, los irlandeses…, Patty y Sean…, estaban aquí cerca, en la trinchera…

—George… —musitó el muchacho.

Al instante, alzó la cabeza.

—¡Que vengan los irlandeses! ¡Patty, Sean! Los llama el comandante.

Nathan respiraba con dificultad y había cerrado de nuevo los ojos. Su mano arañaba el suelo, como si quisiera agarrarse a la tierra.

Los dos soldados llegaron jadeantes. Se quitaron los cascos ante el cuerpo del jefe.

—¡Ya están aquí, George! —dijo el asistente.

Nathan abrió levemente los ojos y trató de esbozar una sonrisa.

—Quiero oír cantar…, una canción tradicional irlandesa.

—¿Cuál, mi comandante? —preguntó Patty.

—¿Conocéis *Finnegan's Wake*?

—¿Qué irlandés no la conoce? —dijo Sean.

Y los dos jóvenes comenzaron a cantar:

Tim Finnegan lived in Walkin Street,
a gentle Irishman, mighty odd.
He had a brogue both rich and sweet,
an'to rise in the world he carried a hod.

Now Tim had a sort of a trippling way:
with a love of the liquor poor Tim was born,
and to help him on his way each day,
he'd a drop of the craythur ev'ry morn'.

One morning Tim was rather full,
his head felt heavy, which made him shake,
he fell from the ladder and broke his skull,
so they carried him home, his corpse to wake,
they wrapped him up in a nice clean sheet,
and laid him out upon the bed,
with a gallon of whiskey at his feet,
and a barrel of porter at his head.

Whack fol-de-da now dance to your partner,
round the floor your trotters shake,
wasn't it the truth I told you
lots of fun at Finnegan's Wake.

Otros voluntarios se iban acercando hasta el lugar en donde agonizaba Nathan. Oían la canción y algunos mezclaban sonrisas con casi inaudibles sollozos. Nathan permanecía muy quieto, con los ojos cerrados, una sonrisa dibujada en los labios que a veces se truncaba en una mueca de dolor, mientras su pecho se movía en una desacompasada respiración.

His friends assembled at the wake
and Mrs Finnegan called for lunch
first they brought in tay and cake
then pipes, tobacco and whiskey punch.

Miss Biddy O'Brien began to cry
«Such a neat clean corpse did you ever see
Yerrah, Tim, avourneen, oh why did you die?».
«Ah hold your tongue», says Paddy McGee.

Whack fol-de-da now dance to your partner,
round the floor your trotters shake
wasn't it the truth I told you
lots of fun at Finnegan's Wake.

Then Maggie O'Connor took up the moan
«Biddy» says she, «You're wrong I'm sure»,
but Biddy then gave her a belt in the gob
and left her sprawling on the floor.

Oh then a mighty war did rage
t'was woman to woman and man to man
shillelagh law all engage
and a row and ruction soon began.

Then Mickey Malone ducked his head
when a naggin of whiskey flew at him
it missed him, falling on the bed
the liquor splattered over Tim.

Bedad, he revives and see how he rises,
and Timothy rising from the bed,

says «Fling your Whiskey round like blazes
Thunderin' Jaysus, do ou think I,m dead?».

Whack fol-de-da now dance to your partner.
round the floor your trotters shake
wasn't it the truth I told you
lots of fun at Finnegan's Wake.*

Cuando concluyó la balada, Nathan ya no vivía.

* Se trata de una canción tradicional irlandesa, *El funeral de Finnegan*, cuya letra, en traducción libre del autor, diría más o menos: «Tim Finnegan era un tipo amable y peculiar, de hablar dulce y ameno, que vivía en Walkin Street. Nació amando el licor y todas las mañanas echaba un trago para ayudarse en las tareas del día. Un día que estaba bastante cargado y sentía pesada la cabeza, tropezó y cayó por las escaleras y se rompió el cráneo. Así que llevaron a casa el cadáver para velarlo. Lo envolvieron en una sábana limpia y lo dejaron en la cama, con un galón de whisky a sus pies y un barril de cerveza en la cabecera. Y tralalalalá, que cada uno dance con su pareja y se deslice trotando sobre el suelo. ¿No es cierto que te dije que hay una estupenda juerga en el velatorio de Finnegan? Sus amigos se reunieron alrededor y Miss Finnegan los invitó a comer. Trajeron té y pasteles, y pipas, tabaco y ponche de whisky. La señorita Biddy O'Brien comenzó a llorar: "¿Han visto otro cadáver tan limpio? Ay, Tim, muchacho, ¿por qué has muerto?". "¡Sujétate la lengua!", le gritó Paddy McGee. Y tralalalá, que cada uno dance con su pareja y se deslice trotando sobre el suelo. ¿No es cierto que te dije que hay una estupenda juerga en el velatorio de Finnegan? Entonces la señorita Maggie O'Connor comenzó a lamentarse y Biddy le dijo que estaba equivocada y Biddy le pegó un puñetazo en la barriga y la dejó tirada en el suelo. Y empezó la pelea, mujeres contra mujeres, hombres contra hombres, sin ley de ninguna clase, todos contra todos. Entonces Mickey Malone movió la cabeza cuando una botella de whisky volaba hacia él, el tiro falló y la botella cayó en la cama y se derramó sobre el cuerpo de Tim. Y Tim revive, miradlo cómo se levanta Timothy de la cama. Dice: "¿Pero qué hacéis tirando el whisky? ¡Jesús!, ¿pensabais que estaba muerto?". Y tralalalá, que cada uno dance con su pareja y se deslice trotando sobre el suelo. ¿No es cierto que te dije que hay una estupenda juerga en el velatorio de Finnegan?».

La canción fascinaba a James Joyce, a tal punto que tomó el título para nominar la novela que siguió a la publicación de su famoso *Ulises*.

—Oh, no, George…, ¿por qué te gustaba tanto jugar con la muerte? —musitó el joven asistente mientras le tomaba la mano y la apretaba contra su pecho.

Esa misma tarde lo enterraron al pie de un árbol, en la ribera del flaco río Guadarrama. En silencio: no se oyó ni un tambor, ni un toque fúnebre de corneta. En la altura de una gran roca, un cincelador grabó el nombre de Nathan.

En el extremo de un calvero, a la tímida luz de la alborada, soldados del cuerpo de ingenieros de la brigada francesa habían construido una suerte de tosco murallón de madera y clavado en el suelo, en hilera, diez altos postes. A la izquierda, algo más de dos centenares de internacionales se alineaban en un orden semejante al de una compañía. Eran voluntarios checos, polacos y búlgaros. Los rodeaban, vigilantes, varias escuadras de soldados armados con fusiles.

Todos los hombres de la formación tenían las manos atadas a la espalda. Esa noche habían dormido al raso y no habían comido ni siquiera unas galletas. Al amanecer, un oficial francés, seguido por una pequeña tropa de suboficiales y soldados pertenecientes a la brigada dirigida por el general André Marty,* los habían obligado a marchar hasta la explanada y a formar en hileras sucesivas. La veintena de soldados franceses, divididos en dos pelotones,

---

* André Marty, destacado militante comunista francés y encendido estalinista, fue uno de los principales organizadores de las Brigadas Internacionales. Su crueldad extrema le llevó a jactarse del fusilamiento en Albacete de unos quinientos brigadistas considerados cobardes, lo que le valió el apelativo de «el carnicero de Albacete». También fue uno de los principales impulsores de las ejecuciones de brigadistas en Brunete, acusados de deserción en la batalla. Marty nunca participó en un combate y su trabajo siempre se desarrolló en retaguardia.

con fusiles «mauser» al hombro, aguardaba ahora en la cercanía del murallón. En la mayoría de los rostros de los hombres, tanto soldados como suboficiales y prisioneros, se leía un gesto parecido: la perplejidad.

El general Marty llegó poco después. Era un hombre de mediana estatura, manos pequeñas, papada voluminosa, rostro rojizo, hombros estrechos y cabeza cubierta por una boina ladeada. Se movía como un roedor nervioso y sus ojos pequeños no cesaban de corretear de un lado a otro. Paseó ante los hombres maniatados, escrutando sus rostros, sin decir nada. Parecía el único de entre todos los que estaban allí capaz de entender la razón por la cual se encontraban en el lugar. Y al fin, se detuvo de pronto, dando frente a la formación, y pronunció en español un breve discurso con gangoso acento francés.

—Estáis aquí por causa de vuestra cobardía y, en pocos minutos, seréis todos fusilados. No puede haber piedad para los desertores en la lucha final contra el fascismo y vosotros habéis traicionado la causa del proletariado, la causa de la revolución del mundo.

Tan sólo alguien de las filas traseras gritó al vacío algunas palabras en un idioma extraño. Pero sonó un disparo y enseguida reinó el silencio. Y el general se apartó a un lado e hizo un gesto al sargento.

A la orden del suboficial, los soldados del primer pelotón se acercaron a la formación y llevaron a diez hombres hasta los postes clavados en la tierra. Uno por uno, fueron atándoles las manos a las estacas. Después, el sargento recorrió la fila ofreciéndoles capuchas. Unos, la mayoría, las aceptaron; tres de ellos negaron con la cabeza. En los rostros de quienes iban a morir y de quienes iban a matar se dibujaba una actitud parecida: la incredulidad. Pareciera que todos los hombres, víctimas y verdugos, sintieran que aquello no era otra cosa que un mal sueño y que se trataba tan sólo de la representación de una ficción en la que ellos cumplían el papel de simples actores.

Pero cuando el sargento se apartó y, a la voz de «carguen», se escuchó el sonido metálico de los cerrojos de los fusiles, uno de los condenados prorrumpió en sollozos y gritos de súplica. La cerrada descarga silenció sus ruegos. Algunos de los hombres atados a los postes se movieron como si les acometiera un súbito ataque de epilepsia y todos dejaron caer su peso sobre las piernas, que se retorcían en extraños movimientos, al tiempo que las cabezas, cubiertas o no por las capuchas, se inclinaban hacia los lados o hacia delante. Y cuando los soldados del pelotón dejaron caer sus fusiles y apoyaron las culatas en tierra, en sus ojos seguía posado un resplandor de incomprensión, fundido ahora con el horror, como si se preguntaran de pronto por qué habían sido capaces de acometer aquella terrible tarea.

Dos suboficiales recorrieron la hilera de cuerpos caídos al pie de los postes, disparando tiros de gracia contra la cabeza de los ejecutados. Uno de los cuerpos, cubierto por una capucha, pataleó con brío al recibir el disparo. Después, entre varios hombres, desataron los cadáveres y los llevaron hacia la parte trasera del murallón, a un recodo de la explanada en donde cuatro camiones esperaban con las cajas al descubierto para recibir los cuerpos.

Mientras el segundo pelotón de ejecutores apartaba a los siguientes condenados, hubo un conato de rebelión. Varios hombres gritaron y dos de los que se encontraban en las últimas filas trataron de huir a la carrera. Pero los vigilantes los derribaron a culatazos y los llevaron a rastras hacia los lugares que ocupaban antes.

Durante las dos horas siguientes, más de doscientos brigadistas fueron ejecutados en los pinares del monte del Pardo. Sergei Belanov, que había contemplado impertérrito cómo morían sus camaradas, formaba parte del último grupo de condenados. Cuando el sargento se acercó a ofrecerle la capucha, negó con la cabeza y pidió con su torpe español:

—La medalla, la medalla…, aquí en el bolsillo —señaló con la barbilla hacia el lado izquierdo de la camisa—, la medalla, en el pecho…, la medalla, en el pecho.

El otro le entendió y asintió. Buscó en el bolsillo, sacó la medalla y la prendió en la camisa de Sergei, a la altura del corazón.

Por un instante, el suboficial y el desertor se miraron. A los dos hombres les brillaban los lacrimales.

Ataron a Belanov a uno de los postes. Su último pensamiento fue una pregunta: «¿Cómo es posible que a mí me suceda algo así?».

El general Marty abandonó el lugar con el pecho hinchado, casi marcando el paso, con el aire de un pavo en pleno cortejo de la hembra que le contempla arrobada. Los postes en donde habían sido atados los condenados para recibir la descarga de fusiles goteaban sangre.

Los camiones llevaron los cadáveres a un pequeño cementerio del norte de Madrid, en donde fueron enterrados en una fosa común, sin lápida.

Arrastrando las cureñas con las piezas de artillería, los pesados morteros y ametralladoras Maxim, los hombres de la XI División de Líster se replegaron la noche del 12 de julio hasta Brunete, siguiendo las órdenes de Modesto. Durante dos días, el enemigo no dio signos de moverse en dirección al pueblo y los soldados pudieron levantar sólidas posiciones de defensa. Líster escogió la iglesia como puesto de mando y extendió los mapas y planos de maniobra sobre el mármol del ara.

—Yo no creo en Dios ni en las meigas —bromeó con sus oficiales mientras disponía la cartas—, pero ya se sabe que, haberlos, haylos. Así que vamos a ponerlos a todos de nuestra parte. Amén.

Y se sirvió una porción de vino en el copón dorado de la consagración.

Durante las dos noches siguientes a la retirada, Lavalle realizó salidas de exploración a campo abierto. Él y sus compañeros llegaron a alejarse casi dos kilómetros de sus líneas, pero no observaron ningún movimiento del enemigo. Ahora, el joven sargento comenzaba a sentirse seguro en su nuevo cometido: se movía con soltura reptando o gateando y, en lugar de contemplar la noche como un siniestro escenario repleto de presagios adversos, veía la oscuridad como un aliado. Además de eso, había hecho una gran amistad con Lalo, el jefe de su grupo, un hombre metido ya de largo en la treintena, veterano de las luchas de Madrid y del Jarama, siempre a las órdenes de Modesto. Lalo era un asturiano de la cuenca minera, fornido y poco hablador, de talante sereno y modos calmos, que infundía confianza a cuantos le rodeaban. Lavalle percibía que Lalo, en cierto sentido, había tendido sobre él su ala protectora.

—Guaje —solía decirle—, en esto de explorar lo último que tienes que hacer es agobiarte. Tú avanza con tranquilidad, como si estuvieras muy cansado y con gana de siesta…, así nunca vas a meter la pata ni van a pillarte.

Pero el viernes por la mañana, sin que hubiesen podido advertir nada en los días anteriores, un enjambre de aviones alemanes e italianos asomó de súbito sobre el cielo de Brunete. Durante más de dos horas, dejaron caer sobre las líneas defensivas y el pueblo bombas de cincuenta kilos mezcladas con bidones de gasolina, lo que producía una enorme mortandad, no sólo por la metralla, sino también a causa del gasoil ardiendo, que recorría como una lengua de fuego las trincheras. Los hombres saltaban por los aires más de un metro por encima de los sacos terreros cuando les alcanzaban las explosiones y el olor a gasolina quemada se mezclaba con el de la carne achicharrada.

Siguió después un intenso bombardeo de la artillería facciosa y los hombres se acurrucaban como podían en los agujeros más hondos de las trincheras. Y al callar los cañones, un ulular creciente comenzó a inundar los campos más allá de las líneas republicanas.

Lavalle se puso en pie, alistó su fusil y se apoyó contra los sacos terreros. Veía ya moverse las figuras de cientos de hombres lanzados al ataque: requetés de boinas rojas, legionarios de uniformes caquis y moros regulares con sus capas pardas al viento. Y su clamor, aquel rudo graznido de centenares de voces que recordaba al de un bando de grajos buscando despojos de animales en los campos desnudos, encogía el alma.

Los comisarios políticos, puestos en pie en los bordes de los parapetos, animaban a los combatientes a seguir la lucha a los gritos de «¡muerte al fascismo!» y «¡viva la República!». Algunos oficiales sacaban a los soldados de los rincones de las trincheras tirándoles con fuerza de la camisa, obligándoles a coger el fusil y empujándolos a situarse al borde de las defensas.

Al fin, los tiradores de ametralladoras y sus asistentes tomaron posición junto a las grandes Maxim. Y pasado el aturdimiento que les habían producido los intensos bombardeos, rodeados de muertos alcanzados por los obuses y de heridos que clamaban pidiendo auxilio, los republicanos comenzaron a disparar sus fusiles y ametralladoras contra la marea de hombres que se les venía encima sin cesar de gritar. Lavalle iba a disparar cuando notó que en el codo izquierdo algo estorbaba sus movimientos. Retiró el brazo y descubrió una mano, el resto de alguna víctima mutilada en los bombardeos. Se miró el codo: estaba manchado de sangre.

Cogió la mano y la arrojó lejos, delante de la trinchera. Luego, comenzó a disparar.

Fue una respuesta violenta y fiera. Muchos asaltantes caían y el campo se pobló de cadáveres y heridos. Lavalle contempló cómo algunos oficiales enemigos, pistola en mano, corrían de un lado a otro entre las líneas de asaltantes y disparaban en la cabeza a quienes trataban de volver grupas. Los cañones de las ametralladoras Maxim ardían al no concederles respiro los tiradores.

El asalto flaqueaba. Y en ese instante, un clamor rabioso y salvaje se alzó en las líneas republicanas. El miedo de las horas anteriores se transformó en furor. Un oficial dio el grito de «¡calad bayonetas!» y la voz corrió de trinchera en trinchera. Lavalle caló la suya y sintió cómo el odio al enemigo crecía en su pecho. Y cuando los oficiales gritaron «¡a por ellos!», saltó de la trinchera sin pensarlo y corrió junto a Lalo hacia delante, fundido en una carga general en donde no había lugar para la duda o el temor.

Clavó su cuchilla en tres ocasiones, en los cuerpos de hombres que, de rodillas, suplicaban piedad; uno de ellos era un moro; los otros dos, legionarios.

—¡Bastardos!, ¡mercenarios! —se oyó a sí mismo gritar mientras hincaba la afilada hoja de acero en la carne blanda del pecho de uno de ellos.

El contraataque duró poco más de veinte minutos y el campo se cubrió de muertos y heridos. Pero a los heridos les quedaba poco tiempo de serlo: varios oficiales republicanos recorrían la pradera y remataban con tiros en la cabeza a quienes suplicaban por su vida y solicitaban auxilio.

Cuando regresó a la trinchera, Lavalle se sentó jadeante en el suelo, de espaldas al parapeto. Lalo cayó a su lado, derrengado.

—¿Hemos vencido? —preguntó.

—Por ahora, sí, guaje… Pero volverán.

Lavalle miró la hoja de su bayoneta y sus pantalones manchados por la sangre de los hombres a los que había matado. Limpió la cuchilla con la manga de su camisa.

—¿Qué hemos hecho, Lalo?

—Sobrevivir, ¿te parece poco?

Aquella misma tarde, dos nuevos ataques fueron rechazados por los hombres de la XI División de Líster. Pero sus bajas fueron tales que hubieron de retroceder sus posiciones casi un kilómetro.

Por la noche, agotados, cavaron nuevas trincheras y alzaron parapetos. Las casas del pueblo quedaban ya a sus espaldas.

El sábado por la mañana, Modesto y Delage se acercaron en coche a la primera línea de combate. Recorrieron las trincheras, dieron ánimos a los hombres y charlaron un rato con Líster dentro de la iglesia.

Cuando ya se retiraban hacia su vehículo, Modesto oyó una voz que le llamaba:

—Eh, camarada comandante…, ¿no saludas a tu chusma?

Modesto se volvió. Era Lalo quien le hablaba.

—¿Qué hay, Lalín? —respondió efusivo el jefe miliciano y volvió sobre sus pasos a estrechar la mano que le tendía el sargento.

Lavalle permanecía unos pasos más atrás.

—¿Cómo han ido las cosas? —siguió Modesto.

—Resistiendo como se puede, camarada. Están pegando duro. Tienen aviación y nuestros aviones no aparecen.

El rostro de Modesto se ensombreció levemente.

—Nos han prometido más aparatos mañana. Pero si hoy no llegan, habrá que aguantar el chaparrón.

—No es un chaparrón; es un temporal que nos envía el Diablo, comandante.

—Lo sé, muchacho.

Miró a Lavalle.

—¿Cómo va eso, chico?

Lavalle se cuadró y saludó con el puño en la sien. Modesto le tendió la mano.

—Chócala, hombre.

Luego se volvió hacia Lalo.

—¿Qué tal se porta el chaval?

—Ayer peleó como un jabato.

—Seguid así, seguid, hay que resistir. No se os pide más…

Dudó un instante antes de continuar:

—… ni menos.

Cuando alcanzó el coche, Delage, apoyado en la portezuela, movía la cabeza hacia los lados, mientras contemplaba la torre derrumbada de la iglesia de Brunete.

—No me digas que sientes lástima de las iglesias —señaló Modesto—. Además, no parece que fuera un monumento notable.

—No es eso, Juan —dijo Delage mientras subían los dos al coche—. Pensaba en lo necios que somos los humanos. Levantamos catedrales, palacios, castillos, monumentos soberbios… y llega la guerra y los destruimos. ¿No es absurdo? Creo que, después de esto, jamás se me ocurrirá pensar en levantar nada que tenga más de un piso de altura.

—Me has convencido, Luis: nunca me construiré un palacio.

—¿Has oído lo de Marty?

—Los fusilamientos de desertores…, sí. No puedo hacer nada, Luis, no se puede hacer nada. Marty tiene mucho peso en la Internacional Comunista, es un hombre de confianza de Stalin. Es terrible lo que ha hecho, pero ya no tiene remedio y no podemos actuar contra él…, la guerra. Si en mi mano estuviera, yo le fusilaría esta misma tarde. Pero el Partido no lo consiente y son muchos los que aconsejan volver la cabeza hacia otro lado, que es lo que estamos haciendo tú y yo.

—Algún día me cagaré en Stalin.

—Ni te he oído, comisario Luis. Stalin nos envía armamento.

Los ataques rebeldes sobre Brunete continuaron los siguientes días, aunque algo más atenuados. Pero el 18 de julio, cuando la guerra cumplía un año, la ofensiva volvió con renovados bríos. Tras un intenso bombardeo de la aviación y de la artillería pesada, masas de legionarios, requetés y regulares africanos cargaron sobre las posiciones republicanas. La mortandad en ambos lados fue enorme. Los tanques protegían a los asaltantes, pero al llegar a las trincheras se combatía a la bayoneta y con bombas de mano. En las retaguardias se apilaban los cuerpos de los muertos. Olía a sudor, a heces y a carne podrida. Los camilleros sacaban a duras penas a los heridos que suplicaban auxilio. Por todas partes había cadáveres hinchados de mulas y caballos, rodeados de moscas, que comenzaban a expeler un olor nauseabundo sobre el campo. El sol abrasaba la tierra y la falta de agua secaba las gargantas de los combatientes.

Modesto, acompañado siempre por Delage y Cachalote, iba de un lado a otro del frente, a menudo en primera línea, moviendo sus reservas, reorganizando los batallones, movilizando de uno a otro frente las tropas según la concentración de fuerzas del enemigo. Jugaba al ajedrez de la vida y de la muerte. El día 20, a la XI División de Líster sólo le quedaban seis mil hombres en condiciones de combatir de los más de doce mil que habían iniciado la batalla bajo su mando.

Líster se dirigió aquella tarde hacia el cuartel general de Modesto, al norte de Brunete. Llegaba sudoroso, agitado y los ojos parecían salírsele de las órbitas.

—Tienes que relevar a mi división como sea, camarada, ya no aguantamos más —dijo sin más preámbulos al entrar en la casamata que ocupaba Modesto.

—No queda nadie, sólo los anarquistas de Mera.* Y no están fogueados.

—Los suyos no estarán fogueados, pero los míos están achicharrados, Modesto. Ordena a Mera darme el relevo en primera línea.

—Vamos a buscarle. Pero es un tipo que no me gusta, no confío en él.

Lo encontraron con su XIV División en una zona boscosa, guareciéndose con su tropa del calor. El jefe anarquista se levantó al verles llegar y saludó puño en alto. Cipriano Mera era un hombre pequeño, extremadamente flaco, de cabeza grande y un rostro en el que los huesos se marcaban con rotundidad. Modesto apenas movió la mano para responder.

—Mera, toma tus tropas y al frente. Relevad de inmediato a la XI de Líster.

—No estamos preparados.

—¿Que no estáis qué…?

Señaló hacia sus hombres:

—¿Y ésos qué son, soldados o borregos?

—No han luchado todavía, no tienen experiencia.

—¡Pues que empiecen a cogerla! ¡Al frente todos! ¡Y tú con ellos, Cipriano!

—Mándalos tú, Modesto…

—Son tu gente.

—No valen aún para la batalla.

—Eso es lo malo de los anarquistas: que estáis hechos para los desfiles más que para la lucha. Y en los desfiles vais al paso, mien-

---

* Cipriano Mera fue el principal jefe anarquista de milicias. Se levantó con Casado contra Negrín al final de la guerra y fue el artífice principal, desde un punto de vista militar, de la derrota de los comunistas en Madrid en los últimos días del conflicto. Extrañamente, fue indultado muy pronto por los franquistas, pocos años después de la conclusión de la guerra.

tras que en la guerra marcháis a la carrera…, casi siempre hacia atrás. ¡Acuérdate de Durruti, recuerda cómo corríais en la Ciudad Universitaria cuando atacaban los moros!

—¡No ensucies el nombre de Durruti, Modesto! Lo peor de los comunistas es que siempre creéis que la razón es vuestra. Sois como los curas.

Modesto sacó la pistola y apuntó a Mera.

—Ahora mismo te vas con tus hombres al frente o te pego un tiro. Es una orden.

Un leve rumor se alzó entre las tropas de Mera. Líster, Delage y Cachalote sacaron también sus pistolas.

—El primer tiro va para ti, Mera —dijo Líster.

Mera les miraba y parecía bizquear. Modesto habló de nuevo:

—Te doy la oportunidad de demostrar que no eres un cobarde, no la desperdicies.

—No estar de acuerdo contigo no es ser un cobarde.

—Esto no es una asamblea, Mera, es una batalla… ¡A las trincheras, coño!

—Te obedezco como mando superior que eres, pero no estoy de acuerdo. Y tú serás el responsable de lo que suceda.

—De momento, ¡pelea de una puñetera vez, Mera!

Aquella tarde, los ataques de los rebeldes, por aire y por tierra, resultaron demoledores. En menos de cuatro horas, Mera había perdido más de la mitad de sus efectivos.

Dos días después, el 23 de julio, Líster volvía a relevar a los anarquistas con su XI División, reforzada con algunos batallones socialistas llegados de Madrid. Modesto presenció el cambio de tropas. Cuando Mera cruzaba a su lado, le detuvo.

—No habéis peleado mal. Y ahora ya tenéis experiencia, no digas que no.

—Deja de joderme con tus sarcasmos, Modesto. Los aviones y la artillería nos han hecho picadillo. Algún día pagarás por esto.

—No me digas… De momento te has librado de que te fusile. Da gracias.

Mientras la tropa anarquista se alejaba hacia la retaguardia, Delage puso la mano en el hombro del comandante.

—No puede decirse que hoy te hayas ganado un amigo.

—¿Y qué? Ese hombre ha actuado como un cobarde.

—No lo fue en los primeros combates de julio del 36.

—Se puede ser un día un león y al siguiente una gallina. Un instante de cobardía de un jefe puede costarles la vida a muchos hombres. Habría que apartar a Mera del mando.

—Es un peso pesado entre los anarquistas.

—Pero ¿a qué jugamos, Luis?, ¿vamos a ganar la guerra o a contentar a los estados mayores de los partidos?

—Podríamos intentar las dos cosas.

—La guerra no se gana sólo con hombres valientes; pero es seguro que se pierde bajo el mando de incapaces como Mera y el Campesino.

Esa misma tarde, Franco ordenó la más imponente ofensiva contra Brunete desde que, casi tres semanas antes, los republicanos tomaran el pueblo. Después de muchas horas de lucha, de ataques franquistas seguidos de contraataques lealistas casi suicidas, las calles de Brunete se cubrieron de muertos y apenas unas pocas casas quedaron en pie. El día 24, por la mañana, los supervivientes republicanos, unas pocas compañías deficientemente armadas de la XI División, se concentraron en las alturas del cementerio para tratar de resistir el último gran ataque de los franquistas.

—Demonio —le dijo Lalo a Lavalle mientras cargaban sus fusiles, parapetados tras los mármoles de un panteón—. ¿Tú le ves sentido a que tengamos que defender un campo santo?

—Y tú, ¿le ves sentido a la guerra?

—Calla, guaje, y que no te oiga un comisario. Estamos luchando contra el fascismo.

Ardía el cielo, ardía la tierra, ardía el aire poco después del amanecer de aquel sábado 24 de julio. Y ardían sedientas las gargantas de los hombres que esperaban parapetados el ataque rebelde definitivo. La fuerza del sol cegaba la visión del paisaje y, a sus espaldas, abajo del cementerio, apenas se distinguía, a causa de la calima, la mancha verde del extenso olivar, al otro lado de la carretera que llevaba a Villaviciosa de Odón. Allí, oculta entre los árboles, se había dispuesto la última línea defensiva, con los restos de la artillería de la XI División camuflados bajo ramajes de olivo: algunos cañones ligeros y unos cuantos morteros de alto calibre.

La primera línea defensiva se extendía al pie del pequeño talud que bajaba hacia una vaguada de suelo pedregoso. Desde la altura, Lavalle veía moverse inquietos a los hombres. Ellos iban a ser los primeros en recibir el imponente ataque que se presumía definitivo en la batalla, los primeros en morir.

Y ellos, los del cementerio, serían los siguientes en caer si la primera línea se rompía. Sólo les quedaría la retirada hacia el olivar para intentar contener desde allí al enemigo, ya fuera del pueblo.

En total, cerca de dos mil combatientes defendían las últimas posiciones de Brunete, mientras el resto de la maltrecha división se había retirado a la carretera que conducía a Villanueva de la Cañada.

Desde la trinchera, Lavalle veía un pájaro que saltaba entre los rastrojos y hurgaba con su pico en la tierra, tratando inútilmente de encontrar lombrices. Tenía las alas de color gris azulado, con manchas negras en los extremos, y el pecho cubierto de plumón blanco. Se movía nervioso, con agilidad, sobre sus finas y oscuras patas de alambre. Lavalle pensó que, en ese momento, se cambiaría con gusto por el ave. Para poder volar lejos de los escenarios de la batalla.

Lalo contemplaba también a la avecilla.

—¿Sabes cómo se llama ese pájaro? —preguntó el asturiano.

—Ni idea, pero es muy bonito.

—En mi pueblo lo conocemos como pajarita de las nieves.

—¿Canta?

—Sólo pía.

—¿Y por qué lo llamáis así? Aquí no hay nieve.

—¿Y quién sabe, guaje, por qué llámanse las cosas como se llaman? Igual púsoselo un chifleta y quedose así para siempre.

Oyeron ruido a sus espaldas y el pájaro alzó el vuelo. Un pequeño vehículo blindado trepaba la cuesta viniendo desde el olivar. Al alcanzar la altura del cementerio, Lavalle vio a tres hombres descender del coche: eran Líster, Delage y Modesto.

Se dirigieron a las trincheras a grandes zancadas y el capitán al mando de la tropa salió al paso junto con su comisario político. Los dos se cuadraron para saludarles. Algunos soldados se pusieron en pie. Se oyó gritar a Modesto:

—¡En sus puestos, en sus puestos! ¡Nada de formalismos!

Los dos jefes entraron en la trinchera cerca de donde Lalo y Lavalle se encontraban. Modesto les saludó con un gesto y dijo:

—¿Cómo te va, paisanín?, ¿qué hay de nuevo, chaval?

—Aguantando el tirón —dijo el asturiano.

—¿Cuándo atacarán, mi comandante? —preguntó Lavalle.

—Y quién lo sabe, chico…

—¿Es el final?

—No, si peleamos con brío.

—Estando aquí arriesgáis mucho, comandantes —dijo el capitán Vázquez.

El oficial llevaba la camisa rasgada en el lado izquierdo del pecho y un gorro cuartelero al que le faltaba la borla.

—Hoy combatiré con vosotros —anunció Modesto.

—Combatiremos —añadió Líster.

—Os la jugáis —insistió el capitán.

—¿Y vosotros no? —preguntó Modesto—. Ahora no pinto nada en el puesto de mando. ¿Cómo están los muchachos?

—Sedientos, cansados, la mayoría piensa que hoy morirán —respondió el oficial.

El comisario político del grupo de Vázquez se dirigió a Líster:

—Ha habido algunos intentos de rebelión, camarada. Convendría poner un par de ametralladoras a nuestras espaldas y disparar contra los que huyan.

Modesto giró hacia él y le agarró la pechera de la camisa.

—¿Y tú te llamas hombre? ¡Eso no se hará jamás en una unidad mandada por Juan Modesto!

—Se ha hecho en otros lugares, camarada…, la guerra…

—¡La guerra es cosa de hombres, no de asesinos!

Señaló hacia el oeste, hacia las lejanas líneas enemigas.

—¿Somos como ellos? ¿Somos como el asesino Franco? Él sí lo hace, ¿no? Y envía a los moros a degollar a los nuestros cuando están desarmados. ¿Tú quieres imitarle? ¡Pues deserta y vete con ellos!, ¡aquí no pintas nada!

—Lo ha hecho el Campesino, lo ha hecho Marty…, es la guerra, camarada Modesto.

La bofetada sonó como un latigazo. Luego, Modesto empujó al hombre, que salió trastabillado de la trinchera.

—¡A la primera línea de fuego! ¡Quiero ver cómo combates! Y si sales vivo de ésta, nos veremos las caras otra vez.

Se volvió hacia el vehículo blindado y gritó:

—¡Traed el coñac!

Dos soldados descendieron del coche y otros varios acudieron desde las trincheras para ayudarles a descargar. Modesto ordenó abrir las cajas y las botellas corrieron de mano en mano. La gente bebía a morro largos tragos, como si fueran los últimos que iban a echar en su vida.

Pero apenas un instante después, silbó un obús en el cielo, seguido de una explosión en una loma cercana.

—¡Ya vienen! —gritó un soldado.

—¡A cubierto! —ordenó el capitán.

El bombardeo duró algo más de media hora. Las trincheras se llenaron de cascotes y arena y el humo de las explosiones se confundía con el polvo que ascendía del suelo. Lavalle casi mordía la tierra mientras sentía caer sobre sus espaldas guijarros y costrones de barro seco.

Al cesar el bombardeo, se oyó el zumbido de los aviones. Durante otra hora, grandes bombas cayeron sobre la primera línea de la vaguada y el cerro. Y dos Stukas alemanes realizaron varias pasadas sobre las defensas republicanas, haciendo blanco en algunas casamatas. El olor a carne quemada se fundió con el de la pólvora. Los heridos gritaban y los camilleros comenzaron a retirarlos hacia el olivar.

Cuando las escuadrillas de aviones se alejaron, Modesto fue el primero en ponerse en pie, pistola en mano. Al poco, asomaron a su lado la recia figura de Líster y el menudo cuerpo de Delage.

—Hombro con hombro, ¿no? —dijo Líster sonriente.

—¡Calad las bayonetas! —ordenó Modesto en el momento en que comenzaba a escucharse el creciente ululato de los moros viniendo más allá de las defensas republicanas.

Como una larga ola a lo ancho de la desierta playa, cubriendo toda la línea del frente y los dos flancos, confundidos legionarios, moros y soldados en una sola marea, miles de atacantes rebeldes corrían hacia las defensas republicanas. Iban aullando, a paso vivo, banderas rojas y gualdas y otras rojas y negras ondeando sobre sus nutridas filas. Aquella carga formidable a campo abierto cobró de inmediato tintes trágicos: las Maxim republicanas comenzaron a disparar y muchos rebeldes caían bajo el denso fuego de las ametralladoras. Pero eran más los que seguían adelante.

Y cuando los primeros asaltantes llegaban a la línea de trincheras, debajo de la colina, se oyó el grito de Modesto:

—¡A la carga!, ¡a por ellos!

—Suerte, hermano —dijo Lalo, sonriendo a Lavalle.

—Suerte, amigo —le respondió el otro.

Descendieron como perros salvajes, alzando un clamor de furor y pavor confundidos. Una bandera republicana flameaba sobre la tropa impelida por el viento. Lavalle avanzó aprisa, fusil en mano, la bayoneta apuntada hacia el frente, sin despegarse de Lalo. Entre el polvo, divisó a su derecha la figura de Modesto, que corría junto a su tropa, lanzando voces que no podían ya oírse. Y pronto se encontró abajo, confundido entre la gente que peleaba a cuchillo y a machete, a disparo de pistola y tiro de fusil a quemarropa. Derribó a un moro y lo acuchilló sin darle tiempo a levantarse, sintió una bala rozarle la mejilla, clavó su bayoneta en el cuerpo de un caído y escuchó el grito de sus camaradas:

—¡Se retiran, se retiran!

Delage apoyó la culata de su fusil automático en tierra: el cañón ardía. Miró a su alrededor. Contempló los rostros demacrados de los soldados y las sonrisas de varios de ellos dirigidas hacia él. Y más allá, al lado de Líster, la figura de Modesto, sin gorra de plato, sonriéndole al cielo.

Los camilleros retiraban a los muertos y a los heridos. Modesto dio orden de que no se ejecutara a los adversarios heridos.

—Dejadlos a un lado. Si sobreviven, ya los recogerán los suyos.

—Los moros degüellan a nuestros heridos.

—Nosotros, no —respondió el comandante—; somos hombres, no bestias.

La gente pedía agua, sobre todo los heridos. Modesto negó.

—El agua es tan sólo para los que tienen que combatir —ordenó—. Los demás ya beberán.

Entre él y Líster reorganizaron las defensas. Después, Modesto ordenó volver al cementerio a los hombres que habían descendido con él.

El capitán Vázquez se acercó al comandante mientras la tropa ascendía la cuesta hacia el campo santo.

—Mi comisario político ha muerto, camarada.

—Merecía peor suerte —respondió Modesto sin mirarle.

Durante las horas que siguieron, los ataques y contraataques se repitieron con mayor denuedo y furia. Ni asaltantes ni defensores recogían ya sus cadáveres, extendidos en el llano, las trincheras y la cuesta que ascendía al cementerio.

En el último de los contraataques, Modesto emprendió la carga de una extraña y vesánica manera y Delage se preguntó si su amigo y jefe no habría enloquecido. El comandante se colocó en el centro de una larga hilera, seguida por nuevas y repletas filas, otra vez flanqueado por Líster y el propio Delage. Los hombres se apretaban tanto entre sí que aquella desesperada brigada podría haber sido deshecha en minutos con sólo los disparos concentrados de dos o tres ametralladoras o una lluvia atinada de granadas de mortero. Modesto tenía una mirada salvaje mientras avanzaba: sin gorra, la camisa suelta, desabotonada, mostrando el pecho brillante de sudor... Tras él, decenas de hombres marchaban hacia un destino incierto, unos pocos cojeando, casi todos vestidos con harapos, olvidado cualquier rastro de orden de combate, fusiles y mosquetones apuntando al frente, bayonetas brillando bajo el sol, aullidos de lobos en sus gargantas y una bandera tricolor deshilachada moviéndose al impulso del viento como el oleaje. Y así, avanzando como una marea enloquecida, cantaban con voces desafinadas y ardorosas un himno de batalla.

Viendo cargar de tal modo a aquella tropa de hombres a quienes no parecía importarles ya su vida, sino tan sólo arrebatar la del adversario, el enemigo huyó despavorido de la primera línea de trincheras.

Los hombres saltaron los parapetos y Modesto señaló hacia el agostado campo vacío de enemigos, en donde los cuerpos de los caídos menudeaban como pequeños bultos negros. Más allá, en el horizonte batido por el sol, una enorme masa de tropa enemiga se movía preparando un nuevo ataque.

—¡Adelante! —gritó

Delage le tomó del brazo.

—¡Estás loco, estás loco! Vamos a morir todos.

Modesto se detuvo, le miró como si fuera un extraño, volvió los ojos hacia el frente, y de nuevo hacia Delage, como si no comprendiera lo que el comisario le decía.

—¡Si quieres morir, muere solo! —siguió Delage—. ¡Pero deja a los demás que vivamos…!

La mirada de Modesto pareció serenarse. Sus ojos se movieron de un lado a otro, contemplando el campo de batalla. Y, al fin, pareció recuperar la conciencia de la realidad.

—Tienes razón… ¡Alto, alto! —gritó a los soldados.

—Estamos vencidos, Juan, no podremos aguantar otra carga. Nos llevabas a la boca del lobo.

—Tienes razón.

Dispusieron la retirada. No quedó nadie en la primera línea de trincheras y todos los supervivientes, apenas unos cientos, treparon la loma hacia el cementerio. Allí se reorganizó la defensa. Esperaban un nuevo asalto que en esta ocasión sería sin duda el definitivo, porque no contaban ya ni con hombres, ni con armas bastantes, ni con municiones suficientes.

Pero el enemigo cambió de estrategia. Y media hora después, llegaron de nuevo los aviones. Aquel último bombardeo resultó interminable. Cuando las escuadrillas enemigas desaparecieron, Modesto ordenó de retirada hacia el olivar. Brunete se había perdido.

Lavalle y Lalo llegaron a los primeros olivos con no poco esfuerzo. Los dos iban heridos. Al asturiano, la metralla le había rozado la sien derecha y la sangre le mojaba el rostro y el hombro. A Lavalle una esquirla le había alcanzado en el muslo derecho y un dolor ardiente le impedía caminar con soltura. Se apoyaba en el hombro de su compañero, que le sujetaba por la cintura. El sanitario le tranquilizó después de sacar la esquirla y vendarle la herida.

—Has tenido suerte, el metal no ha cogido hueso ni vasos. Que te cosa luego un cirujano.

Fue una noche tensa, en espera de un amanecer que prometía un ataque furioso y definitivo de los rebeldes. Pero el día llegó, corrieron las horas y ningún movimiento se observaba del lado del adversario.

A la tarde, las avionetas de observación republicanas confirmaron que había movimientos masivos de tropas rebeldes.

Franco reforzaba las posiciones del oeste de Madrid y se llevaba lo más granado de su ejército a combatir contra los focos de resistencia del norte de la Península. La batalla de Brunete concluía ese domingo 25 de julio.

Dos días más tarde, Delage y Modesto regresaban a Madrid en coche, camino del Estado Mayor, después de que se reorganizasen las líneas republicanas en el pequeño pedazo de frente conquistado: particularmente Quijorna y las dos Villanuevas.

Delage prendió un cigarrillo y se lo ofreció a Modesto. El otro negó con la cabeza.

—Empate, ¿no? —dijo el comisario.

—Llámalo como quieras.

—Hemos perdido mucho material, de todos modos.

—Por primera vez empiezo a temer que esta guerra se prolongue demasiado, Luis. Las guerras modernas se ganan con aviones y tanques. Los suyos nos doblan en número y, además, los manejan mejor.

—¿Te has enterado de lo de la chica fotógrafa, la americana o de donde sea?

—Sí, la novia de ese Capa. No recuerdo cómo se llamaba.*

—Gerda, creo. Ha muerto.

—Me lo dijeron ayer.

—Era muy joven.

—Si juegas a ser hombre, lo eres con todas sus consecuencias. Esto es la guerra.

—No seas rudo, Juan.

—Han muerto muchos, demasiados en esta batalla. Uno más, una en este caso, no tiene tanta importancia. Y además, los periodistas saben a lo que se exponen, nadie les obliga a hacer lo que hacen.

—Nos ayudan con sus crónicas, se juegan la vida.

—Lo hacen porque quieren y, al contrario que nosotros, tienen su premio: la fama, el dinero. Los demás luchamos para vencer o sobrevivir. Puedo sentir respeto por ellos, pero nunca lástima.

Guardaron silencio durante unos instantes. Ráfagas de viento caliente entraban por las ventanillas del coche.

—¿Qué te pasó el otro día, cuando intentabas esa carga enloquecida a campo abierto?

Modesto se encogió de hombros.

—No sé; no era yo. La acción me arrastraba, no era capaz de detenerme.

Guardó silencio un instante y luego apretó el brazo de su amigo.

---

* Gerda Taro era una fotógrafa de la agencia Magnum, de origen alemán y compañera sentimental de Robert Capa. Murió con veintiséis años en la retirada de Villanueva de la Cañada, atropellada por un tanque republicano.

—Pero tú estás para eso, ¿no?: para detenerme a tiempo si me vuelvo loco.

Delage miró hacia fuera. Los tejados de Madrid se dibujaban al fondo. Unos segundos después, oyó reír a Modesto.

—En todo caso, estamos vivos —añadió el comandante—. Tengo ganas de darme una buena cena esta noche en el Gaylord. Y tomarme luego cuatro copas. ¿Vienes conmigo?

—Ni hablar, estoy loco por ver a Marie France.

—Tu francesita…

—Argelina.

—Vamos juntos a cenar, así me la presentas.

—Eso menos todavía, Juan: te temo con las mujeres.

—Nunca se me ocurriría cortejar a la novia de un amigo.

—No lo digo por ti; lo digo por ella.

Ese sábado de principios de agosto había verbena en las Vistillas, a la vera del río Manzanares, y en una mesa de metal próxima a un estrado en donde, a ratos, tocaba una orquestina, Lavalle y Lalo tomaban sidra junto a dos muchachas. Una de ellas era Poli, la chica que el joven sargento madrileño había conocido en el baile de celebración de la conquista de Quijorna. Tres días después del regreso de Brunete, había acudido a buscarla a la peluquería de la calle de Serrano. Y Lalo le había acompañado para ayudarle a vencer la timidez. Esa misma mañana quedaron en ir juntos el sábado siguiente a la verbena del Manzanares y Poli se encargó de buscar una amiga. La chica se llamaba Pepita y era guapota, alta de pecho, rojas mejillas y pelo trigueño.

De cuando en cuando, Lalo, con ademanes de pavo, se levantaba y servía sidra, dejándola caer, con precisión, desde lo alto del brazo hasta el vaso que sujetaba con la otra mano a la altura de su rodilla.

—No se te pierde ni una gota —dijo Pepita admirada.

—Muchas sidras tengo yo bebidas como *pa' perdellas*.

A Lavalle y a Lalo les habían concedido dos semanas de baja a causa de sus heridas. El asturiano lucía un ancho vendaje que le rodeaba el cráneo y el madrileño otro en la pierna, bajo el pantalón. Para caminar usaba un bastón.

La orquesta iniciaba un pasodoble. Lalo sacó a bailar a Pepita.

—Parece que los hemos encajado bien —dijo Lavalle.

—A ellos sí. Pero tú y yo…

Lavalle enrojeció.

—Bueno, no sé qué quieres decir.

—Serás un buen soldado, pero sólo defendiendo. Porque para atacar no pareces tener aptitudes… —dijo Poli sonriendo.

—Nos hemos visto dos veces…

—En la guerra todo va muy deprisa.

—Te fui a buscar a la peluquería.

—¿Y luego?

—¿Qué quieres que te diga?

—Si no puedes bailar, ¿para qué fuiste a buscarme?

—Yo…, por verte.

—Sí, ¿pero por qué…, Jaime?

Lavalle tomó aire.

—Porque me gustas…

Poli rió con tonos alegres.

—¡Vaya, cantó el gallo!

El rostro de Lavalle ardía.

—Y después, ¿qué? —añadió la muchacha—. ¿No tienes nada que preguntarme?

—Y yo, ¿te gusto?

Ella rió con más fuerza.

—¿Por qué estaría contigo aquí si no me gustaras? —dijo ella al dejar de reír—. Anda, sigue, no te pares, que en la guerra todo tiene que ir deprisa.

Jaime cerró los ojos y soltó la frase:

—¿Quieres ser mi novia?

La risa de la chica brotó más sonora que nunca.

—Eso no es ir deprisa, es ir a la carrera.

—Perdona.

—Estás muy rojo.

—Yo...

Poli acercó el rostro y le besó ligero en los labios. Jaime sintió que aquel beso se quedaría allí mucho tiempo, como si estuviera vivo.

Había parado la orquesta y Pepita y Lalo llegaban a la mesa. Poli tomó la mano de Jaime y, antes de que se sentaran, les dijo:

—Tengo una noticia: Jaime y yo somos novios.

—¡No fastidies! —exclamó Lalo—. Ahora tendré que poner más cuidado en que no te lo maten.

—Más te vale —respondió Poli.

Y volvió a reír con ruido.

Al atardecer del domingo, las dos parejas paseaban por el Prado, en las proximidades del Jardín Botánico, cuando un gran coche negro se detuvo a no mucha distancia de ellos y dos hombres salieron muy cerca de donde se encontraban. Lalo y Lavalle reconocieron enseguida a Modesto y Delage.

—¡Comandante! —llamó Lalo.

Modesto se volvió y sonrió al ver a los dos sargentos. Ellos se acercaron y saludaron militarmente. Las dos muchachas quedaron algo rezagadas.

—Vamos, bajad la mano. ¿Qué tal esas heridas? —dijo el jefe miliciano.

—Ya repuestos —respondió Lalo.

Modesto miró hacia las chicas.

—Guapas mozas, ¿vuestras novias?

Lavalle enrojeció.

—Yo sí…

—Yo no…, todavía —añadió Lalo.

Modesto rió.

—Pues no pierdas el tiempo, que en la guerra todo va deprisa.

Poli dio dos pasos.

—Eso les digo yo, camarada Modesto. Soy de las Juventudes Socialistas y estoy orgullosa de saludar a un héroe.

Modesto dejó escapar una leve carcajada.

—Héroes somos todos, guapa camarada.

Se acercó a los sargentos y apretó a cada uno un brazo con sus manos.

—Éstos sí que son héroes, siempre en primera línea. Cuidadlos bien en retaguardia que en la vanguardia nos hacen falta hombres valientes. Y son mucho más valientes los hombres felices.

—Como ordenes, camarada —dijo Poli, arrimándose a Lavalle.

—Esta chica es alegre —dijo Modesto al sargento madrileño, señalando a la muchacha—. No la pierdas, que las mujeres alegres no abundan.

Se volvió hacia Lalo.

—Y tú, apúrate.

Pepita enrojeció.

Modesto y Delage cruzaron la calle hacia el hotel Gaylord.

—¡Qué orgullo que estés al servicio de Modesto! —dijo Poli a Lavalle.

—Me salvó la vida en el Jarama.

—Eso me lo tienes que contar despacio… Modesto era ya mi héroe, pero ahora lo es más todavía.

—Y es el general más guapo del ejército —agregó Pepita.

—De eso yo no entiendo —dijo Lalo.

—Tú hazle caso al jefe —intervino Lavalle— y apúrate, que en la guerra va todo muy deprisa.

8

«Teruel como un cadáver sobre el río»

Cuando llenan todo de soledad, lo llaman paz.

TÁCITO

Eran las doce del mediodía, a comienzos de marzo del 39, cuando Modesto traspasó la barrera de entrada de la Posición Yuste, en Petrel, en las cercanías de Elda, la última sede del gobierno de la República durante la Guerra Civil. La mañana era fría, manchada por un barrillo rojo que caía del cielo al mezclarse el polvo de la tierra con el agua de la llovizna.

El pasillo y las escaleras del caserón registraban un ajetreo considerable, un ir y venir de asistentes y soldados organizando equipajes y cajas grandes con documentos. El gobierno se iba al exilio y Modesto percibió que se le hacía un nudo en la garganta: aquel escenario era el signo definitivo de que la guerra estaba perdida de forma irremediable. Él ya lo sabía; pero verlo ahora, como una realidad tangible, resultaba amargamente abrumador.

Negrín le esperaba en su despacho, en pie, arrimado a un ventanal. No se volvió cuando Modesto entró en la estancia. Tan sólo dijo:

—La lluvia siempre entristece. Sírvase un jerez y siéntese, general.

Modesto se quitó la gorra, tomó la botella y llenó de vino ambarino media copa. Pero permaneció en pie.

Al poco, Negrín se giró y se acercó hasta él. Se estrecharon las manos.

—Sentémonos, general. ¿Quiere un buen cigarro habano?

—Gracias, señor presidente, pero prefiero uno de mis cigarrillos.

Fumaron. Negrín expulsó una larga columna de humo al aire.

—He visto el trajín de la casa: ya da por perdida la guerra, ¿no, presidente? —dijo Modesto.

—¿Siempre ha sido usted tan directo, general?

—Nací pobre, doctor. Cuando había mudanza en casa era porque mi padre había perdido el trabajo y no podíamos pagar el alquiler. ¿Qué ha pasado?

—Casado ha dado el golpe, ha formado una junta de gobierno y se combate en las calles de Madrid. Su camarada comunista el coronel Barceló lucha solo contra las tropas de socialistas y anarquistas que se han unido a la junta. Mi partido se ha dividido en dos, los que siguen leales a mi gobierno y los que se han sumado al golpe, como Julián Besteiro y Wenceslao Carrillo. Las tropas del anarquista Cipriano Mera son la punta de lanza armada de los rebeldes. Tiene mejores armas que Barceló y muchos más hombres.

—Ese Mera siempre ha disparado bien por la espalda.

—El general Matallana se ha alzado también en Valencia y creo que su intención es venir a apresarnos y dirigir sus tropas a la conquista de Alicante.

—Siempre creí que Matallana sería leal.

—Los hombres cambian, a menudo de forma imprevisible. Por ahora, tan sólo hemos conseguido dominar la revuelta de

Cartagena. El tiempo vuela, Modesto, corre en contra nuestra. El gobierno debe irse.

—Si la flota de Cartagena está salvada, es preciso sacar a la gente de Alicante.

—Es lo prioritario. Hay doce mil hombres, mujeres y niños en el puerto. Y creo que tenemos barcos suficientes para todos. He dado orden a la marina para que la flota ponga rumbo a Alicante.

—¿Y qué quiere que haga yo, presidente?

—Dirija la evacuación. Los dos Dragon Rapide deben despegar esta tarde con los primeros comunistas, rumbo a Orán. El gobierno se irá mañana temprano en dos Douglas rumbo a Toulouse. Y el resto de los comunistas tendrán otros dos Douglas para que los jefes militares puedan volar también a Toulouse. Líster y usted viajarán en el último avión, después de asegurar la salida del gobierno.

—Todo está ya dispuesto, señor presidente, y por ahora controlamos el aeropuerto. Esta tarde se van Pasionaria, Alberti, su mujer y algunos más: catorce en total. Mañana, después de ustedes, saldremos los últimos cargos del Partido y los jefes militares. Tres camaradas de la dirección se quedan en España para organizar la resistencia política. Mañana intentarán cruzar las líneas rebeldes y camuflarse unos meses. Y todos los demás, una veintena, están saliendo ya de Elda, como pueden, para diseminarse por España. Ya le dije que, con los comunistas, no tendría usted problemas.

—¿Quiénes son los tres dirigentes que se quedan?

—No estoy autorizado por el Partido a decírselo…; pero si quiere, se lo digo.

—Me dan igual los nombres. Pero, calle usted, no me diga lo que está pensando. Lo sé, lo sé… Si le hubiera dado el mando de Madrid en lugar de nombrar a Casado…

—¿De qué sirve hablar sobre lo irremediable, presidente?

—En cierto modo estaba maniatado, no podía hacer otra cosa. Y para eso le he llamado, para explicárselo, porque sinceramente le aprecio. Ni siquiera deteniendo a Casado habríamos tenido mucho que hacer. Gran Bretaña y Francia nos han dado la espalda, estábamos más solos que nunca, general.

Modesto miró fijamente a Negrín.

—¿Eso es todo, presidente?

Negrín dejó el puro humeando en un cenicero y comenzó a pasear con las manos enlazadas a su espalda.

—Quería escuchar su opinión sobre un hecho esencial en su vida y en la mía, algo que siempre estará presente en nuestras mentes y nuestros corazones hasta el día de la muerte: ¿por qué cree que hemos perdido la guerra?

—En el campo de batalla, por la superioridad del enemigo en armamento, en municiones, en tanques y en aviación. Y en el campo político, por la cobardía de las democracias, Inglaterra y Francia en particular, y por la traición de Casado. Lo cierto es que podíamos haber aguantado más, esperar a que Hitler se lanzara sobre Europa.

—No hemos perdido sólo por esas razones, aunque todo eso haya tenido mucho que ver. Hemos perdido porque no podíamos ganar, porque era imposible que venciésemos, porque las mismas democracias no querían que ganásemos. Y la causa son ustedes los comunistas.

—No le entiendo, señor.

—Usted es un excelente militar, Modesto, quizás el mejor de cuantos han combatido en esta guerra, incluidos los profesionales de un lado y de otro. Pero como político…

—Nunca he pretendido ser político, doctor.

—Ni lo pretenda, se llevaría usted muchos sopapos en las narices. Usted, como muchos otros, cree que el mundo se encuentra en una guerra final entre el fascismo y las democracias. Y eso es tan sólo el comienzo de la verdadera guerra. Porque la batalla definitiva se librará cuando Hitler y Mussolini hayan sido borrados del mapa con el esfuerzo de todos: entonces será una guerra entre las democracias liberales y la Rusia comunista de Stalin. La definitiva batalla para la que ya se preparan las grandes potencias es otra: socialismo contra democracia.

—Contra democracia capitalista, querrá decir... Los comunistas aspiramos a una democracia distinta, una democracia popular.

—Déjese de zarandajas, Modesto: Stalin no es un demócrata, Stalin fusila a cualquiera que le lleva la contraria. Un demócrata es alguien que permite que los demás opinen diferente, aunque le cabree. Yo mismo le he permitido a usted muchas veces llevarme la contraria y aquí está: vivo y coleando. Stalin le hubiera fusilado por varias de las cosas que me ha dicho usted en estos años. Ustedes los comunistas no son demócratas.

—¿Me ha llamado sólo para decirme eso, doctor?

—Le he llamado para saber si creía usted que las democracias iban a consentir que, en su retaguardia, se crease un Estado de signo socialista con serias posibilidades de que fuese controlado por los comunistas españoles, por un partido puesto al servicio de Stalin.

—La República es democrática, señor.

—Lo era, pero la guerra ha destruido cualquier salida de signo democrático y liberal al estilo de Europa. Mire cómo el presidente Azaña no ha vuelto después de cruzar la frontera, hace ya dos meses. Si la República hubiera ganado la guerra al principio, todo habría sido posible. Pero ahora, después de casi tres años, nuestra victoria habría supuesto la creación de un Estado socialista en el extremo occidental de Europa, seguramente controlado por ustedes. Y eso no pueden consentirlo ni Estados Unidos, ni Inglaterra, ni quizás tampoco Francia... Franco garantiza al capitalismo de Occidente la seguridad, aunque esa seguridad suponga grandes cementerios repletos de cadáveres.

—¿Y por qué me cuenta a mí todo eso, señor presidente?

Negrín se encogió de hombros.

—Quizás para lavar mi mala conciencia por no haberle explicado bien la inutilidad de quitar a Casado y ponerle a usted en su lugar. No habría servido para nada. Es más, yo creo que, llegado el caso, le hubieran asesinado a usted.

—¿Quién?

—Eso sí que no puedo saberlo. Quizás agentes británicos…, quién sabe.

—La derrota le ha trastornado un poco, señor…, se lo digo con todos mis respetos.

—Es usted un ingenuo, Modesto.

—¿Y quién piensa que ganará la siguiente guerra, la que usted vaticina entre comunistas y capitalistas?

—No lo dude: ganará el capitalismo.

—Ellos no tienen la razón histórica, señor.

—En la Historia nunca ha vencido la razón, sino la fuerza. Y la fuerza en este caso la da el dinero; y el dinero lo tiene el capitalismo… Marx se equivocó de plano. Y se lo dice alguien que siempre ha defendido criterios marxistas.

Negrín tiró de la leontina de su reloj y lo sacó del bolsillo del chaleco. Modesto entendió que era el momento de irse y se levantó.

—¿Es todo, doctor?, ¿terminó su clase de política?

El presidente se acercó, sonrió y le tendió la mano.

—No se irrite, general. Siempre diré que fue un orgullo tener a mis órdenes a Juan Modesto. En tiempos de traiciones, su lealtad ha sido ejemplar.

Los dos hombres se apretaron con fuerza las manos.

—El orgullo es mío por haber servido bajo su mando. Ha sido usted un hombre valiente, doctor Negrín.

—Es la primera vez que oigo a alguien destacar mi valor por encima de mi inteligencia, general.

—¿Y qué le halaga más, presidente?

—Usted lo sabe bien, Modesto, usted lo sabe quizás mejor que nadie.

Nubes cochambrosas corrían por el cielo oscurecido, impulsadas por un aire húmedo y frío, cuando la caravana de coches alcanzó el pequeño aeropuerto del Fondó. Modesto y Líster bajaron del primer automóvil. Un sargento, seguido por dos soldados armados, corrió a su encuentro.

—¿Movimientos del enemigo? —preguntó Modesto.

—Ninguno, mi general —respondió el sargento.

—¿Dónde tiene a su gente? —preguntó Líster.

—He dispuesto observadores en tres cerros cercanos con las piezas de artillería antiaérea de que disponemos, cuatro cañones ligeros. —El suboficial señaló hacia tres puntos del horizonte—. Hay patrullas en las carreteras de acceso y una veintena de hombres alrededor de la pista. Con los medios de que disponemos, todo está bien vigilado.

—Cuando despeguen los aviones, releve a sus hombres y que mañana temprano se establezca una vigilancia parecida —ordenó Líster.

Delage se había acercado a Modesto.

—Tengo una especie de vacío en el estómago, Juan. Todo se derrumba de pronto.

El general le miró con gesto irónico.

—¿Te quieres ir a Orán?

—No hablo de eso, me refiero a que todo cuanto sucede ahora me parece irreal, tres años y…

—Si Marie France está en Orán, deberías irte: he dejado una plaza libre en uno de los aparatos.

—No digas estupideces.

Modesto se volvió hasta el grupo de gente que bajaba de los coches.

—¡Vamos, a los aviones!

Pasionaria contemplaba el vacío con mirada perdida y su compañero sentimental, Paco Antón, le sostenía el brazo, como quien asiste a un ciego. Antón no iba a volar con ella.

—Adiós, camarada —dijo Dolores a Modesto sin tenderle la mano.

—Nos veremos en Francia, Dolores.

La pequeña fila caminaba hacia la pista. Se oyeron los motores de los Dragon Rapide al ponerse en marcha.

Modesto miró hacia atrás y buscó a Cachalote, que se había situado al final del grupo. El otro alzó una bolsa que llevaba en la mano y Modesto sonrió guiñándole el ojo.

Alberti se acercó hasta el general y juntos caminaron en dirección a la pista.

—Volveremos a España, ¿verdad, paisano?

—Volveremos al Puerto, Rafael.

—No imagino mi vida sin regresar a nuestra tierra.

—Espero que no sea ése nuestro triste destino.

—No nos despidamos, pues, fiero y leal Guilloto. Nos encontraremos un día luminoso en el Puerto.

El poeta se rezagó hasta unirse a su compañera María Teresa.

Llegaron finalmente a la pista. Un piloto bajó a tierra y contó a la gente.

—Queda una plaza libre, mi general —dijo dirigiéndose a Modesto.

—No te preocupes, va a estar ocupada en un minuto.

Se volvió y buscó a Delage.

—¡Eh, Luis! —le gritó al verle.

El ruido de los motores de los dos aparatos apagaba su voz.

Modesto alzó el brazo y comenzó a hacer señas para que se acercara. Cuando Delage le vio, acudió a paso vivo.

—¿Qué quieres, Juan?

—Despedirme.

—¿Cómo?, ¿te vas? Yo creí que…

—No, Luis. El que se va eres tú.

Delage recordó de pronto, allí en la pista de Fondó, aquella mañana, a mediados de febrero de 1938, cuando despertó en la cama del hospital de sangre del Palacio Real de Madrid. Lo primero que vio al despejarse las brumas de la anestesia fueron los rostros de Marie France y Modesto. Luego, percibió la mano de ella apretando la suya y escuchó su voz.

—*Bonjour, mon chéri* —dijo mientras se inclinaba y le besaba en la frente.

Después, durmió otra hora y, al despertar de nuevo, estaba a solas con Marie France. Por ella supo que Modesto había burlado las órdenes del gobierno y poco menos que secuestrado un avión para llevarlo desde el frente de Teruel al hospital de Madrid en donde había sido operado.

A la tarde, charló unos minutos con Modesto, que regresaba de inmediato al frente de la batalla.

—Ya sé que te lo has jugado todo por mí, Juan. Y te debo la vida.

—Entonces no me debes mucho porque la verdad es que eres muy poca cosa, Luis: pequeñito y filósofo.

—Déjate de bromas, estoy en deuda contigo para siempre.

—¿De veras? ¿Y qué me darías?

—Cualquier cosa que me pidieras y cuando me la pidas.

—Pues, mira por dónde, te tomo la palabra: nunca se sabe lo que uno puede necesitar…

Pero antes de aquel día, antes de que hirieran gravemente a Delage en los combates de Teruel, hubo otras cruentas batallas en aquella terrible guerra española.

El frente de Madrid quedó tranquilo al finalizar la batalla de Brunete y retirar Franco sus mejores tropas para apuntalar la guerra en el norte. Sin posibilidad de recibir ayuda y municiones, cortados de las otras zonas republicanas y de la frontera con Francia, las fuerzas leales se hundieron en toda la cornisa cantábrica, a excepción de Asturias. Santander caía en manos rebeldes en agosto de 1937.

Franco podía volver de nuevo los ojos hacia Madrid. Pero Rojo, que ya había sido ascendido a general, decidió abrir nuevos frentes con los que diseminar a las poderosas divisiones rebeldes y evitar así una concentración de fuerzas enemigas que acabara con la resistencia de la capital y pusiera fin a la guerra.

Modesto acudió al Estado Mayor la mañana del último día de agosto. Rojo le recibió con un gran mapa extendido delante de la mesa. Al militar de carrera le gustaba sorprender al jefe miliciano con sus decisiones estratégicas.

—¿Adivina para qué le he llamado, Modesto? —preguntó cuando el comandante entró en la estancia.

—Para ordenarme atacar.

—¿Cómo lo sabe?

—¿Acaso me llama usted alguna vez para otra cosa, mi general?

—Acérquese, mire el mapa.

Modesto llegó a su altura y echó una rápida mirada a la carta.

—Aragón, ¿no?

—El Bajo Aragón al sur del Ebro.

Luego, puso un dedo sobre un punto del mapa. Modesto acercó la cabeza.

—¿Belchite?

—Belchite.

—¿Por qué ese pequeño pueblo?

—No tan pequeño. Hay una importante fuerza rebelde instalada allí. Es una plaza que les sirve como defensa avanzada de Zaragoza, sin duda; pero también una punta de lanza para que Franco arroje su ejército hacia el mar y trate de acercarse a Valencia. Atacaremos por otros puntos, más al norte y al sur, pero quiero que su V Cuerpo se dirija al centro de la línea y conquiste Belchite. Si cae, estaremos en disposición de tomar Zaragoza.

—Así se hará, mi general.

Se disponía a abandonar el despacho de Rojo, pero éste le detuvo con un gesto.

—¡Ah!, y enhorabuena. El gobierno ha decidido su ascenso a teniente coronel.

—Es un orgullo, general Rojo.

—Y en fin…, también hay ascenso para el Campesino.

—¿Ese fantoche? ¡No lo entiendo, mi general!, con todos los respetos. Quien de verdad lo merece es Líster, ha luchado bien en Brunete. ¡Revoque el nombramiento del Campesino! Y que asciendan a Líster a teniente coronel.

—No puedo hacerlo. Y si quiere saber las razones del ascenso del Campesino, pregunte a su propio partido, ellos nos lo han pedido.

—Lo preguntaré… Pero ese ascenso amarga el mío, mi general.

—Ya lo imaginaba, Modesto… Una cosa más: el presidente Negrín y el ministro de la Defensa Nacional me han pedido que vaya mañana a verles. Le esperan por la tarde en la sede del gobierno. ¿Conoce a Negrín?

—Tuve un encuentro con él en el Banco de España cuando era ministro de Hacienda. Y no he vuelto a verle. Me causó muy buena impresión.

—Es un político de mano firme, que es lo que hace falta en una guerra. Desde que don Manuel Azaña le nombró para el cargo en mayo, ha enderezado muchas cosas.

—Debió hacerlo antes, Largo Caballero era un cadáver político.

—Era popular incluso como cadáver.

—Me cisco en lo popular, general Rojo: también es popular el Campesino.

—¿Conoce al nuevo ministro de la Defensa?

Modesto se encogió de hombros.

—Le he visto en un par de ocasiones, pero no hemos hablado nunca. Prieto* fue uno de los socialistas que se enfrentó a Largo Caballero. De todas formas, como todo el mundo sabe, los socialistas se pasan la vida divididos.

—¿Ustedes los comunistas no se dividen nunca?

—Tenemos opiniones distintas, pero las discutimos y, cuando aceptamos una posición común, la defendemos todos.

Rojo le miró burlón.

—Por ejemplo, ascender al Campesino…

—¿Quiere que se me encienda la sangre, mi general?… No, no tengo opinión sobre Prieto. ¿A usted le gusta?

—Trae nuevas ideas.

—¿Y le gustan esas ideas, mi general?

—Óigalas usted y ya me dirá…, teniente coronel Modesto.

* Indalecio Prieto, nacido en Asturias en 1883 y educado en Bilbao, fue uno de los principales líderes del socialismo durante la Guerra Civil. Era anticomunista y pertenecía al ala más liberal del Partido, enfrentada al sector más radical de Largo Caballero. Desempeñó la jefatura de varios ministerios durante la República, el último, bajo el gobierno de Negrín, el de Defensa, del que fue relevado en 1938 a causa de su convencimiento de que la guerra estaba perdida. No se unió, sin embargo, al golpe de Casado. Murió en el exilio, en México, en 1962.

Indalecio Prieto era un hombre muy grueso, de cuerpo recio, con un rostro marmóreo que parecía tallado a golpes de cincel. Estrechó con fuerza la mano de Modesto cuando Negrín los presentó. Y Modesto replicó cerrando también con vigor sus dedos sobre los del ministro. Le pareció que el otro cedía un poco y tuvo la impresión, de pronto, de que aquel hombre y él nunca iban a congeniar.

Negrín los invitó a sentarse en sillones de cuero oscuro, junto a una mesilla en donde había tazas, pastas y una cafetera. La estancia olía a café y a puro habano. El presidente les ofreció cigarros, pero los dos rechazaron la invitación.

—Enhorabuena por su ascenso, teniente coronel —dijo Negrín.

—Lo mismo digo, señor: no pude felicitarle cuando el presidente Azaña le nombró primer ministro.*

—Entre otras cosas porque apenas nos conocemos, Modesto. Sólo nos hemos visto una vez antes de ahora.

Modesto sonrió.

—En el Banco de España.

—Era usted muy impetuoso.

—Quería ganar la guerra en una semana, señor presidente.

—¿Y ahora ya no? —interrumpió Prieto.

—He aprendido que pocas guerras se ganan en una semana, señor ministro.

—¿Y cree que se ganará ésta?

* Manuel Azaña, presidente de la República, nombró al socialista Juan Negrín jefe de Gobierno en mayo de 1937, sucediendo en el cargo a Largo Caballero, socialista radical. Negrín, desde que tomó posesión, ordenó que se le diera trato de «señor presidente» (como presidente que era del consejo de ministros). De ello viene la confusión que a veces parece producirse en este libro cuando, a lo largo de sus páginas, se aplica el título de presidente a ambos hombres.

—Si no lo creyera, no estaría aquí.

—¿Y cuánto tiempo piensa que hace falta para ganarla?

—Más de un año, tal vez.

—¿De qué depende?, en su opinión.

—Del armamento: el enemigo tiene mejor aviación y artillería.

—¿Y el valor?

—De eso sobra en esta guerra, en los dos bandos.

—¿Y nosotros, tenemos fe en la victoria?

—Al menos, mis hombres la tienen.

Modesto miró a Negrín. El presidente permanecía en silencio, llevando la vista de un hombre a otro, siguiendo el diálogo, como quien contempla un partido de frontón.

—Teniente coronel —añadió Prieto echándose hacia atrás, con la taza de café en la mano—. Esta guerra ha sido, hasta ahora y en buena medida, una charlotada. Cada partido ha ido a lo suyo y así no se puede vencer a un enemigo profesional y organizado. Yo vengo, digamos, a profesionalizar nuestro ejército, a despolitizarlo. ¿Qué opina de ello?

—Depende de lo que considere que es despolitizar. Si quiere una guerra con un mando unificado serio, una tropa disciplinada, jefes militares eficaces y objetivos estratégicos claros, estoy de acuerdo con su despolitización. Si lo que pretende es que los combatientes no tengamos ideas políticas, no estoy de acuerdo. De aceptar eso, seríamos lo mismo que Franco.

—¿Piensan así en su partido?

—Yo soy un soldado, ministro, y me asomo poco a la política. Eso debería hablarlo con los dirigentes de mi partido.

Negrín rompió su silencio.

—Usted tiene fama de soldado disciplinado, Modesto. Y de hombre valeroso. ¿Cuáles son nuestras posibilidades de victoria? Hable sinceramente.

—Dependemos mucho del aprovisionamiento de armas y municiones, ya les digo.

—¿Y qué piensa de un posible acuerdo con Franco para poner fin a la guerra? —terció de nuevo Prieto.

Negrín dio un respingo, pero no intervino.

—Sería parecido a rendirse —dijo Modesto—. Y Franco no aceptaría en ningún caso un acuerdo: él quiere la victoria y el exterminio del enemigo. Estamos obligados a vencer. Y yo no acepto más palabra que vencer. De otro modo, colgaría mi espada.

Negrín interrumpió ahora:

—Me alegra oírle, teniente coronel: la política de mi gobierno no será otra.

Se volvió hacia Prieto.

—¿No es así, ministro?

—Desde luego, señor presidente —respondió Prieto sin apartar los ojos del militar.

Esa tarde Modesto telefoneó a Rojo para comunicarle que el V Cuerpo de Ejército partiría dos días después para iniciar la campaña de Aragón.

—¿Qué le pareció el nuevo ministro?

—Un hombre correcto.

—No se escurra, Modesto.

—No habló con claridad. Y algunas de sus sugerencias no me gustaron mucho.

—Eso me temía. Pero tenga en cuenta que ahora es nuestro superior. Y nuestro deber militar es obedecer sus órdenes.

—Y yo las obedeceré, mi general…, hasta el lugar preciso en donde termina el reglamento y comienza mi conciencia.

—¿Y cuál es esa línea?

—Me la marca el instinto, siempre ha sido así.

—Esperemos que no tenga que traspasarla.

—Me temo que alguna vez tendré que hacerlo: yo no le he gustado al ministro ni él a mí.

—No se precipite, esas cosas no pueden saberse hasta pasado un tiempo.

—Con todos mis respetos, se saben desde el primer minuto, mi general.

Durante los pocos días que permanecieron en Madrid tras la batalla de Brunete, Luis Delage llevó con él a Marie France a su pequeño apartamento del cuartel general de la calle de Lista. Modesto, por su parte, se escabulló y durmió tres noches en el chalet de la condesa de Valdearce, en el barrio de Arturo Soria. Le gustaba aquella mujer en la cama: era sensual y carecía de prejuicios.

—Eres una golfa —le dijo una noche mientras mordisqueaba sus labios, desnudos ambos sobre la cama—. Y no te imaginas cuánto me excita pensarlo.

—¿Tan golfa como las putas?

—Mejor que ellas: tú no finges.

—Ni cobro.

—Yo te pagaría con gusto, aunque no sé si me llegaría con mi sueldo de teniente coronel.

—Y yo te pagaría a ti por tus besos.

—¿No te sientes en pecado? Tú eres católica…

—Los aristócratas siempre tenemos a un miembro de la familia que se hace clérigo y se ocupa de perdonarnos y tenernos en paz con Dios. La Iglesia te arregla la conciencia si sabes pagarla con generosidad. Llevamos siglos en buena armonía.

La mañana de la partida hacia el frente, Modesto llegó muy temprano al cuartel de Lista. Luis Delage desayunaba con Marie France en el comedor de mandos. Era una muchacha de rostro ancho y bonito, pelo rizado y sonrisa franca.

—Al fin te conozco —dijo Modesto estrechando la mano que le tendía la chica—. Luis no quería presentarnos.

—Me extraña —respondió ella en un español con leve acento—. Siempre está hablando de ti.

Luis enrojeció levemente.

Cuando media hora más tarde se encontraron en el portalón que daba a la calle, mientras Cachalote sacaba el coche del garaje, Modesto dijo al comisario:

—Es muy guapa tu morita.

—Es argelina de origen español.

—Bonita, en cualquier caso.

—Guárdate los comentarios —dijo Delage con fastidio—. ¿Adónde vamos, mi teniente coronel?

—A la guerra.

—Pero ¿a qué sitio, cojones?

—¿Sabes cantar jotas?

—¿Aragón?

—Las coges al vuelo, camarada.

Por un momento, mientras subían al coche, Modesto envidió a Delage mientras recordaba la sonrisa de Jeannette.

Al frente de su Estado Mayor y seguido por los camiones que transportaban a una compañía de hombres bien armados, Modesto partió hacia Lérida en su coche junto a Delage y con Cachalote al volante. En la ciudad catalana se había instalado el puesto de mando desde el que el general Pozas iba a dirigir la ofensiva de Aragón.

Con España partida en dos y el saliente de Teruel tomado por los rebeldes y metido como una cuña en territorio republicano, hubieron de dar una gran vuelta para alcanzar el norte de Castellón y Tortosa, en la desembocadura del río Ebro, y seguir desde allí, por territorios del Bajo Aragón, camino de Lérida.

Eran tierras desoladas, devoradas por una guerra que había empezado un año antes como una línea de frente difuso, y convertidas desde hacía meses en una región por donde campaban bandas armadas de anarquistas. Aquellas tropas dispersas de grupos heterogéneos, que proponían la colectivización de las fincas confiscadas a los terratenientes, eran en realidad partidas de bandoleros parecidas a las de la España del siglo XVIII, mandadas por una suerte de señores de la guerra que asaltaban pequeños pueblos y los desvalijaban en nombre de la revolución agraria. Muchos de sus integrantes eran delincuentes comunes escapados de las cárceles barcelonesas cuando el pueblo abrió los penales para liberar a los presos políticos, tras el fracaso en la ciudad del golpe de Estado militar de 1936.

En cuanto a los rebeldes, repartidos en guarniciones bien defendidas alrededor de Zaragoza, tan sólo se habían preocupado de mantener vigilada aquella áspera región aragonesa de escaso interés estratégico dentro del gran escenario de la guerra. Pero ahora llegaba un cuerpo de ejército republicano dispuesto a hacerla suya y un combate de grandes proporciones iba a extenderse como una llamarada por aquellas tierras dejadas de las manos de Dios y del Diablo.

De los meses del verano y el invierno de 1937, de la batalla en los campos de Belchite y de la que siguió en Teruel, Modesto guardaba, sobre todo, recuerdos sensoriales. Si pensaba en Belchite, le venían al olfato el hedor de los cadáveres de los hombres y de las caballerías; si rememoraba Teruel, su cuerpo volvía a temblar de frío. Ni el sonido de las bombas y las balas, ni los nombres de sus soldados caídos en combate regresaban a su ánimo con la potencia del hedor y el frío. Quizás porque los sentidos nos ayudan a filtrar y digerir el recuerdo de las desdichas que el corazón es incapaz de soportar.

Modesto y su escolta entraron a media mañana en un pequeño pueblo agazapado junto a un cerro pétreo, que se alzaba sobre una llanura sin apenas árboles en la que menudeaban los huertecillos ahora agostados y por la que un arroyuelo dibujaba un hilo azul entre los campos amarillentos. Medio centenar de casas de una planta se arrimaban a la base de la colina y unas pocas trepaban por la rugosa pared. En las fachadas de algunas de las viviendas aparecían pintados a mano eslóganes políticos y las siglas de las organizaciones anarquistas CNT y FAI.

Modesto y sus hombres apenas habían dormido unas horas en el interior de los coches y desayunado un bocadillo de chorizo. Los vehículos se detuvieron en el centro de la plaza vacía, cerrada por una iglesia de porte gótico. El viento soplaba seco y caliente. En el centro de la plaza cantaba el agua de una fuente.

Modesto y Delage bajaron del coche mientras los soldados saltaban de los camiones. El teniente coronel se quitó la gorra y se secó el sudor de la frente y el pelo con un pañuelo.

—Parece que todos los habitantes se han esfumado —dijo mirando a su alrededor.

Delage señaló una chimenea.

—Allí veo humo.

Modesto llamó a Lalo.

—Toma una escuadra y a ver si puedes comprar a esa gente algo de comida.

Luego se dirigió al capitán de la compañía:

—Que todo el mundo llene las cantimploras y que se revisen los radiadores de los camiones.

Lalo regresó acompañando a una mujer con apariencia de sobrepasar los sesenta años, de rostro ajado y vestida de luto, y una pequeña tropa de niños desarrapados y pelados al cero. Al llegar a la altura de Modesto, la mujer cayó de rodillas.

—¡Ay, señor!, ¡no tenemos nada, no nos queda nada! ¡Déjennos, nada podemos darles!

Modesto la tomó de los brazos y la obligó a levantarse.

—¿Pero qué hace, señora?

La mujer se estremecía como un gorrión asustado.

—¡No nos hagan nada!

—Tranquila, mujer…, nadie va a molestarla.

La tomó del brazo y la llevó hacia el pórtico de la iglesia. Ella no cesaba de temblar. Modesto se sentía violento.

—Tranquila, señora —repitió—, somos del gobierno.

La mujer dejó de sollozar y le miró con los ojos muy abiertos.

—¿Del gobierno de Valencia?

—Del gobierno de la República, sí; y venimos desde Madrid.

La mujer hizo ademán de arrodillarse de nuevo, pero Modesto la sujetó. Ella comenzó a gritar:

—¡Ay, Dios sea loado! ¡Del gobierno de Madrid! ¡Bendito sea Dios! ¡No son libertarios!

Repitió una y otra vez su grito:

—¡No son libertarios, no son libertarios! ¡Dios sea loado!

Modesto consiguió serenarla al cabo de unos minutos.

—Han sido unos meses terribles, general…

—Teniente coronel.

—¿Los que mandan no son los generales?

—Siga usted, señora.

—Vienen, nos quitan la comida porque dicen que todo hay que repartirlo y que ellos representan al pueblo porque son de eso que llaman la Columna de Hierro. Pero se lo reparten entre ellos y no nos dejan nada. Dicen que todo es colectivo y se llevan a las mozas, porque dicen que el amor libre es revolucionario. Y las usan a todas y las devuelven cuando se cansan y se llevan a otras si las encuentran. Mire a esas mozas…

Modesto no había reparado en dos muchachas que asomaban ahora en la plaza. Eran muy jóvenes y vestían de negro.

—Éstas —señaló a las dos muchachas— han estado escondidas casi un mes, pero a muchas otras se las han llevado con ellos. Y lo mismo hacen en otros pueblos de la comarca.

Una de las chicas se levantó la falda y sacó un cuchillo del liguero.

—Si me encuentran, al primero le capo antes de dejarle hacer. Los otros podrán abusar luego lo que quieran. Pero el primero la paga… ¡A mi hermana se la han llevado! Ningún hombre querrá nunca casarse con una mujer de esta región, siempre nos mirarán como hembras deshonradas.

De inmediato, la muchacha arrojó el cuchillo a un lado, se tapó el rostro con las dos manos, se dejó caer sentada al suelo y comenzó a sollozar.

—Y los hombres del pueblo, ¿en dónde están? —preguntó Modesto.

—Nada más llegar, los anarquistas mataron a los que tenían tierras —respondió la mujer mayor—. Y como aquí tenemos tierras casi todos…, pues los hombres están muertos o escaparon a la guerra.

—¿A qué bando?

Ella le miró temerosa, sin atreverse a responder.

—Con Franco, ¿no? —dijo Modesto pasados unos segundos.

Ella movió la cabeza hacia los lados.

—Contra el anarquismo…, pero ellos…

—Me hago cargo, mujer.

—Si un día los hombres vuelven, matarán a todos estos rufianes y nosotros castraremos sus cadáveres. Lo he jurado.

Modesto se incorporó.

—¿Tienen comida para vendernos, señora? Pagamos su justo precio.

—¿En moneda de la República?

—Claro, la moneda legal.

—Ésa no la quiere ya nadie por aquí. Pero de todas formas no tenemos nada de comer, lo justo para sobrevivir nosotras y los niños. Regístrenlo todo si quieren, no hay casi nada. Y si se llevan lo poco que hay, nos moriremos de hambre.

—¿Dónde podemos encontrar alimentos?

—En todos los pueblos de por aquí pasa lo mismo: nos han dejado sin nada. Los únicos que tienen comida son esos rufianes.

—¿Y dónde acampan?

—Son varios grupos. Pero el principal está en un caserío a la salida de Azaila, en la carretera que luego sigue a Belchite y a Fuendetodos. Lo manda uno al que llaman Toribio y apodan el Tuerto, un catalán revirado. Dicen que ha matado a muchos ricos con sus propias manos. Es un demonio y es el primero de todos en probar a las mozas cuando se las llevan.

—¿Cuántos son?

—Cuarenta o cincuenta. Tienen mucho armamento.

Modesto hizo una seña a Lalo.

—Tráeme el mapa de la zona, sargento.

Se dirigió a Delage:

—Me parece que vamos a matar dos pájaros de un tiro.

—Mejor si son unos cuantos pájaros.

Llegaba Lalo con el mapa. Modesto lo desplegó ante los ojos de la mujer.

—Uy, general, yo nunca he entendido de estas cosas.

La muchacha del cuchillo se levantó con agilidad y se acercó a Modesto.

—Déjeme a mí, señor. Yo tengo unos pocos estudios. Sé leer y entiendo los mapas.

Modesto le pidió que le describiera la zona con todo el detalle que pudiera, señalando el lugar en donde se concentraba el grupo anarquista. Y la chica cumplió el cometido con extraña precisión.

—¿A cuánto estamos de allí? —preguntó al fin Modesto.

—A unos doce kilómetros. Con los camiones no tardarán más allá de veinte minutos.

Modesto se volvió y gritó a sus hombres:

—¡Venga, chicos, nos vamos a por comida! ¡Subid a los camiones!

—¿Va a matarlos? —preguntó de pronto la chica.

Era muy guapa, alta, delgada y morena, de labios largos y gruesos, y una cabellera que se derramaba en brillantes abanicos sobre sus hombros.

—Digamos que voy a visitarlos, niña.

—No soy una niña, tengo diecinueve años. Déjeme ir con usted, general.

—La guerra no es cosa de niñas…, ni de mujeres.

—Déjeme ir.

—¿Para qué?

—Hay uno al que quiero castrar: ese Toribio, el que se llevó a mi hermana.

—Olvídalo, vamos a traértela de vuelta. Y tú no te preocupes: eres muy hermosa y encontrarás un buen hombre algún día. No todos los hombres somos unos borricos.

—¿Usted lo comprendería?

—Claro que sí. Tú no eres culpable de nada, eres una víctima. Ni aunque te hubieran llevado con ellos tendrías nada que reprocharte.

—Déjeme ir con usted.

—No te empeñes, no vienes. ¿Cómo te llamas?

—Natividad, señor; pero todos me llaman Nati.

—Yo mismo me ocuparé de Toribio, Nati, no te preocupes.

La chica se alejó.

Antes de partir, Modesto dio instrucciones a sus hombres. Luego, trepó a la caja del primer camión y ordenó colocar en cada uno de los vehículos una bandera tricolor que flameara al viento.

Se pusieron en marcha. Delage, que había subido junto a él, le tocó en el hombro y señaló hacia atrás.

—Mira.

Nati caminaba tras los camiones, a paso vivo, difuminándose entre el polvo que levantaban los vehículos, la falda revoloteando.

—¿Me bajo y la llevo de la oreja al pueblo? —preguntó Delage.

Modesto sonrió.

—Déjala que corra y que se canse. Tiene que sudar el odio. Y de todas formas, llegará tarde a la fiesta: por mucho que apriete el paso, le llevará casi dos horas la caminata.

—¿Qué vas a hacer con ellos, Juan?

—¿Qué imaginas?

—Una de las ventajas de no ser el jefe es que no necesitas imaginar ni tienes que decidir sobre asuntos que te obligan a mirar al abismo. ¿Me explico?

—Por una vez, te entiendo, filósofo. Y sí, tienes razón: estaba mirando precisamente hacia una especie de abismo que noto dentro, como si algo me fuese devorando el alma, subiendo desde las entrañas.

El grupo de edificios chaparros se agazapaba al lado derecho de la carretera: eran media docena de casas de labor, la mayoría de una sola planta, encaladas y rodeadas de corrales con vacas, caballos y ovejas, en la llanada inhóspita y batida por el sol, de donde surgían como pequeñas protuberancias varios cerros pelados. Una bandera roja y negra ondeaba en el caserón principal de dos pisos. Junto a la puerta, una ametralladora, con el tirador sentado al lado, apuntaba en la dirección que traían los vehículos republicanos.

Modesto golpeó con fuerza en el techo del conductor hasta que el camión se paró. Los que seguían también se detuvieron. Y brincó de la caja a tierra, seguido por Delage, Cachalote, un sargento y una escuadra de soldados. Miró hacia sus camiones: los hombres, alertados y listos para intervenir cuando él diera la orden, mantenían las culatas de sus fusiles sujetas entre las rodillas, mientras los cañones surgían de las cajas como las púas de la coraza de un erizo.

Un hombre completamente vestido de negro, acompañado de otros dos armados con fusiles automáticos, salió de la puerta de la casa principal y avanzó confiado hacia Modesto. Un par de metros antes de llegar a su altura, se detuvo y alzó el puño.

—¡Salud, compañero!

A Modesto no le fue difícil comprender que era Toribio: uno de sus ojos estaba paralizado dentro de su órbita.

—¡Salud! —respondió sin levantar el brazo.

El otro avanzó unos pasos y le tendió la mano. Modesto reparó en que sus dos escoltas llevaban puesto el seguro de sus fusiles y apuntaban al suelo.

Estrechó la mano que Toribio le ofrecía. Era una mano blanda y sudorosa que producía cierto asco tocar. Sin disimulo, Modesto se limpió la suya al concluir el apretón, frotándosela contra la pernera del pantalón.

—¿Qué te trae por aquí?

—Me han hablado de ti… Toribio, ¿no?

—Sí, el Tuerto para otros.

Y se señaló el ojo izquierdo con el dedo.

—¿Cosa de la guerra? —preguntó Modesto.

—El puño de hierro de un guardia de la Modelo de Barcelona. Me mató el ojo de un puñetazo, un día en que me rebelé contra él cuando estaba preso; pero lo pagó con la vida cuando mis compañeros de la FAI abrieron las puertas de la cárcel para liberarnos. El primer tiro se lo llevó en los huevos y el segundo entre las cejas.

Modesto forzó la risa.

—Sí que las gastas…

Señaló hacia uno de los corrales.

—Veo que estás bien aprovisionado.

—Sí que lo estoy, esta región es rica. Beberás un vino conmigo antes de seguir camino, ¿no?

—Me parece que tengo poco tiempo.

—¿Adónde vas?

—A tomar Belchite.

—¿Sólo con esa gente? —Señaló a los camiones—. En Belchite hay más de tres mil facciosos. Y bien armados.

—Traigo más tropa. Pero con ésta me basta para hacer algo que tengo que hacer antes.

—¿Y qué cosa urgente es esa que te impide tomar un vino con un compañero?

—Ésa es la cuestión; que vengo a confiscar en nombre del gobierno todo lo que guardas aquí, bandido.

A Toribio no le dio tiempo a reaccionar. Modesto le derribó con una súbita llave de lucha y, tendiéndole boca abajo en el suelo, puso el cañón de su pistola en la sien del anarquista. Sin que mediara orden alguna, Delage y los soldados de la escuadra desarmaron a los dos escoltas del Tuerto, mientras que Cachalote, con dos saltos, ganó la distancia que le separaba del tirador de la ametralladora y lo derribó propinándole una violenta patada en la barbilla antes de que al otro le diera tiempo a cargar su arma.

Los hombres de Modesto bajaron de los camiones, se dividieron en escuadras y, dirigidos por los suboficiales, comenzaron el registro de las casas. Modesto puso en pie a Toribio y, sin separar el cañón de su pistola de la sien del anarquista, le ordenó gritar:

—¡Que nadie dispare!, ¡rendíos, rendíos!

Menos de media hora después, ante la puerta del caserón, casi medio centenar de anarquistas, desarmados y con las manos atadas a la espalda, se sentaban en el suelo. Toribio, con la cabeza inclinada sobre el pecho, ocupaba casi el centro del grupo. Junto a los camiones, los soldados de Modesto apilaban sacos de cereales y legumbres, jamones ahumados, ristras de chorizos y morcillas, garrafas de vino, quesos y cajas con bizcochos.

—¿Cuántos animales hay? —preguntó Modesto al capitán.

—Cinco caballos, diez vacas, dos mulas y veintidós ovejas. También un par de docenas de gallinas. Hemos encontrado además dos pequeñas camionetas y cuatro grandes camiones. Y un montón de armamento y municiones

—Que preparen un almuerzo y los hombres coman cuanto quieran. Y alistáis una de las camionetas, la llenáis con todo lo confiscado y se lo lleváis a la mujer del pueblo. Le decís que avise a la gente de las otras aldeas que han desvalijado estos bandidos, para que recuperen lo que es suyo. Y que alguien conduzca todo el ganado hasta allí. Cuando termines de comer, te ocupas de ello, capitán. Y llévate una escuadra contigo. Después, volvéis a reuniros con nosotros. Acamparemos aquí esta noche.

Lavalle asomó viniendo desde las casas desde atrás. Le seguían un par de docenas de muchachas. Eran chicas muy jóvenes y caminaban con pasos indecisos. Algunas trataban de cubrirse la cara.

—Muchachas colectivas, ¿no? —preguntó Modesto dirigiéndose al joven sargento.

—Estaban en una de las últimas casas, mi teniente coronel

—dijo Lavalle—. Aquello parecía un prostíbulo, o el harén de un jeque.

Modesto contempló durante unos instantes a las mujeres. Ninguna hablaba. Al fin, se acercó a una de ellas y preguntó:

—¿Alguna estaba aquí por voluntad propia?

Varias de ellas negaron con la cabeza. Una alcanzó a gritar:

—¡Nos trajeron a la fuerza!

—¡Y nos han violado! —clamó otra.

Modesto se volvió hacia Lalo.

—Coge también la otra camioneta. Y llévate a las chicas al pueblo.

Después, se dirigió de nuevo a las muchachas.

—Sois libres, podéis volver a vuestras casas.

—¿Quién es usted? —preguntó una muchacha.

—Un teniente coronel del ejército de la República.

—¿Y cuál es su nombre, señor?

—Da lo mismo; yo soy la República.

—¿Qué vamos a hacer con ellos? —preguntó Delage, señalando a los anarquistas, cuando se alejaron los camiones y el ganado.

—Puedes imaginarlo.

—No tengo ganas de imaginar.

Modesto le miró con gesto grave.

—Vamos, Luis, no es cosa de ironizar ahora.

Caminaron hasta los prisioneros.

—Tú, Tuerto —llamó Modesto al alcanzar el grupo de hombres sentados y maniatados.

El otro alzó la cabeza y miró hacia el teniente coronel.

—Ven para acá.

Toribio se levantó y caminó hacia él, abriéndose paso entre los detenidos.

—¿Qué vas a hacer? —dijo plantándose ante Modesto con aire altivo—. Yo no soy tu enemigo, compañero. Yo soy un hombre del pueblo y pertenezco con orgullo a la Columna de Hierro, habrás oído hablar de ella. El enemigo está en Belchite. Ve allí a combatir con ellos y déjame a mí libre. Es tu deber proletario, compañero.

—Mi deber proletario es fusilarte. Y eso es lo que voy a hacer. Y a tu Columna de Hierro me la paso por el forro de los cojones. Tenlo ahí, Luis.

Avanzó unos pasos hacia los prisioneros y señaló al azar a tres hombres.

—Vosotros, venid conmigo.

Los otros se unieron al Tuerto, que miraba atónito hacia Modesto con su único ojo sano.

Modesto llamó a un sargento de la compañía.

—Tráete nueve o diez hombres veteranos bien armados: rodead a los prisioneros y me seguís. Y que lleven picos y palas.

—¿Voy contigo? —preguntó Delage.

—Haz lo que quieras.

—Entonces voy. Si hay alguna culpa con la que cargar, la cargaremos a medias.

El grupo rodeó la casa grande y se dirigió a las más alejadas. Modesto los iba guiando, observando con cuidado los corrales y los edificios. Al final, se detuvo ante una larga pared.

—Aquí —dijo.

Apartó a los tres prisioneros y a Toribio. Luego, se dirigió a sus soldados.

—A Toribio lo van a fusilar los suyos. Lo lleváis a la pared, le ponéis de rodillas, de espaldas, y le tapáis los ojos. A sus hombres los desatáis y les dejáis tres fusiles. Y vigiladles bien, que no vuelvan las armas contra nosotros. Cuando hayan terminado, que caven una fosa para su jefe.

Mientras los soldados ejecutaban sus órdenes, Modesto dirigió los ojos hacia Delage. Y Delage le devolvió la mirada. No intercambiaron signo alguno.

—Todo listo, camarada —dijo un soldado.

Los tres anarquistas sostenían fusiles en sus manos, mientras que los soldados de Modesto, de tres en tres, clavaban las bocas de sus armas contra los riñones de cada uno de ellos. Enfrente, muy próximo a la pared, Toribio permanecía de rodillas, la cabeza inclinada sobre el pecho, en silencio.

Modesto se situó a la altura del pequeño pelotón. Contempló al condenado. Ahora le parecía un ser insignificante, frágil y humillado. Tragó saliva. Se dirigió a los anarquistas:

—Tirad a matar y terminaremos antes. Si disparáis con intención de fallar, os mato yo mismo.

Miró de nuevo hacia Toribio. Se sintió flaquear. Volvió el rostro hacia Delage. El comisario estaba pálido, pero su gesto no revelaba ningún estado de ánimo.

—¡Carguen!, ¡apunten! —ordenó Modesto.

Y entonces se escuchó el grito salvaje del Tuerto:

—¡Nooo!

Los tres hombres dudaron y miraron a Modesto.

—¡No me mates! —aulló de nuevo Toribio.

—¡Fuego! —clamó Modesto con rabia.

Regresaron al pueblo, caminando despacio, bajo la solanera. Mirando al cielo, Modesto habló, como si se dirigiera tan sólo a sí mismo.

—Ya soy igual que muchos otros, Luis.

—¿Crees que hubiera sido mejor no matarle? —preguntó Delage.

Modesto no respondió. Pensaba que haber dejado libre a Toribio habría supuesto algo parecido a soltar un felino hambriento en un corral de corderos. ¿Cuántas muertes de gente inocente costaría un acto de piedad semejante? El vértigo de la guerra tampoco le ofrecía la posibilidad de detener al Tuerto y llevarle ante un tribunal. ¿En dónde encontraría ese tribunal?, ¿en un frente de batalla?

—¿Has pensado alguna vez en los años y el esfuerzo que cuesta construir un hombre? —dijo al cabo de unos instantes—. Ya ves: con sólo una decisión tomada por otro ser humano, llevado por la rabia, una vida se va de golpe en apenas unos segundos. Era vida y de pronto ya es nada.

—No era un ser humano, era una bestia.

—Pero es terrible que no haya alternativa a la necesidad de matar.

Delage le tocó el hombro y señaló hacia un cerro cercano.

—Mira quién ha venido.

Modesto alzó los ojos hacia la loma desnuda de vegetación adonde apuntaba el dedo de Delage. Y distinguió en lo alto a la chica que los había seguido desde el pueblo. El viento que batía sobre el cerro levantaba una nube de liviano polvo y desdibujaba su figura. La falda negra de su vestido revoloteaba alrededor de sus piernas y caderas, mientras sus cabellos formaban olas alborotadas alrededor de su cabeza y sobre sus hombros.

—Cuando baje, regístrala —dijo Modesto—. Y asegúrate de que no lleva con ella el cuchillo. Si lo trae, se lo quitas: no sea que saque esta noche al muerto de la tumba y le corte los cojones. Luego le das una patada en el culo y la mandas para su pueblo.

—¿Tú crees que sería capaz de castrar a un cadáver?

—Venga, Luis, que pareces nacido ayer. Si, como dicen, el amor puede mover montañas gigantescas, el odio despierta volcanes dormidos.

Llegaban al pueblo. En el centro de la plaza se concentraban los prisioneros anarquistas, maniatados y vigilados por los hombres de Modesto.

—¿Qué vas a hacer con ellos? —preguntó Delage.

—Te vas a ocupar tú, que para algo eres mi comisario político. A los que tengan menos de veinte años, los mandas de vuelta a casa, desarmados y a pie, sin un real en el bolsillo. Con los mayores creas varios pelotones de choque y los encuadras en la XXI División: serán los primeros en entrar en combate en todas las batallas. Si sale alguno con vida al final de la guerra, tendrá el privilegio de ser un héroe.

Modesto se quedó solo. Y sintió que, de pronto, tras aquel fusilamiento, su individualidad se disolvía en el seno de la guerra y él y la muerte eran ya dos partes de un mismo organismo.

A la caída de la tarde, Modesto se instaló para pasar la noche en una de las casas más apartadas del caserío, en una habitación en donde había una ancha cama con cabezal de hierro forjado y un colchón grueso de lana. No quiso vigilancia y ordenó que le dejaran solo.

Antes de retirarse, salió al aire libre, descalzo y sin camisa. Soplaba una liviana brisa, fresca y seca, y en el cielo se dibujaba una luna mora, a cuyo alrededor llovían las estrellas como diminutas llamaradas. Contemplándolas, Modesto reparó en que era el día de San Lorenzo, ese día del año en que las estrellas corren veloces por el cielo. Sentimientos confusos y pensamientos sin sentido ni lógica cruzaban su ánimo y su mente. Creyó percibir aromas que no se sentía capaz de identificar. Y se vio de niño, un día en que se tiró de espontáneo a la plaza de toros del Puerto, durante la feria, y su padre le sacó a guantazos del coso, olvidados los dos del morlaco que corría sobre el albero. Y asomaron en su memoria Antonia y las niñas. Y también la sonrisa de Jeannette.

Oyó ruido a su espalda. La figura de Nati se recortó bajo el gajo de la luna.

—¿Qué haces aquí, chiquilla?

—Llévame con vosotros, Modesto.

—¿Quién te ha dicho mi nombre?

—En el pueblo te reconoció una mujer, eres famoso. Llévame…

—Eres una criatura. Y en mi ejército no hay mujeres.

—¿Y las milicianas?

—Eso fue al principio de la guerra.

—Mi madre murió al parirme y a mi padre lo mataron los del Tuerto.

—Tienes a una hermana a quien cuidar.

—Se quedará con mi tía.

—Eres muy hermosa, chiquilla: cuando vuelvan los hombres, te saldrá un novio, te casarás y tendrás hijos.

—Nos has salvado… Tómame.

—No me debéis nada.

—Si te digo que me tomes es porque quiero, nadie me obliga.

Modesto dio un paso atrás.

—Vete a tu pueblo, todavía eres una criatura.

—Ya tengo diecinueve años.

Modesto se dio la vuelta y echó a andar hacia la casa. Pero la chica corrió a interponerse entre él y la puerta.

—Quiero saber lo que es hacerlo con un hombre que me gusta, hacerlo porque quiero.

—Nunca has estado con un hombre…

—Por eso quiero que la primera vez sea con uno de verdad.

Se aproximó a él. Modesto percibió levemente el olor inconfundible del sexo desbocado. De pronto le excitaba.

—No voy a llevarte conmigo.

—No importa.

La chica se arrojó contra su boca con los labios entreabiertos.

Modesto abrazó el cuerpo que parecía arder bajo las ropas. La llevó adentro de la casa.

Se levantó antes de que rayara el día y ella ya estaba vestida, sentada sobre un baúl, frente a la cama. Modesto encendió una vela y contempló su bello rostro. Le sonreía mientras lloraba.

—Gracias —musitó la muchacha.

—¿Por qué?

—Me has devuelto un poco la fe en los hombres. Y en el amor…

—No te he hablado de amor.

—Ya lo sé. Pero yo te digo lo que siento.

—Eres muy guapa, niña. Y tienes dentro fuego.

—¿Me llevas contigo?

—No vamos a ser amantes, si es eso lo que quieres.

—Sólo te pido que me lleves contigo, no tengo adónde ir.

—Voy a la guerra…

Ella le interrumpió:

—Por ser mujer, vengo de un sitio que es peor que todas las guerras. Llévame.

Modesto se levantó y se puso los pantalones. Se quedó mirándola un rato.

—Está bien. Vete con los hombres, pregunta por el sargento Lalo y dile de mi parte que vas con los de cocinas. Que te dé un uniforme bien holgadito. Y te cortas le pelo, no quiero peleas entre mis hombres por una niña bonita.

Nati saltó a abrazarle, pero Modesto se zafó.

—Y no vuelvas a mi tienda, no quiero que esto se repita.

—Como mandes, mi general.

—Teniente coronel… Y a partir de ahora, me tratas de usted. Anda, lárgate antes de que me arrepienta.

Cuando salió, ya había amanecido. Y Delage le aguardaba cerca de la puerta, fumando un cigarrillo.

—Todo está listo para la marcha, camarada.

—Muy bien.

El comisario arrojó el cigarrillo al suelo y lo aplastó con la suela de la bota. Modesto le vio sonreír.

—¿De qué te ríes?

—¿De qué va a ser? En cuestiones de jodienda no tienes enmienda, camarada.

—No es lo que piensas. Fue ella quien vino, yo no la busqué.

—Lo de siempre.

Una hora después, Modesto recorría los camiones antes de ordenar la partida. En uno de los últimos, vio a Nati sentada en la caja, rodeada de sartenes y perolas. Vestía de soldado y se había cortado la melena a la altura de la nuca, con un tajo horizontal que parecía trazado por una tijera de podar. Le saludó alegre con la mano y gritó:

—A sus órdenes, teniente coronel Modesto.

Parecía mucho más joven, casi una niña. Y a pesar de las ropas y el corte de pelo, seguía siendo muy hermosa.

Casi un mes costó la victoria de Belchite: todo lo que restaba de agosto y los primeros días de septiembre. Durante ese tiempo de batalla, el cuerpo de ejército de Modesto fue eliminando las guarniciones adversarias en las líneas que rodeaban y protegían Belchite, antes de decidir el asalto final. Los combates de la infantería resultaron particularmente sangrientos y muchos de los anarquistas de Toribio, utilizados por Modesto como fuerza de choque, murieron. Apenas quedaban media docena vivos unos días antes de la ofensiva definitiva. Un mañana en que Modesto visitaba la XXI División, tres de los hombres se acercaron a él para suplicarle piedad. Eran unos muchachos y sus miradas destilaban terror y locura. Pero Modesto, imperturbable, replicó:

—¿Queríais una España libertaria? Pues luchad por ella en donde debe lucharse: en el frente, no en la retaguardia.

—El Tuerto nos engañó, Modesto, te lo juro —replicó uno de ellos.

—¿Y dónde estaba el engaño cuando os follabais a aquellas niñas a la fuerza? Mañana os quiero ver en primera línea: ordenaré que se os vigile de cerca. Y si volvéis la espalda, os espera un tiro en la sien o el pelotón de fusilamiento. ¡Fuera de aquí! Y que sea la última vez que os dirigís a un superior sin utilizar la vía reglamentaria.

—No sabíamos lo que hacíamos, Modesto…, somos jóvenes —intervino otro.

—Todo hombre sabe muy bien lo que hace en una guerra. ¡Fuera de aquí!

Uno de los muchachos murió en combate el día siguiente. Otro trató de desertar en el primer asalto frontal a Belchite y un oficial de la XXXV División le mató de un tiro en la cabeza. El tercero apareció ahorcado una mañana, en un árbol de un bosquecillo próximo al campamento en donde acampaba su unidad. Así se cerró la historia de aquella Columna de Hierro.

El día 3 de septiembre se preparaba el ataque definitivo sobre Belchite y Modesto, de camino hacia al puesto de mando montado por sus oficiales de avanzada en un otero, se detuvo en el último pueblo que había caído en manos republicanas. La guarnición rebelde de la aldea, que contaba con unas doscientas casas extendidas al pie de una escarpada montaña, quedó rápidamente aplastada, en un combate tan breve como cruento, por el empuje de una fuerza republicana muy superior. De modo que, a primera vista, aquel pueblo abandonado a toda prisa por sus habitantes parecía un lugar todavía vivo en el que, sin embargo, no había nadie.

A Modesto le acompañaban Delage y algunos periodistas rusos, entre ellos su buen amigo Mijaíl Koltsov. Esa noche, el ruso envió su crónica al diario *Pravda* hablando sobre la batalla que se preparaba. Y retrataba así la visión de aquella aldea:

El pueblo está desierto, como encantado. En calles y patios, ni un alma. Por las terrazas de la colina se arraciman casas de uno y dos pisos, edificadas con piedra gris. En las plantas bajas hay amontonados sacos de trigo y enormes tinajas de aceite de oliva. En las casas de los ricachones cuelgan de los techos jamones ahumados, la vajilla está en las alacenas, la ropa en los armarios, flores aún no marchitas en un jarro, periódicos zaragozanos del día 28 de agosto: la huida de este lugar ha sido repentina y trágica. Corretean fatigadas gallinas y el comisario ha dado la orden de no tocarlas, pero ahora no hay quien pueda ocuparse de darles de beber. Las puertas de la iglesia están abiertas de par en par. En el altar arden las lámparas, yacen las vestiduras sacerdotales, está sin cerrar el sagrario. En un cesto, velas clasificadas. En un platito, monedas de cobre. Y al lado mismo, sobres con motivos religiosos: Cristo bendice un rebaño de ovejas. Si se cierra el sobre, la cabeza de Franco impresa en la lengua del sobre cubre la cabeza de Cristo y se aloja cómodamente en el cuello.

En la comandancia militar, cajas de cartuchos, retratos de generales sobre la mesa, listas de campesinos con anotaciones: «ex anarquista», «ex socialista»… En la plaza, un cartel de la Falange fascista, precipitadamente rasgado por algunos de los soldados que han pasado por aquí corriendo.

No es posible permanecer en este lugar, dan náuseas: el viento difunde el terrible hedor de los cadáveres, que cubren toda la pendiente de la montaña y el extremo del poblado. He aquí un moro enorme, con los brazos y las piernas extendidos. A su alrededor, dispersadas por el suelo, vainas de cartuchos disparados; lleva la guerrera abierta y, en el negro e hinchado pecho, una gran mancha de sangre. Y otros cuatro entecos cuerpos yacen de espaldas, con las nucas deshechas. Les ha pegado un tiro su propio oficial.*

Un día después, el 4 de septiembre, desde su puesto de mando en el cerro que dominaba Belchite, Modesto recorrió con sus prismáticos las líneas de soldados republicanos de la XXXV División que se preparaban para asaltar el pueblo. Un imponente bombardeo de su artillería había reducido a escombros la mayoría de los edificios, pero un par de miles de soldados rebeldes se escondían aún entre las ruinas, dispuestos a morir matando.

Ofreció los lentes a Pasionaria, que había acudido al frente de combate junto con otros jerarcas del Partido Comunista y ahora se inclinaba a su lado, con el pecho apoyado en el saco terrero.

—¿Quieres ver la batalla, Dolores?

La mujer apoyó los visores contra el rostro y permaneció observando un largo rato, en silencio.

—Es magnífico, grandioso —dijo al fin—. ¿Conquistaremos hoy Belchite?

—En unos minutos daré la orden de ataque. El enemigo no tiene escapatoria y sus refuerzos están muy lejos. Si no les llega apoyo de la aviación, están perdidos. Pero pelearán duro, son valientes.

—¿Has llamado valientes a esos fascistas?

* Este trozo de crónica está tomado del libro en donde Koltsov recogió sus escritos periodísticos sobre la Guerra Civil española durante su estancia de dos años en España.

—Lo son tanto como nosotros. En el campo de batalla, las ideas se desvanecen bajo las balas. Sólo hay valor o miedo.

—Los nuestros tienen una razón para morir, Juan Modesto. Y ellos, no.

—Eso es cierto: nosotros luchamos por un ideal de justicia, sin mercenarios asalariados. Pero en plena batalla cuentan también otras cosas.

Delage se acercó hasta el parapeto caminando agachado y le pasó el teléfono de campaña.

—Te llaman de la XXXV.

Modesto se apartó e intercambió unas breves frases con su interlocutor. Luego, regresó al lado de Pasionaria.

—Todo listo, he dado la orden de atacar.

—Se me salta el corazón, camarada.

—La guerra es muy hermosa vista desde lejos, Dolores, y sobre todo, vista desde la altura. Abajo es distinto. Pero hasta aquí no llegarán los gritos de los heridos, ni veremos el terror en los rostros de los soldados, ni pisaremos cadáveres mientras avanzamos, ni contemplaremos las últimas miradas de asombro de los muertos, ni vomitaremos de miedo, ni se nos pegará durante días en la nariz el nauseabundo olor de la carne putrefacta…

—Son héroes.

—Y supervivientes.

—Hay que tener el alma de acero para hacer lo que hacen.

—Y fe en la vida.

—Luchadores de la libertad, Modesto, hombres del pueblo, revolucionarios…

—Tendrán suerte los que salgan vivos de un infierno así. No creo que haya muchos que estén pensando ahora en la revolución, Dolores.

—Supongo que no dirías algo así en un mitin del Partido…

—Te lo digo a ti, entre nosotros, mirando un campo de batalla. Mañana estas tierras olerán a muerto. Y es un olor terrible, no te gustará nada respirarlo.

—Son héroes, Modesto…, como tú lo eres. No puedes olvidarlo.

—El heroísmo es una cosa extraña: debes enfrentarte al mismo tiempo a tu sufrimiento y a tu esperanza. No es algo fácil de comprender y asumir, Dolores. Te lo digo yo, que estoy en medio de la refriega.

Las líneas de hombres comenzaron a moverse hacia el interior de Belchite. Desde arriba, no se escuchaban los disparos. Pero se veían las pequeñas humaredas blancas que levantaban las bombas de mano cuando eran arrojadas al interior de los edificios en ruinas. Las sombras de las nubes tachonaban el escenario de la batalla, que se desarrollaba entre grandes espacios oscurecidos y otros más pequeños de luminosa claridad. Los cañones republicanos de bajo calibre disparaban contra las líneas de la retaguardia del fondo del pueblo. Algunos tanques rusos se movían con dificultad entre los cascotes y las paredes derrumbadas, protegiendo a la infantería. De cuando en cuando, grupos de hombres surgían de entre las ruinas, como espectrales roedores, y retrocedían a la carrera, dejando libre el terreno al avance de la tropa lealista. Cuando los atacantes ocupaban las posiciones abandonadas, colocaban una bandera roja en el edifico más alto. Pasada una hora de batalla, decenas de enseñas rojas poblaban una cuarta parte de Belchite.

—Nuestra bandera, ¡la comunista! —exclamó Pasionaria—. Me siento orgullosa, camarada.

Modesto no respondió.

Poco antes de mediodía, un obús alcanzó la torre de una iglesia y un trozo de campanario se desplomó entre el polvo.

Y seis horas después de comenzar el asalto, Belchite se había rendido.

Antes de la caída de la tarde, el ministro Indalecio Prieto llegó con una pequeña comitiva a las ruinas de lo que había sido un bonito pueblo medieval hasta el día anterior. Los políticos y militares republicanos iban recorriendo el trágico escenario de la batalla, felicitándose por la victoria. Pasaban a su lado hileras de prisioneros. Eran hombres de miradas temerosas, vestidos con ropas desgarradas, sin armas, quemados por los rayos del seco verano aragonés. Había moros y requetés; y también unos cuantos curas.

—No quiero que se fusile a nadie —repetía Modesto a los oficiales que conducían a los prisioneros.

—¿Ni siquiera a los moros? —le preguntó un teniente.

—Ni siquiera.

—Ellos degüellan a los nuestros cuando los hacen prisioneros. Y castran a los cadáveres.

—Hoy han peleado con coraje y no quiero más muertes, ¿entendido?

—Pero, camarada...

—Teniente coronel. Y de usted...

—A la orden, mi teniente coronel.

Cuadrillas de camilleros llevaban muertos y heridos republicanos a las ambulancias, que partían hacia la retaguardia haciendo sonar sus sirenas.

Caminaba junto a Delage. Y poco a poco se iban quedando atrás del grupo de políticos.

—Nadie podría creer que aquí hubo alguna vez vida —dijo Delage—: mercado, colegio, misas de domingo, tabernas, árboles bajo los que guarecerse del sol...

Cruzaron junto a una torre derruida. El bronce de una gran campana, con el badajo desprendido y rajada por la mitad, brillaba oscuro entre los cascotes.

—Ésa ya no podrá tocar ni a muerto —dijo Modesto.

—Mejor, hoy no daría abasto —respondió Delage.

Modesto y Delage cenaron en una gran tienda de campaña con los políticos llegados de Madrid. Prieto se sentó enfrente del teniente coronel.

—Es usted un buen militar, Modesto —dijo el ministro—: ha organizado una excelente operación de conquista. ¿Cree que ha quedado abierto el camino a Zaragoza?

—Creo que no, señor ministro. Ahora no van a ceder. Y han desplazado dos poderosas divisiones ante la ciudad.

—Tenemos veinticinco nuevos tanques soviéticos de un modelo muy potente, los BT-25. Puedo ponerlos a su disposición para que conquiste Zaragoza.

—No se moverían bien en la angosta franja que hay entre la carretera y el río. Ofrecerían un blanco fácil para el enemigo y los perderíamos, señor.

—¿Y el factor sorpresa? Ellos no esperan que ataquemos tan de inmediato y con tanques potentes. No debemos dejarles reorganizarse con nuevos refuerzos. Ya lo dijo el sabio Shakespeare: «Cuando los hombres dilatan su acción, el enemigo engorda».*

—Los escritores saben poco de guerras. Puedo asegurarle, con todos los respetos, señor ministro, que el factor sorpresa se ha esfumado ya. El enemigo ha engordado enseguida y nos está esperando.

—¿Por qué lo sabe?

—Sencillamente me pongo en su lugar.

—Puedo ordenarle que dirija la operación.

* La frase es de la obra *Enrique IV*.

—Declinaría la oferta con todos los respetos, señor ministro.

—Lo que dice suena a miedo, Modesto.

—Llámelo como quiera. Sólo le digo que no me gusta sumarme a las locuras ajenas; bastante tengo con las mías.

—Roza usted la desobediencia, teniente coronel... Buscaremos entonces a alguien que se atreva.

Pocos días después, Prieto encargaba al coronel Segismundo Casado realizar el avance hacia Zaragoza. Sus divisiones fueron detenidas en las riberas del Ebro y el enemigo destruyó once de los veinticinco modernos tanques soviéticos.

A la noche, Modesto abandonó su tienda de campaña y contempló desde la distancia Belchite. Las llamas de los edificios que ardían se elevaban al cielo y cegaban la visión de las estrellas. Sintió que le atraía aquel escenario de tintes apocalípticos y que, al tiempo, le complacía y serenaba estar solo.

Echó a andar camino del pueblo. Al alcanzar la primera barrera de la guardia, se topó con un sargento al que conocía.

—A sus órdenes, mi teniente coronel.

—¿Cuál es la contraseña de esta noche?

—Rosa de Luxemburgo.

—Buena guardia —se despidió Modesto.

—¿Va a Belchite, mi teniente coronel?

—Allá voy, sargento.

—¿Quiere que le acompañe una patrulla?

—No hace falta.

Siguió camino, con la oscuridad a la espalda y el resplandor de los incendios al frente. Y tras cruzar junto a varios puestos de centinelas y repetir la consigna, alcanzó Belchite.

En los tejados de las casas, había soldados apagando con mantas las llamas: sus siluetas formaban un juego de sombras negras sobre una cortina rojo sangre. De no ser por las figuras móviles de los hombres, le hubiera parecido irreal aquel color que pintaban la oscuridad nocturna y el fuego.

Siguió hacia el interior de Belchite. El pueblo apestaba, repleto de cadáveres de burros, mulas y caballos muertos durante los combates anteriores, obligando a los hombres de las patrullas a caminar con pañuelos firmemente apretados contra la nariz. Modesto hubo de hacer lo propio.

Vio a un grupo de jóvenes soldados saltando sobre los cuerpos de las caballerías muertas. Los animales estaban hinchados y los muchachos brincaban con vigor sobre sus costados, cerca del vientre, lo que provocaba en los cadáveres movimientos reflejos en sus patas traseras, como si amagaran coces, y sonoras ventosidades que desataban un clamor de risas en el grupo.

Aún se recogían cuerpos de rebeldes muertos, moros en su mayoría, entre los cascotes de los edificios derrumbados. Las patrullas republicanas iban arrojándolos a grandes fosas colectivas abiertas en los corrales de las casas. La orden que había dado el propio Modesto era cubrirlos con cal viva antes de tapar las fosas.

Sin gorra militar ni signos que mostraran su jerarquía de mando, nadie parecía reconocerle bajo la oscuridad del cielo. Se apartó de la gente y caminó hacia una ancha explanada en la que ardían numerosas hogueras. Un centinela le salió al paso.

—¡Alto, quién vive! —pidió con voz firme.

—Rosa de Luxemburgo —respondió Modesto.

—Está prohibido el paso a esta zona.

Giró el rostro hacia la luz.

—Soy Modesto —respondió.

El soldado dio un paso hacia atrás y se cuadró.

—A la orden.

—¿Qué hay aquí? —dijo señalando a las fogatas.

—Prisioneros. Mañana los trasladarán.

—¿Cuántos hombres estáis de guardia?

—Unos treinta, creo. Pero los prisioneros son inofensivos, ya han sido derrotados. Ni siquiera creo que piensen en escapar.

Golpeó en el hombro del muchacho.

—No te fíes, chaval. Si yo fuera un prisionero, lo primero en que pensaría no sería otra cosa que en fugarme.

El soldado dudó un instante.

—Sé disparar, mi teniente coronel.

—Ahorra las balas para la lucha.

Se alejó del centinela y caminó entre las fogatas. Muchos hombres se habían tumbado en el suelo, quizás rendidos por el esfuerzo de la batalla, y otros permanecían sentados, con los brazos abrazándose las rodillas, tal vez imaginando su suerte o puede que recordando a los suyos. Había moros, requetés de largas barbas y jóvenes falangistas casi púberes. Modesto pensó que el soldado quizás tenía razón, que cautivos eran incapaces siquiera de pensar en escapar.

Salió del pueblo y regresó hacia el campamento. Los incendios remitían a sus espaldas y de nuevo la batahola de estrellas acribillaba el firmamento.

Asturias, el último bastión republicano en el norte de España, cayó en manos de Franco a finales de aquel verano del 37 y el general alzado pudo concentrar sus tropas para intentar de nuevo el asalto a Madrid con el ejército más poderoso que había reunido hasta ese momento. Rojo inició entonces una estrategia parecida a la del ratón y el gato: se trataba de que el roedor apareciera inesperadamente por frentes alejados entre sí para que el felino distrajese fuerzas. Y Modesto fue llamado a Madrid para concentrar sus divisiones en la región de Aranjuez, en espera de una nueva y decisiva ofensiva facciosa sobre la capital atacando desde el valle del Tajo.

Pero al poco, los planes variaron: Rojo decidió atacar en Teruel, la ciudad aragonesa que formaba un saliente en el mapa de la España rebelde, hincado en el interior de las líneas republicanas. Teruel carecía de valor estratégico y estaba guarnecido por una fuerza rebelde de escasa consideración, al mando del coronel Rey d'Harcourt. No obstante, en los corazones de muchos republicanos, Teruel tenía el peso de un símbolo ignominioso: miles de simpatizantes de la República habían sido fusilados en sus calles y plazas cuando la ciudad cayó en manos de los militares franquistas, a poco de producirse el golpe de julio de 1936.

Para llevar a cabo sus planes, Rojo confiaba de nuevo en tres factores: el valor de sus hombres, la rapidez en la acción y lo que en la guerra se conocía como el «factor sorpresa».

Entretanto, Negrín había decidido trasladar el gobierno de la República de Valencia a Barcelona. Y Manuel Azaña cambió también la sede de la presidencia a la capital de Cataluña: se sentía más seguro en la cercanía de la frontera con Francia.

El 15 de diciembre de 1937, mientras Modesto y una parte de las fuerzas republicanas aguardaban en los alrededores de Madrid una inminente ofensiva de Franco por el valle del Tajo, varios cuerpos de ejército, por orden de Rojo, atacaron Teruel. Más de cincuenta mil hombres, sin bombardeo previo de la artillería y sin apoyo aéreo, se movilizaron para tomar una ciudad defendida por cuatro mil soldados y unos cuantos miles de civiles afines a los rebeldes. Una de las puntas de lanza del ataque la constituía la XI División de Líster.

Líster miró la aguja de su reloj de pulsera. Faltaban tres minutos para que se cumpliesen las nueve de la mañana, la hora acordada para el inicio del avance sobre el oeste de Teruel. La maniobra era en teoría muy sencilla: mientras él comenzaba el ataque desde el sur con su XI División, la LXIV lo haría viniendo del norte. Ambas fuerzas avanzarían sobre las alturas del cerro de la Muela, al oeste de la ciudad y, si lograban ocuparlo y enlazar en su cumbre, Teruel quedaría definitivamente rodeado.

Nevaba y el frío mantenía agazapados bajo los capotes a sus hombres. Alguien había comentado durante los días anteriores que, desde muchos inviernos atrás, no se recordaban tan bajas temperaturas en Teruel. Quince minutos antes de la hora prevista para el ataque, Líster había ordenado repartir coñac entre los soldados y él mismo bebió dos largos tragos de una botella. El alcohol le euforizaba, le hacía imaginar cosas hermosas.

Ahora contemplaba aquella ofensiva como su gran ocasión. Es cierto que había ido ascendiendo en su carrera de militar de la misma vertiginosa y brillante manera que Modesto: juntos se formaron en la URSS, juntos habían organizado las Milicias Antifascistas comunistas, juntos habían fundado el Quinto Regimiento y habían entrado al mismo tiempo a formar parte del Comité Central del PCE. Pero en esta oportunidad, por algún motivo que se le escapaba, Modesto había logrado las estrellas de teniente coronel, un paso por delante. ¿Cuál era la razón por la que, en el Partido y en el frente, los jerarcas políticos y los militares profesionales confiaban más en Modesto?

Ahora, sin embargo, el general Rojo había dejado en los alrededores de Madrid al V Cuerpo de Ejército de Modesto, mientras que su aguerrida XI División había sido desgajada de aquél y enviada al frente turolense. Más aún: sobre sus hombros recaía la responsabilidad de iniciar el ataque. Líster sentía la mayor alegría de toda la guerra. Y se decía que sabría aprovechar su situación, que su gloria crecería en Teruel y le convertiría en una leyenda. Por fin la suerte estaba de su parte en la contienda.

Las líneas enemigas se alzaban a cosa de un kilómetro y nada indicaba que les hubieran descubierto: los exploradores habían confirmado que el enemigo permanecía, al menos en apariencia, ignorante de la batalla que se avecinaba.

Líster se había situado en la segunda línea de ataque. Era una costumbre que Modesto había establecido entre sus mandos: mantenerse siempre en la cercanía del frente cuando el combate se iniciaba, para tomar las primeras decisiones, que terminaban por ser las esenciales. Era una forma de luchar que excitaba y complacía al mismo tiempo a Líster.

Faltaba un minuto. Mentalmente, fue contando el paso de los segundos: diez, nueve, ocho, siete… Sacó la pistola de su funda, se puso en pie, recitó para sí los últimos segundos y, con señas convenidas con sus oficiales, dio la orden de marcha a los batallones que constituían la vanguardia del asalto.

Avanzaron así, agachados, medio kilómetro. Y de súbito, un grito de alarma se escuchó en el otro lado. Las ametralladoras rebeldes comenzaron a disparar y, al instante, los morteros republicanos lanzando sus granadas como enjambres de abejas. Y la XI División se lanzó a la carga, aullando, todos los hombres con las bayonetas caladas.

Durante todo el día, la nieve del suelo se fue tiñendo de rojo mientras los copos no dejaban de caer sobre el campo de batalla. Al atardecer, Líster cruzó las últimas trincheras enemigas, entre los cadáveres que comenzaban a congelarse y prisioneros ateridos, que tiritaban bajo sus capotes arrimados a las hogueras. Viniendo desde el norte, el comandante jefe de la LXIV División se acercaba ufano con el puño en alto. El cerro de la Muela había sido conquistado con una maniobra de pinza y Teruel se convertía en una ciudad sitiada. Y el coronel rebelde Rey d'Harcourt se refugiaba en el interior de la plaza con unos pocos miles de rebeldes.

Luchaban casa por casa, calle por calle, plaza por plaza, entre los edificios malheridos por la metralla, los cuajarones de hielo sucio alfombrando el asfalto, mientras la nieve caía como un cortinaje opaco sobre los tejados de la ciudad. Los soldados temblaban de frío y sentían congelarse sus dedos cuando disparaban. Morían por decenas, en uno y otro lado, como si Teruel se hubiera convertido en el eje de aquella guerra, en su íntima razón de ser, en el escenario en donde se jugaba la suerte de un conflicto que ya duraba año y medio. Y mientras la XI de Líster avanzaba metro a metro, implacable, sin ceder en su empuje, los hombres de Rey d'Harcourt vendían a un alto precio de sangre cada pequeño espacio ganado por el enemigo.

Dos días después de iniciada la ofensiva, el centro de la ciudad había sido ocupado por las fuerzas republicanas y los rebeldes que aún resistían se refugiaban en los edificios del Gobierno Civil, el Banco de España, el seminario y el convento de Santa Clara. En total la fuerza resistente había quedado reducida a algo más de mil soldados, a los que se habían sumado dos mil civiles armados. Varias decenas de mujeres y niños, además de una veintena de clérigos y, entre ellos, el obispo de la ciudad, acompañaban a los resistentes.

La caída completa de Teruel en manos del gobierno era cuestión de días y el general Vicente Rojo recibió la Laureada de Madrid, la más alta condecoración republicana. El socialista Indalecio Prieto, ministro de la Defensa Nacional, cursó órdenes estrictas de que no se fusilara a ningún prisionero. Convencido, al contrario que el presidente Negrín y los comunistas, de que la guerra no podía ya ganarse, veía en la ventaja obtenida con la victoria de Teruel la ocasión de pactar un armisticio con Franco bajo el paraguas de las democracias occidentales.

Pero Franco no quería un acuerdo de paz, sino la victoria absoluta. Y de nuevo, suspendió la marcha hacia Madrid y organizó su ejército para vengar la humillación de Teruel y recuperar la ciudad. Las mejores unidades carlistas y africanas, junto con las recién organizadas brigadas gallegas, se dirigieron hacia el escenario de la batalla. Y el grueso de la aviación rebelde, en particular la Legión Cóndor alemana y varios escuadrones de cazas italianos, voló hacia Teruel.

Esa Nochebuena, al atardecer, Líster recorría las líneas que rodeaban la barriada del centro de la ciudad en donde resistían las fuerzas rebeldes cercadas por sus hombres. A su pesar y siguiendo las órdenes de su superior, el general Hernández Saravia,* durante la tarde se habían suspendido las operaciones de asalto para permitir a los hombres la celebración navideña. Más tarde, mientras bebía vasitos de una queimada que él mismo había preparado, con los síntomas ya de una incipiente melopea, Líster se sentó junto a algunos de sus oficiales en el ancho espacio de un almacén de vinos que había escogido como puesto de mando.

—¡Manda carallo! —clamaba—. Somos un ejército revolucionario, ateo y materialista, y nos paramos en medio de una batalla para celebrar que ha nacido Cristo, el mayor representante del opio del pueblo. ¡Manda carallo!

Los soldados se reunían en pequeños grupos bajo la protección de los soportales de la plaza del Torico y en las portaladas de

* Juan Hernández Saravia fue un destacado militar profesional, del lado republicano, durante la Guerra Civil. Al comienzo del conflicto, fue nombrado por Azaña ministro de la Guerra, cargo que dejó muy pronto para pasar a la jefatura del Ejército del Sur. Trasladado al mando del Ejército de Levante, dirigió la conquista de Teruel, lo que le valió el ascenso a general. Tras la derrota del Ebro, tomó el mando del Ejército de Cataluña y, al ser vencido de nuevo, Rojo le destituyó. Se quedó en Francia con Azaña al cruzar la frontera en enero del 39 y murió en México, exiliado, en 1962.

los caserones de la ciudad vieja. Surgían guitarras y panderetas en las sombras y por todas partes se alzaba el canto de los villancicos.

Líster, después de beber varios vasos más de queimada, se levantó con gesto de fastidio, se caló el capote y salió afuera. Volaban livianos copos de nieve empujados por el aire helado. Echó a andar hacia un primer grupo de soldados que, en una calle lateral, se apretujaban alrededor de una fogata y se pasaban de mano en mano una bota de vino.

—¡Salud, camaradas! —saludó con voz recia.

Los otros hicieron ademán de levantarse. Pero Líster les contuvo:

—Quietos ahí…, que no estáis de guardia.

—¿Un trago, camarada Líster? —ofreció un cabo.

—¿Qué hombre de pelo en pecho diría que no a un par de hermosas tetas y a un buen vaso de vino? —respondió—. ¡Venga esa bota, soldado!

Siguió recorriendo grupos de hombres melancólicos y puestos de guardia, tomando sin descanso caldos y aguardientes. Y se acercó a un corro en donde sonaban las guitarras y un coro de voces cantaba:

> *A Belén, pastores, pastores chiquitos,*
> *que ha nacido el rey de los angelitos…*

—¿De los angelitos, de los angelitos? —clamó con voz quebrada Líster—. ¡El rey de los meapilas y de los fachosos!, ¡eso es lo que era ese Cristo!

A eso de la medianoche, cumplidamente borracho, Líster proclamó en el centro de la plaza del Torico:

—¡Voy a felicitarles las Pascuas a los fascistas!

Nadie le prestó atención y el teniente coronel comenzó a caminar bajo la nevada, que ahora caía más densa, dando traspiés, por la cuesta que conducía a la plazuela en donde se alzaba el seminario, uno de los focos de resistencia rebelde. El centinela del último puesto de guardia republicano le dio el alto.

—¡Qué carallo de alto! —gritó Líster—. ¡Paso franco al jefe de la XI División!

—Tengo orden de no dejar a nadie que siga a partir de aquí, camarada. Sea quien sea.

—¿Y quién dio la orden, soldado? ¡Yo mismo, el comandante Líster! Y el mismo que da la orden, la quita.

Empujó al centinela y cruzó a la calle desierta. Caminó unos pasos y se asomó a una esquina que daba a una pequeña plaza. Enfrente, cegadas por la nieve, pudo distinguir luces mortecinas en las ventanas del edificio del seminario. Desde el interior, brotaba el son apagado de un villancico.

—¡Vaya, todos son iguales!

Asomó el cuerpo y gritó:

—¡Eh, fachosos! ¡Vengo a felicitaros las Pascuas! ¡Felicidades!

Sacó el revólver y comenzó a disparar contra el edificio en sombras hasta que vació el cargador.

—¡Soy Líster, el gran Enrique Líster! —proclamaba—. ¡Hoy os deseo felicidades! ¡Pero mañana vendré a sacaros de esa cueva, malditas ratas de alcantarilla, y a cortaros las orejas!

Una lluvia de balas brotó del interior del seminario y Líster saltó hacia atrás, como un resorte, y cayó de espaldas sobre un charco de agua helada.

—¡Malditos demonios! —exclamó.

Unos brazos recios le recogieron por la espalda y le arrastraron hacia atrás.

—Ha tenido suerte de que no le hayan dado, camarada Líster —dijo el centinela mientras tiraba de él fuera del espacio que podían alcanzar las balas rebotadas.

—¡Malditos, traidores…! —gritaba—. ¡No respetan ni siquiera la Nochebuena!

El día de Navidad, el general Hernández Saravia convocó a todos los mandos de alto rango para una copa poco antes de mediodía. Líster sentía la cabeza a punto de explotarle, a causa de la tremenda resaca que le encharcaba el cerebro. Cuando entró en la sala del puesto de mando, se sorprendió al encontrar en el grupo al Campesino.

El mismo general llenó las copas de champán de cada uno de sus oficiales y jefes. Cuando llegó a la altura de Líster se detuvo un instante.

—¿Cree que podrá aguantar otra copa, comandante?

—No veo por qué no, mi general.

—Creo que estuvo usted anoche a punto de conquistar solo los últimos reductos rebeldes, sin ayuda alguna de la tropa.

—Me dispararon cuando me acercaba a observar sus líneas.

—No es eso lo que me han contado. En todo caso, digamos que ayer era Nochebuena, un día muy particular. Pero no olvide que le necesitamos en esta batalla, Líster, y no me gustaría tener que relevarle.

Brindaron y Saravia les felicitó a todos por la victoria con un encendido y breve discurso. Luego, mientras los hombres bebían y fumaban formando pequeños corros, Líster se acercó al Campesino y lo apartó tomándole del brazo.

—¿Qué haces aquí, Valentín? —le preguntó.

—Pedí venir con mi XLVI y han aceptado. Quiero participar en la victoria. Y el mando me ha asignado una zona al sur de la ciudad.

—O sea, que quieres una medalla al valor ahora que otros hemos ganado la batalla.

—Quedan varios edificios en poder de los facciosos, según tengo entendido.

—Ésos caerán como la fruta madura del árbol, son pan comido.

—A tu amigo Modesto no le han dejado venir esta vez.

—Modesto no es mi amigo, pero tú lo eres menos. Y no me extrañaría verte volver la espalda al tiroteo.

—Pronto vas a tener que comerte tus palabras.

Combatían bajo la nieve, sobre el hielo y el barro congelado, a quince grados bajo cero. Una y otra vez se sucedían los asaltos contra los edificios ocupados por los rebeldes, tan hambrientos como decididos a combatir hasta la muerte. Habían abandonado los pisos superiores de sus refugios y las fachadas se desmoronaban, los balcones se derrumbaban y formaban pilas de cascotes y de hierros retorcidos. Desde las troneras de los sótanos asomaban bocas de fusiles que disparaban contra los asaltantes. Y éstos, a su vez, lanzaban ristras de granadas contra los huecos abiertos en las bases de los edificios, que temblaban al hacerse eco de los estallidos. Franco venía con sus mejores tropas desde el norte y el oeste para recuperar la ciudad perdida. Un mensaje enviado a los hombres que resistían el asedio fue descifrado por los republicanos: «Confiad en España como España confía en vosotros».

Y el día 28, el ejército de Franco llegó a las afueras de Teruel.

Era una lucha confusa y cruenta. La aviación franquista no podía despegar a causa del mal tiempo, la nieve cubría los campos circundantes de la ciudad, un viento helado soplaba en las calles y las afueras de Teruel, y centenares de tanques, vehículos blindados, camiones, ambulancias y carros tirados por animales formaban imponentes tapones en las carreteras destrozadas y los caminos embarrados. Y mientras las brigadas carlistas y gallegas de los rebeldes atacaban el cerro de la Muela, que dominaba la ciudad, y Líster multiplicaba el esfuerzo de sus hombres por contenerlas, otras divisiones republicanas huían en desbandada ante los tabores de los moros regulares. Al mismo tiempo, en el interior de Teruel, las tropas gubernamentales luchaban por rendir los últimos bastiones de resistencia. Eran dos combates en uno: el de los que intentaban tomar la ciudad llegando desde fuera y el de los que luchaban por apagar los focos rebeldes del casco antiguo de Teruel contra los que se negaban a deponer sus armas en los sótanos de los edificios que los guarecían.

La mañana y la tarde de Nochevieja no cesó el fuego, en tanto que el clima empeoró aún más, con nevadas que cegaban la visión de los combatientes, mataban de frío a los animales de carga y congelaban la grasa de las armas automáticas. Si inhumana es siempre la guerra, aquella de Teruel parecía la más cruel de todas. Los rebeldes lograron reconquistar las alturas de la Muela, pero los republicanos consiguieron hacerlos retroceder en las afueras de la ciudad. Aquella Nochevieja no hubo canciones, ni uvas, ni brindis, ni felicitaciones; sólo disparos, explosiones de granadas, ayes de dolor y centenares de muertos.

Cuando amaneció el día de Año Nuevo, todos los defensores del convento de Santa Clara habían perecido y los del Banco de España se rindieron. La tormenta no remitió, sino que redobló su vigor esa misma tarde del día 1 de 1938, con los termómetros marcando los dieciocho grados bajo cero.

La aviación franquista siguió sin poder despegar, lo que supuso un respiro para las tropas republicanas cuando se encontraban ya al borde del colapso. En Madrid, el general Rojo dio aquel día la orden a Modesto de que se trasladase con su V Cuerpo de Ejército a salvar cuanto pudiera salvarse en la batalla de Teruel.

Modesto se adelantó a la marcha de su ejército con su Estado Mayor y una pequeña tropa de escolta y entró en la ciudad la tarde del día 3 de enero, pocas horas después de que cayera en manos republicanas el Gobierno Civil, uno de los edificios que había servido de refugio a los rebeldes que resistían en el interior de la ciudad. Ya sólo quedaba por conquistar el seminario, en donde el coronel Rey d'Harcourt resistía con cerca de mil combatientes y varios cientos de civiles: muchos de ellos, mujeres, niños y clérigos.

La visión de la ciudad era estremecedora. En las vías de acceso, numerosos vehículos averiados dificultaban la circulación por la carretera. Los cadáveres de mulas y borricos sembraban los arcenes, petrificados por el frío, y en el centro de Teruel, en la misma plaza del Torico, decenas de hombres heridos formaban largas colas ante los improvisados ambulatorios de campaña.

Modesto instaló en un edificio de la misma plaza su cuartel general y, de inmediato, recorrió con Delage algunos de los puestos avanzados. Luego se reunió con el general Hernández Saravia, Líster y otros jefes militares. Todos convinieron en que era preciso recuperar el control del cerro de la Muela, desde donde los rebeldes podían bombardear la plaza con absoluta impunidad.

—Y me parece que te toca el papel protagonista, Líster —dijo Modesto.

—Ya me lo figuraba… Iba a ser relevado cuando empezó la ofensiva: mis hombres están hechos polvo.

—Echaremos mano del Campesino, apenas ha entrado en fuego —intervino el general.

—Tomar la Muela es esencial, mi general —respondió Modesto—. Con todos mis respetos, no quisiera encomendar nada esencial al Campesino, no confío en él.

Saravia se volvió hacia Líster.

—No hay alternativa, comandante: su XI División es la mejor y la más curtida.

—Y la más castigada —puntualizó Líster—, pero se hará.

—Estaré contigo —dijo Modesto.

—No me haces falta para ganar batallas.

—Como quieras: pero llámame si necesitas mi auxilio.

Dos días le llevó a Líster reconquistar la Muela. Y una jornada después, la mañana del día 6 de enero, Modesto ascendió hasta la cumbre de la colina y entregó la orden, recibida por cable y firmada por Rojo y el presidente Azaña, en la que se concedía a Líster el empleo de teniente coronel.

—Te lo han traído los Reyes Magos —dijo Modesto entregándole el mensaje—. Enhorabuena, te lo mereces: has luchado bien, Líster.

—Ya somos iguales otra vez —comentó Líster.

—No tanto. Tenemos el mismo rango, sí; pero sigues a mis órdenes, camarada teniente coronel, y tu XI División regresa hoy al redil.

—¿Qué quieres decir?

—Que la XI vuelve a integrarse al V Cuerpo de Ejército y soy quien lo manda.

—Eso no es justo.

—¿Y qué hay de justo en una guerra? Trágatelo y lucha, que te han subido el sueldo.

Esa tarde, el ministro Prieto y dirigentes de los partidos de izquierda visitaron el escenario de la batalla y varios subieron hasta la Muela a felicitar a los combatientes. Entre ellos estaba Santiago Carrillo, a quien Modesto conocía de varias reuniones del Comité Central del Partido Comunista. Los dos hombres recorrieron juntos las posiciones defensivas de la Muela.

Después, abrazados por la ventisca y encogidos bajo la ropa de abrigo, se asomaron a un mirador, contemplando el paisaje nevado de los bosques, las llanuras blancas, el río helado y la ciudad en donde asomaban los torreones desmochados de algunas iglesias. Fumaban.

—¿Ganaremos la guerra, camarada? —preguntó Carrillo.

A Modesto le pareció distinguir un brillo irónico en la mirada del político, cuyos ojos apenas se vislumbraban detrás de unas gafas de gruesos cristales.

—Sabes que está difícil, camarada Santiago; pero lo vamos a intentar. En todo caso, es una pregunta que me hace últimamente todo el mundo, como si yo fuese el único que tuviera la respuesta.

—Hay que aguantar hasta que Hitler se vuelva loco y declare la guerra a toda Europa. Tenéis que hacer lo posible y lo imposible por no ser derrotados antes.

—¿Y crees que Prieto y los socialistas piensan igual?

—Negrín está de acuerdo con nosotros.

—¿Y Azaña?

—Tiene un carácter algo pusilánime.

—¿Quieres decir que es un pichafría?

Carrillo calló unos instantes. Era un hombre a quien le gustaba pensar antes de responder a una pregunta.

—No sé cómo lo llamáis en Cádiz; pero digamos que se desfonda enseguida y lo ve todo negro.

—En Cádiz lo llamamos «sinviví»…: que se agobia, que ni vive ni deja vivir.

Una pareja de soldados, que conducía a tres rebeldes desarmados, cruzó cerca de ellos, camino de la retaguardia.

—Diles que esperen —pidió Carrillo a Modesto—. Me gustaría hablar con esos prisioneros.

Eran tres muchachos muy jóvenes, casi imberbes todavía. Modesto les ofreció cigarrillos y los chicos los tomaron con gestos de desconfianza. De los cuellos les colgaban sendas chapas de metal liviano, con una imagen del Corazón de Jesús y un texto en donde podía leerse: «Detente, bala, el Corazón de Jesús está conmigo».*

Carrillo tomó uno de los colgantes y se lo acercó a las gafas.

—¿Y esto te salva la vida? —preguntó al joven.

—Pues claro…, lo ha bendecido el obispo.

—¿También vosotros lo creéis? —preguntó Modesto a sus compañeros.

—Si lo dice el obispo, por algo será… —respondió uno de ellos con seguridad.

—¿Qué hacíais antes de la guerra? —dijo Carrillo.

—Trabajar la tierra.

—¿Sois voluntarios?

Los tres dudaron y, al fin, uno de ellos afirmó con un movimiento de cabeza y gesto temeroso.

—No os asustéis —dijo Modesto—. Nadie va a haceros nada. ¿Por qué os alistasteis?

—Para luchar por Dios.

—¿Y pensáis que yo tengo algo contra Dios?

—El obispo nos dijo que los rojos lucháis contra Dios y que matáis a todos los creyentes, como hacían los judíos y los romanos con los primeros cristianos.

—¿De qué obispo me estás hablando?

—De monseñor Polanco, el obispo de Teruel. Nos bendijo antes de que empezara la batalla.

* Los llamados «detentes» eran bendecidos y distribuidos por los sacerdotes a muchos combatientes franquistas, y eran especialmente apreciados por los voluntarios carlistas navarros. Solían llevar grabado junto al lema un corazón apuñalado y sangrante junto a una cruz. El origen de estos «detentes» se remonta, al parecer, al siglo XVI.

—¿Y tú lo crees?

—Lo dijo el obispo…, señor.

Modesto se apartó, con aire de fastidio, mientras Carrillo permaneció un rato charlando con los muchachos.

Luego, de nuevo solos el soldado y el político, Modesto movía la cabeza.

—Les han comido el cerebro…, esos pobres muchachos son tan del pueblo como nuestros chicos, unos labriegos explotados. ¡Y creen luchar por un Dios justo!

—Eso les confiere valor, supongo…

—Y encima no les entran las balas, las paran con una medallita…, ¡hay que joderse!

Señaló después hacia el lugar por donde los prisioneros se habían alejado.

—Esos chicos ya no tienen arreglo. Si vuelven a ser libres, se convertirán en asesinos, sin duda.

Carrillo permanecía en silencio. Modesto apuntó su dedo índice hacia Teruel. La ciudad herida parecía dormir, atenazada por el frío, sus torres mutiladas, sus tejados rotos, las fachadas de los palacios agujereadas. De algunos lugares brotaban pequeñas humaredas, como si fueran el vaho de un animal escondido que jadeaba agonizante, y se escuchaban disparos espaciados.

—Mira ahí abajo… —dijo el comandante—. Tenemos que ganar esta guerra cuanto antes.

Buscó en los bolsillos, bajo el capote.

—Dame un cigarrillo, Santiago. No encuentro los míos.

Carrillo le tendió el paquete. Fumaron los dos.

—La retaguardia abruma en estos días —aseveró Carrillo.

—Todos somos importantes, cada uno en su sitio.

—Ahora mismo te lo cambiaría con gusto.

—Cuando esta guerra termine, igual dejo el ejército.

—Si perdemos, no te quedará más remedio —ironizó Carrillo.

—No voy a perder.

—Mejor para todos.

Guardaron silencio unos instantes.

—Hace frío, vamos adentro del refugio —dijo Carrillo.

Echaron a andar.

—Hace tiempo que quiero saber qué pasa con el Campesino, Santiago… ¿Quién le apoya en el Partido?

—La dirección.

—No lo entiendo.

—Es un mito, ha conseguido convertirse en una leyenda: el soldado surgido del pueblo, valiente y generoso.

—Es todo lo contrario, Santiago: ese hombre está loco.

—Pero la gente cree otra cosa… Y en la guerra, necesitamos de leyendas que ayuden a mantener elevada la moral del pueblo.

—Al pueblo no le gustará saber que un día le creamos héroes falsos.

—Yo no apoyo a Valentín; pero la mayoría de la dirección sí lo hace.

—No me gusta que mi partido engañe, Santiago… Yo soy un hombre de trincheras y tú eres un hombre de pensamiento. Pero ambos defendemos unos principios de justicia y de igualdad, ¿no? ¿O es que los hemos olvidado? Respóndeme, camarada: ¿crees que tenemos el derecho de mentir al pueblo?

Carrillo le miró con aire sombrío.

—No lo tenemos, no…, pero no me hagas preguntas que en este momento no tienen respuestas. Vamos adentro de una vez, Modesto: el frío congela las ideas más nobles.

Esa noche sonaron guitarras y panderetas, se oyeron cantes flamencos y una gaita acometió muñeiras en los refugios de la colina. Modesto, Delage y Carrillo asistieron al festejo en el que Líster bailó y bebió, arropado por sus hombres, celebrando la victoria de la Muela y su ascenso a teniente coronel. Y el poeta Miguel Hernández, que unos días antes había bajado hasta el frente de Teruel para escribir crónicas sobre la batalla y arengar a los soldados, subió a un improvisado estrado y, arrebolado, su piel terrosa encendida por la pasión, leyó un poema en honor del jefe de la XI División:

> *Líster, la vida, la cantera, el frío:*
> *tú, la vida, tus fuerzas como llamas,*
> *Teruel como un cadáver sobre el río...*

Los soldados aplaudieron con furor al término de la lectura mientras Líster, rojo de orgullo y copas, recibía abrazos y parabienes. Miguel Hernández levantaba el puño cerrado sobre el mondo cráneo, el frágil esqueleto vencido bajo los hombros.

—Miguel es un gran poeta —comentó Carrillo—, pero éste no es el mejor de sus versos.

Delage movió la cabeza.

—Un gran poeta..., tal vez. Pero ¿por qué convoca siempre a la muerte? Me gusta su verbo, pero no sus ideas.

Se volvió hacia Modesto.

—¿Y a ti, Juan?, ¿qué te parece?

—Yo sólo entiendo de bulerías.

Y dio unas palmas y cantó en voz muy baja cerca del oído de su amigo:

> *A la alamea,*
> *que viene el guarda*
> *con la correa...*

De pronto se acordaba del mar, de Antonia y de la feria del Puerto.

Y pensó que allí lejos, en su bahía y en su Puerto, tal vez en ese instante el viento llevaría hasta la mar un olor de pinares, mientras que aquí, en Teruel, tan sólo olía a frío: «acero y lodo», se dijo.

¿Y dónde estaban los pájaros…, los pájaros de la noche y los del día?

De pronto, la trazada luminosa de un obús cruzó el cielo encapotado. Fue a estallar al otro lado de la ciudad y la tierra tembló.

La guerra le exigía de nuevo olvidar el mar.

Modesto y Delage asistían, rodeados por cuatro compañías de fusileros y dos secciones de ametralladoras apuntando hacia las ventanas y los portones del caserón del seminario, a la rendición del último reducto rebelde de Teruel. Al fondo de la explanada, repleta de piedras desmoronadas y agujereadas por los obuses, se alzaba la fachada herida del edificio en ruinas. Una gran sábana blanca, amarrada a un mástil, surgía de un ventanal. Era el día 8 de enero de 1938 y la ciudad, apagado el último foco de resistencia, quedaba por completo en poder del gobierno de la República.

Bajo el cielo cubierto de nubes grises y con un viento helador que levantaba una sucia tolvanera de los escombros, primero salieron las mujeres y los niños, unos cuantos chiquillos desarrapados, temblando de frío, agarrados con fuerza a las manos de sus madres, como si sus dedos fueran la única sujeción a la esperanza que poseían. Estaban muy flacos, mujeres y criaturas, y ellas vestían casi todas de negro, algunas con las cabezas cubiertas por pañuelos del mismo color. Caminaban sobre los cascotes y las ruinas con torpeza, a trompicones. Varios niños portaban trapos blancos que agitaban sobre sus cabecitas. Al llegar adonde esperaban las enfermeras, los sanitarios y los médicos del ejército republicano, un chiquillo de poco más de siete años, vestido con una chaqueta que le venía grande, una gorra de lana y un pantalón corto que dejaba al aire sus rodillas y sus escuálidas pantorrillas, arrojó el pañuelo blanco al suelo, se quedó quieto y levantó los brazos en señal de rendición. El grito de Modesto levantó ecos en la plaza:

—¡Coged a ese crío y abrigadlo, coño!

Después salieron los hombres desde los oscuros subterráneos del edificio. Eran varios cientos, entre soldados, guardias civiles y paisanos, vestidos con harapientos uniformes en su mayoría, algunos tocados con gorras militares o tricornios, sucios, las barbas oscuras sobre la piel amarillenta. Su abatida procesión duró cerca de una hora: rodeados de soldados que les apuntaban con sus fusiles, iban apilando sus armas en donde los suboficiales republicanos les indicaban, se dejaban cachear con mansedumbre y luego se alineaban, encorvados bajo el frío, para ser conducidos al improvisado campo de prisioneros, en las afueras de Teruel.

Asomaron tras ellos los curas y los seminaristas, un par de docenas. Casi todos salían con las manos en alto y miraban atemorizados a las filas de hombres armados que les recibían. Uno de ellos llevaba un rosario en las manos y rezaba en voz baja mirando al cielo, con lágrimas en los ojos.

—¡Deja de llorar, curita, que nadie te va a hacer nada! —le gritó un cabo fusilero, al tiempo que le agarraba un brazo con cierta brusquedad y le empujaba a caminar con los otros en dirección al campo de prisioneros.

Al fin, seguido por media docena de oficiales, apareció el coronel Rey d'Harcourt, jefe de la guarnición rebelde. Vestía un maltrecho uniforme y un gorro cuartelero. Era alto, muy delgado y sus ojos, escondidos tras las gafas y cercados de profundas ojeras, se hundían sobre las descarnadas mejillas. A su lado, un hombre de pequeña estatura, de pelo blanco, cara redonda y vestido con ropas de clérigo, miraba a su alrededor con sus inquietos ojos azules y sostenía entre las manos un crucifijo de madera. Era el obispo Polanco.

Modesto se adelantó, seguido por Delage y Cachalote, y llegó a la altura del grupo. Se detuvo ante Rey d'Harcourt y saludó militarmente.

—Teniente coronel Modesto, jefe del V Cuerpo de Ejército de la República.

El coronel rebelde se cuadró y respondió al saludo.

—Soy el coronel Rey d'Harcourt y le rindo la plaza sin condiciones.

—Baje la mano, por favor.

Sin abandonar su posición de firmes, el coronel se desabrochó el cinturón del que colgaban el tahalí con el sable y la funda con la pistola y se lo tendió a Modesto.

—Descanse usted —dijo Modesto mientras le entregaba las armas a Cachalote, sin apenas echarles una mirada.

—Sólo le pido que cuiden de las mujeres y los niños, teniente coronel —añadió el rebelde.

—Ya estamos en ello.

—¿Y qué harán con mis hombres?

—Van camino de un campo habilitado para los prisioneros. Se les dará de comer y tendrán mantas para el frío.

—¿Y mis oficiales…?

—Si le preocupa qué les va a pasar, ni usted ni ninguno de sus hombres serán fusilados. Se han batido ustedes con valor y yo soy un soldado y puedo sentir orgullo ante el coraje de mis enemigos, aunque hayan matado a muchos de los míos. Su resistencia y la de sus hombres ha sido gloriosa, coronel. Espero que sus superiores se lo reconozcan.*

* Ni siquiera después de la guerra, cuando el coronel ya había muerto, Franco quiso reconocer el valor de Rey d'Harcourt. Muy por el contrario, siem-

Miró al clérigo.

—Tampoco mataremos a los curas…, esté tranquilo, eminencia… ¿Se dice eminencia?

El clérigo dibujó una sonrisa forzada en sus labios.

—Sólo ilustrísima: soy obispo, no cardenal.

—Ya…

Se aproximó al obispo y le pellizcó con fuerza en la mejilla.

—De modo que los rojos somos como los romanos y los judíos que mataban a los primeros cristianos, ¿no?

El clérigo gimió.

—Nosotros no somos así, eminencia, o ilustrísima, o como quiera que te llamara tu puta madre. No vas a ser fusilado ni aunque te lo merezcas. Y da gracias de que no tengamos un par de leones vivos para echarte con ellos a la plaza de toros.

Se dirigió de nuevo a Rey d'Harcourt:

—Serán todos tratados con respeto.

Y señaló al obispo.

—Incluida esa basura criadora de asesinos.

Rey d'Harcourt le miró perplejo, sin atreverse a decir nada.

La rabia franquista se volcó en los bombardeos que siguieron al final de la resistencia interior de Teruel. Desafiando la nieve y el hielo, la escasez de la comida y el miedo, pero animados por la mística de la muerte, miles de legionarios, regulares marroquíes, voluntarios gallegos y requetés se arrojaron sobre Teruel como manadas de leones ávidas de sangre. Y en la ciudad y en los cerros que la rodeaban, otros cuantos miles de hombres les esperaban, tiritando de frío y hambrientos, dispuestos a

---

pre reprochó que no hubiera resistido el cerco hasta la total aniquilación de su tropa.

morir matando, como búfalos heridos, o a vencer a cualquier precio.

Tras los feroces bombardeos, se luchaba en las colinas y en los arrabales de la ciudad, a bayoneta, disparando a quemarropa. Granizaba, nevaba y llovía. Y la tierra, las calles incluso, eran barrizales por donde los hombres corrían empapados, ciegos de furor, maldiciendo y disparando hacia las sombras que se movían frente a ellos.

Los vehículos se hundían en el lodo, las caballerías que arrastraban cureñas con cañones quedaban atrapadas en el cieno, por todas partes se oían los gemidos de los motores que intentaban sin éxito arrancar, los relinchos de las bestias, los juramentos de los hombres, los ayes de los heridos, los disparos y las explosiones de las granadas. ¿Quién podía vencer en aquella batalla salvo un Dios enloquecido?

En las alturas de la Muela, resistiendo a duras penas los ataques de una división de requetés, Modesto se movía de un lado a otro de la trinchera, dando órdenes a sus oficiales y enlaces. Delage, a su lado, trataba de obligarle a que se protegiese.

—¡Te estás jugando la vida, Juan! Aquí no debe estar un alto mando.

Pero Modesto no escuchaba sus palabras.

Las balas chocaban contra los parapetos. Y de pronto, una lluvia de granadas de mortero cayó sobre la línea de defensa en donde se encontraban los dos hombres. Modesto y Delage saltaron al interior de la trinchera, el uno junto al otro, mientras caían sobre ellos paladas de tierra y piedras.

—Hay que retirarse, Juan —musitó el comisario casi al oído del soldado.

—Espera a que termine este bombardeo…, y veremos.

—No te vuelvas loco, Juan…

Cesó la cañonería. Modesto se levantó, el primero en la línea de la trinchera.

—¡No van a vencernos, soldados, no van a vencernos! —gritó—. ¡Viva la República!

Y saltó hacia delante.

Delage le siguió, sintiendo que llevaba el alma en la boca. Y de pronto, notó un golpe debajo de la barbilla. Y al instante, un mareo súbito que trepaba por la garganta hacia la cabeza. De inmediato, perdió el sentido.

Ahora, en el aeropuerto del Fondó, Delage miraba incrédulo a Modesto, bajo las nubes tormentosas que presagiaban lluvia, azotados por el viento que levantaban las hélices de los dos pequeños aviones.

—El que se va eres tú… —le había dicho Modesto.

Después hizo un gesto con la mano a Cachalote. Y el otro corrió hacia ellos: llevaba una bolsa en la mano.

—Tu equipaje, Luis —añadió Modesto.

—Ni lo sueñes… —dijo Delage—. Juntos empezamos esta guerra y juntos terminaremos.

—¿Recuerdas Teruel?

Delage asintió. Sabía lo que el otro iba a decirle.

—¿Recuerdas tu herida?, ¿recuerdas lo del avión de Prieto?, ¿recuerdas tu promesa?

Delage sentía que algo duro crecía en su pecho.

—Prometiste que harías por mí cualquier cosa que te pidiera y cuando te lo pidiera.

—¿Lo dije así?

—Éste es el día y ésta es la ocasión.

—No puedo marcharme, Juan. No me lo pidas.

—Te vas a Orán, Luis.

Se volvió hacia Cachalote.

—Dale su equipaje, José.

El otro le tendió la bolsa y luego la mano.

—Adiós, camarada comisario.

Delage la estrechó. Y de súbito, sintió humedad en sus ojos.

—No sabía que los madrileños llorabais —dijo Modesto.

—Será que tengo alma andaluza.

—Saluda a Marie France. Y dame un abrazo, hombre.

Sintió el duro pecho de Modesto contra el suyo. Y rompió a llorar.

—No puedo irme, Juan, no puedo…

Modesto se soltó del abrazo. Sonreía burlón y le brillaban los ojos.

—Te prometo que tendremos otra guerra, amigo…, camarada —dijo—. Y ésa, además, la ganaremos.

Volvió la vista hacia las montañas.

—Anda, no hagas esperar a la gente: sube al avión y lárgate.

Se giró y echó a andar a paso vivo, sin volver la espalda.

9

El viento y las llamas

… y en su ira asesinaron a los que el azar puso a
su alcance y destruyeron cuanto encontraron a su
paso.

TITO LIVIO, *La segunda Guerra Púnica*,
Libro XXV

Marie France le contó aquella mañana a Delage, en el hospital de sangre del Palacio Real de Madrid, lo que había sucedido en la batalla de la Muela. Tras caer herido, lograron retirarlo de la línea de fuego y llevarlo al ambulatorio de campaña instalado en el centro de Teruel. Una bala rebotada había entrado por debajo de la mandíbula inferior y salido muy cerca del cerebro. Era necesario operar con rapidez. Sin embargo, en Teruel no había medios para hacerlo. De modo que la única alternativa era trasladar a Delage a Valencia o a Madrid sin pérdida de tiempo.

—Eso fue hace dos días —siguió la muchacha—. Y por suerte había un avión sanitario en el aeródromo. Pero estaba destinado en exclusiva a los altos mandos y el propio ministro Prieto había dado instrucciones de que nadie lo utilizara sin su permiso. Y ayer mismo, Modesto te llevó al aeropuerto, ordenó a dos pilotos que le acompañaran al avión, se subió contigo a bordo y te trajo a Madrid. Te operaron de urgencia. Y has salvado la vida. Modesto me avisó para que viniera. Ha sido muy gentil.

—¿Y en dónde está ahora?

—Creo que le ha llamado el general Rojo. Vendrá a verte esta tarde, antes de regresar a Teruel.

—Gracias por estar a mi lado, Marie France.

—Te quiero, Luis.

Se aproximó y le besó levemente en los labios.

—Le debemos tu vida a Modesto —dijo.

—Es mi mejor amigo, nunca he tenido otro como él —respondió Delage.

—Creo que el ministro Prieto quiere su relevo del mando.

—No podrán hacerlo, Juan es insustituible, es nuestro mejor soldado… ¿Y qué pasó con la Muela?

—La perdimos… Dicen que la de Teruel es una batalla terrible.

—El Diablo se avergonzaría si le contásemos lo que está sucediendo allí, Marie France.

Modesto abandonó la habitación del hospital a media tarde, después de despedirse de Delage. Camino de la salida, atravesó una larga galería repleta con hombres heridos. Sonreía para sí, satisfecho de lo que había logrado: Luis Delage estaba vivo y en dos semanas podría ser dado de alta. Tampoco le molestaba haber humillado al ministro Prieto birlándole el avión. Rojo se lo había dicho a última hora de la mañana, cuando le visitó en su Estado Mayor.

—El ministro está que bufa, teniente coronel Modesto: no debió de hacerlo, no es conveniente saltarse las órdenes de los superiores.

—A veces, las órdenes de los superiores no se atienen a lo que es conveniente.

—Prieto quería que le relevara del mando del V Cuerpo.

Rojo sonrió burlón antes de añadir:

—Pero a veces, las órdenes de los superiores no se atienen a lo que es conveniente. De todos modos, a partir de ahora procure ser más respetuoso con el poder civil.

—¿Y cómo le convenció para no cesarme, mi general?

—Le dejé desahogarse… Ni se imagina las cosas que dijo sobre usted. Después le di una charla sobre estrategia… Eso le calmó. Y ahora tiene usted que volver de inmediato a Teruel. ¿Cómo ve la batalla?

—La vamos a perder, mi general. Tienen mejores aviones y mejores baterías. Por ahora, nos está salvando el mal tiempo. Es una batalla muy dura y será todavía peor en lo sucesivo, porque los soldados, los nuestros y los suyos, comienzan a enloquecer.

—Regrese allí de inmediato y haga lo que pueda.

—¿En el mismo avión sanitario, mi general?

—¡Demonio con usted, Modesto! ¡Vaya al frente cuanto antes!

—A sus órdenes, mi general.

Rojo suavizó la voz:

—Y regrese con vida, la guerra no termina en Teruel.

—La guerra, quizás no, mi general. Pero hay cosas que han terminado en Teruel.

Mientras atravesaba la galería hacia la salida del hospital, sentía el olor a formol y a heces, a sangre seca y a carne corrompida. Miró hacia los altos techos y paseó la vista por los anchos ventanales: aquellas dependencias fueron farmacia de los reyes antes de la República y ahora, convertidas en hospital de guerra, habían pasado por ellas centenares o quizás miles de hombres heridos durante más de un año y medio con la esperanza de salvar la vida. ¿Cuántos habrían muerto y cuántos habrían logrado sobrevivir en aquellas estancias en donde los reyes y los príncipes se quejaban de sus resfriados y jaquecas?

Cruzó la puerta, llegó al vestíbulo de entrada y, de pronto, la vio. Reconoció enseguida a la muchacha: sus cabellos de color castaño claro habían crecido y caían sobre sus hombros en largos bucles. Era la misma chica que subió junto a él los primeros escalones del Cuartel de la Montaña, la misma que encontró en el dispensario del hotel Palace después de caer herido en Griñón. Vestía un uniforme celeste y llevaba en una mano una escoba y en la otra un recogedor. Era pequeña, delgada, pero su cuerpo dibujaba formas atrayentes.

Se acercó a ella.

—Hola…

La muchacha se detuvo.

—¿Me conoces? —dijo.

—Claro. ¿Y tú?

Ella bajó la cabeza.

—Todos saben quién es Modesto.

—No pude darte las gracias cuando me atendiste en el Palace: me desmayé, creo recordar.

La chica levantó la mirada.

—Sí, me acuerdo.

Ella hizo ademán de retirarse. Pero Modesto le sujetó la muñeca, apretándola con delicadeza.

—Espera. Ahora debo volver al frente…, pero dime en dónde podré encontrarte cuando venga a Madrid. Por lo menos te debo una invitación a merendar.

—Trabajo aquí, estoy siempre aquí.

—¿Y en dónde vives?

—También duermo aquí.

—Volveré a buscarte. Y perdona, pero no recuerdo cómo te llamas.

—María…, María Díaz.

Modesto regresó a fines de enero a Teruel. Ni un solo día, desde entonces, se dejó de luchar. En uno y otro lado, las miradas de los hombres parecían apagarse, como si se preguntaran: «¿Para qué seguir matando, qué objeto tiene todo este horror del que yo participo?». Y pese a ello, casi helados, agotados por la batalla interminable, hambrientos, los destrozados uniformes manchados de barro, una y otra vez atacaban, calaban bayonetas, disparaban sus fusiles, arrojaban granadas, se hundían en el lodo de los refugios y las trincheras tratando de protegerse de los bombardeos, corrían hacia delante, huían, gritaban enfurecidos por el odio o por el miedo, cumpliendo el terrible rito de la guerra que les imponía una fuerza superior a su voluntad. Parecía que una locura de carácter cósmico hubiera poseído a los dos ejércitos, igual que cuando el mar y el viento luchan por dilucidar quién es el más fuerte.

Se peleaba en los cerros que rodeaban la ciudad y en las llanuras, y en las orillas del norte y del sur del río Turia, que bajaba cenagoso, revuelto y feo, arrastrando placas de hielo sucio. A finales de mes, los rebeldes conquistaron, tras un feroz combate a la bayoneta, la plaza de toros, en donde los republicanos habían establecido un polvorín y un depósito de armas. Alrededor del coso, los cadáveres de hombres y animales cubrían el ancho espacio de la explanada, convertidos por las heladas de la noche en figuras grotescas, retorcidas, seres que parecían salidos de un guiñol extravagante. Allá en donde los soldados del gobierno se rendían, de inmediato los mandos rebeldes formaban pelotones de fusilamiento, generalmente con navarros carlistas y regulares africanos, y los prisioneros eran ejecutados. La orden de Franco era lograr la reconquista de la ciudad a toda costa, usando de la violencia y el pánico.

De las filas rebeldes, por las noches, en las horas de tregua, llegaba a las trincheras de las tropas republicanas, con claridad, la estrofa de una canción de los requetés navarros:

> *Átame las alpargatas,*
> *dame la boina, dame el fusil:*
> *que voy a matar más rojos*
> *que flores tienen mayo y abril...*

Los republicanos respondían con otra copla:

> *Requetés y fascistas,*
> *no tenéis pelotas;*
> *debajo del culo*
> *os cuelgan las botas...*

Eran tantos los muertos y tan fiera la lucha, tal la ausencia de tregua alguna, que ni uno ni otro bando recogían a sus caídos para enterrarlos. Quien no haya visto un campo de batalla plagado de cuerpos de hombres jóvenes, ya vacíos de sangre y de palabras, no puede saber lo que significa la terrible dimensión de la guerra y de la muerte.

Era un mediodía de comienzos de febrero y un frío sol color melocotón alumbraba tímidamente el espacio. Modesto había distribuido sus exploradores entre las diversas fuerzas que protegían Teruel, para prevenir ataques por sorpresa, y los dos sargentos, Lalo y Lavalle, habían sido asignados a la XXVII División, que cubría el frente del río Alfambra, un afluente del Turia que corría al norte de la ciudad. Durante toda la mañana, oleadas de aviones rebeldes, los Stukas alemanes y los Fiat italianos, habían barrido con sus ametralladoras las trincheras republicanas, en la orilla occidental del río. Luego, se había hecho el silencio. Y ahora, de pronto, comenzaba a oírse un rumor que crecía y crecía llegando desde el otro lado de la extensa llanada cubierta por la nieve.

—¿Qué crees que es? —preguntó Lavalle, acodado en la trinchera.

—*Pa'* mí que son caballos —respondió Lalo.

Un instante después, más allá de las primeras líneas defensivas, la caballería rebelde comenzó a asomar en el horizonte como una línea delgada de color oscuro que marchaba al paso. Al poco, conforme avanzaban, los cuerpos de los caballos fueron perfilándose sobre la llanura. Formaban hileras y en cada una de ellas se alineaban al menos cincuenta animales. Se oían lejanos relinchos.

—¡Vienen miles! —gritó aterrado un soldado a espaldas de Lavalle.

Sobre los escuadrones flameaban las banderas rebeldes, rojas y amarillas. Y las hojas de los sables, alzados sobre las cabezas de los jinetes, arrojaban chispazos de luz argentina sobre la calva llanura.

Se oyó un toque de corneta y la caballería del general Monasterio inició el trote. Aumentó el ruido de los cascos de los animales sobre el suelo duro. Retumbaba la tierra, azotada por el paso recio de las tres mil monturas que iban a llevar a cabo la última carga de caballería de la historia española y, quizás, de la historia del mundo. Otro toque de corneta ordenó el galope y del suelo se alzó, envolviendo a los hombres y a las bestias, un quejido atronador, un bronco y continuo clamor que se crecía como una ola hacia el cielo melancólico del invierno.

La nieve que levantaban los cascos de los caballos volaba como una polvareda, crujía el suelo, el ruido cubría la llanura entera y todo pareció volverse de pronto irreal. Sonaron algunos disparos en las líneas republicanas y, muy pronto, gritos de pavor. Lavalle se dio cuenta de que los soldados huían de las trincheras hacia el río, buscando la protección de las espesas choperas de la orilla.

—¡Vámonos! —oyó decir a Lalo.

Sentía miedo de pronto. Pero negó con la cabeza.

—En el Jarama me prometí no volver a desertar nunca más. Y no quiero que me fusilen por cobarde.

Pasaban hombres corriendo por su izquierda y su derecha. Había oficiales que gritaban, alzando el sable o la pistola, intentando contener la huida. Juraban, insultaban, lanzaban mandobles hacia un lado y otro y disparaban al aire. Pero al final desistían y escapaban a su vez, rendidos a la marea de terror.

—¡Vámonos, ya están aquí! —gritó de nuevo Lalo.

—¡No! ¡Quiero verlos!

Y de pronto los tuvo casi encima: caballos furiosos que saltaban los parapetos, que daban coces al aire y que, enloquecidos, giraban sobre sí mismos entre el polvo de nieve. Y a su alrededor, huían hombres a pie, como liebres asustadas. Aquello no parecía una carga ni mucho menos una batalla, sino un circo dislocado, una gincana insólita en mitad de una guerra. Extrañamente, Lavalle no sentía miedo.

Lalo le tiró de la camisa y le obligó a levantarse.

—¡Tú solo no vas a detener a toda la caballería de Franco!

—¡Vete!

—No me voy si tú no vienes…

Cedió. No le importaba su vida, pero sí la de su amigo. Corrieron hacia el río, Lavalle sin soltar su fusil y Lalo con el machete en la mano. Lavalle sentía de pronto un intenso alivio. Cuando alcanzaron la orilla, decenas de jinetes rebeldes saltaban sobre las trincheras vacías que ellos habían ocupado minutos antes. Los salvajes gritos de guerra se mezclaban con el ruido de los cascos de los caballos y algún que otro disparo. La línea del frente republicano cubierto por la XXVII División se desplomaba en apenas media hora.

Lavalle y Lalo avanzaban río abajo protegidos por la espesura de la ribera. El cauce del Alfambra no era ancho ni profundo, pero los trozos de hielo que arrastraba el agua les disuadieron de intentar cruzarlo a pie. Muchos otros hombres sí lo habían hecho, con las aguas llegándoles hasta casi la cintura, y se perdían temblando de frío en el bosque de la orilla contraria.

Oyeron los pasos del caballo y se tumbaron bajo unas matas. Era un jinete rebelde, que montaba un jaco de pelaje tordo. Vestía un uniforme pardo bajo el capote oscuro y se cubría la cabeza con un gorro cuartelero. En apariencia, estaba solo.

El soldado venía removiendo con el largo sable los densos matorrales que crecían entre los altos chopos. Sin duda les descubriría, calculó Lavalle. Pensó también que podía dispararle y acertarle sin problema, pero quizás el disparo atraería a sus compañeros. De modo que desestimó la idea.

Hizo un gesto a Lalo para que permaneciera quieto y, cuando la montura y su jinete se acercaron a unos tres metros, Lavalle saltó de pronto y clavó con todas sus fuerzas la bayoneta en el flanco del caballo. El animal lanzó un relinchó de pavor, un chorreón de sangre saltó al pecho del sargento y un grito escapó de la garganta del jinete. Lavalle vio el ojo de la bestia, negro como un tizón, mirarlo aterrado. Hombre y montura cayeron al suelo y el sable del soldado voló entre las matas de la orilla. En ese instante, Lalo saltó de su refugio empuñando su machete. Cayó sobre el rebelde y le acuchilló sin pausa mientras le sujetaba la boca con la mano izquierda para impedirle gritar. Lavalle, inmóvil, contempló las piernas del soldado, que se movían en un nervioso pataleo. Cuando se quedaron quietas, Lalo arrojó a un lado el machete.

El caballo se había levantado y caminaba hacia el río. De la herida le brotaba un chorro oscuro de sangre, como una fuente. Entró en el agua y cruzó al paso hacia la otra orilla. Lalo miró al animal con gesto despavorido. Después, se levantó, contempló sus manos ensangrentadas y volvió los ojos hacia el cadáver del soldado rebelde.

—Es muy joven… —dijo.

Lavalle le tomó del hombro.

—Trataba de matarnos, Lalo. Vámonos.

Dos horas más tarde llegaban a la desembocadura del río en las aguas del Turia. Y entraron en Teruel.

Un sanitario se acercó a ellos a la entrada de la plaza del Torico.

—¿Son graves vuestras heridas? —dijo.

—No es nuestra sangre —aclaró Lavalle.

Nadie les preguntó de dónde venían.

Las tropas de la XLVI División del Campesino lucharon bien en las afueras durante unas cuantas jornadas y lograron rodear y capturar a una compañía entera de requetés. Todos fueron fusilados. Pero días después, el Campesino desapareció y sus hombres, faltos de mando, huyeron en desbandada hacia el interior de Teruel. Muchos no pudieron llegar: los degollaron los moros regulares que los perseguían.

Delage había regresado a principios de febrero, dado de alta, y estaba con Modesto y con Líster la mañana en que el Campesino apareció en el puesto de mando de la plaza del Torico. Un desfile interminable de hombres heridos atravesaba la explanada, bajo el frío, camino de la línea de retirada abierta por dos regimientos de la XI División. Líster enfureció al verle.

—¡Cabrón, cobarde! ¿Dónde te habías metido?

La mirada huidiza y negra de Valentín González iba de Modesto a Líster, de Líster a Delage.

—¡Peleando, peleando solo! —dijo al fin—. ¡Me habéis dejado tirado!

—¡Eres un maldito mentiroso! —espetó Líster.

—¡Digo la verdad!

Delage dio un paso hacia él.

—Tenemos pruebas de que abandonaste a tus hombres.

—¡Tú calla, canijo!

Los ojos del Campesino parecían exentos de luz, del color del plomo.

—Tienes ojos de perro y corazón de ciervo —añadió Delage.

—¡No me hagas perder la paciencia, enano de mierda! Y no me enredes el cerebro con tus frases. ¿Qué significa eso?

—Se lo dijo hace siglos un soldado valiente a un general cobarde.*

—¡Te voy a romper la cabeza!

El Campesino se abalanzó sobre Delage, pero Modesto se interpuso y le detuvo sujetándole los hombros.

—Te lo voy a decir más claro que Delage, Valentín —gritó Modesto—. ¡Eres un gallina y voy a pedir que se te forme consejo de guerra!

El Campesino jadeaba, parecía a punto de babear de rabia.

—Te he dicho muchas veces que si no fueses un superior…

Modesto dio un paso atrás y se quitó la gorra de plato y la chaqueta.

—¡Vamos, cobarde, ya no hay galones que valgan! ¡O vienes a por mí o voy yo a por ti!

* Aquiles a Agamenón, en la *Ilíada*.

El Campesino se encogió, bufó y se lanzó contra Modesto. Parecía un jabalí a la carga: recio y grueso, enfurecido. Modesto le esquivó con agilidad, tras hacer un amago parecido a un movimiento de esgrima, y se situó a su costado. Puso de inmediato una pierna entre las de su rival y le empujó. El Campesino se precipitó contra la pared, trastabillando, aún sin caer.

Pero cuando acertó a recuperar el equilibrio y darse la vuelta, Modesto ya estaba frente a él. El primero de sus puñetazos golpeó las costillas del Campesino, que aulló de dolor, y el segundo la boca del estómago. González se encogió, al tiempo que Modesto se hacía a un lado y, de súbito, lanzaba un codazo contra el rostro de su adversario.

El voluminoso cuerpo del Campesino quedó tirado en el suelo, mientras la sangre le brotaba del pómulo, que iba hinchándose a la vista de los tres hombres. Gemía.

Modesto se volvió hacia Delage.

—Busca a un sanitario y que se lo lleve.

—No te sabía tan buen luchador —dijo Líster—. Ni tampoco imaginaba que usaras trucos sucios.

—Aprendí a luchar en la calle, Líster. Y en la calle, como en la guerra, nadie juega limpio.

—En todo caso —Líster señaló al Campesino—, ése se lleva lo que se merecía.

—Como los toreros cobardes, es un león en casa y una liebre en la plaza.

—Pero hoy atacó.

—No le quedaba otro remedio.

El Campesino se levantaba humillado, la cara hinchada y empapada de sangre. Los dos hombres le miraron burlones.

—Yo creo que este animal se merece un ascenso —dijo Líster.

—Podemos proponerle para que ascienda de borrico a mulo —concluyó Modesto.

El frío no cesaba y las nevadas caían casi todas las noches sobre la destrozada y lívida ciudad, dejándola cubierta por un blanco sudario. El general Hernández Saravia, mediado febrero, ordenó la retirada y encargó a Modesto organizarla. La República daba por perdida una de las más feroces batallas, y quizás la más inútil, de toda la guerra. Y el camino hacia el Mediterráneo quedaba abierto para Franco.

Era una cadena sin visible fin aquel ejército derrotado. Los diezmados regimientos se movían bajo el viento helado y los copos de nieve golpeaban los rostros de los hombres como aguijones de pequeños insectos. Tímidamente alumbrados por la luz de la alborada, que se asomaba como una línea rosa por debajo de las nubes sombrías, miles de soldados mal abrigados, tiritando sobre los caminos embarrados, marchaban intentando evitar la desbandada, mientras que detrás de ellos, a pocos kilómetros, regimientos de africanos, requetés y legionarios trataban de propinar zarpazos letales a aquella tropa vencida. Pero Modesto había dispuesto varias líneas de defensa, formadas por los mejores hombres con los que contaba, y preparado emboscadas para aquellas partidas de rebeldes que se mostrasen audaces en exceso y se adelantaran al grueso de las fuerzas franquistas más allá de lo que aconsejaba la prudencia.

La estrategia funcionaba y el ejército se retiraba en orden. Sin embargo, la visión de aquel amanecer resultaba triste y desoladora. En el norte, se oía el retumbar de los cañones, aunque el mal tiempo impedía que despegara la temida aviación rebelde y ello aliviaba la pena de los corazones de los soldados republicanos que escapaban de Teruel en busca de la vida. A los lados de la carretera, armas y vehículos quedaban abandonados entre el barro. Y también heridos que temblaban de frío, cuya suerte ya sólo estaba en manos de la piedad o la crueldad de los vencedores.

Modesto caminaba junto a Delage.

—Ya no podemos hablar de empate, ¿verdad, camarada? —dijo Modesto.

Delage señaló hacia los heridos.

—Es terrible dejarlos aquí, Juan.

—Tengo que salvar un ejército. Hoy no puedo mirar hacia los lados.

—La guerra ya está perdida.

—No, si salvo a este ejército. Y eso es lo que voy a hacer.

—¿No sientes piedad?

—No es la hora de la piedad, Luis, y no mires hacia los lados. Hoy, nuestro deber es otro.

—Me abruma recordar la inocencia que ambos teníamos cuando empezó esta guerra, nuestros ideales, la fe en la vida y en el porvenir.

—Tienes mala memoria, Luis…, nunca fuimos inocentes. Nos hicimos soldados como una especie de expiación. Para ganar la dignidad que hubiésemos perdido en la retaguardia. Pero aceptábamos a los verdugos, aunque nosotros no cumpliésemos ese papel.

—¿Qué quieres decir? No puedo dejar de mirar a esos hombres que se quedan atrás, Juan. Los veo y no soy capaz de contener las lágrimas.

—Creemos que el hecho de ser soldados nos dignifica. Pero eso no es verdad si no cumplimos con nuestro deber. Y el mío, hoy, es salvar un ejército…, olvidando a quienes ya no sirven para ganar la guerra.

Había pilas de muertos congelados sobre la nieve. Sus miradas de hielo no indicaban nada, eran ojos esculpidos en la piedra. Ni suplicaban a Dios ni maldecían al Diablo. Y Dios y el Diablo los habían olvidado.

—Mira eso —dijo Delage al poco.

Varios soldados rodeaban un cadáver y parecían velarlo. Modesto reconoció entre ellos a Lavalle y Lalo.

—Venga, mi teniente coronel —dijo Lalo al distinguirle.

Modesto se acercó.

—Diga unas palabras, mi teniente coronel —pidió Lalo.

El cadáver de Nati yacía boca arriba, las piernas estiradas, los brazos pegados al cuerpo, el rostro tocado de una belleza singular. A su lado, los hombres habían cavado un hoyo en la tierra congelada.

—¿Qué ha pasado? —preguntó Modesto.

—El bombardeo de anoche… —dijo Lalo—. Ha muerto hace una hora. Diga algo, mi teniente coronel —insistió el asturiano—. Ha muerto como un soldado valiente.

Tenía lágrimas en los ojos. A su lado, Lavalle miraba el cadáver con gesto de ausencia.

Modesto se volvió hacia Delage.

—Di unas palabras, Luis.

Luis se aproximó al cadáver y recitó con voz queda:

—Ni siquiera la muerte fue capaz de truncar tanta hermosura.

Modesto ordenó:

—Una salva de fusilería y enterradla. Y sigamos la marcha, que el enemigo avanza.

Continuaron en silencio unos cientos de metros.

—¿De quién es eso que has dicho? —preguntó luego Modesto.

—De nadie; se me ocurrió de pronto.

—Era una niña muy bonita cuando estaba viva y sigue siéndolo ahora.

—Pobre chica.

—Pobre, no… Murió con dignidad.

—Al precio de la vida…

—La dignidad no tiene precio.

Pocas horas después de su regreso a Madrid y antes siquiera de presentarse ante el general Rojo, Modesto se dirigió con premura al hospital de sangre del Palacio Real. No le llevó mucho tiempo dar con María. Era un día frío y una neblina húmeda trepaba desde las orillas del Manzanares hasta los Reales Jardines de Sabatini. El soldado y la joven pasearon por las veredas solitarias, entre los descuidados setos y los secos macizos y parterres, en la desierta hora del mediodía. Las ramas desnudas de los árboles tiritaban bajo la brisa helada del invierno. Las fuentes no arrojaban agua.

—Se me hace extraño pasear por estos senderos que antes sólo podían pisar reyes y príncipes —dijo Modesto—. ¿Cuántos años tienes, niña?

—He cumplido dieciocho. Y ya no soy niña, sino mujer.

—Las mujeres siempre sois niñas en mi tierra.

—¿Cuál es tu tierra?

—Mi tierra es agua. Y es la más hermosa del mundo: la bahía de Cádiz…, el Puerto de Santa María. Ahora está en manos de Franco, pero volverá a su ser. ¿Y tú, de dónde eres?

—Soy castellana, de pura tierra.

—¿Tienes novio?

Le atraía la sensualidad de la chica, por eso se había acercado a verla al hospital.

—No.

—¿No tienes familia en Madrid?

—Mis hermanos viven con mi madre, en Vallecas. Y mi padre, que es panadero, ahora es jefe de una brigada, en el frente de Madrid. Igual le conoces, se llama Antonio Díaz.

—¡Claro que le conozco! Con lo feo que es, vaya hija guapa que le ha salido. ¿Por qué no vives con tu madre?

—Quiero ayudar en la guerra y ya no admiten milicianas en el frente.

—Las mujeres en la guerra pueden ser un inconveniente antes que una ayuda.

—Sé leer y escribir, aunque no tengo estudios. Pero soy comunista y sirvo como puedo a la causa.

Modesto le tomó la mano. Ella se soltó de inmediato.

—Vas muy rápido.

—La vida corre muy aprisa en estos días. Todo se adelanta a nosotros y a mí la muerte me sigue los pasos. No tengo tiempo para cortejarte como debiera. ¿Quieres venirte a mi cuartel general esta noche?

—Tú estás loco…

—Eso sí que es verdad, loco por abrazarte.

—¿Pero qué dices? Yo no sé nada de ti… Bueno, sé quién eres, lo que haces, pero sólo eso.

Intentó besarla. Ella se apartó.

—No sigas por ahí, Modesto.

—Vendré otra tarde a buscarte, niña.

—No me gustan los donjuanes.

—Tiene guasa la niña…

—¿Qué es eso de guasa?

—Nada, chiquilla: olvídalo. Explicarle a una castellana lo que es la guasa es como intentar que una piedra tenga orejas. ¿Puedo venir a verte cualquier tarde?

—Haz lo que quieras.

La guerra le traía y le llevaba: de Madrid al frente aragonés, de Aragón a la capital. El general Rojo le había encomendado la reorganización del Ejército del Centro, en previsión de un nuevo avance rebelde sobre Madrid que no acababa de producirse. Entretanto, la ofensiva franquista continuaba desde la brecha abierta en Teruel y varias divisiones facciosas, apoyadas por una fuerza imponente de tanques alemanes, confluían sobre el Ebro. El día 7 de marzo, el frente republicano se rompía en varios puntos y un cuerpo de ejército rebelde se dirigió derecho a Belchite: Franco quería vengar la humillación sufrida por sus tropas meses antes, retomar el pueblo, pasar el Ebro y alcanzar el mar Mediterráneo. Si lo lograba, el territorio de la República quedaría partido en dos.

Aquel día era domingo, y en esa tarde de temperatura liviana, casi primaveral, Modesto paseaba con María por el parque del Retiro. Había empleado toda la mañana en recorrer acuartelamientos y líneas defensivas de los alrededores de la ciudad, revisando el estado de las tropas y de las armas, y por la tarde se acercó al hospital. La muchacha aceptó de inmediato dar un paseo con él y ahora caminaban junto a un bosquecillo de arces en cuyas ramas brillaban los primeros brotes de las hojas.

Ella llevaba un luminoso vestido azul de falda a media pantorrilla y una rebeca roja al brazo. A Modesto le complacía el gusto de la muchacha por la ropa de vivos colores, en contraste con aquel Madrid de mujeres ataviadas de oscuro cuando no de luto. Modesto vestía de uniforme, con la guerrera abierta y la gorra de plato inclinada hacia un lado, con un aire de chulería. La funda de la pistola le bailaba en la cadera derecha y fumaba un cigarrillo. Ella le tomó la mano de súbito, sin mirarle, como distraída, y la alzó señalando a un macizo en el que había flores tempranas. Luego, soltó su mano.

—Desde que me acuerdo —dijo María—, siempre hay un día en estas fechas en que presiento que la primavera se avecina. No sé: es como si soplara un aire distinto, cálido, que me entra en la sangre. Suele ser a finales de febrero, o a principios de marzo, y hoy es ese día… Pronto habrá muchas flores.

—¿Y hierve tu sangre?

Ella se sonrojó.

—Tanto como hervir…

Había grupos de gente que merendaban en las terrazas de los chiringuitos. Y parejas de novios que se sentaban en los bancos ocultos tras los setos y los macizos de plantas.

—Lo digo porque me apetece besarte… —añadió Modesto.

Ella se alzó hacia él y dejó un leve beso sobre su mejilla. Modesto tomó la barbilla de la muchacha con sus dedos y trató de besarla en la boca. Pero ella se retiró.

Caminaron hasta alcanzar el estanque y se sentaron junto a una mesa de metal de un pequeño quiosco, bajo las despeinadas melenas de un sauce.

Modesto calló durante unos instantes. Deseaba a la chica. Y esperaba un gesto de ella.

—¿En qué piensas? —oyó decir a María.

—Pensaba en ti.

—¿Y qué pensabas?, si se puede saber.

—Que me gustaría pasar la noche contigo.

—Ya…

Modesto se inclinó y la besó en los labios. Ella le dejó hacer. Esa noche durmieron en el cuartel de la calle de Lista.

—Tiene que ir a Aragón mañana mismo, Modesto —le ordenó Rojo el día 8 de marzo—, el frente se desploma por todas partes.

—No hay reservas de tropas ni material, mi general.

—Intente reorganizar una retirada en orden, teniente coronel.

—Parece que sólo le sirvo ya para eso, para remendar rotos y tapar agujeros. ¿Nunca más atacaremos?

439

Muy temprano, partió con Delage en un avión hacia un aeródromo militar cercano al pueblo de Mequinenza, en las riberas del río Segre. A media tarde, estaba ya junto a Líster y el comandante americano Bob Merriman, jefe del Batallón Lincoln, revisando las defensas de Belchite.

Las líneas defensivas de Belchite eran fortificaciones diseñadas por ingenieros rusos y, en apariencia, difíciles de conquistar. Mientras Modesto las inspeccionaba, Líster marchaba ufano a su lado.

—No podrán pasar —dijo.

—¿Tan seguro estás?

—Desde luego.

—¿Cómo ves a tus hombres?

—Hemos perdido a muchos de los mejores en Teruel. Y nos han reforzado con criaturas recién destetadas. Pero la XI División es la XI División. Y Líster es mucho Líster.

Modesto se volvió hacia Merriman, que marchaba unos pasos más atrás.

—¿Tú qué opinas, Roberto?

El otro se adelantó. Su español había mejorado mucho desde que los dos hombres se conocieron en los días del Jarama.

—No sé qué decirte, Modesto. Mucha gente ha perdido la fe por causa de las derrotas. Y ellos son muy fuertes, tienen buena artillería, tanques modernos, aviones…

Modesto los dejó y siguió recorriendo otras localidades a lo largo del frente aragonés. Estaba en Gandesa el día 10, cuando le llegaron las noticias de la briosa ofensiva lanzada por los rebeldes sobre Belchite, que cayó en apenas unas horas. Supo que la XI División fue una de las primeras fuerzas republicanas en emprender la desbandada. Y también que Líster había hecho fusilar a varios de sus jefes militares, algunos de ellos miembros de su propio partido, el comunista.

—¿Qué vas a hacer con esos fusilamientos, Juan? —le preguntó Delage.

—Seguiremos mirando hacia otro lado. Y seguiremos luchando…

—No hay dignidad en la guerra, Juan.

—Pero yo voy a intentar ganarla.

—Eso parece ya imposible.

—Si quieres, lárgate ahora mismo.

—Vete a la mierda, Juan. Estamos en el mismo barco.

—Pues rema, cojones. Y cállate un ratito…

De nuevo se retiraban, acosados por la artillería, la aviación y el miedo. Abrumados por la pena que toda guerra destila, los soldados marchaban como si caminasen dormidos, muchos descalzos, con cuajarones de sangre en el rostro y las manos, numerosos lisiados y ciegos sostenidos por compañeros, todos borrachos de cansancio e indiferentes al sonido de los bombardeos y al quejido remoto de las ametralladoras. Algunos juraban contra Dios y el cielo, pero eran los menos. Nadie pensaba en la vieja gran mentira: que es honorable y dulce morir por la patria.* El aire suave de la primavera tampoco lograba alentar su ánimo. Cuando cruzaban los escenarios de una batalla reciente, las ruedas de los vehículos aplastaban los cadáveres de soldados propios y rebeldes y a nadie parecía importarle. Amigos y enemigos yacían juntos en

* «Dulce et decorum est pro patria mori», verso de Horacio, del que hicieron burla muchos poetas, entre otros el alemán Bertolt Brecht y el inglés Wilfred Owen, este último muerto en las trincheras de la Gran Guerra con un terrible y triste poemario guardado en su mochila.

los campos ensangrentados. Tal era el desconcierto que ninguno de aquellos hombres añoraba, siquiera, el amable refugio de las hogueras de la noche.

El frente de Aragón, tras la caída de Belchite, se convirtió en un territorio confuso que los regimientos rebeldes rompían y penetraban en profundidad, dejando atrás grandes bolsas de tropas republicanas. Grupos de soldados leales vagaban por los campos desolados de la guerra sin saber en dónde se encontraban sus unidades, mientras que escuadrones de la caballería mora recorrían los valles degollando heridos y rezagados, aquellos que huían en busca del río Ebro para intentar cruzar al otro lado y salvar la vida. Sus perseguidores eran igual que cazadores asistidos por reatas de perros: acosaban a los hombres en fuga de la misma forma que se hostiga a un jabalí. Y luego los acuchillaban o los rociaban de balas.

Modesto logró retirar incólume una buena parte del ejército al este de Lérida, pero algunas de sus mejores unidades quedaron deshechas. La XV Brigada Internacional se replegó en desorden de Belchite y sus fuerzas se fragmentaron: entre ellas, el Batallón Lincoln. Su jefe, Bob Merriman, intentó inútilmente reorganizarlo y dirigirlo hacia el río. Siempre era su obsesión, en las retiradas, asegurarse de que no dejaba detrás a ninguno de sus hombres. Pero esta vez no pudo conseguirlo.

Al frente de un nutrido grupo de oficiales y soldados internacionales, el comandante fue uno de los últimos en abandonar Belchite antes de que los tanques rebeldes entraran en la ciudad. Ese día, por la carretera que llevaba hacia el sur, cientos de hombres escapaban de la batalla, dominados por el pánico. Corrían rumores sobre las atrocidades que la caballería mora cometía con los prisioneros. Las ambulancias eran detenidas por los soldados desesperados, que las vaciaban de heridos, dejándolos a su suerte en las cunetas, para dirigirse a cuanta velocidad podían hacia el Ebro.

Era una tarde calurosa y una neblina parda cubría el horizonte. Los cadáveres hinchados de las mulas muertas, rodeados por enjambres de moscas y avispas, hedían y los hombres tenían que marchar con pañuelos apretados contra las fosas nasales. Merriman y su grupo, unos ochenta hombres, dejaron atrás el olivar que había protegido su huida, abandonaron la carretera y treparon a una loma. Desde la altura, el comandante norteamericano echó una última ojeada a Belchite, al pavoroso paisaje de una urbe abatida por el fuego, la pólvora y la metralla. Una nube amarillenta se elevaba desde la población hacia el cielo. Los truenos de la lejana cañonería retumbaban en el espacio.

No muy lejos de la pequeña ciudad de Gandesa, intentaron de nuevo tomar la carretera, repleta de hombres hambrientos, muchos vestidos con harapos. Vehículos abandonados y caballerías muertas flanqueaban el camino. Un oficial republicano les informó de que la ciudad estaba ocupada por tropas rebeldes y Merriman dirigió a sus hombres campo a través, en dirección nordeste, buscando la carretera que llevaba al pueblo de Corbera. En un descanso en el camino, cercano el anochecer, Merriman ordenó a sus oficiales desprenderse de las barras amarillas y las estrellas rojas que marcaban su rango en las hombreras y las gorras. Los rebeldes, cuando no eran moros o requetés, en ocasiones hacían prisioneros y los enviaban a campos de concentración; pero todos los oficiales y comisarios políticos que caían en su poder eran pasados por las armas de inmediato, sin excepción alguna.

Caminaron durante la noche y, con el amanecer, distinguieron desde una pinada las casas de Corbera y la iglesia que coronaba el pueblo en la altura de una colina. Una bandera rebelde ondeaba en la torre. Merriman ordenó a la tropa dividirse en dos

443

secciones, con cuarenta hombres cada una de ellas. Y eligió al capitán Milton Wolff para dirigir el otro grupo, mientras él comandaría el primero. Wolff era un joven intelectual judío de Nueva York, muy alto y delgado, a quien los españoles llamaban «el Lobo».

A la caída de la noche, después de permanecer todo el día escondidos entre los pinos, Merriman ordenó a su grupo retroceder e intentar cruzar la carretera que iba de Corbera a Gandesa, para tratar de alcanzar el Ebro por el sudeste. Wolff dirigió a los otros por el noroeste, para bordear el pueblo e intentar llegar al río por el puente de Mora de Ebro.

Merriman y los suyos dejaron atrás el pinar y entraron en un terreno alto y llano desde el que se dominaba la carretera. Había hogueras hacia el sur y el norte que revelaban la presencia de campamentos enemigos. Unos bancales bajaban hacia un bosquecillo y, al otro lado de la carretera, se tendía la negrura de la noche. Merriman dio la orden a sus soldados de comenzar a descender en aquella dirección, divididos en pequeños grupos, y pasar al lado contrario. Él se quedó el último, junto con el capitán Dave Doran. La ausencia de luna favorecía sus intenciones.

Los hombres comenzaron a cruzar. Pero cuando uno de los últimos grupos iba a hacerlo, se alzaron voces de alerta a la izquierda del bosquecillo.

—¡Rojos, son rojos!

Comenzaron a sonar disparos. Merriman oyó ruido a sus espaldas. Y ordenó al oficial que le acompañaba:

—*Run away, Dave!**

Sólo lograron recorrer unos cincuenta metros bancal abajo antes de que las sombras de una veintena de rebeldes asomaran

---

* «Vete corriendo, Dave.»

frente a ellos. Los dos americanos intentaron darse la vuelta, pero otro grupo de soldados avanzaba a sus espaldas. En la carretera sonaban los disparos de una ametralladora.

Se quedaron quietos y alzaron los brazos sobre sus cabezas. Los requetés se acercaban desde la altura de la llanada y desde el bosquecillo. Estaban ya muy próximos a ellos cuando oyeron una voz:

—¡Alto!

Los soldados se detuvieron. El mismo hombre gritó un poco después:

—¡Fuego!

Fue la última palabra que escucharon en sus vidas Robert Merriman y Dave Doran, una palabra española. Sólo una veintena de los hombres del grupo lograron llegar al río. Y unos pocos de ellos murieron ahogados al tratar de cruzarlo a nado.

Milton Wolff y los restos de la Lincoln tardaron cuatro días, caminando durante la noche, en alcanzar las orillas del Ebro. Iban hambrientos, fatigados y luchando contra el miedo. A menudo, columnas enemigas cruzaban cerca de donde se escondían. Y con frecuencia, pasaban junto a ellos escuadrones de caballería al galope. Los disparos no cesaban en los alrededores durante las horas diurnas.

Una tarde, al descender de una colina boscosa, escondidos entre una apretada arboleda de castaños, divisaron ante ellos una ancha llanura desierta de maleza. Como siempre hacían, decidieron guarecerse a la espera de la noche y descabezar un sueño. Pero apenas una hora después, un griterío salvaje y un temblor de la tierra les pusieron en guardia. Decenas de soldados republicanos desarmados surgieron desde la izquierda, corriendo y chillando. Y al poco, grupos de caballistas moros, blandiendo sables que refulgían bajo el sol, asomaron al trote tras los desesperados hombres en fuga. Los caballos sudaban, arrojaban espuma por los belfos, relinchaban nerviosos. Los jinetes africanos disfrutaban de la cacería. Uno por uno, escogían a su víctima. Y a golpe de sable, desde la montura, derribaban a los infelices soldados republicanos. Uno de ellos fue decapitado de cuajo por el mandoble de un moro fornido, otro se arrodilló suplicando inútilmente piedad antes de que la espada de un jinete le degollara, un tercero se quedó quieto frente al caballo que cargaba contra él y alzó el puño rebelde ante la carga de su verdugo, que trazó contra su cuello una implacable cuchillada. Todos los hombres en fuga murieron en menos de diez minutos.

Presos de rabia y de terror, a la caída del sol, los americanos siguieron caminando. Llegados a las orillas del Ebro, Wolff ordenó la construcción de pequeñas balsas allí por donde el río parecía bajar con menor fuerza. Durante dos noches sus hombres fueron cruzando el río, ganando la ribera contraria y salvando la vida.

Wolff esperó hasta que el último de los soldados pasó al otro lado, quedándose a cubrir la retirada por si aparecía el enemigo. Sabía nadar desde que, siendo un niño, sus padres le llevaban en verano a las largas playas de Coney Island, al sur de Brooklyn. Y ya solo, buscó un lugar en donde la corriente fuera muy suave. Se quitó las botas, metió dentro los calcetines y las anudó alrededor de su cuello con los cordones. Se desprendió de los pantalones, los calzoncillos y la camisa e hizo con las prendas una especie de tosco hatillo que sujetó a su cabeza con el cinturón, cerrando la hebilla debajo de su barbilla. Tiró la pistola al río y se echó al agua.

Nadó despacio, procurando mantener la ropa sobre su cabeza. Cuando alcanzó el otro lado, tiritaba de frío. Durante un rato, bailó sobre la tierra una suerte de danza india, intentando entrar en calor. Después, se puso la ropa, se calzó y comenzó a internarse en el bosque que se abría delante de él, en busca de luces que le guiaran.

Rayaba el alba cuando llegó a una estrecha carretera. Se detuvo a esperar. Y unos minutos después, vio por su izquierda las luces de un automóvil. Hizo señas desde el centro del asfalto cuando el coche se hallaba ya muy próximo. Oyó el chirrido de los frenos. Y dos altas figuras, casi tan altas como él, descendieron del coche. Los reconoció enseguida: eran los periodistas norteamericanos Herbert Matthews y Ernest Hemingway.

Cuando llegó al cuartel general de la XV Brigada, todos le aplaudieron y vitorearon. Los hombres que le habían acompañado en la retirada de Belchite no habían podido ofrecer noticias precisas sobre él y en la brigada le daban ya por muerto.

Varios cientos de internacionales americanos perdieron la vida en aquellas jornadas del derrumbe del frente de Aragón: entre ellos, numerosos oficiales. Wolff fue nombrado comandante del Batallón Lincoln, el noveno desde que se creó la unidad: de los anteriores, cuatro habían muerto en combate mientras que los otros cuatro habían sido heridos y repatriados.

Hemingway escribió una crónica ese día en la que decía de Wolff: «Veintitrés años, alto como Lincoln, demacrado como Lincoln, y tan valiente y tan buen soldado como cualquier comandante de Gettysburg.* Está vivo y sin heridas por la misma casualidad que queda en pie una alta palmera tras el paso de un huracán».

---

* Los combates librados en Gettysburg a comienzos de julio de 1863 constituyeron la más grande batalla de la guerra de Secesión americana (1861-1865). Perdió el Sur y su derrota fue el preludio de la victoria final del Norte en el conflicto.

A primeros de abril, tropas rebeldes alcanzaban la costa del Mediterráneo, en Vinaroz. Líster y los restos de su XI División contenían a los italianos en Tortosa, más al norte, mientras que otras fuerzas republicanas detenían a los franquistas en el sur, cerca de Sagunto. No obstante, en dos semanas, Franco había logrado adueñarse de unos sesenta kilómetros de costa mediterránea.

El territorio de la República iba a quedar cortado y su ejército, mal armado pero con un contingente cercano al millón de soldados, se dividía en dos fuerzas todavía imponentes: casi medio millón de hombres en Cataluña y parte de Aragón y una cantidad semejante en el sur de Madrid, las llanuras manchegas, parte de Andalucía y el occidente levantino.

En el lado rebelde, la sombra de Franco descendía desde los hoscos valles del Cantábrico hasta las dulces orillas mediterráneas. Y Serrano Súñer, cuñado del general alzado, anunciaba que la guerra se acercaba a su fin. Sin embargo, muchos republicanos aún pedían pelea. Y a primeros de julio, cuando los rebeldes lanzaron una vigorosa ofensiva con la intención de tomar Valencia, las líneas gubernamentales resistieron y obligaron a los franquistas a replegarse el día 23 de julio, dejándose en la batalla más de veinte mil bajas.

Madrid, a comienzos del verano del 38, era una ciudad entristecida, melancólica, hambrienta y lacerada a menudo por los bombardeos de la aviación franquista. La euforia desatada por la fe en la victoria durante los primeros meses de la guerra se había esfumado. Pero aun así, resistía. Y Franco dudaba en realizar el asalto definitivo.

El presidente Azaña y Negrín con su gobierno se habían trasladado desde comienzos del año a Barcelona. Y a finales de abril, el Estado Mayor del ejército republicano dejó Madrid para instalarse en un palacio de Aranjuez.

El general Rojo ya había cursado órdenes a Modesto para organizar un potente ejército con tropas de Levante, Cataluña y las que se habían retirado del frente norte tras la derrota sufrida el año anterior. Se preparaba la que iba a ser la mayor confrontación de la historia de la guerra, la batalla del Ebro, y el mando de las operaciones recaía en Modesto.

La última noche en Madrid, Modesto, Delage, María y Marie France cenaron en un restaurante al aire libre. Delage propuso ir a bailar a una verbena que se celebraba en el barrio de las Vistillas. Una orquestina tocaba pasodobles bajo la luz macilenta de una ristra de bombillas encarnadas y varias parejas seguían enlazadas el ritmo de la música, bajo el frescor de la noche madrileña.

—Es extraño esto de bailar en una guerra… —le dijo María a Modesto mientras danzaban.

—No hay que dejarse abrumar, niña. Bailar levanta el ánimo y da alegría. Necesitamos la alegría.

—¿Estás de broma?

—Mira por dónde, esta vez hablaba en serio.

Más tarde, en la habitación del cuartel de Lista, María le pidió que la llevara con él.

—Estás mejor aquí —le respondió—. Ya vendré a verte.

—Pero… ¿qué hay de nosotros dos? Nunca dices nada del futuro, Juan.

—El futuro no existe en estos días, nos estamos jugando mucho en el presente.

—¿Y yo?

—Eres joven y bonita.

—Quiero decir que no sé qué significo para ti.

—Yo no puedo prometerte nada.

Ella calló, dócil.

Junto a la figura corpulenta de Cachalote, Modesto contempló los dos aviones que se iban empequeñeciendo en el cielo, rumbo al sur, rumbo al mar.

—Se me hace raro que Luis Delage ya no esté aquí, jefe. Me da como que estuviera detrás de nosotros y, si cierro los ojos, puedo oír su voz cuando dice alguna de sus bromas.

—No te sabía tan sentimental, *pisha.*

—Son muchas cosas vividas juntos, muchas cosas importantes y serias.

—Le veremos pronto, José, no te apures. Y vámonos para Elda, son horas decisivas y tenemos reunión del Partido.

Mientras caminaban hacia el coche, entre los altos pinos que rodeaban las casas bajas del caserío de Fondó, Modesto se fijó en un grupo de soldados y detuvo el paso.

—¿Qué ocurre, jefe?

Modesto señaló hacia uno de los hombres.

—Mira quién está ahí…

Era Lázaro, el muchacho a quien Modesto había incorporado a su tropa en Alicante y licenciado en Elda.

—¡Eh! —llamó—. ¡Ven para acá, chico!

El chaval se aproximó a paso vivo, con el fusil bailándole en la espalda. Se puso firmes al llegar a la altura de Modesto.

—A sus órdenes, camarada general.

—¿Qué coño haces aquí?

—Servir a la República, mi general.

Modesto movió la cabeza y se dirigió a Cachalote.

—Quítale al niño el fusil y los correajes.

El chófer obedeció, ante la mirada atónita del chico.

—Y ahora te vas a tu pueblo…, andando. ¿No ves que la guerra ya no te deja otra opción que morir?

El chico se retiró, con las mejillas enrojecidas por el rubor, y caminó hacia la senda de tierra que se abría tras la pinada.

—¡Eh, sargento! —Modesto llamó al suboficial más cercano—. Ese chico está relevado de servicio. Si vuelve por aquí, le das una patada en el culo y lo mandas volando a su casa.

El sargento tomó el arma y los correajes que le tendía Cachalote.

Líster se les unió y los tres subieron al coche. Cuando enfilaron el camino, en dirección a la carretera, el chico se apartó a un lado. Por un instante, la polvareda que levantaba el automóvil difuminó su figura.

—¿No llevamos al chaval, jefe? —dijo Cachalote—. Elda está lejos para ir a pie.

—Que vaya andando, así le costará más trabajo volver.

—Le has humillado. Y es la segunda vez que lo haces.

—Las humillaciones las cura el tiempo, pero morir no tiene remedio. Y no hay nada más triste que la muerte de un joven soldado.

En la lejanía, los dos aviones eran como dos pequeños insectos que volaran sobre una calva sierra. Modesto sintió un vacío a su lado.

10

En el nombre de un río

No se debe de tener por locura que hombres
tan intrépidos se hubieran atrevido a cruzar un
río anchísimo, ascender por las empinadas orillas y subir contra una posición tan desfavorable
(…), merced a la grandeza de su espíritu.

Julio César, *La guerra de las Galias*,
Libro II

E sa misma tarde del 6 de marzo de 1939, Palmiro Togliatti, el
responsable del Komintern,* había convocado en la llamada
Posición Dakar, a las afueras de Elda, a los altos dirigentes del PCE
y a sus mandos militares. Togliatti era un hombre de confianza de
Stalin y, en sus manos, casi concluida y perdida la guerra, quedaba la suerte del partido español. Sus decisiones habrían de ser

---

* El Komintern era el nombre con el que se conocía, en ruso, a la Tercera
Internacional Comunista, un instrumento de poder de Stalin en su estrategia
política internacional. El comunista italiano Palmiro Togliatti era el delegado de
la organización en los últimos meses de la contienda de España. Sus decisiones
tenían el valor de órdenes para el Partido Comunista español, fuertemente de-
pendiente de Moscú durante toda la guerra, ya que la URSS fue prácticamente
el único país que envió ayuda militar a la República durante el conflicto.

acatadas por todos sus miembros, un núcleo de hombres vencidos tras una larga y sangrienta guerra de casi tres años. El futuro de todos ellos dependía de Togliatti.

Pero una hora antes de la marcada para la reunión, a eso de las tres de la tarde, Negrín y algunos ministros llegaron al chalet en donde se encontraba parte de la plana mayor del comunismo español. Todos los comunistas españoles se levantaron para recibir al último presidente de gobierno de la República española. Modesto y Líster saludaron militarmente. Togliatti se apartó discreto. A Negrín le acompañaban dos ministros, el socialista Álvarez del Vayo y el comunista Cordón.

Negrín no quiso sentarse y los otros permanecieron en pie. El presidente se cubría con un largo abrigo oscuro que dejaba asomar el cuello de su camisa blanca y una fina corbata negra. Sus ojos se movían vivarachos tras las gafas de miope. Tenía un pelo recio, oscuro, y se había afeitado el fino bigote. Fue breve en su despedida.

—Sólo he venido a agradecerles su colaboración, su actitud en estos días finales de la guerra y su lealtad, amigos comunistas. Me voy de España, al exilio. Un sector de mi partido socialista ha traicionado a la República, con Julián Besteiro a la cabeza, y gracias a ellos Madrid puede caer en muy pocos días en manos del traidor Casado. Sospecho que es el fin de la guerra. Pero nos espera otra lucha. Si Hitler inicia una nueva guerra en Europa y las potencias democráticas son capaces de vencerle, tendremos sitio en la Europa democrática. No pierdan la fe, compañeros. Seguiremos luchando. ¡Viva la República!

Los otros, puño en alto, respondieron con vivas a su grito y Negrín fue estrechándoles las manos uno por uno. Al llegar a Modesto, le apartó tomándole levemente del codo.

—¿Le importaría acompañarme al aeropuerto, general?

—Iré con gusto, presidente.

Viajaban por la carretera polvorienta, bajo nubes oscuras.

—No se deje matar, Modesto… —dijo Negrín de pronto.

—¿A quién se le ocurre? Aún queda lucha, señor presidente.

—¿Lo cree de verdad, general?

—En caso contrario, ¿qué hacemos aquí?

—Pero sabe que es imposible ganarla.

—Que no pueda ganarse no quiere decir que esté del todo perdida. Hay tropas leales a su gobierno, doctor, luchando en Madrid contra Casado. Y hay muchos hombres dispuestos a seguir la guerra en Extremadura, Andalucía, Valencia… Yo voy a esperar.

Negrín sonrió.

—Si todos mis militares fuesen como usted, tal vez habríamos vencido, Modesto.

—Un día lloré de rabia en el Ebro, sintiendo que perdía la batalla cuando podíamos haberla ganado. Y me juré no volver a llorar y decidí respetar un poco menos a mis superiores. Si me hubiera dejado ir a Madrid a detener a Casado…

—Sí, sí, sí…, tanto sí. Pero desgraciadamente la Historia no se escribe en condicional. Recuerde aquello de la herradura que perdió un caballo, el caballo que perdió al general, el general que perdió la batalla, la batalla que significó el final de la guerra y la derrota de una guerra que supuso el fin de un imperio. ¿Y qué hubiera sucedido si Lee llega a vencer en Gettysburg a las tropas de la Unión y Napoléon a los ingleses en Waterloo?

Modesto se encogió de hombros.

—A mí eso me da lo mismo, doctor. Yo soy un obrero y usted es un sabio. Para usted, ganar una guerra es importante; pero le queda mucha vida. Para mí, sin embargo, perderla es una ruina.

Negrín le miraba en silencio. Modesto siguió:

—Y no pienso que un imperio se hunda por causa de una herradura. Cuando se pierde una batalla es porque se ha cometido un error militar grave. O porque el enemigo tiene más aviones y artillería.

—¿No cree en la lógica de la Historia, general? —inquirió Negrín.

—No he pensado en ello.

—¿Y en la casualidad?

—Yo sólo creo en el valor en la batalla y en la honestidad del soldado. Por eso no me gustan palabras como derrota o rendición. O incluso, a veces, la palabra heroísmo: detesto las grandes palabras, porque nos hacen sufrir.

Hizo una pausa antes de añadir:

—Usted mira el mundo desde arriba y le cuesta bajar. Yo lo miro desde abajo y lo subo con esfuerzo. Si perdemos, de una manera o de otra usted seguirá arriba; pero yo no podré ya subir ni un peldaño. ¿Lo entiende, señor presidente?

—¿Y pese a ello me respeta, Modesto?

—No pese a ello, sino por ello. Porque usted, pudiendo ser como los suyos, se ha puesto del lado de los míos. Y ya que hablamos así, ¿me permite una pregunta?

—Claro, general.

—¿En qué cree usted, presidente?

—En el coraje. Y también en la inteligencia, algo que abunda poco en esta tierra.

De forma inopinada, como una ráfaga, a Modesto le vino a la memoria la retirada de Teruel, el retrato desolado de aquellos heridos que abandonaba a su espalda.

—¿Y cree en la piedad, señor?

—A eso no puedo contestarle, general.

Negrín abrió un poco la ventanilla. Entornando los ojos, aspiró una bocanada de aire seco y volvió a cerrarla.

—Quizás no vuelva a respirar el aire de España.

—No sea pesimista, señor presidente.

—Todavía no se ha dado cuenta de algo, Modesto… Ignora la verdadera razón por la que hemos perdido: porque no hemos confiado en la victoria.

—Usted y yo, sí, doctor Negrín…, hasta ayer por lo menos.

—Pero apenas nadie más: ni Azaña, ni Prieto, ni creo que ahora Rojo…, ni muchos otros. Franco, sin embargo, no ha dudado. Y todos los suyos le han creído. Por eso va a ganar. La guerra, como el poder y el amor, no admite dudas. Las tres son batallas destinadas a poseer y convierten a los hombres en fieras.

—Puede ser, señor presidente… Pero también ellos tenían muchos más aviones, mejores armas, más tanques. Esas razones son las más poderosas. No se imagina lo que significa que te bombardeen a diario y que no te queden más que dos alternativas: o esconderte o morir. Con frecuencia, en el frente de batalla todo valor se esfuma y el heroísmo se diluye.

—¿No cree en los héroes?

—¿En qué otra cosa puede creer un soldado, señor?

—Después de esta guerra, la edad de los héroes habrá terminado para siempre. Sólo quedará la barbarie.

—¿Lo piensa de verdad, doctor?

—Vendrá un tiempo de héroes fatigados, tipos que pondrán en cuestión la necesidad de luchar y morir por una idea. Ya no habrá héroes, tan sólo caricaturas de una raza extinguida a la que usted pertenece, Modesto. Y luego vendrá la barbarie.

—Exagera, señor.

—Usted es un héroe antiguo, quizás el último de todos. Si hubiera ganado esta guerra, le cantarían los poetas del futuro. Sin embargo, ya no habrá versos esperándole…, tal vez, únicamente, alguien escriba una tragedia sobre su vida y su lucha.

—Me desconcierta, doctor. Cuando le oigo hablar, no sé si escucho a un político, a un hombre de ciencia, o a un poeta.

—Tal vez no se haya dado cuenta, Modesto: pero yo le admiro.

El general Rojo se lo anunció a Modesto durante la retirada de Aragón, cuando los franquistas habían alcanzado ya la costa mediterránea, en abril de 1938.

—El enemigo ha avanzado con mucha rapidez, nos ha cortado en dos, pero ha dejado un hueco entre su vanguardia y su retaguardia. Y por ahí vamos a atacarle, cruzando por el norte el río Ebro. Si logramos impedir sus comunicaciones entre Cataluña y Levante y restablecer las nuestras, la situación habrá dado la vuelta. Mire el mapa.

Sobre las curvas que trazaba la línea azul del Ebro en la gran carta desplegada en la mesa, Rojo fue señalando los puntos en donde deberían cruzar las tropas republicanas. Era un extenso frente el que proponía.

—Harán falta muchos medios y muchos hombres, mi general.

—Hemos recibido nuevo armamento y aviones. Y nos queda el ejército que usted ha salvado en Aragón. Súmele los nuevos reemplazos de hombres. Tendrá un gran ejército y material suficiente para la ofensiva, coronel.

—¿Coronel…?

—Acabo de proponer su ascenso, Modesto. El gobierno tardará un par de semanas en confirmarlo, pero delo por hecho.

—¿Sólo me asciende a mí?

—Por el momento… Tal vez hagamos lo mismo con Líster después de la batalla. Pero siempre estará bajo sus órdenes. ¿No le agrada Líster?

—No le soporto, pero pelea bien. ¿Y el Campesino?

—Ha perdido fuelle desde Teruel, no ascenderá…

—Ya era hora…

—A lo que íbamos: parece que le gusta la guerra cada vez más, Modesto.

—Me gusta cada vez menos, mi general. Por eso quiero ganarla cuanto antes.

—A partir de ahora concéntrese en la organización del Ejército del Ebro. Usted lo mandará y será el ejército más poderoso que ha puesto en pie la República en estos años de guerra. La flor y nata de nuestros hombres estará con usted.

—¿Y los mandos?

—Si da usted su visto bueno, hemos pensado en Líster para mandar su V Cuerpo de Ejército. La XLVI División del Campesino se encuadraría bajo las órdenes de Líster.

Modesto sonrió.

—Tal vez Líster le haga fusilar de una vez..., tiene pocos escrúpulos a la hora de ejecutar a los inocentes, con que imagine lo que puede hacer con los que considera cobardes.

—¿Le parece bien Etelvino Vega* para mandar el XII Cuerpo de Ejército?

—Es un buen soldado.

—¿Y le gusta Manuel Tagüeña** para el XV Cuerpo?

* Etelvino Vega, teniente coronel republicano y militante comunista, comenzó su carrera en las milicias populares, como Modesto y Líster. Nombrado gobernador civil de Alicante por el gobierno republicano, fue capturado por las tropas casadistas tras el golpe contra el gobierno y entregado a los franquistas cuando sus tropas entraron en la ciudad. Condenado a muerte por un tribunal militar al finalizar la guerra, fue fusilado en noviembre de 1939 en las tapias del cementerio de Alicante.

** Manuel Tagüeña, hijo de una familia madrileña burguesa, estudió Ciencias Físicas en la universidad y muy pronto ingresó en el Partido Comunista. Habituado a las luchas callejeras previas a la guerra entre comunistas, falangistas y militantes del catolicismo radical de Gil Robles, destacó en las batallas de la sierra de Madrid al comienzo del conflicto. Tras demostrar enorme pericia, bajo el mando de Modesto, en la retirada de Teruel, a sus veinticinco años era el más joven mando del ejército republicano del Ebro de entre los surgidos de las milicias populares. Modesto y él no simpatizaban en absoluto. Tagüeña consideraba a su jefe «cruel, despótico y sarcástico» (juicios que recogió Hugh Thomas tex-

—Ni me gusta ni me deja de gustar… Era un pistolero universitario antes de la guerra.

—Es de su partido.

—Todos los que me propone son de mi partido.

—En la guerra, coronel, no debemos mirar los carnets políticos; sólo la eficacia. Si prefiere a otro que a Tagüeña…

—No…, es inteligente, buen estratega, valiente. No le aprecio como persona, pero como usted acaba de decir, en la guerra no hay que mirar a la gente por su simpatía, sino por su eficacia. Sólo me extrañaba el hecho de que, siendo tan joven, piense para él un cargo de tal responsabilidad: creo que no ha cumplido los veintiséis años.

—No me haga reír, coronel: si no me equivoco, usted tiene treinta y dos.

Modesto movió la cabeza hacia los lados, con una sonrisa entristecida en los labios.

—Aún no los he cumplido, pero la guerra envejece, mi general. Si ahora me preguntaran de sopetón mi edad, respondería sin dudarlo: cincuenta años.

Se encogió de hombros.

—De todas maneras, Tagüeña nació en una familia burguesa y yo en una proletaria.

—¿Y eso qué tiene que ver, coronel?

—Sencillamente que los pobres nacemos con alma de viejos.

—¿Le sirve, pues, Tagüeña?

—Claro. ¿Y la artillería, mi general?

---

tualmente en su libro sobre la Guerra Civil) mientras que Modesto opinaba del otro que era un «pistolero». Tal vez, su origen de clase tan distinto creaba entre ellos una distancia insalvable. No obstante, en el terreno militar ambos se respetaban profundamente. Tagüeña murió en el exilio, en México, en 1971, después de hacer una crítica muy severa del Partido Comunista en su libro *Entre dos guerras*.

—Unas ochenta baterías de campaña, cerca de treinta cañones antiaéreos y aviación suficiente. Y contará también con un cuerpo de ejército de reserva. Los ingenieros están trabajando ya en el diseño de pontones flotantes y tendrá numerosas barcas para pasar a sus hombres. Nunca habrá mandado un ejército semejante, cerca de cien mil hombres.

—Me gustaría que Luis Delage fuese el comisario político de todo ese ejército.

—Ya sé que llevan mucho tiempo juntos.

—Más que eso: somos amigos.

—Un amigo al lado, en la batalla, es como un escudo protector. Lleve a Delage con usted. ¿Más cosas, coronel?

—Me preocupa la aviación. Los fascistas nos derrotan siempre en ese terreno. Sin apoyo aéreo, no tenemos nada que hacer, mi general.

—Han llegado modernos cazas y bombarderos rusos. Y hay una excelente camada de nuevos pilotos entrenados en Rusia. El general Hidalgo de Cisneros me asegura que estaremos a la par en el aire con el enemigo.

—Si lo dice Hidalgo, habrá que creerle… Le agradezco la confianza que pone en mí, mi general.

—Gane la batalla, Modesto. Y si por cualquier cosa hubiera que retirarse, hágalo hacia Cataluña, no hacia Levante. Cataluña no puede caer en manos rebeldes y su ejército será vital para defenderla.

—Intentaré que no haya retirada, sino victoria, mi general.

—Trasládese de inmediato a Barcelona. El Ejército del Ebro se organizará en Cataluña. Suena bien eso del Ejército del Ebro, ¿no cree?

—Suena a triunfo en la batalla.

—Si vence, le dedicarán canciones, coronel.

—A veces, los hombres cantan también las derrotas, mi general. Muchos de mis paisanos gaditanos fueron movilizados para

461

las guerras de Marruecos. Y sufrieron derrotas muy amargas y muy sangrientas. Como la del Barranco del Lobo. ¿Lo recuerda, mi general?

Y sin esperar respuesta, Modesto cantó una estrofa ante la mirada de Rojo:

> *En el Barranco del Lobo*
> *hay una fuente que mana*
> *sangre de los españoles*
> *que murieron por la patria.*
> *Pobrecitas madres*
> *cuánto llorarán*
> *al ver a sus hijos*
> *que a la guerra van…*

Ante la sorpresa de Modesto, el general continuó la copla:

> *Ni me lavo ni me peino*
> *ni me pongo la mantilla*
> *hasta que vuelva mi novio*
> *de la guerra de Melilla.*

Rieron los dos hombres.

—Esa canción no gustaba nada en la Academia General de Infantería, de la que fui director por un tiempo —añadió Rojo—. Digamos que estaba casi prohibida durante la dictadura de Primo de Rivera, aunque todos los militares nos la sabíamos bien. Recordaba un tiempo de vergüenzas y cobardías.

—Imagino que a Franco no le gustará.

—Gane la batalla, Modesto —repitió el general—, y así las canciones del Ebro no serán tan tristes.

—No estoy en esta guerra para perderla, mi general.

El decrépito automóvil ascendía la empinada y estrecha carretera con la lentitud de un mulo viejo, los neumáticos chirriando como animales quejumbrosos en cada una de las cerradas curvas. Cachalote movía el pesado volante del vehículo con sus manazas, imprimiendo un desusado ímpetu a sus giros. Y Modesto y Delage se bamboleaban en el interior del coche como dos muñecos de guiñol.

—¿Se te ha olvidado conducir, *pisha*? —gritó el coronel—. Vamos a llegar arriba con el desayuno en la boca.

—No soy yo, jefe; es el coche. Estos autos rusos son una piltrafa. Y que el *jodío* padrecito Stalin me perdone, que no lo digo sólo yo, sino todo el mundo.

Eran las primeras horas de la tarde del día 24 de julio y el calor apretaba en las sierras que rodeaban el río Ebro. El coche trepaba hacia la Mola de Sant Pau, una cota de más de seiscientos metros de altura en donde el general Rojo había establecido su puesto de mando, a unos seis kilómetros de las riberas del río. Flanqueaban la carretera olorosos bosques de pino mediterráneo y las chicharras rasgaban con aspereza sus desafinadas bandurrias.

Modesto se desabrochó los botones superiores de la guerrera y se desabotonó el cuello de la camisa caqui, tiró la gorra de plato a un lado, se pasó el pañuelo por la frente sudorosa y luego encendió un cigarrillo.

—Va a hacernos mucha falta el agua en esta batalla —dijo.

—Como en Brunete —añadió Delage.

—No me recuerdes los empates de la puta guerra. Esta batalla no puede terminar en tablas; tenemos que ganarla.

—Estás nervioso, Juan.

Modesto movió la cabeza y miró hacia el cielo.

—Me preocupa más que nunca la aviación.

—Rojo dice que la tendrás.

—Pero no ha llegado todavía. Y la batalla comienza esta misma noche.

—El general es un hombre de palabra.

—Él, sí; pero ¿y los otros? Por lo que sé, los aviones siguen en Valencia, sin moverse.

—Desde Valencia hasta aquí hay menos de dos horas de vuelo.

—No quiero retrasos.

De súbito, un mal volantazo de Cachalote casi los sacó de la carretera. Los cuerpos de Modesto y Delage fueron proyectados hacia la portezuela del lado derecho. Cuando lograron recuperar el equilibrio, Modesto se echó hacia delante.

—¿Pero qué haces, inútil? —gritó casi en la oreja del conductor.

—Lo siento, jefe… Es que no hay quien pueda con este jaco.

—Conduces como un asno.

Delage le atrajo hacia atrás con un suave movimiento de la mano.

—Cálmate, Juan… Él no tiene la culpa de que no estén aquí los aviones. Y el coche es realmente una patata.

Sin responder, Modesto volvió la cara hacia la ventanilla.

Quedaron en silencio. Sólo se oían los lamentos de los neumáticos y el canto desaforado de las chicharras. El olor de los pinos entraba vigoroso por las ventanillas abiertas.

—Ya llegamos, jefe —dijo Cachalote un cuarto de hora más tarde.

—Perdona lo de antes, *pisha* —se excusó Modesto.

—No pasa nada, jefe, ya te conozco: siempre estás así antes de que empiecen los *fregaos*.

Cachalote detuvo el coche junto al inicio de una senda vigilada por un grupo de soldados. Alrededor, la vegetación era ahora más escasa.

Los hombres se cuadraron cuando Modesto descendió del auto. Desde la escarpada altura se divisaban valles y praderas en una enorme extensión, cerradas en la lejanía por los ariscos perfiles de azules montañas. Era una magnífica visión.

—Qué hermoso puede llegar a ser el mundo —dijo Delage mientras aspiraba con hondura el aire serrano.

—Durante los días próximos vamos a tener que afearlo un poco —respondió Modesto—. Claro está que para conseguir que, al final, el mundo sea más bello todavía.

—Querrás decir más justo, porque más hermoso no es posible.

El general Rojo había llegado antes y les esperaba arriba de la Mola de Sant Pau, en el interior de una amplia y sólida fortificación construida durante las últimas semanas junto a una pequeña capilla de muros blancos abandonada. Sus asistentes se movían sin cesar, frenéticos, de una tarea a otra, recibiendo y transmitiendo órdenes por las líneas de teléfono recién instaladas. Modesto y Delage le condujeron hasta el parapeto más elevado, el que miraba hacia el oeste, hacia el río. Los tres tomaron los prismáticos.

Mientras le iba mostrando al general la distribución de las brigadas, las divisiones y los regimientos, Modesto volvió a tener una idea parecida a la que alentó por primera vez en los campos de Brunete azotados por el furor del verano anterior: que se encontraba ante el tablero de un ajedrez viviente.

Durante las semanas previas, había estudiado concienzudamente los mapas y recorrido el terreno de la orilla izquierda del río que ocupaban sus tropas. Podía ver con claridad, allá al fondo, hacia el norte, la línea de las sierras de la Fatarella y del Águila. Moviendo los prismáticos, hacia el sur, justo enfrente de donde se encontraban, los ceñudos picos de la sierra de Cavalls, que ocultaban la visión de los pueblos de Corbera y Gandesa, conquistados por los rebeldes en la ofensiva de abril y principales objetivos del ataque republicano que se avecinaba. Y todavía más al sur, a su izquierda, la serranía hosca de Pàndols. Sabía, sobre todo por sus exploradores, por su «chusma», los lugares precisos en donde se concentraba el enemigo, al otro lado del río y alrededor de las poblaciones de Mequinenza, Flix, Ascó, Mora y Miravet. También, cuáles eran los puntos en donde el Ebro se estrechaba o se ensanchaba y la fuerza de su corriente en un ancho arco de bastantes kilómetros. Aunque no pudiera divisarlas bien desde la altura, a causa sobre todo del camuflaje, conocía la posición exacta de sus tropas: al norte, el XV Cuerpo de Ejército de Tagüeña; en el centro y el sur, el V de Líster con el grueso de las Brigadas Internacionales. Las otras fuerzas, el XII Cuerpo de Etelvino Vega y las unidades de reserva, distribuidas para dar su apoyo inmediato a la invasión allí en donde fuera preciso.

Rojo y Delage le escuchaban en silencio. Pero Modesto tan sólo repetía de memoria, ante ellos, lo que sobradamente conocía. Su emoción, ahora, no provenía de la contemplación de aquel diseño de la batalla cuidadosamente preparado durante las últimas semanas. Sentía vértigo y orgullo, vértigo al comprender cuántas vidas dependían de su pericia, orgullo de saber que la Historia, una vez más, quedaba encerrada en el pequeño espacio de su mente y de su coraje.

—Un gran trabajo, coronel, ¡bravo! —dijo Rojo, golpeándole afectuosamente en el hombro cuando Modesto terminó su explicación—. Le felicito, puede usted sentirse orgulloso.

—Me sentiré orgulloso si vencemos. Y para eso necesitamos la aviación, mi general.

—No puedo retirarla de Valencia hasta que comience esta batalla.

—Mañana atacamos.

—Pues mañana estará aquí. ¿A qué hora cruzarán el río?

—A las doce y cuarto de esta misma noche comenzarán a pasar las primeras unidades de Tagüeña y Líster.

—Y usted, ¿cuándo cruzará?

—Mañana mismo, mi general…, en cuanto se hayan constituido las primeras cabezas de puente al otro lado.

—Puede esperar unos días, hasta que nuestras tropas tomen Gandesa. Será más seguro.

—Ya conoce mi forma de luchar, general. Cuando empieza el combate, los jefes deben acompañar siempre a las primeras unidades. Eso levanta la moral de la tropa. Si el jefe de una división debe marchar siempre en la línea de ataque de su segunda brigada, el jefe de un batallón debe hacerlo al frente de la segunda de sus compañías. Así que el jefe del Ejército del Ebro cruzará después de que pasen las primeras unidades del V Cuerpo de Líster.

—Como quiera, coronel, pero no se juegue la vida.

—Mis posibilidades de morir disminuirán cuando tengamos la aviación.

—¿Sabe que es usted un tocapelotas, Modesto?

—Con todos los respetos, mi general, pero es preferible tocarle las pelotas a unos pocos superiores que arriesgar la vida de miles de inferiores quedándose callado.

—¡Tendrá aviación! ¡Y calle de una puñetera vez!

—Como ordene, mi general.

Modesto y Delage almorzaron con Rojo y algunos de los oficiales de su Estado Mayor en la espaciosa sala de operaciones del refugio. Luego, bajaron hasta el río y revistaron por última vez las tropas que aguardaban la hora del inicio de la invasión, marcada a las 00.15 de la medianoche del 25 de julio. Finalmente, cayendo la tarde, regresaron al observatorio: desde allí seguirían el comienzo de la batalla junto a Rojo.

El sol comenzaba a ponerse tras los picos de la sierra de Pàndols y Modesto se apartó del parapeto y caminó medio centenar de metros hasta el borde de una quebrada. La ancha cuenca del río, que tanto había recorrido, le mostraba su sensual fisonomía: dulces campos de naranjos y olivos, colinas boscosas, viñedos, montañas como centinelas eternos de un horizonte limpio y largo.

Pensó brevemente en su vida. ¡Cuán lejos de su tierra le había llevado el devenir de los acontecimientos!, ¡y cuán alto le había situado la guerra! Y una vez más, rodeado de hombres, al mando de multitudes, se sentía extrañamente solo. Pero su soledad no le abrumaba, sino que, al contrario, casi se convertía en un consuelo. Estaba de nuevo desnudo ante la guerra, con el deber de ganarla. ¿No era una responsabilidad excesiva? Tal vez. Pero en la Historia siempre había alguien obligado a asumir el peso de tamañas empresas. Y él estaba orgulloso de aceptar la suya.

Pensó también que, a punto de cumplir los treinta y dos años, eran muy pocos los hombres que habían vivido lo que él. También se dijo que la guerra le había destinado a no llevar una existencia común. Él se había convertido en un hombre para la guerra, ni más ni menos que eso. ¿O quizás le sucedía lo mismo a toda una generación de españoles? La guerra le había llevado y traído de acá para allá, le había empujado a conocer a cientos de personas en el límite de sí mismas, a ver la muerte de cerca y a convocar al coraje, y a deshacerse del miedo.

Sintió una presencia al lado y se volvió. Como casi siempre, era Luis Delage.

—¿En qué piensas, Juan?

—En la guerra, Luis: en la maldita guerra.

—Pocas veces he contemplado un paisaje tan plácido y bonito

—dijo Delage señalando hacia los valles que se tendían debajo de la escarpadura.

—Ya me lo has dicho antes, te repites.

—¿Te podías imaginar, hace unos años, que un oficinista como yo y un obrero como tú íbamos a llegar tan alto?

—No tengo el día para chistes malos, camarada.

No había luna, la oscuridad rodeaba las montañas y los valles y Modesto había ordenado cegar todas las luces. En la primera línea del parapeto, Rojo, Modesto y Delage trataban de habituar sus ojos a la noche. Pero delante de ellos, el mundo era una suerte de oscuro cortinón que no revelaba forma alguna de vida. Tras ellos, un grupo de oficiales de Estado Mayor y dos pelotones de soldados guardaban un respetuoso silencio.

La liviana brisa de la sierra mezclaba un olor difuso de retamas y de pinos. En los altos del cielo, una turba de estrellas guiñaba sus luces a los hombres. A veces, cruzaba el espacio un astro luminoso, raudo como un rayo, que parecía la estela roja de una bala de cañón disparada en la distancia. El único sonido era el canto vibrante de los grillos alzándose desde los pinares que cubrían las faldas del cerro.

Modesto encendió la pequeña linterna y alumbró la esfera de su reloj. Eran casi las 00.15 y la manecilla del segundero corría hacia la hora señalada: dieciocho, diecisiete, dieciséis, quince… Cerró los ojos, imaginó el río y a los soldados empujando las barcas hacia el agua, dibujó en su mente los rostros tensos y las miradas ardientes de los hombres, escuchó en su memoria el rumor de la corriente y de las palas al golpear el agua… diez, nueve, ocho, siete… Ya casi podía escuchar el sonido de los remos hincándose en la corriente del río… tres, dos, uno…, cero, cientos de barcas echadas al Ebro, los soldados armados tratando de sorprender a los enemigos que dormían en la otra orilla.

Abrió los ojos: silencio y oscuridad. Nadie hablaba, los minutos transcurrían con lentitud. De pronto, una bengala cruzó el cielo, allá abajo, en los escenarios de la inminente lucha. Los grillos callaron. Y al norte y al sur, se escucharon disparos lejanos de fusil y de ametralladora.

Comenzaba la gran batalla que iba a dirimir la suerte de la guerra española. Y Rojo gritó:

—¡Viva la República!

Todos los otros secundaron su grito.

Lavalle y Lalo, sentados en los bancos de la proa de la barca, clavaban el remo con resolución en el agua moviente del Ebro. Alrededor, bajo el cielo sin luna, el río era un manto oscuro que respiraba como un animal dormido de sueño inquieto y que hacía bambolearse levemente la embarcación. Detrás de ellos, ocho hombres más remaban a su vez. Todos vestían uniformes de tela ligera de color tierra, se cubrían con cascos de acero, calzaban alpargatas y llevaban modernos fusiles checos cruzados a la espalda en bandolera. Tras la suya, centenares de barcas surcaban el cauce del Ebro: eran la vanguardia de la XXXV División, integrada al XV Cuerpo de Ejército, mandado por Manuel Tagüeña, la fuerza republicana encargada de cruzar el sector norte del río. Al sur, otros miles de hombres de las divisiones de Líster se afanaban a esa misma hora remando hacia la ribera derecha del Ebro.

La orilla contraria era en ese momento una sombra difusa, alzada sobre el leve brillo del agua. Pero Lavalle y Lalo conocían muy bien el terreno en donde en breve iban a desembarcar y lo que habrían de encontrar allí. Durante las últimas semanas habían cruzado a nado, casi cada noche, el cauce del río en ese mismo punto y en los alrededores, calculando la fuerza de las corrientes, buscando los lugares en donde podía haber menos remolinos, explorando palmo a palmo la ribera en el lado enemigo. Sabían que, al llegar, encontrarían un tramo de aguas quietas, un estrecho humedal repleto de matorrales y de árboles jóvenes. Y que algo más allá, surgía de pronto un talud cubierto de vegetación, por el que podía ascenderse hasta un bosque de chopos. A unos cien metros de la arboleda, estaban las casamatas de las primeras defensas rebeldes, protegiendo la carretera cercana al río que llevaba, hacia el oeste, al pueblo de Ascó.

La quilla de la barca tocó tierra con un golpe seco y Lavalle y Lalo saltaron con presteza. De inmediato, recorrieron la orilla, para regresar al poco y dar sus informaciones a los oficiales. Y las tropas comenzaron a atravesar la zona pantanosa. Los hombres se movían con ligereza, produciendo muy poco ruido, tan sólo el chapoteo de sus pisadas sobre los charcos de agua. En pocos minutos, las vanguardias del ejército empezaron a trepar la empinada cuesta entre las retamas, las jaras y los zarzales. Se oyó el quejido de algunos soldados al pincharse con las zarzas y las voces, bajas de tono pero enérgicas, de los oficiales que demandaban silencio.

Alcanzaron la altura y se internaron en el bosque. La tropa avanzaba con lentitud, tratando de no alertar al enemigo. Pronto distinguieron la luz de las hogueras y oyeron voces. Estaban casi encima de las primeras posiciones contrarias.

Y de repente, al otro lado, se alzó un grito:

—¿Quién vive?

La tropa detuvo su avance. El grito se repitió:

—Alto, ¿quién vive?

El silencio respondió a la voz. Una bengala cruzó el aire sobre los soldados detenidos. Y la voz gritó:

—¡Los rojos, los rojos! ¡Han cruzado el río!

La voz de un oficial republicano respondió al grito:

—¡A ellos!

El combate duró escasamente un cuarto de hora, el tiempo en que la pequeña fuerza rebelde tardó en comprender que no podía resistir ante el avance de varios centenares de republicanos. No hubo muertos, y cuarenta hombres, soldados y suboficiales moros, más dos tenientes españoles, fueron hechos prisioneros. No se fusiló a nadie. Lavalle y Lalo, ufanos, se sentaron junto al fuego y liaron cigarrillos con el tabaco confiscado a los prisioneros marroquíes.

—Se cuidan estos fachosos, ¿eh? —dijo Lalo—. Está muy bueno este tabaco.

—Para mí que demasiado bueno —contestó Lavalle—. ¿No te sabe raro?

Y rompió a reír.

Un oficial cruzó a su lado y se detuvo a contemplarlos.

—¿Pero qué coño hacéis aquí, fumando grifa en pleno *fregao*? ¡Vamos, tirad los cigarros ahora mismo! ¡Ganas me dan de fusilaros!

—¿Y qué sabíamos, mi teniente? —dijo Lalo atacado también por la risa.

Quedaban unas horas para el amanecer y los hombres se distribuyeron entre las sombras, al amparo de la espesura, echados sobre improvisados lechos apañados con las hojas de los chopos y las mantas de recio paño, que servían de colchón. Nadie se tapaba en la noche calurosa, todos descansaban vestidos.

Lavalle no dormía. Tendido boca arriba, veía brillar algunas estrellas, como gemas, entre las copas negras de los árboles y sobre la pradera negra del cielo. El fuego cercano, avivado con ramas secas de pino, crepitaba con un sonido levemente musical, alterado a veces cuando, de súbito, estallaba una piña verde alcanzada por las llamas.

La grifa le había provocado, al principio, una sensación de euforia. Y ahora, sin embargo, le mantenía despierto y le convocaba a la reflexión. Trataba de evocar el rostro de Poli y no lo lograba. Hacía más de dos semanas que no recibía carta de ella y más de un mes desde que la vio por última vez. Y dos meses casi desde que tuvo la última noticia de sus padres.

Y lo extraño es que no le importaba. Veía a todos ellos como seres lejanos. ¿Había dejado de quererlos? El recuerdo de Poli no le producía calor ninguno. Y pensar en sus padres le hacía sentir que se hallaban muy lejos de su corazón.

¿Pero qué era lo que le hacía sentirse vivo?, se dijo ahora.

Primero de todo, Lalo. Era su amigo, su compañero en el dolor y en la muerte. No podía consentir que lo mataran. Porque si lo mataban, su propia vida dejaría de tener sentido. No, no permitiría que lo mataran.

Y Modesto, también Modesto. No podía fallarle, no podía burlar su confianza. El coronel le había salvado una vez y él no era capaz de traicionar la confianza de un hombre al que le debía la vida.

¡Qué extraño! Querer vivir para que otros no mueran o al menos para que no sientan que se han equivocado.

Oyó la voz de Lalo.

—¿Duermes, Jaime? Ese tabaco me ha despabilado.

—A mí también.

—Pero ya no me da risa; me da por pensar.

—¿Y qué piensas?

—En ti.

Lavalle dejó escapar una leve risa.

—No me digas…

—Te veo luchar y me das miedo. Es como si no te preocupase

morir. O mejor: como si a veces quisieras que te mataran. El día de Teruel, cuando la carga de caballería, por ejemplo. A veces pienso que la guerra nos ha vuelto locos. Ya no puedo llamarte guaje. Te has hecho de pronto grande, demasiado grande y demasiado frío. No quiero que te maten, eres mi mejor amigo.

—No voy a dejar que me maten.

—Piensa en Poli, ¿no esperas regresar con ella?

—No soy capaz de dibujar su rostro. Es como si en el mundo sólo te conociera a ti. Eres mi único amigo y no voy a consentir que te maten. Me lo he jurado a mí mismo.

—Ocúpate de ti: yo ya me protejo solo.

Con la alborada, cuando el sol no asomaba aún tras las colinas, Manuel Tagüeña, jefe del XV Cuerpo de Ejército, llegó a la fortificación recién conquistada por el batallón de Lavalle y Lalo. Entre las primeras horas de la invasión y ese momento, dos de sus divisiones ya habían cruzado el río en barcas y a través de pontones. El pueblo de Flix, a pocos kilómetros de Ascó, junto con un puente de hierro que unía las dos orillas, había sido ocupado durante la noche.

Todos los soldados se pusieron en pie y se cuadraron para recibir al recién nombrado teniente coronel.

Tagüeña se abrió paso entre la tropa indicando descanso con la mano. Era un hombre alto, de cara redonda, facciones aniñadas y gruesas gafas de miope. Su forma de andar emanaba firmeza y resolución.

—¿Habéis interrogado a los prisioneros? —preguntó a un grupo de oficiales que le rodeaban.

—Sí, mi teniente coronel: y parece cierto que hemos cogido a Franco por sorpresa —respondió un comandante.

—¿Qué gente defiende Ascó?

—Un par de compañías, no llegan a cuatrocientos hombres. Y casi todos son moros…, como éstos —añadió el comandante señalando a los prisioneros marroquíes.

—Cantaron enseguida —dijo un oficial.

—Los moros se rinden en cuanto se ven inferiores y sueltan la lengua sin que medien amenazas —añadió otro—. Sólo son peligrosos cuando son ellos los que han ganado. Entonces…, no tengo que decirte lo que hacen con sus gubias, camarada. ¿Por qué no los fusilamos? Ellos ya nos habrían rebanado el pescuezo y cortado los cojones.

—El coronel Modesto ha ordenado que no haya ejecuciones. Así que envíalos con una patrulla a Flix. Se está formando allí un campo de prisioneros, han caído cientos esta noche.

Tagüeña señaló en dirección al río.

—Está a punto de salir el sol. Vamos a por Ascó. Hay que cerrar la pinza antes de que termine el día y empezar el avance hacia Gandesa. No lo olvidéis: Gandesa es el objetivo principal.

Milton Wolff, al frente del Batallón Lincoln, pasó el río a media mañana a la altura del pueblo de Mora, más al norte del lugar que cruzó a nado, en sentido contrario, durante la retirada del anterior mes de abril. Desde la alborada, la artillería republicana había bombardeado implacable las casas de la población, hasta que entre las ruinas asomaron grandes sábanas blancas que anunciaban la rendición de la fuerza rebelde.

Antes de subir a la barca que encabezaría el paso de los brigadistas americanos de la XV Brigada, integrados en el V Cuerpo de Líster, Wolff arengó a sus hombres:

—Cuando lleguemos a Gandesa, recordad Belchite, recordad Corbera, recordad a nuestro comandante Bob Merriman. Y recordad a todos nuestros muertos. ¡Luchad por todos ellos, hombres del glorioso Batallón Lincoln!, ¡luchad con coraje y con furia! ¡Por Merriman!, ¡en recuerdo de todos nuestros muertos!

Alcanzaron la orilla derecha, sembrada de olivos, almendros y avellanos. Al tiempo, el puente de Mora, que la artillería había respetado, crepitaba bajo el paso de los tanques T-26, la artillería móvil y los escuadrones de caballería. Las tropas de la infantería pasaban en barcas o a pie sobre los pontones recién tendidos por el cuerpo de ingenieros. Wolff, desde su embarcación, distinguió la figura enhiesta de Líster, en pie sobre los estribos del caballo, mientras recorría el puente hacia la orilla enemiga.

De la población surgían humaredas. Conforme avanzaban hacia su interior, grupos de africanos regulares salían de entre las ruinas enarbolando trapos y sábanas blancas, desarmados. Algunos se arrodillaban ante los hombres de Wolff. Uno de ellos, de tez muy oscura, se abrazó a las piernas de un soldado americano de color.

—*Brother, brother...* —suplicaba.

El de la Lincoln tiró del otro hacia arriba, casi con violencia.

—¡Levántate, hijo de perra! —respondió en inglés—. ¿Cómo puede un esclavo luchar en defensa de sus amos?

El regular movía la cabeza, sin entender, y se aferraba con mayor fuerza a las piernas del americano. Éste, finalmente, logró liberarse. Y lo apartó dándole un rodillazo en el hombro.

—¡Vete al infierno, cobarde! No sé de dónde eres, pero yo soy de Harlem. Y allí no hay ratas de color negro.

Los suboficiales iban reuniendo a los prisioneros para enviarlos a retaguardia, a la orilla contraria.

—¿Dónde está la gente del pueblo? —preguntó Wolff en español a un sargento moro.

—Se fueron ayer, todos se fueron.

—¿Adónde?

—No saber, no saber...

Siguieron pueblo adentro. No encontraron civiles por ningún lado.

Líster había logrado que cruzaran sus XI y XLV Divisiones, además de la XV Brigada Internacional, por casi una veintena de puntos a lo largo del centro y el sur del cauce del río. Además, había pasado también numerosa artillería y toda la caballería. Y la aviación enemiga no aparecía. Se sentía ufano y orgulloso de sí mismo: el cruce del Ebro estaba siendo un éxito y el enemigo había sido tomado por sorpresa.

Desde las alturas, contempló el río a sus espaldas. Las cureñas, tiradas por mulas y burros, seguían arrastrando cañones sobre el puente. También pasaban carros blindados, piezas de artillería ligera y toda suerte de vehículos militares. Corriente arriba y también río abajo, las barcas continuaban yendo y viniendo con más tropas de infantería. Asimismo, desfilaban columnas de cientos de hombres sobre los pontones. Al ganar la orilla derecha del río, los oficiales y suboficiales reorganizaban a las tropas en compañías y batallones y las dirigían hacia los lugares indicados por los exploradores. Era un espectáculo soberbio, pensó Líster: aquello olía a victoria.

Luego miró hacia el frente, hacia las montañas de Cavalls y Pàndols. Sus órdenes eran avanzar hacia allí y tomar las cotas que dominaban las llanuras. Murmuró para sí:

—Gandesa.

Anhelaba los entorchados de coronel que estaba seguro lograr si alcanzaba sus objetivos.

Dio al corneta la orden de convocar a los oficiales. Y distribuyó las instrucciones tácticas. Dos batallones y una fuerza de artillería, apoyada por baterías antiaéreas situadas en el otro lado del Ebro, quedarían a lo largo de la orilla, estableciendo una línea de defensa desde Mora hacia el sur y hacia el norte. El grueso de sus tropas avanzarían con toda la rapidez que pudieran hacia Gandesa.

—Hay que llegar allí antes que los refuerzos de Franco —ordenó—. Si ocupamos Gandesa, la batalla estará ganada.

Bajo el sol de acero del mediodía, Líster cabalgaba al paso. El corazón le latía con fuerza. En las anchas llanuras, entre los viñedos y los campos de cereal sin segar, a derecha y a izquierda, veía avanzar centenares de hombres, formando abanicos en las líneas de vanguardia, seguidos por otros cientos. Los carros de combate se confundían entre los batallones, y la caballería asomaba de pronto y desaparecía al poco entre los bosquecillos de olivos y de almendros.

Pensó que aquél era el mayor ejército desplegado jamás en un campo de batalla de suelo español. Y aunque Modesto era el jefe, se sintió orgulloso de marchar ahora a su frente.

En la altura de la Mola de Sant Pau, en donde se encontraba el puesto de mando, Rojo y Modesto seguían con sus prismáticos de largo alcance el desarrollo de la invasión. Surgían humaredas en la distancia y estruendos ocasionales de cañonería. Se sucedían constantes llamadas de teléfono y, una y otra vez, Modesto daba instrucciones a los jefes de sus cuerpos de ejército.

Pasado el mediodía, tras una última comunicación con Líster, se volvió sonriente hacia Rojo.

—Casi todo está saliendo como esperábamos, mi general. Hay una cierta resistencia cerca del mar, pero los objetivos en la línea del norte, del centro y del sur se están cubriendo a la perfección. Hemos cruzado el Ebro, general Rojo, y el enemigo se retira cogido por sorpresa y confundido. Debería ascender a Líster, lo ha hecho bien.

—Quiere decir que estamos ganando la batalla.

—Puede… La aviación enemiga no ha aparecido…, pero vendrá. ¿Y la nuestra?

—Estará aquí en unas horas. ¿Cuándo cruzará usted el río, Modesto?

—Esta misma tarde.

—¿No es algo precipitado? Actúe con prudencia, teniente coronel…

—Mis hombres deben verme junto a ellos, en primera línea si hace falta: es mi obligación, forma parte de mis normas. Además, lo estoy deseando. Y descuide, mi general: no tengo intención de arriesgarme más de lo preciso. Sólo pienso en que esta mañana hemos dado un gran paso para ganar la guerra. Me siento excitado.

—Dios le oiga, coronel.*

—Con que no me engañe el Diablo, me basta, mi general.

La barca le depositó en tierra, al otro lado del Ebro, en un embarcadero cercano a Mora, rodeado de melocotoneros que rebosaban de frutos amarillos y rojos. El denso aroma de los melocotones maduros impregnaba el aire.

Los soldados de la escolta que le esperaba gritaron vivas a su nombre y Modesto sintió que el rubor le encendía las mejillas. Un cabo se acercó sujetando de las riendas un bonito corcel blanco.

—Su caballo, mi coronel —dijo mientras le tendía las riendas.

Modesto le acarició las crines antes de montarlo con agilidad. El caballo se movió nervioso. Desde la silla, Modesto continuó pasándole las manos por el largo cuello.

—Mi buen Capitán… Quieto, bonito, quieto, caballito. ¡Cuánto tiempo sin vernos! Quieto, bonito, sin asustarse.

* El general Rojo era un ferviente católico.

Era su costumbre, desde que era chico, llamar bonitos a los caballos para tranquilizarlos. Lo había aprendido de José, uno de sus tíos. Y ahora, por unos segundos, se acordó de su gente del Puerto. Si le vieran ahora...

Seguido por Delage y la pequeña tropa de la escolta, Modesto alcanzó la altura del puente de Mora y, por unos instantes, se detuvo a admirar el paso del ejército en marcha. Los cascos de los caballos, las cadenas de los tanques y los herrajes de las cureñas resonaban sobre la madera y el metal que formaban la superficie del puente. Abajo, en el río, seguían llegando barcas con soldados.

El grupo tomó la carretera que se dirigía hacia Gandesa, hacia el oeste, a trote corto. A derecha e izquierda, en los campos resecos del verano, avanzaban nutridos batallones de infantería y carros rusos de combate. Más lejos, partidas de jinetes. Modesto miró hacia el cielo; estaban de suerte: ni sombra de aviación enemiga. Pero ¿y la propia?

Más adelante, dieron con un batallón de infantería que marchaba en hilera por la misma carretera que ellos. Los soldados se iban apartando para dejarles paso. Los hombres, al reconocerle, gritaban vivas en su honor y a la República, mientras agitaban los gorros cuarteleros sobre sus cabezas o alzaban los puños a lo alto.

Oía las voces:

—¡Viva Modesto!, ¡viva la República!, ¡viva la reforma agraria!, ¡viva la revolución!

El abanderado de una compañía agitó la bandera tricolor a su paso. Los oficiales se cuadraban para saludarle militarmente.

Modesto respondía con el puño cerrado o devolvía el saludo militar. En ocasiones, contestaba con un «¡viva!» a los vítores en honor de la República. Sentía una fuerte opresión en el pecho y humedad en los ojos. Y quería pensar que aquel vibrante escenario presagiaba la victoria.

Pero al dejar atrás el batallón, sacó un pañuelo del bolsillo de la guerrera, se secó los ojos y dirigió la mirada de nuevo hacia el cielo.

Y entonces, de improviso, oyó la voz de Delage, que se había inclinado hacia él desde su montura, casi susurrando en su oído:

—César, recuerda que eres mortal.

Le miró perplejo.

—¿Qué quieres decir, maldito madrileño?

—Que no te envanezcas.

—¿Crees que me he vuelto estúpido de pronto? No pensaba en vanidades, pensaba en los aviones.

—Gritaban tu nombre como si saludaran a un dios.

—Los mismos que hoy celebran mi nombre mañana podrían maldecirme. A mí sólo me importa ahora ganar esta batalla, Luis. Después, ya veremos si me envanezco o no.

—Pues te lo repetiré siempre. César, recuerda que eres mortal.

—Si alguna vez me creo inmortal, lo primero que haré será darte una patada en el culo y enviarte al infierno.

Un clamor se alzó entre las filas de la XI División cuando Modesto, que había sido su primer jefe, entró en el campamento dispuesto por Líster para su V Cuerpo de Ejército. Reconoció los rostros de muchos de los soldados y saludó por su nombre a varios de los oficiales que corrieron a darle la mano antes aun de que pudiera descender de la silla de Capitán. Líster se acercó presto y le apretó con fuerza la mano.

—Estamos ganando, Modesto, barriéndolos. Esto es un paseo militar.

—Habéis luchado bien, Líster. Esta tarde he propuesto a Rojo tu ascenso a coronel…, a mis órdenes, como siempre.

Hizo ademán de bajar del caballo, pero Líster le retuvo.

—Aguarda, Modesto, los hombres esperan unas palabras tuyas.

Se dejó caer de nuevo en la silla y miró alrededor. Cientos de soldados le miraban expectantes desde las abigarradas filas. Se quitó la gorra de plato, carraspeó y habló alzando la voz cuanto pudo.

—¡Luchadores del Ejército del Ebro! ¡En la hora heroica, no cabe sino felicitaros por vuestro valor, por vuestra entrega, por vuestra fe en nuestra causa! ¡Cuando logremos la victoria en la batalla, dentro de unos días, habremos dado un gran paso, quizás el paso definitivo, para ganar la guerra al fascismo! ¡Mantened la fe, mantened firme el coraje, todo depende de vosotros! ¡Cuando en el futuro se hable de esta guerra, cuando las campanas de España entera repiquen por el triunfo de la República, todo el mundo os recordará, todo el mundo alzará su copa de vino en honor de quienes hicieron posible ese triunfo! ¡Todos hablarán de vosotros, los primeros que cruzasteis el río Ebro en la más grande y heroica batalla librada en suelo español!

Un multitudinario coro de voces se alzó entre las filas de soldados, repitiendo con entusiasmo su nombre. Modesto descendió del caballo y Líster le abrazó. Muchos otros hombres se aproximaron a estrechar su mano.

—Vamos a cenar algo, Modesto —dijo Líster—. ¿Dormirás aquí?

—Ordena que me preparen un petate al aire libre. Regresaré mañana temprano al otro lado del río.

En la tarde moribunda, las primeras estrellas comenzaban a prender sus lumbres en el cielo y cantaba alegre la polifonía de los grillos. La belleza del mundo permanecía ajena a la batalla.

Modesto repasó con Líster las instrucciones del ataque. El V Cuerpo debía tomar en las siguientes horas todas las alturas que dominaban Gandesa. Y Gandesa, en donde se concentraba una importante fuerza rebelde, debería caer en sus manos en tres días a no más tardar.

—Tagüeña y tú debéis confluir pasado mañana sobre Gandesa. Si nos hacemos con el control del pueblo —concluyó Modesto—, podremos extender nuestro avance hacia el norte y el oeste. Y cortar el territorio enemigo en dos. Toda la fuerza rebelde que ha alcanzado el Mediterráneo quedaría encerrada en una gran bolsa. Lograrlo supondrá un gran paso para ganar la guerra.

—Parece fácil: les doblamos en fuerza y les hemos pillado a contrapié.

—No te fíes. Ellos son muy rápidos en la maniobra, ya lo demostraron en Brunete y Teruel. Y además, puede aparecer su aviación. Es muy poderosa.

—¿Y la nuestra?

—Tendría que haber llegado hoy, pero no la hemos visto. Espero que venga mañana: las pistas ya han sido preparadas al otro lado del río y se han dispuesto los depósitos de combustible.

—Por lo menos los aviones enemigos no han asomado. ¿Una copita de coñac, Modesto?

—Déjate de copitas. Cuando termine la batalla, si ganamos, tomaremos una botella entera cada uno.

—Una copa, hombre…

—Te conozco desde antiguo, Líster, y a ti una copa siempre te lleva a otra hasta que no queda ni gota en la botella. Menos mal que, por lo menos, por aquí no hay putas.

—Un buen polvo deja el cuerpo y la mente en las mejores condiciones. Es una pena que ya no movilicemos mujeres al frente.

—Métete en la cabeza que vas derecho a Gandesa. Y si encuentras bolsas de resistencia en el camino, no te entretengas en conquistarlas. Déjalas atrás. No me hagas lo de Brunete, que por empeñarte en tomar una pequeña posición defendida por un puñado de falangistas, le diste tiempo al enemigo a rehacerse y no pudiste tomar Navalcarnero. Les hubiéramos metido en una ratonera.

—No me toques las pelotas, Modesto, eso es agua pasada y creo que no fue exactamente lo que sucedió…

—Ya lo sabes: conquista las cotas más altas y corre derecho a Gandesa.

—Me pareció muy acertada tu arenga, Juan —dijo Delage.

Estaban tendidos el uno al lado del otro, bajo las ásperas mantas de campaña, al aire libre, en petates preparados por los asistentes de Líster.

—Una sarta de tópicos, siempre hay que decir lo mismo.

—Hiciste bien en no hablar de los aviones.

—Lo vamos a lamentar si los nuestros no llegan a tiempo.

—¿Das por ganada la batalla?

—No hasta que tomemos Gandesa. Y aún queda por pasar mucha tropa desde el otro lado, todo el XII Cuerpo de Etelvino Vega, por ejemplo. Y no se ha terminado la construcción de los puentes de hierro para que crucen los tanques más pesados. El de Flix no es suficiente y, si ataca su aviación y la nuestra no llega, estamos listos.

Un sonido de guitarras se alzó procedente de un grupo de soldados que descansaban en una pequeña explanada. La letra llegaba con claridad hasta ellos:

> *El Ejército del Ebro,*
> *rumba, la rumba, la rumba, la,*
> *una noche el río pasó.*
> *Ay, Carmela, ay, Carmela.*

El Ejército del Ebro,
rumba, la rumba, la rumba, la,
buena paliza les dio.
Ay, Carmela, ay, Carmela.

Y nada pueden sus bombas,
rumba, la rumba, la rumba, la,
donde sobra corazón.
Ay, Carmela, ay, Carmela.

—Hoy componen canciones alegres —dijo Modesto—. Ya veremos mañana.

—¿Tienes malos presagios, Juan?

—Sí que los tengo. Y muchos. Pero ya sabes que yo no creo en los presagios.

Al mando de Tagüeña, el regimiento en que marchaban Lavalle y Lalo conquistó Ascó la misma mañana de la invasión, después de una breve escaramuza que costó al enemigo una decena de muertos marroquíes, y siguió avanzando hacia el oeste, hacia la sierra de la Fatarella, abierto en un ancho frente que cubría desde la carretera de Ascó hasta Gandesa. Sus órdenes consistían en llegar a esta última población cuanto antes y esperar a que Líster la alcanzase desde el sur, para combinar ambos cuerpos en un ataque demoledor que rindiera el pueblo.

Cruzaron los pasos serranos sin encontrar resistencia, pero en las cercanías de Vilalba dels Arcs, al entrar en un espeso pinar, una descarga de fusilería, seguida de varios tiros de mortero, detuvo al batallón de vanguardia en cuya primera compañía avanzaban Lavalle y Lalo. El oficial gritó cuerpo a tierra y los hombres se parapetaron entre los árboles. Esperaron durante largos minutos agazapados, mientras el capitán se comunicaba por teléfono con el alto mando para pedir instrucciones. Al rato, Lavalle oyó la voz del oficial:

—¡Bueno, chicos, hay que sacarlos de ahí! ¡Calad bayoneta y esperad a mi orden!

Siguieron varias descargas de artillería que procedía de detrás de sus líneas y el bosque tembló por las explosiones. Lavalle, mientras ajustaba la bayoneta al cañón del fusil, tendido junto al tronco de un árbol y sobre un lecho de agujas de pino, sintió que el suelo vibraba en un extraño vaivén bajo su cuerpo. Le irritaba aquella espera, le irritaba tener que pensar en sus sentimientos y sensaciones. Quería saltar ya hacia delante, correr al encuentro del enemigo y que el destino decidiese cuanto antes sobre su vida. Tenía prisa por jugar su suerte. Lalo, cerca de él, mascullaba palabras ininteligibles. Pero no se dijeron nada el uno al otro.

Pasados unos minutos, la voz del capitán clamó:

—¡Adelante!

Ahora sí oyó a Lalo:

—¡Suerte, camarada!

—¡Suerte, hermano! —respondió.

Corrieron sorteando los pinos, cargando con una fuerza tozuda y rotunda. Y los disparos arreciaban desde las líneas contrarias. Lavalle no era capaz de distinguir al enemigo. Pero sí escuchaba el sonido de las balas al cruzar en su cercanía, como zumbidos de avispa, o el de las balas al chocar contra los troncos de los árboles, con un ruido a veces regular, parecido al del picoteo de un pájaro carpintero.

¿Dónde se esconderían?, se dijo mientras corría. Deseaba localizarles, alcanzar a ver el rostro de aquellos cuya única misión, en ese instante, consistía en tratar de matarle.

—¡Vamos, asomad, cabrones! —gritó entre jadeos.

No los veía, pero sí que comenzó a encontrar cadáveres a su

paso, los primeros caídos de las filas de la vanguardia republicana.

Un soldado, sentado junto a un árbol en el que había buscado protección, suplicaba ayuda a los hombres que corrían, taponando con la mano la herida de su pecho: tenía la camisa empapada de sangre oscura. Ocasionales granadas de mortero explotaban en las cercanías. Olía a tierra quemada.

Sentía que los pulmones podrían escapar por su boca y las piernas le dolían. Pensó en sentarse y reposar un rato. Pero la compañía estaba llegando a un ancho claro del bosque y, de pronto, la descarga de fusilería enemiga redobló su fuerza. Sonaron los disparos de una ametralladora. Y cuando las primeras escuadras de soldados republicanos asomaron a terreno descubierto, muchos hombres cayeron derribados por el fuego adversario y el suelo se cubrió de muertos y heridos.

—¡A tierra! —gritó el oficial.

Lavalle ya estaba tendido y se arrastraba a protegerse tras el tronco de un grueso pino. Desde allí, miró hacia los lados. No lograba ver a Lalo entre los soldados que, en las proximidades, permanecían tumbados bajo los árboles. Le inquietaba la idea de no tener cerca a su amigo.

Se dio cuenta de que se hallaba desorientado y, de alguna forma, percibió que sus compañeros se sentían a su vez aturdidos, sin comprender bien cuanto sucedía.

Pasaron con lentitud los minutos. El enemigo había cesado de dispararles, aunque de cuando en cuando un balazo cruzaba entre los árboles o se enterraba en el tronco de un pino. Lavalle oía a sus espaldas la voz del capitán, que hablaba sin cesar y aceleradamente por teléfono. Apenas lograba entenderle. Pero al poco, tras un silencio tenso, le oyó decir con claridad:

—Atentos. Los nuestros van a atacarles por los flancos. Cuando empiecen los tiros, saltaremos a por ellos. ¡No quiero dudas! ¡A mi orden, todos al ataque!

El tiempo corrió despacio: quizás diez minutos, tal vez veinte... Lavalle era incapaz de calcularlo. Sólo deseaba que llegara el momento. No quería darle al miedo opción de entrar en su ánimo.

Por la izquierda y la derecha del otro lado comenzaron las descargas de fusilería, el crotorar de las ametralladoras, las explosiones de las granadas y su eco fúnebre. Y el capitán gritó de pronto con determinación:

—¡Adelante, hijos de Negrín! ¡Viva la República!

Lavalle se levantó y corrió hacia el claro. Saltó entre los cadáveres y los heridos caídos en el ataque anterior. Y apretó el paso con todo su ímpetu para cubrir cuanto antes aquel espacio abierto a la muerte.

Pero apenas les disparaban ahora. A su derecha, distinguió a Lalo, corriendo con el cuerpo medio agachado, y el hecho de verle le animó, le prestó confianza. Por un instante, pensó que la vida de Lalo le importaba más que la suya propia.

Ganaron el bosque. Y ahora sí los vio, las boinas rojas de sus cabezas asomando en una línea de trincheras y parapetos, disparando hacia los lados y volviendo las bocas de sus fusiles hacia ellos. Y por una razón extraña, Lavalle supo que vencerían.

—¡A ellos, hijos de Negrín! —repetía el capitán.

Lavalle saltó a la trinchera y clavó la bayoneta en el pecho de un hombre barbado. Un chorro de sangre le salpicó la cara y las manos, como si el último deseo de aquel requeté fuera escupir su muerte al rostro de su asesino. Los brazos de los soldados enemigos se alzaban desarmados, suplicando clemencia.

—¡No disparéis, no disparéis, nos rendimos!

Los gritos de entusiasmo se elevaron alrededor de Lavalle, despertando ecos en las cerradas arboledas. Los hombres se miraban entre ellos sonrientes y con los rostros desencajados, admirados de su propio valor o de su locura, tratando de discernir lo que significaba su victoria. Se estrechaban las manos y se daban golpes afectuosos en los hombros. Nervioso, Lavalle miraba a su alrededor buscando a Lalo. ¿Le habrían alcanzado las balas enemigas? La idea se le hacía insoportable.

Pero al instante le vio acercarse. Toda su boca sonreía.

—Venga, guaje, ¡qué grandes somos!

Se abrazaron con calor.

Más tarde, mientras descansaban, los hombres del regimiento vieron desfilar a los prisioneros camino de la retaguardia. Algunos iban heridos. Lavalle pensó que sus esquivas miradas tenían el color y el peso del plomo.

El teniente coronel Tagüeña apareció una hora después. Montaba un caballo de pelaje tordo. Sin descender de la montura proclamó:

—¡Bravo, camaradas! ¡Habéis vencido por vuestro valor! ¡Viva Negrín!, ¡viva la República!, ¡viva el bravo Ejército del Ebro!

Puestos en pie, muchos de ellos con los puños en alto, respondieron a sus vivas.

Por encima de los hombres y los árboles se alzaban humaredas y olía a pólvora.

—Y ahora, ¡a Gandesa! —gritó Tagüeña.

—¡A Gandesa! —respondió el coro de los soldados.

Alguien entonó *Ay, Carmela* y cientos de voces se le unieron.

Habían llegado frente a la cota que los mapas marcaban con el número 666, justo delante de Gandesa, y la orden de Líster era tomarla costara lo que costase. Durante los últimos días, los seiscientos soldados del Batallón Lincoln habían avanzado sin dar ni recibir tregua del enemigo, peleando duro, doblegando una y otra vez al adversario en su marcha hacia el objetivo fundamental de la batalla, Gandesa. En el camino habían perdido muy pocos hombres y capturado cerca de doscientos prisioneros, además de gran cantidad de material artillero, armas y municiones. A sus espaldas, numerosos cadáveres de enemigos reposaban enterrados en anónimas fosas comunes o se pudrían al sol. En el batallón quedaban pocos americanos, apenas doscientos veteranos de las duras batallas anteriores. El resto lo formaban jóvenes reclutas españoles del último reemplazo.

Aquel día de finales de julio, Milton Wolff, comandante del Lincoln, paseó sus prismáticos por las alturas orientales de aquel cerro de unos mil metros de altitud, observando con lentitud y al detalle las fortificaciones y defensas enemigas que se distinguían con rara exactitud bajo la clara luz de la mañana. Calculó que, allí arriba, habría unos cincuenta hombres, todo lo más una compañía. Poca gente, pues, pero muy bien armada, con algunas ametralladoras distribuidas a lo largo de las casamatas, un par de piezas de artillería ligera y quizás morteros. La posición, además, era inmejorable para ellos, pues las faldas del cerro aparecían cubiertas tan sólo por unos pocos árboles frutales y las cepas de un pobre viñedo. Wolff calibró de inmediato que muchos de sus hombres caerían en el asalto.

Desplegó su batallón a los pies de la colina, con dos alas flanqueando su formación central, y él mismo se situó en la derecha. Contempló a todos sus hombres distribuidos en un ancho frente y un fondo de varias hileras: los más próximos a él le miraban con atención y podía percibir la tensión que les embargaba. En la otra cara del cerro, otros dos batallones de la XV Brigada Internacional, formada por ingleses en su mayoría, esperaban la hora del ataque.

La orden le llegó apenas cinco minutos después, cuando el telefonista alzó la mano hacia él, moviéndola de inmediato hacia delante.

—¡A la carga! —gritó Wolff.

Los hombres avanzaron en orden hasta ganar el primer repecho. Luego, la irregularidad del terreno deshizo las líneas y el ala derecha pareció adelantarse al eje central de la formación y al ala izquierda.

De pronto sonaron algunos cañonazos y a espaldas de la tropa estallaron varios obuses pequeños. Al poco, silbaron en el aire los proyectiles lanzados por los morteros. Wolff vio cómo la llamarada roja y negra de una granada al explotar se alzaba del suelo entre las filas de la formación central. Dos hombres cayeron y Wolff vio a un tercero que, cuando el humo se disipó, permanecía en pie cubriéndose los ojos con las manos mientras gritaba. Pero su voz se difuminó enseguida ante el furibundo clamor de los disparos que llegaban desde arriba.

Wolff, pistola en mano, gritó de nuevo:

—¡A la carga, adelante!

Sabía que la distancia hasta las filas enemigas que dominaban el cerro era excesiva y que su tropa, si aceleraba el paso, no podría alcanzar la altura. Pero él mismo echó a correr sin cesar en sus gritos:

—¡Vamos, vamos, muchachos! ¡Por Lincoln y por Merriman!

Las lenguas llameantes de las explosiones removían polvo y tierra, y las balas parecían cantar como pájaros histéricos. Algunos combatientes caían, pero todos los otros seguían corriendo, saltando sobre el terreno escabroso, protegiéndose a veces tras un solitario arbolillo o una rugosa cepa, para disparar unos pocos tiros de fusil hacia las alturas. Wolff miró a sus espaldas: decenas de cadáveres y de hombres heridos poblaban la cuesta. Grupos de camilleros comenzaban a subir desde el pie de la colina.

Alcanzaron una hondonada del terreno, una especie de protección natural repleta de olivos y de higueras silvestres que corría alrededor de las laderas de la colina, y Wolff pasó a la tropa la orden de detenerse y reponer fuerzas. Jadeaba y sudaba, tenía la boca seca.

Asomó la cabeza y contempló mucho más cercanas las líneas enemigas. Ya los tenían casi a mano, un esfuerzo más y la loma sería suya. Sentía de pronto que su vista se había agudizado, que era capaz de distinguir cada guijarro o hierbajo que hubiera bajo su cuerpo. Las balas seguían silbando sobre las cabezas de sus hombres y las granadas de mortero estallaban alrededor de la hondonada.

Esperó diez minutos. Los morteros, rectificado el tiro, comenzaban a alcanzar con sus proyectiles el interior del refugio natural.

—¡A la carga! —gritó Wolff mientras saltaba de nuevo a campo libre.

Y de pronto oyó a su alrededor un gran griterío. Decenas de voces de los suyos aullaban como animales enloquecidos mientras corrían hacia delante. Wolff se unió a la batahola con un grito prolongado:

—¡Ahhhhhhhh!

Sintió que algo duro rozaba su brazo izquierdo, produciéndole una aguda quemazón, y supo que era una bala. Pero no le importó. El batallón corría desesperado hacia la cima: los hombres caían bajo los balazos que llegaban desde arriba, pero la carga era incontenible: se asemejaban a una ola gigantesca que crecía y crecía, empujada por un viento colérico.

De repente pudo ver sus rostros, las caras tostadas de los enemigos, sus turbantes blancos enrollados alrededor de las cabezas. Muchos alzaban ya los brazos en señal de rendición y los primeros americanos entraban a la bayoneta calada y clavaban el acero en los pechos marroquíes.

Wolff distinguió a un oficial español que sujetaba una bandera rebelde. Le disparó a la cabeza y el hombre cayó igual que se derrumba un árbol: con lentitud, sin remedio. Y Wolff tomó la bandera, la agitó como un cazador que agita un gran pájaro abatido por sus tiros y gritó:

—¡Victoria, victoria!

Varios soldados se aproximaron y le rodearon, disparando sus fusiles al aire. Uno alzó una bandera tricolor de la República y otro, una estadounidense de menor tamaño.

—¡Hurra por el Batallón Lincoln! —gritó un internacional.

—¡Hurra por Merriman! —contestó otro.

—¡Viva la República y viva Negrín! —clamó un joven soldado español.

En las trincheras, un par de docenas de regulares africanos permanecían tendidos en el suelo, boca abajo, las manos cruzadas en la nuca, vigilados por soldados internacionales que les apuntaban con sus fusiles.

—Todos los prisioneros deben ser enviados a la retaguardia —ordenó Wolff—. Hoy no se fusila.

—¿Ni siquiera a los moros, mi comandante? —preguntó un sargento español con acento gallego.

—Ni a los moros…, son las órdenes del alto mando.

—Pues vamos listos —respondió el suboficial con fastidio—. Esto ya no parece la guerra, nos estamos amariconando.

Tagüeña llegó a las afueras del lado oriental de Gandesa cuando moría el mes de julio y Líster lo hizo por el sur un par de días más tarde, al comenzar el mes de agosto. Encontraron una fuerte resistencia, pese a que los refuerzos del ejército de Franco no habían alcanzado aún la población. Desde su nuevo puesto de mando, ya en la orilla derecha del río, en una cota que se alzaba al norte de Mora del Ebro, Modesto esperaba a primeras horas de esa tarde los informes de ambos cuerpos de ejército para dar la orden de ataque.

Le temblaban las manos: la batalla era suya si caía Gandesa, un importante nudo de carreteras que, de ser conquistado, cortaría en dos el frente franquista.

Llamó Tagüeña y, poco después, lo hizo Líster. Modesto les marcó la hora: las cuatro. El día era claro y caluroso. Aún seguían pasando tropas y, según los informes de los ingenieros, nuevos puentes de hierro estarían listos en menos de una semana, lo que permitiría el paso de la artillería pesada y de los grandes tanques.

El reloj llegó a las cuatro y de inmediato se oyó el clamor de los cañones llegando desde Gandesa.

Modesto buscó el rostro de Delage. Su amigo le sonrió.

—La suerte está echada, Juan —dijo.

Devolvió la sonrisa a Delage.

—Se acaban de esfumar todos mis nervios. La guerra manda.

Líster y Tagüeña lanzaron esa tarde sucesivos ataques. Sin embargo, Gandesa resistía. Se hizo la noche y al amanecer continuaron los bombardeos sobre el pueblo. Pero según avanzaba el día, los republicanos percibieron que la fuerza artillera rebelde había crecido, que sus obuses eran más destructivos y de alcance mucho mayor. El enemigo comenzaba, además, a bombardear con sus potentes baterías las cotas tomadas por los lealistas los días anteriores. Por otra parte, los exploradores confirmaron que, durante la noche, habían llegado a la población numerosos camiones rebeldes con tropas de refresco.

Líster y Tagüeña informaron a Modesto sobre la situación en el frente al amanecer. Y una hora después del alba, el jefe del Ejército del Ebro viajaba en su automóvil hasta las posiciones republicanas desplegadas ante Gandesa.

Modesto se hizo cargo del mando de inmediato y ordenó un nuevo ataque combinado de la caballería y de las tropas de infantería, reforzado por unidades de blindados ligeros. Pero caballos y hombres chocaron de nuevo contra las defensas franquistas y hubieron de retroceder.

—Va a costar tomar Gandesa —dijo Líster.

—Si los tanques grandes y la artillería pesada estuvieran aquí...

Modesto no pudo terminar la frase. Un creciente y prolongado sonido, como el de la lluvia cuando arrecia, comenzó a llegar desde más allá de la población. Y un oficial fue el primero en gritar lo que todos los otros temían:

—¡Aviación enemiga, aviación enemiga!

Primero fueron unos puntos negros, muy pequeños, asomando en el cielo, acompañados por un sonoro zumbido. Luego, su tamaño y su ruido aumentaron y las formaciones de escuadrillas de cazas y bombarderos se dibujaron con nitidez en el cielo sin nubes. Quizás eran setenta o tal vez cien aparatos.

Al cruzar sobre Gandesa, la formación se dividió: un grupo de aviones enfiló hacia las líneas republicanas que amenazaban el pueblo y otro, más numeroso, se elevó y tomó la dirección este, hacia el Ebro.

—¡Mierda! —exclamó Modesto mientras golpeaba con el puño derecho la palma de su otra mano.

Apenas unos minutos después, los bombarderos comenzaron a soltar su carga sobre los hombres de Líster y Tagüeña, mientras que los cazas realizaban pasadas demoledoras sobre las baterías artilleras republicanas. Encogido en los parapetos, Modesto no cesaba de enviar órdenes y demandar información desde su teléfono de campaña. Por el este, en la lejanía, se escuchaba el sonido ronco de otras potentes explosiones.

Líster se acercó arrastrándose hasta él, media hora después de que comenzara el bombardeo.

—¿Qué está pasando?

—Franco ha enviado su aviación. Y están trayendo más tropas desde el norte y el oeste. Ahora mismo, a nuestras espaldas, la artillería enemiga machaca el río, destruyendo pontones, y el paso se ha interrumpido. Si alcanzan las obras de construcción de los puentes de hierro, la hemos cagado, Líster: adiós batalla.

—¿Y nuestra aviación?

—Eso intento saber, pero no doy con Rojo…

—Te juro que mis hombres van a resistir.

—Esta batalla no es un problema de valor y ni siquiera de estrategia. Es un problema de fuerza, Líster.

—Los míos van a luchar, aunque tenga que fusilar a unos cuantos cobardes para dar ejemplo. No sé lo que harán los otros…, pero yo resisto.

—¿Siempre lo arreglas todo fusilando, camarada Líster?

El asistente le tendió el teléfono con actitud nerviosa.

—Mi coronel, mi coronel… —dijo—, el general Rojo al aparato.

Modesto tomó con rabia el auricular.

—Mi general, a sus órdenes. ¡Nos están haciendo papilla! ¿Qué pasa con la aviación?

Oyó confusamente la voz al otro lado del hilo. No conseguía entenderle. Gritó:

—¡No le oigo bien, mi general! ¿Qué dice? Hable más fuerte, por favor.

Después de varios intentos, logró comprender a Rojo. Su voz, en todo caso, sonaba como un balbuceo.

—En Valencia temen un ataque de Franco. Y si cae Valencia, la guerra está perdida, Modesto.

—Y si perdemos esta batalla, también puede ser el final de todo. Me prometió aviones, mi general. No podemos ganar sin ellos.

—Le enviaré los que pueda, coronel. Pero lo primordial es Valencia… Aguanten allí lo que puedan.

—¡Maldita sea, mi general! ¿Y para eso hemos movilizado cien mil hombres?

—¡Cálmese, Modesto!

Una escuadrilla de cazas enemigos descendía ametrallando las trincheras.

—¡Óigalos, general Rojo, óigalos!

Modesto despegó el auricular de su oreja y lo apuntó hacia el cielo. Pero Rojo ya había colgado su teléfono.

Líster gritó para hacerse entender:

—¿Qué dice el mando?

—¡Que los hombres caven trincheras!

Ordenó a un correo:

—Soldado, ve zumbando a decirle a Tagüeña que pasamos a la defensiva, que tenemos que preparar fortificaciones y cavar trincheras. Hay que resistir.

Modesto se apartó de todos los otros y, agachándose, se adelantó hacia un parapeto que sobresalía de la línea de trincheras, desde donde podía distinguir la torre de la iglesia de Gandesa.

No se había percatado de que Delage le seguía hasta que éste llegó a su lado. Los dos hombres se miraron un instante en silencio. Luego, Modesto levantó el brazo y señaló hacia el pueblo.

—Míralo, Luis, míralo: está ahí mismo, a un tiro de piedra. Alargas el brazo y puedes cogerlo. Si hubiésemos tenido aviación, Gandesa ya sería nuestro. Habríamos ganado la batalla y quizás la guerra. ¿Por qué somos tan torpes? Yo confiaba en Rojo.

—Vamos para atrás, Juan, aquí estamos expuestos a que un avión nos localice y nos envíe un pepinazo. Y este olor es insoportable.

Modesto movió la cabeza.

—Por primera vez en esta guerra me veo impotente. Esta batalla estaba a punto de ganarse… Y ahora me obligan a rendirme.

Delage tiro del brazo de Modesto.

—Vámonos, amigo. No se puede aguantar aquí ni un minuto más. Y este tufo…

Modesto se zafó del brazo de Delage.

—No puedo aceptar perder la guerra, no debo aceptarlo…

—Vámonos, por favor, Juan…, nos puede descubrir un avión.

—¡Pues vete o aguanta! ¿Ya no tienes cojones?

—Juan, contrólate.

—¡Lárgate de aquí! Hoy quiero morir peleando.

—No voy a dejarte solo.

—A mí me ha hecho la guerra. Yo soy la guerra. Teníamos un ideal de justicia y libertad. Y si perdemos, no somos nada. ¿Lo entiendes?

—Lo entiendo. ¡Pero vámonos de una puta vez!

Modesto tenía los ojos húmedos.

—¿Crees que podremos soportar tanto? —dijo con voz desfallecida.

—Hay que hacerlo.

—Siento como si algo se hundiera dentro de mí.

—Si tu corazón se hunde ahora, todo se hunde. Tienes que resistir. Aguanta, Juan… ¡Y vámonos de aquí!, de nada sirve morir.

Volvió a tirar de la manga de la camisa de Modesto, que esta vez se dejó llevar, con los ojos inundados de lágrimas.

La batalla del Ebro dio un giro sustancial desde comienzos de agosto: las tropas gubernamentales pasaron a la defensiva, tratando de mantener en sus manos el terreno ganado, mientras que Franco, retrayendo fuerzas de otros frentes, inició sus contraataques. Unos días después del primer intento del ejército de Modesto por tomar Gandesa, varias escuadrillas de la aviación republicana llegaron al Ebro. Pero eran insuficientes y, en las semanas siguientes, los aviones rebeldes redujeron a menos de la mitad la fuerza aérea lealista.

Al tiempo, las tropas franquistas soltaron el agua de las presas más al norte del río y las obras de construcción de puentes, para pasar la principal fuerza acorazada y artillera republicanas a la otra orilla, se interrumpían una y otra vez. Los ingenieros del Ejército del Ebro cada noche debían reconstruir los pontones destruidos por los aviones enemigos e, incluso, idearon tender de un lado a otro del río grandes telas oscuras para hacer creer a los aviadores adversarios que eran pequeños puentes y distraerlos así de los objetivos de sus escuadrillas.

La propaganda republicana trataba de convencer a los ciudadanos de los territorios en su poder de que la guerra se estaba ganando en el Ebro. Y miembros del gobierno y dirigentes políticos se desplazaban al frente para fotografiarse junto a los mandos militares o ante los restos de aviones rebeldes derribados por la artillería lealista. También acudían a leer sus versos poetas como Alberti y Hernández.

Pero la ofensiva republicana del Ebro había quedado detenida sin que se lograra conquistar Gandesa.

Ya estaba escrito que la batalla se perdía. El único enigma era saber cuánto podría durar la resistencia del ejército republicano, ahora a la defensiva.

En ese instante y con la excepción de Francia, cada uno de los dos bandos contendientes tenía más hombres movilizados que cualquier ejército europeo.

Llegaban al pequeño aeropuerto del Fondó. Negrín y Modesto bajaron de los coches y Líster se acercó a saludarles. El ruido de los motores de los aviones Douglas atronaba en el aire.

—¿Novedades, Líster? —preguntó Modesto.

—Algún que otro avión de reconocimiento ha pasado cerca. Cuanto antes se larguen el presidente y los ministros, tanto mejor. ¿Y los camaradas de Elda?

—Tenemos una reunión esta tarde para decidir. Cuando se haya ido el gobierno, te vuelves conmigo.

Un grupo de soldados cargaba los equipajes y numerosas cajas con documentos en las bodegas de los aparatos. Los ministros iban subiendo las escalerillas de los aviones Douglas. Algunos habían estrechado las manos de Líster y Modesto. Negrín era el último. Tendió la mano a Líster y le dio un leve apretón.

—Gracias por todo, coronel.

—A sus órdenes siempre, presidente.

Se volvió hacia Modesto y los dos hombres se estrecharon con vigor las manos sin soltarlas durante unos segundos.

—Suerte, Modesto. Nos veremos pronto en París, supongo.

—Quién sabe.

—Y recuerde que es de locos luchar contra el viento y las llamas.

—Lo recordaré toda mi vida, se lo aseguro, ese escritor americano a quien tanto nombra usted.

—Faulkner.

—Lo leeré algún día, ya me han entrado ganas.

Los dos aviones se alzaron con pesadez del suelo, sobrepasaron la altura de los cerros más elevados, giraron y enfilaron hacia el sur, rumbo al mar.

Modesto sentía un nudo en la garganta.

Cerró los ojos durante unos instantes y creyó ver desfilar por su memoria, a una velocidad de vértigo, su vida entera de los últimos años, su vida en la guerra. Y de repente le pareció que nada era real, sino tan sólo un sueño.

11

Esos jóvenes muertos...

> ... incluso en los momentos en que apenas les quedaban esperanzas de salvación, se portaron con tal valentía que, cuando los primeros caían, los que les seguían pasaban por encima de quienes yacían en tierra y luchaban sobre sus cadáveres.
>
> JULIO CÉSAR, *La guerra de las Galias*,
> Libro II

El ministro Álvarez del Vayo y el jefe de la aviación republicana, Hidalgo de Cisneros, habían decidido quedarse en Elda, en lugar de volar con el resto del gobierno hacia Francia. Del Vayo provenía de una familia de la alta burguesía madrileña e Hidalgo de la nobleza vitoriana. Ambos eran dos radicales izquierdistas: el primero, miembro del ala revolucionaria del PSOE; el segundo, militante del PCE.

—Ya no hay gobierno, ya no hay República —dijo burlón Hidalgo cuando Negrín, poco antes de subir a su avión, le preguntó por qué permanecía en Elda—, pero todavía queda el Partido Comunista, señor presidente.

Modesto, seguido de Líster, entró en la gran sala de la casa y

Álvarez del Vayo le hizo una seña desde el fondo de la habitación, señalando un tablero de ajedrez sobre una pequeña mesa. Modesto sonrió, se quitó el capote, lo arrojó a una silla y caminó al encuentro del ministro.

—¿Echamos una partida mientras viene vuestro jefe? —propuso Del Vayo.

Modesto entendió la ironía del socialista, pero hizo caso omiso. Tampoco a él le gustaba Togliatti.

—Con gusto…, aunque hace tiempo que no juego, lo mismo se me ha olvidado.

Se sentaron y comenzaron a colocar las piezas sobre el tablero.

—¿Qué órdenes os trae Togliatti de parte del padrecito Stalin, Modesto? —preguntó Del Vayo.

—Se trata de organizar la salida de España y ver qué dejamos aquí, nada más. ¿Los socialistas no tenéis instrucciones?

—Estamos a hostias entre nosotros. Y si nos descuidamos, acabaremos a tiros. Pero al menos no tenemos a ningún Stalin sobre los hombros.

—¿Has decidido llevar las piezas negras? —dijo Modesto señalando el tablero—, ¿me dejas las blancas?

—Si no te importa, me gustan las ovejas negras —respondió el ministro—. En cierto modo es lo que yo soy. Por lo menos en mi familia.

—Al principio, en Brunete —dijo el general mientras colocaba sus piezas—, yo pensaba que la guerra era como una partida de ajedrez.

—¿Y lo sigues creyendo?

—Ya no… Las piezas de ajedrez no sangran.

—Venga, mueve pieza.

Togliatti entró en la sala un cuarto de hora más tarde. Le estaban esperando Modesto, Hidalgo de Cisneros, Líster, Checa y Claudio. Dos minutos antes, Modesto había dado jaque mate a

Álvarez del Vayo. El ministro se levantó, hizo un guiño a Modesto y se dirigió hacia la puerta de la sala.

—Te dejo con Stalin, general —dijo en voz baja.

—Vete al cuerno, ministro —respondió Modesto, también en voz baja.

—La guerra está perdida, camaradas —dijo solemnemente Palmiro Togliatti en un español de fuerte acento.

Paseó los ojos alrededor y los detuvo en Modesto.

—¿Tenéis algo que objetar los militares?

—Si en Madrid las tropas leales al gobierno derrotan a Casado, la guerra no está perdida —declaró Modesto.

Togliatti miró a Líster.

—Y tú, Líster, ¿qué crees?

El coronel miró a Modesto.

—Con todos los respetos al general, no creo que tengamos ya nada que hacer.

Togliatti se dirigió de nuevo a Modesto.

—He hablado con Madrid y estamos perdiendo la batalla. Y en Valencia han triunfado los casadistas, el general Matallana se ha pasado a su lado. En cuanto a la flota de Cartagena, parece que no vuelve al puerto. ¿Hay algo que hacer?

—Si es así, poco. ¿Y qué propones, camarada?

—No propongo…, decido en nombre del Komintern y del Partido. Tenemos que irnos. Hoy mismo. Y no hay discusión, el Partido lo ordena, Stalin lo ordena. Solamente nos quedaremos en España tres camaradas: otros dos y yo, para comenzar a organizar el trabajo en la clandestinidad. ¿Hay voluntarios?

Modesto alzó la mano el primero. Ahora añoraba la presencia de Delage, era como si sintiera un vacío a su lado.

—Yo me quedo.

Togliatti sonrió burlón.

—Precisamente tú, Hidalgo y Líster sois los únicos que no podéis quedaros. Si estalla la guerra en Europa, los alemanes e italianos forzarán a Franco a entrar en ella y habrá guerra en España. Y seréis necesarios para organizar el nuevo ejército. No podemos arriesgarnos.

—Con el general Rojo en el exilio y la traición de Casado, soy la autoridad suprema del ejército de tierra de la República. Y es mi deber permanecer en suelo español mientras uno solo de nuestros soldados siga empuñando un arma —insistió Modesto.

—Las órdenes del Komintern se dan para ser obedecidas, camarada. Y yo soy aquí el Komintern.

Modesto guardó silencio.

Otros alzaron los brazos ofreciéndose. Togliatti decidió:

—Checa y Claudín se quedan conmigo. Nos iremos de inmediato en coche hacia Alicante. Y los demás, a los aviones cuanto antes. Suerte, camaradas, y ¡viva el comunismo!

Hubo algunos abrazos efusivos y urgentes. Afuera, los motores de los automóviles roncaban. Modesto subió al suyo junto con Hidalgo y Líster.

—Arrea, *pisha*, nos vamos de España —ordenó a Cachalote.

—Siento no haber estado de acuerdo contigo —dijo Líster a Modesto.

—Ahora da lo mismo tu opinión: la única que cuenta ya es la de Stalin.

Se volvió hacia Hidalgo.

—¿Son de confianza tus pilotos, Ignacio?

—Ya me lo preguntaste el otro día y creo que sí que lo son.

Hidalgo se echó hacia delante y apretó el brazo de Modesto.

—Es jodida la derrota, Juan.

—Lo más jodido es saber que pudimos ganar, Ignacio.

En los primeros días de octubre de 1938 la noticia llegó a las trincheras de la Brigada Lincoln, parapetada desde un mes antes en las alturas de la cota 666, en la sierra de Pàndols: el gobierno español había aceptado ante la Sociedad de las Naciones la total retirada de los últimos voluntarios internacionales que quedaban luchando del lado republicano en la guerra de España. Milton Wolff fue informado de ello por un correo enviado por el propio Líster y al instante vinieron a su memoria muchos de los rostros de sus compañeros caídos en los campos de batalla. Le parecía inconcebible el hecho de tener que abandonar España. Y ahora se daba cuenta de que sentía esa tierra como propia y que nunca se había planteado si alguna vez tendría que abandonarla.

El relevo llegó el día 15, poco después del amanecer. Wolff contempló por última vez la llanura que se tendía a sus pies. Más allá, a cosa de un kilómetro, podía distinguir las defensas enemigas alineadas en la entrada de Gandesa y la torre del campanario gótico que dominaba el pueblo, extrañamente respetada por los obuses, como si su Dios la protegiera. Pensó que le hubiera gustado liberar el pueblo y entrar desfilando con sus hombres en recuerdo de Merriman y de tantos camaradas caídos en la vecindad de la población durante la retirada de marzo del frente de Aragón. Ahora presentía que los republicanos ya no recuperarían nunca Gandesa.

Le dio el relevo un joven comandante español. Wolff retiró la bandera del batallón del mástil y, al mando de los últimos doscientos americanos de la Lincoln, inició el descenso de la loma. Siguieron campo a través camino de Corbera y, en las cercanías del pueblo, un fétido olor les obligó a todos a cubrirse la nariz y la boca con pañuelos mojados. Abajo de un barranco, se amontonaban y pudrían, confundidos entre sí, los cadáveres de decenas de

soldados republicanos, regulares marroquíes, legionarios y requetés, junto con numerosos cuerpos de borricos y mulas. Las moscas
subían y bajaban en miríadas de aquella horrenda zanja y los
hombres aceleraron el paso para alejarse cuanto antes del lugar.
Aquel atroz rostro de la guerra dejó perplejo a Wolff. Los cadáveres en descomposición que quedaban atrás habían encontrado en
la muerte una forma terrible de fraternidad que la guerra les había negado en vida. Pensó que, de haber tenido talento poético,
hubiera escrito unos versos angustiados sobre ello.

Llegaron a Mora a media tarde y se refugiaron en una zona de
trincheras y casamatas de las afueras del pueblo. Desde allí, escuchaban el ruido atronador de las bombas que la aviación franquista no cesaba de arrojar sobre los pasos del río.

Cerca del atardecer, un grupo de corresponsales de prensa
apareció en los refugios. Estaban Hemingway, Matthews, Fischer y
el inglés Buckley, además del fotógrafo Capa. Wolff los conocía a
todos y charlaron un largo rato sobre la retirada de las Brigadas
Internacionales. Los periodistas tomaban notas apresuradamente. Milton Wolff les dijo en un momento de la entrevista:

—Nos vamos con tristeza. Pero nuestro corazón se queda para
siempre en España.

Cayó la tarde y cesaron los bombardeos. Los hombres de la
Lincoln se prepararon para partir. Wolff dio su última orden al
otro lado del Ebro:

—De camino al río, coged todas las flores que podáis.

Mientras cruzaban los pontones sobre el Ebro, los voluntarios
americanos iban arrojando a la corriente ramilletes de flores silvestres. Wolff musitaba:

—Por vosotros, por mis queridos muertos… Nunca os olvidaré.

En la tribuna de autoridades, a la derecha de Negrín, vestido de uniforme, bota alta y gorro cuartelero, el coronel Modesto pensaba que era imposible no emocionarse ante lo que contemplaba. Incluso los ojos del presidente y del general Rojo, a la izquierda de Negrín, mostraban rastros de humedad. Un poco más allá, Pasionaria, con un clavel rojo prendido en el pecho, que era como una mancha de sangre sobre el vestido negro, no se preocupaba de ocultar sus lágrimas.

Toda la anchura de la Diagonal barcelonesa aparecía abarrotada de gente aquel sábado 29 de octubre. Las Brigadas Internacionales se marchaban de España y miles de civiles, en su mayoría mujeres, niños y ancianos, acudían a despedirles bajo el cielo azul de la mañana fría. En los balcones relucían las bandas rojas y amarillas de las señeras catalanas y las franjas tricolores de las enseñas de la República. Toda la aviación republicana había sido concentrada esa jornada en Barcelona, detrayéndola de Valencia y del frente del Ebro, para proteger a la ceremonia de despedida de un eventual ataque de la aviación franquista.

Había flores, miles de flores, en ramos que portaban los chiquillos y los viejos, enredadas entre las ramas despobladas de los altos plátanos, colgadas en racimos de las ventanas, adornando los vestidos y los cabellos de las muchachas. La gente se apretaba en las aceras en espera del desfile anunciado. Los fotógrafos, entre ellos el norteamericano Capa, el catalán Centelles y el madrileño Alfonso, se movían confundidos con la multitud sin cesar de enfocar y disparar sus cámaras sobre los rostros, a menudo sonrientes, pero en su mayoría inundados de melancolía. Los periodistas españoles y extranjeros se agrupaban en un espacio cerrado junto al estrado de autoridades.

La orquesta comenzó a tocar y, al fondo de la calle, Modesto distinguió los primeros uniformes moviéndose en un rítmico balanceo. Sonaba el *Himno de Riego* y la compañía de marinos españoles que abría la parada marchaba por el centro de la calzada, entre los vítores de la multitud. Al llegar bajo la tribuna, todas las autoridades civiles y los mandos militares alzaron los puños saludando a los marineros. La compañía cruzó bajo el estrado, se detuvo a la izquierda y quedó formada en posición de descanso.

Ahora le tocaba el turno a una compañía de infantería española. Siguió el mismo ritmo regular del *Himno de Riego* y se repitió la ceremonia anterior: los hombres pasaron bajo la tribuna y formaron al lado de los marineros.

Y entonces un inmenso clamor, como una oleada de voces confundida con el sonido de una canción alegre, brotó del fondo de la avenida. Modesto supo que eran los internacionales. Una lluvia de serpentinas y confetis se derramó desde los balcones y los primeros ramos de flores cayeron sobre aquellos hombres venidos de otras patrias que llevaban más de dos años luchando en tierras españolas.

Los alemanes de la XI Brigada abrían el desfile, en hilera de a ocho, y a su frente marchaba el novelista Ludwig Renn, un marxista de origen noble curtido en las trincheras de la Primera Guerra Mundial. Una mujer le puso un gran ramo de flores en los brazos y un niño corrió hacia él, se alzó de puntillas para besarle y luego escapó avergonzado hacia las filas en donde los civiles aclamaban el paso de los guerreros.

Ninguno de los internacionales de aquel desfile llevaba sus armas. Todos marchaban con las manos vacías, por poco tiempo vacías, pues el público se las iba llenando de flores. El propio Renn había elegido la canción que sus hombres iban a cantar: el coro alegre de un tema de cabaret berlinés, *Unter den Linden*.

Y así, los alemanes cruzaron frente a la tribuna, desarmados, abrazando ramos de rosas, margaritas, gardenias y claveles, llorando algunos, emocionados todos, mientras entonaban una canción de cabareteras bajo los puños de los políticos, los ministros y los mandos militares que les saludaban desde la altura del estrado.

Siguieron voluntarios polacos, búlgaros, canadienses, angloirlandeses, italianos, franceses..., así hasta hombres de veintiséis países implicados en la guerra española. Ondeaban las banderas, muchas de ellas deshilachadas o manchadas por la pólvora de los combates, entre el clamor ininterrumpido del público: un rumor incesante que seguía la marcha de los hombres, que marcaban torpemente el paso. Los franceses cantaban *La Madelon*, los italianos *Bandiera Rossa* y los angloirlandeses *It's a long way to Tipperary*. La lluvia de claveles y rosas arreciaba y los voluntarios se movían sobre un lecho de flores que les llegaba hasta casi los tobillos.

Milton Wolff y sus doscientos americanos del Batallón Lincoln desfilaron entre los últimos grupos. Tenían el aspecto de curtidos veteranos en la lucha y, entre ellos, quedaban muy pocos de los numerosos poetas que acudieron a la guerra española: casi todos habían muerto en las batallas de los meses anteriores. Sus uniformes estaban raídos y muchos calzaban alpargatas. Algunos iban heridos. Y caminaban con cierta torpeza. Herbert Matthews lo había escrito para *The New York Times* en una crónica fechada al principio de la guerra: «Los hombres del Lincoln habían tenido que aprender a disparar antes que a desfilar».

Para ese instante, la gente había ya saltado las barreras y numerosas muchachas se unían a las filas de los voluntarios, agarradas de sus brazos, tarareando canciones cuyas letras desconocían. A Milton Wolff, el hombre más alto del Lincoln, se le aproximó una muchacha morena, saltó a su lado y dejó un beso ligero y urgente sobre sus labios. Wolff pensó que le hubiera gustado devolvérselo con lentitud.

Los del Lincoln marchaban cantando, con voces entrecortadas, conteniendo el llanto, su canción favorita, la que habían entonado tantas veces para homenajear a sus compañeros caídos en combate: *The Jarama's Valley*. Al escucharla, Modesto sintió llegar las lágrimas a sus ojos: la sonrisa de Jeannette cruzaba su memoria entre las voces emocionadas de los hombres.

Cuando el desfile concluyó, con todos los voluntarios formando filas ante las tribunas, Negrín tomó el micrófono.

—Amigos de España que habéis venido a combatir la agresión y las fuerzas invasoras de los países antidemocráticos, que habéis venido a defender los principios de libertad y de vida común internacional de los que hoy es mi patria el campeón singular, al deciros adiós, sé que acogeréis mejor las palabras que os den la seguridad de que nuestro heroísmo no se doblegará. Tenéis derecho a esa seguridad, paladines de la libertad… Marcháis con el alma dolorida. Os he visto llorar ante la idea de abandonar el frente. Pero podéis marchar con el convencimiento de que nuesta firmeza no se dejará quebrantar… No desapareceremos, porque cuando un impulso moral mueve a los hombres y a los pueblos, éstos pueden sufrir derrotas, pero no pueden ser vencidos… Por eso, amigos de España, podéis tener confianza en nosotros. La vida que han entregado cinco mil de los vuestros será la semilla que hará surgir, lleno de vida, el fruto de la fe y el entusiasmo… No es un adiós el de esta mañana, es sólo un hasta la vista. Nos hubiera gustado que el de hoy fuera un desfile de victoria, pero no nos es posible por ahora decir que hemos ganado. Sin embargo, los países no sólo viven de victorias, sino también de los ejemplos que sus pueblos han sabido dar en tiempos trágicos y en días de amargura. Y la historia de esta guerra no termina hoy ni terminará mañana. Pertenece al futuro resolverla. Si en esta sangrienta contienda no alcanza a ser nuestra la victoria, la razón sí que permanecerá siempre de nuestro lado. ¡La Historia reconocerá un día el mérito y el sacrificio de vuestra empresa, voluntarios del mundo! ¡Internacionales, España os despide con el corazón en la mano!: ¡nuestro corazón es vuestro! Y el día que regreséis, todos juntos o uno por uno, tendréis un pasaporte español esperando vuestra firma. Porque España os pertenece tanto como a todos los que aquí nacimos.

Era el turno de Modesto. Tragó saliva, carraspeó. Le costaba hablar.

—Quiero despediros con la fraternidad de un camarada de la lucha. Conozco muchos de vuestros rostros, los he visto en las trincheras del dolor, os he visto apretar los dientes y atacar o resistir armados de coraje. ¡Gracias, hermanos!, ¡camaradas, gracias! Y quiero recordar a vuestros compañeros caídos en suelo español. No murieron por reyes o emperadores, ni por palabras vacías. Murieron para defender unos principios y cumplir los sueños de libertad que a todos nos unen; sueños nacidos en el fondo oscuro y maloliente de las fábricas, en las cabañas miserables de los campos, en la hondura insalubre de las minas asturianas y polacas, en las calderas de los barcos que navegan los mares del Norte y en las forjas de los herreros castellanos y alemanes; y en las carpinterías en donde se hacen las barricas para guardar el vino de los señoritos andaluces o franceses, en el orgullo de los estibadores de los puertos de Inglaterra o Cataluña, en la honradez de los esclavos de América y en los ideales de los universitarios y poetas rebeldes de todo el mundo. En la hora de vuestra partida, yo os prometo que vamos a seguir luchando para ganar esta guerra, salvo que nos venza la muerte. Y cuando lo logremos, seréis llamados para desfilar junto a nosotros, camaradas del mundo, en el gran día de la victoria. Porque esa victoria será también la vuestra.

Hizo una pausa antes de finalizar:

—Id tranquilos, confiad en nosotros. Si muchos de los vuestros pelearon hasta morir, nosotros seguiremos haciéndolo para estar a vuestra altura. Y de pronto, se le quebró la voz. Se apartó del estrado y se retiró. Lloraba.

Era el día de Pasionaria. Con lentitud, dio unos pasos al frente y se aproximó al micrófono. Iba con los ojos cerrados y las manos enlazadas sobre el vientre. Esperó unos segundos, arropada por el tenso silencio que reinaba entre aquellos miles de personas. Abrió los ojos, extendió los brazos y su voz, rotunda y viva, clamó.

—Mujeres de Cataluña: cuando pasen los años y las heridas de la guerra se hayan restañado, hablad a vuestros hijos de las Brigadas Internacionales. Decidles cómo estos hombres lo abandonaron todo, sus seres queridos, su país, su hogar, su fortuna, y vinieron aquí y nos dijeron: «Estamos aquí porque la causa de España es la nuestra». Y explicadles también que millares de ellos quedarán enterrados en la tierra española. La tierra española, agradecida, los ha recibido con amor. Y guardará para siempre, orgullosa, sus heroicos huesos.

»Y vosotros, camaradas brigadistas, podéis iros con orgullo porque sois historia. Sois leyenda. No os olvidaremos. Y cuando el olivo de la paz eche de nuevo sus hojas, mezcladas con los laureles victoriosos de la España republicana, ¡volved! España es vuestra, nuestro corazón entero os pertenece. Y si estáis sin amigos, volved: ¡aquí los encontraréis! Y si no tenéis patria, volved. ¡Porque ésta es vuestra patria! Y si os sentís solos, volved. ¡Porque ésta será siempre vuestra casa! ¡Banderas de España!, ¡saludad ante tantos héores, inclinaos ante tantos mártires.

Miles de voces de soldados y civiles, en más de veinte lenguas diferentes, entonaron *La Internacional* levantando sus puños.

A esa misma hora, al sudeste de Barcelona y a menos de doscientos kilómetros de distancia, la aviación franquista bombardeaba sin respiro las líneas republicanas en las orillas del Ebro.

No conseguía dormir, tendido bajo el dosel de la enorme cama, en una de las habitaciones del palacete que el gobierno le había asignado en Barcelona. A su lado, escuchaba la cadenciosa respiración de María y, de cuando en cuando, algunas palabras pronunciadas con voz tenue que no lograba entender. Pensó si también él hablaría en sueños. La chica había aparecido el día anterior en su cuartel general, de improviso: alguien del Partido le había procurado hueco en uno de los aviones que unían la capital con la ciudad catalana. Modesto se sintió fastidiado al principio, pero luego la llevó a dormir con él. Esa misma noche ordenó a uno de sus asistentes que le buscara acomodo en Barcelona. Él regresaba al frente.

Le dejaba perplejo la extraña ansiedad que le acometía: deseaba volver a la batalla. Y anhelaba que las horas de la noche corriesen deprisa, que se esfumaran de golpe, que de una vez por todas amaneciera. Y tomar un café con urgencia, salir a la calle y subir al coche con Cachalote y Delage para regresar a las trincheras del Ebro.

Pero la perplejidad no surgía del hecho de querer volver, sino de su causa. No le impulsaba sólo un sentido de responsabilidad, ni un espíritu del deber, o la lealtad que debía a sus hombres y a la República. Le llamaba la guerra, sencillamente porque se había convertido en su modo de vida, una vida en la que se jugaba el todo o la nada de su propio destino.

Era muy temprano, poco después del alba, cuando bajó apresurado las escaleras del palacio. Había dado un breve beso a María, que apenas se incorporó, medio dormida, para decirle adiós. Tomó un café preparado por el soldado asistente y, al ganar la calle, vio a Cachalote que sonreía mientras le abría la portezuela del coche. Dentro, distinguió en los asientos traseros la figura encogida de Delage.

Saltó junto a Cachalote, que de inmediato arrancó el auto.

—A la orden, jefe. ¿Volvemos a la guerra?

Modesto miró con curiosidad al chófer. ¿Le sucedería lo mismo que a él?, se preguntó.

—Claro, *pisha*, ¿adónde si no?

Se volvió hacia Delage en el momento que el coche comenzaba a andar.

—¿Te despediste de tu novia, Luis?

—¿Tú qué crees?

—Le darías una despedida por todo lo alto, espero…

—¿Y eso a ti qué te importa?

—¿Cuándo se va?

—Ahora está tomando un barco hacia Marsella, con los internacionales franceses. De allí se irá a Orán, pero no sabe cuándo.

—Te veo algo melancólico.

—No me fastidies, Juan. Voy a echar una cabezadita.

—¿Te despierto al llegar?

—Déjate de guasas… A ti se te ve alegre, por cierto.

—Tanto como alegre…

—¿Dispuesto a ganar la batalla?

—Lo más probable es que la perdamos.

—No entiendo entonces tu alegría.

—Es como volver a casa.

Cachalote intervino:

—A mí me pasa lo mismo, jefe: ya tengo ganas de llegar y meterme de patas en el follón.

Dejaron el coche en la orilla derecha del río y lo cruzaron en Flix a media mañana, ya en un vehículo militar conducido por un soldado. Atravesaron la sierra de la Fatarella y se dirigieron hacia el frente de batalla, al encuentro de Líster. Llegando a la altura de la sierra de Cavalls, la tierra retumbaba y el cielo se cubría de explosiones rojas y negras, con el aspecto de un espectáculo de fuegos de artificio. Franco había comenzado esa misma mañana su gran ofensiva y arrojado sobre el centro de las líneas republicanas el fuego combinado de casi trescientas piezas de artillería y de ciento cincuenta bombarderos. Y ahora, se acercaban a un terreno llano batido por las explosiones.

—¡Hay que guarecerse! —gritó el chófer a Modesto.

—¡Sigue y no te pares hasta el puesto de mando de Líster!

—¡Nos van a freír, mi coronel!

—¡Sigue, es una orden! ¿O quieres que coja yo el volante?

El furor de las explosiones hacía tambalearse al vehículo, que corría sorteando baches y badenes sobre una pista dañada por la guerra. El humo les rodeaba. Arriba, al otro lado del parabrisas, a veces se distinguía el vuelo raudo de un Stuka alemán o la pesada figura de un Saboya italiano.

—¡Aviones, coronel! —gritó el conductor.

—¿Y te crees que pueden vernos con tanto humo? ¡Sigue, cojones!

Llegaron a los bordes de la cota que los planos numeraban como 609 y dejaron el coche. Treparon a pie hacia las alturas. Arriba, en las fortificaciones, no se veía a nadie. Pero al aproximarse, asomó la cabeza de un soldado tras un parapeto.

—¡Alto! —gritó.

—¡Coronel Modesto! —respondió Cachalote, que corría delante de los otros.

El soldado desapareció.

Alcanzaron la loma en el momento en que Líster salía del interior del refugio.

—¡Vamos, todos adentro! —conminó.

Olía fuerte al carburo de las lámparas que a duras penas iluminaban el cobijo. Líster les tendió cigarrillos. Un soldado intentaba comunicarse por teléfono con el exterior. Dos oficiales miraban a Líster con actitud fatigada.

—Han empezado esta mañana temprano. Pero ya sabíamos desde horas antes que iban a atacar, los exploradores hicieron un buen trabajo.

—¿Qué has pensado hacer?

Líster tendió un mapa entre los dos, acercó una lámpara y fue señalando los puntos en donde pensaba que iban a producirse los ataques de la infantería rebelde.

—En cuanto pare el bombardeo, van a venir. Y entonces estaremos esperándoles.

—¿Qué sabéis sobre sus tanques? —preguntó Modesto.

—Casi nada.

Modesto tomó el mapa y con un lápiz fue mostrando los puntos por los que podía organizarse una retirada ordenada.

—No me pienso mover ni un metro —dijo Líster—. Y ya he dado una orden precisa: todo oficial que pierda un palmo de terreno, debe recuperarlo de inmediato. Si cede, será fusilado por sus propios hombres.

—Organiza la defensa de las posiciones un poco mejor y fusila un poco menos, Líster. Un repliegue inteligente puede ser una victoria. Y es preferible perder una batalla que perder todo un ejército y, con ello, la guerra.

—A mis hombres les sobran cojones, Modesto.

—Sí, pero les faltan aviones, cañones y balas. Tú harás lo que te diga y seguirás mis órdenes al pie de la letra.

—¿Y tú?

—Regreso a Mora. Tengo que reorganizar todos los frentes del río. Parece que, por ahora, sólo atacan en esta zona.

Se levantó. Cachalote y Delage le imitaron. Modesto echó una mirada al chófer que les había traído hasta el frente y se dirigió de nuevo a Líster.

—¿Me prestas uno de esos hombres tuyos a los que les sobran cojones? —Señaló al conductor con el dedo índice—. Ése se ha cagado en el camino y prefiero el olor de la pólvora al de la mierda.

Una hora después de marcharse Modesto, cesó el bombardeo rebelde. Líster aguardó unos minutos y salió del refugio. Un silencio casi conventual dominaba los cerros y las llanadas. Miró hacia el cielo del otoño, ahora del color del yeso, sin nubes, vacío de aviones. ¿Qué esperaban los facciosos?, se dijo.

Y de pronto escuchó un creciente clamor, un aullido prolongado, el rugido de miles de gargantas que parecían unirse en una suerte de himno monocorde. Alzó los prismáticos y los dirigió hacia la cota 666 que dominaba el frente de Cavalls. Empalideció y sus manos sufrieron un súbito temblor. Allí estaban: altos moros regulares con sus capas pardas al viento, soldados con boinas rojas y camisas azules, y sus banderas rojas y gualdas, negras y rojas, y blancas con la cruz de San Andrés, ondeando en el aire. Trepaban con facilidad las lomas mientras del interior de las fortificaciones salían hombres con banderas blancas y otros muchos corrían ladera abajo escapando de la avalancha de la infantería enemiga. Se oían algunos disparos espaciados y Líster podía ver las explosiones de las bombas de mano de los atacantes y el brillo plateado de sus bayonetas.

Movió los prismáticos hacia otras cotas que los republicanos habían conquistado semanas antes. La visión era muy semejante, todo el frente se desmoronaba.

Gritó histérico, convocando a sus oficiales:

—¡Vamos, vamos!, todos los hombres a sus puestos: quiero una línea de defensa con ametralladoras y la artillería disponible. Y vosotros, pistola en mano y, a todo hombre que vuelva la espalda, tiro en la cabeza.

Crecían la fusilería y las explosiones de las granadas. A través de sus prismáticos, Líster distinguía a los hombres que desfilaban con los brazos en alto saliendo de los refugios de las cotas más cercanas. Eran cientos. Y muchos más corrían en desbandada hacia las fortificaciones en donde él se encontraba, huyendo de un enemigo que por ahora no los perseguía y, desde las alturas, los disparaba como a patitos de feria. Decenas de cadáveres cubrían las faldas de las lomas.

Los primeros no tardaron en llegar, en grupos o solitarios, jadeantes, con los rostros desencajados, la mayoría sin armas. Trataban de rebasar las líneas defensivas de Líster y seguir su enloquecida huida. Pero los oficiales saltaban entre ellos, los detenían a golpes, los amenazaban.

—¡Quieto, cobarde!, ¡alto o te disparo!, ¡a las trincheras! —eran los gritos.

Varios cayeron con un tiro en la espalda o la cabeza. Las nuevas oleadas llegaban, de nuevo se producía la confusión y, al fin, Líster y sus oficiales conseguían detener la desbandada. Sin embargo, a través de los bosquecillos, viñedos y vaguadas que no alcanzaban a cubrir las líneas de Líster, centenares de hombres escapaban de la batalla en dirección al Ebro.

Líster ordenó rearmar y encuadrar a los soldados retenidos en las diversas fortificaciones. Después se volvió hacia una veintena de oficiales que había separado del resto de los hombres.

—¡Teníais que resistir a toda costa!

—Nada se podía hacer, camarada —dijo un teniente—: eran miles.

—Eran tantos como vosotros, ni más ni menos.

—Pero la artillería…

—Ni artillería ni hostias. Ya sabéis cuáles eran mis órdenes: si se pierde un solo palmo de terreno, se recupera. Y quien no luche por recuperarlo, será fusilado.

Se volvió hacia uno de sus oficiales.

—Forma un pelotón y fusílalos.

Diez minutos después, en un bosquecillo de olivos a espalda de las fortificaciones, se escuchó la descarga de fusilería. Líster asistió a la ejecución.

—Que se cave una fosa y se les entierre a todos juntos —ordenó—. Sin marca ni señal.

Después regresó al parapeto de su refugio y paseó de nuevo los prismáticos por los cerros cercanos. La noche caía y, al contraluz del atardecer, veía las sombras de las banderas enemigas flamear en las cumbres. Le consolaba no distinguir sus colores.

Todo el frente de Cavalls se había desmoronado en unas pocas horas. Y Líster era ya consciente de que tenía que iniciar la retirada antes de que él mismo acabase corriendo como una liebre.

Una semana después, protegidos por tropas enviadas por Tagüeña desde el frente norte del río, los restos del V Cuerpo de Ejército de Líster se disponían a cruzar el Ebro en la localidad de Mora, abandonando los territorios conquistados casi cuatro meses antes. Modesto acudió al pueblo desde la otra orilla, en donde había estado planeando la retirada con el general Rojo. Delage estaba con a él cuando se encontraron con Líster.

—Nada hemos podido hacer, Modesto —dijo Líster—. Ellos tienen la aviación, la artillería…

—¿Y los famosos cojones de tus hombres?

—Cojones hubo, pero no aviación.

—Me suena haberte dicho algo de eso.

—Hemos hecho todo lo posible, Modesto. Pero en cuanto vi toda aquella morisca atacando…, eran miles…, supe que no había nada que hacer. Nos doblaban en número y tenían mejores armas.

—He oído que has fusilado a veinte de nuestros oficiales.

—Por cobardía frente al enemigo.

—¿Y era necesario?

—Para obligar a la tropa a mantenerse en sus puestos…

—¿Son mejores combatientes los hombres aterrados? Si ya sabías que la batalla estaba perdida, ¿por qué matar?

—Mi deber era fusilarlos por cobardía.

—No conozco ningún manual en que se hable de fusilar a los cobardes.

—Sabes de sobra que se hace en los dos lados.

—¿Y somos iguales en los dos lados?

—Dejemos eso.

—Si no me hicieses falta en la batalla, te cesaba ahora mismo.

—Hay otras cosas más importantes que debes saber. El Campesino huyó con tres compañías de la XLVI hace dos días. Tuve que enviar gente de la XI a reforzarles.

—Si vuelve por aquí, a ése sí que lo fusilas. De todas maneras, esta misma tarde comunico a Rojo que el Campesino queda cesado de todo mando de tropa y que la responsabilidad es mía.

—¿Estará de acuerdo el Partido?

—Que venga la dirección del Partido al frente a ocupar su puesto. Hoy me los paso a todos por el forro de los cojones.

Era el atardecer y el cielo estaba cubierto de enormes nubes negras. Por fortuna, no habría aviación que bombardeara a aquella tropa derrotada. Riadas de hombres vencidos y humillados cruzaban los pontones, dejando atrás carros, animales de tiro y vehículos. Grupos de soldados inutilizaban las piezas de artillería. Ardían grandes hogueras con el combustible que había de ser abandonado. Olía intensamente a gasolina quemada.

Líster, en jarras, miró hacia lo alto y luego en dirección a las sierras del oeste. Parecía posar para una fotografía. Tomó aire y se dirigió a Modesto y Delage. Sin duda había estado bebiendo.

—Estaréis de acuerdo conmigo que se ha luchado con honra y valor por la República. Hemos perdido parte de la batalla, pero nuestra razón y nuestra fe han crecido, ¿no, camaradas?

Movió el dedo y apuntó a Delage.

—Tú que eres tan culto, medio metro. ¿No te parece que éste es un momento histórico?

—¿Sabes lo que te digo, Líster? Que estoy hasta los huevos de los momentos históricos.

Las últimas órdenes del general Rojo al coronel Modesto eran organizar una retirada en orden, salvando el mayor número posible de hombres y de material de guerra, dando ya por perdida la batalla del Ebro. Y Modesto diseñó con Tagüeña una estrategia de distracción del enemigo y de cobertura de la retirada. Dos batallones de la XXXV División debían resistir entre Flix y Ascó y otros dos entre Flix y Ribarroja, dando tiempo a que el grueso del XV Cuerpo de Ejército cruzara el puente de hierro sobre el río. En el otro lado del Ebro, se dispuso una potente línea de defensa artillera, para evitar el paso del ejército rebelde si trataba de perseguir al gubernamental.

Era 15 de noviembre y los primeros copos de nieve del inminente invierno caían desmayados sobre las líneas defensivas republicanas en donde los ateridos soldados aguardaban, cerca de Ascó, el siguiente ataque de las tropas franquistas. Durante las últimas horas del día anterior, habían soportado las embestidas de tres tabores de regulares y dos batallones de legionarios y requetés. En la última carga, el enemigo había llegado hasta las fortificaciones, y republicanos y franquistas libraron cruentos combates cuerpo a cuerpo. Ahora, con la luz del amanecer, podían verse las trincheras repletas de cadáveres de soldados de los dos bandos y de heridos que gemían de dolor y a los que nadie podía atender.

Los defensores se alzaban sobre los cuerpos de los muertos tratando de divisar los movimientos del enemigo. Delante de ellos, decenas de cuerpos inmóviles tachonaban el terreno de la extensa llanura cubierta de viñedos baldíos y pequeños olivares humillados. El cielo exhibía un color de ceniza sucia.

Lavalle y Lalo se apoyaban en el parapeto mirando a la llanada, con sus fusiles apuntados hacia delante. A sus pies, el cadáver sentado de un moro grande y feo, con los ojos muy abiertos y la mirada dirigida al cielo, parecía vivo. En su pecho se abría un agujero que dejaba al aire la carne quemada y sanguinolenta. Lalo le había disparado a quemarropa en el último ataque, cuando el regular marroquí saltaba a la trinchera con la bayoneta calada.

—No sé si podremos resistir el próximo envite —dijo el asturiano—. Y no llega la orden de retirada… Tengo miedo, chaval, miedo de morir. ¿Y tú?

—Estoy cansado de esta batalla, harto de la guerra… Hay veces que pienso que me gustaría que una bala me atravesara la cabeza y caer muerto de repente, sin dolor. Temo más al dolor que a la muerte. Pero, en todo caso, nadie te va a matar mientras yo esté con vida.

—¿Qué dices, guaje?

—Lo que oyes: me he juramentado para que no te maten, Lalo.

—Me das miedo a veces, hablas como un viejo lunático: no sé por qué todavía te llamo guaje.

Se oyó un clamor al fondo de la llanura.

—Ahí vienen otra vez los muy cabrones —dijo Lalo apretando los dientes.

Entre la bruma, más allá del cortinaje de los copos de nieve, surgiendo de los olivares y a la espalda de las hileras de los viñedos, asomaron las sombras difusas de cientos de hombres que aullaban mientras avanzaban. Y sobre ellos, las telas oscuras de los estandartes enemigos agitados por los abanderados.

—¡Fuego, fuego! —gritaban los oficiales.

De las bocas de los fusiles surgieron llamaradas rojas en dirección a los hombres que corrían hacia las trincheras. Caían cuerpos, pero eran muchos más los que continuaban aproximándose implacables hacia las líneas republicanas.

Llegaron y el mundo alrededor se convirtió en una batahola de gritos, disparos, explosiones de granadas, ayes de dolor, aullidos enfurecidos, rugidos que parecían salidos de las gargantas de animales salvajes y no humanas. Olía a pólvora y herrumbre.

Lavalle combatió con su bayoneta como un felino, repartiendo cuchilladas a cuanto enemigo encontraba delante. Se olvidó de todo, de sí mismo y de Lalo. Corría de un lado a otro buscando a quien herir, pisando cadáveres, tropezando con hombres que gemían. No era el único: nadie huía de aquella fortificación, como si una conciencia colectiva de desesperado valor hubiera penetrado al mismo tiempo en todos los espíritus de los soldados republicanos. Los que, en otras ocasiones, habrían escapado aterrados como liebres ante el ataque enemigo, ahora combatían cual lobos furiosos.

Y así transcurrieron veinte minutos que a Lavalle le parecieron unas veces horas interminables y otras apenas segundos. Una bayoneta le había arañado el muslo y notaba el calor de la sangre que le mojaba el pantalón. Pero no le importaba. Seguía tratando de matar y arruaba como un jabalí que pelea rodeado de una jauría de perros.

Creía que ya no podría resistir mucho más cuando, de pronto, los atacantes iniciaron la retirada. Y los soldados republicanos volvieron a apoyarse contra los parapetos, disparando sobre los que huían. Lavalle hizo lo propio. Distinguió la figura de un abanderado que corría con la enseña plegada en su brazo izquierdo, apuntó, disparó y la bala dio en la espalda del hombre que trataba de salvar la vida, derribándolo de inmediato.

Al poco, se oyeron las voces de los oficiales.

—¡Alto el fuego, alto!

—¡Bravo, camaradas!

Lavalle pensó al instante en Lalo. Se levantó y caminó hacia los parapetos tras los que los dos se protegían antes del ataque.

No le distinguía entre los hombres que iban alzándose en la larga trinchera, rodeados de cadáveres.

—¡Lalo, Lalo! —gritó—. ¿Dónde andas?

Y de pronto le vio, con el cuerpo tendido de lado, entre los sacos terreros, la cara vuelta hacia la culata del fusil, los ojos perdidos en la nada y un agujero oscuro en el centro de la frente.

El grito brotó de las honduras de su alma:

—¡Nooooo!

Lavalle tenía los ojos cerrados y lloraba. Sentado al lado del amigo muerto, le acariciaba la cara, desconcertado.

—¿Cuál será tu hogar, Lalo? —preguntó en voz alta.

Y sintió, de pronto, que deseaba que llegara la primavera cuanto antes. Incluso creyó percibir un perfume de claveles mientras su mente dibujaba jardines llenos de flores.

Estaba harto de ver pueblos devastados por la metralla y los obuses, casas desplomadas, cuerpos de hombres y de animales pudriéndose bajo el cielo, campos sin labrar, cosechas sin recoger, frutos secándose en los árboles, colinas rojas de sangre…

Ahora quería imaginar bancales repletos de frutales, fresnos mecidos por la brisa fresca de la primavera, praderas cruzadas por brillantes riachuelos, peces de plata y el vuelo airoso de las golondrinas… y a su amigo con vida.

Y acariciaba el rostro de Lalo mientras le corrían las lágrimas por las mejillas.

Oyó voces de mando alrededor.

—¡Nos vamos, camaradas, nos vamos!

Pero no se movió ni miró hacia los lados. No quería separar sus manos del rostro terso de Lalo.

Sintió que una mano se posaba en su hombro.

—¿Qué haces, chaval?

Volvió la cabeza. Desde la altura, el coronel Modesto le miraba con gesto grave. Lavalle no contestó, pero señaló a Lalo con un movimiento de la cabeza.

—Ya lo he visto —dijo Modesto—. Ahora hay que irse. Habéis peleado bien, como héroes. Pero ya no queda tiempo. Sois los últimos y debemos cruzar el río.

—No puedo dejarle aquí, mi coronel.

—Levántate y vámonos, chico.

—Es mi amigo, el único amigo que he tenido. Y hoy le dejé solo, no le protegí y me había jurado hacerlo…

—Vamos, chaval, estás desquiciado. Un muerto ya no es nada, sólo un pedazo de carne sin vida. Eso que acaricias no es tu amigo: es un cuerpo que ni siente, ni llora, ni ríe. Vamos, levántate y echa a andar. Es una orden.

—Sí, mi coronel… —dijo sin moverse.

—Si él pudiera hablarte, te diría que te fueras. Venga, chico, en pie…, eres muy joven para morir.

Modesto tiró de su brazo y Lavalle hizo ademán de levantarse.

—Coge tu fusil y el suyo —ordenó el coronel—. Son buenas armas y no hay que dejarles regalos a los enemigos.

—A la orden, mi coronel, ahora mismo sigo. Me quedaré sólo un minuto con él.

—Ni uno más.

Modesto se alejó. Un desfile interminable de hombres fatigados cruzaba junto a la trinchera repleta de cadáveres. Lavalle tomó su fusil del suelo. Miró el cuerpo sin vida de su amigo: pequeños copos de nieve se agarraban a los cabellos oscuros de Lalo.

—No tenías que morir, amigo —dijo—. Y yo estaba obligado a protegerte. Pero enloquecí y te dejé…

Movió el cerrojo del fusil, cargándolo. Metió la boca del cañón en la suya. Y apretó el gatillo.

Unos metros más adelante, Modesto escuchó el disparo. Se detuvo.

—¿Qué ha sido eso? —preguntó a un teniente que caminaba a su altura.

—No lo sé, mi coronel.

—Ve a enterarte.

El oficial regresó al poco.

—Un sargento se ha volado los sesos…, el mismo con el que te paraste a hablar hace unos minutos, camarada coronel. Quizás había enloquecido.

Modesto permaneció quieto unos instantes, mirando hacia atrás. Luego, se dio la vuelta y continuó la marcha.

La mañana de ese mismo día 15, rodeados por una niebla espesa que impedía ver con claridad las orillas, un grupo de seis corresponsales anglosajones se afanaba en cruzar el río a remo a bordo de una barca de unos seis metros de eslora. Capa juraba contra el movimiento de la embarcación que le impedía hacer fotografías.

—Que te jodan con tus fotos —le dijo Hemingway—, hay que pasar el río antes de que vengan los aviones de Franco a hacernos papilla.

Le habían comprado la embarcación a un pescador, pagando en dólares. El hombre no quiso aceptar dinero de la República.

—Eso ya no va a valer nada mañana en este lado del Ebro —les dijo.

Mientras la tropa principal del ejército trataba de cruzar por el puente de Flix, la barca se mecía en las aguas turbias de la corriente y Fischer y Buckley, que manejaban los remos, lograban malamente dirigirla hacia la orilla contraria. Hemingway y Matthews tomaban notas, sin prestar atención a las maniobras de la barca.

De pronto, un remolino agitó la embarcación y la hizo girar sobre sí misma. Matthews estuvo a punto de caer al agua y Hemingway clamó:

—¡Qué hacéis, bastardos!

—¡No podemos dominarla! —gritó Matthews.

La barca, perdido el gobierno, comenzaba a dirigirse río abajo en un tramo en donde la corriente era más fuerte.

Hemingway saltó hacia el lugar en donde se encontraba Matthews.

—¡Dame el remo!

Se sentó junto a Buckley.

—¡Vamos, Henry, rema! ¿Es que no os han enseñado en Oxford y Cambrigde a darle a la pala?

—Yo no he ido a estudiar a esos sitios.

—¡Trata de hacer lo que yo! ¡Tenemos que sacar la maldita barca antes de que nos lleve la corriente!

Lograron al fin enderezarla y alcanzaron la orilla poco despues. Capa saltó el primero y comenzó a fotografiarlos.

—¡Os voy a inmortalizar! —gritó.

Matthews miraba asustado a Hemingway.

—¿De verdad nos íbamos a hundir, Hem?

—Vaya, Herb: te salvan la vida y, no sólo no lo agradeces, sino que ni siquiera te das cuenta... Los de Harvard sois peores que los de las universidades inglesas.

La niebla dio el relevo a la nieve cuando cayó la tarde de aquel 15 de noviembre. La luna, si la había, no logró asomar esa noche en un cielo repleto de nubes. Los hombres del XV Cuerpo de Ejército republicano, siguiendo un orden estricto de compañías, batallones y regimientos, transitaban sobre el último puente que se mantenía en pie de orilla a orilla del Ebro, en el pueblo de Flix.

Los que habían combatido cerca de Ascó, los compañeros de Lavalle y Lalo, pasaron cerrando la marcha de las tropas que se retiraban, bien entrada la madrugada del 16 de noviembre. Se cumplían ciento trece días desde la fecha en que una buena parte de aquellos mismos hombres lo habían cruzado en dirección contraria. Muchos llevaban dos fusiles en bandolera, sujetos a la espalda como un aspa. Tenían órdenes de no abandonar un arma que pudiera utilizar el enemigo. Ni un solo herido quedaba atrás dejado a su suerte.

Los faros de algunos vehículos alumbraban los pasos de los soldados, que retumbaban sobre la superficie del suelo de hierro. Debajo de sus pies, se percibía el bronco rumor de la corriente. Entre las luces de los coches y las sombras nocturnas, se vislumbraba el ondear de una bandera: era apenas una sombra móvil de la que no se distinguían las bandas roja, amarilla y morada. Nadie en aquel ejército en retirada sabría decir con certeza si la enseña le producía una sensación de orgullo o de humillación.

Modesto y Tagüeña, en el extremo del puente, saludaron a la bandera con los puños en alto. Era el último estandarte en cruzar el río. Los dos jefes vestían capotes militares y gorras de plato.

De cuando en cuando, Modesto decía a los soldados que desfilaban apesadumbrados ante él:

—Bien, muchachos, bien. Habéis combatido como valientes.

De su cabeza no se apartaban los rostros de Lalo y Lavalle.

Modesto y Tagüeña se quedaron solos, rezagados en la orilla del río, mirando hacia la noche vacía del otro lado del puente.

—Has hecho un buen trabajo, teniente coronel —dijo Modesto—: una excepcional retirada. Personalmente ya sabes que no eres de mi agrado y sé muy bien que yo tampoco lo soy del tuyo. Pero es justo reconocer tus cualidades como militar. Felicidades, te propondré para una medalla.

—No queda ni un solo hombre vivo ni material bélico de importancia en el otro lado, mi coronel.

—Quedan los muertos, Tagüeña, nuestros jóvenes muertos.

—No los olvido, mi coronel.

—Un joven muerto es algo demasiado serio como para poder olvidarlo. ¿Están listas las cargas de dinamita?

—Todo está preparado.

Modesto miró hacia el río y se acercó al borde del puente, dando la espalda a Tagüeña.

—Ebro... —murmuró—. ¿De dónde vendrá tu hermoso nombre?

Regresó sobre sus pasos y ordenó:

—Vuela el puente de una vez.

La tierra pareció resquebrajarse y el cielo abrirse en desgarrones. Temblaron aire y suelo. Un clamor de furiosas tormentas precedió al resplandor que inundó de súbito la noche. Y un reguero de luces vibrantes alumbró el derrumbe de aquella arquitectura de hierro, antaño soberbia, que de pronto parecía transformarse en una liviana construcción a la que lamían lenguas rojas y que se desplomaba, con sus pilares quebrados, sobre el agua resplandeciente del río.

Delage movió la cabeza.

—Te lo dije una vez: qué complejo y trabajoso es construir algo y qué fácil y sencillo resulta destruirlo.

—No quedaba otro remedio.

—Ese puente era hermoso. Seguro que el hombre que lo diseñó lo hizo con mimo, quizás pensando que un puente es un medio de comunicar dos mundos adversos.

—Te olvidas con facilidad de la guerra, Luis.

—Al contrario: la guerra me produce un sentimiento de tristeza, porque me hace pensar que será difícil reconstruir puentes como éste, con todo lo que significan.

—¿Y qué significan para ti?

—Paz y hermandad entre los hombres, entre otras cosas.

—Muy poético… Franco volará todos esos puentes, puedes estar seguro.

—¿Y qué haríamos nosotros si venciésemos?

—Ese tipo de preguntas, dichas en voz alta y en tiempos difíciles, te pueden llevar al paredón.

—Te las hago a ti, coronel.

—Olvídalo, comisario: hay respuestas que podrían llevarme al paredón.

—No hay nada feliz en esta guerra, Juan.

—Pero podíamos haber ganado esta batalla…, no se me va de la cabeza. Dentro de algunos años, muchos escribirán patrañas sobre lo que ha sucedido. Pero nadie contará la verdad.

—Me sobrepasas, camarada. ¿Cuál es esa verdad?

Desde el río llegaba el estrépito de los pilares de hierro que se desmoronaban sobre el agua. Modesto dio un golpe afectuoso en el hombro de Delage.

—La verdad sólo la saben todos los jóvenes muertos que dejamos detrás. Y venga, echa a andar, ya no pintamos nada aquí.

12

Banderas en la niebla

Adiós a las potentes guerras, que hacen de la
ambición una virtud.

WILLIAM SHAKESPEARE, *Otelo*

Soplaba el viento en el aeropuerto del Fondó, un antipático
viento terroso impregnado de humedad que hacía rodar secos matorrales con forma de pelota. Era media tarde y, al oeste,
en el horizonte cubierto de nubes, sobre los calvos cerros del color de la cal, asomaban las primeras sombras de la noche. Los automóviles que transportaban a los últimos dirigentes comunistas y
jefes militares que abandonaban Elda llegaron a la pista del aeródromo cuando ya los dos aviones Douglas habían puesto en marcha los motores. Las hélices levantaban remolinos de polvo del
suelo de tierra.

Un comandante aviador y el sargento que mandaba la pequeña tropa de soldados encargada de vigilar el aeropuerto corrieron
al encuentro de los jefes militares cuando éstos descendieron de
los coches. Se cuadraron para saludarlos.

—¡Novedades, sargento! —ordenó Modesto.

Tenían que gritar para escucharse.

—¡Desde las posiciones de los cerros hemos avistado hace media hora movimientos de camiones con tropas, vienen hacia aquí por la carretera de Valencia! ¡Serán casadistas, con toda probabilidad! ¡No tenemos ni hombres ni armas para enfrentarnos a una tropa nutrida! ¡Y dos aviones de reconocimiento volaron esta mañana sobre nosotros! ¡Yo creo que tienen que irse cuanto antes, mi general!

—¿Están listos los aviones, comandante? —preguntó Hidalgo al piloto.

—¡Sí, mi general! ¡Pero hay que dejar todo el equipaje posible en tierra! ¡La pista de despegue es muy corta y no pueden cargarse en exceso los aparatos!

—¿Cuánta gente cabe a bordo?

—¡Apurando y con poco equipaje, unos treinta y cuatro, diecisiete en cada uno!

—¡Ocúpese de los equipajes! ¡Yo me encargo de los pasajeros! —ordenó Hidalgo.

Modesto se alejó con Cachalote hacia las casas del aeródromo.

—Esta vez sí que nos vamos para siempre, José —dijo.

—¿Crees que no regresaremos nunca, jefe?

—Es muy probable.

—Me es imposible hacerme a la idea de que no volveré a ver nuestra bahía.

—No pienses en ello: habrá otra guerra y ésa la ganaremos.

Algunos familiares de los dirigentes del PCE comenzaban a ascender por las escalerillas de los aviones. En un extremo de la pista, las tripulaciones de los aparatos seleccionaban los equipajes junto a varios miembros del Partido.

El comandante aviador corría de nuevo hacia Modesto.

—Disculpe, mi general, nos vamos ya… Pero hay un hombre que no puede subir a bordo.

—¿A quién te refieres?

Señaló a Cachalote.

—He contado a la gente. Son treinta y siete. Yo dije que podían viajar treinta y cuatro, aunque podemos llevar a treinta y seis apurando en exceso; pero este hombre es muy voluminoso, no cabe…

—Yo creo que sí cabe.

—El avión es mi responsabilidad, mi general.

—No me entiendes, comandante: te he dicho que van treinta y siete.

—Podemos estrellarnos en el despegue.

Hildalgo se acercaba. El comandante se adelantó unos pasos hacia él.

—Mi general…, no podemos hacer lo que exige el general Modesto. Este hombre —señaló a Cachalote— no debe subir, el avión puede no despegar por exceso de peso y estrellarse.

Hidalgo miró a Modesto, interrogante.

—Si no sube José, no hay despegue —dijo Modesto.

Hidalgo sonrió. Guiñó un ojo a Modesto y se volvió hacia el comandante.

—El general Modesto es el jefe en este momento de todas las tropas republicanas, aviones incluidos. Así que el voluminoso sube, comandante.

—No será mía la responsabilidad si nos estrellamos, mi general.

—Si nos estrellamos, ¿qué importa quién fuera el responsable? Fácil, ya ves.

Hidalgo se dirigió de nuevo a Modesto:

—Vámonos, Juan.

Y de pronto, miró por encima del hombro de Modesto.

—¿Qué hace tu chófer?

Modesto se giró, a tiempo de ver a Cachalote, que cubría a la carrera los cincuenta metros que le separaban de su coche y subía al asiento del conductor.

—¡*Pisha*, adónde vas! —gritó Modesto mientras iniciaba su propia carrera.

Pero el auto arrancó con violencia. Chirriaron los neumáticos sobre la tierra, levantando una densa tolvanera que envolvió al vehículo. Luego, enderezado, el coche enfiló a gran velocidad la carretera de salida del aeródromo.

Modesto, abrazado por el polvo, se detuvo. Percibía al llanto avanzar desde dentro de sus ojos hacia los lacrimales y sentía, de pronto, que ahora sí que había perdido la guerra, que debía rendirse finalmente a un enemigo invisible.

Notó la mano de Hildalgo sobre su hombro.

—Vámonos ya, Juan, el enemigo está encima.

—Subiré el último —respondió sin mirarle.

—Tuyo es ese honor, general Modesto. A partir de ahora, ya no eres un soldado; eres una leyenda.

—¿Yo leyenda? Sólo los soldados victoriosos se convierten en leyenda, Ignacio. Los demás no somos nada, fumarolas de pólvora, banderas en el polvo.

Barcelona tenía esos días de finales de noviembre el aspecto de una ciudad vencida. Faltaban alimentos, escaseaba el carbón y había frecuentes cortes de luz y de agua; muchos comercios y restaurantes habían cerrado, en los cines no proyectaban películas y en las salas de baile no actuaban orquestas. Entretanto, la guerra se aproximaba: a diario los aviones franquistas bombardeaban las calles del centro y la República no contaba con baterías antiaéreas sufientes para defenderse. Pese a que las pintadas en las fachadas y los carteles colgados de las ventanas clamaban por una defensa numantina, la hambrienta población miraba con desánimo las grandes frases acuñadas por los partidos y los sindicatos de izquierdas. Los «¡No pasarán!», «¡Barcelona, un nuevo Madrid!» y

«¡Barcelona, tumba final del fascismo!», resultaban eslóganes huecos, inspirados en una dudosa voluntad política y no en una obvia realidad social y militar. Desde la derrota de la batalla del Ebro, cientos de habitantes habían abandonado la ciudad.

Modesto, con Delage y Cachalote, regresó del frente cuando concluía noviembre. Era un día de neblina sucia y mar agitado y mugriento. Al llegar a la Barceloneta, el coche tomó la Rambla de Cataluña hacia arriba. Apenas había gente en los siempre animados bulevares. La mayoría de los bares permanecían cerrados y el ancho pórtico del mercado de la Boquería parecía la boca negra de un dragón, sin asomo de productos frescos en los despoblados tenderetes. En el paseo central, bajo los árboles sin hojas, tan sólo quedaba un quiosco de prensa abierto, mientras que los puestos de flores y de venta de aves habían desaparecido. Carromatos tirados por personas y, en ocasiones, por algún burro o una mula cargaban colchones, utensilios de cocina, unos pocos muebles e, incluso, niños. Eran gentes que huían al campo, escapando de la hambruna y de la guerra.

—Me recuerda el Madrid de hace dos años —dijo Delage.

—Pero sin hombres en las barricadas dispuestos a morir por defenderla…

—No es tiempo de héroes, Juan.

—O es que todos los héroes están muertos, amigo.

A la altura del Barrio Chino, Cachalote señaló hacia la acera por la ventanilla del coche.

—Mira, jefe, las putas siempre son las últimas en irse.

Una mujer de falda abierta, amplio escote y pecho prominente les hacía señas apoyada en el portal de un edificio. Su rostro cubierto por una espesa capa de pintura malsimulaba una edad avanzada.

—Viendo a esta mujer —dijo Delage—, que debe de estar pelada de frío, tengo la impresión de que es un heraldo de la paz, porque eso que hace lo han hecho siempre las prostitutas desde que el mundo es mundo, en la paz y en la guerra.

—¿Qué quieres decir con eso? —preguntó el chófer.

—Quiere decir que el coño es neutral, *pisha* —intervino Modesto—. Es que nuestro don Luis es demasiado sabio y lo complica todo con el habla.

Cachalote rió con ganas y Modesto, con gesto de inocencia y mostrándole las palmas de las manos, sonrió a Delage.

El general Rojo le recibió de inmediato. Su Estado Mayor ocupaba el palacio de un aristócrata barcelonés al que alguien había bautizado como la Casa Roja, en el centro de la ciudad. En contra de su costumbre, Rojo no había extendido mapas militares sobre la mesa. Le invitó a sentarse a su lado, en un largo sofá de cuero, y le ofreció una copa de coñac. Modesto aceptó.

—Si se pierde Cataluña, se pierde la guerra —dijo Rojo.

—Yo no conozco la situación aquí, mi general. ¿Resistirán los catalanes?

—No tenemos armas suficientes, creo que ni siquiera veinte mil fusiles. Ni municiones, ni aviación para protegernos de los bombardeos...

—¿Entonces?

—Estamos pendientes de las gestiones diplomáticas. Si Francia abre sus fronteras, tenemos gran cantidad de armamento soviético esperando al otro lado, suficiente como para rearmar a todo el ejército y rellenar nuestros arsenales.

—¿Y la tropa?

—Son levas de chicos imberbes en su mayoría. Y hay muchas deserciones. Los pueblos y los montes están llenos de hombres que se ocultan esperando el fin de la guerra.

—Franco no les perdonará.

—Eso lo sabemos usted y yo, Modesto. Pero la gente tiene miedo. Y con miedo en el alma, la cabeza no razona.

—¿Qué dicen los partidos políticos de aquí?

—Vociferan y se pelean entre ellos. No podemos esperar mucho por esa parte.

—Entonces las cosas están muy mal.

—No nos queda otra que ganar tiempo.

—Como siempre…

—¿Ve otra alternativa?

—Un ataque por Extremadura o por Andalucía. Si distraemos sus fuerzas, los restos del Ejército del Ebro podrán resistir sus embestidas en este frente.

—No hay posibilidad, Modesto… Miaja y Casado dudan en Madrid.

—Mi partido está de acuerdo en pelear.

—La República no es sólo su partido, Modesto. Y como le digo, los socialistas y los anarquistas dudan.

Rojo se levantó. Tomó un cigarrillo de la mesa de su despacho y lo encendió.

Arrojó el humo y por un momento pareció levemente confuso.

—Disculpe, coronel: ¿quiere un cigarrillo? No le he ofrecido…

Modesto se levantó a su vez, se acercó al general y tomó el pitillo del paquete que Rojo le tendía. El general le aproximó una cerilla encendida.

—Entonces… —dijo Modesto tras arrojar la primera bocanada de humo—, ¿me ha llamado para informarme de que damos por perdida a Cataluña?

—No diga eso. Si su ejército aguanta el avance franquista y le contiene durante unas semanas, quizás se levante la frontera francesa y pasen las armas…

—Tengo decenas de miles de hombres mal armados y agotados tras la batalla del Ebro, mi general.

—Pero son tropas avezadas y valientes. Pueden contenerlos… Y usted ha conseguido en más de una ocasión levantar un ejército para el combate de lo que eran restos de tropas vencidas.

—Es una orden, supongo.

Rojo movió la mano para retirar el humo del cigarrillo. Se apartó de Modesto.

—Hoy no quiero emplear con usted la palabra orden.

—Le veo extraño, mi general, como si se sintiera derrotado.

—Me siento fatigado, eso es todo.

—Usted y yo hemos peleado juntos y le debo mucho. Retrasaremos el avance franquista cuanto podamos, se lo prometo.

—Si Cataluña cae, me quedaré en Francia, Modesto.

—No diga eso, mi general. La guerra no estará todavía perdida, aunque caiga Cataluña.

—Es usted un optimista, Modesto.

—Sólo soy un soldado que no acepta la derrota. No debe usted irse a Francia, mi general.

—¿Lo impediría, coronel?

—Trataría de disuadirle, mi general. Usted es como un padre para mí y a ningún hijo le gusta ver a su padre humillado y vencido.

—Vuelva al frente, coronel, y deje de tocarme…

—¿La fibra sentimental, mi general?

—Los cojones, Modesto.

Franco comenzó a dirigir los ataques de sus tropas sobre Barcelona desde el norte, el oeste y el sur, al tiempo que los bombardeos se sucedían a diario sobre la urbe indefensa y, en particular, sobre los barcos y las instalaciones del puerto, cortando así una de las vías de suministros de la ciudad y la posible llegada de refuerzos.

Miles de civiles huían a diario hacia las montañas de Gerona y hacia la frontera francesa, que permanecía cerrada al paso de los refugiados y bloqueada para la entrada de material de guerra llegado desde la Unión Soviética. En Burdeos, esperaban doscientos cincuenta aviones, el mismo número de tanques, cuatro mil ametralladoras y seiscientas cincuenta piezas de artillería. Entretanto, los defensores de Barcelona contaban tan sólo con diecisiete mil fusiles para defenderla ante el empuje de un ejército rebelde sobrado de armamento y dueño del aire.

Modesto mandaba los restos del Ejército del Ebro y otras unidades del frente de Aragón, en total unos doscientos mil hombres mal armados, mal vestidos, hartos de lucha, pero todavía dispuestos a combatir. Dividió sus tropas en los diversos frentes del ataque enemigo y fue conteniéndolo con una estrategia de guerrillas y con retiradas súbitas que, de improviso, convertía en ataques. Dejaba que parte de sus regimientos quedaran como bolsas atrapadas en territorio enemigo y luego asaltaba su retaguardia en golpes sorpresivos llenos de vigor. Trataba de retardar el avance adversario para dar tiempo a que las gestiones diplomáticas consiguieran abrir el paso del armamento soviético a España.

Cuando se aproximaban las Navidades, Modesto entregó a Rojo su cálculo sobre la relación de fuerzas: en infantería, dos soldados rebeldes por cada soldado gubernamental; y en tanques y artillería, veinticinco a uno. Desde el cielo, sin apenas aviones republicanos que pudieran impedirlo, Franco proyectaba su sombra de ave de presa sobre Barcelona.

El gobierno se trasladó, primero, a Gerona y, poco después, a Figueras, muy cerca ya de la frontera con Francia. Negrín fue el último en salir de Barcelona, junto con Companys, el presidente de la Generalitat catalana. Y la población civil percibió con claridad que no había voluntad de defender la ciudad. Miles de personas se concentraban a diario en la plaza de Cataluña esperando la ayuda del Socorro Rojo, que raramente llegaba para atender las necesidades de unos pocos cientos. Y el éxodo se multiplicó.

Franco decretó el ataque final contra Barcelona el día 23 de diciembre, sin acceder a las peticiones del papa Pío XI, que le solicitó una tregua navideña. Y la batalla, tras quince días de resistencia en los frentes, tomó los visos, no ya de una derrota, sino de una desbandada.

Unos días antes del 23 de diciembre, Modesto voló a Madrid por orden de Rojo. Su misión era tratar de convencer a Miaja de la necesidad de lanzar un violento y súbito ataque en Extremadura o Andalucía, un ataque de diversión que obligara a Franco a retirar un importante número de tropas rebeldes del territorio catalán para trasladarlas a los nuevos escenarios de la guerra. El rango de Rojo, como jefe del Estado Mayor del Ejército, era ya superior al de Miaja, jefe de los ejércitos del Centro y del Sur. Pero desde semanas atrás, Miaja eludía hablar con Rojo y dilataba las órdenes que recibía del alto mando. Además, la ausencia de autoridades civiles en Madrid dejaba la toma de decisiones en manos de los militares.

Ese mediodía, a bordo de un coche del Partido Comunista, Modesto viajaba desde el aeropuerto de Cuatro Vientos hacia el antiguo Ministerio de la Guerra, en Alcalá, junto a Cibeles, y la primera visión de Madrid, cuando el coche alcanzó la plaza de España, le produjo un hondo estremecimiento. A la izquierda quedaban las ruinas sombrías del Cuartel de la Montaña, sobre las que ondeaba una enseña de la República deshilachada en sus bordes. No había guardias en el portón destruido por el pueblo enfurecido el siguiente día al alzamiento rebelde. Modesto pensó que aquel símbolo del orgullo popular era ya el reflejo de un desánimo profundo. ¿Debía de dar por perdida la guerra? Borró de inmediato la idea de su cabeza. Y quiso creer que Madrid podía estar cansada, pero no vencida.

—Ve despacio —ordenó al chófer.

Gran Vía arriba, no se cruzaron más que con una ambulancia y una carreta tirada por dos mulas. Ni siquiera circulaban autobuses. En algunas esquinas se alzaban parapetos de sacos terreros con soldados de guardia. Algunos se cuadraban y saludaban el paso de su coche al ver el rojo banderín comunista que flameaba en la antena. Modesto distinguió las trazas de las bombas en numerosos edificios y en los agujeros del asfalto, que el conductor sorteaba con pericia.

—¿Muchos bombardeos, camarada? —preguntó al conductor.

—No tantos como antes, camarada coronel. Ahora están dándole a Cataluña. Supongo que volverán después de…

Calló.

—¿Despues de qué? —preguntó Modesto.

El hombre estaba azorado.

—Bueno…, cuando tengan que retirarse o… quién sabe, si es que ganan la batalla…

—Y tú, ¿qué crees?

—Yo sólo soy un chófer, camarada coronel…, un chófer leal al Partido, a la República y a ti.

Cruzaron junto a la Red de San Luis. Al menos un centenar de mujeres y niños se concentraban en el ensachamiento de la calle de la Montera, rodeando la estación del metro.

—¿Qué hace esa gente? —preguntó Modesto.

—Esperan por si el Socorro Rojo trae pan. Pero la camioneta no viene todos los días, sólo cuando hay algo que repartir.

Descendían hacia el cruce con Alcalá: las aceras estaban desiertas. Modesto cerró los ojos y recordó los domingos bulliciosos de dos años antes, aquellos días del Madrid cercado y alegre en los que la gente dirigía cortes de manga a los aviones de Franco.

El chófer detuvo el coche a la puerta del suntuoso edificio del Estado Mayor del Ejército del Centro.

—Te aguardaré aquí, camarada coronel: estoy todo el día a tu servicio.

Modesto descendió del auto. Hacía mucho frío. Se arrebujó en el capote y se caló con firmeza el gorro cuartelero antes de cruzar el portalón. Los dos soldados de guardia se cuadraron para saludarle.

—El general Miaja no puede recibirle hasta, al menos, dentro de dos días, mi coronel —dijo el oficial asistente a Modesto, en el antedespacho de la sala de recepciones del jefe del Estado Mayor.

—No te he oído bien, capitán —replicó Modesto adelantándose un paso.

—Que el general no le puede recibir hasta dentro de dos días.

Modesto avanzó otro paso.

—Disculpa, camarada, pero con el ruido de las bombas del frente me he quedado casi sordo. ¿Puedes hablar más alto?

Modesto se situó a su altura. El otro le miraba desconcertado.

—Qué bajito habláis los que no habéis pisado el frente. ¿Qué dices, camarada?

—¡Que no puede pasar!

—Ah, ya te entiendo: ¡que pase!…

Dio un empellón al oficial, que se tambaleó con riesgo de caer, y abrió la alta puerta del despacho.

Miaja almorzaba en una larga mesa rodeado de varios mandos militares. Todos volvieron el rostro hacia Modesto cuando éste irrumpió en la estancia.

—¡Qué hace! —clamó Miaja mientras arrojaba su servilleta de tela sobre la mesa y se ponía en pie con gesto irritado. Los otros comensales se levantaron a su vez.

Modesto ganó en cuatro pasos la distancia que le separaba del general. Se cuadró, saludó y dijo:

—Estamos en guerra, mi general, con Barcelona a punto de perderse y no puedo esperar dos días.

—¡Salga de aquí, coronel, no le he dado permiso para entrar!

—Sólo tengo que decirle una cosa: debe atacar en Andalucía y Extremadura.

—¡No se puede!

—¿Por qué?

—Un superior no tiene que discutir sus decisiones con un inferior. ¡Salga, coronel! Le puedo montar un consejo de guerra por desobediencia. No es la primera vez que se merece que le fusile.

—Fusíleme si quiere…, pero ordene atacar hoy mismo en Extremadura o Andalucía. Cualquier ataque que nos dé un respiro.

—¡No hay ataque, váyase!

A la espalda de Modesto, entraba en la sala un grupo de soldados armados dirigidos por el capitán de la antesala.

—Mi general, si cae Barcelona, caerá Madrid…

Uno de los comensales se acercó a Modesto, llegando desde el extremo derecho de la mesa. Reconoció al coronel Casado.

—Quiero que sepas que, a mí, me encantaría fusilarte por rebelión contra el mando —dijo.

—En tu corazón anida la traición, Casado —respondió Modesto—, lo leo en tus ojos. Algún día te pegaré un tiro en la sien. Eres un malnacido…

Los soldados le rodearon y el capitán le puso la mano en el hombro. Modesto la apartó de un manotazo.

—¿Qué le digo a Rojo, mi general? —preguntó dirigiendo la mirada a los ojos de Miaja. El otro desvió la suya.

—Que no habrá ataque, no tenemos fuerzas suficientes —respondió el general agachando la cabeza—. ¡Y váyase de una vez si no quiere que le fusile!

—No creo que haya nadie en esta sala, incluido usted, que se atreviera a levantar un arma contra mí. Y en cuanto a eso de que no tienen fuerzas suficientes, creo que lo que no tienen es otra cosa.

Se acercó a la mesa y tomó una barra pequeña de pan.

—Ya que no me invitáis a comer, me sirvo yo... ¡Vaya lujo!

Dirigió la vista hacia Casado.

—¿Vas a llevar las sobras a los que esperan pan en la Red de San Luis?

Todos le miraban inmóviles.

Se volvió hacia el capitán y los soldados.

—¡Paso! —le gritó.

El oficial dudó. Pero Modesto le apartó de un empellón.

—¿Es que estás sordo? —dijo.

Y salió de la sala.

En la sede del Partido de la calle de Serrano apenas había gente. No obstante, la puerta del despacho de Dolores Ibárruri permanecía entreabierta y Modesto la empujó con suavidad. Dentro, tras la mesa llena de pilas de papeles y periódicos, Pasionaria permanecía absorta, escribiendo. No reparó en la presencia del coronel hasta que éste llegó a la altura de la mesa.

—Salud, Dolores —dijo.

La mujer se sobresaltó levemente.

—Ah, camarada Modesto... Salud.

—He llegado esta mañana.

—Sí, ya sabía que venías.

Se levantó y se abrazaron sin excesiva efusión.

—Siéntate. Creo que hay café y algún bocadillo.

—Debo volver a Barcelona cuanto antes y tengo que resolver primero un asunto personal.

—¿No quieres comer algo?

—Me he zampado un pedazo de pan que me ha quitado el hambre. Sólo vengo a informaros.

—Fúmate al menos un cigarrillo, hombre.

Se sentó frente a ella y tomó el pitillo que le ofrecía.

—¿Qué haces? —preguntó Modesto señalando las cuartillas en donde escribía Pasionaria.

—Tomo notas para un discurso. El domingo hay un mitin de apoyo a Barcelona en el Teatro Monumental.

—Barcelona está perdida.

—Nuestros camaradas de Cataluña no están tan alarmados.

—Porque no han pisado el frente desde hace meses. He venido a ver a Miaja de parte de Rojo, pero Miaja se niega a atacar en Extremadura y Andalucía. Y con los ejércitos rebeldes concentrados en Cataluña y el nuevo armamento soviético retenido en Francia, no tenemos fuerzas para detener a Franco.

Pasionaria le miró a los ojos. Los de ella brillaban como dos pequeñas ascuas.

—¿Y el pueblo barcelonés?, ¿no habrá un nuevo Madrid?

—Al principio de la guerra, Barcelona hubiera resistido igual que Madrid. Ahora, ni siquiera Madrid sería un nuevo Madrid. El heroísmo, a la larga, se hace fatigoso.

—Te veo pesimista.

—Estoy bien informado, nada más.

—¿Ves la guerra perdida?

—No, eso no… Veo perdida Cataluña, pero nos quedan miles de hombres y un gran territorio en Levante, el centro, parte del sur y Extremadura. Podemos resistir unos meses, aunque caiga Cataluña, y esperar a la guerra en Europa.

Hizo una pausa. Pasionaria le miraba expectante.

—Lo que sí creo —añadió Modesto— es que se está urdiendo una gran traición en Madrid. ¿Os teméis algo?

—Hay cosas que huelen mal, no te lo niego.

—No me fío de Miaja, de Casado, de Mera, de otros altos mandos militares del centro y de Levante, ni de algunos jefes socialistas y anarquistas.

—Nosotros tampoco.

—Yo creo, Dolores, que los principales dirigentes del Partido deberíais trasladaros a Valencia o Alicante. Si Cataluña cae, la única salida de España sería por barco desde Levante.

—Lo estamos considerando. Mañana tenemos reunión del ejecutivo.

Modesto se levantó.

—Corremos contra el tiempo y las cosas van muy deprisa. Yo vengo del frente y sé lo que me digo, camarada.

Salió del despacho. Y al cruzar la sala principal de la sede, vio de pronto a una muchacha morena, vestida de negro, que se acercaba a él. Su rostro le resultaba familiar.

—Modesto, coronel Modesto; camarada…

La chica mostraba una enorme palidez y un gesto abatido, como si acabara de llorar.

—¿No me recuerdas, camarada…? Ahora trabajo aquí, con el Partido.

—Tu cara me dice algo, quizás te he visto antes.

—Me vio en Quijorna, en la batalla de Brunete, en el baile… Y luego en una calle de Madrid, apenas un minuto.

—No sé… Bueno, tengo que irme.

—Un minuto, sólo un minuto… Yo era la novia de Lavalle, de Jaime Lavalle, ¿se acuerda de él? Me dijeron que murió en el Ebro, con su amigo Lalo. Pero no sé nada más.

Modesto sintió un vacío en el estómago.

—Ahora sí te recuerdo. Lo siento, era un gran muchacho.

—¿Cómo murió?

—Peleando como un valiente, como los héroes. Y su amigo Lalo, también.

—No es eso… Antes me importaba el heroísmo, pero ahora ya no. Le preferiría cobarde y vivo… Sólo quiero saber si no sufrió al morir.

—No sufrió nada, niña: murió al instante, junto con su amigo y camarada Lalo, cuando estalló a su lado un obús. Y los enterramos juntos, con una salva de fusilería. Eran dos valientes.

—Gracias, coronel Modesto…

Dejó una caricia en el rostro de la muchacha y ganó la puerta de salida.

—¿Al aeropuerto, camarada coronel? —preguntó el chófer.

—Todavía no. Tira para la Ciudad Lineal. No me acuerdo del nombre de la calle, pero conozco el camino: te iré indicando.

Llamó al timbre del palacete. Y el propio Noni le abrió la puerta. Se abrazaron con calor.

—Pasa, pasa… —dijo Noni—. La condesa está dentro…, pero hay otra persona con ella.

—No vengo a ver a la condesa, sino a ti. No hace falta que entre.

Se quedaron en pie en el porche, con la puerta entreabierta.

—Quería saber si tienes noticias de Antonia y las niñas —añadió Modesto.

—No sé nada de nuestro pueblo desde hace meses, Juan. Es imposible comunicar con la otra zona.

—Me lo imaginaba. También quería decirte que debes largarte de Madrid cuanto antes…

—Lo sé, nos estamos preparando para irnos dentro de dos días. No tengo miedo a los franquistas, yo no me he metido en nada en esta guerra, aunque tú conoces bien mis simpatías. Pero tengo miedo al hambre…, por los míos.

—¿Adónde piensas ir?

—A Alicante. Dicen que desde allí salen barcos para Francia.

—Es lo mejor… Me tengo que volver a Barcelona. En fin, otro abrazo, Noni, y buena suerte.

—Gracias por todo lo que has hecho por mí y los míos, Juan.

—Estaba en deuda contigo: tú me enseñaste una vez lo que es la dignidad.

Se abrazaron. En ese instante, se oyó una voz femenina llegando desde el interior:

—¿Qué pasa con la puerta, Antonio? Entra frío…

El rostro de la condesa asomó detrás de la hoja. Enseguida volvió los ojos hacia Modesto.

—¿Tú? —dijo sorprendida.

—Hola, Inmaculada —respondió Modesto.

La mujer movió la cabeza hacia los lados y luego, repuesta de la sorpresa, sonrió.

—Pasa, pasa…

—Tengo que irme.

—Un instante tan sólo.

Ella tiraba de su brazo. Modesto entró en el vestíbulo y la condesa cerró la puerta a sus espaldas. Se volvió hacia el Noni.

—Vaya usted abajo, Antonio —ordenó—. ¿Os habéis despedido ya? —añadió dirigiéndose a Modesto.

El Noni envió una sonrisa a Modesto y éste le dio un leve golpe en el hombro.

El hombre y la mujer se quedaron solos, en pie.

—¿No pensabas siquiera saludarme? —preguntó la condesa.

—Vuelvo a la guerra, a toda prisa.

—¿No tienes ni un segundo? Te he recordado mucho durante estos meses.

—Yo también…, a menudo.

—¿Por que no te quedas hasta mañana?

Modesto dudó. Le atraía la sensualidad de la mujer, recordaba las noches de fuego a su lado.

—Creo que hay alguien contigo.

—Lo despacho en un minuto.

En ese instante, se abrió la puerta de la salita y asomó la figura delgada del anarquista Cipriano Mera. Los dos hombres se miraron desconcertados. Modesto reaccionó el primero.

—¡Vaya! —Miró a la condesa—. No sabía que hubiera ratas en tu casa.

—Algún día te daré tu merecido —dijo Mera.

Modesto hizo ademán de quitarse el capote.

—Vamos afuera ahora mismo y me lo das de inmediato.

Dio un paso hacia delante. Mera hizo lo propio. Pero la condesa se interpuso entre los dos hombres.

—Vuelve a la salita —ordenó a Mera.

La mujer cerró la puerta a sus espaldas y se apoyó en la hoja.

—Protege a mi marido. No le han matado gracias a él.

—¿Y qué le das a cambio?

—Quédate esta noche y él se irá.

—Adiós, condesa.

—No me juzgues, Juan. Tengo que sobrevivir a esta guerra…, hasta que lleguen los míos.

—Sobrevivirías a varias guerras, condesa.

Palmeó la cadera de la mujer.

—Con buenas nalgas y sin prejuicios hacia las ratas, siempre se sobrevive…, condesa.

—¡Cabrón! —gritó ella cuando Modesto cruzaba ya la puerta.

Desde que Franco lanzó el ataque definitivo sobre Cataluña, a partir de la víspera de Nochebuena, Modesto no cesó de moverse por las líneas que correspondía defender a los restos de su Ejército del Ebro. El día 23, las primeras divisiones rebeldes cruzaron el Ebro a la altura de Mequinenza y Modesto recibió la orden de detener el avance con todos los medios a su alcance. El 25, el coronel Líster, al mando de tres divisiones del V Cuerpo del Ejército del Ebro, organizaba la defensa a la altura de la Seo de Urgel, en las orillas del río Segre, a unos doscientos kilómetros de Barcelona.

La mañana del día de fin de año, Modesto acudió al frente de combate. Líster le esperaba en su puesto de mando, en las alturas de una serranía que dominaba el valle sobre el río. Los dos hombres se saludaron con frialdad. Líster condujo a Modesto hacia un altozano y le tendió los prismáticos. Soplaba un leve viento que enviaba alfilerazos congelados al rostro de los hombres.

—Los tenemos ahí mismo —dijo Líster—, tan cerca que igual nos lanzan un pepinazo si se dan cuenta de quiénes somos.

Modesto paseó los prismáticos por el campo que se abría delante. Era un paisaje desolado el que se le ofrecía bajo el frío sol del invierno: campos heridos por las granadas y los obuses, vehículos militares destrozados, numerosos cadáveres abandonados sobre la tierra aún cubierta por la escarcha del amanecer.

—¿No les dais tregua para recoger a los muertos? —preguntó a Líster mientras le devolvía los binoculares.

—¿Y nos dan tregua ellos con la aviación? Te estás volviendo un sentimental, Modesto. Al menos no huelen, el frío los conserva bien. Anda, vamos a cubierto, mi coronel, que nos pueden pegar un tiro.

Tomaron café en el refugio.

—Hoy están tranquilos y todavía no han venido los aviones a bombardear —dijo Líster—. Esperan refuerzos, eso nos han dicho unos prisioneros italianos que capturamos ayer. Pero estamos mal, Modesto…

—Las órdenes son aguantar a toda costa.

—Llevamos seis días aguantando: bombardeos de la aviación, artillería pesada… y ya van tres asaltos de infantería. Por suerte, son italianos y huyen en cuanto soltamos las primeras descargas. Pero si vienen moros o requetés a reforzarlos, las pasaremos canutas.

—Tengo que irme, Líster. Pero antes quiero asomarme a tus líneas defensivas, que la gente me vea. Les animará.

Recorrieron las trincheras durante cerca de una hora. Hombres demacrados, vestidos pobremente y mal armados les saludaban con miradas cansinas. Pero les sonreían confiados, a pesar de todo, y los dos coroneles escucharon algunos vítores y vivas a su paso. Líster trepó a un parapeto y largó una breve arenga para un grupo numeroso de soldados que descansaban en la parte trasera de unas fortificaciones:

—¡Sabed que la suerte de Cataluña depende de vuestro valor! —concluyó—. ¡Sabed que la suerte de España depende de vosotros! ¡Viva el glorioso Ejército del Ebro! ¡Viva la República!

Medio centenar de hombres respondieron a los vivas con voces desafinadas y fatigadas. Unos oficiales entonaron *La Internacional*, que apenas encontró eco entre los soldados. Después de cantar la primera estrofa, guardaron silencio.

—¿Quieres arengarles? —dijo Líster a Modesto, mirándole ufano desde la altura del parapeto.

—Estoy cansado, me basta con estrechar sus manos. Creo que eso lo agradecerán más.

—Los soldados necesitan grandes palabras.

—Se ve a la legua que lo que estos hombres necesitan es dormir.

Mientras regresaban al coche, descendiendo una pequeña cuesta, Modesto distinguió varios cadáveres medio ocultos en un olivar. Se detuvo.

—¿Quiénes son?

—Los que te dije: esos italianos que capturamos e interrogamos ayer.

—El mando no quiere más fusilamientos.

—Si apenas tenemos comida para nosotros ni armas para combatir al enemigo, ¿qué quieres que hagamos?: ¿nos quitamos de comer y ponemos hombres a vigilarles? Dile al mando que venga al frente y decida sobre el terreno qué debemos hacer con los prisioneros. Somos soldados, no ángeles de la guarda.

—Yo no hago la guerra para mandar pelotones de fusilamiento. Y tú tienes un problema grande, Líster: te has vuelto un asesino y no lo sabes.

—No me des sermones, Modesto.

—Lo que te daría es de hostias si no me hicieses falta. Tendrás dificultades en adaptarte a la paz, tanto si vencemos como si perdemos en esta guerra.

—Matar fascistas es lo mismo que matar ratas. No veo qué tiene que ver eso con la paz.

—Estás ciego y sordo, Líster. Cuando ya no se fusile impunemente, ¿no vas a echarlo de menos?

Una hora después, un intenso bombardeo se desató sobre las posiciones de Líster. Durante las dos jornadas siguientes, oleadas de tropas italianas, reforzadas por regulares africanos y requetés navarros, se derramaron como enjambres de abejas sobre las defensas republicanas. El día 3 de enero, Líster se veía forzado a retirarse del Segre. Medio centenar de soldados republicanos, hechos prisioneros en el último asalto, fueron fusilados por los italianos.

Más al sur, en un ataque repentino lanzado desde Gandesa el día 14 de enero, el general franquista Yagüe conquistaba Tarragona.

Los leones parecían haberse multiplicado de pronto y, hambrientos, avanzaban implacables en pos del búfalo, que reculaba sangrando por sus heridas y buscaba su último refugio en Barcelona.

Sentado en la penumbra de un salón de los sótanos del hotel Majestic, Negrín conversaba con un grupo de corresponsales extranjeros. Estaban Fischer, Matthews, Buckley, Ehrenburg y unos pocos más. Faltaban Hemingway y Koltsov, que habían regresado a sus respectivos países. Capa se movía de un lado a otro, apuntando su cámara sobre el presidente del gobierno español y apretando, ocasionalmente, el disparador. No era lo suyo ese tipo de fotografía. Él prefería la calle, la trinchera o la barricada, el rostro terso de los soldados en el frente, la perplejidad en las miradas de los niños, o el llanto de una mujer ante el cadáver de uno de los suyos; los retratos, en suma, de los seres anónimos. Pero necesitaba una buena foto de Negrín. Y ahí lo tenía, moviendo las manos con voracidad, como si quisiera morder con ellas; los ojos brillantes, el verbo fogoso. Capa sabía qué debía retratar: el gesto de un hombre inteligente, bravo y apasionado, que jugaba una baza decisiva en la historia de su pueblo y en la de su propia vida.

—Barcelona no está perdida —contestaba Negrín a una pregunta de Fischer—. La información de los mandos militares es que se puede resistir: las defensas están bien organizadas.

—Pero se retrocede en todos los frentes —insistió Fischer.

—Esperamos que enseguida, hoy mismo quizás, el gobierno francés alce las barreras de sus fronteras y entren las armas almacenadas al otro lado. Con ese armamento nivelaremos fuerzas. Y el pueblo no ha dicho aún su última palabra.

—¿Cree posible un nuevo Madrid? —preguntó Buckley.

—¿Por qué no?

—Los partidos políticos están divididos. Y el pueblo cansado.

—Si pasan las armas, no habrá necesidad de apelar al pueblo.

—Señor Negrín —dijo Matthews—, usted sabe sobradamente que los periodistas que permanecemos aquí no somos neutrales:

estamos con ustedes, odiamos al fascismo, nos hemos comprometido tanto con la causa de la República que, incluso, creo que algunos de nosotros seríamos fusilados si los franquistas entran en Barcelona y nos detienen.

—Lo sé, Matthews. Y se lo agradezco a todos ustedes en nombre de la República.

—Por eso le pido que me conteste con sinceridad: ¿cree que puede perderse Cataluña?

Negrín le miró fijamente unos segundos antes de responder.

—No lo pongan en palabras mías..., pero creo que Cataluña está perdida.

Un triste silencio pareció quedar colgado, de pronto, sobre la sala. Negrín volvió a hablar:

—Pero eso no significa que el enemigo haya ganado la guerra. Tenemos todavía un gran ejército, casi medio millón de hombres, en el sur, el centro y el oeste. Y a pesar de la debilidad de los políticos ingleses y franceses, estoy seguro de que pronto habrá guerra en Europa. La de España es el preámbulo de esa gran guerra europea.

—¿Quiere decir que esperan con ansiedad esa guerra? —preguntó Buckley.

—No tenemos ansiedad por ninguna guerra. Es Hitler quien la tiene. Y no podrán pararle.

—¿Y si Franco les derrota a ustedes antes de que estalle la guerra en Europa? —preguntó Ehrenburg.

Negrín abrió las manos y mostró las palmas sin responder. Ehrenburg insistió:

—¿Quiere decir que, si se pierde España, se perderá la democracia en Europa?

—Eso mismo es lo que quiero decir.

Llegaba el sonido lejano de las sirenas desde la calle. Negrín se levantó.

—A los refugios, señores: este hotel es muy grande y se nos puede caer entero encima si le alcanza una bomba.

Las noticias de que el gobierno se trasladaba a Gerona, de que todo el frente republicano en Cataluña se desmoronaba y de que el ejército de Franco se encontraba al otro lado del río Llobregat, levantaron una oleada de pavor entre la población. La mañana del día 24 de enero, el presidente Azaña, Negrín, sus ministros y el general Rojo llegaban a Gerona. El siguiente día Barcelona amaneció sobresaltada por el fragor de las explosiones de los depósitos de armas y municiones, provocadas por los republicanos en su retirada de la ciudad.

Matthews, Fischer, Buckley y Capa salieron del hotel Majestic con sus bolsas de viaje y comenzaron a llenar el maletero del coche, un largo automóvil negro que Matthews había comprado al principio de la guerra y que, cercano ya al desgüace, tan sólo el propio Matthews, conocedor de sus «goteras», como solía decir en español, era capaz de manejar. Capa se apartó de los otros y se aplicó con urgencia a la tarea de fotografiar a las gentes que huían. Buckley sacó su pequeño bloc de notas, se sentó en el bordillo de la acera y comenzó a escribir apresuradamente sus impresiones.

Por el paseo de Gracia, en dirección a Montjuïc, subía una procesión interminable de gentes miserables. Lloviznaba levemente y el suelo estaba encharcado y sucio. Buckley leía la angustia en las miradas de las mujeres que arrastraban carromatos cargados de enseres. Leía el temor en los ojos de los niños y el fatalismo en los rostros de los ancianos. No había jóvenes en aquel éxodo hacia un incierto destino: todos aquellos que tenían entre dieciocho y cincuenta años habían sido movilizados para engrosar el ejército republicano durante las últimas semanas.

Y de pronto, por una calle lateral, surgió un extraño desfile: eran soldados heridos, aquellos que podían caminar todavía aunque lo hicieran a duras penas, soldados que abandonaban los hospitales para no caer prisioneros del ejército franquista. Marchaban con ajados uniformes, mal abrigados, muchos con muletas hechas con listones de madera e, incluso, con ramas de árboles: las cabezas vendadas o cubiertas por gorros cuarteleros, brazos en cabestrillo, unos pocos ayudados por sus compañeros para poder caminar y seguir el paso de la tropa. Les acompañaban algunos oficiales y unas pocas enfermeras.

Capa los fotografiaba sin pausa, febrilmente. Algunos hombres le sonreían con fatiga y otros alzaban el puño cerrado, con orgullo, delante de la cámara. Buckley sintió su corazón encogerse. Por un momento pensó que Dios, si es que existía, no podía tolerar aquello. ¿Era ésa la justicia divina?, se dijo.

Matthews gritaba:

—¡Vamos, Henry, vamos, Capa! ¡Hay que irse!

Buckley se levantó y se dirigió hacia el coche con paso vivo. Capa siguió fotografiando. Y Matthews hizo sonar varias veces el claxon.

—¡Te dejo en tierra, Capa!

Buckley saltó al interior del vehículo, junto a Fischer, al tiempo que Matthews cerraba su portezuela y arrancaba. Entonces Capa corrió a alcanzarles y subió junto al asiento del conductor.

—¿Me ibas a dejar aquí, amigo? —dijo sonriente y excitado.

—Todos queremos ganar el Pulitzer, Robert. Pero el coche es mío. Y si no llegas a subir, es probable que perdieras la vida. Y con ella, el Pulitzer.

Capa soltó una carcajada nerviosa.

—¡Maldito bastardo! —dijo.

Rodaban junto a la gente, adelantando a los carros y a quienes marchaban a pie. Olía a ceniza. La gente miraba hacia el interior del automóvil con gesto suplicante, pero nadie les pedía ayuda.

Buckley dejó de contemplar la calle. Tenía lágrimas en los ojos y y ya no creía en Dios.

Al día siguiente, 26 de enero, las avanzadillas de las tropas rebeldes entraban en Barcelona. En los días que siguieron a la caída de la ciudad, partidas de falangistas y requetés fusilaron a varios miles de personas.

—Nos hemos hecho unos expertos en retiradas —dijo Delage.

—Prefiero que hoy te ahorres las ironías, camarada —respondió Modesto.

Los dos hombres montaban a caballo, Modesto el airoso Capitán y Delage un flaco jamelgo de pelaje roano. Detenidos a un lado de la estrecha carretera de entrada al pueblo de Le Perthus, contemplaban el paso de las tropas derrotadas. Cuando cruzaba ante ellos una bandera, la saludaban con el puño en alto. Era una mañana adusta y fría.

El Ejército del Ebro y otras tropas republicanas se habían dividido en dos grandes contingentes. El primero, al que ahora comandaba Modesto, viajaba hacia Le Perthus, un pueblo repartido entre las soberanías francesa y española, en donde se situaba uno de los principales puestos fronterizos de Cataluña con Francia. El segundo marchaba algo más retrasado hacia el puesto de Portbou, a la vera del mar.

Desde la entrada en Barcelona del ejército rebelde, el día 26 de enero de 1939, la orden de resistir a toda costa en Cataluña perdió su sentido y Modesto intentaba convertir la desbandada de las tropas republicanas en una retirada ordenada, tratando de salvar cuanto pudiera del ejército vencido. Entretanto, las fuerzas franquistas iban cerrando su tenaza sobre los últimos reductos de resistencia y sus aviones bombardeaban a diario las columnas de soldados y refugiados que huían y a los que a duras penas lograban defender los restos de la aviación republicana. El 5 de febrero, abandonada ya por el gobierno de Negrín, cayó en sus manos Gerona; y el día 7, lo hacía Figueras, la última sede del poder republicano en Cataluña.

El día 5 de febrero, Azaña, Negrín, varios ministros de su gobierno, el general Rojo y algunos mandos militares cruzaron la frontera francesa. Azaña partió de inmediato hacia París, en donde formalizó su petición de asilo político. Y el 27, enviaba una carta al presidente de las Cortes dimitiendo de su cargo de presidente de la República.

Rojo se quedó en Le Perthus, en el lado francés, para ocuparse de que los miles de hombres del ejército vencido recibieran un trato digno en Francia cuando pasaran la frontera. Sólo Negrín, tras despedirse Azaña, volvió a entrar en España para acompañar en su éxodo a los soldados y refugiados.

Miles de civiles marchaban junto a los combatientes: entre ellos, numerosos mutilados por los bombardeos franquistas sobre Barcelona. Modesto retiró la vista cuando vio a una niña caminar con una sola pierna y una muleta haciendo las veces del miembro que le faltaba. Era doloroso contemplar a los soldados derrotados; pero era más terrible ver a los niños sin las piernas o con los brazos amputados por los bombardeos.

Los soldados hacían las veces de camilleros para los civiles vencidos por la fatiga o para sus camaradas heridos. Modesto distinguió al pequeño Capa, que se movía con la agilidad de un simio entre las filas de los soldados y los civiles, sin cesar de disparar su cámara. No muy lejos, los periodistas extranjeros interrogaban a los que huían y tomaban notas para sus crónicas. Matthews escribió al día siguiente que aquel éxodo recordaba a «un retrato medieval de la Crucifixión».

El día 7, no muy lejos ya de la frontera con Francia, Delage y Cachalote fueron enviados por Modesto a comprobar el estado de algunos de los batallones que marchaban por las pequeñas carreteras del oeste en dirección a los abruptos pasos de montaña. Regresaron a la caída de la noche.

—Ha sucedido algo que no te va a agradar —dijo el comisario a Modesto.

—Casi nada me gusta en estos días. Suéltalo.

—Varios prisioneros enemigos han sido fusilados en un pequeño pueblo, Les Escaules creo que se llama. Eran prisioneros importantes… El coronel Rey d'Harcourt, el jefe de la guarnición que se entregó en Teruel. Y con él, el obispo Polanco y otros cuarenta oficiales prisioneros también en Teruel. ¿Recuerdas al coronel y al obispo?

—¿Pero no estaban presos en Barcelona?

—Alguien los sacó de allí y se los trajo, no sé quién. Creo que el alto mando pensaba canjearlos por algunos de los nuestros… o quién sabe si llevarlos a la frontera como una suerte de escudo protector.

—Negrín prometió a los franceses y los ingleses que no habría más ejecuciones sumarias. Y yo le prometí lo mismo al propio Rey d'Harcourt cuando se rindió en Teruel. Negrín y yo somos hombres de palabra. ¿Quién lo ha ordenado?

—Pero esto es un desmadre, Juan. Creo que unas patrullas del Partido se los arrebataron a los hombres que los conducían.

—¿Nuestro partido?

—Sí, nosotros… Esta mañana los llevaron al cauce seco de un río, los fusilaron y rociaron con gasolina los cadáveres para quemarlos. Algunos estaban todavía vivos…

—¿Quiénes eran los del Partido?

—Gente de Líster…

—Gentuza de Líster, querrás decir…

—He hablado con él, dice que no ha tenido nada que ver, que ha sido una patrulla incontrolada. Y esta vez creo que dice la verdad. Líster nunca se excusa, ya le conoces. Y alardea siempre de cuanto hace. Si hubiese ordenado fusilar a D'Harcourt y los suyos andaría proclamando que era de justicia.

Y la vio de pronto, en lo alto de un camión, casi enterrada entre otros refugiados, cajas, colchonetas y baúles. Modesto corrió a situarse delante del vehículo, ordenando al chófer detenerse. Luego regresó junto a la caja.

—¿Qué haces ahí, niña? ¡Baja ahora mismo!

María descendió con esfuerzo. Otra mujer le tendió un hatillo con ropas. Vestía un abrigo largo de tela recia y gruesa. Se abrazó a Modesto.

—¿Por qué no te has quedado en Barcelona? Nadie te conoce allí, no te habría sucedido nada.

—Yo voy adonde tú vayas, Juan.

—Eso es una tontería, estamos en guerra…

Correspondió a su abrazo durante unos segundos. Luego, la apartó con suavidad y llamó:

—¡Cachalote!

El otro se acercó corriendo.

—A la orden, jefe.

—Lleva a esta niña a un coche de los del Partido, los que van a Toulouse. Que no la dejen sola y que le busquen un hotel al llegar.

Se volvió hacia María.

—Ahora te vas a Francia y me esperas allí. El Partido se ocupará de ti. Y ya veremos luego.

Ella trató de abrazarle de nuevo, pero Modesto se liberó de inmediato. La besó en la mejilla.

—Vamos, *pisha* —ordenó a Cachalote—, llévatela.

Modesto y Delage se unieron dos días después a uno de los últimos grupos en su marcha hacia Le Perthus. Las autoridades francesas habían concedido desde una semana antes permiso para la entrada de los refugiados y de los soldados que huían. Hacía frío, de cuando en cuando llovía o caían pequeños copos de nieve helada. Apenas se encontraba comida. Mujeres, ancianos y niños se arremolinaban alrededor de las hogueras, en las plazuelas de Le Perthus, o en los portales de las casas, y comían mendrugos secos de pan que repartía el Socorro Rojo y rácanos guisos cocinados en grandes perolas.

A espaldas de aquella multitud de refugiados y de la tropa en retirada ardía abundante material de guerra y muchos vehículos quedaban abandonados e inutilizados en los arcenes de la carretera. Sobre el lecho del río, grupos de soldados iban despeñando camiones militares tras destruir sus motores y reventar sus ruedas. Por la calle principal de Le Perthus avanzaba una interminable marea de gentes, camiones atestados de heridos, familias de refugiados, cientos de mulas y burros cargando enseres y personas agotadas, rebaños de vacas y corderos. Al fondo, bajo el hosco cielo invernal, las montañas pirenaicas exhibían sus frentes y picachos coronados por la ingenua pureza de la nieve.

Modesto y Delage cabalgaron desde las últimas filas de soldados hasta la cabeza de la tropa y fueron distribuyendo instrucciones entre los oficiales. Primero pasarían a Francia todos los civiles que formaban la caravana. Y en último lugar, las tropas, con los heridos en las primeras filas.

Modesto se asomó a la línea de la frontera junto con uno de sus oficiales, que hablaba francés. Intercambiaron algunas palabras con un teniente de la gendarmería, quien les informó de que todos los soldados españoles debían entregar su armamento al cruzar a territorio galo.

En ese momento, Modesto vio acercarse, desde el lado francés, al general Rojo, acompañado de un grupo de oficiales de su Estado Mayor. Se cuadró y saludó. El general le tendió la mano.

—Me alegro de verle con vida, Modesto: hemos salvado al ejército.

—Aún faltan los que van a Portbou, mi general, y tenemos al enemigo casi encima. Pero el peligro mayor, quedar encerrados en una bolsa, ya ha pasado.

—Bien hecho, coronel.

—Después, los jefes volveremos a España para seguir la guerra.

—Yo no volveré, Modesto.

—¿Qué dice, mi general?

—La guerra está perdida irremediablemente.

—Nos quedan medio millón de hombres en el centro, el sur y Levante. La guerra aún puede ganarse. Negrín lo cree así. Y yo también.

—¿Dónde está Negrín?

—En Portbou. Supongo que ya habrá pasado de nuevo a Francia. Cuando crucen todos mis hombres, yo iré a Portbou para asegurarme de que se ha salvado hasta el último de nuestros soldados.

Guardó silencio un instante antes de añadir:

—Vuelva a España, mi general, usted nos hace falta. No me fío de Miaja ni de Casado… Si usted se va, se quedarán con las manos libres.

—No, Modesto, no regresaré. Ya es imposible la victoria y sólo quiero asegurarme de que todos estos hombres son tratados en Francia como se debe. Merecen una vida digna. Luego, me iré a París con Azaña. Y usted, ¿qué pretende hacer ahora?

—Los soldados van a salir de España desfilando. Han perdido casi todo, pero no el orgullo ni la razón.

—¿Me permite presidir a su lado el desfile, Modesto?

—Será un honor, mi general.

—¿No me considera un desertor, coronel?

—A un hombre no se le puede pedir más de lo que es capaz de dar. —Señaló a las tropas que comenzaban a formar—. Y ellos y usted ya han dado mucho, incluso demasiado.

—Es usted un hombre generoso, Modesto.

—No, mi general; sólo soy un soldado leal.

Fatigadas, sin apenas abrigo, desfilaban hacia Francia las últimas divisiones, la XI y la XXXV. Líster pasó a la cabeza, a lomos de un potro castaño, y le siguieron los heridos y después las filas de hombres famélicos, agotados, consumidos por los años de batallas, hastiados de ver a sus camaradas morir, castigados por el frío y el calor, malcomidos, ahítos de marchas interminables: sólo eran costillas y músculos, duros mentones, mejillas sin afeitar, ojos que brillaban sobre las pieles resecas y las mejillas hundidas. Marchaban sobre pies mal calzados, heridos por las llagas. Y esta vez no había tambores ni trompetas para saludarles ni nadie marcaba el paso. Pero resultaban más marciales que nunca en su orgulloso último desfile, con las toscas mantas militares enrolladas desde el hombro a la cintura, los fusiles en bandolera, los uniformes andrajosos y las borlas de sus gorros cuarteleros bailando bajo el aire frío.

Modesto los veía pasar, entre Rojo y Delage, el puño alzado en un postrer homenaje a sus hombres.

—Nunca ha habido un ejército mejor que éste —dijo Modesto a Delage.

El comisario lloraba. No respondió.

—Es imposible no emocionarse —oyó decir a Rojo a su derecha.

Modesto le miró: tenía también los ojos húmedos.

—Lo han dado todo, mi general, han hecho cuanto les he pedido y ahora van a un destino incierto —dijo Modesto—. Quisiera que España entera los viera hoy, convertidos en hombres que se han despojado de cuanto es insustancial, que han perdido cuanto poseían, pero que aun así marchan con corazones templados en la fragua del valor y armados de un recio espíritu invencible. Han sido destruidos, pero nadie ha podido derrotarlos. Véalos, marchan en formación, con disciplina…, son el Ejército del Ebro.

—Debería decirles lo que me está diciendo a mí. Haga que se detengan y proclámelo. Les animará oírlo.

—No hace falta, mi general: odio hablar a mis hombres con palabras altisonantes. Ellos saben bien lo que son y las grandes palabras son un insulto al corazón. Ellos saben que yo lo sé. Haga lo posible, mi general, para que sean tratados en Francia como hombres valientes.

—Le prometo que los defenderé con todas mis fuerzas. Para eso me quedo, no para otra cosa.

Según cruzaban la frontera, los soldados eran desprovistos de sus fusiles y registrados por si ocultaban en las ropas algún arma corta. En el último tramo de suelo español, algunos se agachaban para recoger un puñado de tierra de su patria.

—Suerte, coronel —se despidió Rojo.

Delage y Modesto montaron sus caballos después de que el último soldado hubo cruzado la frontera. Salieron de Le Perthus y tomaron la pequeña carretera que corría hacia el mar, hacia Portbou.

No había tiempo para despedidas ni desfiles en Portbou: las avanzadillas franquistas se echaban encima y los últimos contingentes del ejército republicano pasaron a Francia casi a la carrera. Cuando Modesto y Delage llegaron, quedaban apenas unas docenas de hombres en el lado español. Negrín había cruzado a Francia esa misma mañana.

Estaban al inicio de un puente en el que cada uno de los lados pertenecía a una patria diferente. Los soldados de la zaga pasaban a su lado y Modesto los saludaba puño en alto.

—Nos vamos ya, ¿no, Juan? —dijo Delage cuando la patrulla que cerraba la comitiva se acercaba a ellos.

—Cruza tú. Yo voy a salir detrás del último soldado.

—¿Y que más te da salir un minuto antes? Vámonos.

—Lo aprendí en mi Puerto cuando era un niño y quería ser marino: el deber de un capitán es no abandonar el barco hasta que todo el pasaje se haya salvado. Y lárgate de una vez, es una orden: además del último, quiero pasar solo.

—Tú mandas, mi coronel; te espero al otro lado.

Delage arreó a su caballo y atravesó el puente al trote, sin volver la espalda.

Los soldados adelantaron a Modesto. Pero él, en lugar de seguirles, picó los flancos de Capitán con las espuelas y regresó al galope hasta un pequeño altozano que se alzaba a unos quinientos metros del puente. Le estremeció pensar que era el último soldado que quedaba en España de aquel ejército de más de doscientos mil hombres.

Tomó los prismáticos de la funda de la silla. Y paseó la mirada por la llanada que se tendía delante de él. Era un día extraño. Del espacio colgaba una niebla rojiza, como si la humareda producida por mil incendios se hubiera escapado desde la tierra al cielo.

Pero bajo las nubes heladas, todo era claridad. Movía los prismáticos de arriba abajo y de abajo arriba; contemplaba lo más remoto y luego lo más próximo, como si tuviera una desmesurada urgencia por abarcarlo todo. Al fondo distinguía las riberas de un río y las casas de un pueblo en ruinas. Luego, una carretera vacía. Más cerca, veía aproximarse a la vanguardia enemiga: patrullas de soldados armados con fusiles o ametralladoras ligeras, que avanzaban lentamente, precavidos, las mantas enrolladas del hombro a la cintura, cubiertos por boinas o gorras o cascos de acero, caminando en desorden sobre un campo yermo y agujereado por las bombas de la aviación franquista arrojadas los días anteriores. En la proximidad de su campo de visión, había un par de carros de combate que ardían, junto a vehículos inutilizados y piezas de artillería destrozadas. Y más allá, mulos y borricos sin dueño que se movían desorientados por el campo solitario. Más lejos todavía, un gran ejército que se desplazaba como un poderoso animal en forma de gigantesca oruga.

Volvió a mirar más cerca. Un oficial de boina roja, sin duda un requeté, dirigía hacia él sus prismáticos, sobre un paisaje de humaredas. Quizás le distinguía. A su lado, un soldado hacía ondear una bandera roja y gualda. Detrás, flameaban otras banderas bajo el cielo rojizo.

Y de pronto vio un caballo negro, montado por un militar, que venía al galope a su encuentro. El jinete cabalgaba con galanura, iba solo y llevaba una pequeña bandera blanca flameando sobre su cabeza. Modesto pensó en volver grupas y cruzar la frontera. Pero sin preguntarse por qué lo hacía, decidió esperarle. Retiró los binoculares del rostro, buscó con la mano y sin mirar la funda de su pistola, sacó el arma y esperó sujetando con la otra mano las riendas de Capitán.

Cuando el jinete llegó a una distancia de unos cincuenta metros, contuvo el paso de su montura y comenzó a acercarse despacio. Las estrellas de la gorra señalaban el rango de comandante del ejército rebelde.

—¡No vengo armado, *pisha*! —gritó.

Modesto sintió un extraño calor al reconocer el habla de los Puertos.

—¿Qué quieres? —dijo.

—Eres Guilloto, ¿verdad?

Sintió un leve desconcierto mientras guardaba la pistola. El otro llegó a su altura, tiró a un lado la enseña blanca y se quitó la gorra. El rostro se le hizo conocido a Modesto.

—¿Cómo sabes mi nombre? —preguntó.

—¿Quién no conoce al famoso Modesto, incluso si es su enemigo? Además de eso, yo te debo la vida.

Modesto cayó en la cuenta. Se hallaba ante el oficial al que había rescatado de las manos del Campesino durante el asalto al Cuartel de la Montaña.

—El señorito de los Osborne…

El otro sonrió. Señaló al caballo de Modesto.

—Veo que has cuidado bien de Capitán.

Modesto le golpeó el cuello con la mano abierta.

—Es un buen jaco. ¿Por qué te has adelantado?

—Te vimos desde lejos y yo te reconocí…, por el animal. Quería decirte que tu mujer y tus hijas están bien. Mi familia se ha ocupado de ellas. Y ahora, en cuanto esta guerra termine, haré que pasen sanas y salvas a Francia. Es lo que tu esposa desea…

Modesto se sentía confuso, su estómago parecía haberse vaciado de pronto.

—Y quería decirte algo más —añadió el oficial—: que te largues ahora mismo, que ya estamos encima. Si caes prisionero, ten por seguro que vas al paredón.

—Supongo que tengo que darte las gracias…

—No hace falta. Te debo la vida y ahora me siento mejor por poder darte algo a cambio. Ya ves: los señoritos Osborne tenemos a veces estas cosas.

—¿Cómo has logrado que te dejaran venir solo a mi encuentro, sabiendo quién soy?

—Es que sólo yo sabía quién eras…, por Capitán. Le dije al mando que iba a intentar recuperar el animal.

Modesto descabalgó ágilmente y le tendió las riendas.

—Pues tuyo es.

—Te lo regalé y lo mantengo...

—Estará mejor en tus manos que en las de un gendarme francés. Ésos no saben cabalgar como un señorito de Jerez o un proletario del Puerto.

El comandante descendió de su caballo.

—Monta éste, es una buena bestia también. Y echa a galopar de una vez, paisano. Los míos ya están cerca y pronto te tendrán a tiro de mortero. ¿Le digo algo a tu mujer?

—Dile que vuelvo a la guerra... Porque, que lo sepas, señorito Osborne, esto no ha terminado mientras quede un Guilloto suelto.

—¡Cabalga de una vez y no vuelvas la cabeza!

—Nunca dejaré de volverla, aunque tenga que cabalgar de espaldas. Me gusta mirar de frente al enemigo. ¡Salud, paisano!

Brincó al caballo y picó espuelas. Descendió la cuesta y enfiló el puente. Los cascos resonaron briosos sobre la madera del suelo. Una granada lanzada desde las líneas enemigas cayó al lecho del río y la explosión le roció el rostro de agua helada. Pero unos segundos después alcanzaba la barra de la frontera.

Dos gendarmes le ordenaron detenerse, desmontar y entregar su pistola. Modesto mostró el pasaporte que le había facilitado el Partido Comunista francés horas antes, en Le Perthus, y pasó la raya. Delage le esperaba unos metros más allá.

—Bienvenido a Francia, Juan. Hay un coche listo para llevarnos a Perpiñán. ¿Qué ha pasado? Te vi con otro jinete arriba de la colina.

—Le vendí el caballo a un comandante franquista.

Delage le miró extrañado. Modesto rió mientras pasaba el brazo por el hombro de su amigo.

—La vida te desconcierta siempre. ¿Me creerás si te digo que el comandante era el jerezano a quien salvé la vida en el Cuartel de la Montaña?

—Ah, sí…, el dueño del caballo.

—Es raro y absurdo, pero he sentido algo así como alegría al verle.

Llegaban al automóvil, un Citroën de color negro.

Modesto levantó los ojos al cielo.

—Va a llover —dijo.

Miró hacia el fondo: columnas interminables de hombres desarmados marchaban por la estrecha carretera hacia el interior de Francia.

—La mayoría no tiene con qué protegerse de la lluvia —añadió.

—Eso no es lo peor que puede pasarles —respondió Delage.

Modesto volvió la cara hacia su espalda.

—Cuando esta guerra concluya, quizás la vida humana vuelva a valer algo. ¿Tendremos que luchar otra vez por nuestra dignidad, Luis?

—Ésa es una lucha eterna, Juan, y sólo terminará cuando termine el mundo. Así que es probable que tú y yo no estemos aquí el día de la victoria.

Subieron al coche. Y comenzaron a ascender una colina entre las filas de los hombres harapientos y fatigados que, respetuosos, se apartaban para dejar paso al vehículo. Muchos saludaban con el puño en alto y Modesto oyó algunos vítores lanzados en su nombre. Más arriba, a la izquierda, se alzaban enormes montañas cubiertas de nieve.

Con silenciosa pena, iba contemplando los rostros curtidos y las miradas vacías de aquellos soldados que marchaban hacia un lugar y hacia un futuro sobre los que lo ignoraban todo, vagabundos de una causa perdida.

De espaldas al avión y mirando hacia las llanuras desiertas que rodeaban el pequeño aeropuerto del Fondó, Modesto recordó el día en que cabalgó sobre el puente de madera de Portbou, a lomos del caballo del oficial jerezano, y emprendió la última marcha tras el Ejército del Ebro.

Ahora ya no había un ejército al que seguir. Allí estaban tan sólo un puñado de hombres: algunos ministros, unos cuantos dirigentes comunistas y varios jefes militares que se iban de España dando por perdida la guerra.

Añoraba de pronto a Cachalote y Delage. Y pensó que, quizás por esa causa, se veía profundamente solo. Pero descartó enseguida esa sensación. Se le hacía raro, por vez primera en varios años, no estar al frente de miles de soldados, no tener órdenes que dar ni decisiones que tomar. Y aceptar que ya no era nadie, salvo un hombre que huía.

La idea le angustiaba de súbito. Había trepado muy alto en el camino de la vida. Aquel niño pobre que aprendía a pelear en las arboledas y en las playas del Puerto se había convertido en pocos años en un general que gobernaba el destino de cientos de miles de hombres. ¿Por qué jamás sintió vértigo ante tamaña empresa? Ahora percibía en su ánimo una inmensa soledad.

Apenas un mes antes cruzó la frontera francesa y de nuevo se iba. Todo había transcurrido vertiginosamente. El día 10 de febrero pasó a Francia y esa tarde llegó a Perpiñán. Desde allí viajó hasta Toulouse. Y tan sólo dos días más tarde, con otros mandos militares y algunos ministros del gobierno desde Toulouse, voló hasta Valencia. Negrín había llegado a Alicante en un primer avión el día anterior. Los dos aparatos los había facilitado el Partido Comunista francés y los pilotos hubieron de dar un amplio rodeo por el mar para evitar a los aviones franquistas que dominaban los cielos de Cataluña.

Desde Valencia, viajó a Madrid por carretera, para coordinar las acciones militares del Ejército de Levante con las del Centro y del Sur. Pero el general Miaja no había querido recibirle y Modesto, por su parte, se negó a encontrarse con el coronel Casado. Ni siquiera quiso verle cuando los dos fueron ascendidos a generales por un decreto del gobierno.

Finalmente, Negrín le llamó a Elda cuando finalizaba febrero. Y ahora, ese día 6 de marzo de 1939, una fecha que nunca olvidaría, el sonido de los motores de un avión a su espalda le anuciaban la derrota y el exilio.

Oyó la voz de Hidalgo:

—¡Vamos, Juan!, ¡no hay tiempo!

El sargento que dirigía la pequeña tropa de vigilancia del aeropuerto le esperaba con dos soldados al pie del aparato, listos para retirar la escalerilla cuando él subiera. Modesto ganó a paso vivo la distancia que le separaba del avión. Los hombres saludaron con el puño alzado.

—¡Gracias, camaradas! —gritó—. ¡Y ahora dispersaos por donde podáis! ¡Y abandonad los fusiles, que no os cojan armados!

—¡A tus órdenes, camarada general! —respondió el sargento.

Hildago esperaba con la portezuela abierta.

—No entregues la pistola a la tripulación —le susurró al oído mientras entraban.

Modesto asintió con un movimiento de la barbilla.

Se sentó en la primera fila, en el lado de la ventanilla junto a Hildalgo, y se ajustó el cinturón de seguridad. El aparato comenzó al punto a correr sobre la irregular pista de tierra, botando como un caballo desbocado. En unos pocos segundos, se alzó sobre el suelo con un brusco movimiento y cabalgó el aire.

Hidalgo se volvió sonriente.

—Bueno, el comandante lo ha conseguido. Y no era fácil, no creas: la pista es muy corta para estos aviones.

Ganaron altura y el Douglas estabilizó su vuelo. Modesto contemplaba a su derecha las tierras áridas y los cerros calcinados. Sobre el avión se tendía un manto de nubes terrosas.

El aeroplano hizo un escorzo y giró en dirección al este, en busca del mar. El copiloto salió de la cabina y se acercó a Hidalgo y Modesto.

—Con su permiso, generales, el comandante les pide que entreguen sus pistolas: vamos a arrojarlas al mar.

Hidalgo y Modesto se miraron. Modesto habló:

—Dile al comandante que los generales no reciben órdenes de sus inferiores. Y que no vamos a daros las pistolas.

—Deben entregar las armas, mi general —insistió el otro—. Los franceses no van a consentir que entremos armados en su territorio.

Modesto hizo caso omiso y señaló hacia el horizonte que se tendía delante de la proa del avión.

—¿Hacia dónde vamos?

—Saldremos por la costa de Valencia, un poco al norte de la ciudad. ¿Entregará su arma, mi general?

—Claro, claro…, se la daré a los franceses, al pie del avión. ¡Y calla ya o te pego un tiro en el culo!

El copiloto regresó a la cabina y cerró la puerta a su espalda.

Hidalgo le miró con fijeza.

—Es doloroso perder una guerra, Juan.

Modesto respondió mirando hacia el mar, que se agigantaba al otro lado de la ventanilla.

—Cuando la guerra empezó, nunca creí que perderíamos, Ignacio…, nunca lo creí. Pero ahora ya sé por qué perdimos. Me lo dejó ver claramente Negrín, ayer mismo, cuando le acompañaba al aeropuerto para despedirle. No sólo perdimos porque ellos tenían mejor armamento, sino porque estábamos divididos y, sobre todo, porque dudábamos a menudo. Lo último que puede hacerse en una batalla es dudar. Lo mismo sucedía en las peleas callejeras cuando éramos chavales: si no estabas seguro de ti, el contrario vencía.

—Una guerra no es lo mismo que una pelea callejera.

—Porque tú no te has criado en la calle, Ignacio. Una pelea callejera puede ser tan cruel como una guerra. Y es igual de decisiva para el chico que la disputa.

—Lo peor es que nos hayan vencido siendo nuestra la razón.

—¿La razón, Ignacio…? Hoy pienso que la Historia, a la postre, carece de sentido.

—Eso no lo diría nunca un comunista, camarada.

—Pero sí los soldados vencidos, que es lo que somos tú y yo.

Modesto encendió un cigarrillo, aspiró hondo, arrojó el humo y añadió:

—Y a partir de ahora, ya no seremos nada: lo que resta de nuestras biografías sobra.

13

Una primavera en Praga

Sólo quien ha sido vencido conoce lo que significa esa palabra (...). Se parece a la muerte.

Mijaíl Bulgákov, *La Guardia Blanca*

La mañana del 21 de agosto de 1968, un día ventoso y de cielo
hosco y nublado, un batallón formado por medio centenar
de pesados tanques del Ejército Rojo ascendía la calle Na Prikope
en dirección a la plaza de San Wenceslao, en el centro de la ciudad de Praga. Soldados armados con fusiles de asalto viajaban
sentados sobre la parte delantera de los carros; otros se asomaban
a las torretas con las ametralladoras pesadas apuntando al cielo.
En las anchas aceras, miles de civiles checos se agolpaban al paso
de la fuerza invasora y dirigían insultos, abucheos y consignas li-
bertarias contra los carros de combate soviéticos. Pero la caravana
no se detenía.

El tanque del jefe del regimiento marchaba algo por delante
de los otros y el comandante asomaba orgulloso medio cuerpo
por encima de la escotilla, mirando con desdén a su alrededor.
No le importaba la aversión de los ciudadanos de Praga, ni las
banderas, ni el desafío furioso de la multitud. Sabía que, a una

orden suya, con tan sólo un disparo de cañón al aire, la muchedumbre huiría espantada del lugar. También era consciente de que nadie se atravería a manifiestar su irritación más allá de los gritos: los checos habían demostrado sobradamente, en muchas ocasiones, como bien le habían enseñado en la Academia Militar Frunze, que eran un pueblo cobarde. Se sentía orgulloso de marchar rodeado por los lamentos de tantos perros humillados.

Delante de él, sentado sobre el espacioso frente del carro, con las piernas abiertas sobre las que descansaba un pesado fusil de asalto, el joven soldado Viktor Suvorov alentaba sentimientos diferentes mientras contemplaba asombrado y algo temeroso el espectáculo de la multitud airada. Un oficial les había dicho a los soldados esa misma madrugaba que entraban en Praga para liberar al pueblo de los opresores burgueses. ¿Y quiénes eran aquellas gentes que ahora, en la calle, les gritaban palabras que Viktor no entendía, pero cuyo significado era tan fácil de comprender?, ¿eran el pueblo o eran sus opresores burgueses?

El batallón de blindados constituía la vanguardia de un ejército de medio millón de hombres y dos mil quinientos carros de combate enviados por los países del Pacto de Varsovia para acabar con la llamada Primavera de Praga, un intento de los políticos comunistas checos, encabezados por Alexander Dubcek, primer secretario del Partido, por abrir una vía democrática dentro del socialismo, una vía a la que se bautizó como «el socialismo con rostro humano».

Durante algo menos de un año, entre enero y ese mes de agosto de 1968, Moscú había dudado entre dar vía libre a las autoridades checas para llevar a cabo su experimento o cortarlo de raíz. A la postre, Leonidas Breznev, el líder soviético de aquellos días, optó por lo segundo. Y la vanguardia del ejército movilizado por Moscú avanzaba con rotundidad, entre las banderas checas y los gritos de rechazo de la multitud, hacia el corazón de la ciudad de Praga.

Viktor Suvorov, aupado a la coraza del enorme carro de combate que abría la marcha del regimiento, no entendía bien el sentido de aquella misión.

El joven soldado fue el primero en verle. El hombre surgió de entre la multitud que se agolpaba en las aceras, al pie de un edificio en el que flameaba, zarandeada por el viento, una bandera distinta: mientras las checas mostraban una raya blanca y otra roja hendidas por el vértice de un triángulo azul, aquélla exhibía tres franjas sencillas pintadas de rojo, amarillo y morado. Unas letras doradas de metal hincadas en la fachada del edificio, bajo la enseña tricolor, fijaban el nombre de la sede del Partido Comunista de España.

Delante del tanque en marcha, la multitud iba dejando un estrecho margen para el paso de la imponente máquina. Pero el hombre, con aire resuelto, se dirigió hasta el hueco vacío del asfalto, se plantó delante del carro con las piernas abiertas y, mirando al comandante, gritó: «*stóy, stayást, stóy…!*»,* mientras exhibía con la mano derecha algo parecido a un cuadernillo de tapas rojas.

El hombre vestía un pantalón oscuro y una camisa blanca de manga larga con toda la pechera abotonada, incluso el botón del cuello. Delgado, alto y de aspecto fornido, aparentaba unos sesenta años; pero su pelo era abundante, recio y negro. Los rasgos de su rostro se perfilaban con tal rotundidad que recordaban a los de las estatuas de piedra o de bronce. Tenía los ojos pequeños y las orejas se separaban de su cabeza como dos pequeños alerones. A una de ellas, la izquierda, le faltaba un pedazo.

* En ruso, «¡alto, deteneos, alto!».

El carro se había detenido para no atropellar al hombre y, tras el primer vehículo, todos los otros se vieron obligados a frenar. Tomado por sorpresa, el comandante respondió con gritos al hombre, ordenándole apartarse. Pero la gente comenzó a rodear de pronto al tanque de vanguardia y a todos los vehículos que le seguían, mientras un enorme clamor se alzaba como un oleaje incontenible desde miles de gargantas. El soldado se levantó sujetando su fusil. En escasos minutos, todos los tanques de la compañía estaban rodeados. Y el comandante sacó su revólver.

Viktor Suvorov veía ahora más de cerca al hombre. Gritaba al comandante en ruso, mostrándole el cuadernillo que llevaba en la mano, y el soldado pudo distinguir entonces que no era tal, sino un carnet con una fotografía. Entre el griterío, no alcanzaba a entender lo que el hombre decía, pero una de las palabras que más repetía era «general».

El comandante dirigió su pistola hacia él, sin amartillar el arma, y Viktor pensó que aquello acabaría por acobardarle. Pero sucedió al contrario. Con una extraña agilidad, el hombre saltó al carro y, dando dos pasos con firmeza sobre la chapa de hierro, se plantó ante el militar soviético. Con la mano, aireó el carnet ante el atónito rostro del comandante…

Ahora Viktor sí podía entenderle. En un torpe ruso de recio acento, el hombre le gritaba al comandante que él era general del Ejército Rojo y que aquél era el carnet que lo acreditaba. Y le conminaba a detener el avance y a retirarse de la ciudad, tildando la operación militar como un ataque del imperialismo soviético contra el pueblo checoslovaco.

La multitud le vitoreaba y agitaba las banderas mientras el comandante no sabía bien qué hacer. Y Viktor supo que, si le ordenaban disparar, no sería capaz de dirigir su arma contra él.

Porque se sentía hipnotizado por aquella digna figura que, erguida ante el oficial soviético, con los labios apretados, la mirada centelleante y los cabellos negros ondeando sobre su soberbia cabeza, parecía ser algo más que un hombre, una estampa antigua.

La escena duró muy poco más. Al fin, el hombre se dio la vuelta, descendió del carro, se internó en la multitud y ganó la puerta de la sede del PCE. El comandante soviético reaccionó y, amartillando su pistola, disparó al aire por dos veces. La multitud se abrió dejando paso a los tanques. Y en escasos minutos, el batallón de blindados siguió su avance hacia la plaza de San Wenceslao.

El soldado Viktor Suvorov, durante los meses que permaneció en Praga, integrado en la fuerza soviética que ocupaba la ciudad, se preguntó muchas veces quién sería aquel hombre y de dónde vendría. Nunca pudo olvidar, durante todos los años siguientes, aquel rostro y aquella actitud que jamás en su vida volvió a encontrar en otra persona.

Cuando el grupo de comunistas, siguiendo a Modesto, entró en la sede del PCE de Praga, uno de ellos, el más joven, le preguntó:

—¿Pero en serio creías, camarada general, que ibas a detener tú solo la invasión de todo un ejército?

Modesto se guardó el carnet en el bolsillo y, luego, con calma, se estiró las mangas y contestó al otro.

—No me acuerdo de dónde me dijiste que eras, camarada.

—De Sigüenza, general.

—Ya…, castellano. Si fueras andaluz, comprenderías una cosa que no puedes entender siendo de fuera…

Hizo una pausa antes de añadir:

—La importancia del gesto. ¿Me das un cigarrillo y fuego?

Madrid-Océano Atlántico-Nueva York, 2010-2012

Epílogo

Se miente más de la cuenta
por falta de fantasía:
también la verdad se inventa.

ANTONIO MACHADO,
Juan de Mairena

Todo cuanto se relata en este libro está basado en acontecimientos reales. No obstante, lo que aquí se cuenta no hay que considerarlo un trabajo histórico, sino que se trata en sustancia de una novela con tintes de tragedia, en el sentido clásico de la palabra. Eso significa, entre otras cosas, que algunos hechos han sido intencionadamente retocados, ya que la literatura, en ocasiones, tiene que imaginar la vida para aproximarse mejor a la verdad. Algo parecido dijo Aristóteles en su *Poética*:

> El objetivo del poeta no es tanto contar las cosas que realmente han sucedido cuanto narrar aquellas cosas que podrían haber sucedido y las cosas que son posibles de acuerdo con la verosimilitud o la necesidad (…). Por eso la Poesía es más filosófica que la Historia y tiene un carácter más elevado.

Lo mismo podríamos decir de la novela, ya que se trata de un género que, en su origen, como la tragedia, surgió de la poesía épica, pese a que muchos estudiosos de la literatura sitúen el nacimiento del género, tal y como hoy lo conocemos, a mediados del siglo XVIII de nuestra era. En todo caso, narrativa, historia y filosofía son tres hermosos géneros que han recorrido juntos el largo camino de la literatura a través de los siglos. Y los tres están en profunda deuda con la poesía.

En la misma línea de opinión viene a cuento citar a Albert Camus. En una conferencia sobre «El artista y su tiempo», ofrecida en Uppsala en 1957, a poco de recibir el premio Nobel de Literatura, el autor de *El extranjero* decía:

> No es posible (para los artistas) describir la realidad sin realizar con ella una selección que la someta a la originalidad del arte (…) El arte es, en cierto sentido, una rebelión contra el mundo en lo que tiene de huidizo e inacabado. No se propone, pues, (el artista) otra cosa que dar otra forma a la realidad que, sin embargo, está obligado a conservar porque es la fuente de su emoción (…) El artista se encuentra siempre en esta ambigüedad, incapaz de negar lo real y, sin embargo, eternamente dedicado a negarlo en lo que tiene de eternamente inacabado (…). No se trata, pues, de saber si el arte debe de rehuir lo real o someterse a ello, sino tan sólo de conocer la dosis exacta de realidad con que debe de lastrarse la obra para que no desaparezca en las nubes ni se arrastre, por el contrario, con suelas de plomo.

Escribir una biografía del general Juan Modesto es un reto que, cosa extraña, ningún historiador ha acometido, a pesar del importante papel militar que desempeñó en la Guerra Civil española, quizás porque, con buen juicio, los investigadores y estudiosos de la Historia sintieron cierto temor al contemplar el misterioso y épico perfil del personaje. A mí, sin embargo, cuando comencé a leer sobre él, a instancias de mi amigo el poeta Antonio Hernández, su figura me atrapó de forma tan irremediable que decidí escribir este libro, quizás porque me atrae fatalmente el vértigo literario. Antonio, que es gaditano como lo fue Modesto, me dijo: «Estáis hechos el uno para el otro». Espero haber sido capaz de situarme a la altura de ese reto de indudable rango poético. En todo caso, en buena lealtad literaria, cuando Antonio me brindó la figura de un héroe, yo me sentí obligado a devolverle una tragedia: Fitzgerald *dixit*.

Al comenzar a indagar sobre la vida de Juan Modesto, me di cuenta de que hay hombres sobre los que no se puede escribir si uno no acepta de inmediato el peso de una certeza: que el vigor de su carácter los convierte de forma irremediable en leyenda, quizás a su pesar, y que esa leyenda termina por impregnar y transformar sus rasgos. Quiero decir que, con ellos, la realidad se transmuta en mito y ese mito se convierte luego en realidad. Por eso, es difícil para los historiadores abarcar con el mero uso de los datos a estas personalidades tan complejas como fascinantes.

Creo que, en el caso de Modesto, como sucede con otros muchos protagonistas de la Historia, una buena manera de comprenderle sea, quizás, hacerle hablar desde la literatura. Hay pasos que los biógrafos no se atreven a dar por miedo a caer en el error. Y hacen bien. En cambio, la literatura, en su médula, es siempre un acto de audacia, en buena medida una suerte de travesura. La palabra ficción surge del término latino *fictio*, que significa en primer lugar «construcción» o «formación». Sólo en siguientes acepciones viene a traducirse como «creación», «simulación», «ficción», «suposición» o «hipótesis». El intento de este libro ha sido construir, en el sentido clásico de la palabra —o quizás mejor «reconstruir»—, la figura de un militar legendario de nuestra Guerra Civil. Pienso sinceramente que, discurriendo entre el mito y la realidad, la vida del general republicano Juan Modesto Guilloto muy bien pudo haber sido como aquí se relata. En caso contrario, que lo enmienden los historiadores. Están en su derecho de tirarme de las orejas.

Otros propósitos me empujaron, además, a emprender la escritura de esta novela. Pertenezco a una generación nacida poco después del término de la Guerra Civil, en mi caso concreto cinco años más tarde. Y sin embargo, siempre he sentido que viví esa conflagración, que participé en la lid. Porque las guerras civiles, las más crueles de todas, se prolongan en el tiempo, tanto en la memoria de los que combatieron como en la de quienes las sufrieron. Y ese horror y ese miedo sentidos por tantos hombres y mujeres en las trincheras y en la retaguardia pasan incólumes al corazón de sus hijos. Casi puedo afirmar que, cuando era un niño, viví en carne propia, como mis hermanos, mis primos y todos los chicos de mi generación, aquel conflicto fratricida. Porque la Guerra Civil salía a colación durante las comidas y las cenas, en las charlas de los mayores, e incluso en celebraciones familiares. Y siguió lacerando las almas de los míos, y de rebote la mía propia, muchos años después de su conclusión. Todavía hoy me escuecen las llagas.

Todos mis mayores compartían el mismo sentimiento, aunque pensaran de formas diferentes: nunca más una guerra entre españoles. Creo que hay una obligación para las gentes de mi edad de transmitir esa dolorosa emoción, para que las generaciones venideras no olviden la honda tragedia que significa una contienda civil. La guerra de 1936-1939 no la perdió uno de los bandos contendientes; la perdieron todos los españoles. Cualquier hombre que lucha en un campo de batalla ve esfumarse su dignidad en el combate, tanto el que cae derrotado como el que vence en la pelea, porque el objetivo esencial de ambos es tan sencillo como infame: matar al contrario.

Jorge Semprún, en su *Autobiografía de Federico Sánchez*, que le valió el premio Planeta del año 1977, acuña un curioso juicio al referirse a los almuerzos de los exiliados en París durante los años cuarenta, a las nostálgicas reuniones ante una fabada o un cocido de algunos jefes militares y políticos que perdieron la guerra. Así escribía:

En casa de Antonio Cordón,* entre alubia y chorizo, entre garbanzo y tropezón, oyéndole a Líster ganar a posteriori la batalla de Brunete, pongamos por caso, o presentar el paso del Ebro por el V Cuerpo de Ejército como la operación militar más brillante del siglo XX, se me fue imponiendo una convicción de la que ya no me he apeado: que la Guerra Civil española era una cosa demasiado seria como para abandonarla a los excombatientes de uno u otro bando. Conozco, en efecto, a muchos «hijos de vencedores» que han tenido, en el campo contrario y frente a otra mitología de la Guerra Civil, la de la Cruzada, una análoga reacción crítica; que han sentido muy pronto la necesidad de historizar los problemas de la Guerra Civil, lo cual no quiere decir encerrarlos a doble llave en las mazmorras del pasado, sino elaborarlos críticamente para que nutran e informen una estrategia. Fue allí, en casa de Cordón, oyéndole a Líster narrar sus hazañas militares, donde comencé a comprender que la Guerra Civil sólo sería mitología mientras fuera cosa de ellos, de los que la hicieron y nos deshicieron haciéndola tan mal; que sólo sería historia, al fin, sólo un saber práctico que nos permitiera vivir con ella, asumiéndola críticamente, y no desviviéndonos en sus laberintos engañosos, cuando fuese cosa nuestra: de los que no la hicimos...

* Militar de carrera y comunista, el general Antonio Cordón (1895-1969) fue subsecretario de Defensa y hombre de confianza de Juan Negrín, último presidente de gobierno de la Segunda República, hasta el fin de la guerra. Murió en el exilio.

En todo caso, no es mi intención moralizar en este libro, sino sencillamente escribir de aquel conflicto. Siempre quise hacer una novela sobre la Guerra Civil y durante muchos años he leído con pasión sobre ella, tanto textos históricos como novelas y testimonios personales de quienes la vivieron y sufrieron. La razón es muy simple: la Guerra Civil es la más pavorosa epopeya de mi patria, como lo fueron su Revolución para los franceses, la guerra de Secesión para los americanos y, por lo que se refiere a los rusos, la resistencia contra las invasiones de Napoleón y Hitler. Toda nación que cuenta con una gran epopeya en su historia tiene el deber de crear literatura sobre ella. Yo siento que estamos conminados a cantar nuestras desdichas con el lenguaje de la épica. Y que debemos hacerlo eludiendo el fácil recurso del maniqueísmo, que a la postre no produce otra cosa que mala literatura.

El general Modesto se puso en mi camino y me abrió la puerta para escribir sobre nuestra terrible lucha fratricida. Él fue protagonista de la Historia, pero también uno más de quienes sufrieron las quemaduras imborrables de aquella gigantesca llamarada de violencia. Héroe para muchos, quién sabe si villano para unos cuantos, al final resultó ser una víctima más, en su caso esplendorosa, del capítulo más desmesurado de nuestra peripecia histórica a lo largo de los siglos. Vivió en el fuego, azotado por los veleidosos vientos de la Historia. Y fue consciente, estoy seguro, de que el Destino, la fatalidad, le eligió, entre tantos hombres comunes, para distinguirle con su abrazo grandioso y maléfico, convirtiéndole casi en un personaje de tragedia griega.

Por otra parte, al sentarme ahora a escribir sobre un hombre que ha muerto, me doy cuenta de que es una tarea que produce cierta tristeza y vértigo, porque te pone ante el espejo de tu propio futuro, por muy grande o pequeño que seas. Pero, paradójicamente, quizás el hecho de escribir sobre los muertos, tratando de recuperar la memoria de sus vidas, sea un noble modo de eludir la tristeza que a todos nos produce la futilidad de la existencia humana.

Diré que, finalmente y después de darle algunas vueltas al asunto, rechacé la idea de construir una suerte de argumento de ficción al estilo de un *thriller* o rodeado de «suspense», como han hecho ya otros novelistas, a menudo con brillantez y en fechas recientes. Tampoco intenté deslizar entre las líneas de este relato una interpretación moral o política de lo que sucedió en la guerra, como han hecho otros con todo su derecho. Yo he tratado simplemente de esculpir una suerte de friso al modo de los clásicos. Como dijo en una ocasión Robert Graves: «La ficción pura está más allá del alcance de mi imaginación».

J.R.

Notas finales, agradecimientos, desencuentros y bibliografía

Conseguir datos sobre el general Modesto no ha sido una tarea fácil. Su libro de memorias de la guerra, *Soy del Quinto Regimiento*, aporta muy poco sobre su persona, en tanto que abruma con su aluvión de tecnicismos militares. Creo que fue en el año 1959 cuando comenzó la escritura de un libro más íntimo, *Estampas de mi infancia*, del que sólo he tenido acceso a una veintena de páginas. No sé si lo continuó, si llegó a concluirlo, sencillamente porque su familia me ha cerrado la puerta, como quien dice, en las mismas narices.

Por otra parte, no existe ningún trabajo histórico sobre él, aunque sí numerosas referencias en los libros de memorias de quienes hicieron junto a él la Guerra Civil, la mayoría elogiosas y sólo unas pocas en su contra. Resulta curioso, por ejemplo, que Manuel Tagüeña, que le detestaba personalmente, le tache de «sarcástico y cruel» en su texto de recuerdos, y que esos juicios sean reproducidos tal cual, sin investigarlos, por un historiador de la talla de Hugh Thomas. Mateo Merino, en su libro de memorias de la guerra, exaltó su figura hasta la desmesura y Alberti le cubrió de elogios en su *Arboleda Perdida*. Hay muy pocas fotografías de Modesto, aunque las que han caído en mis manos reflejan el rostro y los gestos de un hombre muy viril y de aire resuelto. En cuanto a las filmaciones, apenas existe algo sobre él. Lo más que he conseguido ver es un viejo filme de la batalla de Brunete en el que aparece en dos momentos junto al Campesino. En la cinta, Modesto es un hombre jovial, apuesto y sonriente. Supongo que los planos serían rodados al principio de la batalla, cuando los republicanos llevaban la iniciativa. También aparece brevemente en un discurso de despedida a las Brigadas Internacionales en Barcelona (octubre de 1938).

Al abandonar España desde Elda y llegar a Toulouse, Modesto se dirigió enseguida a París para reunirse con el resto de los dirigentes del Partido Comunista español. Pero apenas unos meses después, tras el estallido de la Segunda Guerra Mundial, se embarcó en un carguero en el puerto de Le Havre, junto con otros camaradas españoles, rumbo a la Unión Soviética, en una larga y accidentada travesía por los mares del norte de Europa y siempre bajo la amenaza de un ataque de los barcos de guerra nazis. Nunca volvería a ver al general Rojo y al presidente Negrín.

En Moscú acudió de nuevo a cursos de formación en la academia Frunze, con otros militares españoles como Tagüeña y Líster. A pesar de sus deseos de participar en la contienda, Stalin no permitió ni a él ni a ninguno de los jefes republicanos españoles tomar parte en la Guerra Mundial encuadrados en el Ejército Rojo. Pero otorgó a varios de ellos diversos grados en la escala de mando y en Modesto recayó el de mayor rango, «Kombrig», comandante de brigada. A casi todos, se les encargaron durante la contienda funciones de adiestramiento militar en los países del Este aliados de Moscú y Modesto estuvo destacado en Polonia y Yugoslavia. Al término de la guerra, Stalin nombró a tres de los militares republicanos españoles generales honorarios: Juan Modesto, Enrique Líster y Antonio Cordón.

Por alguna extraña razón, en los años que siguieron al fin de la Segunda Guerra Mundial, cuando Stalin comenzó a ordenar fusilamientos masivos entre sus antiguos camaradas de diversos países, ningún español fue pasado por las armas.

En 1944, después del suicidio de José Díaz, secretario general del PCE durante toda la Guerra Civil, se desató la lucha por el relevo entre los dirigentes del Partido y Modesto optó, junto con la mayoría de los militares, por Jesús Hernández. Pero al vencer la facción que encabezaban Dolores Ibárruri «Pasionaria» y Santiago Carrillo, Modesto aceptó su derrota, al contrario que otros, y siguió fiel al Partido. Y la nueva dirección le mantuvo en el Comité Central.

Con el fin de la contienda europea, Modesto regresó a París con la plana mayor del PCE. Pero unos años después, la IV República retiró el asilo político a los comunistas extranjeros y los españoles hubieron de buscar de nuevo una patria en los países del Pacto de Varsovia. Casi todos optaron por la URSS, y Modesto prefirió quedarse como delegado del partido español en Praga, junto con Francisco Antón, ya separado de Dolores Ibárruri. Unas ciento cincuenta familias de comunistas españoles fueron acogidas como refugiados políticos en la capital checoslovaca.

Desde Checoslovaquia viajó numerosas veces al extranjero en representación del Partido, casi siempre a países del Este europeo y, en alguna ocasión, a Cuba. En Radio Praga solía realizar colaboraciones periodísticas de análisis político que firmaba como Juan Modesto o Juan del Puerto. Sus análisis, plagados del lenguaje tópico de la época, destilan un fondo de melancolía del que también hablan quienes le trataron entonces.

En 1968, junto con Antón, se alineó con rotundidad a las tesis de Dubcek para la construcción de un «socialismo de rostro humano» y los dos convencieron a la dirección del PCE, ya con Carrillo en la Secretaría General, para que tomara esa misma posición. Ello dio pie a la ruptura definitiva del partido español con la

Unión Soviética y al inicio de la apertura democrática por la vía del llamado «eurocomunismo».

Enfermo de cáncer, murió en Praga en abril de 1969, menos de un año después de que Breznev decapitara el sueño de la Primavera del 68. Le faltaban cinco meses para cumplir los sesenta y tres años.

Sus restos fueron inhumados en Praga en una ceremonia a la que asistieron Pasionaria y Carrillo, entre otros dirigentes del PCE, además de personalidades políticas checoslovacas del ala prosoviética y algunos destacados dirigentes de la Primavera de Praga, como Smorkovsky y Kriegel, este último antiguo brigadista internacional en la Guerra Civil española y camarada de Modesto en muchos frentes de combate.

Los restos de Modesto fueron trasladados a Madrid el 13 de diciembre de 1980 y enterrados en el Cementerio Civil, en un acto al que acudieron unos cientos de personas y en el que pronunciaron discursos en su honor Dolores Ibárruri y Santiago Carrillo.

Modesto tuvo dos hijos con María Díaz. El primero, Juan, fue concebido en España a finales de la guerra y nació en 1939 en Moscú. Antonio, un par de años después, creo que también vino al mundo en la URSS. Ambos estudiaron en la URSS y, más tarde, en Cuba, en donde Antonio contrajo matrimonio con una muchacha cubana llamada Estrella. Ignoro el número de nietos de Modesto.

María salió de España con Modesto al caer Cataluña, pero desde Toulouse regresó a Alicante, en donde un grupo de casadistas la encarceló. Fue liberada el día anterior a la entrada de los italianos en la ciudad y ese mismo día se embarcó rumbo a Orán —probablemente en el famoso navío *Stanbrook*— cuando ya el buque había retirado la pasarela, según relató la propia María en

Memoria de una locura al escritor Javier Figuero. De Argelia viajó a Moscú, en junio de 1939: estaba embarazada de cinco meses. Lo cuenta: «Me estaba esperando (Modesto) en el andén. Empezaba ahora nuestra vida en común. Hasta entonces no habíamos tenido ni casa, ni tiempo, ni vida... Éramos dos extraños».

Madre e hijos regresaron del exilio en 1977 y se instalaron en Madrid. Antonio trabajó para Aeroflot, la compañía aérea soviética, en las oficinas del paseo de la Castellana, y María fue hasta su muerte la encargada de las tareas de intendencia y limpieza de la sede del PCE en Madrid. De Juan no logré averiguar el oficio u oficios que desempeñó, aunque sé que trató de trabajar en el periodismo sin lograrlo.

A pesar de que intenté contactar con Antonio por medio de Aeroflot y otras vías, no conseguí que aceptase verme ni hablar conmigo. Sin embargo, sí que localicé el teléfono de Juan en la guía de Telefónica. Le llamé una mañana y la conversación fue muy desagradable. Me trató de espía, dijo que le mentía cuando le hablé sobre mis intenciones de escribir un libro sobre su padre, afirmó que creía que yo estaba grabando la conversación y, antes de colgar, me dijo que no pensaba recibirme ni darme datos y que, si quería escribir sobre su padre, me inventase su vida o escribiese una novela. Al final, acabé por hacerle caso, como se ha visto.

En el año 2006, se celebró en El Puerto de Santa María un homenaje a Modesto, con una exposición que recogía fotografías y textos de sus memorias de infancia cedidos por la familia. Por lo que sé, costó un enorme esfuerzo convencer a sus familiares de que colaborasen en el homenaje. Al final, acudieron los dos hijos y la esposa de Antonio. Pero cuando yo intenté de nuevo, por medio de Javier Maldonado, director del Patrimonio del Puerto de Santa María, contactar con ellos —en especial con la esposa de Antonio, Estrella—, otra vez recibí negativas a mi propuesta. Al parecer, Antonio sufre graves problemas de salud y no desea hablar con nadie sobre su padre. En cuanto a Juan, me han dicho que guarda un enorme rencor hacia la memoria de Modesto y hacia el Partido Comunista, por razones que ignoro.

Tengo la impresión, por otra parte, de que la relación de Antonio y Estrella con su padre y suegro fue más estrecha y tolerante que la de Juan. En la tumba de Modesto del Cementerio Civil de Madrid figura, en primer término, la inscripción «General Juan Modesto Gilloto, 24-09-1906, 19-04-1969». Debajo, se lee con parecidos caracteres: «María Díaz Moliner, 12-10-1918, 26-09-2005». Y en tercer lugar, con iguales tipos de letras y números: «Zoila América Reyes Santos, 28-09-1920, 19-04-1988» (la madre de Estrella). La tumba la adquirió María Díaz en 1980, cuando los restos de Modesto fueron trasladados a Madrid desde Praga. O sea: había una cierta unión familiar entre la rama cubana y la española. Y al parecer, según me han contado quienes la conocen, Estrella era hasta hace poco una mujer alegre que quería enormemente a su suegro.

Busqué como es lógico a personas que hubieran conocido en vida a Modesto. Ya quedan muy pocas, lamentablemente, porque los supervivientes de la Guerra Civil se están yendo de la vida como el humo. Si hubiera alumbrado la idea de escribir este libro hace diez años —e incluso hace cinco—, habría tenido decenas de testimonios de primera mano. Pero al comenzar mis investigaciones en 2010, apenas di con unos pocos. Para ser exactos, con tres.

El primero, el poeta comunista Marcos Ana, amigo mío desde mis años de corresponsal de prensa en París. Marcos, que fue detenido en el puerto de Alicante cuando era un joven soldado republicano y pasó en la cárcel más años que ningún otro preso político, viajó con Modesto a La Habana en 1962 formando parte de una delegación del PCE. Allí, Modesto conoció a Fidel y al Che y fue recibido como un héroe. Le tocó compartir dormitorio con Marcos Ana y éste me contó que, nada más instalarse en el hotel Habana Libre, sacó su colchón a la terraza, «para respirar el aire del mar». Y allí durmió todo el tiempo que permaneció en la ciudad. A un gaditano de la bahía, que en ese momento vivía exiliado en Praga después de haber pasado años en París y Moscú, es fácil imaginarle feliz con el aliento de su Atlántico natal acariciándole la piel, recordando los días en que quería ser piloto de barco. Marcos Ana me habló de él como de un hombre inteligente, discreto y afable.

El segundo, y más importante, Santiago Carrillo, con quien me vi algo más de un año antes de su muerte. Aunque yo conocía a Santiago desde mis años parisinos y habíamos tenido una muy buena relación, no era fácil para mí acceder a él en esos momentos por razones que no vienen al caso. Pero gracias a las gestiones de su hijo Jorge, un hombre estupendo a quien conocí cuando era un chaval, pude reunirme con Carrillo en su casa de Madrid alrededor de cuatro horas para hablar de Modesto. Tomamos un par de whiskies y Carrillo se fumó algunos cigarrillos.

Carrillo y Modesto fueron buenos amigos y el que fuera secretario general del PCE me lo describió como un hombre serio, fornido, rebelde y con sentido del humor. Poseía, según Carrillo, una gran dignidad en sus actitudes, caminaba muy derecho y tenía la cabeza grande. Trataba con respeto a la gente y su actitud imponía. Mantenía un fuerte acento gaditano y fumaba mucho. «Era un general auténtico», me dijo.

La imagen más antigua que Carrillo guardaba de él remitía a los primeros días del cuartel del Quinto Regimiento, en el antiguo colegio salesiano de Francos Rodríguez. Allí, Modesto y el Campesino pelearon en broma y, con una simple llave, Modesto arrojó al suelo a Valentín González y lo inmovilizó. Carrillo se encontró muchas veces en el frente con Modesto: en los combates de la sierra de Madrid, en Brunete, en el Ebro… Me contó que, durante la retirada de Cataluña, Modesto se enfrentó a culatazos con los soldados republicanos que huían del combate y se mantuvo siempre en primera línea. Se interesaba mucho por su gente, según Carrillo, no era despótico y sus hombres le adoraban.

Sin embargo, otros mandos militares procedentes de las milicias, como Líster, el Campesino y Tagüeña, sentían grandes celos de su carrera. Modesto siempre quiso, desde el comienzo de la guerra, apartar del ejército al Campesino, a quien tenía por un cobarde y un incapaz, pero el PCE consideraba a éste un mito. «Y cargarte un mito durante una guerra es complicado», añadió Carrillo. «Modesto era muy valiente, a menudo guasón y el mejor de los jefes milicianos. Si le hubieran dejado, a comienzos de 1939 habría ido a Madrid y le habría pegado un tiro a Casado por traidor. Nunca provocaba una bronca; pero quien le buscaba, le encontraba.»

Carrillo terminó diciéndome que la opinión de Modesto fue fundamental para que el PCE condenara la invasión de Checoslovaquia de 1968. «Era partidario del eurocomunismo, en tanto que otros, como Líster, se alinearon con Moscú.»

Cuando le pedí a Carrillo que me dijese cuál era la última imagen que guardaba de Modesto, me contestó: «Fue en una reunión del Comité Central, en la que se discutió sobre la Primavera de Praga. Le vi muy serio y muy delgado: ya estaba enfermo. Y como siempre, mantenía una actitud modesta. La primera línea nunca le gustó en la política, al contrario que en la guerra».

El tercero de los hombres que le conocieron —de los que aceptaron recibirme— fue Antonio González San Gil, un madrileño de setenta y siete años que se exilió siendo muy joven a Praga, en el 58, logrando escapar de la policía cuando militaba en la clandestinidad en el PCE. Antonio, que casualmente reside ahora en El Puerto de Santa María, conoció y trató a Modesto y a su fa milia durante diez años. En Praga vivían en esos años unas ciento cincuenta familias de españoles exiliados, en su mayor parte comunistas, y Modesto era el delegado del PCE en la ciudad, junto con Francisco Antón, antiguo compañero de Pasionaria. A María, la mujer de Modesto, todo el mundo la conocía en Praga, por su carácter recio, como «la Generala». Y a la sede del PCE la llamaban «la oficina».

Antonio San Gil fue quien me contó cómo Modesto se opuso a los soviéticos cuando éstos entraron en Praga por la calle Na Prikope. Me lo definió como un hombre serio, nada dicharachero y, sin embargo, amigo de las chanzas. Le gustaba entonar bulerías en las fiestas y cantaba a menudo *Andaluces de Jaén,* el verso de Miguel Hernández al que puso música Paco Ibáñez. Jugaba al ajedrez y era muy aficionado al fútbol. «En el año 1967 —me contaba Antonio—, la selección española fue a jugar un partido en Praga contra la checoslovaca, clasificatorio para el mundial de Italia-68. Y a la hora de tocar los himnos nacionales, unos españoles exiliados cambiaron la partitura a la orquesta y sonó el *Himno de Riego* en lugar de la *Marcha de Infantes.* Aquello originó una protesta diplomática por parte de Madrid. Modesto reprendió a los autores de la burla, pero luego se tronchó de risa. Todos nos disgustamos cuando España perdió 1-0. No recuerdo bien de qué equipo era Modesto: creo que del Betis.»

«Era cordial, aunque reservado —siguió Antonio—. Y muy modesto, como su nombre, mientras que Líster —que residió un tiempo en Praga— resultaba empaquetado, prepotente y chulo. Eso sí, hacía unas estupendas empanadas gallegas. Modesto, por su parte, no necesitaba demostrar nada, no presumía: él era lo que era, y todo el mundo, sólo con verle, sabía que era alguien humanamente importante. Mi mujer, Águeda, que murió hace unos años, le describió así en un programa de la televisión gaditana: "Era fuerte y atrayente. Caminaba muy derecho. Serio, no sonreía mucho. Pero era muy tierno. Al hablar, te tocaba el hombro con los dedos. No era egocéntrico".»

La mujer de Carrillo, Carmen, me dijo sobre Modesto que era un hombre atractivo. También pregunté a mi amiga Carmen Claudín, la hija de Fernando Claudín, sobre la opinión que tenía su padre sobre el general. Me respondió que una buena opinión. Y añadió que su madre lo consideraba un hombre «apuesto».

Le pregunté a Antonio González San Gil sobre los hijos de Modesto y el rechazo que recibí de ellos al intentar saber más acerca de su padre. Me dijo: «Al contrario que otros dirigentes, Modesto nunca aceptó privilegios por ser quien era. Y sus hijos se lo reprocharon siempre. Por eso, tal vez, no quieren saber mucho de él, quizás porque fue mejor comunista que padre. Los dos hijos eran muy inteligentes, pero no supieron entender la grandeza de su progenitor».

Y no encontré a nadie más que le hubiera conocido.

Pero hay otras personas que me han ayudado en la búsqueda de material para este libro. Pedro Pardo, editor de Anaya&Touring y un enamorado de Cádiz, me puso en contacto con Teresa García, de la librería Quorum, en la Tacita de Plata, quien a su vez me abrió las puertas del Puerto de Santa María llamando a Javier Maldonado, director del Patrimonio de la localidad. Él me dio importantes datos sobre la vida de Modesto en el Puerto y me presentó a Antonio San Gil.

Victoria Ramos Bello me abrió con gran generosidad los archivos del PCE, en la calle del Noviciado, y mi amigo Joaquín Bardavío me instruyó sobre los temas referidos a la estructura militar —escalafón de mandos y organización de tropas— de los días de la República. En fin, Gregorio Salcedo, en Morata de Tajuña, me mostró con precisión, y caminando los dos por terrenos muy ásperos, los escenarios de la batalla del Jarama.

Hay algo que me ha quedado colgado en este libro: la historia de la primera familia de Juan Modesto, de su primera esposa Antonia Ruiz Arias y de sus hijas Dolores Guilloto Ruiz y Milagros Guilloto Ruiz. No sé si fueron olvidadas por Modesto o las ayudó a cruzar a Francia en los días finales de la guerra. E ignoro si pasaron una temporada en los campos franceses de refugiados —más bien, de concentración— de los republicanos y escapados de España.

Pero sé que formaban parte del pasaje que, en el buque *Cuba*, fletado con dinero de la República en el exilio, partió de Burdeos el 19 de junio de 1940, huyendo de los invasores alemanes. El viaje supuso casi una odisea. El 6 de julio, al llegar a la República Dominicana, el dictador Trujillo, amigo de Franco, negó el desembarco a los refugiados y éstos hubieron de seguir navegando hacia la isla de la Martinica. Allí, sucios y hambrientos, fueron obligados a cambiar de barco y abordar el *Saint Dominique*, gobernado por el comandante Jacques de Fromont, que los llevó hasta las costas de Veracruz, en donde el presidente Lázaro Cárdenas los acogió el 27 de julio. En el buque viajaban 513 pasajeros españoles.

Mi amigo el diplomático Miguel Fernández-Palacios, actualmente embajador en Etiopía, hizo gestiones con el consulado español en Veracruz para averiguar si se sabía algo de la familia olvidada de Modesto. La respuesta decía: «Tenemos sólo a una de ellas registrada, Milagros, pero es un registro muy antiguo y no tiene ningún teléfono de contacto ni consta que haya hecho ningún trámite desde hace muchos años. De ninguna de las otras dos hay rastro alguno en nuestro Registro de Matrícula y tampoco están en los registros de Monterrey y Guadalajara».

La familia olvidada de Modesto se esfumó.

En el libro inédito sobre su infancia en el Puerto, y también al comienzo de *Soy del Quinto Regimiento*, comenta Modesto: «He conocido hombres y mujeres estupendísimos a los que rindo homenaje. He corrido y deambulado algo por el mundo —aunque nunca de turismo—. Y he visitado y he visto poblaciones y sitios inolvidables, muchos de los cuales, de no ser yo del Puerto, hubiera elegido para nacer y morir...».

Siempre que leo este texto me trae ecos de los primeros versos de la *Odisea* («aquel hombre... que vio muchas ciudades y conoció el modo de pensar de numerosas gentes...»), un libro que probablemente Modesto no leyó nunca. Antonio González San Gil me comentaba que, cuando los españoles exiliados se reunían en Praga, todos solían hablar de sus respectivas tierras con nostalgia e idealización extremas. Modesto callaba, escuchaba y, al final, decía: «Sí, todo eso está muy bien; pero no conocéis mi Puerto...».

La prematura muerte le impidió regresar a su Ítaca añorada.

Por último, viene al pelo contar que este libro, en su proceso de realización, ha viajado, además, un poco. Lo comencé en Madrid en noviembre de 2010, después de visitar muchos de los escenarios en los que transcurrió la vida de Modesto —su Puerto, desde luego, pero también casi todos los campos de batalla—; lo continué escribiendo entre los meses de junio y julio en la cabina de oficiales del *Hespérides*, el buque oceanográfico de la Armada española, mientras cruzaba el Atlántico de América del Sur a España; y lo terminé en un período de varios meses de estancia en la ciudad de Nueva York. Se trata, pues, de un libro muy viajado.

Quien más me ha echado una mano importantísima para hacerlo posible ha sido mi amigo gaditano Antonio Hernández, que también lo ha repasado después de escrito.

Para la historia de la Guerra Civil he utilizado fundamentalmente el texto clásico de Hugh Thomas, los libros de mi hermano Jorge M. Reverte sobre las batallas de Madrid, el Ebro y Cataluña, y el libro sobre la batalla del Jarama de Jesús González de Miguel.

Para la vida de Modesto, me he apoyado en los textos de memorias del propio Modesto (era mejor militar que escritor), Rafael Alberti, Santiago Carrillo, Antonio Cordón, Enrique Castro Delgado, Eduardo de Guzmán, Ignacio Hidalgo de Cisneros, Enrique Líster, Pedro Mateo Merino, Vicente Rojo, Palmiro Togliatti y Manuel Tagüeña. Sobre las Brigadas Internacionales, he recabado datos y testimonios del libro *La guerra apasionada*, de Peter Wyden, y de la novela autobiográfica *Otra colina*, de Milton Wolff, último comandante del Batallón Lincoln.

La profesora Josefina Doménech me facilitó una extensa documentación publicada años atrás en *El Diario de Alicante* sobre los últimos días de la guerra en la ciudad y en la población de Elda, y me han sido de enorme utilidad los textos periodísticos sobre la Guerra Civil de Henry Buckley, Geoffrey Cox, Manuel Chaves Nogales, Louis Fischer, Marta Gellhorn, Ernest Hemingway, Herbert Matthews y Ksawery Pruszynsky.

Tambien he recogido datos del libro de Paul Preston *Idealistas bajo las balas. Corresponsales de guerra extranjeros en la guerra de España* y me he apoyado en algunos de los testimonios que ofrece Javier Figuero en *Memoria de una locura*.

En el recuerdo

Al terminar este libro, vienen a mi memoria todos los míos que compartieron el espanto de aquellos días de guerra.

Por parte paterna:

Mi abuela Clotilde Tessier, nacida en París y ya viuda en 1936. Murió cuando yo tenía diez años, en 1954. Pasó los primeros meses de la guerra en Madrid, cambiando de domicilio sin descanso, vagando en un carro con sus tres hijas y sus pertenencias para huir de los bombardeos.

Mi tío Daniel Martínez Tessier, hermano mayor de mi padre, que participó en una brigada en la defensa de Madrid y pasó el final de la guerra internado en un campo de concentración instalado en un estadio de fútbol. Sus carceleros lo libraron a él y a sus compañeros de encierro porque no tenían comida suficiente con que alimentarlos. Le recuerdo jovial y simpático. Creo que nunca mató a nadie en el conflicto, pero un día trató de enseñarme a nadar en Navalperal, un pueblo de la sierra madrileña, y casi me ahoga. Me han contado que era un apasionado del flamenco.

Mi tía Araceli Martínez Tessier, «Celi», hermana de mi padre, una magnífica mujer que sostuvo a la familia haciendo, durante la batalla de Madrid, trabajos de costurera. Me quiso a rabiar y yo lo percibí desde niño. Nunca podré olvidarla.

Mis tías, también hermanas de mi padre, Amelia, gruñona y cariñosa a la vez, y Pilar, viva hoy todavía: alegre, bromista, inteligente y guapa.

Mi tío político Antonio Castro, gallego, muy niñero, marido de Pilar, que combatió como sargento de caballería en el ejército nacional a las órdenes del coronel Monasterio y que participó en la famosa carga de caballería de la batalla del río Alfambra. Siempre nos habló del terrible ruido que producían tres mil caballos galopando a la carga en la llanura congelada del terrible invierno turolense.

Por parte materna:

Mi abuelo Manuel Reverte, murciano, periodista de *Abc*, aficionado al teatro y a los toros, encarcelado varios meses por los republicanos en la prisión madrileña de Porlier.

Mi abuela Juana Ferro, murciana de ascendencia genovesa y con algunas gotas de sangre azul en sus venas, un hecho que, al parecer, y sin que yo alcanzara a comprender nunca la razón, justificaba casi toda su vida. Nunca me soportó desde que era un niño y yo le pagaba con la misma moneda. Pero ahora la recuerdo con cierta ternura difícil de explicar. Tal vez porque murió amargada y, como casi todos nosotros los pobres humanos, no merecía tanta desdicha.

Mi tío Manuel Reverte Ferro, periodista, alegre y niñero, que se libró por milagro de una saca de presos, en la cárcel de Porlier, a los que iban a conducir a Paracuellos del Jarama para ser fusilados. Movilizado durante la batalla de Madrid, combatió en la de Guadalajara en el lado republicano, junto a mi padre, y dado después de baja por enfermedad, pasó el resto de la guerra en la capital, en servicios médicos. Guardo de él un recuerdo muy cariñoso. Le gustaba bailar, como a mí. En uno de sus miles de libros, César Vidal le incluye en una lista de fusilados en Madrid durante los primeros días de la guerra. Y la verdad es que siguió vivo y coleando varios años después de terminar el conflicto. Pienso que es difícil perdonar a un escritor que ha fusilado a tu tío.

Mi tío político Fernando Fernández Piñero, periodista, marido de la hermana de mi madre, de ideario socialista, y que después de participar en los primeros combates de la Casa de Campo, pasó la guerra en Madrid como sanitario en el hospital de sangre en que se convirtió la antigua farmacia del Palacio Real.

Mi madre, Josefina Reverte Ferro, murciana criada en Madrid como sus hermanos. Reidora y gran lectora. Sospecho que ella me hizo escritor, por mi afán de emular a sus héroes, que eran en su mayoría escritores o personajes literarios, ninguno guerrero. Era monárquica de corazón, pero no se atrevía a decirlo en voz alta.

Y sobre todo, en recuerdo de mi padre, Jesús Martínez Tessier, vallisoletano criado en Madrid como sus hermanos, que a su pesar —movilizado en levas— fue cabo del Quinto Regimiento a las órdenes del Campesino y participó en primera línea en muchas de las importantes batallas de la Guerra Civil, desde la de Guadalajara a la del Ebro. Nunca le gustó hablarme de la guerra, pero dejó escrito un memorable libro sobre sus experiencias: *Soldado de poca fortuna*, publicado en 2001, seis años después de su muerte. Fue un tipo estupendo, generoso, elegante, púdico, discreto, culto, liberal, mujeriego, vital y bromista, a quien no le fue demasiado bien en la juventud —quemada en las batallas— y a quien debo ese imponente regalo que tanto disfruto y he disfrutado: la alegría de vivir, el amor a la vida. No fue el mejor entre los hombres, estoy seguro; pero fue el mejor de los que he conocido.

Todos mis hermanos y primos comprenderán bien este libro. Fuimos la primera generación de la historia de España que no vivió una guerra. Y espero que también seamos la última que tuvo a sus mayores empeñados en una. A mis hijos y a los de mis hermanos y primos, felizmente, ese lejano conflicto quizás les dirá ya muy poco. No obstante, me gustaría que leyeran esta novela para comprender que, por lo general, la historia humana ha transitado por los meandros del espanto y del dolor. Y que es mucho mejor, para un pueblo de sangre caliente, no volver a caer en el mismo abismo.

El papel utilizado para la impresión de este libro
ha sido fabricado a partir de madera
procedente de bosques y plantaciones
gestionados con los más altos estándares ambientales,
garantizando una explotación de los recursos
sostenible con el medio ambiente
y beneficiosa para las personas.
Por este motivo, Greenpeace acredita que
este libro cumple los requisitos ambientales y sociales
necesarios para ser considerado
un libro «amigo de los bosques».
El proyecto «Libros amigos de los bosques» promueve
la conservación y el uso sostenible de los bosques,
en especial de los Bosques Primarios,
los últimos bosques vírgenes del planeta.

Papel certificado por el Forest Stewardship Council®